Tip des Monats

In derselben Reihe
erschienen außerdem als Heyne-Taschenbücher:

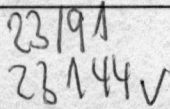

23/91
23144 ✓

Johanna Lindsey

ZWEI LEIDENSCHAFTLICHE LIEBESROMANE

Sklavin des Herzens
Zorn und Zärtlichkeit

WILHELM HEYNE VERLAG
MÜNCHEN

HEYNE TIP DES MONATS
Nr. 23/144

SKLAVIN DES HERZENS/Silver Angel
Copyright © 1988 by Johanna Lindsey
Published by Arrangement with Avon Books The Hearst Corp.
Copyright © der deutschen Ausgabe 1990
by Wilhelm Heyne Verlag GmbH & Co. KG, München
Aus dem Amerikanischen von Ingeborg Salm-Beckerd
(Der Titel erschien bereits in der Allgemeinen Reihe mit der
Band-Nr. 01/8289.)

ZORN UND ZÄRTLICHKEIT/A Gentle Feuding
Copyright © 1984 by Johanna Lindsey
Published by Arrangement with Avon Books The Hearst Corp.
Copyright © der deutschen Ausgabe 1986
by Wilhelm Heyne Verlag GmbH & Co. KG, München
Aus dem Amerikanischen von Eva Malsch
(Der Titel erschien bereits in der Allgemeinen Reihe mit der
Band-Nr. 01/6641.)

Umwelthinweis:
Dieses Buch wurde auf chlor- und säurefreiem Papier gedruckt.

2. Auflage

Copyright © dieser Ausgabe 1997 by Wilhelm Heyne Verlag
GmbH & Co. KG, München
Printed in Germany 1997
Umschlagillustration: Donald Case/Agentur Schlück
Umschlaggestaltung: Atelier Ingrid Schütz, München
Satz: Buch-Werkstatt GmbH, Bad Aibling
Druck und Bindung: Elsnerdruck, Berlin

ISBN 3-453-12330-1

SKLAVIN DES HERZENS

In Erinnerung an meinen Vater
Edwin Dennis Howard

1

Barka, Barbarenküste, im Jahr 1796

In der Straße der Juweliere schloß der Perlenhändler Abdul ibn-Mesih seinen Laden, da er den Singsang des Muezzin erwartete, der die Gläubigen zum Gebet rufen würde. Abdul blieben noch mindestens zehn Minuten, doch er wurde allmählich alt, seine Knochen schmerzten und verlangsamten seinen Schritt, so daß er das Haus jeden Tag frühzeitig verlassen mußte. Solange er es noch schaffte, zog er es vor, zur nächstgelegenen Moschee zu gehen, anstatt es seinen weniger frommen Nachbarn gleichzutun und den Gebetsteppich zu benützen, den er im Hintergrund seines winzigen Ladens aufbewahrte. So befand er sich nun allein auf der Straße und war demnach auch der einzige Zeuge des Mordes.

Der junge Türke und der große, schwarzgekleidete Mann, der ihn verfolgte, rannten direkt an Abdul vorbei, ohne den Perlenhändler zu beachten. Wenn sie nur um die Ecke und aus dem Blickfeld des alten Mannes verschwunden wären, hätte er in dieser Nacht keine Alpträume haben müssen. Doch der Schwarzgekleidete holte sein Opfer am Ende der Straße ein und spaltete es mit seinem Krummsäbel in zwei Teile. Eine kurze Untersuchung der Leiche förderte irgendein Papier zutage, dann entfernte sich der Mörder, ohne sich noch einmal umzudrehen. Er ließ den Türken einfach liegen; Blut rann in Strömen über das Kopfsteinpflaster der abschüssigen Straße – eine Einladung an die Fliegen, sich gütlich zu tun.

Abdul ibn-Mesih beschloß, an diesem Nachmittag auf den Besuch der Moschee zu verzichten. Als die Muezzins von den Höhen der vielen Minaretts in der Stadt zur Andacht riefen, kniete der Perlenhändler auf seinem Gebetsteppich im Hintergrund seines Geschäfts und überlegte, daß er schon allzulange nicht mehr auf dem Land gewesen war, wo seine Tochter lebte.

Ein Aufenthalt bei ihr war fällig – vielleicht ein recht ausgedehnter.

Später an diesem Nachmittag wurden noch zwei weitere geheime Kuriere Jamil Reshids getötet ehe sie Barka verlassen konnten. Einer fiel in einem Kaffeehaus vergiftet vom Stuhl. Der andere wurde mit durchschnittener Kehle in einer Gasse gefunden. Die Schnur, mit der man ihn erdrosselt hatte, hing noch um seinen Hals.

In jener Nacht rasten vier Kamele westwärts auf Algerien zu. Der Mann an der Spitze war wiederum ein glückloser Palastkurier. Seine drei Häscher kamen ihm immer näher und rissen ihn schließlich von seinem Reittier. Er starb ebenso schnell wie die anderen.

Der eine, der ihn getötet hatte, war ein griechischer Moslem und an diese Art von Arbeit gewöhnt. Bei seinen beiden Komplizen handelte es sich um Araber, Brüder, die aus einer alten Familie stammten, deren Treue zu den Beis von Barka bekannt war. Natürlich verspürten die Brüder wegen ihrer Verwicklung in diese nächtliche Untat gewisse Schuldgefühle, zumal der ältere der beiden am Wochenbeginn bereits einen Mann ermordet hatte.

Sie waren genauso schuldig wie der Grieche und alle übrigen Killer und würden auf dem Richtblock enden, wenn man sie erwischte. Wegen eines Beutels voller Gold den eigenen Kopf und die Ehre der Familie zu riskieren, bedeutete vielleicht den Gipfel der Dummheit. Doch der Preis des Verbrechens war zu verlockend gewesen – das Gewicht des Goldes wog zu schwer. Also nahmen sie das Wagnis auf sich. Die Schuldgefühle reichten nicht aus, auf den neugewonnenen Reichtum zu verzichten.

Lysander, der Grieche, bemächtigte sich der Botschaft, die der Ermordete bei sich getragen hatte, und entzifferte sie mit einiger Mühe im bleichen Licht des Mondes. Dann stieß er einen Zorneslaut aus und reichte sie dem älteren der Brüder. »Es ist wieder dasselbe«, sagte er.

»Hast du etwas anderes erwartet?« fragte der jüngere Araber.

»Ich habe es gehofft«, erwiderte Lysander knapp. »Derjenige der die echte Nachricht aufspürt, bekommt einen zusätzlichen Beutel voll Gold. Ich möchte derjenige sein.«

»Wie wir alle«, bemerkte der ältere der Brüder und steckte den Brief sorgfältig in sein Gewand. »*Er* will jede Botschaft sehen, auch wenn es immer wieder dieselbe ist.«

Wer mit ›er‹ gemeint war, mußte nicht extra erklärt werden. Sie wußten es, auch wenn sie seinen Namen nicht kannten und ihren Auftraggeber nie richtig zu Gesicht bekommen hatten. Sie ahnten nicht einmal, ob er es war, der Jamil Reshids Tod wünschte, oder ob er nur als Mittelsmann fungierte. Jedenfalls zahlte er gut und kassierte jeden Brief, den die Palastkuriere bei sich trugen.

Dennoch war die Angelegenheit entmutigend. Der Bei verfügte über unzählige treue Gefolgsleute, die er als Lockvögel aussenden konnte – alle mit dem gleichen Brief, eigentlich nur einer in Türkisch geschriebenen Notiz, drei kurzen Sätzen: *Ich schicke Dir Grüße. Brauche ich mehr zu sagen? Dich vergesse ich nicht.*

Es gab keine Adresse, keine Unterschrift. Die Sätze konnten von jedem im Palast stammen und an jeden in der Welt gerichtet sein. Möglicherweise waren sie als versteckte Drohung für die Attentäter gedacht, die sie lasen – als Hinweis auf des Beis langen Arm der Rache. Vielleicht auch existierte inmitten all der gleichlautenden Briefe überhaupt keine wahre Botschaft, die Barka verlassen sollte. Die Kuriere konnten einfach dem Zweck dienen, die Mörder zu verwirren und soweit zu bringen, daß sie weitere Anschläge auf das Leben des Palastherrschers aufschoben.

Der erste Kurier, der gefangengenommen worden war, hatte vor seinem Tod geschworen, er müsse das Schreiben an einen Engländer namens Derek Sinclair abliefern. Selbst wenn das stimmte, wenn der Bei tatsächlich einen Engländer dieses Namens kannte, was unwahrscheinlich war – was sollte der Sinn eines solchen Briefes sein? Warum wurde wegen der Übermittlung einer solchen Nachricht soviel Blut vergossen? Doch die Attentäter durften die Möglichkeit nicht außer acht lassen, daß es noch eine andere Botschaft gab, eine, die es zu entdecken galt – vielleicht an den Bei von Algerien oder Tunis oder sogar an den Sultan in Istanbul, jenseits des Meeres – eine Botschaft, die einen Hilferuf bedeutete. Was hätten jedoch jene Verbündeten tun können, nachdem niemand wußte, was hinter den Mordversuchen steckte?

Lysander stieg von seinem Kamel ab und warf einen Blick auf den Mann, den er gerade getötet hatte. »Er wird wohl den Aasgeiern zum Fraß dienen. Ich bin es nicht gewöhnt, Beweise zurückzulassen, schon gar nicht Leichen. Es gibt mehrere Wege, sich ihrer zu entledigen ...«

»Was du gewöhnt bist, ist unwichtig. Er möchte, daß der Bei erfährt, wie seine Kuriere versagen. Wie soll er es anders erfahren, als wenn die Toten leicht gefunden werden?«

»Das alles ist doch Zeitverschwendung«, gab Lysander scharf zurück und versuchte nicht länger, seinen Widerwillen zu verbergen. »Ich glaube, ich werde versuchen, in den Palast einzudringen. Wer weiß? Vielleicht habe ich Glück und finde eine Gelegenheit mir den größten Goldbeutel von allen zu verdienen, den für Jamil Reshids Kopf.«

Er lachte, während er davonritt, und die beiden Brüder tauschten einen Blick. Ihr Gedanke war derselbe: Sie bezweifelten, den Griechen je lebend wiederzusehen, falls es ihm gelang, sich in den Palast zu schleichen. Nach vier mißglückten Mordanschlägen wurde Jamil Reshid, der Bei von Barka, stärker bewacht als je zuvor. Wer als nächster versuchen würde, ihn zu töten, würde sein eigenes Leben verlieren. Und falls man diesen Unglücklichen vor der Exekution folterte, würde er Namen preisgeben – die Namen der Männer, die in dieser Nacht mit ihm geritten waren.

Lysander kehrte nie mehr nach Barka zurück. Der Grieche hatte recht gehabt: Es gab mehrere Wege, sich einer Leiche zu entledigen – seine eigene inbegriffen.

»Ist dir das Risiko bewußt?«

Ali ben-Khalil nickte als Antwort. Die Ehrfurcht vor dem Mann, der ihm gegenübersaß, verschlug ihm die Sprache. Als

Ali in dem Basar dem Palasteunuchen den Zettel zugesteckt hatte, war er sicher gewesen, daß sich dieser Eunuche oder ein anderer Diener des Herrschers mit ihm treffen würde, nicht aber der Großwesir, Jamil Reshids höchster Minister. Allah bewahre ihn – worauf hatte er sich da eingelassen? Was war wohl an jener Botschaft so wichtig, die so vielen Männern den Tod gebracht hatte und die zu befördern er, Ali, sich angeboten hatte? Was war so bedeutsam an dieser Nachricht, daß Omar Hassan, der Großwesir persönlich, sich um Ali kümmerte?

Omar Hassan hatte sich verkleidet. Er trug einen Burnus, wie er bei den Berbern in der Wüste üblich war. Das hatte einen guten Grund, denn nur wenige Leute in der Stadt würden den zweitwichtigsten Mann von Barka nicht erkennen. Er hatte Ali intensiv darüber ausgefragt, warum er den Boten spielen wollte, was Ali sehr unangenehm gewesen war, denn wer mochte schon zugeben, daß er sein Leben für eine Frau riskieren wollte? Aber so war es nun einmal: Ali war arm und liebte eine Sklavin, deren Eigentümer bereit war, sie zu verkaufen, jedoch nur zu einem hohen Preis. Wie sollte Ali das Geld auftreiben, ohne es zu stehlen, wenn er nicht seine Dienste dem Herrscher antrug?

Natürlich hatte er nicht vor, in diesen Diensten zu sterben, sonst hätte er sich niemals freiwillig gemeldet. Er glaubte, die Aufgabe erfüllen zu können, bei der so viele versagt hatten. Schließlich war er weder ein Diener Jamil Reshids noch stand er in irgendeiner Beziehung zum Palast. Er war lediglich ein armer Limonadenverkäufer. Wer sollte ihn verdächtigen, als Kurier zu reisen?

Aus Erwägungen der Vorsicht hatte Ali nicht im Palast vorgesprochen, sondern auf einem Treffen in einem ›Haus der Tanzmädchen‹ bestanden. Dort hatte er sich seit zwei Tagen versteckt und würde sich auch erst zwei Tage nach der Unterredung davonschleichen. Es war nämlich höchst wahrscheinlich, daß man Omar Hassan trotz seiner Verkleidung hierher gefolgt war, und jeder Mann, der in dieser Nacht das Haus verließ, würde zweifellos beschattet werden.

Der Großwesir war unentschlossen. Zwar gefiel ihm Alis

Plan, doch der junge Mensch war so offensichtlich verängstigt wenn er es auch mühsam zu verbergen suchte. Er war etwa zweiundzwanzig Jahre alt. Seine braunen Haare und Augen deuteten auf die berber-arabischen Ahnen hin, von denen abzustammen er angab. Ein paar hellhäutige Sklaven mochten an seinem Stammbaum mitgewirkt haben, daher die olivfarbene Haut und die feineren Züge. Die Tatsache, daß er keine Erfahrung als Kurier besaß, mochte positiv zu werten sein. Aber dennoch ...

Noch vor einer Woche hätte Omar nicht gezögert, den Brief auszuhändigen, den er bei sich trug. Doch erst gestern hatte Jamil ihn mit der Frage in die Enge getrieben: »Wie viele haben wir jetzt schon ausgesendet?« Was konnte Omar darauf antworten? Die Wahrheit? Daß es zu viele waren, um ihre Anzahl ohne Scham zu bekennen? Jamil wäre explodiert. Anfangs hatte er sowieso überredet werden müssen, die Botschaft überhaupt auf den Weg zu bringen. Es war Omars Idee gewesen, und er, Omar, hatte sie für gut gehalten. Nun begann er zu zweifeln. So viele Tote, und wofür? Bis der Brief ein Ergebnis brachte, konnte die ganze Angelegenheit vorüber, derjenige, der hinter den Anschlägen steckte, längst entdeckt und bestraft sein.

Allah mochte sie alle beschützen – die Sache mußte bald ein Ende finden. Jamil war nicht der Mann, der Einschränkungen geduldig ertrug. Die ständige Wachsamkeit, die Frustration darüber, daß er seinen Feind nicht kannte, zehrten schon an seinen Nerven. Wenn er älter gewesen wäre, hätte er vielleicht mehr Geduld gehabt. Aber der Herrscher war erst neunundzwanzig. Vor sieben Jahren hatte er den Thron von Barka bestiegen – nach dem Tod seines älteren Halbbruders, der als ›der Tyrann‹ bekannt gewesen war.

Jamils Regentschaft bedeutete einen Segen für Barka. Seine hervorragende politische Weisheit, sein Sinn für Ehre und Gerechtigkeit, die Sorge um das Wohl seiner Untertanen sicherten Jamil die Liebe jedes Barkaners und bescherten der Stadt eine Blütezeit. Omar würde alles in seiner Macht Stehende tun, um Jamils Leben zu schützen, auch wenn das beinhaltete, daß

Hunderte treuer Männer geopfert werden mußten – den naiven jungen Menschen, der da vor ihm saß, mit eingeschlossen. Warum zögerte er also?

Omar Hassan warf einen Beutel auf den Tisch und lächelte leicht, als sich Alis Augen bei dem harten Aufprall weiteten. »Das ist für deine Auslagen«, erklärte er. »Es reicht, um ein Schiff mit kompletter Mannschaft zu kaufen. Doch so ein Aufwand wird nicht nötig sein. Ein kleines, schnelles Boot, das du ausschließlich für deinen eigenen Gebrauch mietest, müßte genügen.« Ein weiterer Beutel, ebenso schwer wie der erste, landete auf dem Tisch. »Das ist für deine Dienste. Du bekommst noch einmal dasselbe wenn du Erfolg hast.« Beim Anblick von Alis runden Augen vertiefte sich Omars Lächeln für einen Moment doch dann wurde der Großwesir wieder ernst. »Vergiß nicht – wenn deine Mission gelingen sollte, darfst du mindestens sechs Monate lang nicht nach Barka zurückkehren.«

Das war das einzige, was Ali an seinem Auftrag nicht verstehen konnte, doch er wagte nicht, nach dem Grund zu fragen. »Ja, mein Herr.«

»Gut. Und mach dir während deiner Abwesenheit keine Sorgen um die Frau, die du liebst. Ich werde mich persönlich darum kümmern, daß sie nicht anderweitig verkauft wird und daß man sie gut behandelt. Wenn du nicht wiederkommst, will ich auch in Zukunft auf ihr Wohlergehen achten.«

»Danke, mein Herr.«

Mehr gab es nicht zu sagen. Omar Hassan händigte den Brief aus.

2

Meine liebste Ellen,

ich möchte mich nicht beschweren, aber Du hast meinen letzten Brief nicht beantwortet. Ist etwas nicht in Ordnung? Bist Du krank? Du weißt, wie ich mich sorge, wenn ich nichts von Dir höre. Jetzt, nachdem die Trauerzeit Deiner Nichte beendet ist, mußt Du doch sicher Gesellschaften geben. Ich hatte einen sehr interessanten Brief mit vielen Neuigkeiten erwartet.

Chantelle lebt doch noch bei Dir, oder? Natürlich tut sie es, da sie nicht bei *denen* ist. Sicher hast Du keine Zeit zu schreiben, weil Du voll damit beschäftigt bist, Chantelle auf die Ballsaison vorzubereiten. Das kann ich verstehen. Sie ist so ein entzückendes Mädchen. Alle begehrenswerten Männer der Region müssen ihr ja nachlaufen. Gibt es begehrenswerte Männer bei Euch? Ach, es ist egal, meine Liebe. Jedenfalls haben wir hier in London eine genügende Auswahl für sie, wenn sie herkommt. Ich kann es kaum erwarten, Dich und die liebe Chantelle wiederzusehen.

Du kennst den Mann meiner Tochter ...

Ellen Burke ließ den Brief auf ihren Schoß sinken und rieb sich die Augen. Es war so ermüdend, Marge Creaghs Episteln zu lesen. Ellen wußte nicht, wie die Frau es schaffte, jedesmal zehn bis zwölf Seiten reinen Unsinns zu schreiben. Dabei mußte man bedenken, daß ein vor fünfundzwanzig Jahren gemeinsam verbrachtes Schuljahr ausreichend Anlaß gab für diese Klatschbriefe, die alle paar Monate eintrafen. Dennoch mußte Ellen sie lesen. Man konnte nie ahnen, wann Marge vielleicht mit einer nützlichen Information aufwartete.

Ellen überflog die nächsten Zeilen, bis ihr Blick an dem unterstrichenen *sie* hängenblieb. Es ging ihr durch den Sinn, daß sie ihre amerikanischen Vettern nie als Emporkömmlinge hätte bezeichnen dürfen, jedenfalls nicht Marge Creagh gegenüber.

16

Nun fühlte sich Marge berufen, die amerikanischen Burkes bei jeder Gelegenheit zu verspotten. Wenn Ellen auch jedes Wort bestätigen mußte, so stand es Marge doch nicht zu, sich so auszulassen:

Ich war nicht überrascht, als sie schon früh in die Stadt kamen. Ich habe gehört, daß Dein Vetter Charles sich in den Clubs unbeliebt gemacht hat, ebenso wie sein Sohn Aaron. Es war schlimm genug, daß sie das ältere Mädchen zur letzten Ballsaison einführten, als sie alle noch – wie Du und Chantelle – in Trauer hätten sein müssen. Dieses Jahr ist es ihnen gelungen, ihr einen Sponsor zu kaufen. Ich frage mich, von wessen Geld er bezahlt wurde, nachdem wohlbekannt ist, daß Charles nur den Adelstitel Deines Bruders, nicht aber seinen Reichtum geerbt hat. Weiß Chantelle, wie sie ihr Geld vergeuden? Wie konnte Dein Bruder nur so einen heimtückischen Mann zu ihrem Vormund bestellen?

Wütend zerknüllte Ellen den Brief und warf ihn in den Papierkorb neben ihrem Stuhl. Also stimmte es, was sie schon lange geargwöhnt hatte. Charles Burke war nicht nur ein nachlässiger Vormund, er war auch noch ein Dieb. Kein Wunder, daß er ihre Briefe nicht beantwortet hatte. Er wagte es nicht.

Guter Gott, was sollten sie tun? Was konnten sie tun? Bis Chantelle heiratete oder volljährig war, gebot Vetter Charles über sie und ihr Erbe. Und da sie erst in zwei Jahren volljährig wurde und ohne Charles' Erlaubnis nicht heiraten konnte, lag die Vermutung nahe, daß von dem bescheidenen Vermögen, das Chantelles Vater ihr hinterlassen hatte, wenig oder gar nichts übrigbleiben würde. Selbst ihr Elternhaus hatte die Verwandtschaft mit Beschlag belegt. Anstatt auf dem kleinen Besitztum in Sackville zu bleiben, war Charles mit seiner großen Familie auf den eindrucksvolleren Burkeschen Herrensitz in Dover übergesiedelt.

Glücklicherweise hatte Chantelle noch nicht den Wunsch geäußert heimzugehen. Ellen bezweifelte, daß man das junge Mädchen dort willkommen heißen würde. Nach dem Tod ihres

Vaters war Chantelle bei Ellen geblieben, bis ihr einziger männlicher Verwandter mit seiner amerikanischen Familie nach England gereist war. Dann hatten die Leute sie einmal besucht, als Chantelle noch so von ihrem Schmerz überwältigt war, daß sie kaum Notiz von der Verwandtschaft nahm. Bei dem Besuch hatte Charles kein Wort erwähnt, das junge Mädchen möge nach Hause kommen.

Offenbar hielt er die gegenwärtige Regelung für ideal. Für ihn war sie das auch, denn er stellte nicht den allergeringsten Betrag für Chantelles Unterhalt zur Verfügung – absolut nichts von *ihrem eigenen Geld*. Vermutlich dachte er, daß Ellen gut genug situiert war, um für sie beide zu sorgen, oder es war ihm einfach egal. Sie hatte ihn in ihrem letzten Brief eines Besseren belehren müssen. Stolz war Stolz, aber er brachte kein Essen auf den Tisch. Ellens eigenes Erbe von ihrem Vater war schon vor langen Jahren zu einem sehr bescheidenen Einkommen zusammengeschmolzen, das gerade für eine Person reichte. Inzwischen waren mehrere Monate vergangen, und Charles hatte noch keinen Brief beantwortet. Nun war er wieder in London und gab Chantelles Geld für seine eigene Familie aus, während Ellen jeden Pfennig umdrehte und alte Erbstücke verkaufte, damit Chantelle nicht merken konnte, was für ein erschreckendes Vermächtnis ihr Vater ihr hinterlassen hatte.

Nein, dachte Ellen, um fair zu sein: Es war nicht die Schuld ihres Bruders. Als sein Erbe, ihr älterer Cousin, gestorben war, hatte Oliver keine Anstrengung gescheut, den Aufenthaltsort des jüngeren Vetters, des neuen Titelerben, zu entdecken. Daß auch Oliver starb, ehe Charles gefunden wurde, war nicht vorauszusehen. Zudem hatte Oliver nicht wissen können, was für ein Taugenichts Charles war, sonst hätte er für Chantelle entsprechende Vereinbarungen getroffen. Das Fehlen dieser Vereinbarungen machte Charles, Chantelles einzigen männlichen Verwandten, zu ihrem gesetzlichen Vormund.

Wenigstens hatte Chantelle ihre Tante Ellen. Bei einem Altersunterschied von zwanzig Jahren bestand zwischen den beiden ein Mutter-Tochter-Verhältnis, obwohl Ellen bei der Erziehung ihrer Nichte nicht mitgeholfen hatte. Sie war viel auf

Reisen und sehr unabhängig gewesen. Vor zehn Jahren hatte sie dieses Haus in Norfolk gekauft und sich da niedergelassen – allein, wie sie es mochte. Dennoch hatte sie nichts dagegen gehabt, als Chantelle nach dem Tod ihres Vaters zu ihr gekommen war. Sie liebte das junge Mädchen von Herzen.

Ellen besaß keine eigenen Kinder; vielleicht fühlte sie sich deshalb der einzigen Tochter ihres Bruders so eng verbunden. Es war ihre eigene Entscheidung, daß sie nie geheiratet hatte. Sie war eine unscheinbar aussehende Frau von neununddreißig Jahren mit hellbraunem Haar und blauen Augen, die ihr attraktivstes Merkmal ausmachten. Sie hatte Heiratsanträge bekommen und sogar einige Liebesaffären gehabt, an die sie sich gern erinnerte – es war also nicht so, daß sie Männer ablehnte, sie mochte nur mit keinem leben. Dafür liebte sie ihre Unabhängigkeit zu sehr.

Vielleicht war es nicht klug gewesen, Chantelle die letzten eineinhalb Jahre bei sich zu behalten. In dieser Zeit war die junge Frau ebenfalls unabhängig geworden. Das war gut für ein Mädchen, das nicht heiraten wollte, aber Chantelle würde heiraten.

Anders als Ellen, die den unauffälligen Burkes nachschlug, war Chantelle wie eine einsame Blume zwischen Unkraut, die ihre französische Herkunft mütterlicherseits nicht verleugnen konnte. Oliver hatte immer behauptet, sie sei das Ebenbild ihrer Großmutter, von der es hieß, sie habe Königen als Mätresse gedient – eine seltene Schönheit am französischen Hof. Chantelle trug sogar den Namen dieser Frau. Und es stimmte: Mit ihrem platinblonden Haar und den verblüffenden Augen von veilchenblauer Farbe ähnelte sie den Burkes überhaupt nicht. Sie war zwar nicht klein und zerbrechlich, aber mit einem Meter achtundsechzig auch nicht zu groß. Ihre außergewöhnliche Schönheit konnte von Männern nicht übersehen werden. Sie würde sich die attraktiven Freier aussuchen und einen wohlhabenden heiraten können – falls Charles Burke als ihr Vormund ihr die Chance dazu ließe.

Ellen seufzte. Wenn dieser Mensch ihre Briefe nicht bald beantwortete, mußte sie ernsthaft in Erwägung ziehen, Chantelle selbst nach London zu bringen. Die junge Frau verdiente es, in einem ihren Mitteln und ihrem Stand angemessenen Stil in die Saison eingeführt zu werden. Sollte Charles ihr das verwehren wollen – was man nach seinem Stillschweigen wohl annehmen konnte –, würde sie, Ellen, das nicht kampflos akzeptieren. Sie besaß noch genügend Freunde und Einfluß in London, um ihrem Vetter Unannehmlichkeiten zu bereiten, falls er seinen Verpflichtungen nicht nachkam.

»Tante Ellen, ich bin wieder da!« rief Chantelle plötzlich von der Küche her und betrat einen Moment später das Wohnzimmer. »Ich habe ein schönes Stück Rindfleisch zum Essen und ein paar Nieren fürs Frühstück mitgebracht. Oh, und von Frau Smith soll ich dir ausrichten …« Sie verdrehte die Augen, »daß sie bald ruiniert sein wird, wenn du mich weiterhin zum Markt schickst.«

»Ist das der Grund deines Lächelns?«

Chantelle machte ein spitzbübisches Gesicht. »Letzte Woche habe ich ihr Kopfschmerzen verursacht, diese Woche ruiniere ich sie. Für was werde ich nächste Woche verantwortlich sein?«

»Für Schlaflosigkeit! Das hat sie mir auch schon mal vorgeworfen.«

Chantelle lachte. »Sie ist wunderbar. Ich habe noch nie jemanden erlebt, der soviel Spaß am Feilschen hat.«

»Außer dir selbst, vielleicht?«

»Nun, es ist wirklich ein Vergnügen«, meinte Chantelle abwehrend und verschwieg die Tatsache, daß ihr Hals ziemlich rauh war, weil sie eine Stunde damit zugebracht hatte, den Preis für ein einziges Stück Fleisch herunterzuhandeln. Chantelle betrachtete es als eine Art Herausforderung, auf dem Markt die günstigsten Preise zu erzielen, günstiger noch als die Stammkunden, die das Feilschen als eine schöne Kunst betrieben. »Und übrigens – schau, wieviel ich heute gespart habe.«

Ellen schloß kurz die Augen. Also hatte Chantelle gemerkt, daß Ellen knapp bei Kasse war. Dieser verdammte Charles Burke!

»Es tut mir so leid, Liebes …«

»Sei nicht töricht, Tante Ellen. Sobald Charles das Geld schickt, das ich gefordert habe, gebe ich dir alles zurück.«

»Du hast ihm geschrieben?«

»Natürlich! Das hätte ich schon früher gemacht, wenn ich geahnt hätte ... Jedenfalls werde ich bald für Ordnung sorgen. Ist heute nicht vielleicht ein Brief gekommen?«

»Nein«, erwiderte Ellen und spürte ein gewisses Unbehagen wegen Chantelles Entschlossenheit. Wie würde Charles auf ihrer beider Forderungen reagieren?

»Dann wird aber bald einer eintreffen«, erklärte Chantelle mit fröhlicher Zuversicht. »Der liebe Charles kann mich doch nicht einfach ignorieren, oder?«

Konnte er das nicht? Bisher war es ihm auf alle Fälle hervorragend gelungen. Und beide Frauen sollten es noch bedauern, daß er sie nicht weiterhin ignorierte.

3

Sie hatten Chantelle in ihrem Zimmer eingesperrt, aber das bekümmerte die junge Frau nicht – noch nicht. Es wäre nicht das erstemal, daß sie durch ein Fenster steigen würde, obwohl viele Jahre vergangen waren, seit sie das Haus auf diesem Weg verlassen hatte. Jedenfalls blieb ihr diese Wahl; sie mußte nur noch warten, bis es im Haus still wurde, dann ein paar Sachen zusammenpacken und einen Plan aushecken, doch vor allem mußte sie sich beruhigen, denn im Moment war sie so wütend, daß sie Charles Burke hätte umbringen können.

Sie war erst an diesem Nachmittag daheim eingetroffen, doch ihr Zorn hatte schon die ganze Woche gebrodelt, seit Charles' Brief angekommen war. Statt des Geldes, das sie erwartete, hatte sie den Befehl erhalten, sofort nach Dover zurückzukehren, und dieser anmaßende Idiot Charles hatte nicht einmal die Zahlungsmittel für die Reise geschickt. Ellen hatte ein weiteres Schmuckstück verkaufen müssen – und das schlug dem Faß den Boden aus.

Chantelle war so verärgert, daß sie ihrer Tante nicht die Zeit ließ, das Haus zu verschließen und ihre Nichte zu begleiten. Trotz Ellens Protest fuhr die junge Frau am nächsten Tag ab. Sie wollte Charles zeigen, daß sie nicht irgendein Schaf war, das man so behandeln konnte. Es gab eine Menge Fragen, die er beantworten mußte, besonders die, wieso er Chantelle finanziell von ihrer Tante abhängig machte, wenn Ellen sich keine zusätzlichen Auslagen leisten konnte. Die junge Frau hatte vorgehabt, die Angelegenheit mit Charles ins reine zu bringen, doch es war anders gekommen.

Man hatte Chantelle in den Salon geführt, als sei sie ein Gast in ihrem eigenen Haus. Der Butler war neu, ebenso wie die Teppiche und die Möbel. Chantelle fühlte sich tatsächlich wie ein Gast. Und der ganze Clan war anwesend.

Chantelle erinnerte sich an alle Familienmitglieder – von deren Besuch in Norfolk, kurz nach ihrer Ankunft in England. Der Unterschied zwischen damals und jetzt machte sich nicht sofort bemerkbar. In Norfolk waren sie die armen Verwandten aus Amerika gewesen, die ihr Beileid aussprechen wollten und sich bewußt waren, eine Dame von adliger Herkunft vor sich zu haben, was aus ihrem Kreis nicht einmal Charles von sich behaupten konnte – bis jetzt.

Charles war der zweite Sohn des Onkels von Chantelles Vater, und Charles' eigener Vater hatte nur eine Schreinerlehre absolviert. Den Adelstitel hatte Chantelles Großvater von einem dankbaren Monarchen verliehen bekommen, doch er war auch vorher schon begütert gewesen, und seinen Reichtum hatte Chantelle geerbt. Charles war vor knapp dreißig Jahren aus England geflohen, um dem Gefängnis zu entgehen, das ihm wegen seiner Schulden drohte.

Wenn man ihn heute ansah, mochte man das nicht glauben. Er war groß, blaß und wirkte älter als ein neunundvierzigjähriger Mann mit seinen typischen Merkmalen der Burkes: braunem Haar und blauen Augen. Er trug – genau wie seine Familie – die feinste Mode, und alle strahlten das Selbstbewußtsein und die Herablassung der Neureichen aus.

Da war Charles' rothaarige Frau Alice, die, nach dem Bericht des säumigen Rechtsanwalts, von einem Kneipenwirt in Virginia abstammte, in dessen Lokal Charles ein einfacher Angestellter gewesen war. Zwei Töchter der beiden waren anwesend: die vierzehnjährige Marsha und die neunzehnjährige Jane, hausbackene Mädchen, deren reizloses Aussehen nicht einmal das rote Haar und die haselnußbraunen Augen ihrer Mutter verbessern konnten.

Es gab noch eine ältere, zum zweitenmal verheiratete Tochter, die in Amerika geblieben war, laut Angaben des Rechtsanwalts. Charles' Sohn Aaron hatte seine Frau Rebecca und seine beiden Kinder nach England mitgebracht.

Eine weitere Person hielt sich in Chantelles Elternhaus auf, ein Mensch, den Charles als zukünftigen Gatten für Chantelle ausgewählt hatte: Cyrus Wolrige, der so alt war, daß er der Großvater der jungen Frau hätte sein können.

Der Wüstling starrte Chantelle während der ganzen Unterredung mit lüsternen Blicken an. Sie kannte ihn. Er wohnte keine Viertelmeile entfernt, und sie hatte ihn oft in der Kirche gesehen, wo er während der Predigt schnarchte und später auf dem Kirchhof mit den jungen Frauen liebäugelte. Emmy, ihr Dienstmädchen, hatte ihn immer einen schmutzigen alten Kerl genannt.

Und jetzt waren Charles' erste Worte ihr gegenüber gewesen: »Ah, Chantelle, meine Liebe – ich stelle dir deinen Verlobten, Mr. Wolrige, vor. Morgen früh wirst du heiraten.«

Chantelle lachte über die Absurdität dieser Bemerkung, doch Cyrus Wolrige war nicht beleidigt. Er saß lächelnd da, völlig überzeugt, daß Chantelle morgen seine Braut sein würde. Sein Blick ließ sie frösteln, und sie wurde sofort ernst.

Chantelle wandte sich ihrem Onkel zu, und ihre violetten Augen sprühten Blitze. »Sie belieben zu scherzen, Sir, und auf eine üble Weise.«

»Ich versichere dir, daß der heilige Ehestand keinen Anlaß zum Scherzen gibt«, erklärte er.

Sie hatte ihre gute Erziehung wie einen Mantel um sich gehüllt, um nicht zornig zu schreien. »Dann versichere ich Ihnen, daß ich Mr. Wolriges Antrag ablehne.«

»Das kannst du nicht, meine Liebe«, sagte Charles mit einem gezwungenen Lächeln und einem entschuldigenden Nicken zu Mr. Wolrige hin. »Ich habe schon in deinem Namen akzeptiert.«

Er fügte hinzu, ihr Einverständnis sei nicht vonnöten. Sie sei noch minderjährig und dem Willen ihres Vormunds absolut unterworfen.

Das war zuviel. Sie alle saßen da und betrachteten Chantelle mit hämischem Vergnügen, nur Aaron machte einen betretenen Eindruck – den Grund hierfür erfuhr Chantelle später von Emmy.

Emmy war am Anfang mit nach Norfolk gekommen, hatte sich aber bald nach Dover zurückbegeben, weil ihre Mutter erkrankt war. Da Ellens Häuschen jedoch für drei Leute wirklich zu klein war, hatte sie anschließend den Dienst in Chantelles

Heim wiederaufgenommen und betreute nun die neuen Herrschaften.

An diesem Abend brachte sie Chantelle ein Tablett mit Essen aufs Zimmer und erklärte, die Burkes hätten wirklich vor, die junge Frau zu verheiraten. In der Familie hatte es einen heftigen Streit gegeben, weil Aaron schon verehelicht war. Nach Charles' Ansicht wäre es ideal gewesen, wenn sein Sohn Chantelle zur Frau genommen hätte. Es war sogar von Aarons möglicher Scheidung die Rede gewesen, und seitdem hing der Haussegen zwischen Aaron und Rebecca schief.

Das alles interessierte Chantelle nicht. Es änderte auch nichts an den Plänen, die bezüglich ihrer Heirat gefaßt worden waren. Die junge Frau war wütend und machte kein Hehl daraus, aber es nützte ihr nichts. Sie war in ihrem Zimmer eingesperrt und sollte am Morgen diesem Wolrige geopfert werden. Jedenfalls glaubte das die saubere Gesellschaft. Aber am Morgen würde Chantelle nicht mehr da sein.

Es wurde Mitternacht bis sie sich soweit beruhigt hatte, daß ihr Entschluß feststand. Dann dauerte es noch ein paar Stunden, bis sie fertig war zu gehen. Hauptsache, es gelang ihr, das Haus unbemerkt zu verlassen und sich irgendwo zu verstecken. Sie wußte auch schon einen perfekten Platz – die Höhlen. Einige Dinge, die sie als Kind dort verstaut hatte, waren vielleicht noch da: Decken, Zündmaterial, Geschirr, ihre Muschelsammlung. Decken wären wichtig, denn sie wollte den Rest der Nacht und den ganzen morgigen Tag dort verbringen, während die Burkes vergebens nach ihr suchen würden.

Morgen nacht wollte sie Dover mit unbestimmtem Ziel verlassen. Vermutlich würde sie nach London gehen und sich mit Tante Ellen in Verbindung setzen. Deren Freunde würden ihr sicher einen Job verschaffen.

Chantelle lächelte zum erstenmal seit langen Stunden. Die Zeit mit ihrer Tante hatte sie einiges gelehrt, für das sie nun dankbar sein konnte. Noch vor einem Jahr hätte sie möglicherweise das Schicksal, das Charles für sie ausersehen hatte, akzeptiert – nicht aber jetzt.

Natürlich war die Situation erschreckend. Die von ihrem Vater verwöhnte und angebetete junge Frau hatte nie Härte kennengelernt und nie Entscheidungen getroffen. Zwar hatte sie bei ihrer Tante auf den gewohnten Luxus verzichten müssen, doch das hatte sie nicht als Manko empfunden. Keine Bediensteten zur Verfügung zu haben, kochen zu lernen, zu putzen, auf den Markt zu gehen und das Essen einzukaufen, war ein Abenteuer gewesen, aber nur, weil Chantelle diese Erfahrungen mit ihrer Tante hatte teilen können. In jedem anderen Fall hätte sie sich gewiß betrogen gefühlt. Ellen war eben etwas Besonderes, und Chantelle liebte sie innig. Ihre Tante hatte die Welt bereist; sie war unabhängig; sie war keine Frau, die nur den geraden und schmalen Weg ging, sondern die alle Möglichkeiten in Betracht zog, die guten wie die schlechten.

Oh, wenn Chantelle nur auf Ellen gehört und deren Begleitung nach Dover angenommen hätte. Vielleicht wäre der älteren Frau eine Lösung eingefallen. Nein, das stimmte nicht. Niemand konnte etwas dagegen tun, wenn Charles als Vormund unerbittlich Chantelles Ehe mit dem alten Wolrige verlangte. Da gab es kein Entrinnen. Chantelle mußte für zwei Jahre verschwinden, bis sie volljährig war, und hoffen, daß Wolrige einer Heirat mit einer abwesenden Braut nicht zustimmte.

Falls bis dahin von ihrem Erbe, das die Burkes so großzügig verzehrten, nichts mehr übrig sein würde, mußte sie sich damit abfinden. Eine Ehe mit Cyrus Wolrige war das größere Übel, eines, das um jeden Preis verhindert werden mußte. Aber, bei Gott, wenn tatsächlich alles Geld verbraucht war, wenn sie wiederauftauchen konnte, würden die Burkes dafür bezahlen. Sie würden irgendwie bezahlen! Zum erstenmal in ihrem Leben empfand Chantelle Haß. Das war nicht angenehm. Es widerstrebte ihrer natürlichen Veranlagung. Für alles, was diese Menschen ihr hatten antun wollen, für alles, wozu sie Chantelle zwingen wollten, würde sie mit ihnen abrechnen.

Sie packte ein paar Kleider zum Wechseln, ein paar persönliche Dinge und den Rest des Geldes, das ihre Tante ihr gegeben hatte, zu einem Bündel zusammen und warf es aus dem Fenster, dann stieg sie selbst auf das Fensterbrett. Sie hatte Glück, daß der Frühling sich bereits in den Sommer verwandelte und

sie deshalb ein dünnes, über den Hüften anliegendes Baum-
wollkleid tragen konnte und ihr der Abstieg dadurch leichter
fiel. Sie hatte zusätzlich Glück, daß der Halbmond nur schwach
leuchtete und ihr helfen würde, ungesehen den Boden zu erreichen. Es war schön, in dieser Situation irgendwelche, wenn
auch noch so geringe Vorteile zu entdecken.

Doch beinahe sofort zeigte sich das erste Hindernis. Chantelle hatte nicht mit dem Fortschreiten der Zeit und dem Wachs-
tum von Bäumen gerechnet. Ihr Baum, der immer in Reichweite gewesen war, stand noch da, aber er war kaum mehr
wiederzuerkennen. Der Ast, der das Haus berührt hatte und so
leicht zu erklimmen gewesen war, hing nun hoch über ihrem
Kopf. Nicht einmal auf Zehenspitzen konnte sie ihn ergreifen.
Ein niedrigerer Zweig würde erst in mehreren Jahren zum Fenster hinaufwachsen – er befand sich einen Meter unterhalb des
Fenstersimses. Wenn Chantelle an diesem Baum herabklettern
wollte, würde sie auf ihn springen müssen.

Vor zehn Jahren hätte sie nicht gezögert, denn Kinder bedenken selten die Folgen ihrer Abenteuer. Jetzt stellte Chantelle
sich vor, daß sie sich das Genick oder zumindest einige Knochen brechen könnte, falls sie beim Springen den Ast verfehlte.
Sie zauderte jedoch nur ein paar Sekunden, dann sprang sie.
Als ihre Finger den Ast erfaßten, brach er krachend unter ihrer
Last, und sie spürte, wie sie dem breiten Stamm entgegenflog.

Sofort ließ sie den Ast los und fiel zweieinhalb Meter tief auf
die Erde. Dort blieb sie reglos liegen und betete, daß sie sich bei
dem schmerzhaften Sturz keine ernsthafte Verletzung zugezo-
gen hatte. Schließlich erhob sie sich mit einem Seufzer der Erleichterung. Nichts war gebrochen – sie war mit ein paar
Schürfwunden an der Hüfte und am Knie davongekommen.

Sie hatte etwas gewagt, sie war frei, und sie verschwendete
keinen Augenblick, packte ihr Bündel und entfernte sich leise
vom Haus. Sie ging auf die Klippen zu. Das war vertrautes Gelände. Selbst in einer pechschwarzen Nacht hätte sie den steilen
Weg gefunden, der zum Strand und zu den Höhlen führte.

In fünf Minuten hatte sie die Klippen erreicht und rannte
den Pfad hinunter. Sie roch das Salz in der Luft, hörte, wie sich

die Wellen unten am Ufer brachen. Das war ihr Spielplatz gewesen – hier würde sie keiner suchen. Plötzlich fühlte sie sich, als sei sie endlich heimgekommen, denn die Villa, aus der sie eben geflohen war, hatte ihre Eigenschaft als Zufluchtsstätte eingebüßt.

Als sie den schmalen Streifen Strand erreichte, stellte sie bekümmert fest, daß auch diese ›Heimat‹ von Eindringlingen besetzt war. In einer Entfernung von ungefähr zwanzig Metern zogen drei Männer ein kleines Boot an Land. Schmuggler? Vielleicht. Da sie kein Licht mit sich führten, bezweifelte Chantelle, daß es sich um Fischer handelte. Doch ganz gleich, wer sie waren – die junge Frau wollte nicht gesehen werden und zog sich auf den Klippenpfad zurück, der genug Gestrüpp und Büsche als vorübergehendes Versteck bot, bis die Männer verschwunden waren.

Dieser Plan hätte hervorragend geklappt, wären es nur drei Männer gewesen – aber leider waren es fünf. Die beiden anderen waren in entgegengesetzte Richtungen den Strand entlanggeschickt worden, um ihrerseits zu prüfen, ob die Luft rein war. Dem einen von ihnen lief Chantelle direkt in die Arme.

Ehe sie einen Schrei ausstoßen konnte, legte sich eine nach Fisch stinkende Hand über ihren Mund. Chantelle wehrte sich nicht allzusehr, als der Mann sie mit sich fortzog – sie nahm sich vor, vernünftig mit den Typen zu reden, um dann in Ruhe gelassen zu werden.

Es schien ein böses Omen zu sein, daß der Mond hinter Wolken verschwand, als Chantelle mit ihrem Häscher die drei Männer erreichte. In nahezu völliger Finsternis konnte sie nicht erkennen, ob einer von ihnen aus dem nahe gelegenen Dorf stammte. Zudem lockerte sich die Hand nicht, die ihren Mund bedeckte; also war Chantelle nicht fähig zu sprechen, und ihre Zuversicht wich allmählich einer ungewissen Angst, die sich noch verstärkte, als die Kerle ein Kauderwelsch von sich gaben, das völlig unverständlich war. Das Gelächter, das schließlich erscholl, war jedoch unmißverständlich, und Chantelle lief ein kalter Schauder den Rücken hinunter.

Sie begann sich zu wehren, doch es war zu spät. Zu fünft –

der letzte Mann war noch hinzugekommen – bedeutete es kein Problem, die junge Frau in das Boot zu zerren. Ein verschwitztes Tuch wurde ihr in den Mund gestopft und ein Seil um den Körper geschlungen, so daß sie ihre Arme nicht mehr bewegen konnte. Ein Mann preßte seinen Fuß in ihren Magen, damit sie sich vom Boden des Bootes nicht erheben konnte. Ihre Entführer redeten wieder wirr durcheinander, und sie verstand noch immer kein Wort. Sie versuchte nachzudenken und ihre Furcht zu bezwingen. Es mußte eine logische Begründung dafür geben, warum die Männer sie mitnahmen und ihr nicht gestatteten zu erklären, was sie mitten in der Nacht am Strand gesucht hatte. Sie mußte es ihnen klarmachen – aber was war, wenn keiner Englisch verstand, oder Französisch, das sie fließend beherrschte? Guter Gott, wenn sie sich gegenseitig nicht verständigen konnten, wie sollte sie herausfinden, was man mit ihr vorhatte?

Wenigstens dauerte es nicht lange, bis sie herausfand, wohin man sie brachte. Sie wurde wie ein Paket auf ein Schiff gehievt, das im Küstengewässer ankerte, und in eine stockfinstere Kabine geworfen.

Glücklicherweise war das Seil, das sie umschlang, nicht fest verknotet. Sie konnte es nach einiger Anstrengung lösen. Doch gerade, als sie sich befreit hatte, öffnete sich die Tür. Kerzenlicht blendete Chantelle, dann sah sie voller Schrecken den seltsamen fremdartigen Mann, der hereingekommen war.

Er besaß eine dunkle Hautfarbe, eine scharfe Adlernase und schwarze, normalerweise geschlitzte Augen, die sich momentan jedoch bei Chantelles Anblick vor Erstaunen rundeten. Er war klein, kleiner als die junge Frau, und dünn, hatte ein weißes Tuch um den Kopf gebunden und trug weite Hosen, sonst nichts, nicht einmal Schuhe.

Die nackte Brust des Mannes beleidigte Chantelle, ebenso wie sein Starren, und die größte Beleidigung bestand darin, daß Chantelle sich überhaupt hier befand. Während sie den seltsamen Fremden betrachtete, stieg höchster Widerwille in ihr hoch, und sie vergaß ihre Angst. Der Knebel in ihrem Mund fiel ihr ein, und sie zog ihn mit einem Ruck heraus. Flüchtig stellte sie fest, daß er dem Tuch glich, das der Bursche um den Kopf trug.

»Sprechen Sie Englisch?« fragte Chantelle gebieterisch. »Wenn nicht, rate ich Ihnen, schnellstens einen Dolmetscher herbeizuschaffen. Ich verlange ...«

»Ich spreche Englisch.«

Chantelles Kampfgeist wich einer großen Erleichterung. »Gott sei Dank! Ich fürchtete schon, kein Mensch hier würde mich verstehen. Hören Sie, Sir, ein Irrtum ist passiert. Ich muß sofort den Burschen sprechen, der das Kommando über dieses Schiff führt.«

»Alles zu seiner Zeit, *Lalla*.« Er grinste und enthüllte eine Reihe überraschend weißer Zähne. »Sie können sicher sein, daß er Sie auch sprechen will. Beim Atem Allahs, er wird entzückt sein, daß ihm so ein Geschenk in den Schoß gefallen ist.«

Chantelle erstarrte deutlich merkbar. »Ein Geschenk? Was für ein Geschenk? Falls Sie mich meinen ...«

»Natürlich Sie.« Sein Grinsen wurde noch breiter. »Sie werden uns ein Vermögen einbringen ...«

»Reden Sie keinen Blödsinn«, unterbrach Chantelle ihn scharf. »Sie wissen nicht einmal wer ich bin. Sie können nicht ahnen, ob meine finanziellen Verhältnisse ein Lösegeld gestatten.«

»Lösegeld?« Er lachte in sich hinein, und es klang ehrlich amüsiert. »Nein, *Lalla*, Frauen werden selten wegen eines Lösegeldes gefangengehalten, schon gar nicht eine, die so schön ist wie Sie.«

Chantelle trat einen Schritt zurück, als hätten seine Worte ihr einen furchtbaren Hieb versetzt. Sie verstand nicht, was der Bursche meinte – das heißt sie fürchtete, daß sie es sehr wohl verstand.

»Dieses Schiff – warum ist es hier? Warum hat man mich an Bord gebracht?«

»Kein Grund zur Angst«, versicherte er. »Ihnen wird nichts geschehen.«

Sie war nicht beruhigt. Panik ergriff sie. »Wer sind Sie?«

Sie wich zurück, als er einen Schritt auf sie zukam, und er

blieb stehen. Ihre Furcht irritierte ihn. Hakeem Bektash war noch nie beauftragt worden, sich um eine Gefangene zu kümmern, und dies war keine gewöhnliche Gefangene. Beim ersten Blick auf ihre aristokratischen Züge hatte er das gewußt, und ihr gebieterisches Auftreten hatte es bestätigt. Sie war eine Dame. Doch wer sie war, zählte nicht, nicht einmal ihr Name, denn sie würde von ihrem Herrn einen neuen bekommen. Hakeem besaß keine Erfahrung im Umgang mit Damen, deshalb hatte er sich hinreißen lassen, sie ›Lalla‹ zu nennen, was der Titel für eine Frau von vornehmer Herkunft war, obwohl sie eine Sklavin sein würde.

Er wußte einfach nicht, wie er sie behandeln sollte. Rais Mehmed, sein Kapitän, bestand darauf, daß die Enthüllung der Wahrheit nicht auf die lange Bank geschoben werden sollte. Er meinte, Gefangenen gebühre die höchstmögliche Zeit sich an ihre neuen Lebensumstände zu gewöhnen. Allah mochte ihm, Hakeem, helfen, warum war er auch der einzige an Bord, der Englisch sprach?

Ehe er etwas sagen konnte, bewegte sich das Schiff, da der Anker gelichtet wurde. »Was war das?« rief Chantelle und lehnte sich haltsuchend gegen die Wand hinter ihr.

»Wir laufen aus.«

»Nein!« schrie sie, dann fragte sie: »Wohin? Verdammt, reden Sie: Was geht hier vor?«

»Wie sind Seeräuber, *Lalla.*«

Das Wort war so wohlbekannt und gefürchtet, daß es keiner weiteren Erklärung bedurfte. Doch Chantelle schien es nicht zu begreifen. Ihr Gehirn war für einige Augenblicke blockiert, bis es den Sinn des eben Gehörten erfaßte. In diesem Moment wich der letzte Rest von Farbe aus Chantelles Gesicht. »Piraten? Türkische Piraten?«

Er zuckte die Schultern. »Piraten, Händler – das macht keinen Unterschied an der Barbarenküste.«

»Zum Teufel mit dem Unterschied! Seeräuber sind weiße Sklavenhändler!«

»Gelegentlich.«

»Dann sind Sie … Nein, bei Gott, das nicht auch noch!«

Er war so fasziniert von dem flammenden Rot, das nun in ihre Wangen stieg, daß er ihre Bemerkung nicht beachtete. Er war auch nicht darauf vorbereitet, daß sie plötzlich nach vorn springen könnte. Er wurde mit Wucht zur Seite gestoßen, verlor das Gleichgewicht und landete auf dem Boden. Die Kerze flog ihm aus der Hand und erlosch. Er sah gerade noch, wie Chantelle durch die Tür floh. Zutiefst erschrocken raffte er sich auf und folgte ihr. Falls sie vom Schiff sprang, würde Rais Mehmed ihn gewiß hinterherschicken.

Er kam zu spät. An Deck beobachtete er gerade noch, wie ein Mann Chantelle packen wollte und mit dumpfem Krach und leeren Händen auf die Planken polterte; er sah, wie die junge Frau mit kühnem Sprung über die Reling sprang, ohne sie erst zu erklimmen.

Als er nun selbst an die Reling stürzte, erhaschte er noch einen Blick auf den silberhellen Kopf, der die Oberfläche des Wassers durchbrach, und – Wunder über Wunder – die junge Person konnte schwimmen. Nur wenige Männer an Bord vermochten das von sich zu behaupten, er selbst inbegriffen, sonst wäre er sofort nachgesprungen.

Seine Kumpel neben ihm riefen durcheinander, sie waren ebenso erstaunt wie er, daß das englische Mädchen nicht ertrank, sondern auf die Küste zuschwamm. Dann befaßte sich Rais Mehmed mit Hakeem.

»Du idiotisches Stück Dreck! Ich stelle dir die einfachste Aufgabe der Welt, und du verpfuschst sie.« Die Faust des Kapitäns begleitete diese Rede, und Hakeem schlitterte über das Deck. Rais Mehmed stellte sich vor ihm auf, und in seinen dunklen Augen spiegelten sich Mordgelüste. »Ich sollte …«

»Ich sollte ihr folgen«, meinte Hakeem mutig.

»Du bist wohl verrückt?« schrie Mehmed ungläubig. »Ein wertloses Weib wieder einfangen? Die Haie können sie haben«, schloß er angewidert.

Hakeem rollte zur Seite, um Mehmeds Tritt zu entgehen, und hob eine Hand. »Sie hatte silbernes Haar und Augen wie Amethyste. Eine Göttin würde sie um ihre Schönheit beneiden.«

Mehmed blieb stehen, und sein Zorn ergoß sich erneut über Hakeem. »Idiot! Warum hast du das nicht gleich gesagt?«

Hakeem seufzte, als das Kaperschiff gewendet und das kleine Boot zum Herablassen klargemacht wurde. Er hatte sich vor weiteren Mißhandlungen gerettet, doch was war mit dem Mädchen? Beinahe wünschte er, sie würden es nicht finden – warum, wußte er selbst nicht.

4

»Ein Bursche wartet im Haus auf Sie, mein Lord. Fünf Minuten, nachdem Sie ausgeritten waren, kam er zu Fuß an. Er hat Sie knapp verfehlt.«

Der Graf von Mulbury stieg vom Pferd. Er händigte seinem Stallmeister die Zügel des preisgekrönten Vollblutes aus. Die schwarzen Brauen über den smaragdgrünen Augen des Grafen zogen sich zusammen, als er den schmalen Pfad entlang zum Haus blickte. Er erwartete niemanden, und seine Freunde waren Harry alle bekannt. Also war momentan sein Interesse geweckt.

»Sind Sie sicher, daß er mich und nicht den Marquis sprechen will?«

»Er hat Ihren Namen genannt und Ihren Großvater nicht erwähnt, überhaupt hat er sonst nichts von sich gegeben, und ich würde sagen, daß er nicht Englisch spricht. Er hat so ein gewisses Aussehen ... wenn Sie wissen, was ich meine.«

Der Graf nickte und unterdrückte ein Lächeln. Harry traute keinem Ausländer, seit seine Tochter vor vielen Jahren mit einem Franzosen davongelaufen war. Was Harry betraf, war jeder verdächtig, der auch nur den leichtesten Akzent besaß. Der Freund des Grafen, Marshall Fielding, hatte sich immer über Harry beschwert, weil der Stallmeister die Kuriere, die hier Depeschen abgaben, oft schlecht behandelte. Doch der Bursche, der im Haus wartete, konnte keiner von Marshalls Agenten sein, denn der Graf hatte, auf Wunsch des Marquis, nichts mehr mit dem Britischen Nachrichtendienst zu tun. Eigentlich hatte er auch nie ernsthaft damit zu tun gehabt.

Es war müßig, nun solche Überlegungen anzustellen. Der Graf benützte den Pfad, der vom Stall zur rechten Seite des Herrenhauses führte, des Familienbesitzes des Marquis von Huntstable, seines Großvaters. Der Graf besaß ein eigenes Anwesen in York, das er jedoch nur einmal im Jahr besuchte, um zu sehen, ob der alte Bau noch stand und die Pächter sich unter der Fuchtel seines Verwalters wohl fühlten. In der übrigen Zeit lebte er hier in Kent bei seinem Großvater. Das geschah auf gegenseitigen Wunsch. Abgesehen von der Tatsache, daß der Graf der einzige Erbe des Marquis war und der alte Herr ihn deshalb gern sicher und unbeschadet in seiner Nähe wußte, hingen die beiden mit großer Liebe und Zuneigung aneinander.

»Euer Lordschaft, es wartet ...«

»Ja, ich weiß, Mr. Walmsley.« Der Graf schnitt dem Butler das Wort ab und reichte ihm seine Reitermütze und die Handschuhe. »Wohin haben Sie ihn geführt?«

»Ich hätte ihn hier in der Halle gelassen, Mylord, aber er starrte die Mädchen so an, daß sie nervös wurden, also habe ich ihn in den kleinen Salon gebracht.«

»War er unverschämt?«

»Man hätte meinen können, er hätte noch nie eine Frau gesehen«, erwiderte Mr. Walmsley.

Der Graf verzog leicht die Lippen. »Hat er eine Karte abgegeben?«

»Er nannte nicht einmal seinen Namen«, stellte der Butler mit deutlichem Abscheu fest. »Wenn Sie mich fragen ...«

»Schon gut. Ich gehe gleich zu ihm. Schicken Sie mir mein Tablett, wie gewöhnlich, Mr. Walmsley, aber für zwei Personen.«

Der kleine Salon lag rechts von der riesigen Halle am Ende eines kurzen Korridors auf der Rückseite des Hauses, die der Morgensonne zugewendet war. An hellen, wolkenlosen Tagen wirkte der Raum heiter, jedenfalls zu dieser Jahreszeit. An jenem Morgen hatte die Sonne sich jedoch noch nicht hervorgewagt. Trotzdem spendeten die beiden deckenhohen Fenster genügend Licht, und der einsame Besucher war gut zu sehen. Er stand mit dem Gesicht zur linken Wand und betrachtete fasziniert die antiken Uhren auf einem Bord.

Der schmächtige Bursche hörte den Grafen nicht eintreten, was dieser als vorteilhaft empfand, denn er schätzte es nicht, wenn man ihm seine Überraschung anmerkte – und überrascht war er in diesem Augenblick. Selbst von der Seite erkannte er die Nationalität seines Besuchers, und ein Dutzend Fragen schoß ihm durch den Kopf, gemischt mit Schrecken, denn für die Gegenwart eines Arabers konnte er sich nur einen Grund denken, und das war kein angenehmer.

Mit einiger Mühe setzte der Graf ein höflich-kühles Lächeln auf und fragte in perfektem Arabisch: »Sie wollten mich sprechen?«

Beim Klang heimatlicher Laute in diesem fremden Land fuhr Ali ben-Khalil jäh herum. Seine Muttersprache zu hören, hatte er nicht zu hoffen gewagt, doch allmählich glaubte Ali, daß Allah persönlich ihn auf dieser Reise begleitet hatte – was bedeutete dann noch ein zusätzlicher Segen? War er, Ali nicht heil aus Barka herausgekommen? Hatte das Wetter nicht mitgemacht und den kleinen Dreimaster in weniger als einem Monat über das Meer getragen? Selbst die Mannschaft war so vom Glück begünstigt gewesen, daß ihr an der Küste ein unerwarteter Gefangener in die Hände gefallen war, der den Profit aus dieser Reise noch erhöhen würde. Dann war da noch der Matrose gewesen, der Englisch sprach und Ali die Worte gelehrt hatte, die er brauchte, um schnell hierher zu finden. Und zudem hatten noch Kleidungsstücke in einem Hinterhof gehangen, die Ali leicht hatte stehlen können, um sein Äußeres diesem Land anzupassen. Alles hatte so gut geklappt – zu gut in der Tat, so daß er schon fürchtete, etwas müsse schiefgehen, nur damit die Waagschalen des Schicksals ausgeglichen würden. Aber nein, er war hier angelangt! Der große Mann, der Arabisch sprach, war offensichtlich der Gesuchte. Ali hatte seine Mission erfolgreich beendet. Stolz und Jubel ließen seine Brust gleichermaßen anschwellen.

»Derek Sinclair?«

Auf ein Nicken hin händigte Ali schnell den Brief aus, ehe er zurücktrat und wartete. Vielleicht gab es noch Fragen, vielleicht auch konnte der Engländer ihm einen Rat geben, wo er die nächsten sechs Monate bleiben konnte. Er verstand noch immer nicht, warum er so lange nicht nach Barka zurückkehren durfte, doch er konnte sich nicht beklagen. Er war nun ein reicher Mann. Neben seinem eigenen gefüllten Beutel war noch eine große Summe des Geldes übrig, mit dem er das Piratenschiff angeheuert hatte.

Er beobachtete, wie der Engländer zu einem kleinen Pult in der Ecke des Raumes ging, einen Brieföffner zur Hand nahm und sich dann hinsetzte. Der Brief war in wenigen Sekunden gelesen, und der Hausherr richtete den Blick auf Ali. Es waren jene durchdringenden grünen Augen, die Alis Glücksstimmung zerrissen und ihm einen kalten Schauder über den Rükken jagten. Die Augen, die Größe, die adlerähnlichen Züge! Es war zwar kein Bart vorhanden aber ...

Ali stöhnte und warf sich auf den Boden. »Töten Sie mich nicht, gnädiger Herr! Bitte, Sie müssen mich verstecken. Ich tue alles, was Sie wollen, das schwöre ich.«

»Warum?«

Die Frage klang so sanft, daß Ali den Kopf leicht zu heben wagte. »Weil ... weil ich Sie gesehen habe.«

»Das hast du. Nun gut, wie lange soll ich dich hierbehalten?«

»Sechs Monate«, erwiderte Ali schnell, dem ein Licht aufgegangen war. »Man hat mir gesagt, ich müsse sechs Monate fortbleiben.«

Der Graf fluchte leise. Sechs Monate? In ein paar Wochen sollte seine Hochzeit stattfinden. Caroline würde so einen langen Aufschub nicht schätzen, ebensowenig wie sein Großvater. Doch wenn der Kurier für diese Zeitspanne untertauchen sollte, konnte Derek damit rechnen, selbst ebenso lange unterwegs zu sein.

»Steh auf und erzähle mir alles, was du über diesen Brief weißt.«

»Ich habe ihn nicht gelesen.« Ali erhob sich langsam und beobachtete seinen Gastgeber argwöhnisch.

»Es wäre unwichtig, wenn du ihn gelesen hättest. Was kannst du mir darüber sagen?«

Ali berichtete kurz von den vielen Kurieren, die alle mit dem gleichen Brief ausgesendet und von Meuchelmördern umgebracht worden waren, und davon, wie er sich angeboten und die Mission erfüllt hatte. Dann wurde er über den türkischen Herrscher befragt.

»Ich weiß nur, daß Anschläge auf sein Leben passiert sind und daß er jetzt kaum mehr den Palast verläßt.«

»Wissen seine Vertrauten, wer ihm nach dem Leben trachtet?«

Ali zuckte die Schultern. »Ich komme nicht aus dem Palast. Das ist auch der Grund, warum ich glaubte, den Häschern entgehen zu können. Ich weiß nicht, was im Palast geschieht.«

Derek lächelte. »Du hast deine Sache gut gemacht, mein Freund. Was soll ich jetzt sechs Monate lang mit dir anfangen?«

»Sperren Sie mich ein.«

»Ich bezweifle, daß das notwendig ist, aber du kannst hier auf dem Landsitz bleiben. Wir werden schon etwas finden, um dich zu beschäftigen. Welche Arbeit verrichtest du sonst?«

»Ich bin Limonadenverkäufer.«

Derek lachte vor sich hin. »Einem Limonadenverkäufer gelingt, was kampferprobte Soldaten nicht schafften. Alle Achtung! Wenn du nur ein wenig Englisch sprechen würdest.«

»Ein wenig kann ich.« Ali vermochte nun zu lächeln, seine Erleichterung war überwältigend. Allah wachte noch über ihn!

»Ausgezeichnet«, stellte der Graf fest und erhob sich. In diesem Moment klopfte es, und ein Mädchen kam herein, das ein Tablett trug. Das Mädchen war hübsch, und Ali dachte, daß er sich daran gewöhnen müsse, die Frauen in diesem fremden Land unverschleiert zu sehen. Offenbar machte es den Männern hier nichts aus, wenn andere ihre Frauen angafften. Das Mädchen gehörte gewiß Derek Sinclair, denn der sinnliche Blick, den es ihm schenkte, war ausgesprochen intim.

»Kaffee?« fragte der Graf.

Ali nickte, und als das Mädchen gegangen war, fragte er zögernd: »Stammt sie aus Ihrem Harem?«

Derek lächelte und nahm einen Schluck des heißen Getränks, das er seit Jugendtagen liebte. »Leider haben wir hier keine Harems, doch wenn wir welche hätten, könnte man wohl sagen, daß die junge Frau dazugehörte. Sie steht jedoch nicht nur mir allein zur Verfügung, wenn du verstehst, was ich meine.«

»Sie haben seltsame Sitten hier.«

»Für dich sind sie seltsam, ja, aber du wirst dich daran gewöhnen. Nach einer Weile gewöhnt man sich an alles.«

Der Graf blieb in dem kleinen Salon, während Mr. Walmsley Ali hinausbrachte, und setzte sich wieder hinter den Schreibtisch. Gedankenverloren blickte er auf den Brief, der offen vor ihm lag: Drei kurze Sätze in einer kühnen türkischen Schrift, leicht zu lesen, da er Türkisch ebensogut wie Arabisch und Französisch sprach. Englisch hatte er eigentlich erst zuletzt gelernt, doch er beherrschte es wie seine Muttersprache.

Seine erste Reaktion auf den Brief war Erleichterung gewesen. Niemand war gestorben. Doch nach Alis Bericht mußte er zugeben: Noch nicht!

Drei kurze Sätze:

Ich schicke Dir Grüße. Brauche ich mehr zu sagen? Dich vergesse ich nicht.

Es war die Chiffre von Kindern, denen es Spaß machte, ihre Lehrer und Diener zu verwirren. Der Graf erinnerte sich mit Wärme an die Zeit, als er einen Aufsatz laut vorgelesen und niemand verstanden hatte, warum Jamil ihn so lustig fand. Aber Jamil hatte den Code herausgehört: Ich möchte jetzt lieber Granatäpfel essen und den Sultan belauschen. Und du?

Dieser Brief hier war viel kürzer: drei Sätze, drei Wörter, die ersten drei Wörter von jedem Satz – *Ich brauche Dich.* Natürlich konnte Derek solch eine Botschaft nicht ignorieren. Im Lauf der Jahre waren wohl Briefe angekommen, aber immer auf normalem Weg. Dieser hier hatte Leben gekostet. Er war etwas Besonderes. *Ich brauche Dich.* Derek würde kommen.

Er hatte schon vor zwei Monaten reisen sollen, als Marshall ihn darum gebeten hatte, doch damals war ihm der Grund nicht wichtig genug gewesen, um seine Hochzeit zu verschieben oder sein dem Großvater gegebenes Wort zu brechen. Irgendein englisches Mädchen zu suchen und freizukaufen, das in Barka festgehalten wurde, reizte ihn nicht. Die Engländerin war schon seit drei Monaten in Gefangenschaft gewesen und aller Wahrscheinlichkeit nach keine Jungfrau mehr, also drängte es ihn nicht, sich einzuschalten.

Es war die Aufgabe des englischen Konsuls, sich um das Loskaufen von Sklavinnen zu kümmern. Der Konsul würde nur etwas mehr Zeit benötigen, das Mädchen zu befreien, falls es überhaupt befreit werden konnte. Oft war dies nicht möglich, vor allem bei hübschen Frauen nicht, und Marshall hatte versichert, die Engländerin sei hübsch. Zudem war sie mit irgendeinem mächtigen Edelmann verwandt, weshalb Marshall sich überhaupt mit der Angelegenheit befaßt hatte. Doch Derek interessierte sich nicht für den Fall. Allerdings nun, da er sowieso nach Barka reisen mußte, war er bereit, das Mädchen zu retten. Dies gab ihm auch die Möglichkeit, Marshall ein wenig über Barka auszufragen, ohne seine wahren Gründe enthüllen zu müssen.

Kismet. So sollte es geschehen, zu dieser Zeit, auf diese Art. Es war die moslemische Philosophie, auf deren Basis er großgezogen worden war. Nach fast neunzehn Jahren in England hatte das Schicksal für ihn vorgesehen, nach Hause zu kommen. Warum, würde er erst wissen, wenn das Abenteuer vorbei war.

5

Chantelle lag zitternd unter der Wolldecke. Sie konnte das Beben ihres Körpers nicht unterdrücken, und es hörte nicht auf. Ihr Haar war schon seit Stunden trocken. In der Kajüte war es warm. Das Zittern kam von der Furcht, die Chantelle empfand, und ihr Magen revoltierte.

Lieber Gott, sie war so nahe daran gewesen, den Piraten zu entkommen! Ihre Füße hatten schon den Grund berührt, als das Boot sie überfahren und unter Wasser gedrückt hatte. Als sie auftauchte, um Luft zu holen, hatten Hände sie gepackt und in den Kahn gezerrt. In diesem Moment wußte sie, daß sie keine Chance zur Flucht mehr bekommen würde.

Sie wurde auf das Schiff und in die Kabine zurückgebracht. Zwei Männer hatten sie bis auf die nackte Haut entkleidet. Sie war zu erschöpft gewesen, um sich zu wehren, und die Typen hatten sie auch nicht unsittlich berührt. Sie hatten sie in der dunklen Kajüte zurückgelassen und ihre nassen Kleider mitgenommen. Sie hatte die Kissen und den Fellteppich ertastet, an die sie sich von vorher erinnerte, und sich unter der Decke zusammengerollt. Das Zittern hatte angefangen, als sie sich fragte, was als nächstes mit ihr passieren würde.

Sie hielt sich wach, um nicht im Schlaf überrascht zu werden. Der Morgen dämmerte, und mit ihm kam etwas Licht von einem winzigen Fenster her. Noch immer war sie allein. Lieber hätte sie das Schreckliche erduldet, das ihr blühte, als hier zu liegen und es sich vorzustellen. Sie war überzeugt, daß die Mannschaft sie vergewaltigen würde und daß sie, falls sie das überlebte, als Sklavin verkauft werden würde. Beide Aussichten waren so unfaßbar, daß sie den Gedanken daran nicht ertragen konnte, also blieb nur die dumpfe Furcht vor Schmerz und Mißbrauch.

Ab und zu fragte sie sich, was aus dem kleinen Mann geworden war, der am Anfang mit ihr gesprochen hatte. Warum kam er nicht wieder? Jedes Gespräch wäre eine Erleichterung gewesen. Aber vielleicht bedeutete es eine Taktik, die Gefangenen mit Ungewißheit zu quälen, um sie zu zermürben. Angst entzog die Kräfte. Doch der Mann hatte ihr versichert, ihr würde kein Leid geschehen. Da blieb nur die Frage, was ein Pirat unter ›Leid‹ verstand.

Gott, wenn sie nur nicht gewußt hätte, was für Menschen das waren, wenn ihre Studien der Geschichte der Welt sie nicht mit umfaßt hätten! Doch sie wußte Bescheid über die Osmanen, die seit Jahrhunderten in das christliche Europa eingefallen waren, ebenso wie über die Staaten der Barbaren, dem türkischen Imperium zugehörig, und die barbarischen Seeräuber, die Piraten des Mittelmeers. Sie stürmten fremde Küsten, überfielen fremde Schiffe. Sie ermordeten christliche Gefangene oder verkauften sie als Sklaven – ohne Ausnahme. Was würden solche Menschen als Leid ansehen, das einer Frau angetan wurde? Sicher nicht dasselbe, was sie dafür hielt.

Als die Tür sich später an diesem Morgen schließlich öffnete, erschien nicht der Matrose, mit dem Chantelle geredet hatte. Vier Männer kamen herein, zwei mit nackter Brust, ein großer Dünner mit einem langen weißen Gewand und ein beeindruckender Bursche in einer schimmernden Seidenjacke über weiten türkischen Hosen.

Alle trugen Turbane und besaßen scharfe Gesichtszüge, jedoch eine helle Haut. Mit Ausnahme des Weißgewandeten hatten sie lange, krumme Säbel an ihren Gürteln befestigt.

Chantelle richtete sich sofort auf, doch sie erhob sich nicht, da sie nur in die Decke eingewickelt war, die sie bis zum Kinn hochgezogen hatte. Gefangen in dem kleinen Raum, mit riesigen angstvollen Augen und durchsichtiger farbloser Haut, merkte sie nicht, wie sie die Kerle verblüffte, besonders den Kapitän, der sie zum erstenmal deutlich sah. Augen, wie Chantelle sie besaß, kannten diese Menschen nicht. Und das silberblonde Haar, dessen eine Locke über die Wolldecke fiel und die prächtige, bis zu den Hüften reichende Länge verriet, wurde im Osten gerühmt. Die Matrosen hatten noch nie so helles Haar gesehen. Das Gesicht der jungen Frau war äußerst fein und ebenmäßig. Falls ihr Körper diesem Gesicht entsprach, würde sie ein Vermögen wert sein. Sollte sie auch noch Jungfrau sein, konnte sich ihr Preis verzehnfachen.

Genau hierüber wollte Rais Mehmed sich Gewißheit verschaffen, denn der Komfort, den Chantelle während dieser Reise genießen würde, hing von ihrem Wert ab. Außerdem – falls sie keine Jungfrau mehr war, gab es für ihn, Rais Mehmed, keinen Grund, sich oder seiner Mannschaft auf der langen Heimfahrt die Benutzung ihres Körpers zu verwehren. Die meisten seiner Männer trieben Unzucht mit Tieren, aber nur notgedrungen. Eine Frau an Bord bedeutete einen Segen – wenn sie keine Jungfrau mehr war. Mehmed begann zu hoffen, daß sie keine war.

»Sie hat panische Angst, Rais«, stellte der weiße Eunuche an seiner Seite fest. »Sollten Sie nicht Hakeem herholen, damit er ihr erklärt, daß es sich nur um eine einfache Prozedur handelt?«

Mehmed schüttelte den Kopf, ohne den Blick vom Gesicht des Mädchens zu nehmen. »Er muß ihr Freund werden, wenn er ihr helfen soll, sich in ihr Schicksal zu fügen. Je mehr er ihr über ihr neues Leben beibringen kann, desto anpassungsfähiger und demnach auch wertvoller wird sie sein. Wenn er jetzt hier wäre, würde sie ihm später nie vertrauen und auch nichts von ihm lernen wollen.«

»Dann bringen Sie es hinter sich, ehe sie ohnmächtig wird.«

Chantelle wurde nicht ohnmächtig. Sie schrie gellend, bis ihr ein Tuch in den Mund gestopft wurde, und sie wehrte sich wild, doch ohne Erfolg. Ihre Arme wurden unter der Decke festgehalten, ihr Rücken gegen den Boden gedrückt wobei der Mann in der Seidenjacke sich auf ihren Oberkörper legte. Sie trat um sich, obwohl das die Decke von ihren Beinen rutschen ließ. In Sekundenschnelle wurde jeder ihrer Füße von einem Mann gepackt, die Knie weit auseinandergerissen und auf die Erde gepreßt.

Ihre Augen waren groß vor Entsetzen, und sie erwartete das Schlimmste. Sie konnte nicht über die breite Brust des Seidenjackenmannes schauen, dessen Hände ihre Schultern hielten und dessen Gewicht auf ihrem Magen lastete. Sie wußte nicht, daß die Matrosen, die ihre Beine auf den Boden drückten, den Befehl erhalten hatten, sie nicht anzusehen, und daß der Weißgewandete ein Eunuche war, der sie nicht vergewaltigen konnte, selbst wenn er es gewollt hätte. Sie wußte auch nicht, daß er diese Untersuchung allen weiblichen Gefangenen antat. Sie spürte nur, was geschah – den Schock, daß etwas zwischen ihre Beine geschoben und in ihren Körper eingeführt wurde, das schmerzhaft sondierte und sich dann zurückzog. Sie glaubte, sie sei vergewaltigt worden, und ahnte nicht, daß sie gerade den Test bestanden hatte, der sie vor der Vergewaltigung rettete, jedenfalls, solange sie sich auf dem Schiff befand.

Die Decke wurde über ihre Beine gezogen, und Chantelle dachte, daß wohl nur *ein* Mann ihr Gewalt antun durfte. Man ließ ihre Knie los, und die Kerle sprachen miteinander. Sie versuchte nicht, sich zu rühren. Eine tiefe Depression ergriff von ihr Besitz. Sie hatte das Schlimmste befürchtet, und das Schlimmste war eingetroffen. Nichts anderes zählte im Moment.

Die beiden Männer mit der nackten Brust verließen den Raum, ehe der Mann in der Seidenjacke sie von seinem Gewicht erlöste. Es war ihr egal, daß er sie mit sich hochzog. Doch sie versuchte ihn zu beißen, als er ihr die Decke wegriß. Sie griff danach, doch dann bedeckte sie ihre Brüste mit den Händen.

Es war die letzte Demütigung, auf solche Art aller Würde beraubt zu werden. Diese Menschen waren Tiere, und die junge Frau sagte es ihnen, wenn sie auch kein Wort verstanden. Chantelles Verachtung und Wut brauchte nicht übersetzt zu werden.

»Beim Barte des Propheten, sie ist großartig«, stieß Rais Mehmed hervor, und er wirkte plötzlich atemlos. Nie in seinem Leben war ihm so eine Frau begegnet.

»Sie hat Geist«, meinte der Eunuche.

»Solche Kurven …«

»Sie könnte dicker sein.«

»Ich würde nicht das geringste an ihr ändern.«

»Sie haben einen ausgefallenen Geschmack«, erklärte der Eunuche. »Außerdem ist sie nicht für Sie bestimmt. Aber Hamid Sharif wird sich freuen.«

Mehmed grunzte, denn Hamid Sharif, der Besitzer des Schiffes, hatte schon vier Frauen, die ihn mit ihrer Nörgelei fast in den Wahnsinn trieben. »Er sollte sie lieber verkaufen, dann bekämen wir mehr Geld. Vielleicht könnte er mit dieser einen sogar den Herrscher reizen, obwohl der schon lange keine neuen Frauen mehr für seinen Harem erworben hat.«

»Es ist nicht unser Problem, wer sie schließlich kauft, Rais, aber Sie müssen dafür sorgen, daß sie in gutem Zustand bei Hamid Sharif abgeliefert wird.«

Mit diesen Worten händigte er Chantelle die Decke aus und bedachte die junge Frau mit einem entschuldigenden Lächeln. Mehmed lachte laut, als er sah, wie sie die Decke nahm, sich darin einhüllte und vor die Füße des Eunuchen spuckte.

6

Caroline Douglas zügelte ihre flink trabende Stute und wartete darauf, daß Derek sie einholen würde. Sie hatte nicht erwartet, daß er sie diesen Nachmittag anrufen und einen gemeinsamen Ausritt vorschlagen würde, nachdem er wußte, daß ihr Vater Gäste hatte. Doch nun hatte sie die Gelegenheit beim Schopf gepackt und ihren neuen Reitanzug aus dunkelblauem Wollstoff mit hellblauer, taillierter Satinjacke angezogen, der wie ein Männeranzug geschnitten war. Der maskuline Stil der Kombination, die von einem Herrenschneider kreiert worden war, galt als neueste Mode, und Caroline wußte, daß ihr diese Farben zu ihrem roten Haar besonders bezaubernd standen.

Unter dem Rand ihres großen Hutes beobachtete sie, wie Derek sich näherte. Sie bewunderte seinen Umgang mit dem halbgezähmten Hengst, den er ritt. Vollblutpferde zu züchten, betrachtete er nur als Hobby, doch sein Stall brachte einige der edelsten Exemplare Englands hervor, und viele von ihnen wurden berühmte Rennpferde. Ihre eigene Stute war ein Geschenk Dereks, das er ihr überreicht hatte, als er um ihre Hand angehalten hatte. Sie liebte das Tier. Sie liebte Derek. Mit einem leisen Seufzer überlegte sie zum hundertsten Male, ob es nicht ein Fehler war, ihren besten Freund zu heiraten.

Nein, sie durfte nicht grübeln. Sie hatte schon zwei Männern den Laufpaß gegeben – zu ihres Vaters profundem Mißfallen. Sie konnte das nicht schon wieder tun, schon gar nicht bei Derek Sinclair, dem Grafen von Mulbury. Sie wollte ihn ja heiraten – wirklich.

Eine perfektere Verbindung konnte sie sich nicht vorstellen. Auf benachbarten Gütern waren sie zusammen aufgewachsen. Sie kannten einander so gut. Ihr Vater schätzte ihn wie einen Sohn. Hinzu kamen noch Dereks Charme, sein blendendes Aussehen, seine sanfte Natur. Natürlich war er ein sinnlicher Mensch, aber das konnte sie ihm nicht als Fehler anrechnen, vor allem nicht, wenn seine Küsse ihr das Gefühl gaben, die begehrteste und am meisten geliebte Frau der Welt zu sein. Das Problem hierbei war, daß sie fürchtete, er würde in jeder Frau dieses Gefühl erwecken – und er hatte so viele Frauen gehabt, so viele gleichzeitig!

Er hatte ihr über jede Eroberung berichtet, wie sie ihm von ihrer ersten Verliebtheit und allen folgenden erzählt hatte. Was das betraf, hatten sie keine Geheimnisse voreinander. Er hatte geschworen, sie glücklich zu machen. Sie glaubte, daß er das konnte. Sie wußte, daß er seine Liebschaften aufgegeben hatte, als er ihr einen Heiratsantrag gemacht hatte. Die Liebschaften ... sie betrafen die Hälfte aller Mädchen im Haus seines Großvaters. Es war nicht so, daß sie nicht glaubte, er könnte ihr treu sein. Was war es also, das sie immer wieder zweifeln ließ?

Gewiß nur die Nervosität einer Braut! Sie hatte diesen Nervenkitzel schon zweimal erlebt, als das Hochzeitsdatum nähergerückt war, und das hatte seine Gründe. Entscheidungen fielen ihr schwer, da sie kaum welche treffen mußte. Sie besaß nicht das Selbstvertrauen, ihrer eigenen Wahl sicher zu sein. Das war schon immer so gewesen. Eine von Dereks Eigenschaften, die ihr so anziehend erschien, war die, daß er von sich selbst etwas abgab, von seinem Selbstvertrauen, seiner Kraft. Wenn er mit jemandem Freundschaft schloß, war es für ein ganzes Leben, als ob diese Person ihm gehöre. Vielleicht lag hier der Fehler. Caroline spürte, daß sie ihm immer schon gehört hatte. Sie konnte sich ein Leben ohne ihn nicht vorstellen. Hatte sie deshalb ja gesagt – um seine Freundschaft niemals verlieren zu müssen?

Nein, sie liebte ihn, hatte ihn immer geliebt. Halt – nicht immer. Sie hatte sich erst an ihn gewöhnen müssen, als er nach England gekommen war. Sie war erst sechs Jahre alt gewesen, er beinahe elf. Er sprach Französisch und benahm sich seltsam. Sie hatte noch kein Französisch gelernt, deshalb war die Verständigung zwischen ihnen beiden begrenzt, doch nur für eine kurze Zeit, denn er beherrschte das Englische erstaunlich schnell. Er war in irgendeinem Land des Nahen Ostens aufgewachsen, wo sein Vater den Posten eines Botschafters bekleidet hatte. Die Tochter des alten Marquis, Melanie, hatte den Diplomaten im Ausland geheiratet und war in all den Jahren nie mehr nach England zurückgekehrt. Als Derek zehn Jahre alt war, starben seine Eltern, und er kam zu seinem Großvater, der dem Enkel als dem einzigen männlichen Erben sofort den Namen Sinclair übertragen hatte.

Caroline erinnerte sich an Dereks gönnerhaftes Wesen in diesem Jahr nach seiner Ankunft, an seine Überheblichkeit. Er hatte sich aufgeführt, als sei er ein König, und jeder habe sich seinen Wünschen zu fügen. Gott, wie hatte sie ihn am Anfang gehaßt! Doch er hatte nicht lange gebraucht, um sich neu zu orientieren und ihr Herz zu gewinnen. Er besaß eine Art, mit weiblichen Wesen umzugehen, die unwiderstehlich war. Bald betete sie ihn an, und es machte ihr nichts aus, daß ihr bester Freund männlich anstatt weiblich war. Nun, nach beinahe neunzehn Jahren, hatte sich an diesem Zustand nichts geändert, obwohl sie wußte, daß er auch noch andere Freunde hatte, Männer, die ihm ebenso nahestanden.

Lord Fielding war einer von ihnen, dieser Halunke, der Derek zum Zeitvertreib in die Spionageszene eingeführt hatte. Für Derek war es tatsächlich nur ein Zeitvertreib, ein Spaß oder kleines Abenteuer. Er dachte nie an die Gefahr, während der Marquis und sie selbst jedesmal, wenn Derek nach Frankreich reiste, vor Angst vergingen und befürchteten, er würde gefangengenommen und hingerichtet werden. Schließlich hatte der Marquis seinen Enkel überredet, sein Leben nicht weiterhin zu riskieren. Der arme alte Herr hegte zu Recht die Furcht, daß Derek nicht lange genug leben würde, um den Titel weiterzugeben. Deshalb drängte er auf eine Heirat, und Dereks Wahl war ganz natürlich auf sie, Caroline, gefallen. Sie fühlte sich unbeschreiblich geschmeichelt. Er kannte so viele Frauen, und er hatte sie ausgesucht, um mit ihr eine Familie zu gründen.

»Träumst du vor dich hin, Caro?«

Er war abgestiegen und streckte die Arme nach ihr aus. Sie blickte lächelnd auf ihn herab, legte die Hände auf seine Schultern und spürte seinen festen Griff um ihre Taille, die Wärme seiner Finger. Er ließ Caroline nicht sofort los, als ihre Füße den Boden berührten. Wie selten ein Mann besaß er die Gabe, seine Zuneigung auf sinnlichem Wege zu übermitteln. Das war eine betörende Eigenschaft, denn sie war ihm nicht bewußt – die Berührung einer Schulter, der Taille, eines Armes, das sanfte Gleiten der Finger über Haut.

Er ahnte nicht, was diese unschuldigen Kontakte bei einer Frau bewirken konnten. Oder vielleicht wußte er es doch. Es war ein Teil seiner zwingenden Sinnlichkeit.

Sie lachte statt einer Antwort, denn er sollte nicht erfahren, wie sehr er ihre Gedanken beherrschte. Dann meinte sie leichthin: »Ich dachte an meinen Garten, an das Versetzen der Rosenbüsche …«

Er zog sie näher zu sich heran. »Du kleine Lügnerin.«

Sie lächelte zu ihm auf, und das Lächeln hatte einen weiten Weg zurückzulegen, denn sie war eine sehr zierliche Frau, und er überragte sie um mehr als eine Kopfeslänge. »Also gut, ich dachte, daß du sehr feminine Augenwimpern hast.«

»Guter Gott, meine Liebe, wenn das ein Kompliment sein sollte, hast du dich vertan.«

»Aber sie machen dich äußerst hübsch, Derek«, erklärte sie, und der Schalk blitzte in ihren grauen Augen.

»Wenn du nur Unsinn versprühen kannst weiß ich etwas Besseres anzufangen …«

»Oh, nein!« Sie entwand sich schnell seinem Griff, denn wenn er begann, sie zu küssen, konnte sie keinen klaren Gedanken mehr fassen. »Du hast mich aus einem bestimmten Grund herbestellt, also laß hören, was du vor meinem Vater nicht sagen konntest.«

»Ich habe vor, dich zu verführen, mein Kleines.«

Sie schnaubte. »Wohl kaum! Wenn du das vor der Hochzeit im Sinn gehabt hättest, wäre es sicher schon vor Monaten passiert. Also heraus mit der Sprache!«

Er nahm ihre Hand und ging langsam mit Caroline über die Wiese, die voller wilder Blumen leuchtete. »Wieviel Aufregung wird es geben, wenn wir unsere Hochzeit verschieben?«

Sie blieb vor ihm stehen, so daß er sie ansehen mußte. »Was ist geschehen?«

»Ich muß England für eine Weile verlassen.«

»Dieser Schurke, dieser Schuft!« rief sie aus. »Er ist wieder schuld, nicht wahr?«

»Wer?« fragte Derek mit Unschuldsmiene.

»Du weißt genau, wer! Lord Fielding! Und du hast deinem Großvater versprochen, du würdest dich nicht mehr auf diese abscheulichen Abenteuer einlassen!«

»Marsh hat nicht ... also ...« Er hielt inne und lächelte. »Schurke, Caro? Schuft? Ich dachte, du magst Marshall?«

»Ich habe ihn gemocht«, erwiderte sie grimmig. »Ehe er dich zum Spionieren veranlaßte.«

Derek zog sie sanft mit sich und legte den Arm um ihre Taille. »Marshall hat mich nie zu etwas überredet. Ich habe nur getan, was mir Spaß machte. Und diesmal hat er nichts mit der Sache zu tun. Es ist etwas, das nur ich selbst erledigen kann. Ich begebe mich nicht in Gefahr. Es handelt sich eher um eine diplomatische Mission.«

»Du hast vermutlich geschworen, sie geheimzuhalten?«

»Natürlich.«

Sie war hin- und hergerissen zwischen der Erleichterung über die Verschiebung, die ihr Zeit geben würde, ihre Zweifel zu besiegen, und dem Kummer darüber, daß er sie bezüglich der Gefahrlosigkeit belog. »Wie lange wirst du weg sein?«

»Das kann ich nicht sagen – möglicherweise sechs Monate.«

»So lange?«

Er zuckte die Schultern. »Diplomatie ist zeitraubender als Spionage.«

»Vater wird nicht begeistert sein.«

»Der Herzog und mein Großvater werden der gleichen Meinung sein.«

»Was sagt dein Großvater zu der Angelegenheit?«

»Ich habe ihm noch nichts davon erzählt. Ich möchte ihn erst direkt vor meiner Abreise informieren.«

»Wann ist das?«

»Höchstwahrscheinlich schon morgen«, bekannte er. »Ich werde von Dover aus ein Schiff nehmen.«

»Oh, Derek!« Sie blieb plötzlich stehen und schlang die Arme um seinen Hals.

»Was soll das Caro? Wirst du mich vermissen?«

»Überhaupt nicht«, flüsterte sie in seine Jacke.

»An mich denken?«

»Keine Sekunde!«

Er lachte leise und drückte sie zärtlich an die Brust. »Das ist mein Mädchen.«

7

Derek verschob das Gespräch mit seinem Großvater nicht auf den nächsten Tag. Nach seiner Rückkehr in das Herrenhaus traf er den Marquis in der Bibliothek und legte ihm die Situation offen dar.

Robert Sinclairs Antwort war die einzig mögliche. »Du mußt gehen.«

»Das habe ich auch beschlossen«, erklärte Derek. »Ich habe nach Marshall geschickt. Er müßte morgen nachmittag hier sein.«

»Willst du ihm von deiner verwandtschaftlichen Beziehung erzählen?«

»Fändest du das vernünftig, ihn nach all den Jahren einzuweihen?«

»Nein«, gab der Marquis zu.

»Na, also! Außerdem kann ich noch nichts Verbindliches sagen. Warum ich gebraucht werde, erfahre ich erst, wenn ich dort bin. Marshall wird denken, ich kümmere mich um das englische Mädchen. Das genügt.«

»Wirst du dich kümmern?«

Derek zuckte die Schultern. »Ich kann mich dort einmal nach der Person umsehen. Dabei ist es zweifelhaft, ob man sie zurückholen kann, selbst wenn ich sie finde. Sobald eine Frau einem Harem angehört, ist sie für die Außenwelt verloren.«

Robert furchte die Stirn. »Du sagst das ohne das geringste Bedauern.«

Derek lächelte seinem Großvater liebevoll zu. Roberts Bitterkeit war verständlich.

»Was möchtest du von mir hören? Sie ist eine unter Tausenden. Hier bei uns gilt die Sklaverei als anrüchig. Im Osten ist sie ein akzeptabler Brauch.«

»Deshalb brauchst du sie nicht zu billigen.«

»Ich sagte nicht, daß ich sie billige, aber ich bin im Orient aufgewachsen. Ich nehme sie als das, was sie ist – eine Art zu leben.«

»Ich weiß, ich weiß.« Der Marquis seufzte, denn dies war nichts anderes als das Wiederkäuen einer alten Streitfrage. »Es ist nur … glaubst du, daß du sie sehen wirst?«

Derek wußte, daß sein Großvater nicht mehr von der Engländerin sprach. »Ich weiß es nicht.«

»Falls du sie siehst, sag ihr, daß ich ihr von Herzen danke.«

Derek nickte und umarmte den alten Herrn. Eine tiefe Bewegung schnürte ihm den Hals zu. Die Botschaft war eindeutig und galt auch ihm selbst. Sie zeugte von der Anerkennung, der Liebe und dem Stolz seines Großvaters, der seine Gefühle nicht leicht offenbarte. Die beiden Männer mochten in vielen Punkten gegenteiliger Ansicht sein, und Robert mochte Dereks lustbetontes Leben mißbilligen, doch im Lauf der Jahre hatte sich zwischen Großvater und Enkel eine starke Bindung entwickelt, die unzerstörbar war.

Eine Stunde später hielt sich Derek noch allein in der Bibliothek auf, als ihm Lord Marshall Fielding angekündigt wurde. Der Besucher hatte Mr. Walmsley seinen Hut und Mantel übergeben und strich sich die widerspenstigen braunen Locken glatt, als er den Raum betrat.

Derek erhob sich zur Begrüßung, und es gelang ihm, seine Überraschung zu verbergen. Daß Marshall heute statt morgen gekommen war, bedeutete, daß er Dereks Nachricht nicht erhalten hatte und aus eigenem Antrieb erschien.

»Was führt dich von London hierher, Marsh?«

Dichte Brauen über hellgrünen Augen gaben Marshall einen ständig ernsten Ausdruck, der sich nicht einmal beim Lächeln wesentlich änderte. »Es ist schon beinahe einen Monat her, daß ich zuletzt hier war. Ich dachte, ich müßte mal schauen, wie es deinem Gewissen geht.«

Derek brach in Gelächter aus. Marshall gab doch niemals auf, vor allem nicht wenn er Derek zu etwas überreden wollte, das seiner Meinung nach von keinem anderen bewerkstelligt werden konnte. Sicher war er gekommen, um die zuletzt geführte Diskussion zu erneuern – doch es bestand wenig Hoffnung, Derek umzustimmen.

Marshall war ein Organisator, die Ausführung überließ er anderen. Er und Derek waren ein ungleiches Paar. Sie hatten nichts gemeinsam, außer ihrem Alter und der Liebe zu Pferden – da war es erstaunlich, daß sie während der Schulzeit eine enge Freundschaft geschlossen hatten. Sie bestanden aus Gegensätzen: ernst, zurückhaltend und konservativ der eine, kühn, abenteuerlustig und ein wenig arrogant der andere. Während der eine antrieb, bremste der andere – so ergänzten sie sich perfekt.

»Setz dich, Marshall.« Derek wies auf die bequemen Sessel. »Du bist gerade rechtzeitig zum Tee gekommen.«

Marshall ging nicht auf das Angebot ein. »Ich merke, daß dich dein Gewissen nicht plagt.«

»Ich habe keines.«

»Derek …«

»Oh, Marsh, reg dich ab! Du könntest nie ein Gesandter im Osten werden. Du mußt die Dinge sanft angehen und zuerst ein paar Höflichkeiten austauschen. Also – was macht das Spionagegeschäft?«

»Du weißt, daß wir dieses Wort nicht mögen. Auswärtiger Nachrichtendienst …«

»Ein Spion ist ein Spion, ganz gleich, wie du ihn nennst.«

»Das gebe ich zu«, sagte Marshall gutmütig. »Nun, reichen dir die ausgetauschten Höflichkeiten, oder sollen wir noch über das Wetter reden?«

»Das Klima ist ziemlich mild für …«

»Derek, du könntest mit Leichtigkeit einen Heiligen zur Verzweiflung bringen. Du sitzt hier und verbreitest Unsinn, während Miß Charity Woods Scheußlichkeiten erdulden muß …«

»Hör auf, Marsh«, unterbrach Derek den Freund schroff. »Du weißt nicht, ob das Mädchen irgend etwas erduldet. Es ist mir zufällig bekannt, daß es Frauen gibt, die sich als Sklavinnen verkaufen, um dahin zu kommen, wo deine Miß Woods vermutlich gelandet ist. Haremsfrauen werden verwöhnt und mit Luxus überschüttet. Sie werden selten mißbraucht.«

Marshall lehnte den Kopf zurück und schloß die Augen mit einem Seufzer. Er hätte wissen müssen, daß es Zeitverschwendung war, Derek umstimmen zu wollen. Falls die Gründe für Dereks Weigerung nicht gerechtfertigt erschienen, blieb doch die Tatsache bestehen, daß sie beide verschiedener Auffassung waren, was die Lage von Frauen betraf, die in moslemische Staaten verkauft wurden. Wo hatte Derek gelebt, daß die Frauen so eine gut Behandlung erfahren hatten? Das war nicht überall so. Wußte er das nicht?

Doch es hatte keinen Sinn, Derek Sinclair über sein Leben vor seiner Ankunft in England zu befragen. Er gab nie Einzelheiten preis – nur Ansichten, und die waren bei weitem zu östlich gefärbt.

Während der letzten Diskussion hatte Derek keine Meinungen verkündet. Er hatte sich nur einfach geweigert, England zu verlassen. Der Grund hierfür war vernünftig. »Ich heirate in wenigen Monaten.«

»Erinnere mich nicht daran. Du nimmst mir das einzige Mädchen weg, das ich je lieben kann, und du streust Salz in meine Wunde, indem du mich zur Hochzeit einlädst«, hatte Marshall mit einem scherzhaften Grinsen bemerkt, das, traurigerweise, überhaupt nicht nach Scherz aussah. »Du könntest die Hochzeit verschieben.«

»Das kann ich nicht. Außerdem hat mich der alte Herr gebeten, in der Nähe zu bleiben. Du weißt, er ist kränklich.«

»Kränklich gilt nicht«, widersprach Marshall.

»Letzte Woche lag er im Bett.«

»Zufällig weiß ich, daß er nur eine schlimme Erkältung hatte.«

»Du kennst sein Alter, Marsh«, gab Derek zu bedenken. »Er möchte Kinder noch erleben, ehe er das Zeitliche segnet.«

Dagegen konnte Marshall natürlich nichts einwenden. Der Marquis näherte sich den Siebzigern, und seine Gesundheit war in den letzten Jahren etwas angegriffen. Der Gedanke an Kinder, an Carolines und Dereks Kinder, bedrückt Marshall genügend, um das Thema ›Nachwuchs‹ zu verdrängen. Doch wegen der geraubten Engländerin war so viel Druck auf ihn ausgeübt worden, daß er sich gezwungen sah, Derek noch einmal zu fragen. Außerdem hoffte er in der Tiefe seines Herzens noch, die bevorstehende Hochzeit würde verschoben – was immer ihm das auch Gutes bringen würde …

»Du hast nicht erwähnt, welchen Fortschritt der englische Konsul gemacht hat.«

Marshall brummte. »Keinen. Seit kurzem kann er nicht einmal eine Audienz beim Herrscher erlangen. Das erinnert mich an etwas. Miß Woods ist nicht mehr der einzige Grund, warum wir möchten, daß du nach Barka reist – offiziell bleibt sie natürlich der Anlaß, zumal ihr Verwandter verlangt, daß wir die Flotte einsetzen, falls er das Mädchen nicht bald zurückbekommt.«

»Würde die Kriegsmarine da eingreifen?«

»Nicht wegen dieser Affäre, und nicht, nachdem Barka die einzige Flotte besitzt, deren Größe nicht geschätzt werden kann. Wir wissen nicht, auf was wir uns da einlassen, und glaube mir, wir sind nicht erpicht darauf, es zu erfahren.«

»Es handelt sich nur um einen kleinen Hafen, Marsh. Ich gebe zu, daß der alte Herrscher eine Menge Schiffe zur Verfügung hat, aber eure Leute sind dort im Einsatz und können jedes Schiff überwachen, das in den Hafen einläuft. Wieso wißt ihr also nicht Bescheid über die Anzahl?«

»Ja, wieso – wenn dein Freund Jamil Zwillinge als Kapitäne benützt.«

»Zwillinge? Gütiger Gott, das ist glänzend!«

»Heißt das, daß du das nicht wußtest?«

»Hör mal, Marsh – nur weil Jamil und ich ab und zu Briefe austauschen, bin ich doch nicht in seine Verteidigungsmaßnahmen eingeweiht.«

Marshall traute seinen Ohren nicht. Es war das erste Mal, daß Derek den moslemischen Herrscher beim Namen genannt hatte. »Es könnte hilfreich sein, wirklich hilfreich, wenn ich wüßte, wie du zu dem Herrscher standest, als du in Barka lebtest.«

Derek lächelte und fragte ablenkend: »Bleibst du zum Essen, Marsh?«

»Um Himmels willen, Derek! Was soll die Geheimnistuerei? Hast du sein Leben gerettet? Schuldet er dir etwas?« Bei Dereks unergründlichem Gesichtsausdruck sagte Marshall mit Widerwillen: »Oh, es ist ja egal. Ich hätte mir das Fragen sparen können. Aber wenigstens könntest du mich aufklären, ob ich auf dem Holzweg bin: Ist er ein Freund oder nicht?«

»Er war einer.«

»Nun, das ist schon etwas.« Marshall seufzte, denn er hatte mehr erfahren als je zuvor. »Übrigens, die Strategie dieses Herrschers ist wirklich brillant. Keiner weiß, wie viele Schiffe er tatsächlich besitzt, weder seine Feinde noch seine Verbündeten. Das ist auch unmöglich festzustellen, wenn es einen Kapitän doppelt gibt und die Schiffsnamen gleich sind. Es befinden sich auch niemals alle Schiffe im Hafen, also können wir ihn in alle Ewigkeit kontrollieren und doch keine korrekte Anzahl feststellen. Aber entscheidend ist …« – »Entscheidend ist, daß England Barka nicht den Krieg erklären will.«

»Genau«, gab Marshall zu. »Unser Staatsvertrag ist gut, er ist sogar ausgezeichnet, und Jamil Reshid ein Wunder – ein Osmane, der sein Wort hält.«

»Dann fühlt sich England mit dem gegenwärtigen Herrscher von Barka glücklich«, stellte Derek fest. »Was für einen weiteren Grund für meine Reise in den Orient wolltest du erwähnen?«

»Wie ich schon sagte: Der englische Konsul, Sir John Blake, konnte keinen Gesprächstermin mit Jamil Reshid bekommen. Wir haben erst kürzlich herausgefunden, warum nicht. Offenbar hat es in der letzten Zeit mehrere Attentate auf das Leben des Herrschers gegeben. Natürlich haben sich die Sicherheitsvorkehrungen im Palast verdreifacht, und alle Geschäftsverhandlungen – die wichtigsten ausgenommen – wurden eingestellt.«

»Und ich vermute, daß der Raub einer Sklavin von den Beamten des Palastes nicht als wichtig eingestuft wird?«

»Du sagst es. Aber ich bemerke, daß du kein Wort über die Mordversuche an deinem ›Freund‹ verlierst. Könnte es sein, daß du schon davon wußtest?«

»Du lieferst Jamils Briefe an mich persönlich bei mir ab, Marsh, und seit einem Jahr ...«

»Schon gut, schon gut, also hast du kein Sterbenswörtchen darüber vernommen. Aber warum bist du nicht überrascht, nicht einmal betroffen?«

»Gütiger Himmel, was bist du heute so argwöhnisch.« Derek lachte leise. »Ich bin nicht überrascht, weil Mordanschläge im türkischen Reich zum Alltäglichen gehören. Du weißt das auch. Warum, glaubst du wohl, ist es völlig legal, daß ein neuer Sultan alle seine Brüder tötet, wenn er an die Macht kommt?«

»Jamil Reshid hat jüngere Brüder.«

»Ja, aber Jamil Reshid ist kein Sultan, und die Herrscher von Barka betreiben keinen Brudermord. Sie umgeben sich jedoch mit Leibwächtern, die eine Annäherung beinahe unmöglich machen.«

»Beinahe?«

»Richtig, also besteht Grund zur Vorsicht. Gibt es Vermutungen, wer dahintersteckt?«

»Sir John behauptet, alles deute auf Selim hin, den nächsten in der Erblinie, weil er seit über sechs Monaten verschwunden und unauffindbar ist. Natürlich ist Sir John nicht in alles eingeweiht, was in Barka vor sich geht. Er besitzt seine Spione, aber keinen im Palast. Jamils Söhne sind noch nicht alt genug, um zu herrschen. Falls Jamil jetzt stirbt, würde Selim der neue Herrscher sein, und das wollen wir um jeden Preis verhindern.«

»Warum?«

»Weil man ihm – im Gegensatz zu Jamil – nicht trauen kann. Wir sind über den Burschen informiert, das darfst du mir glauben. In nichts gleicht er Jamil. Nein, wir brauchen den jetzigen Herrscher – nicht nur, weil er England wohl gesinnt und den Christen gegenüber tolerant ist und den Handel mit uns eröffnet hat, sondern weil wir die Alternative zu ihm für unakzeptabel halten. Sollte Selim an die Macht kommen, könnte das zum Krieg führen.«

»Ich denke, es gibt einen Grund, warum du mir das alles erzählst.«

Marshall lächelte endlich. »Wenn du in Betracht ziehen

könntest, dich um den Verbleib von Miß Woods zu kümmern, würden wir es dir nicht übelnehmen, wenn du gleichzeitig nach dem Urheber der Mordanschläge Ausschau hieltest und das Problem während deines Aufenthaltes in Barka aus der Welt schaffen würdest.«

Derek erstickte fast vor Lachen. »Mann, du verlangst nicht gerade viel, oder?«

»England wäre dir dankbar – natürlich inoffiziell.«

»Natürlich.« Derek kämpfte seine Belustigung nieder. »In Ordnung, Marsh, es ist dir gelungen, mich zu überzeugen.«

Marshall richtete sich auf. Seine Gesichtszüge drückten Ungläubigkeit aus. »Du scherzt wohl! Willst du wirklich die Reise machen, deine Hochzeit verschieben und das Wort, das du deinem Großvater gegeben hast, brechen?«

»Nun, wenn du mich an all das erinnerst …«

»Nein, nein, ich denke nicht daran.«

»Dann reise ich morgen ab.«

An diesem Abend zog sich der Graf sehr zufrieden zurück. Er hatte Marshall alle Informationen entlockt, ohne die eigenen preiszugeben, er war mit seinem Großvater einig, was die Reise betraf, und er hatte sich von Caroline verabschiedet, ohne Tränen oder Vorwürfe erleben zu müssen. Nun konnte er ohne Bedauern auf große Fahrt gehen. Natürlich würde er England und alles, was ihm dort lieb war, vermissen, aber allzulange blieb er ja nicht weg. Nach seiner Rückkehr würde die Hochzeit stattfinden, er würde eine Familie gründen und somit den Herzenswunsch seines Großvaters erfüllen.

Doch im Moment hatte er die letzte Nacht an Land vor sich, dann erwarteten ihn Wochen auf See und nur in männlicher Begleitung. Auf dem obersten Treppenabsatz drehte er sich um und winkte mit dem Finger ein Hausmädchen herbei, das unten vorüberging. Es war unwichtig, um welches Mädchen es sich handelte. Er kannte sie alle intim.

Er lächelte, als er sie kichern hörte, und wartete, während sie die Stufen hinaufeilte. Es war Claire, eine hübsche kleine Brünette mit einem unstillbaren Appetit – eine gute Wahl.

»Wir haben gehört, daß Sie verreisen, Mylord«, meinte sie, als er den Arm um sie legte. »Margie und ich hatten geplant, Sie später in der Nacht zu besuchen und Ihnen auf Wiedersehen zu sagen.«

»Tatsächlich?« entgegnete er langsam, und seine Finger streiften wie zufällig ihre Brust. »Dann können wir uns jetzt verabschieden, und ich sehe Margie später – wenn du mich nicht bis zur Erschöpfung strapazierst.«

Sie kicherte erneut, während er sie zu seinem Zimmer führte. Es war ein Laut, der ihn nicht störte, denn er war damit aufgewachsen – in einem Harem. Daß er die Frauen liebte, war ganz natürlich nach so einer Kindheit. Er hatte befürchtet, daß er bei seiner Umsiedlung nach England eines bedauern würde: daß er nie seinen eigenen Harem haben könnte. Dieses Bedauern empfand er nicht, da er eine Schar Mädchen zur Verfügung hatte, Dienerinnen, die daran gewöhnt waren, ihrem Herrn zu gefallen. Doch er vermißte die Sinnlichkeit des Orients, wo ein Mann selten nur einer Frau seine Zärtlichkeit schenkte. Hier forderten die feinen Damen ewige Hingabe und absolute Treue. Das war undenkbar, und doch akzeptierte er dieses westliche Charakteristikum.

Er erwartete es bei Caroline. Er wußte, daß sie jetzt an seine Treue glaubte. Daß er nicht treu war, verursachte ihm jedoch keine Schuldgefühle. Es war nicht so, daß er Caroline nicht angebetet hätte – wenn sie im Orient gewesen wären, hätte man in ihr seine *Ikbal*, seine Lieblingsfrau, gesehen. Aber sie war mehr als das. Sie war auch seine liebste Freundin, etwas, das im Orient nicht möglich gewesen wäre, denn dort betrachtete man Frauen nicht als Kameradinnen. So beabsichtigte er ernsthaft, ihr, nach englischen Maßstäben, ein guter Ehemann zu sein und ihr keinen Kummer zu bereiten. Er mußte sich eben diskret verhalten.

Doch das galt für später. Er hatte die eine und einzige noch nicht zur Frau genommen. Im Moment lag die lange Reise nach Barka vor ihm – und eine lange Zeit, ehe er wieder so ein anpassungsfähiges Wesen fand wie Claire.

8

»Kommen Sie, *Lalla*, Sie müssen etwas essen.«

»Warum?«

Hakeem schaute bekümmert auf die junge Frau, die zusammengerollt auf dem niedrigen Bett lag. Ihre Augen waren vom Mangel an Schlaf bläulich umrandet. Ihr Haar bildete ein wirres Durcheinander silberner Strähnen, da sie es nicht kämmte und Hakeem nicht erlaubte, es zu berühren. Sie trug das gleiche Gewand, das sie vor vier Tagen angezogen hatte, als man ihr ihre Kleider zurückgegeben hatte – eine lilafarbene Robe, die ihre Blässe betonte. Sie wechselte das Kleid nicht, und sie schlief darin. Das einzige an ihr, das seinen Glanz nicht eingebüßt hatte, war ihre Stimme, die gelegentlich verdrossen, aber meistens kalt und feindselig klang.

Sie anerkannte die Änderungen nicht, die Hakeem in der kleinen Kajüte vorgenommen hatte. Streifen leuchtender Seide hingen von den Wänden, und weiche Fellteppiche bedeckten nun den ganzen Boden. Eine dicke Matratze, in Seide gehüllt und mit großen Kissen geschmückt, diente als Bett. Eine kupferne, hüfthohe Badewanne thronte in einer Ecke hinter einer Gitterwand. Eine kleine Truhe mit süß duftenden Seifen und Ölen stand daneben. Chantelle rührte nichts an. Das Wasser, das Hakeem jeden Tag für sie erhitzte, wurde unbenützt wieder kalt.

Und sie aß nichts, seit ihrer Gefangennahme hatte sie keinen Bissen zu sich genommen. Der Kapitän hatte ihr sogar seinen persönlichen Vorrat an Delikatessen angeboten – ohne Erfolg. Hakeem war am Ende seiner Weisheit angelangt. Er hatte Chantelle versichert, daß sie nichts zu befürchten habe, daß ein Leben in Reichtum und voller wunderbarer Vergnügungen auf sie warte, daß sie vermutlich von einem hohen Staatsmann gekauft würde, der eine Frau wünschte, daß Ehefrauen mehr Freiheit genossen als Konkubinen. Er hatte sie beschworen, sie würde glücklicher sein, als sie es sich in ihren kühnsten Träumen vorstellen könnte. Das schien ihr gleichgültig zu sein, oder sie glaubte ihm einfach nicht. Er wußte nicht, was er noch zu ihr sagen sollte.

»Sie siechen dahin, *Lalla* – für gar nichts. Wenn Sie sterben, welchen Zweck könnte das erfüllen?«

»Einen guten«, gab sie zurück. »Ich bewahre eine Burke davor, zur Sklavin zu werden.«

Hakeem seufzte. »Für Männer ist Sklaventum nicht wünschenswert, aber bei Frauen gelten andere Regeln. Wie ich Ihnen schon sagte ...«

»Das zählt nicht«, unterbrach sie ihn hitzig. »Ich wäre trotzdem eine Sklavin.«

Hakeem blickte auf das unberührte Essen auf dem Silbertablett und bestärkte sich selbst in seinem Entschluß. Er mußte hart sein und das Mädchen zum Essen zwingen.

»Ihre Kräfte schwinden, *Lalla*. Bald wird es zu spät sein, Sie zu retten.«

»So?«

»Wenn Rais Mehmed feststellt, daß Sie sterben werden, ehe wir Barka erreichen, haben Sie keinen Wert mehr für ihn. Er wird Sie seiner Mannschaft zur Benützung überlassen, bis Sie tot sind.«

Sie unterdrückte ein Stöhnen bei der Vorstellung solcher Barbarei und betrachtete den kleinen Türken voller Wut. »Ich bin auf diesem Schiff schon einmal vergewaltigt worden! Ein paarmal mehr macht keinen Unterschied.«

»Vergewaltigt? Sind Sie verrückt, Mädchen? Ihre Jungfräulichkeit verdoppelt Ihren Wert. Rais Mehmed würde den Kerl bei lebendigem Leibe häuten, der ...«

»Ihr verfluchter Kapitän half dabei, mich auf den Boden zu drücken!«

Für einen Augenblick war Hakeem sprachlos, dann mußte er sich beherrschen, nicht zu lachen. Konnte sie tatsächlich so unschuldig sein? Doch, natürlich, sonst hätte sie nicht glauben können, man hätte sie entjungfert.

»*Lalla*, Sie sind noch Jungfrau«, versicherte er sanft.

»Ich bin doch nicht blöd«, rief sie zornig.

»Nein, nein, natürlich nicht. Aber Sie sind jung, und … und es ist leicht mißzuverstehen, was man mit Ihnen gemacht hat. Der eine, der … der Sie berührte, ist nicht fähig, ah … er ist ein Eunuche. Wissen Sie, was das bedeutet?«

Chantelles Wangen färbten sich rot. »Ja.«

»Er untersuchte, ob Sie noch das gepriesene Hymen besitzen – und Sie besitzen es. Diese Überprüfung war notwendig, *Lalla*, um Ihren Wert zu bestimmen. Alle weiblichen Gefangenen müssen das über sich ergehen lassen.«

Sie hörte nicht mehr zu. Sie fühlte sich wie ein Schaf, weil sie falsche Schlüsse gezogen hatte, aber sie war auch überrascht, welch überwältigende Erleichterung ihr der Gedanke verschaffte, noch Jungfrau zu sein. Doch die Demütigung des Vorgangs würde sie nie vergessen, und an der Wirklichkeit hatte sich nichts geändert. Sie würde immer noch in die Sklaverei verkauft werden.

»Es ist nicht wichtig, Hakeem.«

Soviel Starrköpfigkeit ärgerte ihn. »Dann macht es Ihnen also nichts aus, wenn ein Dutzend Männer sich an Ihnen vergeht?«

Sie wich zurück, doch sie schüttelte den Kopf. Wo lag der Unterschied: Ein Dutzend Männer jetzt, oder später *ein* Mann immer wieder? In jedem Fall würde man sie vergewaltigen. Hier würde sie es wenigstens bald hinter sich haben. So schwach, wie sie nun war, würde sie sowieso nicht mehr lange leben.

»Es ist Ihnen auch egal, wenn Sie vorher ein wenig Schmerzen erdulden müssen?« fragte Hakeem.

Chantelle verengte die Augen. »Was meinen Sie damit?«

»Glauben Sie wirklich, daß Rais Mehmed keinen Finger rührt, um Sie umzustimmen? Es bleibt Ihnen Zeit bis zum Ende des heutigen Tages, *Lalla*, dann wird er Ihnen die Bastonade geben lassen. Und wenn Sie nicht begreifen, daß das eine Form der Folter ist, die Ihre Haut nicht beschädigt und demnach Ihren Wert nicht verringert, dann will ich es Ihnen erklären. Man wird die Sohlen Ihrer Füße mit einem Stock schlagen. Wenn Ihre Füße empfindlich sind, ist das eine äußerst schmerzhafte Erfahrung. Wenn nicht, bleibt die Züchtigung dennoch eine sehr unangenehme Sache. Wollen Sie für Ihren Tod auch noch Qualen auf sich nehmen?«

Sie richtete sich vor dem Tablett in eine sitzende Position auf, doch ihre Augen maßen den Türken mit giftigen Blicken. »Sie sind ein Bastard, Hakeem Bektash. Warum – zum Teufel – haben Sie mir nicht früher von Ihrer Bastonade erzählt?«

»Ich hatte gehofft, Sie wären nicht so störrisch, *Lalla*. Das ist kein guter Zug bei einer Frau. Wenn Sie von selbst nachgegeben hätten, wäre es für mich leichter gewesen, Ihnen zu helfen.«

»Es gibt nur eine Möglichkeit für Sie, mir zu helfen: das heißt mich von diesem Schiff wegzubringen, ehe es zu spät ist.«

Er schüttelte langsam den Kopf, und sein Gesicht nahm einen traurigen Ausdruck an. »Das kann ich nicht. Aber es gibt vieles, das ich Sie lehren kann – die Gebräuche des Orients, die Sprache. Ich kann Sie auf Ihr neues Leben vorbereiten, wenn Sie es mir erlauben. Und ist es nicht besser, vorbereitet zu sein, sich mit Verständnis zu wappnen, als blindlings in dieses neue Dasein hineinzustolpern?«

Lange Sekunden sah Chantelle ihn nur an. Dann griff sie nach dem Brot auf dem Tablett, und ihr Nicken war kaum wahrnehmbar. Doch es war ein Nicken. Mochte sie auch starrköpfig sein – eine Närrin war sie nicht.

9

Die Tage vergingen Chantelle mit erschreckender Geschwindigkeit. Hakeem wurde ihr ständiger Begleiter, und fast jeder wache Augenblick war mit Lernen angefüllt: die Sitten der Moslems, Barkas Geschichte, die Rolle der Frauen im Nahen Osten, aber vor allem Arabisch, die Sprache, die in Barka üblich und mit der Hakeem groß geworden war. Er lehrte Chantelle aber auch das wenige Türkisch, das er konnte, da es in den höheren Ämtern bevorzugt wurde. Die junge Frau nahm alles in sich auf, was sie zu fassen vermochte. Nachdem sie zu der Überzeugung gekommen war, daß Hakeem recht hatte – daß Wissen Wappnung bedeutete –, wollte sie nicht nur lernen, sondern sie bestand sogar darauf.

Doch es war nicht leicht, sich alles zu merken. Eine neue Sprache zu lernen, fiel ihr besonders schwer, da die Hälfte ihres Gehirns vor Angst blockiert war. Und sie konnte der Furcht nicht entrinnen.

Sie gab sich Mühe. Sie suchte und fand etwas Positives an ihrem Unglück. Sie hatte für eine Weile spurlos verschwinden müssen, und mit dem Verlassen von England war das gewiß gewährleistet. Es gelang ihr sogar, ein wenig Hoffnung zu nähren, daß nicht alles verloren sei. Falls sie in einen ziemlich großen Harem eintreten konnte, lag es nahe, daß sie vielleicht niemals gerufen werden würde, um die Nacht mit dem Meister zu verbringen. Hakeem hatte ihr erzählt, daß in einem Haushalt, in dem der Mann mehr als zwanzig Frauen zur Verfügung hatte, nicht jede seine Aufmerksamkeit erlangte. Natürlich betonte Hakeem, bei ihr bestünde keine Gefahr, daß sie nicht bemerkt werden würde. Dabei legte sie doch keinen Wert darauf, ins Blickfeld eines Gebieters zu rücken. Bald würde sie irgendwie entkommen, den Weg zum englischen Konsul finden, und dieser würde sie aus Barka und nach Hause schmuggeln.

An den Gedanken, schließlich nach England zurückzukehren,

klammerte sie sich. Es war alles, was sie hatte. Doch die Angst blieb, denn Chantelle mußte die Zeremonie ihres Verkaufs durchstehen, und darüber mochte ihr Hakeem nicht viel sagen. Bis das vorbei war, waren Zweifel angebracht, denn es bestand immerhin die Möglichkeit, daß sie von einem Mann gekauft wurde, der keine Frauen besaß – keine Schar von weiblichen Wesen, in der sie untertauchen konnte –, von einem Mann, der sie vergewaltigte, wenn auch eventuell heiratete und Kinder von ihr bekam, was Gott verhüten mochte! Wo würde sie dann sein? Verloren – für immer. Oh, wie entsetzlich, wie grauenvoll!

Und Hakeem, der sich manchmal wie ein Idiot benahm, glaubte sie aufzuheitern, wenn er ihr erzählte, daß der Mann, der sie kaufen würde, sie bestimmt zur Frau haben wollte. »Er wird extrem reich sein, andernfalls könnte er Sie nicht bezahlen. Und Sie werden seine Lieblingsfrau, seine *Ikbal* sein. Sie werden ihm prächtige Söhne gebären, und er wird Sie ehren, indem er Sie zu seiner ersten Frau macht.«

Die erste Frau. Jedesmal, wenn sie das hörte, duckte sie sich wie unter einem Peitschenhieb. Es war schlimm genug, daß in dem Land, in das sie gebracht wurde, ein Mann vier Frauen haben durfte, wenn er das wollte – noch schlimmer, daß er so viele Konkubinen sein eigen nennen konnte, wie er sich finanziell zu leisten vermochte. Möglicherweise also Hunderte von Frauen für einen Mann. Ihrem europäischen Geist war so etwas unbegreiflich. Sie verstand nicht, wie die Frauen das ertrugen. Doch dann mußte sie sich vor Augen halten, daß sie keine Wahl hatten, denn Konkubinen waren Sklavinnen, im Krieg, bei Überfällen oder durch Piraterie gefangengenommen. Ihr Schicksal bestand darin, in der Sklaverei zu versinken.

»War Ihr Leben soviel besser?« fragte Hakeem eines Tages, als Chantelle sich besonders gegen das Zukunftsbild sträubte, das er ihr ausmalte. »Braz behauptet, er habe Sie aufgestöbert, als Sie mit Ihrem kleinen Bündel auf der Flucht waren.«

Das ließ sie nicht auf sich sitzen. »Wenigstens hatte ich die Wahl, Hakeem. Ich mußte nicht ausharren und mich zwingen lassen, einen für mich unakzeptablen Mann zu heiraten. Aber welche Wahl habe ich jetzt?«

»Sie können Ihr neues Leben akzeptieren oder nicht. Sie können es weit bringen, *Lalla,* wenn Sie nur wollen. Reichtümer und eine gewisse Art von Freiheit werden Ihnen gehören. Sie müssen nur danach streben, sich den Platz als Lieblingsfrau zu erobern.«

»Ich werde mich nicht prostituieren. Eher will ich als Dienstmagd arbeiten.«

Hakeem rang vor Abscheu die Hände und ließ Chantelle allein. Sie weinte – weil es stimmte. Sie wollte lieber die niedrigsten Dienste verrichten, als das Bett eines Fremden zu wärmen – doch eigentlich wollte sie keines von beiden. O Gott, welche Schuld hatte Charles Burke auf sich geladen! Denn ihm hatte sie zu verdanken, daß sie hier war, daß sie sich so ängstigte und in einer hilflosen Lage befand, daß ein für sie verabscheuungswürdiges Leben vor ihr lag.

Daheim würden sie ahnen, daß sie davongelaufen war. Tante Ellen hatte sicher die Verwandtschaft aufgesucht und gehört, was für Chantelle geplant gewesen war. Danach würde auch sie an eine Flucht glauben. Aber sie würde mit Chantelles baldmöglichster Kontaktaufnahme rechnen, würde umsonst warten und sich im Laufe der Zeit Sorgen machen, wenn sie keine Nachricht bekam. Kein Mensch würde je erfahren, was wirklich mit Chantelle geschehen war. Ohne eine Spur zu hinterlassen, war sie aus England verschwunden.

Es hatte nur einen starken Sturm gegeben, der die Fahrt des Schiffes mehrere Tage lang aufgehalten hatte. Chantelle hoffte auf weitere Stürme, aber das Wetter blieb schön. In der kleinen Kajüte stieg die Hitze an, nachdem das Schiff die enge Straße von Gibraltar passiert hatte und in den Mittelmeerraum vorgedrungen war.

Dreizehn Tage später rückte das Ziel der Reise in greifbare Nähe. Als Chantelle durch das schmale Bullauge ihrer Kabine blickte, sah sie Barka als glänzendes Kleinod an der nordafrikanischen Küste liegen, an der Barbarenküste, wie der lange Streifen genannt wurde, der sich von Marokko nach Ägypten erstreckte. Die Stadt erschien wie ein weißer Edelstein, der in der heißen Mittagssonne schimmerte. Weißgetünchte Häuser mit flachen Dächern schmiegten sich auf steilen Hügeln dicht aneinander, umgeben vom üppigen Grün saftiger Weiden und Felder, darunter das klare blaue Wasser des Hafens und darüber der wolkenlose azurfarbene Himmel. Von der Ferne gesehen, hob sich der orientalische Charakter stark hervor durch die grün gedeckten Kuppeln riesiger Moscheen, die über die Häuser hinausragten und deren jeweils vier Minarette wie Nadeln in den Himmel stachen. Auch Wachtürme mit kegelförmigen Dächern waren vorhanden. Auf der Spitze des höchsten Hügels erstreckte sich ein großes, von dicken Mauern abgeschirmtes Gebäude, das nur der Palast des Herrschers sein konnte.

Näher beim Hafen konnte man oberhalb der hohen Wälle, die Barka umgaben, andere große Bauten sehen: Lagerhäuser für die Fracht der Handelsschiffe vieler Nationen, Baracken für die Soldaten, die die Stadtwälle sicherten, während zwanzig Batterien mit mehr als tausend Kanonen die Bucht beschützten, und Kerker, die das riesige Heer der Arbeitssklaven beherbergten.

Auch der Turm einer christlichen Kirche ragte aus dem Häusermeer, doch unglücklicherweise bemerkte Chantelle ihn nicht. Andernfalls hätte sie vielleicht ein wenig von der Angst abgelegt, die nun ihre veilchenblauen Augen füllte – denn Hakeem hatte es nicht für nötig befunden, ihr zu erzählen, daß der Herrscher von Barka Christen tolerierte, daß viele hier lebten, die keine Sklaven waren, und daß es eine europäische Gemeinde in der Stadt gab. Eine christliche Kirche bedeutete eine heilige Stätte, einen Zufluchtsort, der leicht zu finden war, wenn man fliehen wollte, während das Englische Konsulat nicht so leicht zu lokalisieren sein würde. Aber Chantelle sah die Kirche nicht, und sie sah auch von der Stadt nicht mehr viel, da das Schiff mit dem Landemanöver begann.

Bald danach wurden irgendwelche männlichen Gefangenen an Deck gebracht. Ihr Stöhnen und das Klirren von Ketten veranlaßten Chantelle, sich in ihr Bett zu verkriechen, die Ohren zu bedecken und ihr angstvolles Schluchzen in den Kissen zu ersticken. Wie lange würde es dauern, bis auch sie aus diesem vorübergehenden Refugium geführt werden würde? Ja, das

Schiff war inzwischen zu einer Art Heimat geworden, verglichen mit dem Ungewissen, das sie an Land erwartete.

Doch die Zeit verging, und niemand kam, um sie zu holen. Ihre Tränen trockneten. Ihre Furcht wich seelischer Erschöpfung. Sie war beinahe bereit alles zu akzeptieren, um nur die ständige Angst loszuwerden.

Als Hakeem schließlich erschien, dämmerte der Abend bereits. Der kleine Türke brachte ein Tablett mit Essen und trug Kleider über dem Arm.

Chantelle warf einen Blick auf das Essen, und es würgte sie fast, so sehr war ihr Magen in Aufruhr. »Nehmen Sie das weg.«

»Sie werden das Schiff erst spät heute nacht verlassen, wenn die Stadt ruhig ist. In der Zwischenzeit müssen Sie essen, *Lalla.*«

»Es wäre mir peinlich, Ihnen zu sagen, was Sie mit der Speise machen können, Hakeem.«

Er lächelte über ihren mürrischen Ton, aber es war ein trauriges Lächeln. Ihre umschatteten Augen verrieten ihre Verzweiflung. Gefangene sollten nicht bedauert werden. Sie waren Handelsware, sonst nichts, doch diese hier war viel wertvoller als die meisten. Und dennoch bemitleidete er sie. Sie war so widersprüchlich mit ihren Augen, die ihn verhöhnten, während ihr Mund vor rührender Verletzlichkeit zitterte.

Unglücklicherweise hatte sich Hakeem ein wenig in Chantelle verliebt, obwohl er das nicht wußte. Er konnte nichts tun gegen die seltsamen Gefühle, die sie in ihm erweckte. Er konnte auch nichts für die junge Frau tun. Er würde nicht einmal derjenige sein, der sie an Land brachte, und wenn sie das Schiff einmal verlassen hatte, würde er sie nie wiedersehen.

Was sie brauchte, war Mut, damit ihre scharfe Zunge sie nicht in Schwierigkeiten brachte, denn diese scharfe Zunge schien eine natürliche Reaktion auf Angst zu sein, und das war eine gefährliche Reaktion. Ein Moslem bewunderte Mut, aber keine Beleidigungen; Geist, aber nicht Frechheit. Und Hamid Sharif, zu dem man sie heute nacht bringen würde, war nicht bekannt wegen seines Verständnisses oder seiner Geduld.

»Haben Sie mir nicht erzählt, Sie stammten aus einer vornehmen Familie?« fragte Hakeem und stellte das Tablett auf einen kleinen Schemel, der sich als niedriger Tisch verwenden ließ. »Sie seien die Erbin eines Titels, die Tochter eines englischen Adligen?«

»Bravo«, entgegnete Chantelle. »Auf Ihr Gedächtnis können Sie stolz sein.«

»Dasselbe kann ich nicht von Ihrer Zanksucht behaupten, *Lalla*.« Er hörte ihren gekränkten tiefen Atemzug, doch er fuhr schonungslos fort: »Wenn Sie mir das alles nicht selbst erzählt hätten, würde ich Sie für ein Bauernmädchen halten. Bauern haben nicht mehr Verstand, als daß sie die Hand beißen, die ihr Leben hält. Ein Adliger ist klüger, er weiß, wann er den Kampf aufgeben muß, ohne seinen Stolz zu verlieren.«

»Wagen Sie es nicht mir mein Verhalten vorzuschreiben, wenn Sie keine Ahnung haben, wie ich mich fühle.«

»Das kann ich natürlich nicht wissen«, gab er zu. »Ich kann Ihnen nur versichern, daß Sie wertvoll sind und daß man Sie demnach gut und sorgsam behandeln wird. Doch wenn ein Sklave seinen Wert verliert, wird er ohne Bedauern geschlagen, verkauft oder getötet. So etwas wird Ihnen nie passieren, weil Ihr Wert nicht in einem starken Rücken oder einer besonderen Fähigkeit liegt, sondern in Ihrer Schönheit. Doch unerwünschte Eigenschaften wird man nicht dulden, und es gibt viele Strafen, die man anwenden kann, ohne Ihren Wert zu vermindern.«

»Warum sagen Sie mir das?« fragte sie aufgebracht.

»Damit Sie nicht den Fehler begehen, weniger zu erscheinen, als Sie sind, und so Ihren Wert herabsetzen. Sie sind eine Dame, eine Dame voller Stolz und Intelligenz. Es ist Ihr Recht zu erwarten, daß man Sie als solche behandelt – und das wird man auch tun, wenn Sie sich entsprechend verhalten. Ein gewisses Maß an Furcht ist ganz natürlich. Aber wie Sie mit dieser Furcht umgehen – das ist die Frage. Zeigen Sie sie, indem Sie sich durch Spott und Beschimpfungen stark machen, oder verbergen Sie sie hinter einem Benehmen, das Ihrer Herkunft entspricht?«

»Ich sehe nicht ein …«

»Denken Sie nach, Mädchen«, rief er ungeduldig. »Wie man Sie beurteilt, so wird man Sie behandeln. Von einer Bauernmagd – mag sie auch noch so hübsch sein – weiß man, daß sie an ein rauhes Leben gewöhnt ist und nicht besonders sorgsam behandelt werden muß. Warum sollten Sie sich unnötig dieser Gefahr aussetzen?«

»Ja, warum sollte ich? Ich bin genau das, was ich zu sein behaupte.«

»Jede kann sagen, sie sei eine Dame, und ihr Benehmen straft sie Lügen. Ich weiß, daß Sie mir nicht weh tun wollen, wenn Sie mich beleidigen, sondern daß Sie dadurch Ihre Angst bemänteln. Ich kenne Sie lange genug, um diese Wahrheit entdeckt zu haben. Hamid Sharif wird Sie nicht lange genug kennen, um entsprechende Schlüsse zu ziehen. Verstehen Sie mich jetzt, *Lalla*?«

Chantelle nickte einsichtig. Sie schenkte Hakeem sogar ein kleines Lächeln, weil er so besorgt war, sie, wenn auch überflüssig, zu warnen. Sie hatte sich an den schmächtigen Türken gewöhnt und scheute sich nicht, ihm ihre Ängste zu offenbaren, denn sie wußte, daß er ihr Vertrauen nicht mißbrauchte.

»Wie soll ich es schaffen, keine Angst zu haben, Hakeem?« fragte sie beinahe flüsternd.

Er hätte ihr das nächstliegende geantwortet, nämlich, daß derjenige, der sie kaufte, bestrebt sein würde, ihr zu gefallen, so daß sie ihrerseits sich ebenfalls bemühen würde, doch er kannte sie gut genug, um zu wissen, daß er ihr das nicht sagen konnte. Er wußte, daß eine ihrer Hauptängste darin bestand, einem Herrn gefallen zu müssen. Er konnte nur hoffen, daß sie zu gegebener Zeit anders darüber dachte. Aber was konnte er ihr erzählen, was er ihr noch nicht klargemacht hatte?

»Niemand erwartet, daß Sie furchtlos sind, *Lalla*. Doch wenn Sie daran denken, daß man Sie nicht verletzen wird, daß Sie wertvoll sind – können Sie daraus nicht Mut schöpfen? Und Sie sind vorbereitet, Sie wissen, was Sie erwartet. Sie verstehen nun auch ein wenig die Sprache und werden sie immer besser zu beherrschen lernen. Nur wenige Gefangene können das von sich behaupten, denn die meisten Kapitäne kümmern sich nicht darum, ob die Eingewöhnung für die Sklaven leicht sein wird; noch weniger, ob sie sich im gleichen Zustand befinden wie bei ihrer Gefangennahme. Rais Mehmed hielt es für weise, Sie unserem Arbeitgeber ohne Tränen oder Widerstand zuzuführen –

und mit Wissen über unsere Sitten ausgestattet, was für alle Beteiligten nur von Vorteil sein kann. Hamid Sharif wird erfreut sein, und davon werden der Kapitän und Sie profitieren. Sie haben wirklich keinen Grund, sich vor Ihrer Ankunft hier zu fürchten, *Lalla*. Alles wird gut werden.«

»Bis ich verkauft bin«, fügte sie hinzu, ohne die Worte zurückhalten zu können.

Hakeem betrachtete sie mit gefurchter Stirn, doch es gab nichts mehr, was er zu diesem Thema hätte sagen mögen. »Hier sind die Kleider, die der Kapitän für Sie bestimmt hat, die Sie beim Verlassen des Schiffes tragen sollen. Bitte seien Sie drei Stunden nach Sonnenuntergang bereit.«

Er hielt jedes Stück zu ihrer Begutachtung hoch. Alle waren von fader, unbestimmbarer Farbe und aus strapazierfähiger Baumwolle, außer dem Yashmak, dem Schleier, den die Frauen in der Öffentlichkeit trugen. Dieser bestand aus dunklem Mull. Es gab Patalons, die wie lange Unterhosen aussahen, eine langärmelige Tunika, von der Chantelle nicht ahnen konnte, daß Hakeem sie wegen Chantelles Schamhaftigkeit ausgesucht hatte, ein kurzes, boleroartiges Westchen, das mit einem Knopf über der Brust zu schließen war, einen breiten Schärpengürtel und einen voluminösen Kaftan, das lange, mantelähnliche Gewand, das im Nahen Osten von Männern wie Frauen getragen wird. Dieser hier war weit genug, um die junge Frau von den Schultern bis zu den Füßen völlig zu verhüllen. Schuhe waren nicht vorhanden, denn ihre eigenen taten die Dienste noch, obwohl sie nach Chantelles kurzem Ausflug in die Freiheit durchnäßt worden waren.

Die junge Frau war überhaupt nicht begeistert von den Pantalons, die nach ihrer Meinung nicht besser als schmucklose Unterwäsche wirkten. »Könnte ich nicht den Mantel und Schleier über meine eigenen Sachen anziehen?«

Hakeem schüttelte den Kopf, doch er lächelte leicht über ihr Mißfallen. Was all seine Worte nicht erreicht hatten, hatte die Kleidung bewerkstelligt – Chantelle von ihrer Angst abzulenken.

»Ihr Kleid ist zu fremdländisch gemustert. Der weite Rock

würde trotz der Länge des Kaftans hervorschimmern. Wir möchten, daß Sie beim Verlassen des Schiffes wie eine Moslime aussehen, die vielleicht mit uns gereist ist, und daß Sie kein Aufsehen erregen. Hamid Sharif wird Ihre Gegenwart geheimhalten, bis er bereit ist, Ihre Versteigerung anzukündigen – und diese wird privat sein, nur für diejenigen, die den hohen Preis bezahlen können, den er für Sie ansetzt. Und außerdem …«, er zögerte, »… dürfen Sie in Zukunft Ihre eigenen Kleider nicht mehr tragen. In Barka werden Sie gekleidet sein, wie es Ihr neuer …«

»Neuer Status erfordert«, ergänzte Chantelle bitter.

Hakeem errötete, doch er meinte: »Haben Sie etwas anderes erwartet, nach allem, was ich Ihnen erzählt habe?«

Sie senkte den Blick. »Nein, aber kann ich nicht mein persönliches Eigentum behalten, meine Haarbürste, mein …«

»Nichts, *Lalla*. Eine Sklavin geht ohne alles zu ihrem neuen Herrn, damit sie für das dankbar ist, was er ihr zu schenken geruht.«

Sie hob den Kopf. Da ihr der Verlust ihrer einzigen Erinnerungsstücke an die Heimat bevorstand, kehrte ihr früherer Zorn mit voller Wucht zurück.

»Eine Tradition, die dazu dient, das Selbstvertrauen und die Selbstachtung, ganz zu schweigen von dem Selbstwertgefühl, zu unterminieren«, stieß sie voller Verachtung hervor. »Werde ich auch um mein Essen oder das Wechseln meiner Kleidung bitten müssen? Das werde ich nicht tun, das wissen Sie. Auf keinen Fall werde ich betteln!«

»Was Sie brauchen, bekommen Sie, ohne danach zu fragen«, entgegnete er geduldig. »Warum bestehen Sie darauf, alles außer acht zu lassen, was ich Ihnen erzählt habe?«

»Weil ich es hasse! Ihre Traditionen sind dazu geschaffen, mich zu vernichten.«

»Es wird Ihnen leichter gelingen, Ihr früheres Leben zu vergessen, wenn Sie nichts mehr besitzen, was Sie daran erinnert. Sie werden akzeptieren …«

»Niemals!«

»Doch, *Lalla*.« Hakeem seufzte. »Es ist unvermeidlich.«

10

Rahmet Zadeh hörte die Engländerin. Er war zum Hafen geschickt worden, um den englischen Händler, der morgens mit seinem Schiff angekommen war, über seine Passagiere zu befragen. Es war nicht das erstemal, daß er nach Einbruch der Dunkelheit erschien, um diese Erkundigungen einzuziehen. Seit drei Wochen gehörte es nun zu seinen Aufgaben, bei jedem fremden Schiff, das in den Hafen eingelaufen war, die gleichen Fragen zu stellen – und immer nachts, wenn die Passagiere reichlich Gelegenheit gehabt hatten, an Land zu gehen, falls sie das wollten. Erst wenn der eine, auf den Omar Hassan wartete, nicht im Palast auftauchte, wurde Rahmet zum Hafen geschickt.

Es war eine Aufgabe unter seiner Würde, fand Rahmet. Er war der Kommandeur der Palastwache. Jeder von Omars Günstlingen hätte diese sinnlosen Fragen stellen können, aber Omar hatte ihn ausgewählt. Er fühlte sich nicht geehrt. Vielleicht wäre es anders gewesen, wenn man ihm gesagt hätte, warum die Befragung nötig war, aber man hatte ihm nichts gesagt. Der Großwesir erklärte selten etwas.

Rahmet hatte das Gefühl, Omar Hassan wolle ihn mit dieser Aufgabe bestrafen, obwohl es nichts zu bestrafen gab, und das verstimmte ihn. Er war also nicht in bester Laune, als die erhobene ärgerliche Stimme ihn in seinem Schritt zurück zum Palast innehalten ließ.

Daß er die Sprache der Frau als Englisch identifizierte, war reiner Zufall, denn er kannte die Laute nur vom Hören. Und der Dolmetscher, den er mitgebracht hatte, um die Auskunft des Händlers zu übersetzen, war in Anbetracht von Rahmets schlechter Laune bereits schleunigst durch das Marinetor verschwunden.

Was Rahmet verblüffte, war die Tatsache, daß die Stimme der Engländerin vom falschen Schiff erscholl, nämlich von einem der Piratenschiffe Hamid Sharifs, das an diesem Morgen mit einer Ladung Sklaven eingelaufen war. Es gab keinen vernünftigen Grund für eine Engländerin, an Bord dieses Schiffes zu sein – keinen Grund überhaupt für irgend jemanden, zu dieser Nachtzeit an Bord zu sein, nachdem Barka, der Heimathafen, erreicht und die Fracht längst verladen war. Dennoch brannte Licht an Deck, und mehrere beleuchtete Kabinen warfen glitzernde Streifen über das dunkle Wasser.

Rahmets Neugierde war geweckt. Es geschah nicht oft, daß Engländerinnen als Gefangene in diese Stadt gebracht wurden, doch die Frau auf diesem besonderen Schiff konnte wohl kaum etwas anderes sein. Warum hatte man sie dann nicht zusammen mit den übrigen Sklaven an Land gebracht?

Es gehörte zu Rahmets Aufgaben, Omar Hassan alles Ungewöhnliche zu melden, ganz gleich, wie unwichtig es erschien – vor allem in diesen Wochen, da die Anschläge auf den Herrscher noch nicht aufgeklärt waren. Und diese Angelegenheit hier war ungewöhnlich.

Rahmet schlug sich plötzlich mit der flachen Hand auf die Stirn. Was für ein blinder Narr war er doch! Diese Frau konnte der Grund sein, warum der Großwesir ihn, Rahmet, so oft zum Hafen geschickt hatte. Sicher hatte Omar auf eine Nachricht von der Engländerin gewartet und nicht gewollt, daß Rahmet das wußte. Es war auch nicht nötig gewesen, ihm den Anlaß mitzuteilen. Omar Hassan war überzeugt, daß Rahmet von der Anwesenheit einer Britin berichten würde.

Nachdem Rahmet diese Schlüsse gezogen hatte, die ihm viel besser gefielen als der Gedanke an eine Bestrafung, näherte er sich dem Marinetor. Er blieb bei den Wächtern stehen, behielt Hamid Sharifs Schiff im Blickfeld und versuchte von den Wachtposten etwas Neues zu erfahren. Sie wußten nicht viel, denn sie hatten ihren Dienst erst kurz nach dem Ruf zum Abendgebet angetreten.

Rahmet mußte nicht lange warten, bis er selbst Zeuge gewisser Aktivitäten auf dem Schiff wurde. Die Frau erschien an Bord und ging, flankiert von zwei Männern, an Land. Doch es war kein Klirren von Ketten zu hören. Sie wurde in keiner Weise behindert. Von der Erscheinung her wirkte sie wie eine Moslime in ihrer Straßenkleidung. Obwohl Rahmet nicht weit von ihr entfernt stand, während ihre Begleiter den Wächtern etwas erklärten, konnte er nichts Fremdartiges an ihr erkennen, nicht einmal die Farbe ihrer Augen, denn sie hielt den Blick gesenkt, wie es sich gehörte.

Rahmet war enttäuscht, doch er hatte eigentlich nichts anderes erwarten dürfen. Es war der Fluch aller Männer, daß die Frauen auf der Straße sich zum Verwechseln glichen. Eine Prinzessin konnte unbemerkt den Basar besuchen. Eine Frau konnte mit ihrem Liebhaber spazierengehen, und wenn ihr Mann ihr begegnete, würde er sie nicht erkennen. Und eine Sklavin konnte völlig diskret durch die Straßen geführt werden, da man ihr den Status nicht ansah.

Die beiden Männer gaben der Frau irgendeinen üblichen Namen und behaupteten, sie wohne in Algerien und sei mit dem Kapitän befreundet. Er habe eingewilligt, sie auf seinem Schiff mitzunehmen, weil sie eine Cousine hier in Barka besuchen wolle.

Die Wächter akzeptierten diese Auskunft, ohne zu fragen. Rahmet glaubte kein Wort von der Geschichte, doch er mischte sich nicht ein. Wenn er Näheres erfahren wollte, mußte er den dreien unbemerkt folgen. Es interessierte ihn brennend, wieso man sich wegen der Engländerin soviel Mühe gab. Er konnte sich nur einen Grund dafür denken: daß die Frau zu kostbar war, als daß man sie nachmittags durch die gaffende Menge hatte geleiten mögen, als die übrigen Sklaven ausgeladen wurden. Falls er recht hatte, würde man sie zu Hamid Sharif bringen – falls nicht, würde er weiter nachforschen müssen.

Wäre Hamid Sharif dem Herrscher nicht treu ergeben und zusätzlich noch ein Sklavenhändler, hätte Rahmet bei dieser Heimlichtuerei auch noch andere Möglichkeiten in Erwägung ziehen müssen, wie zum Beispiel die Verwicklung in das Komplott gegen den Herrscher. Frauen waren nicht über jeden Verdacht erhaben. Allerdings sprach dagegen, daß sie Engländerin war. Bekanntermaßen schätzten die Briten Jamil Reshids Regierung und würden nichts tun, um sie zu gefährden. Zudem wäre es nicht das erstemal, daß eine hübsche Sklavin für eine private Versteigerung in die Stadt geschmuggelt wurde, ein Mädchen, das der Sklavenhändler von der Öffentlichkeit fernhalten wollte. Im allgemeinen wurden solche Frauen zuerst dem Herrscher angeboten, demnach würde man über diese eine im Palast bald Bescheid wissen, und somit würden Rahmets Berichte über den heutigen Abend auf die eine oder andere Weise eine Bestätigung finden.

Er folgte den dreien, und die Frau wurde tatsächlich bei Hamid Sharif abgeliefert. Rahmet kehrte zum Palast zurück und überließ es Omar Hassan, was er mit dieser Information anfangen wollte, in der Hoffnung, daß der Großwesir darauf gewartet hatte und ihn nun nicht mehr zum Hafen schicken würde. Aus Omar Hassans Reaktion konnte er allerdings nichts schließen, und in den nächsten fünf Tagen legten keine fremden Schiffe mehr im Hafen an. Dann lief ein englisches Kriegsschiff ein, um Proviant aufzunehmen, und Rahmets Vermutungen wurden bekräftigt. Er wurde nicht in den Hafen beordert.

11

Am nächsten Morgen traf Omar Hassan den Herrscher in der Halle vor dem Audienzraum, in dem sich schon eine Menge versammelt hatte, um die täglichen Geschäfte abzuwickeln. Diese Halle, zu der Jamils Wohnbereich führte, war leer, abgesehen von zwei nubischen Leibwächtern, die nie weit von Jamils Seite wichen.

»Einen Moment, Jamil.« Omar genoß das Privileg, den Herrscher immer beim Vornamen nennen zu dürfen, doch er tat es nur privat. Er kannte Jamil seit dessen Geburt, hatte sich von Anfang an für seine Erziehung interessiert und stimmte völlig mit dem Divan, der Gruppe von Jamils Beratern, überein, daß Barka nie zuvor eine solche Blütezeit erlebt hatte wie unter Jamils Herrschaft. Sein Vater, Mustafa, war ein guter Regent gewesen, aber es hatte ihm an Jamils Diplomatie und Schläue im Umgang mit Barkas fremden Elementen und den Konsuln der ausländischen Regierungen gemangelt. Unter Jamil genoß Barka Frieden, nicht aber unter der Herrschaft seines Vaters oder seines älteren Bruders.

Von Mustafas vielen Kindern waren Jamil und sein Bruder Kasim Omars Lieblinge gewesen, da sie schon früh mit hoher Intelligenz geglänzt hatten, doch wichtiger noch war es dem Großwesir enchienen, daß sie ein Gefühl für Ehre und Gerechtigkeit entwickelt hatten. Sie waren auch die Lieblinge ihres Vaters gewesen – möglicherweise, weil sein Erstgeborener, Mahmud, den er gewiß nicht vernachlässigt hatte, ein habgieriger und rachsüchtiger Charakter gewesen war, der sich während seiner kurzen Regentschaft den Titel ›Tyrann‹ eingehandelt hatte. Doch nach Allahs Willen war Mahmud ohne Nachkommen gestorben, und zu Barkas Segen war Jamil der nächste in der Erbfolge gewesen.

Er gab einen prächtigen Herrscher ab, sowohl von seinem Wesen als auch von seinem Erscheinungsbild her, und keine seiner Konkubinen fand etwas an ihm auszusetzen. Von seinem Vater hatte er die außergewöhnliche Größe und das kohlschwarze Haar geerbt, das, gerade unter einem weißen Turban versteckt, doch in einem üppigen Vollbart sichtbar war – dem Stolz der meisten Moslems. Von seiner Mutter besaß er die hohen Backenknochen und Brauen, vom Vater das starke Kinn und die Adlernase. Doch die Augen waren fraglos die von *Lalla Rahine* – und nicht die eines Türken oder Arabers, Augen, die Jamil das Aussehen eines Europäers gaben und fremde Diplomaten beruhigten.

Erst seit kurzem hatte Jamil aufgehört, Diplomaten zu empfangen, und die dringenden Geschäfte wurden jetzt nur einmal in der Woche erledigt – alles andere besorgte Omar. Es zeigte Jamils tiefe Weisheit, daß er momentan seine Macht willig delegierte, denn die Frustration über die Einschränkungen, die er zu seinem eigenen Schutz auf sich nehmen mußte, ließ seinen Geduldsfaden von Tag zu Tag dünner werden. Er selbst war der erste, der merkte, daß sein gleichmäßiges Temperament sich negativ verändert hatte, was seine Urteilskraft beeinträchtigte und ihn leicht zu falschen Entscheidungen verleitete – oder dazu, jemanden zu verletzen, den er nicht verletzen sollte.

»Schleichen Sie jetzt schon in den Hallen herum, Omar?« fragte Jamil, als er sich dem Großwesir näherte.

Der ältere Mann lachte vor sich hin. »Es scheint so.«

»Was wünschen Sie?«

»Nichts Wichtiges«, erwiderte Omar. »Ich dachte nur, Sie sollten vielleicht noch eine Sklavin für den Harem kaufen.«

Jamil furchte die Stirn. »Ich darf wohl meinen Ohren nicht trauen, oder? Sie meinen doch nicht …«

»Hören Sie mich bis zum Ende an, mein Herr.« Omar trat zurück, damit er sich den Hals nicht verrenken mußte, um zu Jamil aufzusehen. Das war der einzige Grund seiner Distanz, denn er liebte Jamil wie seine eigenen Söhne und glaubte, das Gefühl beruhe auf Gegenseitigkeit. Jamils finsterer Gesichtsausdruck schüchterte ihn keineswegs ein. »Ich weiß, daß Sie der Meinung sind, bereits zu viele Frauen zu besitzen, aber ich dachte bei der einen auch nicht daß sie für Sie sein sollte.«

Ein Grinsen erhellte Jamils strenge Züge. »Sie wollen, daß ich Ihnen eine Frau kaufe und sie in meinem Harem verstecke? Bereiten Ihre Frauen Ihnen wieder Ärger, alter Freund?«

Omar lachte geradeheraus. »Nein, mein Herr, nicht für mich. Ich dachte an jemand anderen, der sie vielleicht gern hätte. Sie soll Engländerin sein, deshalb kam mir die Idee. Sie wurde gestern nacht heimlich bei Hamid Sharif abgeliefert. Daß er sie so versteckt, kann nur bedeuten, daß sie entweder so häßlich ist daß er sich schämt, oder sie ist so schön, daß sie einen Volksauflauf verursachen würde, wie wir es schon erlebt haben. Der Grund, warum ich die Frau erwähne, ist, daß er sie Ihnen diesmal eventuell nicht anbietet, weil Sie ihm in den vergangenen Monaten so viele Absagen erteilt haben. Falls Sie sie kaufen wollen, muß ich mich wahrscheinlich mit ihm in Verbindung setzen, und das bald, ehe er sie anderweitig veräußert.«

Jamil dachte einen Augenblick nach, dann schüttelte er langsam den Kopf. »Nein, ich glaube nicht, Omar. Es war nett von Ihnen, daß Sie daran gedacht haben, aber ich möchte in diesem Fall nichts vorbereiten. Unser ›jemand anderer‹ ist noch nicht angekommen und kommt vielleicht nie an. Und ich möchte meine Frauen um keinen Preis mit einer Neuerwerbung irritieren, nachdem sie schon ärgerlich auf mich sind.«

Omar hielt sich zurück, hierüber einen Kommentar abzugeben. Er nickte nur zum Einverständnis und grüßte, was bedeutete, daß er den Regenten nicht länger aufhalten wollte. Was hätte er auch sagen können, das Jamil nicht an seine eigenen Unzulänglichkeiten erinnert hätte? Wenigstens gab der Herrscher nicht vor, von der verheerenden Wirkung nichts zu merken, die seine üble Stimmung im Palast erzeugte. Er nahm durchaus wahr, daß seine Sklaven sich vor ihm fürchteten, daß seine Wächter auslosten, wer nicht jeden Tag zum Dienst erscheinen mußte, und daß seine Konkubinen sich über Vernachlässigung oder sogar manchmal über seine Gunst beschwerten.

Omar wußte, daß Jamil sich um Disziplin bemühte und daß er nur noch zorniger wurde, wenn ihm die Selbstbeherrschung nicht gelang. Die Situation dauerte schon allzu lange. Jamil war mit seiner Geduld am Ende. Er explodierte nun beim geringsten Anlaß, und obgleich er die Strafen, die er anordnete, bald bereute und sie abbrechen ließ, wenn seine Vernunft wiederkehrte, bediente er sich häufig irgendwelcher Züchtigungen.

Omar seufzte und folgte dem Regenten in den Audienzraum. Dort wartete ein Diener Hamid Sharifs, den Omar kannte. Sicher war der Mann hier, um Jamil die Sklavin anzubieten, von der Omar gerade gesprochen hatte. Zweimal mit dem gleichen Thema belästigt zu werden, würde Jamil gewiß zu einem Zornausbruch reizen.

Schnell winkte der Großwesir dem Diener und führte ihn in ein Vorzimmer. »Der Herrscher wünscht keine neuen Sklavinnen für seinen Haushalt oder seinen Harem.«

»Aber, mein Herr …«

»Ja?«

Omars Ton war so scharf, daß der Mann demütig den Blick senkte. Man durfte sich mit dem höchsten Minister des Palastes nicht anlegen.

»Vergeben Sie mir, mein Herr. Verstehen Sie: mein Meister wollte Ihren Herrn nicht beleidigen, indem er ihm das schönste Juwel, das je in seinen Besitz kam, nicht angeboten hätte.«

»Je?« Omar war amüsiert.

»Es ist wirklich so, mein Lord. Ich habe das Mädchen selbst gesehen.«

»Dann ist mein Bedauern ebenso groß wie Ihres. Es handelt sich um eine Engländerin?«

Die Augen des Mannes weiteten sich vor Staunen, und er nickte. Natürlich hätte er wissen müssen, daß die Spione des Palastes sich schon informiert hatten, wahrscheinlich von dem Moment an, als die Frau angekommen war. Waren es nicht die Palastspione gewesen, dann die der ausländischen Konsuln, die stets auf dem laufenden sein wollten. In Barka konnten nur wenige Geheimnisse wirklich geheim bleiben, und deshalb verstand auch niemand, warum das Haupt des Mannes, der die Attentate auf den Herrscher angezettelt hatte, nicht längst vom Palasttor baumelte.

»Sagen Sie Ihrem Meister, wir wissen es zu schätzen, daß er sein Juwel zuerst dem Herrscher angeboten hat«, fuhr Omar fort. »Wir werden seine Aufmerksamkeit nicht vergessen. Und obwohl der Herrscher seit einiger Zeit keine Sklavinnen mehr erworben hat, heißt das nicht, daß er in Zukunft auch keine mehr braucht. Aber das nächstemal kommen Sie erst zu mir. Der Herr darf mit solchen Kleinigkeiten nicht behelligt werden.«

Welche Schande, dachte Omar später, daß Jamil das Prestigedenken verachtet, das mit der Anzahl von Frauen verknüpft ist. Die meisten Türken, die es sich leisten konnten, füllten ihren Harem bis zum Überfließen. Drei- oder vierhundert Konkubinen waren nicht ungewöhnlich für einen Mann, der so reich war wie Jamil, doch er besaß weniger als fünfzig Frauen. Die Hälfte von ihnen war ein Geschenk gewesen oder von *Lalla* Rahine gekauft worden, in dem Bestreben, ihren Sohn mit Vielfältigkeit zu erfreuen, nachdem er sich selbst nicht mehr darum kümmerte. Er war nicht begeistert davon und hatte ihr schließlich weitere Erwerbungen verboten.

Es war nicht so, daß Jamil die Abwechslung nicht geschätzt oder Frauen nicht geliebt hätte. Aber es störte ihn, wenn ein Frauendasein verschwendet wurde, und das geschah mit der Mehrheit der weiblichen Wesen in einem großen Harem. Es konnte nur eine gewisse Anzahl Favoritinnen geben, und die übrigen, die vielleicht gelegentlich das Auge ihres Meisters auf sich zogen, verbrachten ihre Tage in gelangweilter Untätigkeit ohne Zukunftsaussichten – und die Nächte allein.

Daß das für Jamil von Belang war, konnte überraschen, aber es entsprach den Tatsachen. Schon ehe die Gerüchte aufgekommen waren, er liebe seine erste Frau, Sheelah, hatte er so empfunden. Als Angehöriger seines Kulturkreises stand er allein da mit der Ansicht, jede Frau in seinem Harem müsse sich von ihrem Gebieter geschätzt fühlen. Und er erschöpfte sich in dem Bemühen, keine seiner Frauen auf längere Sicht zu ignorieren, weshalb ihn auch der Gedanke erschreckte, nur eine einzige zusätzliche Konkubine aufnehmen zu müssen.

Dennoch war es eine Schande, denn ein neues Mädchen hätte Jamil gerade jetzt von seinen Problemen ablenken und seine Aggressionen dämpfen können, die sich zu schlimmen Zornausbrüchen entwickelten. Aber das konnte man Jamil nicht sagen.

Er hätte einen unbeschwerten Tag außerhalb des Palastes nötig gehabt, denn in diesen Mauern festgehalten zu sein, frustrierte ihn am meisten. Doch der Divan würde nie zustimmen. Es war einfach zu gefährlich, den Palast zu verlassen, denn darauf warteten die Meuchelmörder zweifellos. Allmählich wurde es Zeit, daß die vielen Botschaften, die ausgesendet worden waren, Früchte trugen.

12

Vier Tage später, am frühen Nachmittag, als der Großwesir immer noch Bewerber empfing, die eine Audienz beim Herrn des Palastes erbaten, wurde ihm ein Wüstenscheich gemeldet, der als Tribut zwei Vollblutpferde mitgebracht hatte. Omar war nicht beeindruckt und hätte den Scheich auf den nächsten Morgen vertrösten lassen, wenn dessen Diener nicht darauf bestanden hätte, daß der Großwesir persönlich die beiden Rassepferde begutachten müsse – sie stünden im äußeren Hof und würden von allen Seiten bewundert. Omar war verärgert, daß der Diener bis zu ihm vordringen konnte und die Palastwachen ihn nicht gleich abgewiesen hatten. Andererseits verstand er, daß seine Männer sich in einem Dilemma befunden hatten. Die meisten Wüstenstämme, die dem Herrscher, ihren Verträgen entsprechend, Tribut bezahlten, schickten nicht ihr Oberhaupt in die Stadt, um das zu erledigen. Daß dieser Scheich persönlich mit seinen Geschenken gekommen war, konnte nur bedeuten, daß er etwas vom Herrscher wollte.

Es gehörte zu Jamils Politik, die Wüstenstämme höflich zu behandeln, denn das garantierte den Frieden. Der Wüstenscheich wußte vielleicht gar nichts von der prekären Lage in Barka und davon, daß es momentan nicht angebracht war, bei Jamil persönlich vorzusprechen.

Ungeduldig eilte Omar in den angrenzenden Raum und trat an ein mit Gitterwerk verziertes Fenster, das den Blick auf den äußeren Hof freigab. Von hier aus konnte er die Pferde gut sehen, denn sie hielten Abstand von den Angestellten und Dienern des Palastes, die sich um sie versammelt hatten. Zwei junge Araber, offenbar Pferdepfleger, hatten Mühe, die temperamentvollen Tiere in Zaum zu halten.

Nun war Omar doch beeindruckt. Es handelte sich um herrliche, rein weiße Vollblüter, wie man sie in Barka noch nie erblickt hatte – obendrein noch um einen Hengst und eine Stute.

Beim Barte des Propheten! Dieses Paar würde sich hervorragend zur Zucht eignen.

Omar befahl dem Diener, den Scheich hereinzubitten. War es möglich, daß dieser Mann den Wert eines solchen Geschenkes nicht kannte, eines Tributes, der des Sultans persönlich würdig gewesen wäre? Diese Vollblutpferde stammten auf keinen Fall aus der arabischen Wüste. Wo mochten sie wohl hergekommen sein?

Dann seufzte Omar tief, als ihm dämmerte, wie dieses Geschenk auf Jamil wirken würde, der ein vorzüglicher Reiter war, seinen täglichen Ausritt jedoch hatte aufgeben müssen, als die Probleme begannen. Er würde über das Vollblutpaar entzückt, ja hingerissen sein, bis ihm einfiele – wie eben Omar –, daß er es nicht reiten durfte, und zwar für eine längere Zeitspanne. Das würde seine gegenwärtige Stimmung noch stärker beeinträchtigen.

Verständlicherweise machte Omar ein finsteres Gesicht, als der große Wüstenhäuptling zu ihm geleitet wurde. Sein Name war als Ahmad Khalifeh angegeben worden, ein Name, an den Omar sich nicht erinnerte und den er auch bei einem raschen Blick auf seine Unterlagen nicht finden konnte. Vielleicht hätte er den Mann erkannt, doch ein umfangreicher Burnus, das mit einer Kapuze versehene Gewand der Wüste, hüllte ihn von Kopf bis Fuß ein, und die Tatsache, daß der Fremde das Kinn gesenkt hielt, so daß die Kapuze ihm tief über die Stirn fiel, machte die Vermummung komplett.

In seiner Verwirrung verzichtete Omar auf die üblichen Empfangszeremonien und kam direkt zur Sache. »Ihr Name ist mir nicht geläufig. Von welchem Stamm kommen Sie?«

Die Antwort bestand aus einer Gegenfrage. »Sind Sie das, Omar?«

Der Großwesir erstarrte. Diese Stimme erkannte er nur zu gut. »Jamil? Was für ein Spiel treiben Sie mit mir?«

Ein volles und tiefes Lachen erscholl. Wie lange war es her, daß Jamil so herzlich gelacht hatte? Omar furchte befremdet die Stirn, denn der Mann hatte den Kopf gehoben, und ein glattrasiertes Kinn wurde unter der Kapuze sichtbar.

»Wer sind Sie?« fragte Omar mit einem drohenden Unterton.

»Kommen Sie, alter Knabe, Sie können mich doch nicht vergessen haben – nach nur neunzehn Jahren.«

Omars Mund öffnete sich in äußerster Verblüffung. Niemand sprach so respektlos mit ihm. Niemand! Er erhob sich, um die Wächter zu rufen, damit sie den arroganten Hund entfernten, doch dann hielt er inne. Die Kapuze wurde zurückgeschlagen, und ein Paar lachender grüner Augen trafen seinen Blick ohne Furcht oder Reue. Omar setzte sich wieder, das heißt, er sank in die Kissen zurück, und seine erneut geöffneten Lippen drückten Sprachlosigkeit aus.

»Kasim? Sind Sie es wirklich?« brachte er schließlich hervor.

»Kein anderer«, erklang die kecke Antwort.

Omar sprang auf und umrundete den langen, niedrigen Tisch, der von offiziellen Dokumenten und Bittgesuchen bedeckt war. »Sie sind gekommen! Allah sei gepriesen, Sie sind wirklich gekommen!« – »Dachten Sie, ich käme nicht?«

Derek wurde begeistert umarmt. Für einen kleinen Mann, der doppelt so alt war wie Derek, besaß Omar beachtliche Kräfte. Der Neuankömmling stöhnte unter dem eisernen Griff.

»Wir wußten es nicht«, erklärte Omar und trat zurück, um die vielen Veränderungen in sich aufzunehmen, die neunzehn Jahre bewirkt hatten. »Wir konnten es nicht wissen. Es wurden so viele Boten ausgesendet, und so viele fanden den Tod.«

»Das hörte ich von Ali ben-Khalil.«

»Dann war er der eine, der Sie erreicht hat? Der Limonadenverkäufer?«

Derek nickte lächelnd. »Er bestand darauf, daß ich ihn einsperren sollte, nachdem er mich gefunden hatte.«

»Ein kluger Bursche. Und Sie waren so weise, sich zu verkleiden. Ich fürchtete, Sie würden das nicht tun, aber ich konnte Sie in unserer Nachricht nicht warnen, sonst wäre der einfache Code offenbar geworden.«

»Wie geht es Jamil?«

»Er ist unverletzt, obwohl letzten Monat ein weiterer Anschlag auf sein Leben verübt wurde.«

»Wissen Sie, wer dahintersteckt?«

Omar hob mit Abscheu die Hände. »Wir haben nichts erfahren, absolut nichts! Wer auch immer die Attentäter anheuert – er gibt sich ihnen nicht zu erkennen.«

»Ist es Selim?«

»Wir können uns keinen anderen vorstellen, aber niemand ist über jeden Verdacht erhaben.«

»Wo hält er sich auf?«

Omar seufzte. »Zuletzt wurde er am Hof des Sultans in Istanbul gesehen. Wir haben nun eine wahre Armee losgeschickt, aber er versteckt sich gut.«

»Haben Sie an die Möglichkeit gedacht, daß er vielleicht schon beseitigt wurde?« meinte Derek. »Wie alt ist Mustafas jüngster Sohn jetzt?«

»Er ist erst elf Jahre alt – und ja, wir haben daran gedacht, wie wir auch alle von Jamils Feinden in Betracht gezogen haben.«

»Und seine Frauen?«

Omar lachte in sich hinein. »Sie denken immer noch wie ein Moslem, Kasim.«

»Ich kann mich erinnern, wie meine Mutter von der fanatischen Rivalität erzählte, die zwischen Mustafas Frauen herrschte und daß Mahmud zweimal beinahe an Gift gestorben wäre.«

»Und hat Jamil Ihnen später geschrieben, daß Mustafas vierte Frau dafür verantwortlich war und daß sie die Dummheit besaß, einen Anschlag auf ihn zu versuchen, was ihr ein Grab auf dem Grunde des Meeres bescherte?«

Derek brummte. Nein, das hatte er nicht erfahren, aber es wunderte ihn nicht. Lebendig in einen mit Steinen beschwerten Sack geschnürt und ins Meer geworfen zu werden, war des Sultans bevorzugte Methode, sich mißliebig gewordener Frauen seines Harems zu entledigen. Warum sollte Mustafa anders gewesen sein? Selten wurde eine Frau auf andere Art hingerichtet.

Omar fuhr fort: »Aber Jamils Frauen? Natürlich sind die Sicherheitsvorkehrungen im Harem verstärkt worden, aber Jamil will kein Wort gegen seine Frauen hören, und auch ich neige dazu, sie zuallererst als Verdächtige einzustufen. Erstens schwärmt jede für Jamil, und was noch entscheidender ist – keiner ihrer Söhne würde profitieren, wenn nicht außer Jamil auch noch Selim und Murad sterben würden. Obwohl Selim verschwunden ist, lebt Murad hier in Barka, und auf sein Leben sind noch keine Anschläge verübt worden.«

»Aber wenn jeder von Mustafas Söhnen sterben würde?«

»Dann müßte der Divan entscheiden, ob Jamils Erstgeborener an die Macht käme.«

»Man hat schon davon gehört«, meinte Derek, »daß eine erste Frau, eine *Kadine*, durch ihren Sohn regiert.«

»Aber er ist erst sechs Jahre alt, Kasim. Wenn er älter wäre ... Es wäre wahrscheinlicher, daß der Divan einen neuen Herrscher wählen würde, und Mustafas Linie wäre ausgeschieden.«

»Aber Ihre Stimme könnte den Divan beeinflussen?«

Omar lachte. »Bei Allah, Sie fügen dem Problem neue Aspekte hinzu, die nicht einmal ich erwogen habe. Ja, es stimmt, ich könnte den Divan lenken. Nach fünfunddreißig Jahren in der Eigenschaft als Großwesir rangiert meine Ansicht gleich hinter der des Herrschers. Aber die Tatsache besteht, daß keiner wissen kann, wie ich entscheiden würde – am wenigsten Jamils Frauen, wenn ich selbst noch nicht einmal an diese Möglichkeit gedacht habe. Aber nehmen Sie jetzt Platz, Kasim, setzen Sie sich! Wir haben noch genügend Zeit, darüber zu diskutieren, wer für all das Schlimme verantwortlich ist. Erzählen Sie mir: Wie sind Sie hergekommen? In den letzten Tagen sind keine neuen Schiffe eingelaufen, und die vorher habe ich überprüfen lassen.«

»Ein Freund hat mir die Überfahrt auf einem der königlichen Kriegsschiffe vermittelt. Ich wäre gestern schon angekommen, aber wir hatten ein kleines Problem mit algerischen Piraten und wurden von unserer Begleitflotte getrennt. Ich denke, daß die Schiffe heute abend oder morgen eintreffen, wenn sie sich wieder vereinigt haben. Mich hat man letzte Nacht an der Küste abgesetzt, und diesen Morgen bin ich in die Stadt geritten. Ich brauchte einen guten Grund, in den Palast zu gelangen. Als Ahmad Khalifeh aus der Wüste aufzutreten, der dem Herrscher Tribut zollt – das erschien mir der beste Weg.«

»Ah, die Pferde«, sagte Omar. »Wo haben Sie solche herrlichen Tiere gefunden?«

»Gefunden?« Dereks Augen drückten einen Hauch von Stolz aus. »Ich züchte sie. Und Jamil sollte lange genug leben, um in Barka eine neue Linie aufzuziehen.«

»Inshallah«, entgegnete Omar ernst.

»Ja.« Derek nickte, jetzt ebenso ernst. »Wenn Gott will.«

13

Derek Sinclair, Graf von Mulbury und zukünftiger Marquis
von Hunstable, fühlte sich unglaublich guter Stimmung, seit er
an diesem Morgen die Stadt betreten hatte. Die Bilder, die Ge-
räusche und Gerüche, die ihn begrüßten, ließen ihn erkennen,
wie sehr er diesen Teil der Welt vermißt hatte und wie leicht es
war, wieder in die Haut eines türkischen Moslem zu schlüpfen.

Es war nichts Englisches an den Basaren, die er durchquert
hatte, wo Sandelholz- und Kautschukdüfte aus den Gewürzbu-
den die Luft schwängerten, Kamele vorbeitrotteten und Glöck-
chen im Wind bimmelten, die den Stand des Seidenhändlers in
eine wehende, leuchtende Farbenorgie verwandelte. Ein Meer
von Turbanen und kohleäugigen Frauen, geheimnisvoll ver-
hüllt, wogte umher. Das laute Getöse der Händler, die um Preise feilschten, der süße Gesang der Nachtigallen in Bambuskäfi-
gen, das Plätschern von Springbrunnen an jeder Ecke – das
alles war Barka, von dem Derek gedacht hatte, er würde es
nicht wiedererkennen.

Und der Palast, der sich auf dem höchsten Hügel der Stadt
über mehr als achtzig Quadratkilometer erstreckte, brachte einen Reichtum an längst vergessenen Erinnerungen zurück. Derek folgte Omar nun durch das Labyrinth. Bei seiner Ankunft
war er nur bis zum äußeren Hof vorgedrungen, der von hohen
Mauern umschlossen wurde, die das Waffenlager, die Münzan-
stalt, die Bäckerei, die Baracken der Wächter und andere
Dienstgebäude schützten. Omar hatte ihn von seinem Büro aus
durch mehrere Räume geleitet, die direkt in den inneren Palast
führten. Somit hatte er den zweiten Hof umgangen, den nur Be-
amte oder Botschafter je betraten.

Anders als der äußere Hof, der dem Volk üblicherweise
leicht zugänglich war, bot sich der zweite Hof als abgeschiede-
ner Garten dar, mit breiten Wegen zwischen den Rasenflächen,
die in Tore oder flache Gebäude mündeten. Gazellen und Pfau-

en bewegten sich unter hohen Zypressen, verschwenderisch ausgestattete Pavillons standen für jede zeremonielle Gelegenheit bereit und Sklaven plagten sich unter der heißen Sonne mit der Pflege der Blumenbeete ab.

Der zweite Hof beherbergte die Büros der Palastbeamten und die Sitzungsräume, in denen sich der Divan mehrere Male in der Woche zusammenfand. Hier wurden fremde Diplomaten unterhalten, die Söhne des Herrschers beschnitten oder seine Töchter verheiratet und alle Festlichkeiten gefeiert. An diesen Hof grenzte der eisenbestückte Zaun an, der zum Harem führte.

Auf der anderen Seite gab es ebenfalls ein Gitter, das einen dritten Hof einfriedete, mit dem Derek sehr vertraut war. Es handelte sich um einen intimeren Garten mit Kastanienbäumen und Mispelsträuchern und efeuumschlungenen Zypressen. Dort waren die Schatzkammer, der Thronraum und die Palastschule untergebracht. Hier gelangte man durch eine Pforte in die reich gekachelten Korridore, an die sich die Appartements des Herrschen anschlossen, die wiederum mit dem Harem verbunden waren.

Omar führte Derek durch das Kernstück des Palastes, durch verschiedene Gänge und Zimmer, die sich an überwölbten Küchen, den Bädern, dem Harem, den Höfen entlangzogen und schließlich in dem Korridor mündeten, den die Konkubinen benützten, um die Räume ihres Gebieten zu erreichen.

Endlich blieben sie vor einer großen Zedernholztür stehen, die von zwei stocksteifen Nubiern flankiert wurde. Nur weil Derek sich in der Begleitung des Großwesirs persönlich befand, war er nicht mindestens zwanzigmal von einer Armee von Wächtern aufgehalten worden, zumal Derek mit der heruntergezogenen Kapuze und dem gesenkten Kopf einen höchstverdächtigen Eindruck erweckte.

»Ich hoffe, Sie haben irgendein Geheimwort ausgemacht, um diese Burschen zu mobilisieren, wenn etwas nicht stimmt«, meinte Derek nachdenklich.

»Sie sind doch nach Waffen durchsucht worden, ehe Sie den Palast betreten haben, oder?«

»Ja, aber was ist, wenn jemand eine Ihrer Frauen oder eines Ihrer Kinder kidnappt und Sie dadurch zwingt, ihn hier hereinzubringen?«

Omar lachte leise. »Es gibt tatsächlich ein Signal, das bei Ihnen oder einem anderen eine sofortige Enthauptung zur Folge hätte. Ich bin froh, daß Sie sich so für unsere Sicherheitsmaßnahmen interessieren. Sie müssen so frei sein, alles vorzubringen, was Sie beschäftigt.«

Derek nickte. »Ist Ihre Familie geschützt? Wenn Sie denjenigen töten, der sagt, man habe Ihre Familie entführt, rettet das keinen Ihrer Angehörigen.«

»Meine Söhne, Enkel und Urenkel befinden sich in Sicherheit, soweit das überhaupt möglich ist. Meine Frauen?« Omar zuckte fatalistisch die Schultern, obwohl seine grauen Augen zwinkerten. »Es wäre kein großer Verlust wenn ihnen etwas zustieße.«

Derek unterdrückte ein Grinsen und blickte zur Tür. »Ich vermute, Sie müssen mich anmelden?«

»Es wäre klug, falls Sie nicht wollen, daß sich seine persönlichen Wächter sofort auf Sie stürzen.«

»Darauf kann ich verzichten«, meinte Derek trocken.

»Ja, es lohnt sich nicht, Jamil überraschen zu wollen, obwohl er jedenfalls überrascht sein wird. Nachdem so viele Boten mit dem Leben bezahlen mußten, hat er die Hoffnung aufgegeben, daß ein Brief Sie doch noch erreichen würde, Kasim.« Bei der Erwähnung dieses Namens schaute Derek die Wächter an, doch Omar schüttelte den Kopf. »Jamils Türsteher sind stumm, ebenso wie seine Leibwächter.«

Nun klopfte Omar an, wartete volle zehn Sekunden und trat dann ein. Derek folgte ihm auf den Fersen. Sie befanden sich in einem typisch orientalischen Raum, groß und nicht überladen. Schön geformte Onyxsäulen stützten eine mit Blumenmotiven bemalte Decke. Stucktäfelungen mit Blütenbildern oder geometrischen Mustern und Streifen mit Kalligraphie wechselten sich an den Wänden ab. Geschnitzte Gitter bedeckten die Fenster, ließen jedoch genügend Licht herein, das den Marmorboden überflutete, in dessen Mitte ein wunderbares Mosaik, eine Jagdszene eingelassen war. Die wenigen Möbelstücke, ein paar niedrige Tische und ein einziger großer Schrank vor einer Wand, zeigten Einlegearbeiten aus Perlmutt. Es gab keine Stühle oder Sofas, auf die man sich hätte setzen können, nur ein flaches Podium mit verstreuten Kissen, auf dem sich der Herrscher entspannt ausgestreckt hatte. Im übrigen war der Raum nicht menschenleer. Ein Kaffeekoch war anwesend, Jamils Pfeifenträger und ein halbes Dutzend anderer Diener, alles persönliche Sklaven. Eine von Jamils Konkubinen, die in den zehn Sekunden nach Omars Anklopfen genügend Zeit gehabt hatte, sich zu verschleiern, saß mit demütig gesenktem Kopf neben Jamil.

»Hatten wir eine Verabredung, Omar, die ich vergessen habe?« fragte Jamil in das Schweigen hinein, das mit dem Eintreten des Fremdlings entstanden war.

»Durchaus nicht, mein Herr. Doch wir bitten um ein privates Wort, falls es Ihnen nicht lästig ist. Ich denke, daß sogar Ihre Wächter hinausgehen sollten.«

Jamil hob die Brauen bei diesem Anliegen, doch er stellte keine Fragen. Er nickte nur, und die Diener verließen den Raum rückwärts sich verneigend, wie es in der Gegenwart des Herrschen üblich war. Die Frau verhielt sich ebenso, wobei sie ihre Enttäuschung darüber verbarg, daß der Großwesir ihre Stunde mit dem Gebieter unterbrochen hatte. Jamil achtete nicht mehr auf sie. Er betrachtete Omars geheimnisvoll verhüllten Begleiter, der seinerseits den Herrscher nicht aus den Augen ließ.

Als der Raum leer war, fragte Jamil: »Nun? Taucht hier endlich jemand auf, der mir über die gemeinen Anschläge Informationen bringt? Was wußte er Ihnen zu berichten, Omar?«

»Daß er eine angenehme Reise hatte, wenn man mehr als einen Monat auf See ohne Frauen an Bord, die einen Mann verwöhnen, als angenehm bezeichnen kann.«

Jamil sah seinen Großwesir zürnend an. »Soll das ein Scherz sein, alter Freund?«

Omar konnte sich nicht zurückhalten; er lachte entzückt, prustete noch ein wenig und riß sich dann zu einem Grinsen zusammen, als Jamils Gesichtsausdruck immer finsterer wurde.

»Offenbaren Sie sich, ehe er mich für verrückt hält«, sagte er mit vor Lachen feuchten Augen.

Derek hob die Hand und schob die Kapuze zurück, dabei ging er auf Jamil zu. Dieser richtete sich àuf, ehe er sich erhob. Mit einem Schritt kam er von dem Podium herab und blieb dann stehen. Derek hatte ihn erreicht. Sie maßen sich mit den Blicken – ein grünes Augenpaar ungläubig, das andere identische Paar voller Rührung.

»Jamil«, sagte Derek einfach, doch eine Welt von Bedeutung lag in diesem Wort.

Jamil lächelte langsam, dann stieß er einen Schrei aus und drückte Derek in einer Bärenumarmung, die einen schwächeren Mann zerquetscht hätte, an sich. Derek erwiderte die Umarmung nicht weniger hefig.

»Allah ist gnädig, Kasim! Ich habe nicht geglaubt, dich je wiederzusehen.«

»Und ich habe dasselbe von dir angenommen.«

Sie brachen in Gelächter aus, denn einer mußte nur in den Spiegel blicken, um den anderen zu sehen – so ähnlich waren sie sich.

»Neunzehn Jahre«, fuhr Derek fort und musterte den Zwillingsbruder. »Gott, habe ich dich vermißt.«

»Nicht mehr, als ich dich vermißt habe. Ich glaube, ich konnte unserer Mutter nie verzeihen, daß sie uns trennte.«

»Es machte einen alten Mann sehr glücklich«, gab Derek mit gedämpfter Stimme zu bedenken.

»Was bedeutet mir das, wenn mich der Kummer beinahe umgebracht hat?« stieß Jamil mit einer Verbitterung hervor, die er nie ganz hatte überwinden können. »Wußtest du, daß sie auch mich, wie jeden anderen, zu überzeugen versuchten, du seist tot? Jawohl, mich! Als hätte ich die Wahrheit nicht gespürt! Ich dachte, ich würde wahnsinnig, als sogar Rahine darauf bestand, du seist gestorben. Dabei wußte ich – ich wußte es hier …«, er schlug sich auf die Brust, »… daß das nicht wahr sein konnte. Schließlich mußte sie zugeben, was sie getan hatte.« An diesem Tag hatte er aufgehört, sie Mutter zu nennen.

»Das hättest du mir sagen sollen.«

Jamil machte eine wegwerfende Handbewegung. »Ich war fünfzehn, als sie mir endlich verriet, wie ich Kontakt mit dir aufnehmen konnte. Ich wollte Gefühle nicht wieder wecken, die fünf Jahre begraben gewesen waren, Gefühle, die jeder hätte lesen können, ehe meine Briefe dich erreicht hätten.«

»Und ich wagte es nicht zu fragen, warum du meine Briefe nie beantwortet hast obwohl ich sofort zu schreiben begann.«

»Ich habe sie nie bekommen! Dafür hat unser Vater gesorgt, wieder auf Rahines Wunsch hin.«

»Warum?« fragte Derek, und sein eigener Groll stieg nach Jahren an die Oberfläche.

»Sie wollte keine Erinnerungen. Uns gab es doppelt also konnte man leicht einen opfern. Und sie wollte nicht daran erinnert werden.«

Derek blickte zur Seite, ehe er sagte: »Ich habe ihre Worte noch im Kopf, als sie mich zu dem Schiff brachte. ›Ich kann nicht nach England zurück‹, erklärte sie. ›Und selbst wenn ich könnte … ich vermag keine Kinder mehr zu bekommen. Du bist der einzige, der unseren Namen weiterträgt, und das bedeutet in England genausoviel wie hier. Jamil kam zuerst auf die Welt. Dein Vater würde ihn niemals gehen lassen. Aber du bist alles, was ich *meinem* Vater geben kann, und ich liebe ihn, Kasim. Ich kann den Gedanken nicht ertragen, daß er allein und ohne Hoffnung für die Zukunft sterben müßte. Du bist alles, was ihm von mir bleibt. Du wirst sein Erbe sein, seine Freude, sein Grund zu leben. Bitte hasse mich nicht, weil ich dich zu ihm schicke.‹«

»Sie hatte kein Recht.«

»Nein«, stimmte Derek sanft zu. »Aber ich erinnere mich auch an ihre Tränen, als das Schiff ablegte.«

Sie sahen sich lange stumm an, dann gestand Jamil: »Ich weiß. Ich hörte sie oft weinen, wenn sie glaubte, allein zu sein, aber ich war damals jung und unversöhnlich. Ich verschloß mein Herz vor der Tatsache, daß sie dich ebenso wie ich vermißte. Ich weigerte mich zu glauben, daß sie dich trotz ihrer Handlung lieben könnte. Und ich haßte Mustafa eine lange Zeit, weil er ihr nachgegeben hatte.«

»Er besaß damals viele Söhne, wenn wir auch seine Lieblinge waren.«

»Suche keine Entschuldigungen für ihn, Kasim. Es geschah ihm recht, daß er später litt, als die Hälfte dieser Söhne starb, ehe sie den Harem verließ.«

Diese haßerfüllte Feststellung ließ beide Brüder plötzlich lächeln. »Das meinst du nicht ernst«, erklärte Derek.

»Nein«, entgegnete Jamil. »Aber zum Schluß beklagte er den Zustand, daß er nur mehr fünf Söhne besaß, und einen davon freiwillig hergegeben hatte. Natürlich konnte er über Omar fluchen, der als einziger von der Geschichte gewußt und ihn nicht abgehalten hatte, seiner *Kadine* den Willen zu tun.«

Als sie sich beide umdrehten, um Omars Kommentar zu diesem Thema zu hören, bemerkten sie, daß der Großwesir den Raum verlassen hatte. Sie lächelten über das Taktgefühl des alten Mannes und ließen sich auf den Kissen nieder. Jamil bot seinem Bruder eine lange türkische Pfeife mit Bernsteinmundstück an, doch Derek schlug sie aus. Er lehnte sich in einer sehr englischen Pose zurück, indem er sich auf einen Ellenbogen stützte und die andere Hand auf das gebeugte Knie legte. Unter seinem nun offenen Burnus zeigte sich ein weißes Leinenhemd mit offenem Kragen, das in büffellederfarbenen Hosen steckte. An den Füßen trug Derek kniehohe Stiefel.

Jamils türkische Hosen waren weit und locker. Sie endeten am Knie, womit sie sich der orientalischen Sitte anpaßten, mit gekreuzten Beinen zu sitzen, was Jamil auch tat. Seine Füße waren nackt, seine kragenlose Tunika aus grüner Seide geschneidert und am Hals mit gelben Edelsteinen bestickt, die auch in mehreren Lagen die manschettenlosen Ärmel schmückten. In der Mitte des Turbans prangte ein Smaragd von der Größe einer Walnuß. Nun, da die Brüder allein waren, nahm Jamil den Turban ab und schüttelte sein kohlschwarzes Haar, das ungefähr acht Zentimeter länger war als das von Derek.

Als sich ihre Blicke wieder trafen, fragte Jamil ernst: »Hast du ihr verziehen?«

»Ich glaube, als ich Robert Sinclair kennenlernte, verstand

ich ihre Motive besser. Ich lernte ihn zu lieben, Jamil, wie sie ihn liebt.«

»Und wie habe ich ihn gehaßt, weil er der Grund war, daß man dich mir fortgenommen hat.« Er sagte das ruhig, ohne die vorher zur Schau gestellte Hitzigkeit.

»Anfangs ging es mir genauso. Ich haßte alles Englische. Doch dann hat mich ein kleines Mädchen von nur sechs Jahren in die Schranken gewiesen. Sie fragte mich: ›Wie kannst du nur so hochmütig und herablassend und gräßlich arrogant sein? Du bist nur ein Junge, und ein Waisenkind obendrein.‹«

»Ein Waisenkind?«

»Die Story hat unser Großvater verbreitet, um zu erklären, warum ich allein auf seiner Türschwelle auftauchte. Mein Vater sei ein ausländischer Diplomat gewesen, den meine Mutter in der Fremde geheiratet hatte. Beide Eltern seien gestorben, also müsse mich der Marquis großziehen. Die Geschichte war einfach und bewirkte Wohlwollen. Ah, das Wohlwollen …« Derek lachte. »Als ich gerade zwölf Jahre alt war, gab es ein bildhübsches Küchenmädchen, eine kleine Hure, die darauf bestand, mir zu zeigen, wie entgegenkommend sie sein konnte.«

»Zwölf?« Jamil schnaubte. »Und unser Vater ließ mich warten, bis ich dreizehn war. Erst dann durften Sklavinnen mir zu Diensten sein.«

Sie grinsten und dachten an ihre ersten Liebesversuche und daran, wie unsicher und schüchtern sie in diesen jungen Jahren gewesen waren. Dann fragte Jamil. »Und das kleine Mädchen, das dich beleidigt hat?«

Derek lachte. »Das wurde meine engste Freundin.«

Jamils ungläubiger Blick erheiterte ihn noch mehr. »Es ist wahr. Durch sie erkannte ich, wie unmöglich ich mich benommen hatte, indem ich jeden in meiner Umgebung meine Einsamkeit und Verbitterung büßen ließ. Ich war da, und ich mußte dableiben, also begann ich das Beste daraus zu machen.«

»Aber ein weiblicher Freund, Kasim? Ich weiß, daß die Europäer Frauen anders betrachten, aber du bist nur ein halber Engländer.«

»Ich hatte gerade erst den Harem verlassen, Jamil. Es kam mir demnach natürlicher vor, mich der Kleinen anzuschließen als den Männern im Haushalt des Marquis. Und, wie du sagst, Europäer haben da eine andere Einstellung. Auch als wir älter wurden, blieben Caroline und ich die besten Freunde. Und jetzt«, fügte er vergnügt hinzu, »werde ich die Dame heiraten, wenn ich zurückkehre.«

Jamil schüttelte den Kopf. »Du hast mit der Heirat lange gewartet.«

»Man muß ein bißchen mehr darüber nachdenken, wenn man seine erste Wahl behalten muß.«

»Ja, nur eine Frau.« Erneut schüttelte Jamil den Kopf. »Kannst du mit einer einzigen zufrieden sein?«

»Hör mal, Jamil! Du weißt genau, daß Europäer die Abwechslung genauso lieben wie ihr. Wir müssen dabei nur diskret sein. Tatsächlich würde ich auch jetzt noch nicht heiraten, wenn der Marquis nicht darauf bestanden hätte. Er möchte noch Kinder erleben, ehe er stirbt.«

»Du hast noch keine?«

»Keine, von denen ich etwas wüßte. Und du? Wie viele hast du bisher?«

»Sechzehn, aber nur vier sind Söhne.«

»Dann sind, seit ich das letzte Mal von dir hörte, drei Töchter hinzugekommen. Gratuliere!«

Jamil zuckte die Schultern, denn Töchter wurden nicht für wichtig gehalten, ausgenommen in der Zeit wenn man sie verheiratete. Doch er liebte seine kleinen Mädchen abgöttisch, die alle noch keine sechs Jahre alt waren.

Er lächelte stolz. »Meine erste Frau hat mir meinen ältesten Sohn und dann zwei Töchter geboren. Sie sind Engel, Kasim, die jüngste ist erst drei Monate alt.«

»Ich hoffe, daß ich sie sehe, schließlich bin ich ihr Onkel.«

»Natürlich«, sagte Jamil einigermaßen erstaunt, denn wenn Kasim mit Omars Idee einverstanden war, würde er nicht nur die Kinder, sondern auch alle Frauen des Harems sehen. »Hat Omar dir nicht erzählt …« Bei seines Bruders fragendem Blick hielt er inne, um gleich darauf zu explodieren. »Dieser Abkömmling von Kamelskot! Er hat dir nicht erzählt, warum du hier bist! Er überläßt das mir!«

Derek lachte. »Das Thema kam nicht auf! Wir sprachen zuletzt von Pferdezucht.«

»Pferdezucht?«

»Ja, wegen der beiden Vollblüter, die ich dir mitgebracht habe.«

Jamils Züge zeigten nun jungenhafte Begeisterung. »Mir?«

Derek nickte. »Ja. Aber nachdem du es jetzt erwähnt hast: Warum bin ich hier?«

Jamil wand sich. »Es war Omars Idee. Zuerst sträubte ich mich, sie auch nur in Betracht zu ziehen, doch er ließ nicht locker und hatte mich am Schluß soweit, daß wir dich wenigstens fragen sollten. Wenn ich nicht sicher wäre, daß Selim hinter den Mordplänen steckt, hätte ich dich niemals in die Sache mit hineingezogen. Er haßt mich, Kasim, er hat mich immer gehaßt. Daran mußt auch du dich erinnern. In seiner Gehässigkeit und Grausamkeit war er noch schlimmer als Mahmud. Falls es ihm gelingt, mich auszulöschen und an die Macht zu kommen, wird er meine Frauen und Kinder umbringen lassen.«

Derek erinnerte sich an Selim. »Ja, daran zweifle ich nicht. Was ist also Omars Idee?«

»Daß du meinen Platz einnimmst.«

Derek war nicht überrascht. Er hatte sich schon gedacht, daß das der einzige Grund sein könnte, warum man ihn brauchte. Doch er würde nicht der nächste Herrscher von Barka sein wollen, obwohl die Erbfolge ihn dazu bestimmte. Diese Art von Macht und die Kopfschmerzen, die damit einhergingen, wünschte er sich einfach nicht. Er hatte zu lange als Engländer gelebt. Natürlich hatte er auch das Abenteuer gesucht, das er bei der Spionagearbeit für Marshall gefunden hatte. Doch es war eine andere Sache, sich ein wenig Risiko und Aufregung zu verschaffen und zu wissen, daß man nur den Kanal zu überqueren brauchte, um die ganze Geschichte hinter sich zu lassen. Hier würde das Abenteuer niemals enden.

»Ich will deine Nachfolge nicht antreten, Jamil, das sage ich dir sofort offen. Soweit es die Leute hier betrifft, bin ich tot und vergessen, und das soll so bleiben. Aber wenn Selim Erfolg haben sollte, würde ich selbstverständlich die wenigen Tage hierbleiben, die nötig wären, um deine Familie in Sicherheit zu bringen, und deine Rolle spielen. Darum müßtest du mich gar nicht erst bitten. Aber eigentlich sollten wir während meines Aufenthaltes hier dafür sorgen daß dir nichts passiert.«

Jamil zeigte nicht die Erleichterung, die Derek erwartet hatte. »Ich denke, du hast mich mißverstanden, Kasim. Omars Idee ist nicht, daß du mich verkörpern sollst, wenn ich sterbe, sondern *ehe* es dazu kommt.«

Derek schwieg fünf Sekunden, dann stieß er hervor: »Jesus Christus! Weißt du, was du da von mir verlangst?«

Der Schmerz in Jamils Augen verriet, daß er es wußte, doch nun mißverstand er Dereks Reaktion. »Du hast recht. Es ist zuviel, was ich da fordere – dein Leben zu riskieren …«

»Zur Hölle mit dem …«

»Nein, nein, ich hätte dich niemals herbitten dürfen. Für mich hätte ich es auch nicht getan. Es geht um die, die ich liebe … aber du hast recht. Die Gefahr bleibt bestehen, ob es sich um dich oder um mich handelt. Omar war ein Narr, daß er sich so etwas ausdachte.«

»Jamil …«

»Er sorgt sich immer nur um Barka, nicht um die Menschenleben, die er gefährdet …«

»Jamil, sei still!« rief Derek nun, um sich endlich Gehör zu verschaffen.

Jamil schwieg tatsächlich. Daß es keine einzige Person in ganz Barka gab, nicht Omar, nicht ihre Mutter, Rahine, nicht einmal Jamils geliebt Sheelah, die es gewagt hätte, so mit ihm zu reden, war belanglos.

Jamil hatte es kaum gemerkt, und Derek wäre es egal gewesen, wenn er es gemerkt hätte.

»Das Risiko stört mich nicht«, fuhr Derek ungeduldig fort. »Ich bin es gewöhnt, mein Leben zu riskieren – und für weniger als diese Angelegenheit. Also erwähne das nicht wieder, Jamil, wenn du nicht willst, daß ich zornig werde. Aber du sprichst von Wochen, vielleicht Monaten, in denen ich vorgeben soll, du zu sein. Wie soll ich das bewerkstelligen, wenn ich dich neunzehn Jahre nicht gesehen habe?«

Jamils Zähne blitzten weiß, als er erleichtert lächelte. »Das ist der einfachere Teil des Unternehmens. Eine Woche lang, oder vielleicht ein bißchen länger, mußt du mich beobachten, meine Angewohnheiten studieren und sehen, wie ich meine Umgebung behandele. Omar wird dich instruieren und dafür sorgen, daß du keine Fehler machst.«

»Und wenn er nicht immer da ist? Wenn mich jemand etwas fragt und ich habe nicht die leiseste Ahnung, was ich antworten soll, was dann?«

»Also, Kasim – du hast die Vorrechte des Herrschers doch nicht vergessen! Du kannst jederzeit jeden wegschicken, und keiner wird es wagen, den Grund wissen zu wollen. In den vergangenen Monaten habe ich das oft genug getan, so daß es völlig natürlich wirken würde, wenn du alle aus dem Raum schickst – bis auf meine stummen Diener, und selbst die hatten in der letzten Zeit unter meinen Launen zu leiden.«

Derek lachte. »Der Hausarrest geht dir wohl auf die Nerven, oder?«

»Schon seit drei Monaten«, erwiderte Jamil voller Abscheu.

»In Ordnung, dann weiß ich jetzt, wie ich kritische Situationen vermeiden kann, aber wie soll ich dein kleines Weltreich regieren?«

»Omar kann alle Entscheidungen treffen. Das gehört zu seinen Aufgaben, wenn ich unerreichbar bin.«

»Dann hast du nicht die Absicht, im Palast zu bleiben?«

»Nein. Ich möchte Selim finden und dabei die Hilfe seines Namensvetters, Sultan Selims, in Anspruch nehmen. Unser Halbbruder wurde zuletzt am Hof des Sultans gesehen. Die Leute, die ich ausgesendet habe, haben nicht den Rang, beim Sultan vorgelassen zu werden, und Briefe beantwortet er kaum. Also will ich zuerst nach Istanbul reisen und von dort aus, hoffentlich, dahin, wo Selim sich versteckt. Falls der Sultan nicht weiß, wohin er gegangen ist, wird er es feststellen lassen. Mein Spionagegeflecht ist nichts gegen seines.«

»Ich wundere mich, daß du nicht schon längst nach Istanbul gereist bist.«

»Das wollte ich ja, aber Omar sträubte sich dagegen, und meine Berater stimmten ihm zu. Bei Allahs Gnade, sie sind wie ein Haufen alter Weiber, sie ängstigen sich sogar um mich, wenn ich den äußeren Hof betrete, ganz zu schweigen von dem Areal außerhalb der Palastmauern. Das Problem besteht darin: Bei mehr als tausend Sklaven in diesem Gebäude ist es leicht, Dutzende meiner eigenen Leute zu bestechen, so daß sie mich belauern und jeden meiner Schritte nach draußen berichten. Ich kann den Palast nicht verlassen, nicht einmal in Verkleidung, ohne daß die Attentäter es erfahren – und auf diese Gelegenheit warten sie ja nur.«

»Stimmt, man kann den Palast zu leicht beobachten, weil er nur ein Haupttor besitzt.«

Jamil nickte. »Zeitweise werden sie ungeduldig und schicken ein oder zwei ihrer Halunken herein, um mich zu schnappen. Erst letzten Monat gelangte einer bis zu meinem Schlafzimmer, tötete die beiden Türsteher und versuchte, über den Boden kriechend, mein Bett zu erreichen. Glücklicherweise waren meine Leibwächter flinker als die anderen, und einer entdeckte den Hund, ehe er mich umbringen konnte.«

»Und alle die anderen Wächter?«

»Die meisten wurden betäubt, wir haben nur noch nicht feststellen können, wie. Einige wurden getötet. Offenbar kletterten die Täter über die Mauern des dritten Hofes, nachdem sie meine Löwen vergiftet hatten, die nachts frei herumlaufen.«

Derek schüttelte den Kopf und seufzte. »Das alles ist ein schmutziges Geschäft, Jamil. Ich würde gern eine etwas aktivere Rolle darin übernehmen, um es zu beenden, aber wenn du denkst, es sei besser, daß ich für eine Weile in deine Identität schlüpfe, dann will ich es versuchen.«

»Das willst du wirklich tun?«

»Habe ich es nicht gerade gesagt? Außerdem hat mich meine Regierung – natürlich inoffiziell – gebeten, alles in meiner Macht Stehende zu unternehmen, um die dir drohende Gefahr abzuwenden. Mit dem Risiko, dir bei allen zukünftigen Verhandlungen mit England die Oberhand zu geben, bekenne ich, daß meine Regierung dich allen möglichen nachfolgenden Herrschern vorzieht. Und ich vermute, daß ich durch unseren Tausch, der die Bedrohung ja von dir nimmt, genau das tue, was man von mir erwartet.«

»Es ist ärgerlich, daß diese fremden Konsuln so gut Bescheid wissen, was hier alles passiert, und es ihren Regierungen melden.«

»Sie wissen nicht einmal halb soviel, wie sie gern möchten, Jamil«, meinte Derek. »Aber sag, muß ich mir so ein Prachtstück wachsen lassen, oder wirst du deines abrasieren?« Er berührte Jamils üppigen Bart.

Jamil stöhnte. »Vermutlich ging meine Hoffnung, du wärst ebenfalls Bartträger, zu weit. Du wirst nicht genügend Zeit haben, dir einen in meiner Länge wachsen zu lassen. Allah möge mir beistehen, das Opfer ist fast zu groß …«

Derek brach über Jamils Miene in Gelächter aus. »Komm, Bruderherz, du siehst doch selbst, wie du ohne aussiehst.« Er rieb sein glattrasiertes Kinn. »Ich bekomme keine Beschwerden von den Damen.«

»Ja, du wirkst jünger als ich«, stellte Jamil nachdenklich fest.

»Und ich kann mich der Verehrerinnen kaum erwehren.«

»Aufschneider.« Jamil grinste. »Du kannst nicht dieselben Probleme haben wie ich mit meinen siebenundvierzig Konkubinen.«

»Sind das alle?« meinte Derek scherzhaft. »Mustafa muß vor seinem Tod wenigstens zweihundert gehabt haben.«

»Mustafa war es egal, wie viele unbeachtet dahinsiechten.«

Derek hob neugierig die Brauen. »Du erstaunst mich, Jamil. Das wäre vermutlich meine Sorge, nach neunzehn Jahren Aufenthalt in England – aber du?«

»Vielleicht sind wir gar nicht so verschieden, nicht einmal nach so einer langen Trennung.«

»Vielleicht«, stimmte Derek zu. »Weil wir gerade von deinen Frauen reden – was werden sie denken, wenn du sie so lange nicht rufen läßt?«

Jamil senkte den Blick, und seine Stimme klang gedämpft.

»Sie werden gerufen werden – von dir. Du mußt alles tun, was ich tun würde.«

Derek war nicht so unsensibel, daß er den Scherz nicht herausgehört hätte, der in diesen Worten lag. »Sei nicht absurd!« Das klang so heftig, daß Jamil seinen Bruder erstaunt ansah. Er hatte hier keine Einwendung erwartet. Er selbst war es, der etwas dagegen einzuwenden hatte – mit jeder Fiber seines Wesens, denn er war ein äußerst besitzergreifender Mensch. Er mochte es beklagen, daß er mehr Frauen hatte, als er benötigte oder sich wünschte, aber es waren *seine* Frauen. Nichts würde ihm je in seinem Leben schwerer fallen, als seinen Harem einem anderen Mann zu öffnen. Eigentlich forderte sein Stolz von ihm, daß es keine Ausnahme geben durfte. Doch hier handelte es sich um Kasim und sein anderes Ich. Niemandem fühlte er sich enger verbunden, trotz der neunzehnjährigen Trennung.

»Es *ist* die einzige Möglichkeit«, sagte Jamil nun mit einer Entschlossenheit, die er nicht empfand. »Omar machte mir das klar, und ich sehe es ein. Wir können die Haremseunuchen nicht einsperren. Sie kommen und gehen, wie sie wollen, und du weißt ebenso wie ich, daß manche von ihnen noch mehr schwätzen als Frauen. Tatsächlich habe ich meine Konkubinen nie länger als zwei oder drei Tage vernachlässigt. Selbst wenn ich verreise, nehme ich meine Favoritinnen mit. Wenn es nun bekannt würde, daß ich mich plötzlich nicht mehr um meinen Harem kümmerte, würde man sich wundern. In der Folge würde ich intensiver beobachtet. Der kleinste Fehler meinerseits – deinerseits – würde eine neue Bedeutung gewinnen. Jemand könnte sich erinnern, daß ich einen Zwillingsbruder hatte, der unter seltsamen Umständen starb und dessen Leiche keiner zu Gesicht bekam. Verstehst du nun, warum du alle meine Angewohnheiten übernehmen mußt, als seien sie deine eigenen? Du mußt sogar meine Frustration zur Schau stellen. Ehrlich gesagt, war ich in der letzten Zeit sehr schwierig – deshalb wird Ärger in jeder problematischen Situation deine einfachste Verteidigung sein, denn meine Wutausbrüche erscheinen inzwischen alltäglich, nicht ungewöhnlich.«

»Vermutlich habe ich keine Wahl«, meinte Derek mit düsterer Miene, »wenn ich deine Bewegungsfreiheit nicht aufs Spiel setzen will.«

»Genau. Keiner von uns beiden hat die Wahl, falls du noch gewillt bist, den Plan durchzuführen.«

»Möchtest du es denn wirklich, Jamil?«

»Ich sehe keinen anderen Weg.«

»*Ich* könnte Selim suchen.«

»Ja, aber du kennst ihn nicht so gut wie ich, Kasim. Du würdest doppelt so lange benötigen, ihn zu finden, und in der Zeit könnte ich tot sein. Außerdem«, fügte Jamil mit einem flüchtigen Lächeln hinzu, »werde ich verrückt, wenn ich hier nicht herauskomme, nun, da deine Gegenwart mir die Chance bietet. Es kommt mir vor, als könnte ich die wenigen Tage nicht mehr ertragen, die du brauchst, um dich mit meinen Gewohnheiten vertraut zu machen.«

»Du mußt dich bemühen, mein teurer Bruder«, erklärte Derek. »Ich will ja nicht blind in diese Sache hineinstolpern.«

Jamil nickte. Dereks englische Gelassenheit imponierte ihm. Er selbst würde sich tatsächlich bemühen müssen.

14

An diesem Nachmittag konnte Chantelle nicht schlafen, wie es die anderen Frauen taten. Heute fand die vierte Versteigerung statt, die sie seit ihrer Ankunft beobachtet hatte, und sie konnte die Zeremonie nicht aus ihrem Gedächtnis verbannen.

Sie hatte versucht, Freundschaften zu schließen, als sie in diesen Raum gebracht worden war. Sie hatte mit vielen Frauen gesprochen, mit denen sie die gleichen Ängste teilte. Für eine Weile schien es leichter zu wissen, daß sie mit ihren Gefühlen nicht allein war.

Doch dann hatte sie mit angesehen, wie fast alle diese Frauen, mit denen sie geredet hatte, abgeführt und im Hof verkauft worden waren. Danach hatte sie aufgehört, sich mit Neuankömmlingen zu unterhalten.

Ihr schauderte vor ihrer eigenen Veräußerung. So oft hatte sie versucht, das Ganze als ein Abenteuer zu betrachten, doch es wollte ihr nicht gelingen. Es scheiterte an ihrem Wissen, daß sie von einem Fremden defloriert werden würde, und das Entsetzen darüber ließ sie nicht los.

Jeanne Mauriac, eine junge Französin, die schon im Harem eines inzwischen verstorbenen Paschas gelebt hatte, beruhigte sie wenigstens in einem Punkt. Seit Chantelle den ersten Sklavinnenverkauf im Hof beobachtet hatte, fürchtete sie, ebenfalls nackt ausgezogen und solch grenzenloser Demütigung unterworfen zu werden. Eine Frau war sogar mit Drogen betäubt worden, was als noch schlimmeres Verbrechen erschien, da sie ihre letzte Abwehrmöglichkeit verloren hatte und nicht wußte, was ihr angetan wurde. Laut Jeannes Aussage würde das mit Chantelle nicht passieren.

Als die Zeit ihrer Versteigerung näherrückte, revoltierte Chantelles Magen so stark, daß ihr jedesmal übel wurde, wenn sie essen sollte.

Jeanne hatte ihren Strohsack neben den von Chantelle gelegt

und schlief an ihrer Seite, und Chantelle beneidete die Französin um die Kunst, sich munter mit ihrem Schicksal abzufinden. Chantelle konnte sich nicht einmal genug entspannen, um sich die Zeit mit Schlafen zu vertreiben.

Nur mehr zwei Tage! Gott, sie wäre lieber hiergeblieben, selbst wenn sie diesem Gefängnis niemals würde entfliehen können. Wenigstens wurde sie gut behandelt und wußte, was sie von jedem Tag zu erwarten hatte. Nach ihrer Ankunft hatte sie gleich das Grauen gepackt, als sie von Hamid Sharif einer persönlichen Kontrolle unterzogen worden war. Er hatte sich überzeugen wollen, ob sich an ihrem jungfräulichen Zustand nichts geändert hatte.

Seitdem hatte sie keiner mehr berührt. Die Eunuchen, die sich um die Frauen kümmerten, waren nicht grob, wenn man ihnen gehorchte, und Chantelle hatte nicht die Nerven, sich mit diesen großen, furchterregenden Männern anzulegen. Sie ließen sich sogar herab, ihr jede Frage zu beantworten.

Chantelle konnte täglich baden. Das Essen war gut, wenn sie auch ihren Appetit verloren hatte. Ja, sie würde entschieden lieber hierbleiben.

An diesem Abend brütete sie über ihrem Essen, während Jeanne fröhlich plauderte und sich in Lobeshymnen über das exzellente Mahl erging. Riesige Teller standen auf kleinen Hokkern, die als niedrige Tische dienten und um die sich die Frauen versammeln konnten. Die einzige Ausnahme bildete ein schwarzes Mädchen, das gestern angekommen und an die Mauer gekettet war. Nicht einmal zum Essen wurde sie befreit. Ein Eunuche versuchte sie zu füttern. Chantelle hatte sie noch nichts zu sich nehmen gesehen. Entweder spuckte sie die Bissen aus, oder sie weigerte sich, den Mund zu öffnen.

»Was hat sie für eine Geschichte?« fragte Jeanne in die Tafelrunde hinein und beobachtete die Afrikanerin, wie sie den Eunuchen zum Zorn reizte.

Niemand antwortete, ob die Frauen nun Jeannes Französisch verstanden oder nicht. Auch Chantelle hätte geschwiegen, doch nun blickte die Französin sie direkt an.

»Sie ist eine Prinzessin aus einem Stamm weit südlich von

hier. Sie sträubt sich gegen die Sklaverei – das sagten jedenfalls die Wächter, deren Gespräch ich zufällig hörte.«

Jeanne schnaubte verächtlich. »Sie wird sich schließlich anpassen – wie wir alle.«

Chantelle hatte diese Reaktion von Jeanne erwartet, deshalb war sie nicht erpicht darauf gewesen, über die junge Schwarze zu reden. Sie wußte genau, wie sich das Mädchen fühlte. Auch sie, Chantelle, konnte die Sklaverei nicht akzeptieren. Nur im Moment war sie zu eingeschüchtert, um sich entsprechend zu äußern. Das war die Folge von Hakeems Warnungen – ihren Ärger und Widerwillen im Griff zu behalten. Sie verspürte keine Lust, wie die Schwarze angekettet zu werden, was ihr sicher geblüht hätte, wenn sie während der zweiten intimen Examination ihres Körpers aufsässig geworden wäre.

Sie wechselte das Thema und regte Jeanne an, ein paar amüsante Geschichten über ihr Leben im Harem zu erzählen, während sie die Mahlzeit beendeten. Es verblüffte Chantelle immer wieder, welche Haltung die Französin einnahm. Sie war nicht viel älter als Chantelle, vielleicht fünfundzwanzig oder sechsundzwanzig, und dennoch hatten sie ganz entgegengesetzte Ansichten. Waren die neun Jahre, die Jeanette ihren Berichten nach bei den Moslems verbracht hatte, schuld daran, oder sah sie wirklich nichts Negatives in einem Sklavinnendasein?

Bald nachdem das Geschirr abgeräumt war, kamen Besucher.

»Was bedeutet das?« fragte Jeanne und richtete sich gerade auf, als Hamid Sharif persönlich den Raum betrat.

Dem Sklavenhändler folgte ein großer, schlanker Mann, dessen Gesichtsfarbe an starken Kaffee erinnerte. Er war so dunkel wie die Eunuchen aus dem Sudan, die die Frauen bewachten, aber viel älter. Chantelle hielt ihn jedoch nicht für einen Eunuchen oder Sklaven, denn er trug eine prächtige, mit Pelz besetzte Robe aus blauer Seide, die vor Saphiren glitzerte. Schnüre aus den gleichen Edelsteinen hingen von seinem hohen Turban herab.

Chantelle seufzte und zog den kleinen Schleier, der an ihrem einfachen Kopfputz befestigt war, über die untere Hälfte ihres

Gesichts. »Das ist schon öfters vorgekommen«, sagte sie. »Sharif bringt Käufer herein, die nicht auf die Auktion warten wollen oder sie versäumt haben. Letztes Mal war es ein Mann, dessen Köchin gerade gestorben war, und er hoffte, sofort einen Ersatz zu finden.«

Sie fügte nicht hinzu, daß diese Käufer nach ihrem Gutdünken die Frauen berühren und prüfen durften, ihnen den Mund öffneten, um die Zähne zu sehen, oder auch die kleinen Hemdchen, die alle Frauen zum Anziehen bekommen hatten. Auch Chantelle besaß nur mehr dieses kleine Hemd. Sie hatte Hakeems verhüllende Tunika verloren, als sie zum ersten Mal zu den Bädern geführt worden war und man ihre Kleidung zum Waschen mitgenommen hatte. Sie erhielt einen Satz sauberer Sachen zum Anziehen, die den ihren glichen, doch Hakeems Tunika wurde ihr nie zurückgegeben.

»Aber warum verschleierst du dich?« fragte die Französin.

»Man hat es mir befohlen, wenn Käufer hereingelassen werden. Sharif will nicht, daß mich jemand sieht, bevor ich verkauft werde.«

Jeanne rümpfte die Nase. »Man hätte mir auch einen Schleier geben müssen! Ich glaube nicht, daß ich es mag, wenn mich irgend jemand betrachtet.«

Chantelle lächelte beinahe über den hochmütigen Ton, bis sie merkte, daß Sharifs Kunde direkt zu ihr hinsah. Dann stockte ihr der Atem, als beide auf sie zugingen.

»Ist sie das?« fragte der Fremde, und der Blick seiner schokoladenbraunen Augen glitt sachlich und gelassen über Chantelle.

Hamid Sharif, ein kurzbeiniger, gedrungener Mann in mittleren Jahren, schien neben dem eindrucksvollen Burschen noch mehr zusammenzuschrumpfen. Für einen erfolggewohnten Händler, der immerhin hier der Herr im Hause war, machte er an diesem Abend einen höchst verängstigten Eindruck.

»Aber das ist regelwidrig, mein Lord«, entgegnete Sharif, der die Frage nicht unmittelbar beantwortete. »Ich habe wegen ihr eine Nachricht versandt. Ich habe Käufer, die aus Algerien kommen und ...«

Der Fremde machte eine elegante Handbewegung, um Hamid Sharifs Klagen zu unterbrechen. »Wieviel?«

»Aber, Haji Agha, mein Lord, bitte, was soll ich den Käufern sagen?«

»Die Wahrheit – oder geben Sie ihnen eine andere, zum Beispiel die!«

Haji Agha deutete auf Jeanne Mauriac, und Sharifs Miene entspannte sich etwas. Die Französin mit ihrem honiggoldenen Haar war hübsch. Der Händler hatte schon vorgehabt, sie der privaten Versteigerung als Bonus zuzufügen, um die Bewerber zu besänftigen, die bei der Engländerin verloren. Die Französin war zwar älter und keine Jungfrau mehr, aber sie hatte auch blondes Haar.

»Wieviel?« wiederholte Haji Agha.

»Ich habe mir mindestens fünftausend Piaster vorgestellt.«

Der Schwarze zuckte nicht mit der Wimper. »Ich gebe dir drei.«

»Unmöglich! Mit weniger als viertausendfünfhundert bin ich nicht einverstanden.«

»Dreitausendfünfhundert und den Dank meines Herrn.«

»Wenn Sie es so ausdrücken, kann ich mich natürlich nicht weigern«, sagte Hamid Sharif mit einer Verbeugung, und als er den Kopf hob, lächelte er.

»Gut, das hat nicht lange gedauert«, meinte Jeanne, als die beiden Männer zu der angeketteten Prinzessin hinübergingen.

Chantelle sprach nicht sofort. Sie verspürte einen leichten Schock. Gerade war sie von einem Mann gekauft worden, der alt genug war, um ihr Großvater zu sein, einem Mann, der eine schwarze Hautfarbe besaß, etwas, das sie vor ihrer Ankunft an der Barbarenküste nie gesehen hatte.

»Ich … ich konnte nicht jedes Wort verstehen«, sagte sie, und ihre veilchenblauen Augen richteten sich auf Jeanne. »Hat der Mann wirklich mich gekauft?«

»Ja«, erwiderte Jeanne, die ihr Entzücken nicht verbergen konnte. »Und ich glaube, daß ich bei der Versteigerung deinen Platz einnehmen werde. Oh, das ist viel besser, als ich es erwartet habe. Und du, Kleine, brauchst dich nicht länger wegen der

Demütigungen des Verkaufs zu grämen. Es ist vorbei. Du hast jetzt einen Herrn und Meister.«

Vorbei? Ja, das war es wohl. Sie brauchte nicht mehr Angst zu haben, daß man sie vor den Augen Dutzender von Männern nackt auszog – denn diese Angst war ihr trotz Jeannes gegenteiliger Versicherung geblieben. Vorbei. Verkauft. Und an einen alten Mann. Verkauft! Aber er war alt – vielleicht wünschte er sich nur das Privileg, ihr Besitzer zu sein. Würde so ein alter Mann überhaupt noch Frauen zu sich ins Bett holen?

»Ich frage mich, wer er ist, daß Hamid Sharif seinetwegen den Zorn seiner Kunden riskiert«, meinte Jeanne nachdenklich. »Er muß ein wichtiger Mann sein.«

Chantelle beobachtete die Männer, die offenbar noch einen Handel abgeschlossen hatten, diesmal den Kauf der Afrikanerin. »Was macht das schon aus?«

Die wenigen Türken und Araber, die sie seit ihrer Ankunft gesehen hatte, waren dunkelhäutige und dunkeläugige Männer, klein und drahtig oder klein und fett, mit scharfen, adlerähnlichen Zügen. Es hatte nur eine Ausnahme gegeben: den Türken, der eine Köchin gesucht hatte. Der freundlichere der beiden Wächter, die vor der Tür saßen, hatte Chantelle auf ihre diesbezügliche Frage hin zu erklären versucht, woher hellere Hautschattierungen rührten.

Früher waren die Türken eine Mischung aus rein orientalischem Blut gewesen: aus dem von Tataren, Mongolen, Tscherkessen, Georgiern, Persern, Arabern und Türken. Doch nach 1350, als sie ihre Grenzen auf das westliche Europa auszudehnen begannen, kam das Blut von Griechen, Serben und Bulgaren hinzu und damit eine Kultur, die so weltoffen war wie die der Griechen, Römer und Byzantiner. Hakeem hatte davon ebenfalls etwas erwähnt, da es sich auch auf die Barbarenküste hier bezog. In den vergangenen Jahrhunderten wurde immer mehr neues Blut hinzugefügt, von so weit entfernten Regionen wie England, den Niederlanden und kürzlich sogar Amerika. Doch das alles bewirkten die Sklavinnen, die in Harems landeten und ihren Gebietern Kinder gebaren.

Nun hatten die reichen und mächtigen Männer, deren Väter und Vorväter einen Harem voller hellhäutiger Konkubinen besessen hatten, nur mehr wenig orientalisches Blut in den Adern. Es war keine Seltenheit, daß der Sultan selbst durch rotes Haar oder blaue Augen auffiel. Ohne Turban auf dem Kopf konnte ein frommer Moslem leicht für einen Christen gehalten werden. Doch in den von Menschen wimmelnden Städten der Barbarenküste kam so etwas nicht sehr häufig vor. Hier überwog der neue Zustrom der Araber und Berber die frisch aus der Wüste eintrafen und manchmal so dunkelhäutig wie ein nubischer Eunuch waren.

Bei der Menge, die den Hof gefüllt hatte, um Sklavinnen zu kaufen, war Chantelle natürlich nicht zum Bewußtsein gekommen. Doch sie war froh, daß der Mann, der sie gekauft hatte, so fremdartig wirkte. Sie hätte es gehaßt, in den Besitz eines europäisch aussehenden Burschen überzugehen, der ihr bei einer Begegnung auf einer englischen Straße wie ein Engländer erschienen wäre. Sie wollte zu diesem ihrem Besitzer absolut keinen Bezug haben.

Jeanne war so interessiert an den Vorkommnissen, daß sie Chantelles Frage überhörte. Chantelle war das nur recht. Sie wünschte sich gar keine Antwort, keine Belehrung darüber, warum Rang und Namen ihres Käufers wichtig sein mußten, da ihr diese Äußerlichkeiten in Wirklichkeit egal waren. Ob sie nun von einem Schafhirten oder dem Sultan persönlich erworben wurde – sie wurde als Ware behandelt, in Besitz genommen – als eine Sklavin. Niemand hatte sie gefragt ob sie diese Rolle akzeptieren könne. Ihre Gefühle waren gleichgültig.

»Ah, du solltest aufstehen, *petite*. Ich denke, das ist für dich.«

Einer der Wächter kam auf sie zu. Er reichte ihr ein weites Gewand zum Anziehen. Sie zeigte sich gefügig. Ihren Kampfgeist wollte sie sich für entscheidendere Situationen aufheben, wie zum Bespiel die: wenn man versuchen würde, sie in das Bett dieses alten Mannes zu zwingen.

Jeanne erhob sich und umarmte sie zum Abschied, obwohl

sie sich nur wenige Stunden gekannt hatten. »Viel Glück, meine Freundin.«

»Wenn du mir Glück wünscht Jeanne, dann bete, daß ich fliehen kann.«

»Ah, *petite*, du mußt solche Gedanken aufgeben.«

Chantelle wandte sich ab. »Nur, wenn ich tot und begraben bin«, flüsterte sie vor sich hin und folgte dem Wächter, der sie aus Hamid Sharifs Haus führte.

15

Das versteckte Zimmer war durchaus keine einmalige Erfindung. Eines oder zwei gab es in fast jedem größeren Haushalt im Nahen Osten, und mehrere in einer königlichen Residenz. Im Palast des Herrschers befanden sich einige, von denen aus man den Audienz-, den Thron-, den Schul-, den Konferenzraum, in dem der Divan tagte, und sogar Jamils Schlafzimmer überblicken konnte.

Als Kinder hatten Derek und Jamil oft gespürt, wie sie durch eine mit Holzgitterwerk getarnte Öffnung hoch oben in der Wand des Schulzimmers beobachtet wurden. Sie hatten gewußt, daß ihre Eltern ihre Studien überwachten, ohne die strenge Disziplin der Klasse zu stören. Mustafa hatte häufig gewisse Frauen seines Harems bestraft, indem er sie zwang, hinter dem geheimen Fenster seines Schlafzimmers zu sitzen und zuzusehen, wie er sich mit einer oder zwei anderen seiner Konkubinen vergnügte. Es hatte zum bevorzugten Zeitvertreib manchen Sultans gehört, einer Sitzung des Divans heimlich beizuwohnen, ohne daß die versammelten Mitglieder es merkten.

Derek stand leicht angelehnt vor der vergitterten Öffnung, die den Blick in den großen Raum freigab, in dem Jamil seine Mußestunden verbrachte. Das verborgene Zimmer war klein und dunkel, schmucklos und extrem heiß am Nachmittag. Große Sitzkissen lagen auf dem Boden verteilt, doch Derek benützte sie selten.

Jeden Morgen wurde er zu einem ähnlichen versteckten Zimmer geleitet, von dem aus er den Thronraum überblicken konnte. Hier beobachtete er mehrere Stunden lang seinen Bruder, wie er die täglichen Geschäfte abwickelte, die den Palast, Streitigkeiten zwischen seinen Beamten, Gehorsam und Ordnung bei den Dienern und Schiedssprüche betrafen. Selbst Jamils Konkubinen konnten hier eventuelle Beschwerden vortragen.

Einen Morgen hatte Derek in einem anderen gleichen Raum, der oberhalb des Audienzzimmers lag, zugebracht, während Jamil fremde Würdenträger empfing und Angelegenheiten der Stadt besprach. Gewöhnlich geschah dies an vier oder fünf Tagen in der Woche, doch seit kurzem beschränkte sich Jamil hier auf einen Tag und behandelte nur die wichtigsten Themen – und jetzt war nicht die Zeit, diesen neueren Brauch zu ändern.

An den Nachmittagen litt Derek unter der Hitze in dieser winzigen Kammer, doch er mußte lernen, wie Jamil mit seinem persönlichen Gefolge umging, was ihn amüsierte und was ihn ärgerte. Auch an den frühen Abenden wurde der Schauplatz nicht gewechselt und Jamil ersparte sich nichts, wie er auch nichts verbarg – im Gegenteil, er übertrieb seine Reaktionen eher, um Derek die spätere Nachahmung zu erleichtern. Omar, der fast immer an Dereks Seite blieb, gab flüsternd Erklärungen ab und betonte mehr als einmal, daß die Härte und gelegentliche Grausamkeit, die Jamil an den Tag legte, nicht seinem wahren Wesen entsprachen.

»Seine Geduld ist üblicherweise unbegrenzt, seine Freundlichkeit berühmt. Er kann mitleidlos sein, wenn die Sache es erfordert, aber ebenso barmherzig. Selbst wie Sie ihn jetzt sehen, ist er nicht der Tyrann, der Mahmud war. Was sich Ihnen momentan darbietet, ist das Ergebnis seiner selbstauferlegten Gefangenschaft. Er ist ein Mann, der sich im Freien wohl fühlt. Er konnte jeden Tag stundenlang reiten. Als er das aufgeben mußte, war es nur natürlich, daß er reizbar wurde. Die angespannte Situation dauert einfach schon zu lange. Seit Sie hier sind, hat er sich beruhigt, aber das dürfen nur Sie und ich wissen. Nicht einmal seine Frauen sollen merken, daß seine Frustrationen so gut wie verschwunden sind.«

Derek konnte das verstehen. Er vermutete, daß er unter den gleichen Umständen genauso reagieren würde. Nachdem ihm dieselbe Lage bevorstand, konnte er nur hoffen, daß sie schneller zu Ende ging, als Jamil sie zu ertragen hatte.

Um sich für diese Zeit vorzubereiten, war Derek Tag und Nacht Zeuge von Jamils Leben, sogar im Schlafzimmer.

Derek scheute zuerst davor zurück. Als Kinder waren er und

Jamil in das verborgene Zimmer geschlichen, um ihren Vater mit seinen Konkubinen zu beobachten, doch das war ein Spaß gewesen, aufregend und gefährlich. Jetzt als Mann, spielte er nicht gern den Voyeur. Doch Omar bestand darauf, daß er wissen müsse, wie Jamil sich seinen Frauen gegenüber benahm, da diese einen sehr aktiven Teil in seinem Leben darstellten.

Bisher hatte er Jamils Liebesakt mit drei seiner Favoritinnen und einer seiner Frauen zugesehen. Jedesmal verhielt sich Jamil anders, um Derek die Vielfalt seiner Natur zu zeigen – zärtlich, ungestüm, schroff, sogar gewalttätig. Die Gewalttätigkeit hatte Derek abgestoßen und verärgert, doch Omar hatte erklärt, daß diese bestimmte Frau sonst keinen Genuß empfinden könnte, und deshalb wurde sie gerufen, wenn Jamil seine Frustrationen abreagieren mußte. Das war der Grund, warum sie in der letzten Zeit zur Favoritin aufgestiegen war. Sie war zuerst ausgepeitscht worden, nicht von Jamil, sondern von einem seiner stummen Diener, und dann hatte Jamil sie brutal genommen. Zu Dereks weiterem Mißfallen hatte sie daran anscheinend Vergnügen gefunden.

In der Nacht, als Jamils erste Frau, Sheelah, zu ihrem Gebieter geholt wurde, schlug Omar als einzigesmal vor, Derek solle sich entfernen, ehe die beiden sich tatsächlich liebten. Es tat ihm fast leid zu gehen, denn Sheelah war eine seltene Schönheit mit sanften saphirblauen Augen und rotem Haar, das ihn an Caroline erinnerte. Und er bemerkte den Unterschied in der Art, wie Jamil diese *Kadine* Nummer eins behandelte. Es brauchte ihm niemand zu erklären, daß diese Frau seinem Bruder besonders viel bedeutete.

»Er liebt sie, nicht wahr?« fragte Derek, als er und Omar zu dem Zimmer gingen, das ihm als Schlafraum diente und in das jede Nacht bei totaler Dunkelheit eine Sklavin geschickt wurde, um ihn für die lange Abstinenz auf See zu entschädigen.

»Er liebt sie alle, Kasim, aber ja, an Lady Sheelah hängt er besonders.«

»Dann war es seine Idee, daß ich nicht zuschauen sollte?«

»Nein.« Omar lachte leise. »Haben Sie heute seine verstärkte Gereiztheit nicht bemerkt? Er wußte, daß er Sheelah nachts zu sich rufen würde und daß Sie sie sehen würden. Er wollte Ihre Instruktionen nicht abbrechen, aber es behagte ihm nicht, daß Sie diese Frau zu Gesicht bekämen.«

»Und ich soll sie dann später in mein Bett holen?« fragte Derek ungläubig. »Wie könnte ich das, nachdem ich weiß, was er für sie empfindet.«

»Jedenfalls müssen Sie sie rufen, Kasim. Er schickt sehr oft nach ihr, meistens sogar dann, wenn er mit einer anderen Frau geschlafen hat. Die Konkubinen kehren nachts in den Harem zurück. Das ist normal, denn eigentlich darf nur Sheelah die ganze Nacht bei ihm bleiben. Seit Sie hier sind, hat er ihr das aber nicht mehr erlaubt. Ich weiß nicht welche Entschuldigung er ihr gegenüber gebraucht hat, aber die Wahrheit war es auf keinen Fall. Denn selbst sie darf nicht wissen, daß Sie seinen Platz einnehmen werden.«

»Wenn er sie also auf eine gewisse Änderung in ihrer Routine vorbereitet hat, muß ich wohl nicht mit ihr schlafen?«

»Nein, bestimmt nicht. Aber Sie müssen sie zu sich rufen, wie ich Ihnen schon sagte. Natürlich bleibt es Ihnen überlassen, was Sie mit ihr machen, wenn Sie allein sind.«

Derek lachte. »Sie schlauer alter Fuchs! Die vorübergehend verletzten Gefühle Sheelahs sind zweitrangig, wenn es um Jamils Seelenfrieden geht, korrekt? Dann sagen Sie ihm morgen, daß ich die Frau während seiner Abwesenheit nicht anrühren werde.«

»Nein.«

»Dann sage ich es ihm.«

Omar schüttelte den Kopf. »Hier steht sein Stolz auf dem Spiel. Er hofft, daß Sie ein Mann sind wie er, für den die Frau eines anderen nicht in Frage kommt, was auch geschieht. Doch nach dem, was er von Ihnen verlangt, kann er Ihnen nichts verweigern, nicht einmal sie. Ihnen die Entscheidung zu überlassen, ist das Risiko, das er zu tragen hat, wenn er Sie an seiner Stelle hierläßt. Er muß das Gefühl haben, daß er etwas riskiert, wie Sie auch. Das dürfen Sie ihm nicht nehmen. Außerdem …«, Omar grinste, » … ist das der Ansporn, den er benötigt, um schnell wiederzukommen.«

Doch welche Qualen würde er in der Zwischenzeit leiden? fragte sich Derek.

An diesem Abend waren ein halbes Dutzend *Ikbals* und alle drei Frauen von Jamil eingeladen, mit ihm zu speisen. Für einige war es das erstemal, daß sie sein frisch rasiertes Gesicht sahen, was für Aufregung sorgte, wie es das schon vorher im Palast getan hatte. Die einen waren überrascht, die anderen entzückt. Letzteres verstimmte Jamil – zu Dereks Vergnügen. Doch Jamil konnte nicht lange Unmut zeigen, nachdem er von der Elite all seiner Frauen umgeben war.

Unter den *Ikbals* herrschte ein heißer Konkurrenzkampf: Wer konnte Jamils Aufmerksamkeit am längsten erregen, wer das schönste Stück Fleisch für ihn aussuchen, ihn zum Lachen animieren. Wie es schien, waren auch die Frauen aufeinander eifersüchtig, nur Lady Sheelah hatte das nicht nötig. Sie saß neben ihm, und Jamil schob ihr Leckerbissen in den Mund.

Eine der Konkubinen erhob sich und tanzte zur Musik, die zwei blinde Musiker spielten. Es war ein Bild, das die Sinne berauschen mußte. Diese Frauen waren die schönsten des Harems, Jamils Favoritinnen. Hier, nur in der Gegenwart von Jamils persönlicher Dienerschaft, trugen sie keine Schleier. Alle waren spärlich bekleidet, bis auf eine, die sich wegen ihrer fortgeschrittenen Schwangerschaft in ein weites Gewand gehüllt hatte. Die anderen schmückten sich mit leuchtenden Seidenstoffen in verschiedenen Farben und durchsichtigem Flor. Juwelen glitzerten und klirrten am Hals, den Hand- und Fußgelenken und bei einigen sogar an der Taille, die nackt zwischen dem kurzen Oberteil und der Hose schimmerte.

»Gefällt Ihnen eine?« fragte Omar, der neben Derek stand.

»Alle gefallen mir«, erwiderte Derek ein wenig zögernd.

Es stimmte. Was die Schönheit ihrer Züge, ihre reine Sinnlichkeit betraf, waren sie unvergleichlich. Daß sie etwas mehr Rundungen und Kurven besaßen, als er es gewöhnt war, machte nichts aus. Er hatte den Harem, in dem er groß geworden war, nicht vergessen, in dem die Hälfte der Frauen wegen ihres faulen Lebens Fett angesetzt hatten, und die andere Hälfte zu gegebener Zeit ebenfalls. Dieser Zustand herrschte in Harems vor, und zweifellos war das der Grund dafür, daß die Moslems eine Vorliebe für dicke Frauen entwickelt hatten.

Derek mochte dazu erzogen worden sein, die Schönheit im selben Licht zu sehen, doch seine Männlichkeit war im Anblick der zarten, schmalen Körper überarbeiteter englischer Mädchen erwacht, und sein Geschmack punkto Frauen maß sich nun eindeutig am englischen Vorbild. Nicht, daß keine von Jamils Konkubinen seine Begierde hätte wecken können – gewiß würde das vielen in den kommenden Wochen gelingen, vor allem den Favoritinnen. Es war nur so, daß sein Idealbild sich von dem seines Bruders unterschied, und er bezweifelte, in Jamils Harem seine Traumfrau zu finden.

Was ja auch in Ordnung war – es handelte sich hier schließlich um die Frauen seines Bruders. Er würde kein gutes Gefühl dabei haben, wenn er eine von ihnen in sein Bett mitnahm, ganz gleich wie sehr Omar und Jamil selbst die Notwendigkeit solcher Aktionen betonten.

»Morgen werden Sie alle Frauen sehen«, erklärte Omar, der sich wünschte, in Kasims Gesichtszügen lesen zu können um zu wissen, was dieser tatsächlich fühlte. Aus dem Ton seiner Stimme konnte er kaum etwas heraushören, zumal die beiden Männer sich nur flüsternd unterhalten konnten. »Sie sind eingeladen worden, den Nachmittag bei Spielen und Unterhaltung im Garten zu verbringen. Es wird für Sie eine Gelegenheit sein, sich Ihre Lieblingskonkubine auszusuchen.«

Derek brummte nur als Entgegnung. Ja, er würde ihre Namen lernen müssen, wenn er sie in sein Bett rief, und es würde nicht Omar sein, der diese Angelegenheit regelte, sondern der schwarze Chefeunuche, der Mann, der alle befehligte, die im Harem Dienst taten.

»Was geschieht nach Jamils Rückkehr mit den Frauen, die ich mir auswähle?« wollte Derek plötzlich wissen.

Omar antwortete nicht gleich und dann überhaupt nicht mehr, als ein Diener in den großen Saal trat und Jamil etwas zuflüsterte Nach einem knappen Befehlswort verließen alle Frauen schnell den Raum. Wenige Sekunden später kam der schwarze Chefeunuche herein. Ihm folgten drei seiner Häscher von denen jeder eine Frau vorwärts zerrte, die sofort gezwungen wurden in der traditionellen Ehrfurchtsbezeigung vor dem Herrscher auf die Knie zu sinken. Eine weigerte sich, bis ihr Wächter ihr sein Knie in den Rücken stieß, so daß sie gehorchen mußte.

Der Chefeunuche sprach leise auf Jamil ein und entlockte diesem ein vergnügtes Lachen. »Dann hatte mein Großwesir einmal nicht recht.«

Das war eine Feststellung, keine Frage, und Derek merkte, wie Omar sich neben ihm bewegte. »Womit hatten Sie nicht recht, Omar – und was ist daran so lustig?« Omar brummte irgend etwas Unverständliches, und Derek amüsierte sich köstlich, als er sich das verlegene Erröten des alten Mannes vorstellte. »Oh, ein bißchen lauter bitte, ich kann Sie nicht hören.«

»Ich sagte«, zischte Omar, »daß Jamil entzückt ist, weil ich mich in dieser Sache geirrt habe.«

»In welcher Sache?«

»Vor Ihrer Ankunft wurde ihm eine bestimmte Sklavin angeboten. Wie gewöhnlich lehnte er ab. Ich nahm an, sie sei gleich verkauft worden, deshalb sah ich keinen Grund, Haji Agha rasch zum Sklavenmarkt zu schicken, als Jamil ein paar neue Konkubinen verlangte, zumal die nächste Gefangenenladung aus dem Süden erst gestern zu erwarten war.«

»*Er* verlangte neue Konkubinen? Ich dachte, er hätte das Gefühl, schon zu viele zu besitzen.«

»Stimmt. Diese Frauen sind für Sie.«

Nun lachte Derek leise und verständnisvoll. »Vermutlich soll der Harem neue Favoritinnen bekommen, damit ich mir *seine* nicht vorknöpfe.«

»Es kann als sicher angenommen werden, daß er dies hofft, obwohl er es nie zugeben wird. Und offenbar war die spezielle Frau, die er kürzlich ablehnte, noch zu haben. Ich hatte also mit meiner Prognose unrecht. Glücklicherweise wurde die Sklavin inzwischen nicht verkauft, sonst wäre Jamil gewiß nicht so gut gelaunt.«

Welche der Personen die besonderen Attribute besaß, konnte man nur raten, denn alle drei waren in weite Gewänder gehüllt und dicht verschleiert. Doch Derek knüpfte keine Hoffnungen an diese weiblichen Wesen und konnte sich nicht das geringste Interesse für sie abringen, nachdem er Jamils Schönheiten gesehen hatte. Die moslemische Vorstellung von etwas Besonderem hieß wahrscheinlich ›entzückend mollig‹ und mit hellen Farben ausgestattet, was man hier so sehr schätzte. Alles andere wäre als gewöhnlich betrachtet worden.

16

Chantelle hatte sich geirrt, doch das merkte sie erst, als sie sich hinknien mußte, um dem großen Türken, oder was er sonst war, die Ehre zu erweisen, und hörte, wie Haji Agha ihn ›mein gnädiger Herr‹ nannte. Es war unfaßbar, daß der Mann, der sie so offenkundig für sich selbst gekauft hatte, sich nun vor seinem Herrn mit ihr brüstete. Oder mußte sie Angst haben, für diesen anderen Burschen gekauft worden zu sein, vor dem sie sich momentan zu verneigen hatte?

Das ging ihr gegen den Strich, und beinahe hätte sie den Kniefall verweigert, wenn die Afrikanerin neben ihr nicht so brutal zu Boden gestoßen worden wäre. Wie unfair, daß Gewalt so leicht gewann! Was brachte ihr jede Art von Gegenwehr, wenn sie am Ende doch verlor und ihr Stolz noch mehr litt? Sie hatte kürzlich schon so viele Demütigungen erduldet, daß eine weitere ihr inkonsequent erschien.

Dennoch wäre es nett gewesen, wenn man sie über die Vorgänge aufgeklärt hätte, anstatt sie ihren eigenen Schlüssen zu überlassen. Vor dem Haus des Sklavenhändlers hatte sie in eine von vier wartenden Sänften steigen müssen. Das brachte die erste Enttäuschung mit sich. Chantelle hatte gehofft, zu Fuß durch die Stadt gehen zu dürfen und dabei eine Gelegenheit zu finden, sich davonzustehlen. Aber in Gegenwart der Sänftenträger und berittenen Begleitpersonen mußte sie diese Hoffnung begraben.

Sie versuchte den Vorhang in der Sänfte beiseite zu schieben, wurde aber sofort von einem Wächter angeschrien und gab es auf zu sehen, wohin der Weg sie führte. Offenbar ging es bergauf. Dann wurde der Pfad wieder eben, und ein Tor nach dem anderen öffnete und schloß sich, bis die Sänfte niedergesetzt wurde.

Nach dem Aussteigen sah Chantelle die beiden anderen Mädchen und erhaschte einen Blick auf einen Hof und dahinterliegende Gärten. Gleich darauf wurde sie in ein großes Gebäude geschoben und durch lange Gänge geführt, vorbei an zahllosen Wächtern und breiten Türen, bis sie in diesen riesigen Saal gelangte, in dem sich ein halbes Dutzend Leute befand. Sie sah die Menschen nur verschwommen, da sie den Kopf sofort senken mußte, während sie auf die Knie gezwungen wurde. Nicht einmal den ›gnädigen Herrn‹ hatte sie anschauen können, doch sie hörte ihn lachen und etwas über seinen Großwesir sagen.

Wer war er, daß er einen Minister mit so einem Titel hatte? Der Herrscher von Barka konnte er nicht sein, denn dieses hohe Tier hatte sich geweigert, sie, Chantelle, zu kaufen. Irgendein Pascha vielleicht? Oder ein höherer Beamter am Hof des Regenten? Würde man ihr das je verraten? Es streute Salz in die Wunden, daß diese arroganten Moslems Frauen so geringschätzten, daß sie ihnen nichts erklären mochten.

Chantelle stockte der Atem, als sie plötzlich hochgerissen wurde und gerade noch die herrische Handbewegung des Paschas sah, sie sollten aufstehen. Was für eine Unverschämtheit, sich ohne ein höfliches Wort an die Damen zu wenden!

Ihr Zorn kochte, während ihr Blick von der juwelengeschmückten Hand des ›gnädigen Herrn‹ zu seinem Gesicht wanderte – und so schnell, wie ihre Wut entstanden war, verschwand sie auch. Lieber Gott, Chantelles schlimmste Befürchtungen wurden Wirklichkeit. Er sah wie ein Europäer aus. Schlimmer noch: mit diesen hohen Augenbrauen, den ausgeprägten Wangenknochen, dem aggressiven Kinn und der scharfen Nase wirkte er wie ein verdammter englischer Aristokrat. Das einzig Türkische an ihm war sein Gewand – weite Hosen, eine langärmelige rotweiß gestreifte Seidenbluse, die bis zu seinen Hüften fiel und in der Taille von einer Schärpe mit einer großen goldenen Spange eng zusammengehalten wurde. Die Schärpe war breit und weiß wie der Turban, in dessen Mitte ein enormer Rubin prangte. Die schmalen Brauen deuteten auf schwarzes Haar hin, doch nichts davon war sichtbar, nicht einmal ein Bart. Dabei hatte Chantelle bei allen Moslems einen langen wallenden Bart erwartet – zumindest einen herabhängenden Schnurrbart. Dieser Mann zeigte den straffen Hals unbedeckt, ebenso wie die vollen sinnlichen Lippen. Seine Augen waren grün, dunkelgrün, und von dichten Wimpern umrahmt. Er war weder klein noch fett, sondern genau das Gegenteil, wie sie feststellte, als er sich geschmeidig erhob und von dem Podest, auf dem er gesessen hatte, herunterkam.

Er machte erneut eine Handbewegung, und mit einemmal wurden ihre dichten Schleier und der Mantel entfernt. Dasselbe geschah mit den beiden anderen Mädchen. Vor den vielen Leuten fühlte sie sich befangen. Neben Haji Agha und den drei Eunuchenwächtern, die hinter jeder Sklavin standen, waren noch drei andere Männer anwesend, und eine alte Frau kniete neben dem Podest. Zwei afrikanische Riesen, die nur Hosen und kurze Hemden trugen und von deren Hüften häßliche Dolche baumelten, bewegten sich mit jedem Schritt ihres Herrn und blieben rechts und links dicht an dessen Seite.

Chantelle kreuzte nervös die Arme über der Brust. Die weiße Baumwolle ihrer Hose war dick und weit genug, um zu verhüllen, aber die Pantalons saßen ungebührlich tief auf den Hüften, so daß zwischen ihrem oberen und dem unteren Rand der kurzen, mit Fransen besetzten Weste ein breites Stück Haut zu sehen war. Chantelle begann sich erst zu entspannen, als sie merkte, daß keiner zu ihr hinschaute. Die Aufmerksamkeit aller war auf die Afrikanerin gerichtet, vor die der ›gnädige Herr‹ hingetreten war.

Haji Agha kam näher, um seinen Meister zu informieren: »Sie behauptet, eine Prinzessin aus dem Dschungel des tiefen Südens zu sein, doch sie weigert sich, den Namen ihres Stammes zu nennen. Als einzige von den dreien ist sie keine Jungfrau, und sie wehrt sich immer noch gegen die Gefangenschaft. Hamid Sharif mußte sie anketten.«

Jamils Blick glitt langsam über das Mädchen, ohne Gefühle zu verraten, obwohl der Herrscher die Schwarze prachtvoll fand. Sie war fast einen Meter fünfundachtzig groß, besaß dikke, nach oben gerichtete Brüste, eine starke muskulöse Taille und – seiner Vorstellung nach – kräftige Beine, die daran gewöhnt waren, durch den Busch zu rennen. Ihre Augen waren von einem hellen Braun und funkelten vor Haß.

»Ich vertraue darauf, daß du sie zähmen kannst.«

»Gewiß«, versicherte Haji Agha.

Jamil nickte und wandte sich der silberhaarigen Blondine zu. »Ich vermute, das ist die Engländerin?«

»Ja. Sie hat sich als gefügig erwiesen, aber sie ist auch sehr intelligent, wahrscheinlich stammt sie aus englischem Adel. Sie hat die Sprache schon gut genug gelernt, um das meiste zu verstehen, was wir sagen.«

Der Pascha hob die Augenbrauen. »So schnell? Wo wurde sie gefangengenommen?«

»An der englischen Küste, mein Lord. Einer von Hamid Sharifs Seeräubern wurde vor einigen Monaten angeheuert, einen Passagier dorthin zu bringen. Die Piraten hatten nicht vor, in diesen Gewässern anzugreifen, doch das Mädchen fiel ihnen anscheinend in der kurzen Zeit in die Hände, als der Passagier an Land ging.«

Jamil sah seinen schwarzen Chefeunuchen scharf an und lachte plötzlich auf. »Bei Allah, welche Ironie!«

Es stand Haji Agha nicht zu, seinen Herrn zu fragen, was er so komisch fand. »Hamid Sharif hatte sie in weiter Entfernung angepriesen«, fuhr er fort. »Deshalb war sie noch zu haben. In zwei Tagen hätte sie privat verkauft werden sollen, also zögerte er natürlich, sie herzugeben.«

»Sie kam uns teuer, oder?«

»Extrem!«

Jamil seufzte. Neben der Afrikanerin erschien sie nicht groß, obwohl sie größer war als die meisten Frauen in seinem Harem. Und sie wirkte so knochig, als sei sie am Verhungern. Ihre Brüste füllten die Weste nicht aus, ihr Magen wölbte sich nach innen, die Hüften stachen spitz hervor. Als sei das nicht schon schlimm genug, besaß sie auch noch blondes Haar, und er persönlich schwärmte nicht dafür, weil seine Mutter eine Blondine war. Allerdings hätte man das Haar der Engländerin beinahe für weiß halten können, so hell war es. Natürlich erkannte er warum man diese Frau als etwas Besonderes ansah.

Ihre Gesichtszüge waren so außergewöhnlich fein, wie er sie nie zuvor gesehen hatte. Nicht einmal die dunklen Ringe unter den Augen konnten diese atemberaubende Schönheit beeinträchtigen.

Dennoch fühlte er sich von ihr nicht angezogen. Aber er hatte sie ja auch nicht für sich gekauft. Ob er sie behielt oder dem Sklavenhändler für die private Auktion zurückgab, hing nun von Kasim ab.

»Und die dritte? Heute abend hat Hamid Sharif wohl ein Vermögen an mir verdient?«

Haji Agha wagte nicht zu grinsen, obwohl er ahnte, daß Jamil sich nicht über die Auslagen ärgerte, die er leicht aufbringen konnte. »Nein, mein Lord. Einer Ihrer eigenen Kapitäne brachte sie Anfang der Woche mit, demnach brauchen Sie nichts für sie zu bezahlen. Sie ist Portugiesin aus bäuerlichen Verhältnissen und empfindet die Gefangenschaft als Verbesserung ihrer Lage.«

Jamil nickte und gab seine Gedanken nicht preis. Das letzte Mädchen war nicht hübsch, doch von einer üppigen Sinnlichkeit, die man kaum übersehen konnte. Zweifellos hatte Haji sie deshalb ausgesucht. Sie besaß auch noch kastanienfarbenes Haar, von dem der Chefeunuche wußte, daß es Jamil gefiel. Natürlich wußte er nicht, daß diese Frauen nicht für den Herrscher bestimmt waren.

Drei zur Auswahl war mehr, als Jamil nach so kurzer Zeit hatte erhoffen können. Er freute sich. Ob sich sein Bruder freuen würde, mußte sich erst herausstellen. Jamil beabsichtigte nicht, seinem Harem drei weitere Frauen hinzuzufügen, wenn Kasim sie nicht benützen würde. Nach diesen Überlegungen wandte er sich wieder der afrikanischen Schönheit zu.

Chantelle betrachtete ihn nur, wenn sie sicher war, daß er sie nicht ansah. Sie hätte es als zu demütigend empfunden, wenn sie seinem Blick direkt begegnet wäre. Daß man über sie sprach, als sei sie gar nicht da, als verstünde sie nichts, obwohl Haji das Gegenteil erklärt hatte, bewies erneut, wie gefühllos diese Männer waren. Und die Stimme des ›Lords‹ klang so gleichgültig, als sei es ihm völlig egal, drei weitere Sklavinnen erworben zu haben. Dabei hatte er sie gekauft, wie seine letzte Bemerkung dem schwarzen Eunuchen gegenüber zeigte. Aber warum kaufte er Frauen ungesehen – wie die Katze im Sack? Oder konnte er sie bei Nichtgefallen einfach zurückgeben?

Gott, laß es so sein! Laß ihn den Entschluß fassen, sie zu Hamid Sharif zurückzubringen! Chantelle konnte es nicht ertragen, in den Besitz eines Mannes überzugehen, der wie einer ihrer Landsleute aussah. Und er war hübsch. Gott mochte ihr helfen, sie wollte es leugnen, aber sie konnte nicht. Sie fand ihn außerordentlich attraktiv – sein Gesicht wie seine Figur. Es war unmöglich! Sie sah sich schon, wie sie nachgab, ihre Sklaverei akzeptierte, nur wegen einer ungeahnten Anziehungskraft, die sie keinesfalls verspüren durfte. Nein! Sie mußte etwas tun, um ihn zu veranlassen, daß er sie zurückschickte, ehe sie in seinem Harem landete und es zu spät war. Aber was?

Sie beobachtete ihn jetzt und betete, daß ihr schnell eine Idee kommen möge. Dann erkannte sie, daß die Prüfung noch nicht vorbei war. Er stand vor der afrikanischen Prinzessin und studierte leidenschaftslos ihr Gesicht, während sie ihn wuterfüllt anstarrte. Sie fürchtete sich nicht, ihm ihren Haß zu bekunden. Als er die Hand hob und wie beiläufig den einzigen Verschluß an der Weste der Schwarzen öffnete, stieg heißes Rot in Chantelles Wangen, doch die Prinzessin rührte sich nicht. Sie versuchte nicht einmal, den knappen Stoff am Auseinanderfallen zu hindern.

Lange sah er die großen Brüste an. Chantelle stöhnte innerlich. Wie erleichtert war sie gewesen, daß man sie ohne Nacktbeschau gekauft hatte, und hier fand nun diese Beschau statt, in einem Raum, der mit Leuten angefüllt war. Und die eine Person, von der sie sicher geglaubt hatte, sie würde sich wehren, ließ sich diese Erniedrigung gefallen. Die Prinzessin hatte sich nicht bewegt. Sie stand stolz aufgerichtet, anscheinend weder verlegen noch beleidigt.

Als der Pascha ihr schließlich in die Augen blickte, reagierte sie. Sie spuckte ihm voll ins Gesicht.

Chantelle stockte der Atem vor Überraschung. Im Raum erklangen Schreckens- und Zornesrufe. Die Afrikanerin wurde sofort gepackt – nicht von ihrem Wächter, sondern von den beiden nubischen Riesen. Sie zwangen sie mit Leichtigkeit in die Knie, dann zog ihr Wächter eine kurze Peitsche aus dem Gürtel und begann ihren Rücken damit zu schlagen.

Chantelle sah das mit grenzenlosem Entsetzen. Der ›Herr‹ hatte den Befehl zur Auspeitschung nicht gegeben, aber er gebot ihr auch keinen Einhalt. Er stand völlig ungerührt da, nicht ärgerlich und nicht schadenfroh. Einer seiner Diener eilte mit einem Tuch herbei, um die Spucke wegzuwischen, aber er ignorierte ihn. Statt dessen benützte er seinen Ärmel und rieb sich langsam über das Gesicht, während er die arme Prinzessin beobachtete, die sich auf dem Boden wand. Erst als ihr Stolz gebrochen war und sie schrie, bewegte er die Hand, um die Züchtigung zu beenden.

»Es ist ein Jammer«, sagte er, doch Chantelle konnte kein echtes Bedauern in seiner Stimme feststellen. »Gebt sie meiner Palastwache. Falls sie eine Nacht mit den Burschen überlebt, kann Hamid Sharif sie morgen zurückhaben.« Und er wandte sich Chantelle zu.

Ihr wurde kalt. Das Blut wich aus ihrem Gesicht, bis ihre Wangen weiß schimmerten. Einfach so … hatte dieser Mensch das Mädchen einer Massenvergewaltigung anheimgegeben und es dann vergessen. Sobald seine Worte ausgesprochen waren, wurde die Afrikanerin aus dem Raum gezerrt. Aber dennoch sah Chantelle vor ihrem geistigen Auge die roten Striemen auf dem nackten schwarzen Rücken.

Schließlich hob sie den Blick und wußte in diesem Moment abgrundtiefer Angst, daß sie den Mann verachtete. Die Anziehungskraft war in ihr gestorben, als sie Zeugin seiner Grausamkeit wurde. Er war ein kalter, gefühlloser Mensch und zweifellos unaussprechlicher Brutalität fähig.

»Sie sind verachtenswert.«

Der Satz kam über ihre Lippen, ehe sie ihn zurückhalten konnte, aber der Pascha schien nichts zu hören, oder er verstand kein Englisch, oder es war ihm gleichgültig, was sie sagte. Sie kannte das Wort ›verachtenswert‹ nicht in seiner Sprache und einige andere Wörter leider auch nicht, die ihr als passend für dieses Monster einfielen.

Er sah ihr immer noch schweigend in die Augen, und endlich trat ein Ausdruck in seinen Blick. Es war Erstaunen. Jamil hatte nie zuvor diese violette Farbe gesehen – er wußte gar nicht, daß es solche Augen gab. Er war fasziniert. Sie wirkten wie glitzernde Amethyste, umsäumt von langen goldenen Wimpern, die zu den sanft geschwungenen Augenbrauen paßten. Diese Brauen waren eine Schattierung dunkler als das platinblonde Haar.

Was für eine ungewöhnliche Kombination! Kein Wunder, daß diese Frau so einen hohen Preis erzielt hatte. Wenn reichliche Nahrung ihre Kurven ausfüllte, steckte die Möglichkeit in ihr, sogar mit Sheelah zu rivalisieren. Und ihr Haar konnte gefärbt werden ...

Jamil mußte sich zur Ordnung rufen. Die Platinblonde war nicht für ihn. Aber falls Kasim sie nicht wollte, war er versucht, seine eigenen Regeln zu brechen und das Mädchen für sich zu behalten. Nur der Gedanke an Sheelah bewog ihn, dagegen zu entscheiden. Dieses Mädchen mochte eine seltene Entdeckung sein, aber er liebte seine erste *Kadine*. Und seit er diese Liebe erkannt hatte, hatte er seinem Harem keine neue Frau mehr zugeführt. Falls Kasim die beiden Sklavinnen haben wollte, würde Sheelah das nicht verstehen, zumindest nicht, bis er zurückkehrte. Doch das konnte man nicht ändern. Außer Omar durfte niemand über Kasim Bescheid wissen.

»Shahar«, sagte er plötzlich. Der Mond. Der Name war angemessen, wenn jemand Haare besaß, die den Mondstrahlen glichen. Er wandte sich an seinen schwarzen Chefeunuchen. »Sie wird den Namen Shahar tragen, Haji.«

»Nein«, widersprach Chantelle und lenkte damit seine Aufmerksamkeit wieder auf sich.

»Nein?«

»Benennen Sie mich nicht. Behalten Sie mich nicht. Schicken Sie mich zu Hamid Sharif zurück.«

Er war amüsiert. Merkte sie nicht daß die Entscheidung nicht bei ihr lag? »Warum sollte ich das tun?«

»Weil ich nicht will, daß Sie mich besitzen.«

Seine Augen verengten sich, und sie erbleichte. Gütiger Gott, hatte sie sich jetzt die Peitsche eingehandelt? Konnte sie hier nicht etwas klarstellen, was den Tatsachen entsprach?

Doch Jamil ärgerte sich über sich selbst, nicht über sie. Er erkannte, daß es ein Fehler gewesen war, die Auspeitschung der Negerin zu gestatten, ob sie nun verdient war oder nicht. Die Züchtigung hatte den beiden anderen Frauen als Lektion dienen sollen, und vor allem Kasim, der einmal Zeuge einer solchen Situation werden mußte, um zu sehen, wie Jamils Gefolgschaft reagierte.

Bis zu diesem Punkt war die Engländerin gefügig gewesen, nun war sie es nicht mehr. Er sah, daß sie vor ihm Angst hatte doch selbst in ihrer Furcht konnte sie die Verachtung in ihren Augen nicht verbergen. Kasim würde die Tatsache nicht schätzen, daß sein Bruder durch einen einfachen Akt der Bestrafung Haßgefühle in der jungen Frau geweckt hatte. Und Jamil war beinahe überzeugt, daß Kasim dieses Mädchen begehren würde.

Sein Blick blieb auf ihr Gesicht geheftet, während er den Chefeunuchen fragte: »Weiß sie, wer ich bin, Haji?«

Chantelle antwortete zuerst: »Es ist mir egal, auch wenn Sie der Herrscher über diese ganze verdammte Stadt sind.«

»Ihr Engländer geht kurios mit den Worten um, ihr benutzt immer mehr, als nötig sind.« Sein Mund verzog sich leicht spöttisch, als er hinzufügte: »Wenn es Ihnen egal ist, Shahar, dann wird es Sie auch nicht überraschen, daß ich tatsächlich Jamil Reshid bin, der Herrscher über diese ›ganze verdammte Stadt‹.«

Es war eine Überraschung, aber nur aus einem Grund. »Sie weigerten sich, mich nach meiner Ankunft zu kaufen. Warum bin ich dann hier?«

Einen Moment lang schwieg er. Es war gar nicht so einfach, ihre Aussprache zu verstehen, obwohl er zugeben mußte, daß die junge Frau das Arabische weit besser gelernt hatte, als man es hätte erwarten können. Aber sein Zögern rührte von der Art her, wie ihre Augen und ihr Mund sich besänftigt hatten. In

Chantelles vorübergehender Verwirrung waren ihre Angst und Ablehnung verschwunden.

Er überraschte sie zusätzlich, indem er ihr in perfektem Französisch antwortete, von dem er annahm, daß es ihr, als Angehöriger einer Adelsfamilie, angenehm vertraut war. »Es ist mein Privileg, meine Meinung zu ändern.«

»Würden Sie dann Ihre Meinung auch über das arme ausgepeitschte Mädchen ändern?«

»Interessant, daß Sie mich statt dessen nicht noch einmal darum bitten, in bezug auf Sie meine Meinung zu ändern.«

»Darauf wäre ich schon noch zurückgekommen.«

Er lachte beinahe. Es war erfrischend, mit solcher Kühnheit von einer Frau angeredet zu werden. Seine Frauen disputierten nicht mit ihm, ganz gleich, wie gern sie es vielleicht getan hätten. Mochte er sie noch so sehr verwöhnen und verhätscheln, sie vergaßen doch nie seine Macht und seine totale Kontrolle über ihr Leben.

»Wenn ich Ihnen einen Wunsch gewähre, Engländerin, um was werden Sie mich bitten?«

Ihre Augen weiteten sich. Meinte er das ernst, oder war es nur eine rhetorische Frage? Jedenfalls hatte sie keine Wahl, keine, die ihr Gewissen zugelassen hätte. Das Schicksal der Afrikanerin war bereits besiegelt, ihr eigenes noch nicht. Und wenn er der Regent war, mußte er hier den größten Harem von Barka unterhalten. Er mochte sie zwar gekauft haben, aber immerhin bestand die Möglichkeit, daß er sie vergaß, wenn sie in der Menge seiner Sklavinnen untertauchte. Nein, ihr Schicksal war nicht besiegelt – noch nicht.

»Die Afrikanerin«, sagte sie.

»Sie möchten, daß ich sie behalte, anstatt sie zurückzuschicken?«

»Nein. Machen Sie die weitere Bestrafung, die Sie befohlen haben, rückgängig.«

Er drehte sich um und tat es. Chantelle beobachtete verblüfft, wie der Befehl an die Wärter draußen vor der Tür weitergegeben wurde. Dann sah sie Jamil wieder an. Sie wußte nicht, was sie von dieser Versöhnungsgeste halten sollte.

»Wo ist Ihre Dankbarkeit Engländerin?«

Nun wußte sie Bescheid, und die Erkenntnis war nicht erfreulich. »Danke«, sagte sie, doch ihr Ton war schneidend.

»Was? Habe ich mich in Ihren Augen nicht rehabilitiert?«

»Die Unbotmäßigkeit der schwarzen Prinzessin war zu geringfügig, um Schläge zu rechtfertigen«, erwiderte sie.

»Das glauben Sie«, stellte er fest. »Aber sie hat meine Person beleidigt, und das ist nicht erlaubt. Möchten Sie erfahren, was nicht erlaubt ist?« Das war eine Warnung, und Chantelle verengte die Augen. »Ah, ich sehe, Sie erinnern sich, daß Sie mich nicht liebenswert finden. Doch Sie werden Ihre Meinung ändern, Shahar, falls ich beschließe, Sie zu behalten. Sollen wir das jetzt entscheiden? Wollen Sie Ihre Weste öffnen, oder mache ich das?«

Ihr ganzer Körper erstarrte, und ihr Gesichtsausdruck zeigte wieder diese Mischung aus Furcht und ohnmächtiger Wut. War sie genügend eingeschüchtert, um seine Warnung zu beherzigen?

»Werden Sie mich auch bespucken?« fragte er, und nun klang seine Stimme schroff.

Sie würde es nicht tun. Sie hatte wissen wollen, was sie tun könnte, um zu Hamid Sharif zurückgeschickt zu werden, und nun wußte sie es, doch was vorher passieren würde, war zu unerträglich.

Sie schüttelte den Kopf und senkte die Augen. Und nach ihrem vorangegangenen Groll wunderte er sich, sie flehen zu hören: »Bitte, müssen Sie das vor so vielen Leuten machen?«

»Es sind nur Sklaven, Engländerin, genau wie Sie«, erklärte er. Doch seine Handlung *war* ungewöhnlich und fand nur zugunsten von Kasim statt. »Also gut«, lenkte er ein. »Wenn Sie hier herüberkommen wollen, schaue nur ich Sie an.«

Er winkte seinen Leibwächter zurück und trat zur Seite des Raumes. Chantelle hielt es für das beste, ihm zu folgen, obwohl sich alles in ihr sträubte. Nun stand sie zwar mit dem Rücken zum Publikum, doch die Leute waren noch anwesend, und sie empfand Empörung darüber, daß sie sich das gefallen lassen mußte. Der Mensch hatte kein Recht! Er glaubte, er könne sich alles erlauben. Gott, wie sie das haßte!

Sie stand mit gesenktem Kopf und geballten Fäusten da. Das gestattete der Pascha nicht, deshalb griff er unter ihr Kinn und zwang sie, ihm in die Augen zu blicken.

»Erneut mache ich, was Sie wollen, Engländerin. Ich warte.«

»Ich kann nicht«, flüsterte sie kläglich.

»In Ordnung.«

Das bedeutete keine Begnadigung. Es drängte Chantelle, seine Hand wegzuschlagen, als seine Finger nach ihrer Weste griffen. Doch wenn man wegen Anspuckens ausgepeitscht und zu noch schlimmerer Bestrafung verurteilt wurde – was würde geschehen, wenn man den Gottähnlichen schlug? Würde ein Dolch statt einer Peitsche benützt werden?

Sie stöhnte, als sie spürte, wie der dünne Stoff von ihren Brüsten zur Seite rutschte. Ihre Augen richteten sich, ohne etwas zu sehen, auf das Gitter an der gegenüberliegenden Wand. Sie empfand nur die Peinlichkeit der Situation, die ihr eine glühende Röte in den Hals und in die Wangen trieb.

Er trat neben sie und sagte sanft: »Sie können sich wieder bedecken, Shahar. Dann nimmt Haji Agha Sie mit. Er braucht Ihre Angaben für seine Unterlagen.«

Sie sah ihn an und fragte unglücklich: »Dann schicken Sie mich nicht zurück?«

Er antwortete nicht. Sein Interesse an ihr war bereits erloschen, und er wandte seine Aufmerksamkeit der Portugiesin zu.

17

»Nun?« fragte Omar, als das letzte Mädchen weggeführt wurde und Jamil sich zurückzog.

»Die Blonde«, entgegnete Derek, ohne zu zögern.

»Und die anderen beiden?«

»Ich dachte, die Schwarze sei schon entlassen?«

»Nicht, wenn Sie sie haben wollen.«

»Um mich mit ihrer Feindseligkeit herumzuschlagen? Nein, danke. Die Blonde genügt mir, und ich will sie selbst bezahlen.«

»Davon wird Jamil nichts hören wollen.«

»Und was geschieht mit ihr, wenn unsere Aktion vorbei ist? Und mit den anderen Frauen, die ich zu mir rufe? Sie haben mir diese Frage noch nicht beantwortet.«

»Sie bekommen eine schöne Abfindung und werden an gute Ehemänner vermittelt.«

»Christus!« fluchte Derek leise. »Warum hat man mir das nicht eher erzählt?«

»Weil es keinen Unterschied macht. Glauben Sie mir, es wird Jamil egal sein, wenn Sie seinen halben Harem benutzen. Wahrscheinlich dankt er es Ihnen, weil er dann eine Entschuldigung hat, die Anzahl der Frauen auf ein Maß zu reduzieren, das ihn nicht mehr so strapaziert. Haben Sie wirklich gedacht, er würde die Konkubinen behalten, die Sie sich aussuchen?«

»Meine Überlegungen waren noch nicht soweit gediehen. Doch ich bin sicher, daß er es mir *nicht* danken würde, wollte ich mir alle seine Favoritinnen nehmen.«

Omar lachte. »Was glauben Sie wohl, warum er Ihnen eine eigene besorgt hat?«

Derek brummte. »Und seine Frauen? Würde er sie auch fortschicken?«

»Sie sind immer noch die Mütter seiner Söhne. Sie würden im Harem bleiben.«

»Aber er würde sie nie wieder anrühren?« meinte Derek.

»Das braucht Sie nicht zu kümmern ...«

»Um Gottes willen, Omar, fassen Sie mich nicht mit Glacéhandschuhen an. Ich bleibe bei unserer Vereinbarung, aber ich will die Wahrheit wissen.«

Omar sah ihn nicht an. »Also, nein, er würde sie nie wieder in sein Bett holen.«

Derek atmete langsam aus. »Ich hatte vergessen, wie grausam besitzergreifend ein Moslem sein kann, wenn es um seine Frauen geht.«

»Sind Sie nicht so?« fragte Omar mit einiger Skepsis.

Derek überlegte einen Augenblick, dann sagte er: »Nein, das könnte ich nicht behaupten.«

»Auch nicht bei Ihrer Verlobten?«

Derek lächelte über den Wink, daß er eine Verlobte hatte, denn seit Tagen hatte er nicht mehr an Caroline gedacht. »Ich liebe sie innig, aber da ich nicht beabsichtige, der treueste Ehemann zu sein, kann ich mich nicht beschweren, wenn sie sich irgendwann einen oder zwei Liebhaber zulegen sollte. Das würde an meinen Gefühlen für sie nichts ändern.«

»Sie sind mehr Engländer geworden, als ich dachte.«

»Ich war zehn Jahre hier und neunzehn dort, Omar. Glaubten Sie wirklich, ich sei genau wie Jamil?«

»Nein, aber Sie gleichen ihm mehr, als Sie ahnen«, stellte Omar fest.

Das wunderte Derek nach der Auspeitschung, deren Zeuge er geworden war. Es hatte ihn entsetzt, daß Jamil die Züchtigung nicht sofort beendet hatte.

Omar war ungerührt geblieben. »Es ist gut, daß Sie die Gelegenheit bekamen zu sehen, wie schnell seine Nubier auf jede Bedrohung reagieren.«

»Was die Schwarze tat, würde ich nicht als Bedrohung bezeichnen«, hatte er empört hervorgestoßen. »Wie konnte er nur so streng sein ...«

»Ich vermute, Ihre Kritik bezieht sich darauf, daß er die Sklavin seinen Wächtern gibt?« meinte Omar, der die wenigen Peitschenhiebe nicht erwähnenswert fand. »Aber das ist kein

Grund zur Beunruhigung. Bestenfalls hat eine Handvoll Männer dienstfrei, um die Afrikanerin zu empfangen. Man wird sich um ihre Wunden kümmern.«

Er hielt es nicht für nötig hinzuzufügen, daß sie als bereits entjungferte Sklavin, die ihres Meisters nicht mehr würdig war, als reines Lustobjekt diente und von jedem benutzt werden konnte. »Außerdem war es eine Lektion für die anderen beiden.«

Eine Lektion, gegen die sich die Blondine aufgelehnt hatte. Nun schätzte sie Jamil gering, und nicht einmal die Zugeständnisse, die er ihr gemacht hatte, konnten daran etwas ändern.

Derek mußte sich zwingen, nicht mehr darüber zu grübeln. »Was die morgige Vorführung des ganzen Harems betrifft«, sagte er, »so ist das nicht nötig. Geben Sie mir nur die Namen der Frauen, an denen Jamil nichts liegt.«

»Es wird Jamil nicht gefallen, wenn er zurückkommt und feststellt, daß er kein Opfer bringen mußte, während Sie ...«

»Machen Sie sich keine Sorgen, Omar«, unterbrach Derek ihn. »Bestimmt werde ich wenigstens eine seiner Favoritinnen zu mir rufen. Das sollte ihn beschwichtigen.« Und er wußte genau, welche, denn er war sicher, daß es sich bei der einen der Frauen, die er heute am frühen Abend gesehen hatte, um die vermißte Charity Woods handelte.

»Danke«, sagte Omar zu Dereks Überraschung.

»Für was?«

»Dafür, daß Sie Ihren Bruder lieben.«

Später, als sich Derek in sein Zimmer zurückgezogen hatte, konnte er nicht schlafen, weil er immer noch an die Blonde dachte. Wer war sie? Würde er ihren Namen kennen, wenn er ihn erfuhr?

Nicht, daß das wichtig gewesen wäre. Prinzessinnen, Damen der Gesellschaft, Bauernmädchen – hier waren sie alle gleich, wenn sie das Unglück gehabt hatten, gefangengenommen zu werden: Sklavinnen, die benutzt, mißbraucht, verkauft und wiederverkauft, sogar getötet werden konnten – nur durch die Laune ihres Besitzers. Und nachdem Derek Haji Aghas Erklärung gehört hatte, wie die Silberblonde in die Hände der Seeräuber gefallen war, wußte er, daß er indirekt für ihr Hiersein verantwortlich war. Was er dabei empfand, konnte er kaum definieren. ›Ironie des Schicksals‹, wie Jamil es sah, war milde ausgedrückt, besonders nun, da diese junge Frau sozusagen ihm gehörte.

Was würde er mit ihr machen? Er wußte, was er gern täte. Himmel, von dem Moment an, als ihre Schleier gelüftet wurden, konnte er kein Auge mehr von ihr lassen. Zugegeben, selbst für seinen Geschmack war sie zu dünn. Er mochte wenigstens ein *bißchen* Fleisch an seinen Frauen. Doch das war nicht mehr wichtig, als sie mit Jamil so dicht vor dem Gitterfenster stand – und er verspürte eine unglaubliche Erregung, als er wußte, was sein Bruder tun würde. Ungeduldig wartete er, bis Jamil beiseite trat. Als er dann ihre kleinen, perfekten Brüste sah, reagierte sein Körper sofort. Seine Männlichkeit füllte sich, schwoll an und sehnte sich danach, von ihr berührt zu werden.

Aber würde er tatsächlich seinen Gefühlen freien Lauf lassen? Sie war eine Jungfrau. Sie war gegen ihren Willen hier. Sie war Engländerin, um Himmels willen! Und – was noch schwerer wog – sie verabscheute Jamil, nach dem, was er heute nacht getan hatte, und er, Derek, würde Jamils Platz einnehmen. Wie konnte er mit gutem Gewissen die Situation für sich ausnützen, da er all das wußte?

18

Chantelle saß mit untergeschlagenen Beinen auf einem unför-
migen tiefblauen Seidenkissen. Sie hielt die Hände wie zum Gebet verschlungen in ihrem Schoß. Die weiß hervortretenden
Fingerknöchel verrieten die innere Anspannung der jungen
Frau. Das Kissen diente ihr als Stuhl, denn es gab keine ge-
wöhnlichen Stühle in dem Raum, keine Stühle in ganz Barka,
soweit sie das beurteilen konnte.

Auf der gegenüberliegenden Seite eines niedrigen Tisches
trank Haji Agha in kleinen Schlucken seine zweite Tasse des
dicken schaumbedeckten Gebräus, das sich türkischer Kaffee
nannte. Chantelles erste Tasse war inzwischen kalt, unberührt.
Schräg vor der Wand saß ein Protokollführer, ebenfalls auf einem Kissen. Seine Hand ruhte auf einem Schreibtablett und
wartete darauf, daß das Verhör weitergehen sollte. Sonst befand sich niemand in dem Zimmer.

Und es war ein Verhör, eine Schnüffelei in Chantelles Leben
vom Tag ihrer Geburt bis zu der Nacht ihrer Gefangennahme
unter den Kliffen von Dover.

Ihr Name, Familie, Zuhause, Position, sogar ihr Geburtsda-
tum wurden verlangt. Ihre Erziehung und Bildung kamen als
Nebensache zur Sprache – ihre kultivierten Fähigkeiten, die
Klavierspiel, feines Sticken, exzellentes Reiten, Segeln und eine
passable Singstimme einschlossen. Nur das Segeln hatte bei
dem schwarzen Chefeunuchen einen Hauch von Interesse erweckt. Dieser Schwarze stellte die Fragen, während der Schrei-
ber sorgfältig die Antworten notierte.

Hätte sich Chantelle nach der Zerreißprobe in der Gegenwart des Herrschers nicht in einem Zustand seelischer Erschöpfung befunden, wäre sie niemals so willig gewesen, alle Fragen
beinahe abwesend zu beantworten. Doch ihre Gedanken kreisten noch um den anderen Raum, und ihr schauderte bei der
Erinnerung.

Als ihr Verstand schließlich wieder klar genug arbeitete, um auf die Gründe für dieses Verhör neugierig zu sein, gab es nicht mehr viel, was man über Chantelle noch hätte erfahren können. Eine spezielle Frage an ihren Wächter brachte den alten Groll zurück, der sie aus ihrer Lethargie riß.

»Was ist der Sinn dieser Vernehmung? Ich dachte, man solle die Vergangenheit vergessen, wenn man in diese Hölle eintritt!«

Der alte Mann lächelte über die Wahl ihrer Worte. Die Kühnheit und Widerspenstigkeit, die diese neuen Sklavinnen bei ihrer Ankunft besaßen, ehe sie lernten, ihn zu fürchten, amüsierten ihn immer wieder. Er würde dieser Blondine eine Woche geben, um einen respektvollen Ton und ein unterwürfiges Verhalten zu lernen. Dann würde sie nicht mehr wagen, ihm Fragen zu stellen.

»Sie haben recht«, ließ er sich herab zu antworten. »Doch bevor Ihre Vergangenheit vergessen ist, muß sie zu unserer Information aufgezeichnet werden, falls je Nachforschungen über Ihren Verbleib angestellt werden sollten.«

»Wegen eines Lösegeldes, meinen Sie – damit Sie wissen, wieviel Sie verlangen können?«

Er nickte, fügte jedoch absichtlich hinzu. »In Ihrem Fall ist das unwahrscheinlich.«

»Warum?« fragte sie. »Ich glaube, ich sagte Ihnen, daß ich eine Erbin bin.«

»Aber wer könnte je vermuten, daß Sie hier gelandet sind?«

Das hatte sie selbst schon erkannt, es jedoch als einfache Feststellung von diesem Schwarzen zu hören, wirkte äußerst demoralisierend. Beinahe hätte sie darauf hingewiesen, daß ihre Freilassung sofort gefordert werden würde, wenn Barkas englischer Konsul von ihr wüßte – doch sie wollte ihre heimliche Hoffnung, sich mit dem Konsul in Verbindung zu setzen, nicht preisgeben. Im Moment erhielt diese Hoffnung wenig Nahrung. Tatsächlich bestand augenblicklich ihre einzige Hoffnung in der Möglichkeit, daß Jamil Reshid sie nicht behalten würde.

»Ist dieses Verhör nicht ein bißchen voreilig?« fragte sie gereizt. »Es steht ja noch gar nicht fest, ob …«

Chantelle brach ab, als ein Wächter hereinkam und Haji Agha etwas zuflüsterte.

Der alte Mann nickte überhaupt nicht erstaunt und erhob sich.

»Kommen Sie, Shahar.«

Er wies mit einer Armbewegung zur Tür.

Chantelle rührte sich nicht, ihre Glieder waren plötzlich wie Blei.

»Nennen Sie mich nicht so!«

»Von nun an wird man Sie nur unter diesem Namen kennen. Chantelle Burke ist tot.«

»Das heißt, daß ...«

Sie konnte den Satz nicht beenden. Sie brauchte es auch nicht. Der alte Eunuche nickte wieder. Er konnte ihre Gedanken lesen.

»Haben Sie wirklich etwas anderes erwartet, nachdem er sich Ihnen gegenüber so großzügig verhalten hat?«

»Großzügig!« stieß sie hervor, was ihr sofort einen finsteren Blick von ihm eintrug.

»Genug«, sagte er leise, doch mit der strengen Autorität, für die er bekannt war. »Sie werden mir folgen, oder man wird Sie hinter mir herzerren. Ich denke, Ihr Stolz wird es vorziehen, daß Sie gehen.«

Er hatte recht. Schließlich war sie eine Burke, keine wimmernde Memme, und sie war dankbar für den Hinweis. Sie empfand es als schlimm genug, daß sie den gräßlichen Herrscher angefleht hatte – worum? Daß er ein wenig Rücksicht auf ihr Schamgefühl nahm? Schlimmeres würde auf sie warten, dessen war sie sicher. Aber, bei Gott, sie würde nicht mehr bitten, um nichts mehr!

Sie folgte dem Schwarzen und zuckte nicht einmal mit der Wimper, als seine persönlichen Leibwächter sich ihr vor der Tür anschlossen. Sie wurde aus dem Gebäude in den großen Hof geführt, in dem die Sänfte sie abgeladen hatte, und von dort durch einen Torbogen in einen weiteren gartenähnlichen Hof. Er wurde von einem mit Eisenspitzen bewehrten Doppeltor abgeschlossen, das mindestens viereinhalb Meter hoch war.

Chantelle hielt in ihrem Schritt inne, als sie die acht schwerbewaffneten Eunuchen sah, die vor den massiven Türen Wache standen. Eine Vorahnung sagte ihr, daß diese Absperrung die letzte sein würde, die sie passierte. Dies war der Eingang zum Harem des Palastes, und wenn sie einmal hinter diesen Toren gelandet war, gab es kein Zurück mehr. Chantelle Burke würde tatsächlich für den Rest der Welt tot sein.

Die Panik, die sie überwältigte, hatte mit Vernunft oder eigenen Wünschen nichts zu tun. Sie trat einen Schritt zurück und wäre wie von Hunden gehetzt davongerannt, hätte sich ihr nicht ein stählerner Körper in den Weg gestellt. Sofort wurde sie eng umringt, rechts und links von ihr stand je einer von Hajis Leibwächtern, und der hinter ihr schob sie sanft an, doch mit genügend Kraft, um ihre Füße wieder in Bewegung zu setzen. Das Grauen ließ sie jedoch nicht los, und sie hätte sich gewehrt, hätte geschrien und sich zutiefst entwürdigt, wäre sie in diesem Moment nicht Hajis Blick begegnet, der sie daran zu erinnern schien, wie sinnlos ihre Anstrengungen waren. Sie war von einem halben Dutzend ungeschlachter schwarzer Kerle umgeben, acht weitere standen vor ihr, und zwei davon öffneten nun diese furchterweckenden Tore.

Chantelles Rücken versteifte sich, doch ihre Knie waren weich. Der Eunuche hinter ihr mußte ihr weiterhelfen, und sie erkannte, daß er ihr *tatsächlich* half, indem er ihre Ellenbogen mehr stützte als schob. Dann krachten die schweren Tore ins Schloß, und ein Echo erscholl, ein grauenhaftes, betäubendes Echo, wie der Klang einer Totenglocke. Chantelle schloß die Augen, blieb stehen und lauschte. Das Wissen, daß alles vorbei war, schmerzte körperlich. Sie hatte das Babylon der Hölle betreten, aus dem kein Weg herausführte.

»Fühlen Sie sich nun leichter, Shahar?«

Sie öffnete die Augen und sah Haji Agha an. Woher wußte er Bescheid? Nun, so schwierig war es wohl nicht, ihre Gedanken zu erraten. Sie war endgültig eingeschlossen. Es gab nichts mehr, gegen das sie hätte kämpfen können. Sie antwortete nicht. Der Chefeunuche verkörperte hier die Autorität. Er hatte sie aus einem Raum voller Frauen herausgesucht, obwohl er auch eine andere hätte wählen können. Er war schuld, daß sie hier war, im Besitz eines Menschen, den sie hassenswert fand.

Sie drehte sich um und schaute dem Schwarzen in die Augen, der ihr geholfen hatte, sich nicht völlig bloßzustellen. Er war ein Nubier wie die anderen, groß, muskulös und dunkel wie die Sünde, aber er unterschied sich durch seine warmen, liebenswerten braunen Augen von seinen Kameraden. Chantelle lächelte ihm dankbar zu, und er verstand sie ohne Worte. Er bedachte sie mit einem verblüffenden, strahlend weißen Grinsen. Dadurch fühlte Chantelle sich irgendwie stärker, sie war wieder mehr sie selbst und nicht ganz so verloren in dieser fremden Welt.

»Wie heißt dieser Mann?« fragte sie Haji Agha, der den Wächter entlassen hatte, nachdem sie sich nun innerhalb der Haremsmauern befanden.

»Er gehört mir, Shahar. Sein Name ist für Sie nicht wichtig.«

»Verdammt, warum können Sie mir meine Frage nicht beantworten?« stieß sie hervor, ohne zu überlegen. »Ich bin hier gefangen und kann nirgends hingehen. Ist es wirklich zuviel verlangt, wenn Sie mir eine einfache Frage beantworten?«

Er blieb stehen, und sie trat einen Schritt zurück. Es dämmerte ihr, daß ihre Stimme vielleicht ein wenig frech geklungen hatte. Doch zur Hölle mit den Bedenken! Sie war die hochwohlgeborene Chantelle Burke, egal, wie man sie hier nannte! Und sie mochte gleich von Anfang an klarstellen, daß man sie nicht herumschubsen oder ignorieren durfte und daß sie nicht unwissend bleiben würde, so, wie diese Männer ihre Frauen anscheinend haben wollten.

»Nun, ist es zuviel verlangt?« wiederholte sie in einem vernünftigeren Ton, als Haji sie böse anfunkelte.

Lange Zeit sagte er nichts, dann beschloß er weiterzugehen und erwartete, daß sie ihm folgen würde. Schließlich hörte sie ihn murmeln: »Er heißt Kadar, wenn Sie es unbedingt wissen müssen.«

Sie lächelte vor sich hin. »Danke«, sagte sie gnädig.

Er grunzte nur und beschleunigte seinen Schritt.

Sie drangen tiefer und tiefer in den Harem vor, durch unzäh-

lige Türen, die geöffnet und wieder geschlossen werden mußten, durch ein Labyrinth von Korridoren, Durchgängen und
reich gekachelten Hallen über schmale Treppen, die zu Höfen
führten, säulengeschmückte, kerzenbeleuchtete Gänge entlang
und an Gärten vorbei, in denen kleine überwölbte Pavillons,
Kioske genannt, schwach im Mondlicht schimmerten.

Selbst zu dieser späten Stunde begegneten ihnen Leute, meistens Frauen, in der Hauptsache Dienerinnen oder Haremsskla-
vinnen, die man an ihren weißen Baumwollhosen und Tuniken
erkennen konnte. Diese Tracht schien die Standardkleidung des
niedrigen Gesindes zu sein. Aber auch Eunuchen liefen herum,
und Jungen in farbenfroh leuchtenden Gewändern, kastrierte
Pagen, wie Chantelle später mit Entsetzen hörte.

Jene Frauen, die Konkubinen waren, betrachteten Chantelle
voller Neugier, Feindseligkeit oder Überraschung. Das Personal
jedoch nahm beim Anblick von Haji Agha eine tief unterwürfi-
ge Haltung an, wohingegen er niemanden und nichts beachtete.

»Warum verneigen sich alle vor Ihnen?« sprach Chantelle ihre Gedanken laut aus.

»Ich bin der schwarze Chefeunuche.«

»Wirklich? Das macht Sie zum drittmächtigsten Mann Barkas, nicht wahr?«

Er schaute sie mit einem Hauch von Erstaunen an. »Woher
wissen Sie das?«

»Auf meiner Reise hatte ich einen sehr hartnäckigen Lehrer.
Ich denke, daß er hoffte, ich würde hier landen, deshalb trich-
terte er mir die Hierarchie des Palastes ein. Gewöhnlich vergesse ich nicht, was ich gelernt habe, auch dann nicht, wenn ich es
unter harten Umständen lernen mußte.«

»Lehrte er Sie auch die Hierarchie des Harems?«

»Wenn Sie das Kastensystem meinen, in dem gewisse Frauen
auf einer höheren Sprosse der Leiter stehen als andere, ja.«

»Erzählen Sie mir davon.«

»Lieber nicht«, entgegnete sie angewidert. »Ich finde es de-
gradierend, wie nach einer höheren Kaste gestrebt wird ...«

»Erzählen Sie mir davon«, wiederholte er störrisch.

Chantelle fügte sich zähneknirschend. »Gut. Auf der untersten Sprosse der Leiter findet man die Konkubinen oder Odalisken, jene Frauen, die die Aufmerksamkeit ihres Herrn noch nicht errungen haben. Als nächstes kommt die *Gozde*, die Frau, die seine Aufmerksamkeit wohl erregt hat, aber noch nicht ...« Sie errötete und hielt inne.

»Noch nicht zur Audienz gerufen wurde?« ergänzte Haji.

»Ja – Sie drücken das bewundernswert aus«, stellte Chantelle erleichtert fest. »Danach rangieren die *Ikbals*, jene Frauen, die ›zur Audienz gerufen werden‹ – ehemalige und gegenwärtige Favoritinnen. Auf der obersten Sprosse stehen die *Kadines*, die offiziellen Ehefrauen des Regenten.«

»Und was möchten Sie sein?«

»Keine der eben Erwähnten«, erklärte Chantelle mit Nachdruck.

Haji lachte, was die junge Frau zum erstenmal hörte. »Sie sind schon *Gozde*, aber nicht mehr lange, schätze ich. Sie werden feststellen, daß das Kastensystem in Jamil Reshids Harem sich von anderen unterscheidet, denn die beiden niederen Kategorien existieren schon lange nicht mehr.«

Chantelles Mund öffnete sich vor Staunen. In ihrer Verwunderung ließ sie die Wortklauberei sein. »Sie meinen, er geht mit allen ins Bett?«

Haji nickte. »Mit einigen nur ein paarmal im Jahr, mit einigen ein- oder zweimal im Monat, aber keine wird für immer vernachlässigt. Natürlich hat er Favoritinnen, die er öfters zu sich ruft, aber seine Frauen bevorzugt er am meisten.«

Chantelle furchte die Stirn. »Dann kann er gar keinen Riesenharem besitzen.«

Er lächelte über ihre Schlußfolgerung. »Mit Ihnen beträgt die genaue Anzahl achtundvierzig, Shahar. Stimmt, das ist nicht sehr viel. Sein Vater besaß mehr als zweihundert.«

Nicht sehr viel? Gütiger Gott! Siebenundvierzig Frauen, und er war mit allen ins Bett gegangen. So ein brünstiges Tier! Aber *sie* war eine Frau, die nicht nach seiner Umarmung lechzte.

»Wie kann ich es anstellen, von ihm *nicht* bemerkt zu werden?« wagte sie zu fragen.

Nun machte Haji Agha erneut ein finsteres Gesicht. »Gar nicht. Sie sind hier, um ihm zu Gefallen zu sein, und wenn Sie schließlich von ihm gerufen werden, setzen Sie alles daran, diese Aufgabe zu erfüllen – das weiß ich. Doch es wird nicht allzubald sein. Sie müssen zuerst über die Art eines Harems, über die Art eines Mannes viel lernen. Das wird Wochen dauern, obwohl Sie offensichtlich eine rasche Auffassungsgabe haben.«

Danach streben, diesem Barbaren zu gefallen? Ha! Doch sollte ihr nur diese Gnadenfrist gewährt sein? Nein – wenn viele Wochen vergehen würden, mochte der Herrscher sie vergessen, und es würde an ihr liegen, sich nicht in Erinnerung zu bringen.

Durch eine weitere Tür erreichten sie einen großen offenen Hof aus weißem Marmor mit einem plätschernden Springbrunnen in der Mitte. Rund herum lagen Dutzende von winzigen Wohnungen, drei Stockwerke hoch, die von hölzernen Balkonen umgeben waren. Aus vielen Zimmern strömte Licht, das sich auf den Marmorplatten des Hofes brach. Vor den Eingängen hingen Stoffbahnen; die meisten davon waren momentan wie Vorhänge geöffnet, um jeden Windhauch hereinzulassen.

Viele Frauen waren anwesend. Einige standen auf den Balkonen, von anderen hörte man die Stimmen aus den Appartements. Eine Gestalt löste sich von einem Türrahmen im Erdgeschoß und kam Haji Agha und Chantelle entgegen. Sie verbeugte sich tief vor dem schwarzen Chefeunuchen. Chantelles erster Gedanke war, daß diese Frau für Jamil Reshid viel zu alt sein mußte, obwohl das Gesicht unter dem Turban immer noch schön genannt werden konnte. Vielleicht seine Mutter?

Haji stellte sie als *Lalla* Safiye vor, Herrin dieses Hofes, wo die Mehrheit der Frauen lebte. Chantelle erfuhr später, daß Lady Safiye eine *Ikbal* von Jamils Vater gewesen war und sich nach seinem Tod entschlossen hatte, im Harem zu bleiben, anstatt sich in ihrem Alter einen Ehemann zu nehmen oder in den Palast der Tränen zu ziehen. Dieser Ausdruck stammte aus Istanbul und bezeichnete das Haus der Witwen eines verstorbenen Herrschers.

Haji überließ Chantelle dieser Frau, die ein viel zu schnelles Türkisch sprach, als daß Chantelle es hätte verstehen können. Glücklicherweise hatte Lady Safiye auch ein passables Französisch gelernt. Chantelle folgte ihr drei Treppenfluchten hoch in die oberste Etage, wo Lady Safiye den Vorhang der ersten Tür aufhielt.

»Sie werden in diesem Stockwerk bleiben, bis Sie eine *Ikbal* werden«, sagte sie. »Dann bringe ich Sie zu den anderen Frauen hinunter. Wollte ich das gleich tun, gäbe es zuviel Unmut, verstehen Sie!«

Die anderen bewohnten anscheinend die beiden tieferen Etagen. Hier oben war es dunkel und einsam. Jenseits des Hofes und an den beiden Seiten kamen immer mehr Frauen aus ihren Wohnzellen und blickten zu dem Neuankömmling hinauf.

»Hier ist es angenehm«, sagte Chantelle rasch. Sie wollte sich vor soviel aufdringlicher Neugier zurückziehen.

Sie trat in den kleinen Raum, in dem eine einzelne Laterne neben einem Essenstablett brannte. Also hatte man Chantelle erwartet.

»Sie wußten, daß ich komme?«

»Natürlich. Es gibt nichts im Palast, was wir nicht schnell erfahren würden. Als Jamil Haji Agha informierte, daß nur Sie von den dreien ausgewählt worden waren, wurde die Nachricht an Jamils dritte Favoritin, dann an *Lalla* Rahine und zum Schluß an mich weitergegeben, damit ich Ihr Zimmer herrichten konnte.«

»Wie schön.«

Safiye schien den Spott nicht zu bemerken. »Zu meiner Zeit«, fuhr sie fort, »wurde dieser Hof nur für *Ikbals* benützt, die in Ungnade gefallen waren. Es gab einen Schlafsaal für die Odalisken und einen weiteren kleinen Hof für die *Gozdes*. Diese Räume werden jedoch nicht mehr benutzt, seit Jamil an der Macht ist.«

»Ja, ich habe schon gehört, wie alle seine Frauen einmal an die Reihe kommen.«

Diesmal ließ Safiye den höhnischen Ton nicht durchgehen. Sie packte Chantelles Oberarm mit schmerzhaftem Griff und brachte ihr Gesicht nahe an das der jungen Frau heran. Dabei drückte ihr Blick deutliche Mißbilligung aus.

»Begehen Sie nicht den Fehler zu denken, Ihre Frechheit wäre hier erlaubt. Und verachten Sie nicht, was Sie nicht verstehen. Jamils Frauen sind die glücklichsten der Welt. Sie wissen nicht, was es heißt, Jahr für Jahr ohne die Liebe eines Mannes zu leben, als Jungfrau zu sterben, ohne je eine zärtliche männliche Berührung verspürt zu haben. So etwas geschieht oft in diesem Land. Es geschah im Harem seines Vaters, daß mehr als hundert Frauen nicht einmal den Rang einer *Gozde* erreichten.«

Ich wäre so glücklich darüber, dachte Chantelle, doch sie sagte in kaltem, beherrschtem Ton: »Sie können mich allein lassen, *Lalla* Safiye.«

Normalerweise hätte Safiye die junge Frau wegen dieser Worte, die hochmütig und wie ein Befehl klangen, geohrfeigt. Doch dieses Mädchen war das erste, das Jamil seit vielen Jahren für sich selbst gekauft hatte, und es konnte sich vielleicht leisten, soweit zu gehen. Safiye war klug genug, sich eine zukünftige Favoritin nicht zur Feindin zu machen.

Sie übersah die Ungezogenheit und meinte versöhnlich: »Ich hoffe, Sie verstehen die Situation, Shahar, denn Ihr Leben hier wird nicht vergnüglich sein, wenn Sie nicht schnell lernen, was geduldet wird und was nicht. Wir haben Möglichkeiten, unakzeptierbares Benehmen zu verbessern, und Sie können nicht sagen, Sie seien nicht gewarnt worden. Morgen wird *Lalla* Rahine kommen, um Sie anzuschauen. Ich rate Ihnen, sich mit ihr anzufreunden, denn als mächtigste Frau im Harem kann sie viel für oder gegen Sie tun.«

»Ist sie die erste Frau des Regenten?«

»Seine Mutter.«

Guter Gott, er besaß sogar eine Mutter! Chantelle hatte irgendwie gedacht, er sei vom Teufel ausgebrütet worden – ohne Hilfe des schönen Geschlechts.

19

Die Dienerin wartete geduldig mit untergeschlagenen Beinen, eine kostbare Hermelinrobe über dem Arm. Es war nie eine leichte Aufgabe, *Lalla* Rahine anzuziehen, denn sie hatte immer soviel im Kopf, es gab so viele Unterbrechungen; vergessene Befehle weiterzuschicken, Bittsteller, die kamen und gingen. Doch heute war es besonders schlimm, weil die Mutter des Herrschers die neue Sklavin treffen sollte, die gestern abend in den Harem eingetreten war. Gerüchte kursierten über Chantelle, doch *Lalla* Rahine konnte noch keine Fragen beantworten, da sie das Mädchen selbst noch nicht gesehen hatte.

Zwei Frauen und drei Favoritinnen des Regenten waren an diesem Morgen schon da gewesen. Sie alle wollten dasselbe wissen: Warum hatte er dieses Mädchen gekauft? Hatten sie etwas falsch gemacht? War der Meister verärgert über sie?

Solche Fragen wären nie gestellt worden, hätte es sich nicht um Jamil Reshid gehandelt. Doch alle im Harem wußten, daß er nicht wie andere Männer war, die durch den Kauf neuer Frauen ständige Abwechslung suchten. Sie wußten auch, daß er seiner Mutter verboten hatte, neue Sklavinnen zu erwerben, ganz gleich, wie schön sie waren. Sie hatten angenommen, die Haremstore hätten sich für immer geschlossen.

Auch *Lalla* Rahine hatte das gedacht. Jamil hätte sich über ihren letzten Kauf freuen und das Mädchen zur Favoritin erheben können, doch er war alles andere als begeistert gewesen.

Die Dienerinnen, die darauf warteten, *Lalla* Rahine fertig anzukleiden, hätten ebensogut nicht vorhanden sein können, so wenig nahm Rahine sie wahr. Sie kniete auf ihrem Gebetsteppich und hielt den Kopf gesenkt, das reine Abbild einer frommen Moslime. Aber sie betete nicht. Vor Jahren war sie zum Islam übergetreten, doch es gab Zeiten, in denen sie neben Gott einen anderen Kommunikationspartner benötigte. Sie wendete sich so oft an ihn, daß sie häufig mitten in ihrer Tätigkeit innehielt und zwischen den Gebetsrufen auf den kleinen Teppich sank.

Doch niemals hatte sie Frieden in diesen improvisierten Meditationen gefunden – und er würde ihr auch nie zuteil werden. Sie war eine Frau, die von früheren Fehlern gequält wurde, die sich nicht mehr berichtigen ließen. Und sie würde die eine Person nicht mehr wiedersehen, die ihr vergeben konnte, was sie getan hatte, die ihr Ruhe für die restlichen Jahre ihres Lebens schenken konnte. Es war ihr zweiter Sohn Kasim, mit dem sie in Gedanken redete, um den sie weinte und den sie anflehte. Ihre geheimen Fragen drehten sich immer und immer wieder um dasselbe, doch eine Antwort konnte sie nicht erringen.

Oh, Gott, Kasim, hast du mir verziehen? Dein Bruder hat es nicht, und er versäumt nie, mich das spüren zu lassen. Seine Liebe zu mir starb an dem Tag, an dem ich dich fortschickte. Also blieb mir nicht einmal diese Liebe als Trost. Und auch du mußt mich hassen. Haßt du mich? Weißt du, wie traurig ich war, wie sehr ich dich vermißte, wie bald ich bereute, was ich getan hatte? Damals erschien es mir wichtig, dich gehen zu lassen, aber ich war jung und dumm und klammerte mich noch an meine Vergangenheit, an den Vater, den mich vergessen zu lassen Mustafa nicht gelang.

Ich weiß nicht einmal, ob mein Vater noch lebt. Falls Jamil es weiß, sagt er es mir nicht. Er hat mir auch nie gesagt, ob du seine Briefe beantwortest. Aber du lebst noch irgendwo. Wenn es nicht so wäre, würde ich es fühlen. Konnte ich doch auch fühlen, daß du mir vergeben hast. Könnte Jamil mir doch vergeben. Aber ich darf keinem von euch Vorwürfe machen, kann ich mir doch selbst nicht verzeihen.

Wenn man sie ansah, ahnte man nicht, daß sie litt, denn sie hatte seit langem gelernt, den Schmerz tief in ihrem Innern zu vergraben. Sie hielt ihn sogar vor Jamil verborgen. Seit neunzehn Jahren trug sie ihn in sich, denn damals wie heute waren ihre Söhne alles, was sie hatte. Sie hatte deren Vater nicht geliebt. Mustafa hatte sie verehrt und ihr gehuldigt, doch sie hatte ihn nur ertragen. Es waren ihre Söhne, für die sie lebte, und obwohl der eine für sie verloren war, besaß sie noch Jamil. Und sie würde alles für ihn tun, um sein Glück zu sichern, ihn für den Kummer zu entschädigen, den sie auch ihm zugefügt hatte.

Dieser Gedanke rief seine neue Sklavin in ihr Gedächtnis zurück. Sie wollte das Mädchen zuerst sehen, ehe sie mit Haji darüber sprach. Sie hatte schon gehört, daß die junge Person einmalig sei, aber das würde nur erklären, warum Jamil sie ausgewählt hatte, nicht, warum er Haji befohlen hatte, den Markt nach neuen Sklavinnen abzusuchen.

Und was wurde aus Sheelah, die er letzte Nacht in sein Bett gerufen hatte? Rahine hatte Sheelah ins Herz geschlossen, die all das wirklich war, was sie zu sein schien – freundlich, liebesfähig, verständnisvoll. Im ganzen Harem gab es keine Frau wie sie, und das war sicher der Grund, warum Jamil sich schließlich in sie verliebt hatte. Und seitdem er sich dieser großen Liebe sicher war, hatte er sich keine neue Frau mehr gekauft.

Warum nun dieser plötzliche Sinneswandel? War es nur die Rastlosigkeit seiner selbstauferlegten Gefangenschaft im Palast, oder steckte mehr dahinter?

Möglicherweise wußte Haji etwas, doch Rahine bezweifelte das. Jamil war sehr verschwiegen, was seine Gefühle betraf. Der einzige, dem er wirklich vertraute, war sein Großwesir, und Omar Hassan gab nie etwas preis ohne Jamils Genehmigung. Rahine fürchtete, Jamils Gefühle für seine geliebte Sheelah könnten sich ändern. Das hoffte sie nicht. Vielleicht sollte sie zuerst mit Sheelah reden, ehe sie die neue Sklavin traf.

Chantelle würgte das Essen hinunter, das man ihr gerade gebracht hatte. Die Mahlzeit, die sie letzte Nacht vorgefunden hatte, war von ihr nicht angerührt worden, und vor dem Morgengrauen war das Tablett auf mysteriöse Weise verschwunden gewesen. An den Türen gab es keine Schlösser, das heißt, es gab gar keine Türen. Chantelle schätzte es absolut nicht, daß unbekannte Personen ihren Raum betreten konnten, während sie schlief.

Hakeem hatte sie vor der Gefährlichkeit mancher Haremsfrauen gewarnt, daß Eifersucht und fanatischer Konkurrenzkampf, die in allen Harems herrschten, starke Motivationen für Verletzungen und sogar Mord bildeten. Und sie mußte damit rechnen, daß Jamil Reshids viele Frauen ihn mochten, wenn auch sie, Chantelle, ihn hassenswert fand. Höchstwahrscheinlich bestand hier ein Wettkampf zwischen allen einzelnen Insassinnen, sie selbst ausgenommen.

Aber würde irgend jemand ihr glauben, wenn sie behauptete, sie wolle nichts von Jamil, oder würde man sie als weitere Rivalin betrachten? Hoffentlich nicht! In den kommenden Wochen würden ihr genügend Schwierigkeiten begegnen, auch ohne die Sorge, sich beim eigenen Geschlecht Feinde zu machen.

»Shahar! Wie können Sie es wagen, in *Lalla* Rahines Gegenwart keine demütige Haltung einzunehmen?«

Beim Klang des ersten Wortes, dieses gehaßten Namens, den man ihr gegeben hatte, hob Chantelle den Kopf. Vor ihr, im Eingang ihres Zimmers, standen zwei Frauen, die eine ärgerlich, die andere mit einem Ausdruck, der an ihren Sohn erinnerte: unergründlich.

»Ich hätte es vielleicht getan, wenn mir Ihre Gegenwart bewußt gewesen wäre«, entgegnete Chantelle betont unbekümmert. Gleich darauf zerstörte sie den Effekt ihrer Bemerkung, indem sie hinzufügte: »Könnt ihr Leute denn nicht anklopfen?«

Sie sah, wie Safiyes Gesicht rote Flecken bekam. Die Frau war so zornig, daß sie einen Moment lang nicht reden konnte, und Jamils Mutter entließ sie, ehe sie die Fähigkeit dazu wiedererlangt hatte, womit Chantelle gewiß eine schlimme Strafpredigt erspart blieb.

»Es ist nicht klug, wenn Sie Ihre Wächterin verärgern.«

Chantelle erhob sich, um von der Dame nicht überragt zu werden, aber das klappte nicht. *Lalla* Rahine war so groß wie die afrikanische Prinzessin, wenn nicht sogar größer. Außerdem bot sie den Anblick einer extrem guterhaltenen Frau für ihre mittleren Jahre, denn sie mußte mindestens fünfundvierzig sein, um einen Sohn in Jamils Alter zu haben. Sie sah aus wie Anfang Dreißig. Es war unglaublich. Und diese Augen, wie die seinen, von einem dunklen, dunklen Smaragdgrün, dicht bewimpert, aber ohne die Kohleumrandung, die Chantelle bei allen Frauen im Harem gesehen hatte, sogar bei den Dienerinnen.

Es bestand auch eine leichte Ähnlichkeit in den hohen Wangenknochen und dem starken, entschlossenen Kinn. Der Bogen der Augenbrauen war derselbe, nur wich Rahines Farbe, ein dunkles Gold, vom Schwarz des Sohnes ab. War die Frau vielleicht blond? Man konnte es nicht feststellen, denn ihr Haar steckte vollkommen unter einem leuchtend blauen Turban, an dem ein Vermögen in Form von Brillantenschnüren hing, die von der einen Seite herabbaumelten. Der Turban ließ die Mutter des Herrschers noch größer erscheinen. Sie hatte einen geschmeidigen, schlanken Körper, worin sie ebenfalls mit ihrem Sohn übereinstimmte.

Sie trug ein kostbares, mit Pelz besetztes Brokatgewand über einem losen Kleid aus schimmernder blau-weißer Seide und um den Hals drei fantastische Diamantketten in verschiedener Länge. Daß das Kleid in der Taille gegürtet war, bewies, daß der Harem nicht nur rundliche Frauen beherbergte. Weitere Brillanten glitzerten an den Handgelenken, den Fingern, den Ohren *Lalla* Rahines. Chantelle blickte nicht nach unten, ob auch ihre Zehen geschmückt waren.

Wenn man das alles bedachte, hätte sich Chantelle ziemlich eingeschüchtert fühlen können. Doch Rahine verhielt sich nicht von oben herab. Ihr Ton war gemäßigt, ihr Ausdruck neutral.

»Ist das ihre Aufgabe?« fragte Chantelle. »Ist sie meine Wächterin?«

»In gewisser Weise, ja.«

»Und Sie?«

»Ich bin Jamil Reshids Mutter.«

Chantelle machte eine ungeduldige Handbewegung. »Das meine ich nicht.«

»Falls Sie wissen wollen, wieviel Macht ich besitze, meine Liebe – diese Macht ist unbegrenzt. Ich herrsche über den ganzen Harem, natürlich in Übereinstimmung mit Haji Agha. Die Ehefrauen meines Sohnes, seine Favoritinnen, alle seine Sklavinnen sind mir letztendlich unterstellt.«

Von Safiye hatte Chantelle schon gehört, daß Rahine allmächtig war. In allen wichtigen Angelegenheiten behielt sie das letzte Wort. Kein Wunder, daß Safiye geraten hatte, sich gut mit Rahine zu vertragen.

Doch Chantelle konnte sich nicht so recht vorstellen, die Frau zur Freundin zu gewinnen. *Lalla* Rahine verströmte eine Kälte, die auch ihr Sohn um sich verbreitete. Sie waren tatsächlich aus demselben Holz geschnitzt, diese beiden. Und wenn er sich als ein grausamer, herzloser Kerl erwies, wie sollte man dann seine Mutter beurteilen, die ihn erzogen hatte?

Während Chantelle so dachte, musterte Rahine sie zwanglos von Kopf bis Fuß, und was sie sah, verwirrte sie völlig. Mochte sie Jamil auch nicht mehr nahe sein, so kannte sie doch seinen Geschmack, was Frauen betraf, besser, als irgend jemand sonst – und an diesem Mädchen war nichts, was ihn normalerweise anzog. Die junge Person bestand nur aus Haut und Knochen, mit hohlen Wangen und einem hohlen Bauch. Bei Allahs Gnade, war sie vielleicht krank? Und sie hatte blondes Haar. Unter Jamils vielen Frauen befand sich keine einzige Blondine, aber nicht aus Mangel an Verfügbarkeit. Jamil mochte Rotschöpfe am liebsten, doch auch jede andere Farbe, wenn es nur nicht blond war. Von den drei Blondinen, die Rahine im Lauf der Jahre für ihn gekauft hatte, war jede sofort weiterverschenkt worden. Und sie wußte, warum. Es tat weh, aber sie konnte es nicht leugnen. Er lehnte diese Haarfarbe ab, weil es die seiner Mutter war.

Rahine war nun noch erstaunter über dieses Mädchen als zu dem Zeitpunkt, als sie es noch nicht gesehen hatte. Sheelah konnte auch keinen Hinweis geben. Abgesehen von der Tatsache, daß Jamil infolge einer Rastlosigkeit, die ihn nachts plagte, seit kurzem nicht mehr mit ihr schlief, hatte seine Zärtlichkeit ihr gegenüber sich überhaupt nicht vermindert. Warum hatte er dann diese junge Person ausgewählt? Oder war sie nicht für ihn bestimmt?

Wenn Rahine allein gewesen wäre, hätte sie sich mit der flachen Hand gegen die Stirn geschlagen. Natürlich! Das Mädchen konnte als Geschenk für jemanden gedacht sein, vielleicht sogar als Bereicherung des jährlichen Tributes für den Sultan. Das würde alles erklären.

Während ihre Verwirrung sich legte, begann Rahine einige Möglichkeiten in dieser jungen Frau zu sehen. Sie besaß außergewöhnlich feine Gesichtszüge – das war unbestreitbar. Ein guter Körperbau, anmutige Bewegungen und ein gewisser Stolz in der Art, wie sie sich aufrecht hielt, kamen hinzu. Und mit einer kräftigen Ernährung konnte ihre Figur verbessert und begehrenswert gemacht werden. Hier wurden Blondinen von fast allen Männern bewundert. Ja, sie konnte eine perfekte Schönheit werden, ein Geschenk, das des Sultans wert war.

»Sie sind Engländerin, nicht wahr?« fragte Rahine plötzlich.

»Und dabei dachte ich, mein Französisch sei ausgezeichnet.«

Rahine lächelte tatsächlich. »Ihr Witz ist erfrischend, Kind, aber passen Sie auf, bei wem Sie ihn anbringen. Nur wenige Moslems haben einen Sinn für Humor, der nahe an der Grenze zur Frechheit liegt.«

Das war wohl als subtile Schelte gemeint. »Ich werde es mir merken.«

»Gut. Nun wird Safiye Ihnen eine persönliche Dienerin zuteilen, und Sie bekommen eine Lehrerin, die Sie in Ihre Pflichten einweist. Ich schlage jedoch vor, daß Sie sich zuerst bei Safiye entschuldigen, sonst wird sie die langweiligste Sklavin des Harems für Sie aussuchen. Geben Sie ihr das.«

Rahine griff in eine Tasche und holte einen kleinen Beutel mit Münzen hervor. »Dieses Geschenk wird ihre momentane Verärgerung beschwichtigen. Behalten Sie den Rest für andere Gelegenheiten!«

»Eine Bestechung?«

»Bestechung gehört hier schon so lange zum Leben, daß das Weltreich ohne sie nicht bestehen könnte. In einem Harem ist es auch nicht anders, doch wir reden von einem ›obligatorischen Geschenk‹. Man besucht niemand, ohne eine kleine Gabe mitzubringen. Wenn man einen Wunsch hat, muß man für dessen Erfüllung bezahlen.«

»Wie kann ich es dann anstellen, statt der Vorhänge eine solide Tür mit einem Schloß zu bekommen?«

Rahine lachte – eine bemerkenswerte Begebenheit, nur wußte Chantelle das nicht. Die ältere Frau wünschte sich beinahe, die junge Engländerin würde bleiben. Es gab noch eine zweite im Harem, aber sie besaß nicht diesen lebendigen Geist, der Erinnerungen an die Heimat weckte.

»Da gibt es keine Möglichkeit, jedenfalls nicht in diesem Hof. Türen mit Schlössern findet man nur im Hof der Favoritinnen, wo die Frauen sich das Privileg einer kleinen Privatsphäre verdient haben.«

Und sie zahlten weiter dafür, mit ihrem Körper! Chantelle würde sich damit abfinden müssen, keine Tür zu haben. Es war nicht ratsam, sich diese Frau zur Feindin zu machen. Rahine durfte nicht wissen, wie sehr Chantelle diesen Ort verabscheute – oder ihren Sohn Jamil, jedenfalls nicht eher als absolut notwendig.

»Ich glaube es nicht!« stieß Rahine erregt hervor.

Sie sprang auf und begann in des schwarzen Chefeunuchen Kaffeeraum, einem von zahlreichen Zimmern seiner Suite, die neben dem Haremstor lag, hin und her zu laufen. Doch es war ein kleiner Raum, nicht bestimmt für nervöses Herummarschieren. Der Marmorboden war poliert und glatt, und das niedrige Sofa sowie der runde Tisch nahmen fast allen Platz ein.

Rahine gab das Wandern auf, als ihr Schienbein gegen den Tisch stieß und sich Kaffee über das Tablett mit dem unberührten Gebäck neben Haji Aghas Wasserpfeife ergoß. Er machte keine Bemerkung, als sie sich zu ihm auf das Sofa setzte, obwohl dieser Gefühlsausbruch ihr nicht ähnlich sah.

»Nun?« meinte sie. »Sagen Sie mir, daß ich Sie mißverstanden habe!«

Haji lächelte. Das war das Feuer der jungen Rahine, mit der er sich vor mehr als dreißig Jahren angefreundet hatte, nicht die ruhige, unerschütterte Beherrschung der mächtigsten Frau in Barka.

»Ich bezweifle, daß Sie mich mißverstanden haben, Rahine. Jamil möchte, daß ihre Lehrzeit um die Hälfte gekürzt wird. Er will, daß sie sobald als möglich für ihn bereit ist.«

»Ich glaube es immer noch nicht«, entgegnete sie, jedoch mit weniger Überzeugung.

»Dachten Sie, sie sei nicht für ihn?«

Rahine schnitt eine Grimasse. »Genau das dachte ich, als ich die Engländerin in Augenschein genommen hatte. Ging es Ihnen nicht ebenso?«

Haji zuckte die Schultern und griff nach dem langen Stiel seiner Huka. »Vielleicht. Aber er rief mich schon früh heute morgen. Er vertraute die Nachricht nicht einmal einem Boten an.«

Rahine lehnte sich gegen die mit silbernen Quasten verzierten Kissen zurück. »Ich verstehe es nicht, Haji. Hat mich das helle Haar des Mädchens so blind gemacht, daß ich anderes Wichtiges übersah?«

»Sie ist unterernährt – nicht mehr. Genügend in Sirup eingeweichtes Brot wird da schnell Abhilfe schaffen.«

»Sie war mir sympathisch«, meinte Rahine nachdenklich. »Sie hat den zynischen Witz der englischen Aristokratie, der mich an so vieles erinnerte …, aber Sie wissen, was mich wunderte.« Sie richtete den Blick ihrer smaragdgrünen Augen auf ihn. »Sie ist blond und dürr …«

»Und sie mag ihn nicht.«

»Was?«

»Es ist wahr.« Haji lachte vor sich hin. »Im ersten Moment hat er ihr wohl äußerlich gefallen, aber das war, ehe eines der Mädchen so dumm war, ihn anzuspucken. Nachdem Shahar die nun folgende Züchtigung mit der Peitsche mit angesehen hatte, fühlte sie sich von Jamil ehrlich abgestoßen. Sie sagte ihm ins Gesicht, sie wolle nicht sein Eigentum sein, und sie bat ihn, sie zu dem Sklavenhändler zurückzuschicken.«

»Wie reagierte er darauf?«

»Ich glaube, er war gefesselt.«

»Dann ist es das! Er begegnete nie zuvor einer Frau, die sich nicht gleich in ihn verliebt hätte. Sie bedeutet einfach nur eine Herausforderung für ihn.«

»Ich weiß es nicht«, sagte Haji langsam. »Aus irgendeinem Grund war er extrem geduldig mit ihr. Er erlaubte ihr, mit ihm zu disputieren. Er sprach lange mit ihr und gewährte ihr sogar zwei Bitten, aber in seinen Augen stand nichts geschrieben, als er sie ansah, nicht einmal ein Funken Wärme. Es war offensichtlich, daß er das dritte Mädchen begehrenswerter fand, doch er wählte die Blonde.«

»Und nun ist er ungeduldig, sie zu bekommen?«

»Ungeduldig eigentlich nicht, Rahine. Das hätte ich gespürt. Ich mußte ihn sogar daran erinnern, daß er mich gerufen hatte. Momentan wußte er nicht, warum. Dann gab er einfach den Befehl, wie jeden anderen auch, und führte seine Diskussion mit Omar fort.«

»Sehr gut.« Rahine seufzte und gab es auf. »Also sollen wir

nicht wissen, warum er sie haben will, oder was er in ihr sieht. Sie wird ihn für ein oder zwei Nächte amüsieren, und dann ist der Fall erledigt.«

»Sie ist anders als die anderen«, gab Haji zu bedenken.

»Ich weiß.«

»Sie wird Schwierigkeiten machen.«

»Auch das weiß ich«, erklärte sie gereizt. »Warum, glauben Sie wohl, hat mich die Sache aufgeregt? Es wird eine Menge Ärger geben, und alles nur wegen einer vorübergehenden Laune.«

»Vielleicht hat er endlich eingesehen, daß es lächerlich ist, die Anzahl seiner Frauen zu begrenzen«, meinte Haji.

»Ist das Ihr Ernst?« fragte Rahine hoffnungsvoll, doch im nächsten Moment hob sie die Hände. »Ah, Haji, wo liegt da der Unterschied? Unsere Pflicht verlangt von uns, daß wir ihm Vergnügen bereiten. Was immer er sich wünscht, aus welchen Gründen auch immer, soll er haben.«

Während Rahine die Schwierigkeiten beklagte, hatten sie bereits begonnen. Safiye, die sich nach Chantelles großzügigem Geschenk hochherzig fühlte, hatte beschlossen, die neue Sklavin an diesem Morgen in die Bäder zu fahren, ehe sie überfüllt waren. Sie dachte, Chantelle würde es schätzen, sich ohne die neugierigen Blicke von Zuschauerinnen an das Ritual der Bäder zu gewöhnen. Und Chantelle war dankbar, als sie hörte, daß dies eine Ausnahme war und daß sie in Zukunft nachmittags mit den anderen Frauen würde gehen müssen. »Aber Sie werden bald Freude daran finden, wenn Sie Ihr Schamgefühl überwunden haben. Viele Frauen verbringen den ganzen Nachmittag in den Bädern und nehmen ihr Abendessen sogar dort ein.«

Chantelle konnte verstehen, warum man gern da blieb. Der *Hammam* des Harems glich in nichts dem einzelnen großen Raum, der bei dem Sklavenhändler zum Baden benutzt wurde. Hier war es ruhig und friedlich und großzügig, denn zahllose Räume führten ineinander. Es gab Dampfzimmer, Räume mit heißen und kalten Duschen, solche mit versenkten Becken kühlen Wassers und Massageräume.

Das erste Zimmer nach der Vorhalle, in der Chantelle ihre Kleidung zurücklassen mußte, war das größte. Seine überraschende Schönheit ließ die junge Frau ihre Nacktheit fast vergessen. Es war achteckig, mit einer hochgewölbten Kuppel, die durch Hunderte kleiner Öffnungen schmale Streifen gleißenden Sonnenlichts hereinließ, das die grün gekachelten Wände beleuchtete und die Illusion erweckte, sich unter Wasser aufzuhalten. Hier versammelten sich die Konkubinen zum Plaudern, während ihre Sklavinnen sich mit der Verschönerung der Frauen beschäftigten. Die Haremsdamen saßen entweder auf türkischen Teppichen, die sie mitgebracht hatten, oder auf kühlen Marmorbänken, oder sie lagen auf der großen runden Marmorplatte in der Mitte des Raumes, die von unten beheizt wurde.

Chantelle durfte jedoch nicht hier bleiben. Safiye hatte ihr vier Badehelferinnen an die Seite gestellt, die sie in ein kleineres Zimmer führten. Nun wurde Chantelle zum erstenmal gründlich mit einer schmirgelartigen Seife abgewaschen, bis ihre Haut sich wie rohes Fleisch anfühlte. Sie stand da und ließ die Prozedur über sich ergehen, die sie als Demütigung empfand, da die Mädchen darauf bestanden, daß *sie* die Waschung vornahmen. Chantelle wehrte sich auch nicht zu sehr, als der zarte Flaum, der ihren Körper bedeckte, mit einer enthaarenden Substanz entfernt wurde. Die Mädchen erklärten ihr, dies würde bei allen Frauen gemacht. Erwartete sie, eine Ausnahme zu sein?

Nein, natürlich nicht. Sie wollte sich den anderen anpassen, wollte nicht auffallen und somit dafür sorgen, daß sie vergessen wurde. Wenn die Mädchen nun aufgehört hätten, wäre alles gut gewesen, und Chantelle hätte den Reinigungsprozeß als beendet angesehen. Aber sie hörten nicht bei dem blaßblonden Flaum auf, und Chantelle schrie aus vollem Hals, als sie sich ihren Schamhaaren mit der Absicht zuwendeten, die lockigen Büschel auszurupfen.

Safiye, die schnell herbeigerufen worden war, fand Chantelle mit dem Rücken zur Wand, in der einen Hand einen Topf mit geschmolzenem Wachs, in der anderen die Kohlenpfanne, die das Wachs erhitzt hatte.

»Was für einen Zweck soll das erfüllen?« fragte Safiye. »Ich brauche nur einen oder zwei Eunuchen herbeizuzitieren, und Sie sind sofort gebändigt.«

»Diese Mädchen wollen mich nicht in Ruhe lassen«, erklärte Chantelle verärgert und betrachtete die inzwischen nervös gewordenen Sklavinnen zornig, die sich um ihre Einwendungen nicht gekümmert hatten.

»Und Sie möchten sie deswegen verbrennen?«

»Wenn es nötig ist, Madame.«

Diese ruhige Erwiderung bewirkte bei Safiye ein wütendes Stottern. »Sie sind verrückt! Verrückt! Was wollen Sie denn da schützen, Sie dummes Ding? Ihr Haar soll entfernt werden, nicht Ihr Hymen.«

Chantelle errötete, doch sie gab nicht auf. »Ich habe sie schon genug von meinem Haar entfernen lassen. Jetzt ist Schluß!«

»Das haben nicht Sie zu entscheiden. Ihr Körper gehört Ihnen nicht mehr, und Schamhaare sind sündig. Sie müssen ...«

»Wer sagt das?« fragte Chantelle schneidend. »Mein Körper ist so, wie Gott ihn haben wollte. Wie kann dann etwas, das auf ihm wächst, sündig sein?«

»Ein sehr gutes Argument«, sagte *Lalla* Rahine von der Tür her. Sie war unbemerkt hereingekommen. »Und wenn Sie unsere Sitten lernen, Shahar, werden Sie auch unseren Standpunkt verstehen. Aber im Moment ist all die Aufregung überflüssig.« Dann furchte sie die Stirn und fügte vorwurfsvoll hinzu: »Sie haben sich die Hände verbrannt, nicht wahr?« Sie schnippte mit den Fingern, und eine Sklavin rannte sofort, um Salbe zu holen. »Kommen Sie, Shahar, legen Sie das Zeug weg und lassen Sie uns die Verbrennungen behandeln, ehe es Blasen gibt.«

Chantelle hatte den stechenden Schmerz an ihren Fingern kaum gespürt. »Man wird mir nichts mehr von meinem Haar ausreißen?« meinte sie störrisch.

»Nein, Sie beenden Ihr Bad und gehen in Ihr Zimmer zurück. Dort wird dann Ihre Schulung beginnen.«

»Aber ...«, sagte Safiye und wurde durch einen scharfen Blick der smaragdgrünen Augen zum Verstummen gebracht.

Erst jetzt, nachdem die Kontroverse vorbei war, kam es

Chantelle ins Bewußtsein, daß sie splitternackt dastand. »Könnte ich ein Kleid oder etwas anderes …«

»Natürlich, meine Liebe.« Rahine machte eine Handbewegung, und eine weitere Sklavin eilte davon. »Aber Sie müssen wirklich daran arbeiten, Ihre Schamhaftigkeit abzulegen, vor allem hier im *Hammam*, wo viele der Odalisken die meiste Zeit des Tages nackt herumliegen. Gehen Sie nun mit den Wärterinnen und lassen Sie sie ihre Pflichten erledigen.«

Sobald Chantelle im nächsten Raum verschwunden war, verwandelte sich Rahines Ton in frostiges Mißfallen, das sich auf Safiyes Haupt entlud. »Sie Närrin. Es ist genügend Zeit, die Äußerlichkeiten vorzunehmen, ehe sie von meinem Sohn gerufen wird, und genügend Zeit, daß sie sich an die Veränderungen gewöhnt, die von ihr erwartet werden. Es gab keinen Grund, sie so aufzuregen, daß sie das Gefühl hatte, gegen uns kämpfen zu müssen. Wenn sie in Zukunft an etwas Anstoß nimmt, sagen Sie es mir.« Mit diesen Worten schwebte sie hinaus und ließ Safiye keine Gelegenheit zur Verteidigung.

»Nun, was meinen Sie?« fragte Adamma.

Chantelle hob den Handspiegel und studierte nachdenklich ihr Gesicht. Sie war nicht erstaunt, daß sie sich bei soviel Kosmetik kaum selbst wiedererkannte. Die Kohleumrandung ihrer Augen, die ihr ein exotisches Aussehen verlieh, war etwas, an das sie sich nur langsam gewöhnen würde.

»Es sieht so aus, als hätte mir jemand mit den Fäusten auf beide Augen geschlagen.«

Adamma kicherte. »Stimmt, nicht wahr? Sie sind einfach zu hell. Ich denke, Sie brauchen nur eine ganz dünne Linie, ja, gerade genug für eine Betonung.«

Chantelle wollte am liebsten gar keine Schminke. »Was soll die Malerei?«

»Sie wollen doch schön sein, oder?«

»Nein, das will ich nicht.«

»Aber jede Frau will schön sein.«

»Ich bin nicht ›jede Frau‹, Adamma«, erklärte Chantelle geduldig.

»Ah, ich verstehe. Sie möchten anders aussehen, um hervorzustechen …«

»Nein«, unterbrach Chantelle sie schnell, denn das war das letzte, was sie wollte. »Mach weiter, und mach es so schlecht wie du kannst.«

Adamma lächelte befriedigt und dachte, sie hätte ihren Standpunkt dargelegt. Chantelle ließ sie denken, was sie mochte. Sie hatte schon festgestellt daß es nicht leicht war, mit Adamma zu streiten. Das Mädchen war einfach zu fröhlich und unbekümmert. Nichts beunruhigte dieses heitere Gemüt.

Adamma war ihr heute morgen zugeteilt worden, vor der unglücklichen Szene in den Bädern. Die junge Schwarze hatte ein Talent, Schminke aufzulegen – das behauptete sie jedenfalls von sich. Ihre Mutter war eine nigerianische Sklavin, die in der

Küche arbeitete. Ihr Vater war einer der Palastwächter, aber weder sie noch ihre Mutter wußten genau, welcher. Daß das dem Mädchen nichts ausmachte, erschien nicht verwunderlich in dieser seltsamen Welt. Es gehörte zu den vielen Unterschieden der Ansichten, an die man sich gewöhnen mußte.

Die Kleine war hübsch mit ihren exotischen Farben und den feinen Gesichtszügen. Sie mochte ihren Vater nicht kennen, doch er mußte ziemlich hellhäutig gewesen sein, um der Afrikanerin den Goldton und die hellen Bernsteinaugen vererbt zu haben. Und sie war lieb, bemüht zu gefallen und entzückt von ihrer neuen Position. Chantelle hatte sie sofort in ihr Herz geschlossen.

Vorher hatte Adamma mehr oder weniger als Dienstmagd im *Hammam* gearbeitet. Sie war hin- und hergerannt, um den Konkubinen, die den ganzen Tag in den Bädern herumlagen, Erfrischungen aus den Küchen zu bringen. Vielleicht erklärte das, warum ihr junger Körper im Alter von sechzehn Jahren noch so fohlenhaft dünn war und ihr eine gewisse Unbeholfenheit verlieh. Chantelle würde sie nicht durch die Gegend jagen, aber das war nicht der einzige Grund, warum Adamma sich glücklich pries, nun ihr zu gehören. Die persönliche Sklavin einer Konkubine zu werden, wurde von den Mädchen angestrebt, die nicht das Glück gehabt hatten, für das Bett des Meisters gekauft worden zu sein.

Das alles hatte Adamma fröhlich hervorgesprudelt, während sie ihrer Herrin das Make-up auflegte. Chantelle fand, daß das Mädchen mehr Glück hatte, das Bett des Herrschers nicht teilen zu müssen, aber sie behielt das für sich. Daß sie selbst lieber eine einfache Dienerin wie Adamma gewesen wäre, konnte sie niemandem begreiflich machen, also gab es keinen Grund zu *versuchen*, es zu erklären.

Adamma hatte gerade das meiste des schwarzen Kohlestiftes von Chantelles Augen entfernt, als ein zweites junges Mädchen den Raum betrat. Die Kleider und Juwelen der jungen Person zeigten jedoch an, daß es sich hier um keine Dienerin handelte. Chantelle ärgerte sich sofort, daß die Frau einfach hereingekommen war, ohne um Erlaubnis zu fragen.

»Ich bin hier, um Ihnen den Sex zu erklären.«

»Sie scherzen wohl«, sagte Chantelle trocken, denn das Mädchen sah mehrere Jahre jünger aus als sie selbst.

»Das ist normal, *Lalla*«, ließ Adamma sich vernehmen. »Sie wird Ihnen alles erklären, was mit Sex zusammenhängt.«

Chantelle sah mit Mißfallen, wie Adamma sich niederließ und begierig auf den Anfang der Instruktionen wartete. Sie, Chantelle, mußte sich diese skandalöse Information wohl anhören, nicht aber eine sechzehnjährige Jungfrau.

»Du sollst hinausgehen, Adamma.«

»Aber …«

»Geh!«

Sofort bedauerte Chantelle ihren Ton, denn Adamma schoß so schnell aus dem Raum, daß die junge Engländerin ihr nicht mehr erklären konnte, sie sei nicht verärgert über sie, sondern über diese Lektion, die sie ertragen mußte. Später wollte sie sich entschuldigen. Adamma sollte nicht in Furcht vor ihrer Herrin leben, wie viele andere Dienerinnen im Palast. Nachdem es bei Ungehorsam die Todesstrafe gab, war diese Furcht verständlich.

Chantelle wandte ihre Aufmerksamkeit dem Mädchen zu, das sich auf ein Kissen neben den niederen Tisch gesetzt hatte. Armreifen klirrten an den Handgelenken der jungen Frau, als sie nach dem Konfekt griff, das Adamma vorher bereitgestellt hatte. Sie wirkte überlegen und herablassend, und ihr weicher Mund zeigte einen Zug von Verdrossenheit. Sie war üppig, bei all ihrer Jugendlichkeit. Sie besaß eine rundliche Figur, die man auch als dick hätte bezeichnen können, mit schweren Brüsten, gepolsterten Schenkeln und Hüften und einer umfangreichen Taille. Daß so eine Figur hier als begehrenswert erschien, amüsierte Chantelle. Safiye hatte ihr schon erklärt, daß sie nicht hoffen könne, vom Herrscher gerufen zu werden, wenn sie nicht zunähme.

Verständlicherweise hatte Chantelle keine einzige der Süßigkeiten angerührt, die Adamma ihr immer wieder angeboten hatte. Sie wußte, daß sie seit ihrer Gefangennahme beachtlich an Gewicht verloren hatte, und sie beabsichtigte, es zurückzugewinnen, aber kein Gramm mehr. Leibesübungen waren die Lösung – sie würde jeden Abend Gymnastik treiben, wenn sie endlich allein war. Sollten die anderen sich doch wundern, warum die reichhaltige Diät, die man ihr verordnete, nicht anschlug. Sie würde ihre Leibesübungen geheimhalten.

»Sie haben mich doch erwartet, oder?«

»Vermutlich«, erwiderte Chantelle mit einem Seufzer. Je schneller *das* vorbei war, desto besser.

»Ich heiße Vashti«, sagte das Mädchen und fügte hochmütig hinzu: »Das bedeutet ›die Schöne.‹«

Vashti war wirklich schön, das mußte Chantelle zugeben, doch das Auftreten des Mädchens ging ihr auf die Nerven. »Wie nett.«

Vashti zuckte die Schultern und hielt den Spott für ein Kompliment, doch keine noch so reizende Schmeichelei hätte ihr die Engländerin sympathisch machen können. Sie verabscheute diese bereits, denn Jamil hatte das blonde Gift persönlich gekauft, während Vashti von seiner Mutter erworben worden war und sein Bett nur einmal in den acht Monaten ihrer Zugehörigkeit zu seinem Harem geteilt hatte. Sie war eifersüchtig auf seine Ehefrauen, eifersüchtig auf seine Favoritinnen, weil sie nicht zu ihnen zählte, und eifersüchtig auf diesen Neuankömmling, der soviel Aufregung und Spekulationen verursachte.

Die Aufgabe widerstrebte ihr zutiefst, eine Jungfrau darüber zu informieren, was sie im Bett ihres Meisters zu erwarten hatte. Sie selbst hätte Aufklärung benötigt, denn offenbar hatte sie Jamil nicht genügend erfreut, um wieder in sein Schlafzimmer gerufen zu werden. War das Safiye nicht aufgefallen? Nein. Sie hatte Vashti nur angefaucht, sie solle dem englischen Weib das Drum und Dran erklären. Sehr gut, das würde sie tun, und sie hoffte, daß die Blondine sich in Erwartung der Vorkommnisse halb zu Tode ängstigte, so, wie es Vashti ergangen war, nachdem diese gehässige Yasmeen, ihre eigene Informantin, Sex als etwas Gräßliches hingestellt hatte.

Bei diesen Gedanken lächelte Vashti selbstgefällig. Sie wußte nicht, daß Safiye sie wegen ihres Mangels an Erfahrung für diese Instruktion ausgesucht hatte. Nach dem, was im *Hammam* geschehen war, und der folgenden Schelte von Rahine, war Safiye wütend auf Shahar. Hätte sie ihr Adamma nicht schon gegeben, hätte sie die faulste und untauglichste Sklavin des ganzen Harems für Shahar ausgewählt. Vashti war ebenfalls eine gute Entscheidung, denn die Eifersucht und Boshaftigkeit des Mädchens waren wohlbekannt.

Als Derek sein neues Schlafzimmer betrat, entledigte er sich sofort des Turbans und des gewichtig mit Juwelen besetzten Kaftans. Omar, der ihm folgte, lächelte. Es amüsierte ihn, wie Derek die ungewohnte Kleidung ablegte, die zu der nun einmal übernommenen Rolle gehörte.

»Es war ein erfolgreiches Ablenkungsmanöver, finden Sie nicht auch?« meinte Omar.

»Oh, ho«, brummte Derek. »Für jemand, der so laut und so lange dagegen redete wie Sie, klinge das ja reichlich begeistert.«

Das Ablenkungsmanöver war Dereks Idee gewesen, und Jamil hatte sie gutgeheißen, Omar nicht. Es hatte jedoch hervorragend geklappt. Derek war als Jamil im äußeren Hof erschienen, vorgeblich, um seine neuen Vollblüter zu besichtigen. Er tat das so lange und ausgiebig, daß jeder Anwesende es bemerkte und Jamil inzwischen in Dereks Burnus ungesehen durch das Haupttor schlüpfen konnte.

Sich nur zu zeigen genügte, um sogleich der Mittelpunkt aller Aufmerksamkeit zu sein, denn Jamil hatte sich seit Monaten von aller Öffentlichkeit zurückgezogen. Derek war sogar noch weiter gegangen: Er hatte den weißen Hengst bestiegen und ihn fast eine Stunde geritten – zum Entzücken der erstaunten Menge. Damit gab er seinem Bruder reichlich Zeit, den Hafen und das Schiff zu erreichen, das ihn nach Istanbul bringen sollte. Natürlich setzte er sich mit diesem Auftritt auch der Gefahr aus, getötet zu werden, sollte ein eventueller Meuchelmörder fanatisch genug sein, sich unter die vielen Wächter zu mischen. Aber es passierte nichts, und Omar fand keinen Grund zur Klage.

Es brachte ihn dennoch in Verlegenheit, daß seine schrecklichen Vorahnungen sich nicht bewahrheitet hatten, und er verteidigte sich. »Es war gefährlich, und ich behaupte noch immer, daß auch ein anderes Ablenkungsmanöver ohne Ihre Mitwirkung hätte inszeniert werden können.«

»Ja, aber dieses eine diente mehreren Zwecken. Jamil kam sicher aus dem Palast, die Öffentlichkeit konnte sich den bartlosen Herrscher in Ruhe ansehen, und die Attentäter wissen nun genau, daß ihr Ziel sich noch in diesen Mauern befindet. Außerdem garantierte es, daß niemand Jamil folgte, da sich doch alle Aufmerksamkeit auf mich konzentrierte.«

»Stimmt, stimmt, stimmt alles«, bekannte der Großwesir mit einem Seufzer.

»Und, Omar …«

»Ja?«

»Es machte mir Spaß.«

Diesmal schnaubte Omar. »Wollen wir hoffen, daß Sie in den kommenden Tagen ungefährlichere Möglichkeiten finden, um Spaß zu haben.«

»Oh, das beabsichtige ich gewiß.« Er grinste. »Fangen wir auf der Stelle an. Sagten Sie, daß ich heute nicht mehr zur Verfügung stehen muß?«

»Ihre Anwesenheit ist nicht mehr erforderlich.«

»Gut. Dann schicke ich nach Haji Agha, oder genügt ein Bote, um mir Shahar zu bringen?«

Omar zog die Brauen hoch. »Jetzt?«

»Paßt die Tageszeit nicht?« wollte Derek wissen.

»Nein, das ist es natürlich nicht, aber … sie wird noch nicht so schnell für Sie bereit sein, Kasim. Sie wissen, wie lange die Schulungsperiode dauert.«

»Das ist mir egal«, erklärte Derek. »Anders als Jamil bin ich ungeschulte Frauen gewöhnt.«

»Aber sie ist erst seit vier Tagen hier …«

»Wurde sie für mich gekauft oder nicht, Omar?«

Omar wand sich bei dem schroffen Ton, der dem seit kurzem von Jamil angeschlagenen glich. »Ja, das wissen Sie.«

»Und wenn ich sie mir heute wünsche, in diesem Moment, warum soll ich warten?«

Es gab eine Anzahl von Gründen, die das Warten ratsam gemacht hätten, aber Omar spürte, daß Kasim sie nicht hören wollte. Omar konnte sich nicht erinnern, wann er selbst das letztemal so begierig auf eine Frau gewesen war. Aber ihm fehlte natürlich die Jugendlichkeit mit ihren Lustgefühlen, und er hatte auch nicht die letzten vier Nächte freiwillig auf eine anschmiegsame Bettgenossin verzichtet, was Kasim dummerweise getan hatte.

Nun hielt er es doch für angebracht zu bemerken: »Es gibt Dutzende anderer Frauen zur Auswahl …«

»Omar!«

Der alte Mann hob die Hände. »Dann sollten Sie Haji Agha rufen. Denn wenn dieser besondere Befehl von jemand anderem überbracht wird, glaubt ihn keiner.«

So schnell hatte sich Haji Agha seit zwanzig Jahren nicht mehr bewegt. Sofort, hatte Jamil gesagt. Was bedeutete ›sofort‹? Reichte die Zeit aus, das Mädchen angemessen zu kleiden? Allah mochte geben, daß Shahar schon gebadet war. Da die Uhr den späten Nachmittag anzeigte, durfte das Bad wohl Hajis geringste Sorge sein. Er stürzte in Rahines Appartement und war so außer Atem, daß er erst nach einigen Sekunden hervorzustoßen vermochte: »Er will sie jetzt.«

»Wen?«

»Shahar.«

»Was?«

»Es ist keine Zeit, sich darüber zu wundern, Rahine. Er sagte ›sofort‹.«

Rahine öffnete den Mund, um zu diskutieren, doch bei dem Wort ›sofort‹ besann sie sich eines Besseren. Jamil hatte noch nie eine seiner Konkubinen sofort verlangt.

Sie atmete tief, um sich zu beruhigen, und wandte sich dann an die Frauen, die sich um sie versammelt hatten. »Ihr habt gehört, was Haji Agha sagte. Es ist keine Zeit zu verlieren. Kalila, geh zur Garderobenberaterin. Sie soll etwas in Lavendelblau aussuchen, damit es zu Shahars Augen paßt. Saril, hol eines meiner Schmuckkästchen, das mit den Perlen, denke ich. Oma, meine parfümierten Öle, schnell. Kommen Sie mit, Haji.«

Der alte Mann lächelte, während er hinter ihr hereilte. »Sie werden sehr gut damit fertig, Rahine.«

Sie ignorierte die Bemerkung. »Haben Sie wenigstens versucht, ihm zu erklären, daß sie noch nicht bereit ist?«

»Selbstverständlich.«

Und dennoch will er sie auf der Stelle haben, überlegte Rahine. »Aber warum die Eile? Das Vorbereitungsritual, das für die Selbstachtung so wichtig ist, wird Shahar nun versagt. Doch die Auserwählte zu sein ist eine Ehre …«

»Glauben Sie wirklich, daß *sie* das so sieht?«

Rahine blieb plötzlich stehen und wurde blaß. »Allah möge uns helfen, was geschieht, wenn sie sich gegen ihn sträubt?«

»Diese Möglichkeit ist nicht von der Hand zu weisen.«

»Ich hätte selbst mit ihr reden, sie warnen müssen, was passieren kann, wenn sie ihn verärgert.«

Haji Agha begann weiterzugehen. »Er ruft sie, ehe sie bereit ist Rahine. Das muß er berücksichtigen und Geduld mit ihr haben.«

Sie hielt Schritt neben ihm. »Aber wird er das tun? Sie wissen, wie reizbar er in der letzten Zeit ist …«

»Ja, und deshalb haben wir keine Zeit für solche Überlegungen. Wir haben nur Zeit, das Mädchen ordentlich anziehen zu lassen.«

Nach Rückfrage, wo sich Shahar aufhielt, wurden sie zum *Hammam* geführt. Rahine erinnerte sich nun, daß man der jungen Frau die Schamhaare nicht entfernt hatte. Sie beschloß, diese erschreckende Tatsache Haji gegenüber nicht zu erwähnen, weil nun nichts mehr daran zu ändern war. Wie Jamil darauf reagieren würde, war nicht vorauszuahnen, doch auch hier mußte er akzeptieren, was er bekam, wenn er die notwendige Vorbereitungszeit nicht gestattete.

Rahine seufzte. Sie konnte Jamil nicht einmal böse sein, daß er wegen seiner beispiellosen Ungeduld die Tradition brach. Er stand unter Streß. Er war nicht mehr er selbst, schon seit Monaten nicht. Wenn es Shahar gelang, ihn für eine Weile von seinen Problemen abzulenken, würde Rahine dankbar sein. Sie befürchtete nur, daß dieses Mädchen seine Frustration eher vermehren als mildern würde.

Sie fanden Shahar im Hauptraum des *Hammam* auf einer

Bank ausgestreckt. Ihr Kopf ruhte auf ihren gekreuzten Armen, die Augen waren geschlossen. Das Mädchen, das ihr zugeteilt worden war, kniete neben ihr und strich sanft mit einer Bürste über die Fülle ihres platinblonden Haares, das über ihrem Rücken und ihren Hüften ausgebreitet lag. Wenn Jamil sie so hätte sehen können, hätte er keinen Tadel an ihr zu finden vermocht, denn ihre Magerkeit war unter einem Kaftan verborgen, der sie völlig verhüllte. Sie bot ein sinnliches Bild – mit dem verträumten Lächeln, das in der entspannten Lage ihre Lippen umspielte.

Ein leichtes Make-up war bereits auf ihr Gesicht aufgetragen worden, nur ein Hauch, wie Rahine bemerkte, der ihr zu ihrer Blondheit gut stand. Jamils Mutter nahm sich vor, Shahars Dienerin dafür zu belohnen, daß sie ihre Herrin so perfekt hergerichtet hatte, obwohl die Schulungszeit noch nicht beendet war – ein Zustand, der sich nun mit einem Schlag änderte. Rahine konnte den bevorstehenden Kampf deutlich voraussehen.

Chantelle öffnete die Augen, als sie die unterdrückten Überraschungsrufe rund um sich und die an Rahine und den schwarzen Chefeunuchen gerichteten Grußworte hörte. Dann stöhnte sie, denn das Paar kam direkt auf sie zu. Was mag wohl los sein? dachte sie irritiert. Hatte sich Vashti über ihr mürrisches Wesen beschwert? Daraus konnte man ihr, Chantelle, bestimmt keinen Vorwurf machen, denn dieses eingebildete kleine Biest verursachte ihr jedesmal Magenschmerzen, wenn es für den ›Unterricht in der Liebeskunst‹ auftauchte.

Als sie sich aufrichtete, blickte sie schnell zu Vashti hinüber, die sich mit nacktem Oberkörper in herausfordernder Pose räkelte. Ihre großen melonenförmigen Brüste mit den hennagefärbten Spitzen sehen grotesk aus. Viele Frauen färbten sich nicht nur die Brustwarzen, sondern auch Hände und Füße. Eine Dame hatte die rote Farbe sogar auf ihre haarlose Scheidenregion geschmiert, ein Anblick, bei dem sich Chantelle das Lachen nur mühsam verbeißen konnte, so komisch sah das aus.

Die Nacktheit war in den Bädern nicht ungewöhnlich, aber die Hälfte der Frauen war teilweise bekleidet. Im Moment befanden sich ungefähr zwanzig Konkubinen in dem Raum. Heute fühlte sich Chantelle von ihnen gar nicht mehr so belästigt, deshalb glaubte sie, daß sie sich an die weibliche Gesellschaft rasch gewöhnen würde. Allerdings lehnte sie es ab, in einem Zustand der Anstößigkeit herumzuliegen.

»*Lalla* Rahine, Haji Agha.« Chantelle bedachte die beiden mit einem kaum bemerkbaren Nicken, um ihnen einen Hauch von Respekt zu erweisen. »Wünschen Sie etwas von mir?«

»Welchen Duft tragen Sie?« fragte Rahine unvermittelt.

»Rosenöl.«

»Etwas Sinnlicheres wäre mir lieber, aber ich denke, Rosenöl genügt auch.« Rahine schickte das Mädchen Oma weg, das sich ihr mit dem verlangten Duftkästchen genähert hatte, und richtete ihre nächste Frage an Adamma. »Wurde sie heute gründlich gebadet.?«

Adamma befand sich in einem Zustand des Schocks und war sprachlos, da *Lalla* Rahine sie zum erstenmal anredete. Chantelles Augen verengten sich bei diesen sinnlosen Fragen. Was sie betraf, so ging ihre Sauberkeit niemanden etwas an. Mußten sie hier denn in *allem* herumschnüffeln?

Ärger stieg in ihr hoch, und nachdem sie die letzten drei Tage nur mit Hinweisen auf Sexuelles vollgestopft worden war, sagte sie gedehnt: »Also, *Lalla*, Sie könnten von mir essen, so sauber bin ich. War es das, was Sie wissen wollten?«

Rahines Lippen zuckten, doch sie kämpfte gegen das Lächeln, das sich ihr aufdrängte. »Haji, Sie müssen Jamil darüber informieren, daß er diese Möglichkeit hat.«

»Vielleicht findet er, daß das ein einmaliges Erlebnis ist«, meinte der alte Eunuche mit unverhohlenem Grinsen.

»Einen Moment …«, sagte Chantelle, doch dann wurde sie von einer Dienerin abgelenkt, die auf sie zugerannt kam. Über den Armen trug sie die feinste Seide, die Chantelle je gesehen hatte – in einem herrlichen Lavendelblau.

Der Stoff wurde vorsichtig auf der Bank neben ihr ausgebreitet, und nun sah sie, daß es sich nicht nur um Seidenmaterial handelte, sondern um ein fertiges Gewand, wie sie es bereits zu tragen gewöhnt war. Die seidenen Pantalons waren mit einem

Silberfaden durchwirkt, so daß sie bei der geringsten Bewegung glitzerten. Chantelle stieß einen leisen Laut aus, als sie bemerkte, daß die kleine Weste von silbergefaßten Amethysten eingesäumt war. Durchsichtige Schleier in derselben Farbe lagen daneben und ein aufregender Stirnreif aus Silber, Perlen und viel größeren Amethysten, an den die Schleier zu befestigen waren. Die Vervollständigung bildeten seidene Pantoffeln, mit purpurroten Edelsteinen bestickt.

Es war eine Garderobe, schöner und eleganter als alles, was Chantelle bisher im Harem gesehen hatte, eine Garderobe, die eines Königs würdig gewesen wäre oder … der Lust des Herrschers! Bei diesem gräßlichen Gedanken suchte ihr Blick den von Rahine, aber sie konnte im Ausdruck der älteren Frau nichts Beunruhigendes entdecken. Außerdem hatte man ihr versichert, daß sie vor Beendigung ihrer Sexausbildung nicht gerufen werden würde, und diese Ausbildung hatte gerade erst begonnen. Man hatte ihr zusätzlich versichert, daß sie nicht gerufen werden würde, ehe sie zugenommen hätte, und sie hatte erst ein oder zwei Pfund zurückgewonnen, gerade genug, um ihre Wangen weniger hohl erscheinen zu lassen.

»Ist dieses Kostüm für mich?« fragte Chantelle Rahine.

Rahine hatte den vorübergehenden Ausdruck von Furcht in den Augen der jungen Engländerin nicht übersehen. Aber sie hatte sich ja auch seelisch auf eine königliche Schlacht vorbereitet, eine Schlacht, die das Mädchen natürlich nicht gewinnen konnte.

Einen Moment lang zog sie in Erwägung, Shahar anzulügen. Das hätte alles erleichtert. Man hätte sie schnell anziehen und ohne Zwischenfall zu Jamils Appartement bringen können. Und Rahine hätte verhindert, daß das Mädchen sie haßte. Bei diesem Gedanken stellte sie überrascht fest, daß sie sich Shahars Haß nicht zuziehen mochte.

Rahine seufzte, denn sie wußte, daß sie sich nur selbst betrog. Keinesfalls durfte sie zulassen, daß sich der Kampf auf Jamils Türschwelle abspielte. Die Folgen hätten den ganzen Palast berührt, und das konnte sie nicht riskieren, selbst dann nicht, wenn sie Jamils Verärgerung in Kauf nahm, was sie sowieso nicht wollte. Außerdem – durch eine Lüge würde sie Shahars Haß ebenfalls herausfordern.

Aber wenigstens konnte man sie zuerst ankleiden. »Gefällt es Ihnen?« fragte Rahine mit einem Lächeln. »Ich wußte sofort, daß die Farbe Ihnen stehen würde. Und ich dachte, Sie verdienen etwas Hübsches, nachdem Sie sich ohne weiteren Wirbel hier eingefügt haben.«

Chantelle sah Haji an, denn sie mißtraute dieser unwahrscheinlichen Bemerkung, doch als er schwieg, lächelte auch sie. »Dann danke ich Ihnen. Es ist bezaubernd.«

»Gut, worauf warten Sie noch? Ziehen Sie es an, damit ich sehen kann, wie Sie ausschauen. Meine Frauen werden Ihnen helfen.«

»Nein«, erwiderte Chantelle höflich, aber bestimmt. »Ich habe nun Adamma, die mir hilft.«

Rahine betrachtete das Mädchen, das noch neben der Bank kniete. »In Ordnung, aber beeile dich, Adamma.« Zu Shahar sagte sie: »Ich stehe unter Zeitdruck.«

Wenn Chantelle das nicht verstand, so verstand Adamma es bestimmt, aber sie hatte zuviel Angst vor der Mutter des Herrschers, um ihre Herrin zu warnen. Aus gewissen Andeutungen, die Shahar in den letzten Tagen gemacht hatte, wußte Adamma, warum *Lalla* Rahine die Wahrheit bis zum letzten Augenblick verschwieg. Selbst als sie sich nur zu zweit in einen kleineren Raum begaben, sagte die Kleine nichts, doch sie betete stumm, weil auch sie erkannte, daß ihre Herrin sich wehren würde gegen etwas, das viel früher eintrat als erwartet.

Da sie Rahines Warnung vor allem anderen im Kopf behielt, hatte sie Shahar in Rekordzeit angezogen. Nun stand sie da und war verblüfft, wie solch feine Kleidungsstücke die blasse Schönheit ihrer Herrin steigern konnten.

»Ist es so übel?« meinte Chantelle mit einem Lächeln.

Adamma schrak zusammen. »Oh, nein, *Lalla*. Seine Hoheit wird Sie schöner finden als den Gesang des Kolibris, schöner als …«

»Oh, rede keinen Unsinn, Adamma. Und die Meinung Seiner Hoheit zählt sowieso nicht, da er mich nicht sehen wird. Doch ich möchte mich gern selbst sehen. Sagtest du nicht, es gäbe einen Spiegel in Safiyes Appartement? Was glaubst du, wieviel ich ihr geben muß, um sie zu bestechen, damit sie mich einen Blick hineinwerfen läßt?«

»Ich … ich …«

»Oh, mach dir keine Gedanken. Vielleicht kann Lalla Rahine es arrangieren.«

Mit der Absicht, um diese Gunst zu bitten, kehrte Chantelle in den Hauptraum zurück. Sie blieb jedoch stehen, als sie feststellte, daß alle Konkubinen den Raum verlassen hatten. Nur Rahine, Haji und zwei andere Eunuchen, die inzwischen hereingekommen waren, waren anwesend. Einer der Schwarzen war Kadar, doch Chantelle schenkte ihm nicht einmal ein flüchtiges Lächeln. Ihr Blick suchte die smaragdgrünen Augen von Jamils Mutter.

»Die Farbe steht Ihnen tatsächlich hervorragend, Shahar.«

Chantelle ging langsam weiter. »Danke, aber würden Sie so freundlich sein, mir zu sagen, warum Sie die anderen weggeschickt haben? Es war doch Ihr Befehl, oder?«

Rahine ging noch einen letzten Schritt auf Chantelle zu, um ihr die Wange zu küssen. »Es tut mir leid, Kind, aber Haji wird Sie jetzt zu Jamil bringen.«

»Ist das denn normal? Ich dachte, ich sollte ihn erst sehen, wenn …« Die Worte verhallten, und alle Farbe wich aus Chantelles Gesicht. »Nein.« Es war ein kaum hörbares Flüstern.

Ruhig stellte Rahine fest: »Jamil besitzt Sie. Das ist eine Tatsache, die nicht einmal Sie leugnen können. Und er hat beschlossen, nicht zu warten, bis Ihre Schulung vervollständigt ist. Er wünscht, daß Sie jetzt zu ihm kommen.«

»Das tue ich nicht«, wisperte Chantelle.

»Doch, Sie werden es tun«, beharrte Rahine. »Sie haben keine Wahl.«

Die Worte ›keine Wahl‹ waren es, die Chantelles Entsetzen durchbrachen und ihr Temperament entfachten. »Zur Hölle damit!« schrie sie und vergaß sich genügend, um in die englische Sprache zu fallen. »Ich werde nicht einmal in die Nähe dieses … dieses … Menschen gehen. Sie werden mich zu ihm hinschleppen und festhalten müssen, damit er die böse Tat begehen kann …«

»Das dürfte uns keine Probleme bereiten«, entgegnete Rahine kalt.

»Sie würden das doch nicht machen«, stammelte Chantelle.

»Im Gegenteil.«

Chantelles Augen weiteten sich anklagend, während sie rief: »Sie sprechen Englisch!«

»Ich bin Engländerin.«

»Dann ist er ein halber Engländer? Oh Gott, das verschlimmert alles.«

»Ich sehe nicht ein, warum …«

»Sie sehen überhaupt nichts ein! Sie sind schon zu lange hier. Sie denken wie die Moslems. Sie handeln wie sie. Sie sind keine Engländerin mehr, sonst würden Sie mich nicht zu dieser Sache zwingen.«

»Nicht ich zwinge Sie, Shahar, sondern die Umstände, die Sie hergebracht haben. Als Sie zur Sklavin gemacht wurden, haben Sie Ihre Freiheit der Wahl verloren. Nun tun Sie, was Ihr Meister will, sonst müssen Sie die Folgen tragen.«

»Rahine«, unterbrach Haji sie schließlich. »Wir haben keine Zeit für Diskussionen.«

»Ich weiß.« Rahine seufzte und wandte sich ab. »Nehmen Sie sie mit. Wenn sie Jamil ärgert, indem sie sich ihm widersetzt … andere Frauen sind wegen weniger gestorben.«

Magische Worte: ›Tu es oder stirb.‹ Ehe Chantelle herausfinden konnte, ob das wahr war, mußte sie sich fügen. Sie mochte wütend und entsetzt sein, aber sie war nicht dumm. Es gab vieles, das sie getan hätte, um ihre Jungfräulichkeit zu bewahren – aber Sterben gehörte nicht dazu.

Sie hörte es kaum, daß Haji Agha mit ihr redete, während er sie den endlosen Korridor zu den Gemächern des Herrschers entlangscheuchte. Die in letzter Minute gegebenen Instruktionen und Warnungen trafen auf taube Ohren. Chantelle war sich zu sehr bewußt, was geschehen würde. Vashti hatte sie Schritt für Schritt in die Materie eingeführt, und es waren deren Worte, die sie noch hörte.

»Es ist sehr schnell vorbei. Er wird sein Ding in Sie hineinstecken, und Sie werden einen schrecklichen Schmerz spüren, wenn es Ihr Hymen zerreißt. Wenn seine Stimmung gut ist, läßt er Ihnen vielleicht Zeit, bis der Schmerz abklingt – wahrscheinlich jedoch nicht, denn was Sie fühlen, interessiert ihn nicht. Dann wird er stoßen und stoßen und schließlich sein Vergnügen hinausschreien. Er wird einige Augenblicke benötigen, um sich zu erholen, dann löst er sich von Ihnen, und das ist das Ende der Angelegenheit. Eine einfache Sache. Alles schnell vorüber, und dann schickt er Sie in den Harem zurück. Selten behält er eine Konkubine die ganze Nacht bei sich, in diesen Genuß kommen hauptsächlich seine Ehefrauen.«

Dieser Vortrag hatte Chantelle ständig verfolgt und ihre anderen Unterrichtsstunden überschattet, in denen sie die Künste der Verlockung und Verführung lernen sollte, doch vor allem das Bereiten von Vergnügen. Wie man einen Mann zufriedenstellte. Nicht nur irgendeinen, sondern einen ganz gewissen Mann.

Chantelle hatte etwas Belustigendes darin finden müssen, sonst wäre sie langsam, aber sicher verrückt geworden. Daß so viele Menschen sich nur mit den sexuellen Wonnen eines einzelnen Mannes befaßten, war der Gipfel der Lächerlichkeit, und genau das war hier der Fall. Jede Frau im Harem, jeder Eunuche, jede Sklavin hatten nur das eine im Sinn: das Vergnügen des Herrschers.

Wenn es nicht so lächerlich gewesen wäre, hätte Chantelle darüber weinen müssen. Im Augenblick war es allerdings weniger lächerlich, da es Chantelle bevorstand, beim heutigen abendlichen Menü den Hauptgang zu bilden.

Es war nun soweit – es geschah wirklich. *Nein, das kann nicht sein. Es ist nur ein böser Traum.*

»Sie erheben sich erst, wenn er Sie dazu auffordert.«

»Erheben?«

Sie stand vor einer Tür. Langsam drehte sie sich um und sah, wie Haji Aghas Augen sich verengten.

»Shahar, haben Sie von allem, was ich Ihnen sagte, nichts gehört?«

»Ich … es tut mir leid, aber ich glaube nicht. Könnten Sie es noch einmal wiederholen?«

»Wir haben keine Sekunde Zeit mehr«, stellte er ärgerlich fest. »Denken Sie daran, daß Sie sich vor ihm niederwerfen und so verharren müssen, bis er Sie auffordert aufzustehen. Tun Sie genau, was er sagt, dann müßte alles gutgehen. Wir können nur beten, daß die Verzögerung ihn nicht verstimmt hat.«

»Welche Verzögerung?«

»Er wollte Sie auf der Stelle bei sich haben.«

»Warum?«

Haji seufzte. »Das weiß Allah allein.«

Mit einem Ruck riß er den kurzen Schleier zurück, der ihre untere Gesichtshälfte bedeckt hatte, öffnete die Tür und begleitete Chantelle bis zur Mitte des großen Raumes. Da der Chefeunuche der jungen Frau nicht traute, zog er an ihrem Arm, bis sie auf die Knie sank. Zufrieden sah er, wie sie den Kopf zur Erde neigte, dann ging er rückwärts hinaus.

Chantelle hatte sich nicht aus Respekt niedergeworfen. Nach Betreten des Raumes hatte sie sofort den Blick sowie den Kopf gesenkt, und sie wollte diese Haltung so lange wie möglich beibehalten – aus dem einfachen Grund, daß sie den Pascha nicht ansehen mochte. In dieser Position konnte sie ihn nicht sehen, und das war ihr angenehm.

Sie wußte nicht, wo er sich aufhielt. Vielleicht war er noch gar nicht anwesend. Sie hörte ihn nicht, spürte seine Gegenwart nicht. Oder doch? Ja, sie fühlte sich beobachtet, und das war absolut keine erfreuliche Empfindung.

Derek blieb ruhig, denn er war sich seiner Stimme noch nicht sicher. Es schien, als habe er eine Ewigkeit auf diesen Moment gewartet, doch es waren nur vier Tage gewesen. Vier Tage voller Trübsal und in der Hoffnung, später einmal über sich selbst lachen zu können, wegen der Konstruktion von Problemen, die nicht vorhanden waren. Nun war es ›später‹, und es gab immer noch nichts zu lachen. Die junge Frau war reizvoller, als er sie in Erinnerung hatte: ätherisch, biegsam – und sein.

Aber eine Jungfrau. Das mußte er unbedingt im Kopf behalten, sonst hätte er sie direkt in sein Bett getragen.

»Setzen Sie sich auf und sehen Sie mich an.«

Nicht ›Lassen Sie sich anschauen‹, denn das tat er bereits, Fluch seinen Augen!

Chantelle hatte sich beim Klang seiner Stimme gestrafft, doch sonst rührte sie sich nicht. Sie hätte sich zwar gern aufgerichtet doch sie fürchtete, daß dann ihre Defloration in Windeseile stattfinden würde.

»Sie wissen, daß Sie mir in allen Dingen gehorchen müssen, Shahar, doch ich bitte Sie nur um eines: daß Sie mich ansehen. Ist das so ein unvernünftiges Ansinnen?«

Seine Stimme war ruhig, fast zärtlich, und doch handelte es sich um dieselbe Stimme, an die sie sich erinnerte: ein wenig heiser, mit einem tiefen Timbre, und fähig, im einen Moment ein Mädchen zu brutaler Vergewaltigung zu verurteilen, dann den Befehl rückgängig zu machen und ohne innere Anteilnahme zu fragen, ob er den Fehler in ihren Augen nicht wiedergutgemacht habe. Dieser Mann konnte in ihren Augen seine Ehre nie wiederherstellen, ganz gleich, was er tat.

Aber nun, da sie sich erinnerte, was für ein kaltherziger Bastard er war, vermochte sie seinem Blick zu begegnen, ohne ihre Angst zu zeigen. Von ihrem Haß war sie allerdings nicht so sicher, ob sie ihn verbergen könnte.

Als sie sich auf ihre Fersen setzte, sah sie nicht nur Jamil, sondern auch seine beiden Leibwächter, die mit dem Rücken zur Wand rechts und links neben einem Vier-Pfosten-Bett standen. Jamil lehnte sich mit den Hüften gegen das Fußende des hohen Bettes, die Füße übereinandergeschlagen und die Arme über der Brust gekreuzt. Seine Pose war in ihrer zwanglosen Lässigkeit so urenglisch, daß Chantelle vor Überraschung beinahe der Atem stockte. Gott sei Dank nahm die fernöstliche Kleidung einen Teil des Effektes weg und erinnerte die junge Frau daran, daß Jamil nichts Englisches an sich hatte. Da er als barbarischer Ungläubiger erzogen worden war, zählte das Blut nicht.

»Sie dürfen sprechen, wie Sie wissen.«

Ihr Blick senkte sich wieder, ihre Finger spielten mit einer Reihe der vierfachen Perlenkette, die Rahine ihr um den Hals gelegt hatte, ehe sie aus den Bädern geführt worden war.

»Ich habe nichts zu sagen.«

»Weichen Sie nicht zurück, Shahar. Schauen Sie mich wieder an, oder, noch besser, kommen Sie näher.«

»Darf ich gehen, oder muß ich kriechen?«

»Seien Sie nicht frech. Wenn ich Sie kriechen lassen wollte, würde ich es sagen.«

Röte stieg glühend in ihre Wangen. Das würde er wohl sagen, dieser Schweinekerl. Doch durch die Knappheit seines Tones war sie gewarnt, daß sie ihre Gedanken nun besser für sich behielt.

Die akute Bedrohung beschleunigte ihren Puls, während sie sich langsam erhob und den Abstand zwischen ihm und ihr verringerte. Ihr Blick traf den seinen jedoch nicht wieder, und sie konnte nicht sagen, ob er sich über ihre ständige Abwehr ärgerte.

Sie beobachtete ihn, wie er sich von dem Bett abstieß, so daß er vor ihr stand, als sie sich ihm bis auf Armeslänge genähert hatte. Mit ausgestreckten, gespreizten Beinen nahm er eine arrogante Haltung ein – falls sie je eine gesehen hatte. Er breitete die Arme aus, und dann spürte sie, wie seine Finger über ihre Wange glitten.

Seine Fingerspitzen waren so heiß, daß sie an Feuer dachte. Erstaunlicherweise zuckte sie nicht mit der Wimper, doch ihr Blick blieb auf das tiefe V seiner weißen Tunika und das Tigeraugenmedaillon geheftet, das dort auf seiner Haut lag. Es war eine bronzefarbene Haut, in der Nähe des V mit krausem schwarzem Haar bedeckt, was sie irritiert feststellen ließ, daß *er* keine Enthaarung erdulden mußte. Bei diesem Gedanken kam es ihr wieder zum Bewußtsein, daß sie, entgegen den Regeln, auch nicht völlig enthaart war. Wie würde er darauf reagieren? Daß sie sich diese Frage überhaupt stellte, zeigte ihr, wie sehr sie die Tatsache schon akzeptiert hatte, bald einer gnadenlosen Inspektion unterworfen zu sein, die ihren ›sündhaften‹ Zustand preisgab.

»Wollen Sie mit mir zu Abend essen?«

Nachdem sie jeden Augenblick erwartet hatte, auf sein Bett geworfen zu werden, ließ die Widersinnigkeit dieser Frage Chantelle hochblicken. »Abendessen?«

»Wenn Sie mögen«, sagte er sanft.

Er starrte auf ihren Mund. Sein Daumen zeichnete die Linie ihrer Unterlippe nach. Dann versenkte sich sein Blick in ihren. Smaragdgrünes Feuer – darin lag alles andere als Gleichgültigkeit.

»Abendessen wäre schön … Ich meine wunderbar … Ich bin tatsächlich am Verhungern«, beendete sie den Satz und hoffte, die letzte Behauptung habe ehrlich geklungen.

Er lachte, und das erstaunte sie. Der Laut war tief und angenehm, und sie stellte sich vor, seinen Widerhall in ihrer eigenen Brust zu spüren.

»Sie sind so durchschaubar, Shahar. Dachten Sie, ich würde Sie gleich, nachdem Sie hereingekommen sind, vergewaltigen?«

Genau, aber das sagte sie nicht. Sie brauchte es auch nicht zu sagen. Die Röte stieg ihr diesmal bis zum Haaransatz und war trotz der gesenkten Stirn zu sehen.

»Diese Scheu ist erlaubt, aber Ihre Augen sind wunderschön, kleiner Mond. Ich möchte sie anschauen.«

Du bekommst wohl alles, was du haben willst, dachte sie voller Groll, dann schlug sie die Vorsicht in den Wind und sprach es auf englisch aus.

Seine Smaragdaugen verengten sich kaum merklich. »Englisch wird hier nicht akzeptiert, Shahar. Ihr Französisch ist hervorragend, aber nicht alle können es verstehen. Sie dürfen es benützen, wenn Sie bei mir sind, aber sonst werden Sie die Mischung aus Türkisch und Arabisch verwenden, die im Palast als Allgemeinsprache gilt. Nur diese Sprache dürfen Sie sprechen.«

Sie erwiderte nichts. Was hätte sie auch sagen können? Das war gleichbedeutend mit einem Befehl. Und sie erkannte eines: Seine Mutter mochte Engländerin sein, aber sie hatte ihn ihre Sprache nicht gelehrt. Das bewies er mit seinen nächsten Worten.

»Was heißt das, was Sie eben zu mir sagten?«

Für den Bruchteil einer Sekunde zog sie eine Lüge in Erwägung. Doch seine Hand griff unter ihr Kinn, zwang ihren Kopf in die Höhe, zwang sie, ihn anzusehen. Sie entschied sich für die Wahrheit und hoffte, er würde sich genügend darüber ärgern, um seine Finger zurückzuziehen.

»Ich fragte, ob Sie alles bekommen, was Sie wollen.«

Er nahm die Hand nicht von ihr, die andere Hand kam hinzu, und er umfaßte sanft ihr Gesicht. Offenbar war er nicht beleidigt, aber der Selbsterhaltungstrieb hatte diesmal auch dafür gesorgt, daß Chantelle sich jeden Spottes enthielt.

»Natürlich«, entgegnete er heiser. »Alles, Shahar. Warum sollte es anders sein, nachdem jeder Gegenstand und jeder Mensch hier – Sie inbegriffen – mir gehört?«

Sie versuchte sich loszureißen, doch er hielt sie fest und kam immer näher, bis seine Hüfte sie berührte. Ihre Nasenlöcher weiteten sich bei seinem Duft – Moschus und Sandelholz – ein betörender Duft!

Sie blinzelte. Guter Gott, der Mann konnte hypnotisieren – diese dunkelgrünen Augen so nahe, sein Atem warm an ihren Lippen. Sie stöhnte – und wurde sofort losgelassen.

»Wir werden hier essen«, sagte er und trat einen Schritt zurück, als sei er nicht nahe daran gewesen, sie zu küssen, und sie nicht nahe daran, sich diesen Kuß zu wünschen.

Als sie ihm folgte, sah sie, daß das ›Hier‹ ein eingefriedeter Garten direkt vor dem Raum war. Die Sonne war schon hinter den Mauern verschwunden, die das kleine Paradies umgaben, aber sie warf ihre Strahlen noch leuchtend gegen den Palast, der sich über ihren Köpfen erhob und den Grund in Kühle und Schatten tauchte.

Tulpen, Rosen und Nelken wuchsen üppig in malerischen kleinen Gruppierungen. Ein einziger Baum, unter dem eine Bank stand, spendete noch kühleren Schatten. Ein Springbrunnen in einer Ecke ergoß sich wie ein Wasserfall in einen Fischteich aus kleinen blauen Kacheln, die den Kontrast zu den großen orangefarbenen Fischen besonders betonten.

Riesige viereckige Kissen waren schon um einen gravierten Messingtisch, der mitten im Gras thronte, verteilt worden. Es war ein friedliches Fleckchen, geradezu romantisch, und der entfernte Gedanke an ein englisches Picknick wirkte entspannend.

Chantelle ließ sich zu einem der Kissen führen, wartete dann aber, auf welchem er sich niederließ, um den Abstand zwischen ihm und ihr möglichst zu vergrößern, doch sie hätte sich hierüber keine Gedanken machen müssen. Der Pascha ging um den niedrigen Tisch herum und wählte den Platz direkt gegenüber von Chantelle.

»Was denken Sie?« fragte er, als die ersten Essenstabletts aufgetragen wurden.

»Ich denke, daß es gleichgültig gewesen wäre, ob ich mit Ihnen essen wollte oder nicht.«

Das hätte sie nicht sagen sollen. Beabsichtigte sie, ihn zu ärgern. Doch er blieb ganz ruhig. Er winkte den Dienern, sich zu entfernen, und füllte ihren Teller persönlich.

»Stimmt«, sagte er nach einer kleinen Denkpause. »Die Frage bedeutete eine reine Höflichkeit Ihnen gegenüber.«

»Und wenn ich es abgelehnt hätte?«

»Dann hätte ich darauf bestanden.«

»Ich verstehe.«

Er sah sie an und lächelte über die Steifheit ihrer Miene. »Nein, ich glaube nicht, daß Sie verstehen. Ich kann als der Herrscher etwas verlangen, und keiner wagt es, mir die Stirn zu bieten. Ich kann aber auch als Mann, als Jamil, etwas verlangen und sehen, wie weit meine Überredungskunst reicht.«

Sie hob skeptisch die Brauen. »Soll ich also glauben, ich hätte irgendeine Wahl? Man sagte mir, ich hätte keine.«

»In manchen Dingen – vielleicht.«

Sie konnte sich nicht überwinden zu fragen, ob in diesen ›manchen Dingen‹ auch das Teilen seines Bettes enthalten war. Irgendwie bezweifelte sie das, und dieses Thema nun anzuschneiden, hätte ihr eine Magenverstimmung beschert.

Es war ein ruhiges Mahl. Wenn Sie es nicht besser gewußt hätte, wäre sie auf die Idee verfallen, Jamil sei genauso nervös wie sie. Sie versuchte, ihn zu ignorieren und sich auf das Essen zu konzentrieren, das er vor sie hingestellt hatte.

Der Hauptgang bestand aus geröstetem Kitz und Perlhuhn sowie *Pideli Kebab*, einem Stück Lamm, das in flaches ovales Brot gehüllt wird. Falls dies nicht verführerisch genug war, gab es noch Truthahn, gefüllt mit Reis, Leber, Korinthen und Pinienkernen. Die Nebengerichte waren ebenfalls so zahlreich – süße Pfefferschoten, gefüllt mit würzigem Reis und Fleisch, Artischockenherzen, Schafshirn, weiße Bohnen, Spargel und zwei verschiedene Salate.

Chantelle konnte auch zwischen mehreren Getränken wählen: *Kanyak*, einer Kombination aus Brandy und Wein, dem einzigen Laster eines Moslems, Mandelmilch, gesüßtem Wasser oder Orangenblütenextrakt, dann einem süßen Cypernwein oder saurem Kirschsaft. Sie bemerkte, daß Jamil sich für die Mandelmilch entschied, was ihr zum erstenmal andeutete, daß er den strengen Regeln des Islams anhing, die das Trinken berauschender Getränke verboten. Sie selbst nahm den *Kanyak*, der ihr helfen sollte, den Rest dieser schweren Prüfung zu überstehen. Sie hätte die ganze Flasche ausgetrunken, aber Jamil gestattete ihr nur eineinhalb Gläser.

Als die Desserts gebracht wurden, bediente Jamil sie wieder und legte von jedem eines auf ihren Teller. Es gab Pasteten, in

Zuckersirup gerollt, *Baklava*, einen Blätterteig mit Walnüssen in Sirup, *Helva*, eine gemahlene Masse aus Sesam, Butter, Honig und Nüssen, und schließlich die gelierten Süßigkeiten, *Rahat Lokum* genannt, was soviel bedeutete wie ›dem Schlund Ruhe bringen‹. Das taten sie wirklich! Dann wurde der türkische Kaffee serviert, der direkt am Tisch aufgebrüht wurde – süß, heiß, mit dickem Schaum auf der Oberfläche. Chantelle begann tatsächlich, Geschmack daran zu finden.

Sie hatte bei diesem Mahl mehr gegessen als in den Wochen zuvor, und sie hätte auch noch weitere Gänge in sich hineingestopft, nur um ihre Galgenfrist zu verlängern. Doch einmal war das Dinner zu Ende. Die Diener, die mit hochbeladenen Tabletts hereingeströmt waren, trugen nun alles hinaus.

Jamils Huka wurde gebracht, doch er rührte sie nicht an. Er lehnte sich in mehrere Kissen zurück, stützte sich auf einen Ellenbogen und sah Chantelle an. Sein schwarzes Haar war von der leichten Brise zerzaust, die über die Mauern wehte, und eine Locke fiel ihm in die Stirn. Chantelle hatte nicht gedacht, daß sein Haar so dick und prächtig sein könnte, nachdem er doch ständig einen Turban tragen mußte. Sie wünschte, er trüge diesen Turban jetzt. Er sah bei weitem zu englisch aus.

Als bewegten sich seine Gedanken auf derselben Wellenlänge, sagte er: »Ich möchte wissen, ob Ihr Haar so seidig ist, wie es aussieht. Wollen Sie näher kommen, Shahar, und es mich fühlen lassen?«

Es wäre kleinlich gewesen, nein zu sagen. So eine einfache Bitte konnte sie nicht ausschlagen. Sie kam auf den Kissen um den Tisch herum und hielt auf demjenigen an, das dem seinen am nächsten war.

Seine rechte Hand griff sofort nach ihr und entfernte zuerst den juwelenbesetzten Stirnreif, der noch den längeren Schleier über ihrem losen Haar festgehalten hatte. Gleich darauf spürte sie, wie seine Finger über ihre Kopfhaut strichen, aber nur für einen Moment. Dann hob er die Hand und ließ ihr Haar langsam durch seine Finger gleiten.

Chantelle wandte den Kopf und sah, wie er eine platinblonde Strähne zwischen den Fingern rieb. Die junge Frau war einen Augenblick lang wie hypnotisiert. Es erschien ihr so intim, wie diese dunklen Finger ihr Haar streichelten, denn es war wirklich ein Streicheln, ein zärtliches Spürenwollen. Sie lehnte sich ihm entgegen, um ihm den Zugriff zu erleichtern – hatte sie doch die Möglichkeit, sich jederzeit zurückzuziehen. Jedenfalls glaubte sie das.

»Ich hatte nicht recht«, sagte er und lenkte ihre Aufmerksamkeit wieder auf seine dunkelgrünen Augen. »Es ist noch weicher als Seide. Ist Ihre Haut genauso?«

Oh, Gott, wollte er sie jetzt anrühren? Sie versuchte, sich gerade aufzurichten, doch er hielt ihr Haar noch fest und ließ es nicht los.

»Kommen Sie, Shahar, rutschen Sie auf mein Kissen«, bat er schmeichelnd. »Legen Sie den Kopf auf mein Knie.« Als sie sich nicht rührte, fügte er hinzu: »Sie müssen sich daran gewöhnen, neben mir zu liegen, aber im Moment interessiert mich nur Ihre Haut. Und davon ist genügend zu sehen, so daß ich Sie nicht bitten werde, irgendein Kleidungsstück abzulegen.«

Das hätte sie beruhigen müssen, aber es war nicht so. Sie wußte, daß sie ihm diese kleinen Gefälligkeiten wirklich nicht versagen konnte, denn ihr Körper gehörte ihm. Er brauchte um nichts zu bitten. Er brauchte sich nur zu nehmen, was er wollte. Ob sie ihm zu gegebener Zeit erlauben konnte, sein ›Ding‹, wie Vashti es genannt hatte, ohne irgendeinen Widerstand ihrerseits in ihren Körper zu tauchen, wußte sie nicht, aber sie brauchte noch nicht in Panik zu verfallen, nicht, ehe er vorschlug, in den Palast zu gehen.

Für einen Mann, der sie sofort herbeizitiert hatte, ließ er sich nun erstaunlich viel Zeit mit ihr. Das erfüllte sie mit Dankbarkeit – und auch die Tatsache, daß er heute ein anderer Mensch zu sein schien als bei ihrer ersten Begegnung.

»Shahar«, sagte er leise, nicht ungeduldig, aber mit dem Wink, daß ihr Zögern keine Begnadigung nach sich ziehen würde. Er wartete.

Sie bewegte sich und schlängelte sich auf sein Kissen. Aber sie mochte den Kopf nicht auf sein gebeugtes Knie legen, wie er vorgeschlagen hatte. Das fand sie bei weitem zu intim. Statt dessen stützte sie sich auf ihre Ellenbogen. Sie wußte zwar, daß diese Position ihre Brüste in den Vordergrund rückte, aber das konnte sie nicht ändern. Sie besaß keinen großen Busen, aber sie hielt ihn auch nicht für klein. Natürlich war er winzig im Vergleich zu dem der anderen Frauen, und deshalb hoffte sie, Jamil würde ihn gar nicht bemerken.

Er bemerkte ihn auch nicht. Er blickte auf ihre nackte Taille. Sicher war Chantelles Hoffnung unsinnig gewesen, daß er bei der Erwähnung ihrer sichtbaren Hautteile ihre bloßen Arme gemeint haben könnte. Die hatte er auch nicht gemeint. Seine Hand legte sich langsam auf ihren Bauch, und Chantelle hielt den Atem an, denn diese Hand brannte wie Feuer. Ein leiser Laut entrang sich ihren Lippen.

»Was?« flüsterte er, und sein Blick zog den ihren wie magnetisch an.

»Nichts«, erwiderte sie. Es klang piepsig, und sie stöhnte vor Verlegenheit.

»Unter meiner Hand wird dir kein Leid geschehen, Shahar«, sagte er und verwendete das vertraute ›Du‹. »Aber du mußt dich entspannen.«

»Ich … Ich kann nicht.«

»Warum nicht?«

Seine Finger hatten sich über ihrem Bauch gespreizt und bedeckten fast die ganze Fläche. Nun bewegten sie sich in einem langsamen, beruhigenden Kreis. Doch Chantelle empfand dieses Streicheln nicht als beruhigend. Ihre Muskeln zogen sich zusammen, als könnten sie vor dem fleischlichen Kontakt davonspringen. Selbst ihr Inneres schien in einem Fluchtversuch zu beben.

»Warum nicht?« wiederholte er drängender. »Habe ich dir einen Anlaß gegeben, mich zu fürchten?« Mit einem Hauch von Groll fügte er hinzu: »Heute?«

Sie dachte einen Moment nach, doch es gab nur eine Antwort, die der Wahrheit entsprach. »Nein.«

»Was ist dann nicht in Ordnung?«

Alles, dachte sie, aber sie sagte nur: »Nie zuvor hat ein Mann mich so berührt.«

»Ich weiß«, erklärte er zu ihrer Überraschung. »Wegen deiner Unschuld sind wir hier, anstatt dort drinnen.« Er machte eine Kopfbewegung in die Richtung seines Schlafzimmers.

Chantelle schöpfte sofort Hoffnung, daß der Tag der Heimsuchung noch nicht gekommen war, daß diese Zusammenkunft nur stattfand, damit sie sich an Jamil gewöhnte – sonst nichts. Er belehrte sie schnell eines Besseren.

»Mißverstehe mich nicht, Shahar. Wir werden hineingehen – wenn du bereit bist.«

Sie würde niemals bereit sein. Beinahe hätte sie ihm das gesagt, doch dann behielt sie es lieber für sich. Überhaupt – was stellte er sich unter ›bereit sein‹ vor? Sie würde nie den Anschein erwecken – was immer er damit meinte.

Er seufzte und zog ihre eine Hand unter ihrem Rücken hervor. »Du kannst dich nicht entspannen, wenn du dich nicht auf den Rücken legst.«

»Ich möchte nicht …«

»Leg dich zurück, Shahar.«

Das war ein Befehl, dem sie sofort gehorchte, denn sein Ton schloß jeden Widerstand aus. Was hätte sie auch sonst tun können, da er so nahe war, daß er sie leicht zu zwingen vermochte? Aber wenn er glaubte, sie könnte sich entspannen, war er verrückt.

Er bettete ihren Kopf auf sein Knie, ließ jedoch möglichst viel Abstand zwischen ihr und ihm. Sie war sich seiner Hüfte so dicht an ihrer Schulter voll bewußt, und etwas kam ihr in den Sinn, was Vashti ihr mit besonderer Freude erzählt hatte – wie man ihm Genuß bereiten könnte. Die Vorstellung trieb ihr glühende Röte in die Wangen. Aber er veränderte seine Lage nicht. Seine Hüften lagen flach auf dem Kissen. Nur sein Oberkörper wendete sich ihr zu.

»Ich werde dich jetzt schmecken, Shahar.«

Diese leise Warnung ließ sie pfeilgleich hochschnellen, doch er drückte sie wieder zurück. Eine Vision, wie sie von ihm gebissen wurde, huschte ihr durch den Sinn, und sie versuchte sich zu erinnern, ob sie Spuren seiner Zähne an den anderen Frauen gesehen hatte. Doch ehe sie überhaupt zu Ende denken konnte, ergriff seine Hand sie von der Seite, und sein Mund öffnete sich über ihrem Nabel. Sie zuckte zusammen, ein Schrei löste sich aus ihrer Kehle, doch sie spürte nur seine Zunge, nicht seine Zähne.

Ihre Anspannung lockerte sich so deutlich, daß Derek leise lachte. »Dachtest du, ich würde dich verschlingen kleiner Mond? Ich muß zugeben, daß es mich danach gelüsten würde, aber ich verspreche dir, daß es nicht weh tun würde. Ein anderes Mal, vielleicht.«

Sein Mund kehrte zu ihrem Nabel zurück, und es drängte sie verzweifelt, aufzuspringen und davonzurennen. Doch sie konnte nicht, denn sein rechter Arm lag auf ihrem Brustkorb und drückte sie nieder. Sie versuchte die Augen zu schließen und sich auf etwas anderes zu konzentrieren. Aber dieser Zustand war ganz unmöglich, da spürte sie seine Zunge noch intensiver. Unter seinem Mund erhob sich eine Woge der Erregung, als zittere Chantelle tief in ihrem Innern.

Sie erkannte nicht, wie er ihre Sinne erweckte. Sie wollte seinen Kopf wegstoßen – sie wollte ihn an sich drücken. Es war vernunftwidrig – Gott, was war nicht mehr in Ordnung mit ihr?

Sie hörte seinen Seufzer, tief und kühlend über ihrer nassen Haut, und sie schauderte: »Du entspannst dich immer noch nicht.«

»Es tut mir leid, aber ich kann nicht«, flehte sie beinahe. Sie hatte vor seinem Mißfallen Angst, das sie doch nicht heraufbeschwören durfte.

»Wenn ich aufhöre, dich hier zu kosten …«, und seine Zunge tauchte erneut in ihren Nabel, »…wirst du meine Lippen dann an einer üblicheren Stelle akzeptieren?«

»Ja.« Alles würde sie tun, um seinen Mund von ihrem Bauch wegzubekommen.

Zu spät überlegte sie, wo diese ›üblichere Stelle‹ war, und es blieb keine Zeit zu fragen. Ehe sie ein weiteres Mal Atem holen konnte, hatte er sie hochgehoben und auf seinen Schoß gezogen. Er bedeckte ihre Lippen mit einem versengenden Kuß, der in seiner Intensität schmerzte. Sie konnte den Druck nicht verringern, denn seine Hand war unter ihr Haar gerutscht und hielt ihren Kopf bei diesem Gewaltakt eisern fest.

Dann – scheinbar aus weiter Ferne – hörte sie ihn stöhnen und erschrak zutiefst, weil sie fürchtete, ihn geärgert oder irgendwie verletzt zu haben. Doch er hörte nicht auf, sie leidenschaftlich zu küssen. Im Gegenteil – sein zweiter Arm umschloß ihren Rücken und preßte ihren Oberkörper gegen seine Brust, bis sie kaum mehr Luft bekam.

Plötzlich ließ er sie los. »Es tut mir leid, Shahar, aber du kannst nicht wissen …«

Derek hielt inne, als er merkte, was er sagen wollte. Herrgott, was fehlte ihm eigentlich? Jamil hätte sich niemals entschuldigt, welche Gründe es auch immer gegeben hätte, und er mußte sich in jeder Hinsicht wie Jamil verhalten. Sie konnte es natürlich nicht wissen, aber er hatte seine Rolle nicht gut gespielt, seit sie den Raum betreten hatte.

Jamil hätte nie so lange gewartet, ehe er sie in sein Bett getragen hätte. Er wäre seinem Drang sofort gefolgt, und Derek hatte den Drang schon vor Chantelles Eintreffen verspürt. Aber er hatte ihm nicht nachgegeben, nicht völlig. Er konnte es nicht über sich bringen, Chantelle bei ihrem ersten Sexualerlebnis zu überrumpeln. Ihre Unschuld forderte mehr Rücksichtnahme von ihm. Und dennoch zog er nicht in Betracht, noch einen weiteren Tag zu warten. Er konnte nicht so weit von Jamils Charakter abweichen – das nahm er sich jedenfalls vor.

Er hatte sich auch selbst eingeredet, er tue das für das Mädchen. Es stimmte, daß er aus ihrer Notlage den Nutzen zog, aber das würde ihm keine schlaflosen Nächte bereiten, denn auch sie würde, auf die Dauer gesehen, profitieren. Er hatte in der ersten Nacht, nachdem er Chantelle gesehen hatte, lange und konzentriert darüber nachgedacht und war zu dem Schluß gekommen, daß, wenn *er* sie sich nicht nahm, Jamil sie nehmen würde. Dann würde sie eine von vielen sein, ein Zustand, von dem er wußte, daß ihn jede stolze Engländerin unerträglich und grauenhaft finden würde. Außerdem war Jamils Herz schon vergeben. Derek konnte sich einfach nicht vorstellen, daß so eine außerordentliche Schönheit bei irgend jemand den zweiten Platz einnehmen sollte. Sie verdiente, geliebt und verwöhnt zu werden, und deshalb würde man ihr einen eigenen Ehemann besorgen. Derek konnte darauf bestehen, daß es ein Mann ohne andere Frauen sein mußte. Soviel wollte er für sie tun.

Doch das betraf die Zukunft. Jetzt im Augenblick hatte er sie wahrscheinlich zu Tode erschreckt, und er wünschte sich nur das eine: ihr zu erklären, daß es nicht absichtlich geschehen war, daß er nur die Kontrolle über seine Leidenschaft verloren hatte. Aber Jamil würde seine Handlungen nicht erklären, besonders nicht einer Frau gegenüber. Doch Derek konnte den Schaden auf andere Art wiedergutmachen.

Er seufzte und neigte ihr die Stirn zu. Chantelles Atem hatte sich beruhigt, aber sie hing steif in seinen Armen.

»Sollen wir das wieder versuchen?«

Sie straffte sich sofort gegen ihn. »Nein, bitte …«

»Shh, kleiner Mond. Ich kann auch sanft und zart sein. Leg deine Arme um meinen Hals, dann zeige ich es dir.«

»Ich will nicht.«

»Tu es, Shahar.«

Er bedauerte den Ton, der sie zum Gehorsam zwang, aber Gott das war eine Quälerei, sich so lange selbst zu verleugnen. Noch eine Weile länger, und er würde seine guten Absichten vergessen. Er mußte zu ihr vordringen. Er mußte sie soweit bringen, ihn zu begehren, jetzt, ehe seine natürliche Begierde die Oberhand gewann.

Chantelle machte sich stark für einen neuen Angriff, als sein Mund sich ihr wieder näherte. Sie spürte seinen Atem, dann seine Zunge, wie sie hauchzart über ihre Oberlippe strich, dann über die Unterlippe, um das wunde Gefühl, das der vorangegangene Kuß verursacht hatte, zu besänftigen. Eine Hand hielt wieder ihren Kopf, doch die andere wärmte ihre Wange.

Er lehnte sich zurück, und sie erhaschte die volle Kraft seiner smaragdgrünen Augen. Aus irgendeinem Grund bewirkten sie diesmal ein seltsames Gefühl in ihr, beinahe, als preßte sich sein Mund noch auf ihren Bauch und riefe das innerliche Zittern hervor.

Dann verfolgte sein Zeigefinger den gleichen Weg, den seine Zunge vorher gegangen war. »Öffne den Mund, Shahar. Ich möchte, daß du spürst, wie es ist, wenn ein Teil von mir in dich eindringt.«

»Aber ...«

Sein Finger glitt in ihren Mund, als sie diesen zum Protestieren öffnete. Als natürliche Reaktion umschlossen ihre Lippen den Finger, und ihre Zunge versuchte, ihn herauszustoßen.

»Halt still.« Seine Lippen ruhten auf ihrem Mundwinkel. Sein Finger berührte ihre Zunge und ließ sie seinen salzigen Geschmack kennenlernen. »Ich möchte, daß du daran saugst ... Nein, Shahar, stelle meine Motive nicht in Frage. Vergiß, was du bei der Schulung gelernt hast. Es ist meine Zunge, die du in deinem Mund akzeptieren sollst, nichts sonst. Aber du mußt wissen, was du damit machst, wenn sie da ist.« Er lächelte über ihr Stöhnen. »Bisher hat dich niemand über das Küssen unterrichtet, nicht wahr? Ich vermute, man hat immer nur über eine Sache geredet. Aber das Küssen kommt zuerst, Shahar. Oder wäre es dir lieber, wir würden gleich das praktizieren, was du gelernt hast?«

Sie begann sofort an seinem Finger zu saugen. Sie hörte sein tiefes Lachen, aber es war ihr egal. Und dann, ehe sie es merkte, hatte sein Mund ihre Lippen bedeckt, und sie saugte an seiner Zunge.

»Zärtlich«, sagte er nach einem Moment. »Ja, nun versuch, sie zu fangen.« Er fing an, seine Zunge vor und zurück und rundum zu bewegen, so daß Chantelle sie nicht zu fassen bekam. »Nun gib mir deine.«

Die Laute, die tief aus ihrer Kehle aufstiegen, hörte nur er. Chantelle gehorchte ihm unbewußt, gefangen in etwas, das sie nicht beherrschen konnte. Wie lange es dauerte, wußte sie nicht, doch schließlich spürte sie etwas anderes als den rasenden Strudel in ihrem Inneren. Sie spürte eine Männerhand, wo sie nicht sein sollte.

»Wie hast du es geschafft, dieses zarte Büschel zu behalten, kleiner Mond?«

Sie stöhnte vor Verlegenheit und versuchte ihr erhitztes Gesicht an seiner Schulter zu vergraben. Und sie spürte, wie seine Finger sich in die kleinen Locken vorwagten und jenen intimsten Teil ihres Körpers berührten. Das war zuviel. Sie wurde kalt und erinnerte sich mit einemmal an alles, was ihr diesen Mann hassenswert machte. Wie hatte sie es zulassen können, daß er so mit ihr umsprang? Von Anfang an hätte sie widerstehen und sich den Teufel um die Folgen scheren müssen.

»Nicht!« rief sie und stieß seinen Arm weg.

Er ließ es geschehen, doch als sie sich von seinem Schoß aufrichten wollte, hielt er sie fest. »Was ist, Shahar?«

»Ich kann das nicht tun«, schrie sie und versuchte verzweifelt, sich aus seiner Umarmung zu winden. »Ich hatte gehofft, ich könnte es, aber ich kann es einfach nicht, nicht mit Ihnen. Bitte lassen Sie mich gehen.«

Wenn sie nicht gesagt hätte ›nicht mit Ihnen‹, hätte Derek vielleicht versucht, sie zu beruhigen. Aber er dachte an dasselbe wie sie – an die Szene mit seinem Bruder und die Züchtigung der Schwarzen. Es würde große Mühe kosten, Chantelle ihren ersten Eindruck vergessen zu lassen. Das bedeutete aber, daß er ihr erlaubte, jetzt von ihm wegzugehen, wo er sie doch so wild begehrte, daß er kaum zu denken vermochte.

Verständlicherweise klang seine Stimme ziemlich schroff, als er Chantelle unsanft von sich stieß. »Geh, geh schnell, ehe ich es mir anders überlege.«

Auf dem Korridor vor Jamils Räumen wartete ein Eunuche auf Chantelle. Er saß in türkischer Manier auf dem Boden und sprang auf, als sie durch die Tür gestürzt kam. Er hielt sie mit einem Arm auf. Es war Kadar.

Er machte keine Bemerkung über ihre Eile. »Ich bringe Sie zu meinem Herrn.«

Sie nickte. Wenigstens fragte er nicht, was geschehen war. Haji jedoch würde sie wahrscheinlich ausquetschen, deshalb verlangsamte sie ihren Schritt, ehe sie den Harem erreichte.

Kadar führte sie zu Safiyes Appartement, wo sich Haji gerade den neuesten Klatsch anhörte. Er hatte Chantelle nicht so bald erwartet.

»Dann war er also sehr ungeduldig, oder?«

Chantelle stand in der Tür und duckte sich, als sie Safiye über diese Anmerkung lachen hörte. Sie griff nach den Perlenschnüren, die um ihren Hals hingen, und benützte sie, um einer Antwort auszuweichen. »Würden Sie diese bitte *Lalla* Rahine mit meinem Dank zurückgeben?«

Haji nahm die Perlen entgegen, doch er betrachtete Chantelle nachdenklich. »Ging alles gut, Shahar?«

Sie neigte den Kopf, um seinem forschenden Blick zu entgehen. »Ich möchte lieber nicht darüber sprechen.«

Er akzeptierte das und glaubte, sie sei über den Verlust ihrer Jungfräulichkeit bedrückt. »In Ordnung, Sie können in Ihr Zimmer gehen und sich ausruhen. Vielleicht reden wir später.«

Himmel, das hoffte sie nicht, aber sie entfernte sich rasch, ehe er möglicherweise doch noch beschloß, sie jetzt auszufragen. Als sie in ihrem Zimmer ankam, zitterte sie. Sie entließ Adamma mit einem scharfen Wort und rollte sich auf ihrer schmalen Pritsche zusammen. Das Zittern verstärkte sich. Oh, Gott, was hatte sie getan? Würde die nächste Person, die an ihrer Tür erschien, der Scharfrichter sein? War ihre dumme Jungfräulichkeit ihr Leben wert? Gott, nein! Sie hatte schon festgestellt, daß sie diesen Verlust überleben konnte. An Bord des Schiffes hatte sie geglaubt, geschändet worden zu sein. Sie hatte sich elend und beschämt gefühlt, aber das Ende der Welt hatte es nicht bedeutet.

Allerdings war das Ende der Welt vielleicht jetzt bald in Sicht. Er war so gekränkt gewesen! *Wenn sie Jamil durch ihren Widerstand verärgert ... andere Frauen mußten wegen weniger sterben.* Jamils Frauen, oder hatte Rahine ganz allgemein gesprochen? Als ob das nun wichtig wäre! Sie hatte das eine getan, vor dem man sie so nachhaltig gewarnt hatte: Sie hatte dem Herrn und Meister das Benützen ihres Körpers verweigert.

Wie dumm, bodenlos dumm von ihr! Wenn sie nur zurückgehen und es hinter sich bringen könnte! Sie verabscheute ihn. Er war ein rücksichtsloser, kaltherziger Barbar. Was zählte das, im Vergleich zu ihrem Leben? Aber sie konnte nicht zurückkehren. Sie durfte den Harem nur verlassen, wenn er sie rief, und das würde wohl nicht mehr geschehen. Schließlich – was sollte er mit Frauen anfangen, die ihn widerlich fanden, wenn es so viele gab, die ihn anbeteten?

In diesem Augenblick lag sicher eine andere Frau in seinem Bett. Chantelle hatte die steife Wölbung, auf der sie gesessen hatte, deutlich als das erkannt, was sie war. Jamil würde nicht lange warten, sich zu erleichtern, denn seine überhandnehmende Begierde war der Grund für seine Wut über ihr Sträuben.

Selbst wenn er ihren Tod nicht befahl, sondern sie nur bestrafte, war es zweifelhaft, ob sie ihn je wiedersehen würde, nachdem sie ihm so deutlich ihre Ablehnung gezeigt hatte. Sie würde an diesem gräßlichen Orte zugrunde gehen, vergessen, verloren und unglücklich.

Eine halbe Stunde später, als Rahine in ihr Zimmer stürzte, waren die Tränen des Selbstmitleids getrocknet. Chantelle hatte sich tatsächlich in den Schlaf geweint und war demnach verwirrt, als sie so stürmisch und laut geweckt wurde.

»Sie dummes Kind! In all den Jahren hier habe ich nie jemand mit so einem totalen Mangel an Selbsterhaltungstrieb erlebt wie Sie!« Als Chantelle bei diesen Worten erblaßte, fuhr

Rahine knapp fort: »Nein, Sie werden noch nicht sterben, ob-wohl ich mich frage, ob das nicht die Antwort wäre. Man könn-te Jamil erzählen, Sie seien einer Krankheit erlegen, dann wäre er nicht mehr wütend auf Sie. Als ob es nicht schon genug gä-be, seinen Zorn zu erregen!«

»Ich ... Ich konnte es nicht ändern.«

»Reden Sie keinen Unsinn, Shahar. Sie mögen dumm sein, aber ich bin es nicht. Sie wurden gewarnt und doch verweiger-ten Sie meinem Sohn, was ihm rechtmäßig zusteht. Er befindet sich in solch einer rasenden Stimmung, daß er seine Ratgeber ignorierte und den Palast verließ, um zu reiten. Reiten! Er bringt sein Leben in Gefahr! Und alles, weil Sie denken, Sie sei-en zu gut für den Herrscher von Barka.«

»Das ist nicht der Grund«, erklärte Chantelle.

»Nicht? Dann denken Sie vielleicht, Sie seien besser als alle anderen Frauen hier? Jede kam als Jungfrau zu meinem Sohn. Ist Ihre Jungfräulichkeit wertvoller als die der übrigen Harems-insassinnen?«

»Nein, natürlich nicht.«

»Was glauben Sie dann, wofür Sie sich aufsparen?« fragte Ra-hine, deren Wut sich wieder steigerte, gemischt mit der Angst um Jamils Sicherheit. »Haben Sie so schnell vergessen, daß Sie für immer hierbleiben werden? Der einzige Mann, der Ihnen die Unschuld nehmen kann, ist Jamil, und wenn Sie meinen, er wol-le sie nach dem heutigen Tag noch, dann irren Sie sich.«

»Das ist mir klar«, flüsterte Chantelle.

»Tatsächlich? Dann werden Sie mir darin zustimmen, daß Sie diesem Hof nicht länger als Zierde dienen, geschweige denn dem Hof der Favoritinnen, dem Sie leicht hätten angehören können. Wir wollen einmal sehen, ob die Küche Ihnen mehr zusagt.«

»Soll das meine Strafe sein?«

»Es ist Ihr ›Lebenslänglich‹, wenn Jamil weise genug ist, Sie zu vergessen. Das setzt natürlich voraus, daß er heute nacht un-versehrt in den Palast zurückkehrt. Wenn nicht, haben Sie Ihr Leben verwirkt, denn Sie sind die Ursache für seinen Leicht-sinn.«

Derek ritt wie der Teufel über die Ebene. Er ließ dem Vollblüter die Zügel schießen, so daß er in vollem Galopp dahinraste. Derek hatte sich für die Exkursion nicht umgezogen, er war nur in seine eigenen Stiefel geschlüpft. Er hatte es zu eilig gehabt, aus dem Palast zu kommen – nur fort, irgendwohin. Seine Verkörperung von Jamil erfuhr eine kurze Unterbrechung. Es war Derek, der Weite benötigte, den Wind in den Haaren, die Bewegung eines kraftvollen Tieres unter sich – den Abstand, der ihm garantierte daß er nichts tat, was er später bereuen würde. Er war nämlich ganz nahe daran gewesen, Shahar zurückbringen zu lassen und ihr seinen Willen aufzuzwingen.

Momentan verfluchte er ihren eigenen starken Willen, der sie befähigt hatte, der magischen Sinnlichkeit zu widerstehen, die er in ihr erweckt hatte. Er verfluchte auch Jamil wegen des üblen Eindrucks, den er bei Chantelle hinterlassen hatte. Sie war von seinen Küssen hingerissen gewesen, sie war in seinen Armen dahingeschmolzen, hatte sich selbst aufgegeben und genommen, was er bot. Er täuschte sich nicht über ihre vollkommene rückhaltlose Reaktion, die ihre wahre Natur enthüllt hatte. Er war überzeugt, daß es sich um eine extrem leidenschaftliche Natur handelte, wenn sie ihren Abscheu und ihr Mißtrauen ihm gegenüber überwinden konnte.

Die kleinste Verwirrung hatte ihren Widerstand ausgelöst und ihren Entschluß, jedes Vergnügen von sich zu weisen, das er ihr bereiten konnte. Starrköpfige englische Verdrehtheit in all ihrer ärgerlichen Pracht! Wenn Chantelle irgendeiner anderen Nationalität angehören würde, hätte sie dann mit gleicher Zähigkeit auf ihrem Standpunkt beharrt! Nein. Nur die Briten verbissen sich auch noch in verlorene Fälle.

Derek zügelte den Hengst als sich die Wüste endlich vor ihnen ausdehnte, und brachte ihn zum Stand. Er bemerkte kaum die Schönheit der vom Mond in bläuliches Licht getauchten unendlichen Leere. Er saß reglos da, und seine Gedanken fachten seine Gereiztheit noch an, anstatt sie zu dämpfen.

Wenn er ehrlich in sich ging, zürnte er Chantelle nicht so sehr wie sich selbst. Diese lustvolle Ungeduld auf seiner Seite war eine neue Erfahrung, die ihm gar nicht gefiel. Man konnte

Shahar keinen Vorwurf daraus machen, wie sie auf ihn reagierte, oder wegen ihres Zögerns, ihre Unschuld zu opfern. Wenn er ihr sagen könnte, daß es in ihrem eigenen Interesse lag, ihre Beziehung zu intensivieren, und welche positiven Folgen das für die Zukunft hätte, würde sie sich vielleicht dankbar fügen.

Aber er konnte ihr das nicht sagen. Und als er daran dachte, wie lange es dauern würde, ihren Widerstand zu brechen, stöhnte er vor Frustration. Nur die Wahrheit über ihn und Jamil hätte ihm ihr Herz schneller geöffnet, aber diese Wahrheit mußte ein Geheimnis bleiben. Wie wollte er das nur aushalten? Natürlich konnte er andere Frauen in sein Bett holen, aber er sehnte sich nach Shahar, und wenn sie diese Sehnsucht nicht stillte, würde es auch ein anderes Mädchen nicht können, nicht völlig. Zur Hölle mit Halbheiten. Er würde warten.

In der Zwischenzeit wollte er seine Rolle als Jamil testen und seine drei Schwägerinnen kennenlernen sowie seine Neffen und Nichten. Er würde sie, so wie es erwartet wurde, zu sich rufen lassen. Shahar würde in jedem Fall ein paar Tage für sich benötigen, um über sein Mißfallen nachzudenken. Wenn Angst sie gefügiger machen konnte, würde er nichts gegen diese Angst unternehmen, sie aber auch nicht zu mehren versuchen. Hinterher würde er Shahar dann beweisen, daß sie niemals Furcht vor ihm hätte haben brauchen.

Mit diesen Vorsätzen im Kopf wendete er und nahm den Weg zurück zur Stadt. Er war erst wenige Meter geritten, als er die vagen Umrisse zweier seiner Wächter bemerkte. Er lachte, und seine Stimmung hob sich. Ihre Wüstenpferde hatten keine Chance gehabt, mit einem englischen Vollblut Schritt zu halten, das von einem berühmten Dressurreiter angetrieben wurde. Der Hengst hatte es im Blut, alle Verfolger im Staub hinter sich zu lassen.

Derek hätte sich wegen seiner sorglosen Aktionen zerknirscht fühlen müssen, aber das tat er nicht. Er hatte diese Zeit für sich gebraucht nur in der Gesellschaft der Sterne, des Windes und der Stille. Die Gefahr, die in seinem Alleingang lag, hatte ihn am wenigsten bekümmert. Tatsächlich hätte er einen Angreifer sogar willkommen geheißen, denn er war in der

Stimmung gewesen, jemanden zu verletzen. Nun, da seine Lenden sich abgekühlt hatten, war diese Stimmung vorbei. Er mußte erkennen, daß seine Sexualität ihn beherrscht hatte. Auch diese Erkenntnis war eine neue Erfahrung, die er peinlich fand.

Derek zog die Zügel straff, als die Reiter sich näherten. Sie trugen flatternde graue Gewänder und nicht die Uniformen der Palastwächter. Er furchte die Stirn und überlegte, ob sich sein Wunsch nun doch noch erfüllen würde, einigen von Jamils Feinden zu begegnen. Nicht, daß es ihn erschreckt hätte. Es wäre nur angebracht gewesen, wenn er bei seinem verrückten Ausflug an eine Waffe gedacht hätte. Leider hatte er den Palast völlig kopflos hinter sich gelassen, nur angetrieben von seinen frustrierten Gefühlen. Eine ziemlich dumme Handlung für einen Mann, der als einer von Marshalls Spionen öfters den Kanal überquert hatte. Der gute alte Marsh wäre über diese Sorglosigkeit entsetzt!

Die Reiter wurden erst im letzten Moment langsamer, woran Derek erkannte, daß ihm tatsächlich ein Kampf bevorstand. Am besten wäre er davongaloppiert. Die Kerle hätten den weißen Hengst niemals eingeholt. Aber Derek floh nicht.

Er traf seine Entscheidung in dem Bruchteil einer Sekunde, ehe ein Krummsäbel vor ihm die Luft durchschnitt, um seinen Schädel zu spalten. Er duckte sich und stellte fest, daß die Angreifer nicht schlau genug waren, von zwei Seiten auf ihn loszugehen. Als der erste Mann nach dem erfolglosen Hieb an ihm vorbeiglitt, kam der zweite von derselben Seite und versuchte, auf Derek zu springen und ihn vom Pferd zu schleudern. Ihn traf Dereks Fuß mitten in die Brust, so daß er in seinen Sattel zurückfiel. Bei dem Versuch, sein Gleichgewicht wiederzuerlangen, fiel ihm die Waffe aus der Hand.

Derek wandte sich nun blitzschnell dem ersten Kerl zu, der erneut zum Angriff ansetzte. Es gelang ihm, seinen Hengst zum Aufbäumen zu bringen und die Vorderbeine im kritischen Moment auf den Gegner herabsausen zu lassen. Ein Schrei verriet, daß die Hufe des Hengstes den Angreifer getroffen hatten. Das Pferd des Mannes war aber auch verletzt, denn seine Vorderbeine knickten ein, und der Angreifer flog über den Kopf des Tieres auf den Boden. Dort blieb er liegen, preßte die Hand gegen die rechte Schulter und brüllte vor Schmerz.

Als Derek sich dem anderen Schurken wieder zuwenden wollte, stellte er grinsend fest, daß der Feigling längst das Weite gesucht hatte. Sein Umriß war in der Ferne noch wie ein Schatten zu sehen. Derek stieg ab und hob den Säbel auf, ehe er sich über den gestürzten Mann stellte. Der Bursche begann sofort um Gnade zu heulen, doch Derek hatte nicht die Absicht, ihn zu töten. Er wollte ihn zum Palast mitnehmen und Omar übergeben. Es bestand eine geringe Chance, daß er etwas mehr wußte als die übrigen gedungenen Mörder, die gefangen worden waren.

Derek schlug mit dem Griff des Säbels auf den von einem Turban bedeckten Kopf des Mannes. Sofort trat Schweigen ein. Nun untersuchte Derek das Pferd des Burschen, das aufgestanden war und fügsam dastand. Es war wohl verletzt, aber vermutlich doch noch fähig, einen schlaffen Körper in die Stadt zurückzutragen. Wenn nicht, würde Derek den erfolglosen Burschen hinter seinem Hengst herziehen. Für jemanden, der sich gerade bemüht hatte, ihn umzubringen, konnte Derek nicht viel Mitgefühl empfinden.

25

Die anderen Sklaven wußten nicht, was sie von Chantelles Anwesenheit in der Küche halten sollten. Einige waren gehässig, einige verständnisvoll und einige wagten überhaupt nicht die junge Frau anzureden. Offenbar war nie zuvor eine Konkubine aus dem königlichen Harem zu Küchenarbeit verurteilt worden. Und den wenigen abträglichen Bemerkungen, die ihr zu Ohren kamen, entnahm sie, daß ihre Ablehnung dem Herrscher gegenüber absolut einmalig war. Nachdem jede Frau sich in dem Bestreben überschlug, dem Pascha zu Gefallen zu sein, brauchte man sich nicht zu wundern, daß eine Bestrafung in Form von Küchendienst nie vorkam.

Chantelle wurde als Monstrum angesehen, ihr Verbrechen als schändlich. Gott, wie absurd! Sie selbst konnte in ihren Handlungen nichts Schlimmes erkennen. Natürlich hatte sie vor zwei Tagen noch anders gedacht, als man sie in das tiefliegende Küchengeschoß geschleppt und der Chefköchin unterstellt hatte. Sie war völlig verängstigt gewesen. Die große, breite Frau hatte sich nach einem kurzen Blick angewidert abgewendet in der Annahme, sie könne aus so einem blassen, dürren Gespenst nie eine Arbeitsleistung herausholen.

Nach Rahines Abschiedsworten hatte Chantelles Furcht einen sehr realistischen Hintergrund gehabt. Sie wußte nicht warum der Herrscher sich in Lebensgefahr befand, wenn er den Palast verließ, doch daß es so war, entsetzte sie. Sie hielt sich für schuldig an seinem Ausritt und glaubte fest daran, daß sie ihr Leben verwirkt hatte, wenn er nicht zurückkam. In dieser Nacht hatte sie nicht geschlafen, denn niemand hatte es der Mühe für wert befunden, ihr mitzuteilen, daß Jamil gesund in den Palast zurückgekehrt war. Sie hatte es erst in der Küche erfahren, als eine von Nouras Dienerinnen – Noura war Jamils zweite Ehefrau – herumstolziert war und prahlend verkündet hatte, er habe ihre Herrin in der Nacht zu sich gerufen. Chantelle wunderte sich, daß sie bei dieser Nachricht einen so schneidenden Stich empfand. Sie sagte sich, die schlaflose Nacht sei schuld daran. Von ihr aus sollte Jamil doch Orgien feiern, Hauptsache, sie war nicht inbegriffen. Es sah nicht so aus, als ob er sie je wieder zu sich holen würde. Er schickte sie zur Arbeit als Küchensklavin und machte munter weiter mit seinen gewohnten Unzuchtsgeschichten. Rahine hatte wahrscheinlich recht – sie würde in diesen düsteren, unfreundlichen Gewölben vergessen werden.

Schön und gut. Darauf hatte sie doch von Anfang an gehofft: jeden Weg zu gehen, nur nicht den einer Konkubine. Es wäre nur besser gewesen, wenn sie nicht als Haremsfrau begonnen hätte, denn diese Tatsache brachte ihr den Haß mancher Sklavinnen ein, deren Existenz sie jetzt teilte. Nicht aller, natürlich. Gestern hatte sie Adammas Mutter kennengelernt und fand sie so liebenswert wie ihre Tochter.

Fayolo war eine schöne Nigerianerin, die viel zu jung erschien, um eine Tochter in Adammas Alter zu haben. Doch sie hatte Chantelle ohne Scheu erzählt, daß sie schon als reife Dreizehnjährige die Aufmerksamkeit der Palastwächter erregt hatte. Daß die Küchensklavinnen Zugang zu anderen Teilen des Palastes hatten, war neu für Chantelle und erfüllte sie mit Hoffnung, bis die Chefköchin sie anfauchte, das gelte nicht für sie – aufgrund von Rahines Befehl. Natürlich fügte das dem Groll, der bereits in Chantelle brodelte, eine weitere Dosis hinzu.

Ein großes Zimmer neben der Küche mit einem Strohsack auf dem kalten Boden diente Chantelle als Schlafraum und Gefängnis. Sie zweifelte nicht daran, daß Jamil sie hierhergeschickt hatte. Offenbar hatte er das veranlaßt, ehe er aus dem Palast gestürmt war. Wenn er Rahine die Strafe überlassen hätte, wäre sie, Chantelle, bestimmt brutal geschlagen worden, so wütend war die Dame gewesen. Nein, Jamil hatte sie in dieses Loch gesteckt und wahrscheinlich gedacht, das würde sie mehr als alles andere beschämen, sie würde dem verwöhnten Leben im Harem nachtrauern und wünschen, sie sei netter zu ihrem Gebieter gewesen. Hah! Er hatte ihr das verschafft, was sie selbst nicht hatte erreichen können: seiner Nähe zu entkommen. Wenn nun genügend Zeit verstrich, würde er sie vergessen. Und was sie schon früher erkannt hatte: Warum sollte er sich noch einmal mit ihr herumplagen, wenn so viele Frauen beteten, von ihm bemerkt zu werden.

Sie mußte die Vorteile zusammenzählen. Mochte der Arbeitsplatz auch nicht angenehm sein, so war ihr durch den Aufenthalt bei Tante Ellen eine Küche doch vertraut, denn sie hatten dort ihre Mahlzeiten gekocht. Die polternde Köchin, die so schnell schimpfte und Ohrfeigen austeilte, mochte keine einfache Lehrherrin sein, aber mit ihr würde Chantelle im Lauf der Zeit schon auskommen. Hauptsache, in diesen Gefilden brauchte Chantelle nicht zu befürchten, vom gnädigen Meister in sein Bett gerufen zu werden. Das wog alles andere auf – die Feindseligkeiten, den Spott, die ständige Arbeit, sogar eine Ohrfeige von der Chefköchin, wenn sie etwas falsch machte. Außerdem konnte sie viel leichter aus der Küche fliehen als aus dem Harem, wo jede Tür bewacht wurde. Aber das galt für später, wenn man sich an sie gewöhnt hatte und sie nicht mehr ständig neugierig beobachtet wurde.

Heute wollte Noura ein Festessen für den Herrscher bereiten lassen, an dem nur die Ehefrauen und Favoritinnen teilnehmen sollten. Chantelle wurde schon vor dem Morgengrauen geweckt, um Fayolo beim Rösten eines Jungschafes zu helfen. Als erstes kam ihr das Frühstück hoch, als sie beobachtete, wie Fayolo ein Messer in die Schlagader des Tieres stieß und das Blut hochspritzte. Auch beim Häuten wurde ihr übel. Die anwesenden Frauen lachten herzlich über Chantelles Empfindlichkeit.

Während das Lamm briet, wurde die junge Frau mit allen möglichen niederen Arbeiten überhäuft. Die Chefköchin achtete darauf, daß Fayolo ihr nichts davon abnahm. Zuerst dachte Chantelle, die Küchenmeisterin sei so bösartig, aber dann hörte sie von den anderen, daß Noura angeordnet hatte, Chantelle müsse bei jeder Vorbereitung mit Hand anlegen.

Eine Sekunde lang wünschte sie, Gift zur Verfügung zu haben. Doch als das prachtvolle Essen dann seinen Anfang nahm, sehnte sie sich nur mehr nach ihrem Strohlager. Sie war total erschöpft, ihr Haar und ihre Kleidung feucht von Schweiß, und sie konnte die Augen kaum mehr offenhalten. Dabei durften die Küchensklavinnen nicht ruhen, bis die letzte Konkubine ihr Essen bekommen hatte.

Anscheinend überkam die Küchenchefin eine Anwandlung von Mitleid, denn sie schickte Chantelle ins Bett, anstatt sie am Vorbereitungstisch weiterarbeiten zu lassen. Vielleicht erkannte sie aber auch, daß die Engländerin am Ende ihrer Kraft angelangt war. Der Grund zählte nicht. In dem Moment, als Chantelles Kopf auf das Strohlager sank, schlief sie ein. Ihr letzter Gedanke galt Jamils zweiter Frau, die sie gern gebraten gesehen hätte anstatt des armen Lammes, an dem zu ersticken sie allen wünschte, besonders Jamil.

»Ich weiß nicht, ob ich Sie mit diesem langen Gesicht hereinbit-
ten soll, Haji«, sagte Rahine, als ihr alter Freund an ihrer Tür erschien. »Hat sich Jamil über Nouras Überraschungsfest nicht
gefreut?«

»Er wirkte angetan.«

»Aber nicht genügend, um seine schlechte Stimmung zu verbessern?«

»Im Gegenteil, er machte einen äußerst zufriedenen Eindruck«, erwiderte Haji und ließ sich auf dem Kissen neben Rahine gemütlich nieder.

Sie seufzte erbittert, als er keinen weiteren Ton von sich gab.
»Also, heraus damit! Was klappte nicht wie vorgesehen?«

»Er wunderte sich, warum Shahar nicht im Kreis seiner Favoritinnen anwesend war, um das Fest mit ihm zu feiern.«

»Was?« Rahine atmete schwer. »Das muß ein Scherz gewesen sein! Eine Konkubine kann den Status einer Favoritin erst
erreichen, wenn sie sich im Bett des Herrschers bewährt hat.«

»Er weiß das, Rahine. Aber diese Situation ist einmalig, das
müssen Sie zugeben. Noch nie wurde eine Sklavin von ihm gerufen und als Jungfrau in den Harem zurückgeschickt. In seinen Augen änderte diese erste Aufforderung Shahars Status,
ganz gleich, wie der Abend verlief.«

»Also weitere Abweichungen von den Gebräuchen?«

»Anscheinend.«

»Aber merkt er nicht, wieviel Verwirrung und Groll das bei
den anderen Frauen verursacht? Sie haben doch darauf hingewiesen, oder?«

»Natürlich.«

»Und?«

»Er sagte, er würde die Sache heute abend in Ordnung bringen.«

Rahine ächzte. »Nein! Wie kann er mir das antun? Dachte er,

ich würde nichts unternehmen, nachdem das Mädchen ihm trotzte und ihn so wütend machte, daß er sein Leben riskierte? Nur durch Allahs Gnade und Jamils eigene Fähigkeit kehrte er in dieser Nacht unverletzt heim. Glaubte er, Shahar könnte im Luxus dahinschmachten, bis er sie wieder ruft? Er müßte mich doch besser kennen.«

»Vielleicht hat er bei allem, was ihm zur Zeit durch den Kopf geht einfach nicht an die Möglichkeit gedacht, Sie könnten Shahar bestrafen«, meinte Haji.

»Die Möglichkeit!« Rahine kreischte das Wort. »Das Mädchen verdiente Strafe. Ich wundere mich nur, daß Jamil sich nicht selbst darum kümmerte.«

»Vielleicht hätte uns schon das allein Zurückhaltung auferlegen sollen. Die Tatsache, daß er sonst bei jeder Kleinigkeit so empfindlich reagiert, hätte uns zumindest eine Überlegung wert sein müssen ...«

»Sie hatten meine Entscheidung gutgeheißen«, stellte Rahine vernichtend fest.

»Ich weiß, ich weiß, und was geschehen ist, kann nicht rückgängig gemacht werden. Wenigstens war sie nur zwei Tage in der Küche. In dieser kurzen Zeit kann nicht allzuviel Schlimmes passiert sein.«

»Aber er weiß nichts davon, oder hatten Sie den Mut, ihm zu sagen, wo ich sie hingetan habe?«

Haji schüttelte den Kopf. »Möglicherweise erwähnt sie es nicht«, meinte er hoffnungsvoll.

»Rechnen Sie nicht damit, Haji. Ich werde es ihm selbst sagen müssen.«

»Seien Sie nicht dumm, Rahine. Wenn sie es erwähnt, ist es noch früh genug, die Hauptlast seines Zornes zu tragen. Und Sie haben nur in seinem Interesse gehandelt. Vielleicht haben diese wenigen Tage die Einstellung des Mädchens geändert. Dann müßte er dankbar sein, nicht wütend.«

»Ja, vielleicht.« Rahine seufzte. »Aber bei Allahs Gnade, seitdem Jamil diese Engländerin zum erstenmal gesehen hat, ist er nicht mehr er selbst. Er ist völlig unberechenbar geworden.«

»Was in der jetzigen Situation gar nicht so schlecht ist«, bemerkte Haji. »Wenn wir nicht voraussehen können, was er tun wird, können seine Feinde es erst recht nicht. Bei seinem plötzlichen Ausritt hat er sie bestimmt überrascht.«

»Aber Omar konnte nichts Neues von dem Verbrecher erfahren, den Jamil mitgebracht hat. Mir schaudert noch, wenn ich daran denke, wie nah er dem Tod war. Er hatte keine Waffe dabei, Haji! Wann hat Jamil je zuvor den Palast verlassen, ohne eine Waffe mitzunehmen?«

»Was erneut beweist, welche Macht diese Blondine über ihn besitzt, daß sie ihn so aufregen konnte. Ich denke, es wäre klug, wenn wir sie in Zukunft mit äußerster Sorgfalt behandeln würden.«

»Ich werde sehen, daß alle ihre Wünsche erfüllt werden, wenn sie es verdient«, sagte Rahine mit finsterer Miene. »Es kommt nicht in Frage, daß ich seine Frauen plötzlich anders behandle, nur, weil er es tut.«

Haji schüttelte den Kopf über solchen Starrsinn, aber ohne diese Störrigkeit wäre Rahine nicht Rahine gewesen. »Werden Sie sich wenigstens um Ihre berühmte Selbstbeherrschung bemühen, was Shahar betrifft? Sie scheint die Macht zu besitzen, Ihnen und Ihrem Sohn die Überlegenheit zu rauben.«

Rahine gab einen sehr undamenhaften Laut von sich, der dem Eunuchen ein Grinsen entlockte. Dann meinte sie: »Ich vermute, daß Sie schon jemanden beauftragt haben, das Mädchen in die Bäder zu bringen?«

»Selbstverständlich. Das Fest dauert ja nur ein paar Stunden.«

»Schon wieder sollen wir Wunder vollbringen. Meinetwegen! Welche Farbe haben Sie für Shahar ausgesucht?«

»Blau, um ihre Nerven zu beruhigen – und sein hitziges Temperament, falls es wieder mit ihm durchgehen sollte, was Allah verhüten möge.«

Rahines Lippen zuckten: »Sehr angemessen! Man kann sich eben auf Sie verlassen, daß Sie immer an alles Nötige denken. Ich werde meine Saphire bereitstellen, um Ihre Wahl zu vervollständigen. Hoffentlich hat Shahar das nächstemal, wenn er sie ruft, ihre eigenen Juwelen.«

»Ihre Einstellung verbessert sich zusehends, Rahine.«

»Beten wir, daß sich die der Engländerin ebenfalls verbessert.«

Ihre Gebete wurden nicht erhört. Eine der Badefrauen begegnete ihnen, ehe sie den *Hammam* erreichten.

Atemlos vom Laufen, rief sie verängstigt: »Sie müssen sich beeilen, *Lalla*! Kadar hat Schwierigkeiten, die Engländerin zurückzuhalten, ohne ihr weh zu tun.«

»Zurückzuhalten – wieso?«

»Sie wehrt sich gegen ihn, Lalla.«

Rahines Gesichtsausdruck ließ nichts Gutes ahnen. »War jemand dumm genug, ihr zu sagen, daß der Herrscher sie gerufen hat?«

Die entsetzten Augen des Mädchens waren Antwort genug.

»Sie können den Mädchen keinen Vorwurf machen, Rahine«, sagte Haji vernunftgemäß, obwohl auch er jetzt die Brauen zusammenzog. »Jeder hält es für eine Ehre …«

»Jeder im Harem weiß, warum Shahar in die Küche verbannt wurde! Hier können keine Geheimnisse bewahrt werden!« Rahine stöhnte. »Oh, es ist egal. So steht es also um unsere Hoffnung, die Person könnte sich gebessert haben!« Entschlossen fuhr sie fort: »Haji, Sie müssen ein Mittel besorgen, um sie ruhigzustellen – und zwar schnell. Bei allen Vorbereitungen, die wir noch mit ihr treffen müssen, ist keine Zeit für großes Theater. Wir sehen uns im Bad.«

Rahine rannte den restlichen Weg zum *Hammam*, der glücklicherweise um diese Zeit des Abends leer war, von einigen Badefrauen abgesehen.

Das, was sie dort sah, hätte man im ersten Moment für eine Umarmung halten können, denn Hajis Sklave Kadar umfaßte Shahar von hinten und neigte den Kopf zu ihrem Ohr. Beim zweiten Blick war die Illusion zerstört: Kadars Wange wies zwei blutige Striemen auf, seine Arme waren mit kleinen Kratzern übersät, und seine Hände hielten die Fäuste der jungen Frau, die sie über der Brust gekreuzt hatte. Shahars Gesicht war feuerrot von ihrem wilden, aber vergeblichen Befreiungskampf. Sie schien die beruhigenden und flehenden Worte, die der Eunuche ihr ins Ohr flüsterte, überhaupt nicht zu hören.

»Also sind wir wieder soweit, Gewalt anzuwenden, oder?«

Chantelle sah Rahines mißbilligende Miene und fauchte: »Fahren Sie zur Hölle, Madame!«

Rahine hielt ihre Zunge im Zaum. »Ich hoffe, wir müssen dieselben Argumente nicht wiederkäuen, denn die Folgen Ihres eventuellen Widerstandes gegen Ihren Meister gelten immer noch, wie Sie wissen.«

»Mein sogenannter Meister ist nicht da, und wenn er da wäre, können Sie verdammt sicher sein …«

Der Rest dieser ungestümen Feststellung wurde abgewürgt, denn Kadar verstärkte den Druck seiner Arme um Chantelles Körpermitte.

Rahine kam näher und hob das Kinn der jungen Frau. Sie entdeckte grenzenlose Wut in den verengten veilchenblauen Augen. Wenn Blicke töten könnten …

»Dann sind Sie offensichtlich unfähig, aus Ihren Fehlern zu lernen. Sie sind nicht bereit, in die angenehmeren Gefilde zurückgebracht zu werden?«

»Niemals!« Chantelle fügte anklagend hinzu: »Sie sagten, er würde mich vergessen!«

»Das war Wunschdenken meinerseits, fürchte ich«, entgegnete Rahine trocken.

»Was geschieht diesmal, wenn ich mich ihm verweigere?«

»Ich weiß es ehrlich nicht, meine Liebe. Sie haben seine Geduld schon auf eine harte Probe gestellt. Er ist es nicht gewöhnt, auf etwas zu warten, was er sich wünscht.«

»Wie schrecklich!« Chantelle lächelte so höhnisch, daß Rahine tatsächlich lachte. Das vermehrte den Zorn der jungen Frau. »Diesmal gehe ich nicht zu ihm. Sagen Sie ihm, ich sei in ein Wasserfaß gefallen und ertrunken.«

»Machen Sie sich nicht lächerlich, Kind. Sie wissen genau, daß Sie keine …«

»Daß ich keine Wahl habe?« stieß Chantelle heftig hervor. »Hah! Diesmal werden Sie mich hinschleifen müssen, und ich schwöre, daß ich auch Jamils Auge blauschlage, wenn er mich anrührt.«

»Auch?« wiederholte Rahine verwirrt und sah zu dem Eunuchen auf, der eine Grimasse schnitt. »Ah, Kadar, ist das tatsächlich eine Schwellung an Ihrem Auge?«

Er gab keine Antwort, doch es zeigte sich eine leichte Wölbung in seiner Augengegend, die allerdings durch die schwarze Haut kaum auffiel.

Rahine schüttelte verblüfft den Kopf.

»Sie sind voller Überraschungen, Shahar, das muß ich sagen. Aber so kann es nicht weitergehen.«

»Nein, wirklich nicht«, erklärte Haji hinter ihr. Er hatte genug gehört, um zu erkennen, daß Rahine mit der medikamentösen Ruhigstellung der Engländerin recht hatte. Rahine war nie für die Anwendung von Drogen gewesen, und seit Jamils Machtübernahme hatte auch nie ein Bedarf an derlei Mitteln bestanden. Deshalb versuchte Haji es ihr zuliebe auch diesmal zuerst auf anderem Wege, in der Hoffnung, Chantelle durch Drohungen zur Willfährigkeit zu zwingen. »Wenn wir sie sowieso zu Jamil schleppen müssen, soll sie vorher die Bastonade bekommen.«

Es hatte nicht den gewünschten Erfolg, denn Chantelle warf ihm einen tödlichen Blick zu und schrie: »Los, fangen Sie doch an! Es ist mir verdammt egal, was Sie mit mir machen. Es kann nicht schlimmer sein, als diesem Ungeheuer vorgeworfen zu werden, das Sie alle anbeten, diesem doppelgesichtigen Hurenmeister, diesem verfluchten Tyr ...«

Das letzte Wort wurde verschluckt, als Haji die Gelegenheit nützte und in Chantelles geöffneten Mund einen schmalen Gummibehälter schob, aus dem er ein Beruhigungsmittel in ihren Hals sprühte. Chantelle wehrte sich und trat um sich. Dabei traf sie Hajis Schienbein mit einem kräftigen Tritt. Der Eunuche sprang zurück. Die junge Frau spuckte den Gummibehälter sofort aus.

»Sie Bastard!« Ihre Augen schlossen sich langsam, doch sie riß sie wieder auf. »Sie verdammter ...« Die Augen fielen ihr erneut zu.

Rahine griff alarmiert nach Hajis Arm, als sie sah, wie Chantelle mit der Müdigkeit kämpfte. »Beim Barte des Propheten, wieviel haben Sie ihr gegeben? Es dürfte keinesfalls so schnell wirken!«

Haji war selbst erschrocken. »Nicht mehr als nötig.«

»Haben Sie ihre Zerbrechlichkeit bedacht?«

»Zerbrechlichkeit?« schnaubte er und rieb sich das schmerzende Schienbein. »Nein, ich muß sagen, daß ich es zu eilig hatte, um ihre Magerkeit in Betracht zu ziehen ...«

»Verzeihen Sie, daß ich Sie unterbreche, Meister«, meldete sich Kadar zu Wort, in dessen Armen Chantelle zusammensackte, »aber eine der Küchenhilfen erzählte mir, daß die Engländerin von der Morgendämmerung bis zum Abend gearbeitet habe. Als ich kam, um sie zu holen, schlief sie auf ihrem Strohsack so fest, daß ich sie kaum wecken konnte.«

»Bei Allah, und trotzdem kämpfte sie wie ein Dämon«, meinte Haji mit einem Hauch von Bewunderung. »Woher nimmt sie nur die Zähigkeit?«

»Sie ist Engländerin«, erwiderte Rahine, als sei das eine ausreichende Erklärung.

Haji brummte entrüstet über den Anflug von Stolz, der in Rahines Feststellung steckte. »Englisch oder nicht, wir können uns nicht darauf verlassen, daß sie lange bewußtlos bleibt, ganz gleich, wie erschöpft sie ist. Der Wille der jungen Person ist viel zu stark, als daß sie körperlicher Schwäche nachgeben würde, selbst wenn diese Schwäche von einem Sedativum unterstützt wird. Wir sollten ihre momentane Wehrlosigkeit nützen und sie baden und anziehen, solange es geht.« Er nickte Kadar zu, daß er Shahar in das nächste Bassin bringen solle, und scheuchte die sich duckenden Badefrauen sowie die entsetzte Adamma auf, die ihr Kosmetiktablett geholt hatte.

»Für uns ist es jetzt leicht, sie vorzubereiten«, sagte Rahine, »aber Jamil wird wütend sein, wenn sie in diesem Zustand zu ihm kommt.«

»Wir werden sie mit Kaffee vollpumpen müssen, um der Betäubung entgegenzuwirken«, schlug Haji vor.

»Wird das helfen?«

»Hoffentlich«, meinte er mit einiger Skepsis.

Rahine atmete tief. »Wenigstens kann ich bei der Gelegenheit den Rest ihrer Körperhaare entfernen lassen. Allah sei Dank, daß Jamil ihren sündhaften Zustand noch nicht entdeckt hat ...«

Haji unterbrach sie. »Rahine, er hat ihn wohl entdeckt, denn er wollte von mir wissen, wie Shahar es anstellte, daß sie die Locken zwischen ihren Beinen behalten durfte.«

»Haben Sie es ihm erzählt?«

Er nickte, doch sein Gesicht drückte jetzt Verwirrung aus. »Er lachte doch tatsächlich.«

Rahine hob die Brauen. »Er lachte, als sei er amüsiert?«

»Genau. Und er befahl mir, dafür zu sorgen, daß diese silbernen Kringel bleiben, wo sie sind.«

Rahine fand das nicht lustig. »Es ist verboten.«

»Für den Herrscher bestehen keine Verbote«, zitierte er überflüssigerweise.

»Die anderen Frauen werden es beim Baden sehen.«

»Ja. Und sie werden wünschen, daß man ihre eigenen Schamhaare auch wieder wachsen läßt um die gegenwärtige Favoritin nachzuahmen.«

Rahine seufzte. »Glauben Sie wirklich, daß Shahar diesen Status erreicht, seine erste *Ikbal* zu werden?«

Haji schürzte die Lippen, ehe er antwortete: »Wenn Jamil sie nicht in einem Wutanfall tötet, ehe er sie sich nimmt.«

Chantelle mußte den Korridor entlanggeführt werden, und je eine Hand stützte ihre Ellenbogen. Ihre Füße bewegten sich von selbst, doch sie merkte es kaum, und sie schien sich auch nicht zu erinnern, wohin sie gebracht wurde. Nicht, daß es wichtig gewesen wäre – ihr Bewußtsein huschte von einem gleichgültigen Thema zum anderen, dazwischen glitt sie in Abgründe totaler Leere und schlief buchstäblich im Gehen.

Der Kaffee, der ihr eingeflößt worden war, hatte sie zu einer angenehmen Gelassenheit belebt. Selbst als man sie schüttelte und ihr sagte, sie sei an Jamils Tür angelangt, konnte sie nicht viel Interesse aufbringen, von Angst ganz zu schweigen. Welcher Jamil? überlegte sie kurz, ehe sie in kniende Haltung gedrückt wurde. Ihr Kopf sank nach vorn, und sie schlief sofort ein.

Nachdem Haji und Kadar unter Verbeugungen rückwärts aus dem Raum verschwunden waren, wartete Derek darauf, daß Shahar sich rühren würde. Als sie nach einigen Minuten noch immer nicht die kleinste Bewegung machte, seufzte er. Also mußte er schon wieder von vorne beginnen und ihr jedes winzige Entgegenkommen mühsam entlocken. Aber hatte er denn wirklich geglaubt, er könne da weitermachen, wo sie zuletzt aufgehört hatten? Sein Körper hatte es jedenfalls gehofft.

»Shahar, du darfst dich erheben – und übrigens, ich möchte dich nicht mehr knien sehen. Ich werde es Haji sagen.« Wenn Derek dachte, das würde sie freuen – ein Privileg, das sonst nur Sheelah bei Jamil genoß –, so sah er sich getäuscht. Sie bewegte sich nicht. »Shahar?« wiederholte er, und nach wenigen Sekunden noch einmal: »Shahar!«

»Was?« fragte sie in verwirrtem Ton und versuchte aufzustehen. Dabei kippte sie vornüber. Derek sah sie befremdet an, als sie kicherte. »Oh, wie ist das nur passiert?«

Derek gab keine Antwort. Er ging auf sie zu und reichte ihr die Hand, um ihr zu helfen.

»Herzlichen Dank, Sir.«

»Bitte«, entgegnete er zögernd und sah in ihr Gesicht. »Ist alles in Ordnung mit dir?«

»Es könnte mir nicht bessergehen.« Sie schenkte ihm ein atemberaubendes Lächeln.

Seine Finger zeichneten sofort die Linie ihrer geschwungenen Lippen nach. Doch als er Chantelle berührte, wich sie zurück.

»Was machen Sie da?« fragte sie ungnädig und schüttelte die Hand ab, die sie noch hielt.

Sie trat einen Schritt zurück, strauchelte und schwankte beängstigend, ehe sie das Gleichgewicht wiedergewann. Ihr Unwille war verschwunden, sie kicherte wieder.

»Oh, das war aber ungeschickt von mir, nicht wahr? Ich glaube, ich sollte mich hinsetzen.« Sie warf einen Blick in den Raum und schwankte erneut. Derek wollte sie halten, doch er hielt inne, als sie ihn anstrahlte und in verschwörerischem Ton wisperte: »Es ist mir zuwider, es Ihnen sagen zu müssen, Sir, aber Sie brauchen einen Dekorateur. Nicht einen einzigen Stuhl haben Sie hier! Wo soll sich da eine Menschenseele hinsetzen, frage ich Sie?«

Dereks Brauen zogen sich zusammen. »Du könntest das Bett probieren.«

»Das kommt nicht in Frage!« Empörung klang aus den Worten. »Was würde Tante Ellen dazu sagen?«

Jetzt reichte es ihm. Er packte ihre Hand und zerrte sie zum Bett, auf das sie mit einem kleinen Schrei zurücksank. Er stand da und blickte sie böse an, nur um zu beobachten, wie ihr die Augen zufielen und sie einen zufriedenen Seufzer ausstieß, mit dem sie sich tiefer in die weichen Kissen kuschelte.

»Nein, das machst du nicht«, grollte er. Er beugte sich vor und schüttelte ihre Schultern. »Schau mich an!« befahl er schroff, und als sie es tat, fragte er: »Weißt du, wer ich bin?«

Sie starrte ihn fast eine halbe Minute in eifriger Konzentration an, während ihr Blick jeden Millimeter seines Gesichts abtastete. Dann sagte sie schließlich: »Ja.«

Das war nicht genug. »Wer bin ich?«

»Sie sind der verfluchte kalte Fisch, der unschuldige Frauen zu Schicksalen verdammt, die schlimmer sind als …«

Sie brachte das ohne Erbitterung vor, doch er legte ihr die Hand auf den Mund, um sie zum Schweigen zu bringen. Christus, Jamil hätte sie vermutlich bewußtlos geschlagen, ehe sie das Wort ›verfluchte‹ hervorgebracht hätte – im Moment wäre allerdings nicht viel Kraft vonnöten gewesen, das zu bewerkstelligen. Ihre Augen schlossen sich schon wieder.

Er ließ sie los und fluchte vor sich hin, dann packte er sie erneut und schüttelte sie zornig. »Was, zum Teufel, hast du genommen, um dir die Situation zu erleichtern? Beantworte meine Frage, verdammt!«

Sie blinzelte. »Genommen?«

»Spiel mir kein Theater vor, Mädchen! Ich will wissen, was du getrunken hast und wer es dir gegeben hat!«

Sie besann sich wieder auf ihre vorherige Entrüstung. »Klagen Sie mich an, betrunken zu sein, Sir? Sie sollen wissen …«

»Ahhhhhhh!« Ein wütendes Knurren entrang sich seiner Brust.

Er trat in solch rasendem Zorn von dem Bett zurück, daß ihm die Gebärdensprache kaum mehr einfiel, die er als Junge gelernt hatte. Doch nach einigen Sekunden war er fähig, einen der Wächter zu dem Chefeunuchen zu schicken und ihn zu sich zu beordern. Seinem Befehl folgte ein Strom von Schimpfwörtern, während er auf Haji wartete und vor dem Bett hin- und herging. Zwischendurch warf er Shahar drohende Blicke zu, mit denen sie glücklich verschont blieb, denn sie war nun tief eingeschlafen.

Er hatte das Gefühl, ihr den Hals umdrehen zu müssen. Wie konnte sie es wagen, ihm auf diese Weise entkommen zu wollen? Jamil hätte sie wegen dieser Frechheit gelyncht und ihren Helfershelfer ebenfalls, denn allein hatte sie sich keine Droge beschaffen können. Zu wissen, was ihr hätte passieren können, wenn sein Bruder dagewesen wäre, machte ihn noch wütender auf sie. Diese dumme kleine Verrückte!

Haji stürzte atemlos herein, warf einen Blick auf die schlafende Shahar und Dereks mörderischen Gesichtsausdruck und fiel auf die Knie nieder. »Es war notwendig, mein Lord, ich schwöre es! Sie war so außer sich, daß wir fürchteten, sie tue sich etwas an. Ich gab ihr nur eine genügende Dosis, um sie zu beruhigen. Ich wußte nicht, daß sie schon so müde war ...«

»Dann hat sie das Mittel nicht freiwillig genommen?«

»Nein, Jamil, nein. Ich übernehme die ganze Verantwor ...«

»Warum war sie so außer sich?«

Haji atmete tief. Der mörderische Gesichtsausdruck war verschwunden und dem extremer Verärgerung gewichen. »Der Grund wird Ihnen nicht gefallen«, meinte Haji vorsichtig.

»Das habe ich mir schon gedacht, aber sagen Sie ihn trotzdem. Nein, lassen Sie es. Ich kann ihn vermuten.« Er warf dem Mädchen einen weiteren unheilvollen Blick zu und rief dann nach einem Diener, der glücklicherweise sofort erschien. »Ich möchte einen *Kanyak* – eine ganze Menge davon.« Zu Haji, der ihn sprachlos ansah, sagte er: »Ich brauche ihn.« Und das stimmte wirklich.

Ja, das hatte er jetzt davon, daß er gehofft hatte, Furcht könnte Shahar gefügig machen! Oder fürchtete sie ihn gar nicht mehr? Vielleicht hätte er sie ganz gering bestrafen sollen, anstatt sie in den Harem zurückzuschicken, was sie wohl auf die Idee gebracht hatte, sie könnte ihn ohne Folgen von sich weisen. Aber, zum Teufel, er brachte es nicht fertig, sie auf irgendeine Art zu bestrafen. Man könnte ihr die Reaktion auf den Mann, den sie für Jamil hielt, nicht übelnehmen. Diese Reaktion war völlig natürlich, nach dem, was sie hatte mit ansehen müssen.

»Dieser Hundesohn!«

»Bitte, mein Lord?«

»Oh, stehen Sie auf, Haji«, fauchte Derek. »Sie sind zu alt um so lange zu knien.«

Haji erhob sich zögernd. Er begriff Jamils gegenwärtige Stimmung überhaupt nicht. Jamil rührte niemals geistige Getränke an – niemals. Sein Bruder Mahmud hatte Alkohol getrunken und unter dessen Einfluß unschuldige Menschen umbringen lassen. Auch Mustafa hatte gelegentlich Spirituosen zu sich genommen, vor allem in seinen späteren Jahren, aber nur mäßig. Doch Jamil? Daß er sich mit dem bestellten *Kanyak* einen Rausch antrinken wollte, war nicht nur durch die Ungewöhnlichkeit des Vorgangs alarmierend, sondern auch zermürbend bei Jamils unvorhersehbaren Gefühlsausbrüchen. Und daß er glaubte, er bräuchte den Alkohol …

»Lassen Sie mich Sheelah rufen, mein Lord. Sie wird ihren sanften Einfluß …«

»Nein«, unterbrach Derek ihn bitter. »Mein Verlangen gilt dieser einen.« Er deutete auf Shahar, und beim Anblick ihres entspannten Körpers verstärkte sich seine Frustration. »Dann wartete sie diesmal mit ihrem störrischen Widerstand nicht einmal, bis sie hier war? Wußten Sie, daß die Engländerinnen so stur sind, Haji?« Er lachte rauh. »Natürlich wissen Sie es. Sie haben all die Jahre in nächster Nähe der allereigensinnigsten verbracht, nicht wahr?«

Haji war so klug, Rahine Jamil gegenüber nicht zu verteidigen. »Shahars Gegenwart ärgert Sie, mein Lord. Gestatten Sie mir, sie fortzubringen.«

»Sie bleibt.«

Bei diesem Ton wagte Haji keine Widerrede. »Natürlich, mein Lord.«

»Aber Sie können gehen, wenn Sie mir gesagt haben, was meine kleine *Ikbal* gemacht hat, daß Sie besorgt um sie waren.«

Haji traute seinen Ohren nicht, daß der Herrscher Shahar immer noch als seine Favoritin bezeichnete, und die Frage gefiel ihm auch nicht. Eine kleine Denkpause wurde ihm gewährt, als ein Diener hereinkam, der ein Tablett mit mehreren Flaschen des sehr starken *Kanyak* und einem einzigen Glas brachte. Der Sklave füllte schnell das Glas, ehe er hinaushuschte. Hajis Augen traten aus den Höhlen, als er beobachtete, wie Jamil das Glas in einem Zug austrank und erneut füllte.

»Nun?«

Der Chefeunuche räusperte sich. Nichts half ihm jetzt mehr. »Sie wehrte sich heftig, als sie hörte, Sie hätten sie gerufen.«

»Gegen wen wehrte sie sich?«

»Gegen meinen Sklaven, Kadar, und er trägt die Male ihres Widerstandes. Aber ich schwöre, daß er bei ihrer Bezähmung so sanft wie möglich war, mein Herr. Sie wollte den Kampf einfach nicht aufgeben.«

»Dachten Sie nicht daran, mich zu informieren, anstatt sie zu betäuben? Wenn sie gegen jemanden kämpft, möchte ich, daß ich der Jemand bin.«

»Aber, mein Lord!« Haji war entsetzt über diese Feststellung. »Sie wären dann gezwungen, sie zu bestrafen ...«

»Zum Teufel mit der Bestrafung«, brüllte Derek, der sich vergaß. Dann seufzte er. »Schon gut. Sie können gehen, Haji. Und belohnen Sie Ihren Kadar für seine Mühe.«

»Das würde er niemals annehmen«, protestierte Haji. Erklärend fügte er hinzu: »Er mag das Mädchen.«

Derek mußte sich ins Gedächtnis zurückrufen, daß es ein Eunuche und kein ganzer Mann war, der seine Shahar mochte, doch selbst das paßte ihm nicht. »Wirklich?« brummte er und fügte nach ein paar Sekunden hinzu: »Schicken Sie ihn her, Haji.«

»Jetzt, mein Lord?« fragte Haji. Er befürchtete, sein Sklave müsse den Unmut ausbaden, den Jamil offensichtlich von dem Mädchen ablenken wollte.

»Ja, jetzt.«

»Wie Sie wünschen.«

Derek hatte ein weiteres Glas des hochprozentigen Getränks geleert, ehe der jüngere Eunuche an die Tür klopfte. Sie öffnete sich zögernd auf Dereks mürrischen Befehl einzutreten, doch der schwarze Riese, der eintrat, zeigte keine Furcht, wenn er auch den Blick senkte. Er verbeugte sich mit einer Würde, die mit Unterwürfigkeit nichts zu tun hatte. Allerdings achtete Derek nicht darauf, denn er war von Kadars böse zugerichtetem Gesicht zu fasziniert.

»Bei Allah, sie ist eine echte Wildkatze, nicht wahr?« Er brach in lautes Gelächter aus, das Kadar so wunderte, daß er Derek nun ansah.

»Die kleine Engländerin, mein Lord?«

»Ja, die kleine Engländerin«, wiederholte Derek. Noch während er den Kopf ungläubig schüttelte, stahl sich ein Lächeln um seine Lippen. »Hat sie Ihnen tatsächlich das blaue Auge verpaßt?«

»Sie tat es nicht mit Absicht«, versicherte Kadar schnell.

»Oh, dessen bin ich sicher, wie sie Ihnen auch nicht absichtlich die Wange zerkratzte.«

»Wirklich …«

Derek schnitt ihm sofort das Wort ab. »Sie brauchen sie nicht mit Entschuldigungen zu schützen, Kadar, nicht mir gegenüber, aber ich bin froh, daß Sie es versuchen. Ich werde es zu Ihrer jetzigen Aufgabe machen, sie zu beschützen.«

»Ich verstehe nicht, mein Lord.«

»Ich glaube, ich kann Haji überreden, Sie an Shahar abzugeben. Würden Sie sich darüber freuen?«

»Der kleinen Engländerin zu dienen?« Kadar strahlte. »Es wäre mir das größte Vergnügen, Lord. Vielen Dank!«

»Ich würde mich an Ihrer Stelle nicht bedanken. Ich bezweifle, daß es eine leichte Aufgabe sein wird, so einem widerspenstigen weiblichen Wesen zu dienen. Das hatte ich auch nicht im Sinn. Es sind andere da, die das machen. Nein, Ihre Funktion wird es sein, sie vor allem zu beschützen, damit ihr kein Leid geschieht, wenn sie nicht bei mir ist.«

Und wenn sie bei Ihnen ist? hätte Kadar gern gefragt, doch er wagte es nicht. »Ich werde sie mit meinem Leben schützen«, sagte er statt dessen.

»Mehr kann ich nicht verlangen. Aber sorgen Sie dafür, daß Sie sie auch vor sich selbst behüten.«

»Mein Lord?«

»Heute abend geriet sie in Panik. Ich möchte nicht, daß das noch einmal passiert. Je eher sie mich akzeptiert, desto eher wird sie das Leben hier akzeptieren und einen Hauch von Glück finden. Verstehen wir einander?«

Kadar fürchtete, daß sie sich verstanden, obwohl er nicht wußte, wie er die kleine Engländerin dazu bringen sollte, ihren Meister zu bejahen, wenn das bisher keiner geschafft hatte, nicht einmal Jamil Reshid selbst.

28

Derek wurde langsam wach, weil ihn etwas an der Brust kitzelte und sich ein ungewohntes Gewicht gegen ihn lehnte. Momentan war er so schlaftrunken, daß er sich an nichts erinnerte, bis er den Kopf hob und die platinblonden Locken sah, die sich über seine Brust breiteten. Er ließ sich entspannt wieder zurücksinken, und eine seltsame Zufriedenheit ergriff von ihm Besitz.

Wenigstens im Schlaf haßte Shahar ihn nicht. Sie schmiegte sich zwar nicht an ihn, aber sie benützte seine Brust als Kissen, hatte die Knie angezogen und gegen seine Hüften gestützt. Ihre eine Hand ruhte an seiner Seite, die andere unter seinem Rücken. Auch seine Hand lag an ihrer Seite, genau neben ihrem Busen. Er zog sie nicht weg und rührte sich auch sonst nicht, da er fürchtete, die junge Frau könnte erwachen und von ihm abrücken.

Er hatte nicht beabsichtigt, sie in seinem Bett schlafen zu lassen. Irgendwann während des Abends hatte er sie zugedeckt und nur vorher ihre Juwelen entfernt. Sie auszukleiden war nicht in Frage gekommen. Sie war nicht aufgewacht und er hatte lange auf dem Bettrand gesessen und sie nur angeschaut. Dann hatte er sich daran erinnert, daß er nicht allein mit ihr war.

Die stets anwesenden Nubier standen in ihrer Wachtposition zu beiden Seiten des Bettes. Sie waren so still, daß Derek ihre Gegenwart vergessen hatte. Wenn sie nicht nur stumm, sondern vielleicht auch noch taub waren und seine Unterhaltung mit Shahar wirklich nicht hören konnten, so hatten sie doch Augen im Kopf. Mit ihrer Gebärdensprache konnten sie sich jedem mitteilen, der diese Sprache beherrschte, und das waren alle, die im Palast groß geworden waren. Auch aus diesem Grund hatte er beschlossen, Shahar bei sich zu behalten. Andernfalls hätte er sie in den Harem zurückschicken müssen, denn Jamil hätte sein Bett nie aufgegeben, auch nicht, wenn es von einer bewußtlosen Konkubine besetzt gewesen wäre. Und Derek hätte es gehaßt, wenn jemand Shahar weggetragen hätte, ganz gleich, wie sehr ihre Gegenwart ihn störte.

Es hatte aber lange gedauert, bis er seinen Körper genügend unter Kontrolle hatte, genügend, um sich selbst zu trauen, neben dem Mädchen liegen zu können. Der *Kanyak* hatte nichts geholfen, deshalb hatte er ihn stehenlassen, immer noch nüchtern, nachdem die erste Flasche geleert war. Das bedeutete nun sein Glück, denn er spürte keine Nachwehen, aber letzte Nacht war es schlimm gewesen. Er hatte eine Ewigkeit gebraucht, um endlich einzuschlafen und seinen begierigen Körper zu beruhigen, der neben der schlafenden Schönheit in hellen Flammen stand.

Er spürte den Aufruhr erneut und stärker als je zuvor. Derek stöhnte und merkte nicht, daß er Chantelles Arm so preßte, daß sie aufwachte.

Sie war entsetzt über den Anblick nackter Haut unter ihrer Wange, und sie mußte nicht überlegen, wem diese Haut gehörte. Sie wußte es sofort. Sie konnte sich nur nicht vorstellen, wie sie dahin geraten war.

»Bist du also wach?«

Hatte sie sich bewegt? Sie dachte, sie sei zu gelähmt, um einen Muskel zu rühren. Oder hatte das Luftanhalten sie verraten?

Seine Hand glitt in ihr Haar. »Ich weiß, daß du wach bist, Shahar. Es ist sinnlos, dich zu verstellen.«

Sie hob den Kopf gerade soviel, um ihm ins Gesicht sehen zu können, aber sie vermochte nicht in seinen Zügen zu lesen. »Haben wir … haben Sie …?«

»Wenn ich es tue«, unterbrach er sie mit zuckenden Lippen »brauchst du nicht mehr zu fragen.«

»Ich glaube Ihnen nicht«, erklärte sie waghalsig. Sie war bekümmert, daß sie sich an nichts erinnerte.

»Du trägst noch deine Kleider, wie du feststellen kannst. Glaubst du wirklich, ich würde mir die Mühe machen, dich nach dem Liebesakt wieder anzuziehen? Ganz bestimmt würde ich das nicht tun.«

Sie sah auf ihre Brust herab. An der kleinen blauen Weste

war jeder Knopf noch geschlossen, und nun fühlte sie den dünnen Stoff ihrer Hose unter der Bettdecke. Sie blickte Derek wieder an. Ihre Augen waren anklagend verengt. »Was mache ich dann hier?«

Er lächelte ihr zu. »In meinem Zimmer, oder in meinem Bett?«

»Oh, Gott!«

Er lachte so heftig, daß ihr Kinn auf seine Brust stieß. Sie setzte sich sofort aufrecht hin und betrachtete ihn zornig. »Ich sehe nicht ...«

In der nächsten Sekunde lag Chantelle wieder flach auf dem Rücken, und Derek beugte sich über sie, aber nicht so nahe, daß sie erschrak – noch nicht. »Du siehst nichts, Shahar, und erkennst nichts, weil du dich an nichts erinnerst, oder? Was, zum Teufel, hast du gestern gemacht, daß du so erschöpft warst?«

Als ob er das nicht gewußt hätte! Nein, sie mußte fair sein. Er mochte sie zwar in die Küche geschickt haben, aber seine zweite Frau hatte dafür gesorgt, daß Chantelle nicht zur Ruhe gekommen war. Am Tag zuvor hatte sie öfters kleine Schlafpausen einlegen können. Aber gestern ... Sie überlegte, ob Noura gewußt hatte, daß Jamil sie, Chantelle, für die Nacht rufen würde, oder ob Noura nur aus Gehässigkeit gehandelt hatte. Aber im Grunde war es doch egal, verglichen mit den Vorkommnissen in den Bädern.

Langsam kehrte die Erinnerung zurück, und mit ihr die Angst. Wenn Chantelle nicht so übermüdet gewesen wäre, hätte sie sich nie so benommen, aber das war keine Entschuldigung. Sie hatte tatsächlich wieder einen Kampf ausgefochten, um nicht zu Jamil gebracht zu werden. Guter Gott, man hätte sie dafür schlagen oder noch schlimmer bestrafen können. Die logische Erkenntnis, daß ihre Jungfräulichkeit nicht wert war, dafür zu sterben, war ihr völlig abhanden gekommen.

Wie war *seine* Reaktion gewesen? Er mußte wütend gewesen sein! Sicher hatte er nach dem Grund ihres Zustands gefragt. Warum war sie dann nicht an einen Pfeiler angekettet, um ausgepeitscht zu werden, anstatt gemütlich in Jamils Bett zu liegen und seine Brust als Kissen zu benützen?

Sie sah ihn mit großen Augen an und versuchte, in seinen

Gedanken zu lesen – irgend etwas, doch sie fand keinen Anhaltspunkt in den dunkelgrünen Tiefen, in die sie sich versenkte. Sein Blick erinnerte sie an alles, was bei ihrer ersten Begegnung passiert war, auch daran, was er in gewissen Stimmungen fertigbrachte. Aber vorher hatte er gelächelt und auch gelacht. Seine Laune konnte also nicht so gefährlich sein, obwohl seine Frage recht schroff geklungen hatte. Sie würde ihm keine Antwort geben. Selbst wenn er nicht ahnte, warum der gestrige Tag so besonders anstrengend gewesen war, wußte er, daß sie in der Küche gearbeitet hatte. Also brauchte er nicht wegen ihrer Müdigkeit nachzuforschen. Sie würde das Thema ihrer letzten Bestrafung nicht anschneiden, wenn die neue noch nicht feststand.

»Waren Sie böse?«

Als habe er nur darauf gewartet, daß sie etwas sagte, entspannte sich sein Gesicht, und seine Augen strahlten Wärme aus. »Sehr böse.«

»Ich habe nicht das Gefühl, als sei ich geschlagen worden.«

Derek lachte leise. »Vielleicht weil man dich nicht geschlagen hat.«

»Noch nicht?«

»Überhaupt nicht, kleiner Mond.« Er lächelte. Seine Stimme war tief und beruhigend. »Es wäre ein Verbrechen, diese zarte Haut zu verletzen.«

Während er das sagte, strich seine Hand sanft und langsam über ihren Arm. Als er ihr Handgelenk erreichte, nahm er es auf und zog ihre Finger an die Lippen. Den einen küßte er und biß vorsichtig in den nächsten. Eine Gänsehaut kroch über Chantelles Arm und verbreitete sich über ihren Rücken.

»Weißt du noch, was ich dich vom Küssen gelehrt habe? Steck deinen Finger in meinen Mund, Shahar.«

Er wartete nicht, bis sie es tat, sondern faßte ihren dritten Finger mit den Lippen und zog ihn in seinen Mund. Die seltsam prickelnde Empfindung war unmittelbar und alarmierend, so daß Chantelle ihre Hand wegriß.

»Ich stimme dir zu«, sagte er und beugte sich über sie. »Zungen sind viel besser.«

Sie hob abwehrend die Hände und preßte sie gegen seine Schultern, aber es nützte nichts. Seine Zunge drückte gegen ihre Lippen, die zu öffnen sie sich weigerte. Er lehnte sich zurück und betrachtete sie halb bekümmert und halb amüsiert.

»Ich sehe, du hast es vergessen«, meinte er gütig, anstatt ihre Widerspenstigkeit zu tadeln. »Aber bedenke, wo du bist, Liebste, und daß ich mich gleich auch anders vergnügen kann.«

Ihre eine Hand schlüpfte in seinen Nacken, um seinen Mund zu ihren nun geöffneten Lippen zurückzuholen. Er konnte ihr kaum sofort gehorchen, so sehr mußte er über ihre rasche Reaktion auf seine eindeutige Drohung lachen. »Ich ... bin ... entzückt über ... deine Leidenschaft, aber ...«

Der Gedanke verflog, als ihre andere Hand versuchsweise seine Wange berührte. Derek stöhnte und nahm ihren Mund völlig in Besitz für ein langes Zungenduell, das eine brennende Begierde in ihm entfachte. Chantelles Unschuld war weit von seinen Gedanken entfernt. Die Flamme hatte ihn schon zu oft verzehrt. Er benötigte unmenschliche Beherrschung. Er glaubte, am Drang seiner Leisten zu sterben, wenn er das Mädchen jetzt nicht haben konnte.

Chantelle schmolz unter seinem sanften Angriff dahin. Ihre Glieder schienen sich zu verflüssigen, ihre Kraft schwand und hinterließ ein Feuer, das sie erschreckte, und dennoch hatte sie nicht den Wunsch, seinen Strom zu bremsen. Durchaus nicht. Was sie empfand, war so köstlich, so berauschend, daß sie es nicht in Frage stellen konnte. Sie wünschte, es würde ewig so weitergehen.

Da ihre Sinne in einem Entdeckungsrausch taumelten, achtete sie kaum auf die Hand, die unter ihre Weste geglitten war und die Rundung dort umfing. Die Hand war warm, wie der Leib, der sich auf ihren preßte, wie das Bein, das auf ihrem lag, und wie der Mund, der über ihren Willen gebot. Dann verließ dieser Mund ihre Lippen und explodierte in weißglühender Hitze auf ihrer Brust.

Das war zuviel, eine neue Sinneswahrnehmung zuviel, zumal diese die meiste Macht verströmte. Sein Mund, der ihre

Brustwarze umschloß, seine Zunge, die sanft dagegenstieß, bedeutete einen gewaltigen Schock. Chantelle riß die Hände hoch, um seinen Kopf wegzudrücken.

»Nicht!«

Sein dumpfes Knurren ließ sie sofort innehalten. Ihr Körper wurde steif. Sie empfand nur mehr Furcht, aber dennoch würde sie den Mann wieder abwehren, wenn sein Mund zu ihrem Busen zurückkehrte.

Er tat es nicht. Er merkte, daß das Feuer, das er in ihr entfacht hatte, verloschen war. Für so ein unschuldiges Mädchen war er zu schnell zu weit gegangen. Aber diese Erkenntnis dämpfte seine Pein nicht.

Derek ließ die Stirn auf ihre Brust sinken und kämpfte verzweifelt gegen den Drang, Chantelles Kälte zu ignorieren und die junge Frau einfach zu nehmen, damit seine Qual ein Ende hatte. Irgendwann würde es sich sowieso ergeben. Warum, zum Teufel, sollte er warten und so leiden?

Weil er nicht wollte, daß sie ihn noch mehr haßte als bisher. Weil er sie weich und willig und mit Leidenschaft erfüllt haben wollte. Mit weniger hätte er sich betrogen gefühlt. Doch dieses Wissen kühlte seinen Körper nicht schneller ab.

Er spürte, wie ihre Hände sanft aber nachdrücklich an seinen Schultern rüttelten. Sie wollte Distanz zwischen ihm und ihr schaffen. Er wollte nur näher kommen. Sekundenlang ging es ihm durch den Sinn, daß bei dem Mann, dessen Rolle er spielte, nur seine Wünsche zählten. Das Problem bestand darin, daß Derek die Rolle nicht spielen konnte, ohne Chantelle noch weiter von sich fortzutreiben. Aber da sie den wahren Jamil nicht kannte, durfte er bei ihr, und nur bei ihr, anders und mehr er selbst sein. Natürlich nicht zu anders. Frauen klatschten und tauschten Erfahrungen aus, und jede Frau im Harem kannte Jamil intim. Er durfte es nicht soweit kommen lassen, daß Shahar über ihre ehrerbietige Behandlung nachdachte und sie anderen gegenüber erwähnte.

»Ich bemühe mich sehr, die Tatsache zu übersehen, daß ich dich genau da habe, wo ich dich haben wollte, Shahar. Aber wenn du nicht ein wenig Geduld aufbringst und so ruhig wie möglich bist, um es mir zu erleichtern, werde ich meine Anstrengungen aufgeben.«

Ihre Hände fielen von seiner Schulter ab, und aus irgendeinem Grund widerstrebte ihm diesmal ihr rascher Gehorsam. Daß sie alles tat, um ihn vom Geschlechtsverkehr abzuhalten, war von schreiender Offensichtlichkeit und wirkte niederschmetternd auf sein Ego. Er überlegte, wie weit sie noch gehen würde, um das Unvermeidliche hinauszuschieben. Und er überlegte, ob er der Versuchung widerstehen konnte, es auszuprobieren.

Er lehnte sich zurück und durchbohrte sie mit seinem smaragdgrünen Blick. »Ich möchte annehmen, daß du es ablehnst, bei hellem Tageslicht geliebt zu werden, und nicht, daß du meine Berührung anstößig findest. Habe ich recht?«

Sein Mißfallen war so deutlich, daß sie nicht wagte, die dargebotene Entschuldigung anzunehmen, geschweige denn, sie durch die Wahrheit zu berichtigen. Chantelle fand Dereks Berührung nicht anstößig, aber sie wirkte so erschreckend beunruhigend. Die junge Frau begriff einfach nicht, was mit ihr geschah, wenn er sie berührte, warum es so schön war, wenn er sie küßte, warum ihre Haut so empfindlich wurde, als würde sie brennen, warum der Mann sie überhaupt so beeinflußte.

»Du antwortest nicht.«

Innerlich stöhnte sie, denn sie haßte seine neue Art, sie mit solch ruhiger Behutsamkeit anzugreifen. »Bitte, kann ich jetzt nicht gehen?«

»Nein, wir werden uns unterhalten, du und ich, über Dinge, die mich interessieren, zum Beispiel, wie du im einen Augenblick so warm und entgegenkommend sein kannst und im nächsten kalt und unbeugsam.«

»Ich war nicht ... Ich habe nicht ...«

»O doch, und ich will dein Geheimnis wissen, Shahar. Vielleicht kann ich dann meine Leidenschaft eher zügeln. Ich vermag mich nicht zu beherrschen, wenigstens nicht, was dich betrifft. Also sag es mir. Ich möchte es wirklich wissen.«

So, wie er das vorbrachte, wußte Chantelle, daß er sich nur mit der Wahrheit zufriedengeben würde. Er mochte keine Geheimnisse. Er wollte wissen, warum sie seinem Liebeswerben ein Ende gesetzt hatte.

»Ich hatte Angst.«

»Vor was?« Sein Ton wurde um einen Grad weicher. »Hast du noch nicht gemerkt, daß ich dir nicht weh tun würde?«

»Aber es hat weh getan.«

»Was?«

»Die Hitze.«

Er sah sie lange neugierig an. »Ist deine Haut wirklich so sensibel, Shahar? Hast du ein brennendes Gefühl?«

Sie atmete tief ein und begann sich zu winden, als seine Hand ihre Brust umschloß. Die ganze Zeit hatte sie nicht gemerkt, daß ihr Busen entblößt war, seit Derek die Weste hochgeschoben hatte.

»Bitte ...«

»Hat es gebrannt?« fragte er noch einmal, doch er nahm die Hand weg und streifte den hauchdünnen Stoff wieder über Chantelles Brust.

»Nein«, gab sie zu und schloß die Augen, weil ihr das Thema unglaublich peinlich war. »Es ... es war Ihr Mund.«

Er lächelte ihr zu, aber sie sah es nicht. »Der Mund ist als ziemlich warmer Körperteil bekannt, kleiner Mond. Vielleicht bist du nur über seine Hitze erschrocken, weil du nicht daran gewöhnt bist. Aber ich versichere dir, daß deine Haut nicht verbrennt und daß das, was du gespürt hast, natürlich ist, wenn auch ein wenig extrem. Das nächste Mal wirst du es nicht mehr als Schock empfinden.«

Ihre Augen öffneten sich sofort. »Das nächste Mal?«

Er zwang sich, über ihre Bestürzung zu lächeln. »Du bist die Süßigkeit in Person, Shahar. Glaubst du wirklich, ich würde mir deinen Nektar versagen, nachdem ich ihn einmal entdeckt habe?«

»Ich ...«

»Shh. Sag mir, was du empfunden hast, ehe ich dich schockierte. Es war dir angenehm, als ich dich küßte, nicht wahr?«

Sie wollte schon den Kopf schütteln, aber er sagte schnell: »Lüg mich nicht an, Shahar.«

Daß er die Antwort schon wußte, ging ihr gegen den Strich. »Dann fragen Sie mich nicht, was ich gespürt habe.«

Er war überrascht über ihre Heftigkeit, doch er hätte sich nicht wundern sollen. Es würde nicht leicht sein, sie zu dem Bekenntnis zu bewegen, unter seinen Händen irgendwelche Lust zu empfinden, solange sie so gegen ihn eingestellt war.

»Dann will ich es dir sagen«, erklärte er sanft und legte die Hand auf ihren Bauch. »Du fühltest dich warm und schwach und zittrig. Dein Puls raste, deine Sinne pochten, und Hitze entfaltete sich in deinen Organen.«

»Woher wissen Sie …« Sie hielt mitten in dieser enthüllenden Frage inne, doch zu spät.

»Weil ich es ebenfalls spürte«, erwiderte er. Seine Hand kreiste in einer zarten Liebkosung über ihren Leib. »Man nennt es Verlangen oder Begehren, und es hat eine eigene Kraft, die man nicht verleugnen kann. Fühlst du es jetzt?«

Sie blickte auf seine Hand herunter und geriet in Panik, weil sich tatsächlich diese innerliche Hitze wieder entwickelte. »Nein!«

Sie griff nach seiner Hand, um sie wegzuziehen, doch ihre und seine Finger verschränkten sich ineinander. Sie rüttelte vergebens, er drückte ihre Hand auf das Bett. Nun begann Chantelle ernsthaft zu kämpfen, bis sie Dereks tiefes Lachen hörte und merkte, daß sie absolut nichts erreichte.

»Wenn du denkst, du kannst mit mir raufen wie mit Kadar, mußt du es versuchen. Aber ich warne dich. Seine Mittel waren sehr begrenzt, dich zu zähmen. Meine sind es nicht.« Er sah ihre Furcht, und seine Brauen zogen sich zusammen. »Schau mich nicht so an, Mädchen. Habe ich dir nur ein einziges Mal weh getan? Habe ich dich bestraft, als du mich ablehntest? Nein, und auch diesmal bestrafe ich dich nicht. Beweist dir das denn gar nichts?«

Chantelle stockte der Atem. Hatte sie recht verstanden? Natürlich! Also war er für ihre Küchenarbeit nicht verantwortlich. Seine Mutter war es, und er wußte nichts davon. Und wenn er etwas wüßte? Sie hatte das Gefühl, daß ihm die Geschichte gar nicht gefallen würde, weil er Chantelle aus irgendeinem Grund mit seiner Wohltätigkeit beeindrucken wollte, und kleinliche Strafen würden dieses Bild ruinieren. Aber jemand anderes konnte ihm von diesem Küchendienst erzählen! Chantelle wollte seinen Ärger nicht riskieren, nicht einmal dann, wenn er nicht gegen sie gerichtet war, vor allem in ihrer momentanen heiklen Position, in seinem Bett und halb unter ihm.

»Du scheinst erstaunt zu sein, Shahar.« Er beobachtete sie nachdenklich. »Glaubst du mir?«

Ihm glauben? Was hatte er gesagt? Oh, daß er ihr nicht weh getan hatte. Ja, das stimmte wohl – bisher. Aber dieser Mann besaß mehrere Gesichter, und sie hatte das Gesicht gesehen, das ihr Entsetzen einflößen konnte.

»Nein ... Ich bin nicht erstaunt, nur ... nur verwirrt ... ja, verwirrt. Man hat mir immer wieder gesagt, daß ich Ihnen das Benützen meines Körpers ... daß ich mich Ihnen nicht verweigern kann. Und Sie sagen mir jetzt, daß es schon in Ordnung ist. Wem soll ich glauben?«

»Mir, natürlich.« Er lächelte so gewinnend, daß sie ungebührlich lange auf seinen Mund schaute. Als sie den Blick hob und in seine Augen sah, schienen diese ebenfalls zu lächeln. »Ah, du süßes Mädchen, was soll ich nur mit dir machen? Ich kann dich doch nicht denken lassen, es sei in Ordnung, wenn du dich mir verweigerst. Es wird das Gleichgewicht meines ganzen Harems stören. Ich sagte nicht, es sei in Ordnung, nur, daß ich dich nicht bestrafe.«

»Dann ...«

»Laß mich ausreden. Du wirst mich nicht immer ablehnen. Wenn die richtige Zeit gekommen ist, wirst du mich aus eigenen Stücken akzeptieren.« Er legte die Hand an ihre Wange, um zu verhindern, daß sie den Kopf schüttelte. »Du wirst mich wollen Shahar, das verspreche ich dir. An diesem Morgen verspürtest du Verlangen nach mir. Du hast es auch neulich gespürt. Du wirst dieses starke Gefühl nicht lange leugnen können.« Seine Finger strichen über ihren Hals, um den Puls dort zu streicheln. »Selbst jetzt erregt dich meine Berührung.«

»Das ist Angst«, flüsterte sie atemlos.

Er lachte leise. »Was für eine kleine Lügnerin du bist. Natürlich muß ich zugeben, daß man leicht die eine Gefühlsregung mit der anderen verwechseln kann, weil sie sich so ähnlich sind. Aber ich glaube, daß du den Unterschied inzwischen schon kennst. Du darfst dich nur nicht zu lange selbst betrügen, Shahar. Unser gemeinsames Erleben wird wunderbar sein, wenn du es nur geschehen läßt.«

So brachte er ihr ohne Worte bei, welch unendliche Geduld er besaß. Sie vermutete, daß sie dankbar sein sollte, daß er überhaupt Geduld mit ihr hatte. Gewiß hatte sie das nicht von ihm erwartet.

Aber sie hatte auch nicht erwartet, daß er auf ihre Gefühle soviel Rücksicht nehmen würde. Wie sollte sie mit dieser Unberechenbarkeit verfahren?

Sie wußte nicht was sie sagen sollte, deshalb schwieg sie. Doch er wartete darauf, daß sie sich zu seinen letzten beunruhigenden Feststellungen äußerte. Vielleicht konnte sie ihn zur Abwechslung auch einmal in die Defensive treiben.

»Wird es nicht seltsam erscheinen, daß Sie mich so lange hierbehalten? Man sagte mir, Sie würden die Nächte nur mit Ihren Ehefrauen verbringen.«

Er wandte sich von ihr ab und setzte sich auf die Bettkante, so daß ihr sein Rücken zugekehrt war. Mit Erleichterung sah sie, daß er während der Nacht seine Hose anbehalten hatte. War das ihr zuliebe geschehen?

Es tat ihr jetzt beinahe leid, daß sie ihn mit ihrer Frage geärgert hatte, denn daß das der Fall war, blieb ihr nicht verborgen. Die Muskeln seines Rückens waren angespannt, und mit den Händen umklammerte er fest die Bettkante. Warum hatte ihm wohl gerade diese Frage so mißfallen.

»Niemand kritisiert, was ich tue, Shahar.« Er sah sie nicht an, während er sprach. »Keiner wagt es, mir Fragen zu stellen – und auch du bist dazu nicht befugt.«

Ihre Augen blitzten, und sie brauste auf. Was für eine selbstherrliche Frechheit! »Mit anderen Worten: Sie können mich fragen, was immer Sie wollen, ganz gleich, wie unschicklich es ist, aber ich kann Sie nichts fragen?«

»Genau.«

Sie straffte die Schultern. »Kann ich jetzt gehen – euer Hoheit?«

Sie würde ihn nicht ›mein Herr‹ oder ›mein Lord‹ nennen, wie es die meisten taten, denn damit wären nur ihrer beide Positionen bestätigt. Und sie wußte, daß ›Hoheit‹ einer der Titel war, die ihm zustanden, wenn ihr auch zahlreiche andere eingefallen waren, die sie lieber benutzt hätte.

Sie sah, wie seine Schultern fast müde nach vorn sanken, doch seine Stimme klang kurz. »Ja, geh!«

Gott sei Dank war sie angezogen. Sie hätte es als demütigend empfunden, wenn sie sich jetzt zuerst hätte ankleiden müssen. Noch demütigender wäre es allerdings gewesen, wenn sie im Bett nackt neben ihm aufgewacht wäre. Dabei hätte das leicht passieren können, nachdem sie auf seinem Lager ohnmächtig geworden war.

Die Erkenntnis, daß er mit ihrem Körper hätte machen können, was er wollte, nahm ihr ein wenig den Wind aus den Segeln. Als sie aufstand und erstmals die beiden nubischen Wächter entdeckte, war sie sprachlos.

Guter Gott, sie waren die ganze Zeit da gewesen, sogar, als Jamil ...

Röte stieg ihr in die Wangen. Wieso hatte sie die Gegenwart dieser Männer nicht wenigstens gespürt? Aber seit ihrem Erwachen hatte Jamil ihre ganze Aufmerksamkeit so beansprucht, daß sie an nichts anderes hatte denken können. Vielleicht sahen die Wächter sie jetzt nicht an, denn sie blickten starr geradeaus, vielleicht hatten sie Chantelle auch nicht angesehen, als sie neben und unter Jamil gelegen hatte ...

Mit einem kleinen Laut der Bestürzung raffte sie sich auf. Um zur Tür zu gelangen, mußte sie das Bett umrunden und an Jamil vorbeigehen.

»Shahar?«

Sie blieb stehen und stöhnte innerlich, denn sie hatte gehofft, Jamil habe sie aus seinen Gedanken verbannt.

»Du hast etwas vergessen.«

Seine Stimme klang nicht mehr ganz so schroff, aber dennoch wandte Chantelle sich ihm nur zögernd zu. Sie wurde mit dem kraftvollen Bild seiner Männlichkeit konfrontiert, wie er da halbnackt auf dem Bett saß. Chantelles Vorsicht wich reiner Faszination. Sie betrachtete zum erstenmal seine nackte Brust. Glatte Muskeln waren sichtbar sowie ein schwacher Film schwarzer Haare, der die gebräunte Haut bedeckte. Obwohl Derek nicht straff aufgerichtet saß, bildeten sich keine Falten über seinem harten Magen. Und die Schultern wirkten ungemein breit in dieser Stellung mit den aufgestützten Armen. Es waren muskulöse Arme, deren Kraft nun beunruhigend wirkte, nachdem sie sonst unter prunkvollen Tuniken verborgen war. Wenn Chantelle an Jamils Macht gedacht hatte, war dies immer in bezug auf seine Autorität, nicht auf seinen Körper geschehen. Seine Größe wirkte zwar einschüchternd, aber er war so schlank erschienen, seine Bewegungen so geschmeidig, daß sie unter der Oberfläche keine harte Kraft vermutet hatte.

Sie sah ihn nun als Mann, nicht als den Herrscher, und als einen sehr beeindruckenden Mann. Erneut empfand sie die überwältigende Anziehungskraft ihrer ersten Begegnung.

Sie ärgerte sich, daß sie sich ihre Begeisterung für seinen Körper so deutlich ansehen ließ, und hob den Blick. Mit funkelnden Augen und einer zitternden Unterlippe, die sie einen Moment zwischen die Zähne zog, gönnte sie Derek ein Erahnen ihrer zwiespältigen Gefühle, ehe sie fragte: »Was habe ich vergessen – euer Hoheit?«

Die winzige Pause reichte aus, daß seine Miene sich verfinsterte. Chantelles Weigerung, ihn etwas weniger unpersönlich anzureden, war beabsichtigt, und das wußte er nun. Ihr war es egal.

»Komm her«, sagte er einfach.

»Muß ich?«

»Komm her«, wiederholte er, ohne die Stimme zu erheben.

Daß er ihre schnippische Art völlig ignorierte, war der einzige Grund für ihre Gefügigkeit. Sie ging ganz langsam auf ihn zu und blieb in einem Meter Abstand von ihm stehen.

»Dort«, sagte er.

Seine Hand deutete auf ein Bündel Stoff neben seinen Füßen, auf dem eine Anhäufung von Saphiren lag. Chantelle hatte die Edelsteine vorher nicht gesehen und konnte nur annehmen, daß er sie dafür bezahlen wollte, daß sie in seinem Bett geschlafen hatte, wenn auch nichts dabei herausgekommen war.

Empörung steifte ihr den Rücken, und ihre Augen glitzerten. »Ich will sie nicht.«

Derek zog eine Braue hoch. »Interessant«, meinte er, und nach einer langen Pause fügte er hinzu: »Aber belanglos.« Er beugte sich herab und hob die Juwelen auf. Als sie von seinen Fingern baumelten, entpuppten sie sich als herrlicher Halsschmuck, bestehend aus drei Reihen unterschiedlich großer und verschieden geschliffener Steine, in Silber gefaßt – eine Kette, die ein Vermögen wert sein mußte.

Chantelles Wangen färbten sich rot, da sie annahm, er wolle ihre Zuneigung kaufen, und sie wiederholte steif: »Ich will sie nicht.«

Er überraschte sie mit einem Lächeln, als fände er ihre Demonstration von Entrüstung amüsant. Und so war es auch tatsächlich, was seine folgende Erklärung bewies: »Einen Halsschmuck wie diesen mag eine Frau zur Geburt eines Kindes geschenkt bekommen, nicht für das, was du denkst. Zufällig trugst du ihn, als du gestern zu mir kamst, also sollst du ihn auch wieder anlegen, wenn du gehst, und ihn seiner Besitzerin zurückgeben.«

»Ihrer Mutter«, sagte Chantelle und errötete noch mehr, als sie ihren Irrtum erkannte. »Sie lieh mir die Perlen, demnach muß sie mir auch diese Saphire ... Sie können ihr die Kette ebenso wie ich zurückgeben«, beendete sie den Satz, denn sie wollte keinesfalls näher treten, um die Juwelen von ihm zu empfangen.

Er stellte sich das anders vor, griff nach ihrem Arm und zog Chantelle zwischen seine Knie. Als sie zurückzuweichen versuchte, verstärkte sich sein Griff.

»Hast du solche Angst vor mir?«

Sie hörte den Ärger in seiner Stimme, aber es war ihr gleichgültig. Ihr Stolz gewann die Oberhand. »Nein«, erwiderte sie giftig, wenn es auch nicht der Wahrheit entsprach.

»Dann verhalte dich still«, befahl er. »Ich will dir nur die Kette wieder anlegen, denn ich war es, der sie dir abgenommen

hat. Du wirst von hier weggehen, wie du gekommen bist, Shahar.«

Er ließ sie los und wartete, ob sie zurücktreten würde, aber
sie tat es nicht. Sie stellte sich im Geiste vor, wie er den
Schmuck wegnahm, ihre Haut berührte, während sie ahnungs-
los schlief. Ein Gefühl der Wärme in ihrem Leib überraschte sie,
und sie atmete tief ein. Wie konnte so etwas von einer bloßen
Vorstellung passieren?

»Ich warte.«

Im Moment wußte sie nicht, auf was er wartete, und als sie
sich erinnerte, schreckte sie davor zurück. Da er nicht aufgestanden war, wollte er offensichtlich, daß sie sich vor ihn kniete. Das war zuviel, zu unterwürfig, zu erniedrigend.

»Ich muß die Kette nicht am Hals tragen, um sie zurückzu-
geben.« Sie streckte die Hand nach dem Schmuck aus.

»Ich bestehe darauf.«

»Nun, Sie können doch …«

Sie verschluckte den Rest des Satzes, denn Dereks Füße
drückten von hinten gegen ihre Kniekehlen und knickten sie
ein, während seine Hände ihren Körper stützten und in kniende Position zwangen und dort festhielten. Chantelle mußte
hochblicken, und das tat sie mit mörderischem Gesichtsausdruck.

»Sind Sie jetzt glücklich?« zischte sie.

»Ich bin glücklich, wenn du nicht mehr gegen mich
kämpfst«, erwiderte er mit einem Anflug von Bedauern, dann
fügte er sanft hinzu: »Das war nicht gedacht, um dich zu demütigen, kleiner Mond. Ich ergreife eben jede Gelegenheit, dich zu
umschlingen, dich zu spüren …«

»Sie sagten, ich könnte gehen!« rief sie aufbrausend.

»Das kannst du ja. Ich möchte dir nur noch die Kette um den
Hals legen. Heb dein Haar hoch, dann ist es gleich geschehen.«

Sie wußte nicht, wie sie die Situation beurteilen sollte …
Dich zu umschlingen … Gott, wie schwach diese Vorstellung
sie machte!

Schnell, um es hinter sich zu bringen, hob sie die Fülle ihres
Haares von ihrem Hals. Derek nahm den Schmuck vom Bett,

auf das er ihn gelegt hatte. Dann sah er Chantelle an, ehe er das kalte Metall langsam, ganz langsam um ihren Nacken legte.

Es schauderte Chantelle, nicht so sehr von der Kälte, sondern von der Wärme seiner Finger, die über ihre Haut glitten.

Gleich darauf beugte er sich vor, um den Verschluß zu befestigen, und sie spürte, wie sein Körper sie umfing, seine Arme, seine Brust, seine Knie, die sich gegen ihre Hüften preßten.

Die Kälte, die Hitze, der Kontakt ihrer Wange mit seiner Brust – das alles ließ sie ihren Ärger vergessen. Es war, als sei sie in einen warmen, sicheren Kokon eingehüllt. Sicher? Ja, irgendwie fühlte sie sich im Augenblick sicher. Er hatte gesagt sie könne gehen, also hatte sie von dieser Umarmung nichts zu fürchten – außer ihrer eigenen Reaktion. Gott, wie gut fühlte es sich an, so umschlungen zu werden.

Das Bedauern, das sie empfand, als er seine Hände von ihrem Hals nahm, war real. Sie sah ihn verwirrt an, und er lächelte ihr zu.

»War das so schlimm?«

Sie verweigerte ihm eine Antwort, und ihr Stolz ließ sie die soeben erweckten Gefühle unterdrücken. »Kann ich *jetzt* gehen?«

»Ja.« Aber seine Hand an ihrer Schulter hinderte sie am Aufstehen. »Sobald ich dein Wort habe, daß du heute abend zu mir kommen wirst, wenn ich dich rufe.«

»Aber ...«

»Dein Wort, Shahar, oder du gehst jetzt nicht.«

»Nichts hat sich geändert«, erklärte sie einfach.

»Das habe ich auch nicht geglaubt, doch du wirst trotzdem kommen, und wir werden sehen, was geschieht. Dein Wort?«

Unentschlossen biß sie sich auf die Lippen, dann nickte sie. Daraufhin streichelte er zärtlich ihre Wange. »Spar dir deine Kämpfe für mich auf, kleiner Mond. Falls du es nicht bemerkt hast – ich habe die Herausforderung angenommen.«

Als sie aus dem Raum eilte, verspürte sie einen gewissen Grad von Bedrohung, aber auch noch etwas anderes. Sie war nicht bereit, vor sich selbst zuzugeben, daß es Vorfreude sein könnte.

Chantelle konnte nicht viel Interesse für ihre neue ›Gefängniszelle‹ aufbringen. Sie hatte nun zwei Räume anstatt einem zur Verfügung, und beide waren dreimal größer als ihre vorherige Kammer. Sehr hübsch, mit gekachelten Wänden und Marmorboden im Vorzimmer, wo große Kissen den niedrigen Tisch umgaben. Sogar ein kleiner Springbrunnen plätscherte in der Mitte, und vergitterte Fenster wiesen auf einen großen Hof aus rosa Marmorsteinen.

Im Schlafzimmer standen ein überdachtes rosa Bett anstatt einer Pritsche und eine große Truhe, die mit einem Dutzend knapp geschnittener Kleidungsstücke gefüllt war, die Chantelle wie Unterwäsche vorkamen. Hinter einer lackierten spanischen Wand gab es Borde für ihre Kosmetika, Öle und Parfums. Ein prächtiger türkischer Teppich in Karmesinrot und Gold bedeckte fast den ganzen Boden. Auch hier fand sich ein Fenster, das diesmal auf den ummauerten Garten der Favoritinnen wies, in dem ein größerer Springbrunnen zwischen Beeten mit Nelken, Tulpen und dunkelroten Lilien glitzernde Kaskaden in die Höhe warf. Ein Jasminstrauch direkt unter dem Fenster ließ seinen süßen Duft mit der Brise in den Raum strömen.

Chantelle war von Jamils Appartement direkt hierher gebracht worden. In der Halle hatte Kadar wieder auf sie gewartet. Sie war zu verschämt gewesen, um dem riesigen Eunuchen in das zerkratzte Gesicht, für das sie verantwortlich war, zu sehen. Und sie hatte nicht gemerkt, wohin er sie führte, bis sie im Eingang ihrer neuen Behausung stand. Adamma strahlte sie an, und auch Haji Agha war da, demnach sah Chantelle nichts Besonderes in der Tatsache, einen neuen Teil des Harems vor sich zu haben.

Kadar klärte sie auf. »Das gehört jetzt Ihnen, *Lalla*, genauso wie ich.«

Chantelle drehte sich um und blickte ihn an, wie er vom einen Ohr zum anderen grinste. Aus ihrem Gesicht konnte man verschiedene Gefühle ablesen: das der Schuld wegen Kadars Schrammen, Ärger, daß der Sklave so leicht abgegeben wurde, Argwohn, was den Grund hierfür betraf, und schließlich Amüsement, denn sein Grinsen war so ansteckend, daß sie es erwidern mußte – allerdings nur für einen Moment. Auch galt ihr kurzes Lächeln nur ihm allein.

Haji Agha bekam ihren Argwohn zu spüren. »Ist das wahr? Gehört er jetzt mir?«

Der ältere Eunuche nickte zögernd, bestürzt über ihren schroffen Ton. In einer Gesellschaft, die vor jeder Diskussion, mochte sie noch so ernst sein, Höflichkeiten austauschte, war er nicht an solche Direktheit gewöhnt. Und er war auch noch nie von einer Konkubine unfreundlich angeredet worden, wenn er sie über ihren Aufstieg im Harem informiert hatte.

»Sie freuen sich nicht?« stellte Haji fest.

Chantelle machte eine ungeduldige Armbewegung. »Was zählt das jetzt, nachdem es zuvor nie jemanden interessiert hat, ob ich mich freue oder nicht? Ich möchte wissen, warum Sie mir Kadar geben.«

»Es war Jamils Wunsch«, erwiderte Haji einfach.

»Sein Wunsch? Oh, natürlich!« Chantelle betrachtete ihn höhnisch. »Wie dumm von mir zu vergessen, daß Ihr großer Meister alles verlangen kann, sogar, daß Sie Ihre eigenen Sklaven hergeben.«

»Ich wurde reichlich entschädigt.«

»Wie gut für Sie«, meinte Chantelle beißend.

Haji schüttelte den Kopf über dieses Benehmen. »Wenn Sie Kadar nicht wollen …«

Sie schnitt ihm das Wort ab. »Sie haben mir noch nicht gesagt, warum er mir gegeben wurde.«

»Jede Favoritin hat ihren eigenen Eunuchen. Das müßten Sie inzwischen wissen.« Das klang erstaunt.

Chantelle erstaunte ihn noch mehr. »Ich bin keine Favoritin, Haji.« Sie war so verärgert, daß sie versäumte, ihn gebührend anzureden. »Ich weiß, wie die Dinge hier gehandhabt werden, und ich weiß, daß keine Konkubine sich Favoritin nennen darf, ehe sie nicht ...« Sie erstickte fast an ihrer Verlegenheit. »Es genügt wohl, wenn ich sage, daß ich die Kriterien noch nicht erfülle.«

»Dann haben Sie nicht ...«

»Nein, ich habe nicht.«

»Heute morgen dachte ich natürlich ...« Er schwieg, als sie heftig den Kopf schüttelte. »Das ist eine Überraschung«, fügte er ungläubig hinzu.

»Kaum«, zischte Chantelle. »Sie waren nur dreist in Ihrer Annahme.«

»Nicht ganz, Shahar.«

Es gefiel ihr nicht, daß er offensichtliches Vergnügen darin fand, ihr zu widersprechen. »Ich sagte Ihnen ...«

»Es ist nicht wichtig. Sie sind hier, weil Jamil mir befahl, Sie hier unterzubringen. Sie sind jetzt seine erste *Ikbal*, ungeachtet dessen, daß Sie sein Bett erst noch mit ihm teilen müssen. Das ist gewiß ungewöhnlich, aber wir stellen die Wünsche des Herrschers nicht in Frage.«

»Und wenn ich nicht hierbleiben will? Nein, vergessen Sie, daß ich gefragt habe. Ich bin es so leid zu hören, daß ich keine Wahl habe.« Inmitten ihres Grolls kam ihr eine Idee. »Wenn Kadar mir gehört, kann ich ihn dann freilassen?«

Daß Haji *und* Kadar beide nein schrien, ließ sie zusammenzucken. »Oh, um Gottes willen, schon gut. Wie kam ich nur auf den lächerlichen Gedanken, ich könnte etwas tun, was *ich* wollte?«

»*Lalla*, wenn Sie mich nicht mögen, wird Haji Agha Ihnen einen anderen geben.«

Sie wandte sich Kadar zu und schämte sich, daß ihre Stimmung, die nichts mit ihm zu tun hatte, für ihn verletzend gewesen war. »Nein, Kadar. Wenn ich meinen eigenen Eunuchen haben muß, bin ich froh, daß Sie es sind, ehrlich, doch ich verstehe nicht, wieso Sie sich darüber freuen können.«

Er freute sich aber. Sein erneutes Grinsen zeigte ihr das. Und Haji schien nun auch zufrieden zu sein. Er ging mit entspannter Miene und dachte wohl, er habe diesen Sturm ohne allzugroßen Schaden hinter sich gebracht.

Chantelle versuchte ihren Unmut zu verbergen, als Adamma darauf bestand, ihr alles zu zeigen, und vor Begeisterung übersprudelte. Chantelle war an ihrem neuen Appartement einfach nicht interessiert. Sie zog den Schluß, daß Jamil zu selbstbewußt war, daß er sie hierher umquartiert hatte, weil er es nur für eine Frage der Zeit hielt, bis sie sich ihm ergab. Hatte er ihr nicht gesagt, er habe die Herausforderung angenommen? Aber der Schuft spielte falsch. Er ließ den ganzen Harem glauben, ihre Defloration habe bereits stattgefunden, denn wer konnte annehmen, daß sie befördert würde, ehe sie mit ihm geschlafen hätte?

»Das einzige, was die Ehefrauen haben und Sie nicht, das sind noch ein oder zwei weitere Zimmer und ein eigener privater Garten«, erzählte Adamma vergnügt. »Das hier ist das beste Appartement im Rosa Hof. Mara besaß es vor Ihnen.«

»Und was ist mit Mara passiert?«

»Sie wurde zum Hof der *Gozdes* zurückgebracht. Und was für ein Theater sie gemacht hat!« Adamma kicherte. »Aber hier gibt es nur für sechs Favoritinnen Platz.«

»Dann war sie die unbedeutendste Favoritin und hatte die schönste Wohnung«, meinte Chantelle skeptisch.

»Mara hatte die Position erst kürzlich erlangt, aber weil sie einem Zweck diente, wurde sie besonders behandelt und bekam, was sie wollte.«

»Welchem Zweck?« fragte Chantelle. Adamma wandte sich ab und versuchte das Thema zu wechseln, aber das nützte ihr nichts. »Welchem Zweck?« Das junge Mädchen zögerte noch immer mit der Antwort. »Muß ich Jamils Mutter fragen?«

»Nein. Das dürfen Sie nicht. *Lalla* Rahine hat Mara noch nie gemocht.«

»Nun, also?«

Adamma senkte den Kopf. »Mara ... sie hat einen Spitznamen ... ›der Schandpfahl‹.«

Die Kleine erwartete, daß dies alles erklären würde. Chantelle begriff. »Heißt das, daß Jamil sie schlägt?«

»Nicht er«, erwiderte Adamma schnell. Langsam fügte sie hinzu: »Seine stummen Diener tun es.«

»Warum, um Himmels willen?« rief Chantelle empört. »Macht sie Schwierigkeiten?«

»Überhaupt nicht«, erklärte Adamma. »Sie hat nur eine Eigenart: Sie kann am Sex nur Vergnügen finden, wenn man ihr vorher irgendwie Schmerzen zufügt.«

»Das ist absurd!«

»Es ist wahr, *Lalla*. Sie geht lächelnd zum Herrscher und kommt lächelnd zurück. Die Wunden bedeuten ihr nichts. Meine Mutter sagt, daß Maras erste Erfahrung mit einem Mann aus Gewalt bestand und daß sie dennoch Freude daran hat.«

»Die erste Erfahrung mit Jamil?«

»Nein. Mara wurde von dem Sklavenhalter vergewaltigt, der sie nach Barka brachte.«

»Aber ich dachte, Jamils Frauen seien alle Jungfrauen gewesen, als sie herkamen.«

»Mara war noch Jungfrau«, entgegnete Adamma. »Sie wurde auf eine andere Art vergewaltigt.«

Was sich Chantelle nun vorstellte, war unerträglich. »Aber Jamil läßt sie immer noch schlagen, ehe er … ehe …«

Adamma nickte und ersparte Chantelle die Beendigung des Satzes. »Anders kann sie keinen Genuß finden. Und der Herrscher ruft sie nur, wenn seine Stimmung schrecklich ist. Sie fühlt sich glücklich, und sein Zorn wird erleichtert. Erkennen Sie nun den Zweck, dem sie dient? Seine üble Laune wird nicht an seinen anderen Frauen ausgelassen, und Mara bekommt, was sie sich wünscht.«

»Es ist ekelhaft«, sagte Chantelle ruhig.

»Aber wem tut es weh, *Lalla*?«

Anscheinend niemand, dachte Chantelle, aber sie war entsetzt. Natürlich brauchte es sie nicht zu verwundern. Sie hatte mit eigenen Augen gesehen, daß das Auspeitschen einer Frau Jamil nichts ausmachte.

Sie war beinahe dankbar, daß man sie daran erinnerte, wie grausam er sein konnte. Da sie das vergessen hatte, war sie ihm heute morgen gefährlich willig entgegengekommen. In Zukunft Schluß damit!

»*Lalla*?«

»Ja?«

»Sie können sich jetzt noch drei Sklaven aussuchen. Ich schlage vor ...«

»Moment«, unterbrach Chantelle sie erstaunt. »Wer sagt ich soll noch mehr Diener haben?«

»Es ist der Brauch.«

Chantelle furchte die Stirn. »Du hast mich Haji Agha erklären gehört, daß mein Hiersein gegen die Bräuche verstößt. Ich habe mir sozusagen keine besonderen Privilegien *verdient* und beabsichtige auch nicht, sie mir noch zu verdienen.«

»Das dürfen Sie nicht sagen, *Lalla*. Wenn der Herrscher Sie nicht mehr zu sich ruft, werden wir zu den unwichtigen Konkubinen zurückgeschickt.«

Adammas Gesichtsausdruck nach zu schließen mußte das um jeden Preis verhindert werden. Chantelle verstand den Wunsch des Mädchens hierzubleiben. Wenn eine Konkubine aufstieg, stiegen auch ihre Diener in der Rangordnung der Sklaven auf. Aber die Diener mußten sich nicht mit dem Herrscher abgeben. Sie wünschte, Adamma könnte ihr Bestreben verstehen, *nicht* hierzubleiben.

»*Lalla* Shahar?«

Würde sie heute keine Gelegenheit bekommen, in Ruhe über die neue Situation nachzudenken? Chantelle drehte sich um und betrachtete den Neuankömmling finster, der im Türrahmen stand. Sie hatte ihn noch nicht gesehen, aber er war zweifellos ein Eunuche, denn normale Männer durften den Harem nicht betreten, auch nicht als Diener. Nur war dieser Typ hellhäutig und wirkte sehr einflußreich in seinem fließenden, pelzbesetzten Gewand und dem hohen Turban.

Durch die Fenster sah sie verschiedene *Ikbals*, die im Hof standen und den Mann beobachteten. Sie konnten ihre Neugier nicht verbergen. Auch Adamma konnte es nicht. Kadar war ebenfalls wieder erschienen und stand direkt hinter dem Burschen, doch Chantelle entdeckte an ihm keine Neugier, nur eine Wachsamkeit, die sie aus unbekannten Gründen störte.

»Was ist?«

Der Mann verbeugte sich in aller Form. »Ich komme von Jamil Reshid.« Er breitete die Hände aus, auf denen eine flache Rosenholzschatulle von mindestens dreißig Zentimeter im Quadrat und mit Perlmutterrand ruhte. »Eine Empfehlung vom Herrscher, *Lalla*.«

Chantelle machte immer noch ein finsteres Gesicht, als sie das Kästchen entgegennahm, aber ihre Miene wurde vollends wütend, als sie es öffnete. Auf weißem Samt, der jeden einzelnen Edelstein hervorhob, lag eine zweireihige Amethystkette mit einem eichelgroßen Juwel in der Mitte. Der Schmuck war in jedem Fall ebenso wertvoll wie der mit den Saphiren, den sie noch um den Hals trug, und ebenso prächtig.

Was hatte Jamil ihr gesagt? Daß so eine Kette einer Frau gebührte, die ein Kind gebar. Wieso ehrte er sie mit solch einem Geschenk? Ihre erste Annahme von heute morgen stimmte offenbar. Der Herrscher wollte versuchen, ihre Zuneigung nun zu kaufen.

Sie wollte die Schachtel schon zurückgeben, als der Diener sagte: »Es gibt auch eine Botschaft, *Lalla*, wenn Sie gestatten. Vom Herrscher soll ich Ihnen sagen, daß Sie Ihre eigenen Juwelen sicher nicht so leicht vergessen werden, aber er hofft ...« Der Mann furchte die Stirn, schloß die Augen und biß sich auf die Lippen. Anscheinend war ihm aus dem Gedächtnis entschwunden, wie die Botschaft weiter lautete. Schließlich riß er die Augen auf und nickte. Es war ihm wohl wieder eingefallen. »O ja! Er hofft, daß Sie sie weiterhin vergessen.«

Warum trieb ihr diese Nachricht die Röte in die Wangen? Nur sie allein konnte die Sätze verstehen, und sie fürchtete, daß sie sie nur allzugut verstand. War das Jamils Weg, ihr klarzumachen, daß er ihr Einverständnis bei der letzten intimen Umarmung gespürt hatte? Wie war das möglich gewesen?

Als Chantelle den Schmuck nun zurückgeben wollte, war der Bote schon gegangen.

Es dauerte nicht lange, bis im Harem bekannt wurde, daß Chantelle für die Nacht auserwählt war. Das überraschte kaum, denn es gehörte zu den Bräuchen, daß eine Favoritin mehrere Tage hintereinander – und manchmal länger – gerufen wurde. Grund zur Spekulation war nur, warum Chantelle nicht gleich bei ihrem ersten Herrscherbesuch zur Favoritin aufgestiegen war. Nur wenige wußten, daß sie bei diesem Besuch ihre Unschuld nicht verloren hatte. Und diese wenigen hüteten sich auch zu verbreiten, daß Chantelle noch immer ihre Jungfräulichkeit besaß.

Falls die junge Frau erwartet hatte, man würde diesmal kein Aufhebens um sie machen, sah sie sich getäuscht. Sie wurde wieder zum *Hammam* geleitet, diesmal unter der Aufsicht von *Lalla* Savetti, einer Serbin mittleren Alters, die Herrin des Rosa Hofes war. Haji Agha und verschiedene seiner Eunuchen warteten dort – er wollte wohl kein Risiko eingehen. Auch Kadar begleitete Chantelle. Sie überlegte, auf wessen Seite er stünde, wenn sie wieder in Panik geraten würde. Doch sie wehrte sich nicht, jedenfalls nicht nach außen hin. Und sie hatte Jamil ihr Wort gegeben. Sie mußte die ausgedehnten Vorbereitungen über sich ergehen lassen.

Unglücklicherweise waren die Bäder diesmal nicht leer. Es schien, als sei der gesamte Harem im Hauptraum versammelt. *Lalla* Savetti, die das genaue Gegenteil der verhältnismäßig reservierten Safiye darstellte, kam auf die Idee, den anderen Favoritinnen sowie Jamils drei Ehefrauen Chantelle vorzustellen.

Diese Zusammenkunft traf die junge Engländerin völlig unvorbereitet. Sie hatte einige der Favoritinnen schon vorher in den Bädern gesehen, doch sie alle um sich zu haben, wirkte aufschlußreich und peinlich zugleich. Die Frauen waren in jeder Hinsicht so schön, wie man es von der Elite des Harems erwarten konnte. Eine hatte schwarzes, eine andere dunkelbraunes, aber die übrigen sechs rotes Haar in verschiedenen Schattierungen. Es war nicht schwierig, daraus zu schließen, daß Jamil diese Farbe bevorzugte. Ein Blick in den Raum bestätigte, daß mehr als die Hälfte der anwesenden Damen Rotschöpfe waren.

Die acht Favoritinnen wirkten absolut außergewöhnlich, so daß sich Chantelle im Vergleich zweitrangig, ausgewaschen und schäbig, wenn nicht gar kränklich vorkam. Ihr Körper war neben den anderen dürr wie ein Stecken. Die Frauen zeigten keineswegs irgendwelchen Fettansatz, aber dafür atemberaubende Kurven. Chantelle hatte nie in ihrem Leben so viele Juwelen gesehen, wie an diesen acht Damen glitzerten – sogar hier in den Bädern.

Zum Glück war keine Zeit zum Plaudern, denn Chantelles Zunge fühlte sich wie gelähmt an. Dabei schlug der jungen Engländerin keine Feindseligkeit entgegen, nicht einmal Eifersucht, was man doch hätte erwarten können. Tatsächlich waren alle freundlich, sogar Noura, die Schwarzhaarige mit den temperamentvollen dunklen Augen, die zu ihrer prachtvollen Mähne paßten. Nouras Gesicht mochte vielleicht ein wenig Argwohn ausdrücken, aber die anderen schienen Chantelle in ihrer kleinen Gruppe herzlich willkommen zu heißen.

Sie wußte nicht, wie sie das beurteilen sollte. Die Frauen liebten Jamil und waren selbstlos bereit, ihn mit anderen zu teilen. Was sollte man zu solchen Wesen sagen? Keines von ihnen hätte sich in Chantelle einfühlen können.

Sie wurde durch Hajis Bemerkung, es sei schon spät, aus ihrem Dilemma befreit und dann zur ›Vollbehandlung‹ weggebracht. Sie wußte nicht, ob sie am vorangegangenen Abend die gleiche Prozedur durchgemacht hatte, aber jedenfalls wurde sie nicht nur gebadet, rasiert und schamponiert, sondern auch noch massiert, eingeölt und parfümiert. Außerdem wurden ihre Zähne poliert ihr Zahnfleisch inspiziert, ihre Nägel gefärbt und ihr Atem gesüßt. Sie hätten ihr Haar und ihr Gesicht auch noch in Angriff genommen, wenn sie nicht Einhalt geboten und Adamma für diese Aufgabe herangezogen hätte.

Haji mußte sich ihren Wünschen fügen, da sie sich so willig

zeigte. Chantelle ahnte, daß er Schwierigkeiten von ihr erwartete und vielleicht schon Gegenmaßnahmen ergriffen hatte, aber er wußte ja nicht, daß sie ihr Wort gegeben hatte. Und sie beabsichtigte nicht, ihm das zu sagen und ihn somit von einer Sorge zu befreien.

Als sie in ihr Appartement zurückkehrte, wartete dort die Garderobenmeisterin mit einer neuen Kreation rosé- und schimmernd silbergestreifter ›Unterwäsche‹ auf sie. Diesmal protestierte Chantelle, denn sie hatte schon ein weniger enthüllendes Gewand aus ihrer Truhe ausgesucht. Daraufhin wurde sie mit hochmütiger Miene darüber aufgeklärt, daß ihre Kleider für einen Besuch beim Herrscher zu gewöhnlich waren und nur im Harem getragen werden konnten. Eine Diskussion lohnte sich nicht, zumal Chantelle den Kaftan, den sie sich zur Komplettierung ihres Aufzugs wünschte, zögernd zugestanden bekam. Sie konnte nur seufzen, als er gebracht wurde, denn er entpuppte sich als so durchsichtig, daß man ihn kaum bemerkte.

Die Farbe des Gewandes paßte perfekt zu den Amethysten, wie Adamma feststellte, und Chantelle fragte sich, ob inzwischen nicht alle von ihrer Morgengabe wußten. Sie hatte vorgehabt, Jamils Juwelen nicht zu tragen. Jetzt wünschte sie, der Dieb, der angeblich im Harem Kostbarkeiten stahl, hätte ihr einen Besuch abgestattet. Aber da dies nicht der Fall war und sie versprochen hatte, keine Szene zu machen, ließ sie sich den Schmuck von Adamma um den Hals legen.

Sie war beinahe fertig zu gehen, als Rahine auftauchte. Chantelle wunderte sich, daß Jamils Mutter ihr unter die Augen zu treten wagte, nachdem sie gegen den Wunsch ihres Sohnes über sie, Chantelle, die Küchenstrafe verhängt hatte.

»Wenn Sie sich über nichts freuen, Shahar – sind Sie nicht wenigstens glücklich über die solide Tür, die Sie absperren können?«

»Sie haben recht, Madame«, gab Chantelle zu. »Die Tür ist das einzige, was mir hier gefällt.« Adamma war noch mit ihrem Haar beschäftigt, aber Chantelle schickte sie hinaus und fragte Rahine dann: »Wußten Sie, daß Jamil mich nicht bestrafen wollte?«

Kein Muskel zuckte in Rahines Porzellangesicht. »Zuerst wußte ich es nicht, aber jetzt weiß ich es. Warum haben Sie ihm nichts erzählt?«

Chantelle nahm den Handspiegel auf, um dem Blick der grünen Augen zu entgehen. »Wie kommen Sie darauf, daß ich nichts erzählt habe?« fragte sie lässig.

»Weil wir andernfalls seinen Zorn zu spüren bekommen hätten. Sie sagen ihm doch nichts, nicht wahr?«

Die Frage klang so vertrauensvoll, daß Chantelle nur ehrlich antworten konnte. »Nein.«

»Warum nicht?«

»Ich wäre ebensogern in der Küche geblieben, wenn Sie es schon wissen müssen. Es ist ja nichts Schlimmes passiert.«

»In der Küche geblieben? Hassen Sie ihn denn so sehr?«

Der ungläubige Ton reizte Chantelles Zorn. »Ich möchte nicht seine nächste Hure sein.«

»Meine Liebe, das wären Sie nie«, erklärte Rahine sanft. »Keine Konkubine kann eine Hure sein, nachdem sie nur die Aufmerksamkeit eines einzigen Mannes kennt. Aber Sie müssen wissen, daß Jamil Sie bereits hochschätzt. Ihretwegen bricht er die Regeln. Er scheint in jeder Hinsicht von Ihnen besessen zu sein. Können Sie wirklich kein zärtliches Gefühl für ihn aufbringen?«

»Warum strengen Sie sich für ihn so an?« rief Chantelle.

»Weil ich für sein Glück lebe. Was sonst könnte mein Dasein erfüllen?«

O Gott, wie salbungsvoll! Chantelle vermochte der Frau nicht mehr böse zu sein, nachdem sie das gehört hatte. »Könnten Sie nicht heimgehen – nach England? Warum schließen Sie sich hier ein, wenn Sie nicht müssen? Sie sind seine Mutter. Er würde Sie nicht hier festhalten, wenn Sie gehen möchten, oder?«

»Nein, aber ich könnte nirgendwohin gehen! Das ist nun mein Zuhause, Shahar. Jamil, seine Kinder, seine Frauen – sie sind meine Familie. Das ist mein Leben. Nirgendwo sonst hätte ich etwas, das mir wichtig wäre.«

»Sie sind keine alte Frau. Sie könnten einen neuen Ehemann finden.«

Rahine lächelte. »Das könnte ich auch hier, Shahar, wenn ich das wollte.«

Chantelle gab es auf. »Gut, Ihnen gefällt es also hier. Nehmen Sie die Tatsache freundlich zur Kenntnis, daß es mir hier nicht gefällt und nie gefallen wird.«

»Ich frage mich, ob Sie in – sagen wir – einer Woche noch genauso denken werden.«

Rahine wartete nicht auf eine Erwiderung, sondern ließ Chantelle mit der Überlegung allein, was diese Bemerkung wohl zu bedeuten hatte. Was konnte in einer Woche geschehen, das bei ihr einen Sinneswandel hervorrufen würde? Vielleicht meinte Rahine, daß Jamils Geduld nicht über sieben Tage hinausgehen würde. Mochte sein! Chantelle ahnte tief in ihrem Inneren, daß er seinen Willen bekommen würde – so oder so. Sie wußte, daß ihre Tage gezählt waren. Dennoch würde sie das bittere Ende hinauszögern, und ihre Gefühle würden sich nicht ändern, wenn dieses Ende kam.

Wenn Chantelle es nicht besser gewußt hätte, hätte sie schwören können, daß sie umworben wurde. Während der letzten fünf Tage rief Jamil sie jeden Abend zu sich, und immer spielte sich dasselbe ab. Er war charmant, sogar witzig. Er erzählte Geschichten über seine Kindheit im Harem, die zum Teil so lustig waren, daß Chantelle lachen mußte. Sie gingen im Garten spazieren, unterhielten sich und lasen einander vor.

Nach Chantelles Maßstäben ging alles sehr schicklich vonstatten, deshalb lernte sie, sich in Jamils Gegenwart zu entspannen – wenigstens die meiste Zeit ihrer Besuche. Doch ehe der Abend vorbei war, wagte der Herrscher unvermeidlich einen Vorstoß, und sie widerstand ihm unvermeidlich, obwohl Gott wußte, daß ihr das von Mal zu Mal schwerer fiel. Wenn Jamil zärtlich wurde, gab er sich völlig freimütig und sagte ihr genau, was er mit ihr machen wollte. Sie mußte sich nicht nur gegen seine Hände, sondern auch gegen seine Worte behaupten – und gegen das, was sie bei ihr bewirkten. Doch sie blieb Siegerin trotz der verräterischen Reaktion ihres Körpers.

Erstaunlicherweise zeigte der Mann keinen Ärger mehr, wenn sie seine Annäherung abwies. Sie wünschte beinahe, es sei anders, denn ihr Bild des grausamen Tyrannen bröckelte mehr und mehr ab, vor allem, wenn während des Tages kleine Geschenke eintrafen oder Grußworte, die sie daran erinnern sollten, daß er an sie dachte.

Der letzte Abend war wie die anderen verlaufen, abgesehen davon, daß Jamil trank, als sie kam. Das hatte sie äußerst nervös gemacht, bis sie merkte, daß er nicht betrunken war, sondern nur ein bißchen anders, entspannter und – um die Wahrheit zu sagen – englischer als je zuvor. Auch sein ›Liebeswerben‹ erschien ausgesprochen englisch. Wenn sie nicht in den Harem hätte zurückkehren müssen, der mit Frauen ange füllt war, die Jamil gehörten, hätte sie fast vergessen können, wer er war und wo sie war.

Aber die Frauen, seine vielen Frauen, konnte sie nie vergessen. Er mochte seine Abende mit ihr verbringen, aber sie wußte nicht, mit wem er die Nächte verbrachte. Er rief kein anderes Mädchen zu sich – irgendwelche Feindinnen im Harem hätten das Chantelle sofort zugetragen. Aber es war bekannt, daß er seine Ehefrauen aufsuchte, die er selten zu sich holte. Ihre Appartements konnte er diskret erreichen, so daß Chantelle keine Ahnung hatte, was er nach ihrem Fortgehen tat.

Daß sie sich darüber überhaupt Gedanken machte, störte sie. Es sollte ihr gleichgültig sein, mit wem er schlief, solange sie nicht betroffen war. Doch wenn sie sich selbst gegenüber ehrlich sein wollte, mußte sie zugeben, daß ihr die Vorstellung nicht gefiel, seine Geduld mit ihr könnte daher rühren, daß er sein Vergnügen anderswo fand.

Diese Idee veranlaßte sie, seinen Ehefrauen weniger Sympathie entgegenzubringen, wenn diese sie besuchten. Sie hatte Noura schon vor ihrer ersten Begegnung nicht gemocht, und bei der zweiten verstärkte sich ihre Meinung, da die schwarzhaarige Schönheit ihr wahres Gesicht zeigte. Ihre Überheblichkeit wurde nur noch von ihrer Eitelkeit und Herrschsucht übertroffen. Vielleicht hatte sie Grund, so herablassend zu sein, denn laut Adamma war sie als einzige im Harem keine Sklavin, sondern aufgrund eines Vertrages mit einem Wüstenpascha mit Jamil verheiratet worden. Allerdings konnte das nicht als Entschuldigung für solch übertriebene Arroganz oder für ihre verletzenden Bemerkungen gelten. Noura brachte es fertig, jeden mit ihrer Boshaftigkeit zu überschütten, der ihre Aufmerksamkeit erregte.

Die anderen beiden Ehefrauen waren gänzlich anders. Vor allem fiel es schwer, Sheelah nicht zu mögen. Der Kolibri, den die erste Kadine Chantelle geschenkt hatte, war bezeichnend für ihre großzügige und freundliche Natur. Tatsächlich konnte Chantelle keinen einzigen Grund finden, diese Frau abzulehnen – außer dem, daß Jamil sie besonders liebte. Doch dieses Argument war so unlogisch, daß es keine nähere Betrachtung duldete.

Heute lag eine gewisse Vorahnung in der Luft, als Chantelle sich für den sechsten der aufeinanderfolgenden Abende mit Jamil Reshid vorbereitete. Sie schrieb die atmosphärische Spannung ihren Nerven zu, denn sie wußte, daß ihre Zeit ablief. Daß sie sich möglicherweise auf die Gesellschaft des Mannes freute, zog sie nicht in Betracht.

Sie trug ein zartes rosa Musselingewand, das die Farbe ihrer Augen dämpfte und gut zu ihren platinblonden Locken paßte. Adamma ließ diese Haarpracht weich fallen und steckte nur die vordersten Strähnen zurück. Chantelle besaß nun Ohrgehänge, zwei Armbänder, Haarnadeln und einen auffallenden Amethystring, der den Halsschmuck ergänzte – Geschenke, die Jamil ihr immer noch schickte, obwohl sie sie im traditionellen Sinn nicht ›verdient‹ hatte.

»Sie werden ihm den Atem rauben, *Lalla*«, versicherte Adamma glücklich.

»Glaubst du, daß er dann ersticken wird?« meinte Chantelle hoffnungsvoll.

Adamma kicherte. Sie nahm Chantelles abfällige Bemerkungen über Jamil nicht mehr ernst, vielleicht, weil die Engländerin nur mehr aus Gewohnheit so Negatives von sich gab. Noch vor einer Woche hätte sie sein Ableben möglicherweise als ihre Rettung betrachtet und keine Sekunde getrauert. Jetzt mochte sie noch immer um einen Ausweg beten, aber nicht durch Jamils Tod.

Es war Kadar, der sie jeden Abend zum Herrscher brachte und auf ihre Rückkehr wartete. Er kam ihr wie ihr zweiter Schatten vor, begleitete sie auf Schritt und Tritt, bewachte ihre Wohnungstür und schlief zusammen mit Adamma nachts in dem vorderen Zimmer. Kadar schien ihr absolut ergeben zu sein, doch Chantelle wollte ihn noch nicht auf die Probe stellen. Wenn sie einen Fluchtweg ausgekundschaftet haben würde, würde sie Hilfe brauchen, und sie setzte ihre Hoffnungen dann in Kadar. Aber es war noch zu früh, ihm rückhaltlos zu vertrauen.

Heute abend stand Jamil an den Gartentüren. Er empfing Chantelle immer in dem einen Raum, der das ständig bedrohliche Bett enthielt. Aber es waren auch Berge von Kissen vorhanden, die neben den mondlichtdurchfluteten Fenstern eine gemütliche Couch bildeten. Der Raum war immer gut beleuchtet, aber irgendwie schien das Licht schwächer zu werden, ehe der Abend zu Ende ging, als ob unsichtbare Diener jede Lampe löschen würden. Chantelle hatte davon nichts bemerkt. Sie wurde von Jamil so stark gefesselt, daß eine Armee hätte vorübermarschieren können, ohne ihre Aufmerksamkeit zu erregen.

Jamil trug eine dunkelgoldene Tunika aus schwerem venezianischem Brokat, die an seiner Brust und den Schultern eng anlag. Die typischen weiten Hosen bestanden aus weißer persischer Seide und steckten in hohen Stiefeln europäischer Machart. Eine breite Schärpe aus Goldstoff umschloß seine Taille und bot einem Dolch Halt, der in seiner ungeschmückten Einfachheit tödlich war. Die einzigen Juwelen, die Chantelle an Jamil entdecken konnte, waren seine Ringe, ein großer Bernstein und der Smaragd, den er immer trug. Und wie gewöhnlich hatte er keinen Turban auf. Seit ihrer ersten Begegnung hatte Chantelle ihn nie mehr mit Turban gesehen. Sie wünschte, es wäre anders, denn mit dem glattrasierten Gesicht und dem dichten schwarzen Haar, das in der Mitte gescheitelt war und in Wellen auf die Schultern fiel, sah er von der Taille aufwärts überhaupt nicht orientalisch aus. Unzählige Male hatte Chantelle ihn betrachtet und gedacht, wie normal er in einem englischen Salon wirken würde. Sie hatte ihn sich vorgestellt in einem gutgeschnittenen Mantel, engen kniehohen Breeches, mit einer silberfarbenen Krawatte am Hals, und wußte daß er eine elegante Erscheinung abgeben würde. Auch so gab er eine elegante Erscheinung ab – verdammt!

Auf Jamils Drängen hin warf sie sich nicht mehr zu Boden, wenn sie hereinkam. Aber sie ging auch nie auf ihn zu, sondern blieb an der Tür stehen, bis er sie rief. Heute abend sagte er zuerst gar nichts, er sah sie nur mit seinen durchdringenden grünen Augen an. Vielleicht wartete er nur, bis der Vortrag beendet war. Ein Leser des Koran saß in einer Ecke und rezitierte laut aus dem Buch in seinem Schoß.

Als die Stimme des kleinen Moslems sich plötzlich erhob, wandte Chantelle sich ihm zu.

> Jene, die ihr fürchtet, mögen aufsässig sein,
> euch Vorhaltungen machen; verbannt sie auf ihr Lager
> und schlagt sie. Wenn sie euch dann gehorchen,
> versucht nicht, euch gegen sie zu wenden. Allah ist
> all-hoch, all-groß.

> Eure Frauen sind Ackerland für euch;
> So kommt auf euren Acker, wie ihr wollt,
> und bringt eure Seelen voran; Allah ist
> all-mächtig, all-weise.

Chantelle hielt den Atem an und blickte zu Jamil zurück, der sie immer noch beobachtete. Nun entließ er den Leser des Koran mit einer knappen Geste, nahm aber den Blick nicht von Chantelle.

Sie wartete, bis der kleine Mann sich unter Verbeugungen rückwärts entfernt hatte, dann hob sie die silbernen Brauen mißbilligend. »War das für mich bestimmt?«

»Aber natürlich.«

Sein plötzliches Grinsen war so schelmisch, daß sie lachen mußte. »Sie vergessen, daß ich eine christliche Ungläubige bin, die den Lehren Ihres Propheten nicht folgt.«

»Ich vergesse nie auch nur für eine Sekunde, was du bist, Shahar.« Er kam auf sie zu und legte ihre Finger auf seine Lippen, ehe er sagte: »Was du bist, gehört mir.«

Mochte ihr Verstand vor der Anziehungskraft des Mannes zurückschrecken, ihr Körper tat es nicht. Er reagierte sofort auf die Berührung und den besitzergreifenden Ton. Doch bevor Chantelle sich eine Erwiderung ausdenken konnte, führte Jamil sie zu dem Kissenlager, ließ sich nieder und zog sie neben sich.

So früh am Abend hatten sie noch nie solch einen engen Kontakt gehabt. Die Kissen waren so groß, daß sie ein Bett formten. Jamil lehnte sich auf einen Ellenbogen zurück und hatte ein Knie abgebogen, so daß es auf Chantelle ruhte. Sie stützte sich momentan auf beide Ellenbogen. Er hatte sich ihr bisher immer in kleinen Etappen genähert, um sie vorzuwarnen. Daß er diese Regel nun nicht einhielt war beunruhigend.

Langsam rutschte Chantelle weg, bis ihr Rücken an dem Kissen lehnte, das an der Wand lag. Wenigstens berührten sich nun ihre Schenkel nicht mehr, und Chantelle genoß den Vorteil, auf Jamil herabschauen zu können. Das beruhigte ihre Nerven ein wenig, bis sie ihn lächeln sah.

Er machte aber keine Bemerkung über ihre Unsicherheit und fragte: »Was sollen wir heute abend machen?«

»Im Garten spazierengehen?« Chantelle wollte sich erheben, doch ein Arm über ihren Oberschenkeln hinderte sie daran.

»Was möchtest du *hier* tun?« fragte er deutlicher und nahm zu ihrer Erleichterung den Arm weg.

»Ich ... ich weiß es nicht. Was möchten Sie ...« Er hob den Kopf und grinste so himmelschreiend verrucht, daß sie die Frage nicht zu beenden brauchte. »Das ausgenommen«, fügte sie ein wenig scharf hinzu.

Er zuckte kaum merklich die Schultern. Sein Blick wanderte langsam über ihren Körper und blieb an ihrem Schoß hängen. »Hast du schon zu tanzen gelernt?«

Sie wußte, was für eine Art von Tanz er meinte. Sie hatte eine der *Ikbals* beim Üben im Hof beobachtet und nie zuvor etwas Ähnliches gesehen oder sich vorzustellen gewagt. Dieser ›Tanz‹ diente nur dem einen Zweck, männliche Begierden zu wecken – mit Schlangenbewegungen von Bauch und Becken, die nicht nur verführerisch wirkten; Chantelle fand sie einfach obszön.

»Ihre orientalischen Tänze sind zu ... fremd für meinen Geschmack.«

»Aber ich würde dich gern tanzen sehen, Shahar«, erklärte er und ließ einen Finger über ihren Oberschenkel bis zu ihrem Knie gleiten, wo seine Hand innehielt. »Würdest du es für mich lernen?«

Er sah sie an. Das Feuer in seinen Smaragdaugen bewirkte, daß ihr Hals eng wurde. Ihr Leib geriet unter seiner Berührung schon in elektrische Schwingungen.

»Ich … ich könnte nicht.«

»Du könntest schon«, flüsterte er gepreßt, und sein Finger wanderte den Weg zu ihrem Oberschenkel zurück. »Du möchtest es nicht. Aber man kann es nicht erzwingen. Du mußt den Wunsch verspüren, meine Leidenschaft zu entfachen …«

»Jamil!«

Sie packte seinen Finger, ehe er das Gebiet weiter erforschen konnte. Jamil erschreckte sie, weil er die Hand mit einem Ruck wegzog und sich aufrichtete. Chantelle erkannte an seinem kritischen Gesichtsausdruck, daß sie ihm mißfallen hatte, und dachte, ihre Abwehr sei der Grund. Es überraschte sie, eines Besseren belehrt zu werden.

»Nenn mich, wie du willst, aber nicht Jamil!«

»Verzeihung …?«

»Nenn mich Derek!«

»Wie bitte?« meinte sie ungläubig.

»Es bedeutet ›Geliebter‹.«

Sie blinzelte. Was, zum Teufel, war über ihn gekommen?

»In welcher Sprache?« fragte sie skeptisch.

»Die Sprache ist unwichtig.« Seine Stimme hob sich vor Ärger. »Wirst du mich Derek nennen?«

Das war zuviel. Erst lächelte sie, dann folgte prustendes Gelächter. Sie neigte sich vornüber und hielt sich die Seiten vor Lachen. Als sie sich schließlich wieder zurücklehnte, sah sie, wie er sie mit gekräuselten Lippen beobachtete.

»O Gott!« Sie seufzte und wischte sich die Tränen aus den Augen. »Wenn ich Sie nicht Jamil nennen darf, brauchen Sie es nur zu sagen. Tatsächlich Derek! Der Name ist so englisch, wie ich es bin.«

»Und wie meine Mutter, Shahar«, stellte er fest. »Vielleicht gab sie mir den Namen.«

»Wirklich?«

»Nein«, erwiderte er wahrheitsgemäß, denn sein Großvater hatte ihn Derek genannt.

Auch er lehnte sich wieder zurück. Es irritierte ihn, daß er so heftig reagiert hatte. Was bedeutete schon ein Name? Nur, weil er seinem Bruder gehörte …

Chantelle beobachtete ihn neugierig. »Was hat das alles zu bedeuten – wenn ich fragen darf?«

Er blickte zu ihr auf und merkte plötzlich, daß ihre Belustigung ihre Wachsamkeit verdrängt hatte. Das würde sich jedoch ändern, falls er auf sein Vorrecht pochte, nicht zu antworten.

Er zuckte lässig die Schultern. »Meine Frustration äußerte sich so und überraschte uns beide.«

Das konnte sie ihm glauben, aber es war ihr zuwider, daß *dieses* Thema wieder auftauchte. »Oh, gut ...«

Er lachte vor sich hin. »Wo ist dein Mut, Engländerin? Bist du nicht neugierig, woher meine Frustration kommt?«

»Nein.«

»Es ist nicht das, was du denkst.«

»Nicht?«

»Ich möchte dich in meinem Bett haben, ja, aber ich möchte auch noch andere Dinge.«

Ehe sie erkannte, was er vorhatte, ergriff er das Taillenband ihrer Seidenhose und zog daran, sanft genug, daß die Knöpfe an den Seiten nicht absprangen, aber auch fest genug, um Chantelle über das Kissen herabgleiten zu lassen, bis sie flach auf dem Rücken neben ihm lag. Sofort hob sie in Abwehr die Hände, doch er lehnte sich nicht über sie, wie sie es erwartet hatte.

»Das ist besser«, sagte er. »Vom Hochblicken bekam ich schon einen steifen Hals.«

Wenn diese Bemerkung Chantelle in ihrer neuen Position als Beruhigung dienen sollte, verfehlte sie ihren Zweck. »Ich glaube nicht ...«

»Shh, willst du nicht wissen, was ich jetzt mit dir machen möchte?« Sie schüttelte entschieden den Kopf, und er gab ihr ihre eigenen Worte zurück. »Das ausgenommen.«

»Ganz egal«, beharrte sie. »Es nützt nichts, darüber zu reden.«

»Woher weißt du das? Und woher weißt du, daß du das nicht magst, was ich mit dir machen möchte?«

Mit einem kleinen Stöhnen schloß sie die Augen, öffnete sie aber sofort wieder, als sie spürte, wie er näher rückte. Sein Gesicht war nun über ihr, nur einen Atemzug entfernt. Seine Hand, die noch das Taillenband ihrer Hose hielt, drehte sich, so daß Chantelle die Innenfläche auf ihrer Haut spürte. Die Hand war nicht so heiß wie die sengende Glut seines Blicks.

»Ich möchte meine Finger in dich stecken, Shahar.«

»O Gott«, wisperte sie, ehe sein Mund den ihren bedeckte und den Sinneswirbel verstärkte, den seine Worte verursacht hatten.

Dennoch griff sie nach seinem Arm und umfaßte sein Handgelenk. Daß der Zugriff keine Kraft besaß, war nicht erstaunlich.

»Wenn du mir nicht etwas gibst, Mädchen, werde ich verrückt«, sagte er dicht vor ihren Lippen.

Sein Kuß wurde wild und besitzergreifend, als wollte er sie verschlingen. Unter diesem Angriff fühlte sie sich noch schwächer, und ihre Hand fiel von ihm ab. Sofort glitten seine Finger in ihre Hose, durchstreiften die kleinen Haarlocken und taten schließlich das, was er angekündigt hatte.

Chantelles Reaktion war, sich gegen ihn aufzubäumen, was seinen Fingern gestattete, nur noch tiefer in sie einzudringen. Sie klammerte sich an ihn und wand sich in einer höchst beglückenden Erregung, die jede Überlegung ausschloß.

»Oh, Geliebte, du bist so heiß, so feucht.«

Chantelle schmolz unter seinen Worten dahin, schlang die Arme um ihn und erwiderte seine Küsse mit rasender Sehnsucht. Daß er englisch gesprochen hatte, drang nicht in ihr Gehirn, so entflammt war sie. Und er setzte sein Zauberwerk fort. Er ließ die Fieberkurve keine Sekunde absinken.

Dann lag er plötzlich zwischen ihren Beinen, und es war keine Kleidung mehr zwischen ihnen. Wie er das bewerkstelligt hatte, wußte Chantelle nicht – sie konnte sich an nichts erinnern. Sie wußte auch nicht, warum sie es jetzt merkte: vielleicht durch die allgegenwärtige Hitze seiner Haut, die sich gegen sie preßte, Leib an Leib, Brust an Brust. Vielleicht auch durch die Verletzlichkeit ihrer Position: daß sie die Beine spreizte, um sich ihm anzupassen. Vielleicht, weil er einen atemlosen Moment lang aufgehört hatte, sie zu küssen.

Aber es war keine Zeit, daß Panik oder Furcht hätten Platz greifen können. Jamil wartete nur, bis die Erkenntnis sich in ihr herauskristallisierte, sich in ihren veilchenblauen Augen zeigte, dann küßte er sie wieder und tauchte tief mit seiner Zunge ein. Zur gleichen Zeit spürte sie erneut das heftige Vergnügen seiner Finger in ihrem Unterleib ... nein, diesmal nicht seiner Finger. Es war er selbst, jener Teil von ihm, den sie gefürchtet hatte und nun nicht mehr fürchtete.

Langsam, ganz langsam drang er in sie ein – und mit solcher Leichtigkeit, denn sie war heiß vor Erwartung, feucht vor Verlangen. Sie spürte eine Fülle, nicht ähnlich seinen Fingern, und eine Festigkeit, viel köstlicher, als sie hatte ahnen können, und dann eine seltsame Empfindung, als sei etwas in ihr geplatzt, nicht direkt schmerzhaft, aber erschreckend, danach eine noch stärkere Fülle tief in ihr.

Sein Stöhnen mischte sich mit ihrem, als er fortfuhr, sie zu küssen, zärtlich jetzt, aber nicht weniger leidenschaftlich. Für einen Moment machte er keine weitere Bewegung, und Chantelle war es egal. Sie genoß dieses neue Gefühl und ahnte instinktiv, daß sie noch mehr davon bekommen würde. Und so war es auch. Als seine Hüften langsam gegen ihren Körper zu stoßen begannen, schien ihr Herzschlag das gleiche Tempo aufzunehmen, beschleunigend wie er, schneller und schneller, bis ein Blitzstrahl heller Sinneslust sie so extrem traf, daß sie schrie und ihre Arme enger um ihn schloß, während er sie noch dichter an sich preßte und sein pulsierender Höhepunkt sich mit ihrem vereinigte.

Chantelle ließ sich in ein wunderbares Abseits treiben, in das keine Gedanken eindringen konnten, nur ein Übermaß an Gefühlen, die alle schön und wohltuend waren. Haut prickelte an Haut, ein angenehmes Gewicht ruhte auf ihr, eine feuchte Hitze an ihren Brüsten, ein langsamer Herzschlag in ihren Lenden – es war einfach schön. So hätte sie ewig liegen mögen, wenn Jamil nicht begonnen hätte, sie zu necken. Er zeichnete mit seiner Zunge Kreise um ihre Brustwarze und blies dann kühlen Atem darauf, bis sie sich zu einem harten kleinen Knopf zusammenzog.

Das waren zwar vergnügliche, aber keine entspannenden Empfindungen. Chantelle streckte die Hände aus, um Jamils Kopf zu packen und den warmen Mund des Mannes wieder auf ihre Brustwarzen zu drücken.

»Dann bist du jetzt wach?«

Sie lächelte verträumt, als er sehr sanft zu saugen begann. »Ich habe nicht geschlafen.« Ihre Finger tauchten in sein Haar, und sie wunderte sich, wie babyzart es sich anfühlte. Er lag auf ihr und preßte seinen Leib in ihre Leisten. Als sie das spürte, wurde sie von einer süßen Erregung durchflutet.

Plötzlich umfaßte eine Hand jede ihrer Brüste, und sein Kinn ruhte dazwischen. »Bist du ärgerlich auf mich, kleiner Mond?«

Ärgerlich? Meinte er das ernst? Sie stützte den Kopf auf, um Jamil anzuschauen. »Sehe ich ärgerlich aus?«

»Ich habe dich überrumpelt.«

Sie verzog ein wenig die Lippen. »Wirklich?«

»Ich glaube, du warst sicher, das würde nur in meinem Bett geschehen.«

»Sind wir nicht in deinem Bett?«

Er grinste. »Du siehst meinen Standpunkt.«

»Sehr gut, du hast mich also überrumpelt.«

»Und es hat dir gefallen?«

»Läßt du mich aufs Rad spannen und vierteilen, wenn ich nicht die richtige Antwort gebe?« Jamil preßte ihren Busen, so daß ihr das Scherzen verging. »Ja, du eingebildeter Mensch. Ist das das, was du hören möchtest?«

Sein Lächeln brachte ihr Herz fast zum Schmelzen. »Weißt du, wieviel Freude es mir macht zu wissen, daß du nur mir allein gehörst?«

»Ich könnte es mir vorstellen, wenn auch du nur mir allein gehören würdest.« Glühende Röte stieg ihr in die Wangen. Gott, wie hatte sie so etwas sagen können? »Ich meine, daß …«

»Nein, ich lasse dich das nicht zurücknehmen«, unterbrach er sie mit einem leisen Lachen. »Ich hatte recht. Ihr Engländer könnt nicht teilen.«

Ob sie teilen konnte oder nicht – jedenfalls teilte sie seinen Humor nicht. »Wenn du meinst, daß bei uns *ein* Mann zu *einer* Frau gehört, ja, dann stimmt es«, sagte sie bissig. »Aber ein Mann, der beinahe fünfzig Frauen besitzt, kann das nicht verstehen.«

»Bist du eifersüchtig, kleiner Mond?«

»Natürlich nicht.«

»Warum könnte es dich sonst stören, wie viele Frauen ich besitze?«

»Es ist unsittlich.«

»Nach euren Maßstäben. Nach unseren ist die Anzahl tatsächlich gering.«

Dagegen konnte sie nichts einwenden, da seine Religion den Männern in diesem Land die Vielweiberei gestattete. Er würde ihre Ansichten nie begreifen und sie sowieso ignorieren, warum sollte sie also ihre Worte verschwenden? Aber es machte sie wütend – bei Gott, das tat es –, daß seine Untreue hier selbstverständlich war, während die Welt unterginge, wenn ein anderer Mann eine seiner Frauen auch nur ansehen würde.

»Ich denke«, sagte sie mit steifem Hochmut, »daß ich in den Harem zurückkehren sollte.«

»Nun bist du mir böse.«

»Überhaupt nicht«, widersprach sie, obwohl ihre aufeinandergepreßten Lippen das Gegenteil bewiesen. »Ich habe deine

Wünsche nur vorausgeahnt, denn man hat mir gesagt, daß du eine Frau sofort zurückschickst, wenn du mit ihr fertig bist.«

Chantelle wußte nicht, wie sie den Mut aufbrachte, das zu sagen, nachdem alles, was Vashti ihr verkündet hatte, nicht stimmte. Und Jamil gefiel es offenbar auch nicht, was er da hörte. Unbewußt griffen seine Hände fester nach ihr, er lehnte sich zurück, und sein Gesichtsausdruck wurde finster.

»Wer hat dir das erzählt?«

Bei diesem Ton schwand Chantelles Ärger. Wenn sie Vashti auch nicht mochte und jetzt noch mehr Veranlassung hatte, sie nicht zu mögen, wünschte sie doch niemandem eine Bestrafung, die von Jamil verhängt wurde.

»Ist das nicht egal?« meinte sie ausweichend.

»Wer?«

»Ich erinnere mich nicht.«

Seine Augen verengten sich noch mehr wegen ihres Starrsinns. »Was hat man dir noch erzählt?«

»Nichts.« Dann fügte sie entschiedener hinzu: »Wirklich.« Doch das hätte sie sich sparen können.

»Furchterregendes über mich, um dich zu ängstigen?« vermutete er zutreffend. »Wem verdanke ich die Verlängerung meiner Frustration? Wer wurde dazu bestimmt, dich zu instruieren?«

Sie wußte, daß er das leicht herausbringen konnte – auch ohne ihr Zutun. Wenn er auf jemanden wütend sein wollte, dann sollte er sie aufs Korn nehmen. Schließlich waren Vashtis Lügen nicht für all ihre Ängste verantwortlich.

»Sie irren sich, euer Hoheit.« Momentan war ihre Intimität vergessen, und Chantelle wählte wieder die förmliche Anrede. »Nichts, was man mir gesagt hat, konnte mir mehr Furcht einflößen als Ihre eigenen Handlungen.«

»Denkst du immer noch, ich würde dir weh tun?« fragte er eher verwundert als verärgert.

»Sie tun mir jetzt weh«, erwiderte sie ruhig.

Erst in diesem Moment merkte er, wie er ihre Brüste in seiner Erregung zusammenpreßte, und ließ sie zerknirscht los. Aber sie gab ihm keine Gelegenheit, sich zu entschuldigen.

»Das war jedoch nicht der Grund«, fuhr sie fort, »daß ich zögerte, das Bett mit Ihnen zu teilen. Ich wurde nach dem Grundsatz erzogen, daß eine anständige Frau sich keinem anderen Mann hingibt als ihrem rechtmäßig angetrauten. Ein abweichendes Verhalten würde Schande und Verderben über sie bringen.«

»Ich bin dein rechtmäßiger Herr.«

»Das zählt nicht.«

»Der einzige Mann, den du haben kannst, Shahar, genau wie ein Ehemann.«

»Nein, das ist nicht dasselbe. Sie haben mich gekauft. Sie haben mich nicht geheiratet.«

»Möchtest du, daß ich dich heirate?«

Sie war bei dem bloßen Gedanken entsetzt. »Und daß ich Ihre vierte Frau wäre? Nein!«

Sie war ebenfalls entsetzt, als sie zu spät erkannte, daß sie ihn soeben sehr beleidigt hatte. Doch Gott sei Dank gab er sich nicht gekränkt, sondern sagte nur: »Gibt es noch irgendeinen Grund für dein Zögern, mir zu gehören?«

Sie blickte zur Seite, ehe sie leise erwiderte: »Es machte sie … endgültig, meine Sklaverei.«

Verständnisvoll senkte sich seine Stimme. »Am Tag deiner Gefangennahme wurde sie unvermeidlich, Shahar. Sicher warst du dir darüber im klaren.«

»Bis es tatsächlich geschah, bestand noch Hoffnung. Sie haben einen großen Harem, der mit schönen Frauen angefüllt ist. Da Sie ihn selten betreten, hätten Sie mich leicht vergessen können.«

Er lächelte und legte eine Hand an ihre Wange, um ihr Gesicht zu sich zu drehen. »Du bist nicht der Frauentyp, der je darauf hoffen kann, unbemerkt zu bleiben, kleiner Mond. Ein Mann braucht dich nur einmal anzusehen, um dich nie wieder vergessen zu können. Weißt du das nicht?«

Sie schüttelte den Kopf. »Nach Ihren Maßstäben ist mein Körper viel zu dünn, um als attraktiv zu gelten.«

Ein neckendes Licht funkelte in seinen Augen. »Es mag dir an Polstern fehlen, aber was du hast, ist alles, was ich mir nur wünschen könnte.«

»Sie möchten nicht, daß ich zunehme?«

»Ich möchte, daß du so bleibst, wie du bist.«

»Wenn ich also zunehme, wollen Sie mich nicht mehr?«

Er lachte leise und folgte der Richtung ihrer Gedanken. »Ich hätte schwören mögen, daß ich dich sagen hörte, dir hätte gefallen, was wir gerade taten. Oder hast du vielleicht so schnell vergessen, daß du deine Jungfräulichkeit nun nicht mehr beschützen mußt?«

Sie errötete, denn sie hatte im Augenblick tatsächlich vergessen, daß diese ungeheuerliche Umwandlung stattgefunden hatte, die alles ändern würde, vor allem ihre Aussichten. Sie war sich noch nicht sicher, wie sie darüber dachte. Aber eines war bestürzend. Sie hatte nicht erwartet, das Geschehene so völlig zu genießen. Doch es wäre dumm von ihr gewesen, das zuzugeben, vor allem ihm gegenüber. Der Mann war ohnehin so sehr im Vorteil, daß sie ihm die Genugtuung nicht auch noch schenken mußte.

Daß sie von befriedigter Mattigkeit in Ärger, dann von Niedergeschlagenheit in Verwirrung gesunken war, empfand sie ebenfalls als bestürzend. Sie wünschte nichts sehnlicher, als gehen zu dürfen, um allein sein und klarer über ihren Verlust nachdenken zu können.

Natürlich konnte sie nicht klar denken, solange Jamil noch gemütlich zwischen ihren Beinen ruhte. Warum verharrte er in dieser Position? Daß er die Nacht nur mit seinen Ehefrauen verbrachte, war nicht eine von Vashtis Lügen, sondern eine im Harem bekannte Tatsache. Allerdings schien er zum Schlafen noch nicht bereit zu sein.

»Du bist nachdenklich geworden, kleiner Mond.« Seine Stimme holte ihren Blick zurück zu diesen eindringlichen smaragdgrünen Augen. »Ich werde dir nicht erlauben, deine Hingabe zu bereuen.«

Seine Arroganz war beinahe amüsant. »Sie mögen meinen Körper besitzen, euer Hoheit, aber meinen Gefühlen befehle ich noch selbst.«

»Wirklich? Und wie steht es mit deinen Sinnen? Befiehlst du ihnen auch?«

Er neigte den Kopf und saugte eine Brustwarze in die warme Tiefe seines Mundes. Chantelle schloß die Augen, während der köstliche Schauder von ihrem Busen in ihren Bauch und von dort in ihre Lenden wanderte. Der anderen Brust wurde die gleiche gründliche Aufmerksamkeit zuteil, bis Chantelles Finger in Jamils Haar griffen und seine Frage somit deutlicher als mit Worten beantwortet wurde.

Plötzlich glitt er von ihrem Körper, hob sie auf seine Arme und trug sie in sein Bett. Sie tauchte aus ihrem Sinnenrausch und besann sich kurz auf die beiden Wächter. Wie hatte sie die nur vergessen können? Errötend sah sie sich um, doch die Wand hinter dem Bett war leer.

»Wo sind Ihre Stummen?« fragte sie Jamil, doch ihr stockte der Atem, als sie bemerkte, wie sein Blick langsam ihren ganzen Körper abtastete.

»Ich habe sie mit Rücksicht auf deine Schamhaftigkeit in den Garten verbannt.«

Er selbst spielte ihrem Schamgefühl allerdings übel mit, indem er nicht aufhörte, sie unverhohlen zu mustern. Ihr verbot die Sittsamkeit, das gleiche bei ihm zu tun. Obwohl er nackt vor ihr stand, rutschte ihr Blick nicht tiefer als bis zu seinem Kinn.

»Verstehe ich … verstehe ich richtig, daß Sie mit mir noch nicht fertig sind?«

Nicht einmal diese Frage bewirkte, daß er die Augen von ihrem Körper nahm. »O nein, kleiner Mond«, entgegnete er mit Nachdruck. »Wie konntest du das annehmen? Eine Frustration, wie du sie bei mir verursacht hast, braucht lange, bis sie befriedigt ist.«

»Ich finde diese Frustration, auf der Sie ständig herumreiten, recht unglaubhaft, nachdem Ihnen so viele Frauen zur Verfügung stehen.«

Es war ihr knapper Ton, der endlich seine Aufmerksamkeit erregte. Er lächelte und legte sich neben sie auf das Bett, so daß sie die Hitze seines Leibes an ihrer ganzen Seite spürte. Eine Hand legte sich um ihre Wange und zog sie heran, und Chantelle empfing einen beunruhigend zarten, sanften Kuß.

»Du denkst, eine andere könnte das Feuer löschen, das du entfacht hast?« Seine Lippen bewegten sich ihren Hals entlang bis zu ihrem Ohr, und das bewirkte ein Lustgefühl, das bis in ihre Zehen schoß. »Seit ich dich zum erstenmal sah, konnte ich nur mehr an dich denken. Wie hätte ich da eine andere in mein Bett einladen können, Shahar? Nur du kamst in Frage.«

Sie beschloß, ihm zu glauben, weil seine Worte so erregend waren wie die Zunge, die in ihr Ohr tauchte. Noch einmal hörte sie auf zu denken, als sie sich dem Vergnügen seiner Berührung hingab.

»Ist es Ihnen recht, wenn ich mich zu Ihnen geselle?«

Chantelle zuckte die Schultern, ohne die Wange von dem warmen Marmorquader zu nehmen. »Ja, natürlich …« Doch dann hob sie überrascht den Kopf, denn was sie eben gehört hatte, war ihre Muttersprache gewesen. »Kommen Sie auch aus England?«

Es war Jamila, eine der anderen fünf *Ikbals*, die unbefangen ihre Robe öffnete, und sich neben Chantelle auf den geheizten Marmorboden im Gemeinschaftsraum legte. Unter dem Gewand war sie nackt, und ihre vollen jungen Brüste ragten nach vorn, als sie sich auf beide Ellenbogen stützte. Daß Chantelle unter ihrer Robe genauso nackt war, um die Wärme zu genießen, war der Grund, warum sie nicht die gleiche Pose einnahm.

»Ich dachte, jemand hätte es Ihnen erzählt«, meinte Jamila mit einem Lächeln. »Meine Familie stammt aus Gloucester, aber ich wurde hauptsächlich in London erzogen.«

»Nein, niemand hat es mir gegenüber erwähnt. Ich nahm an, Rahine sei hier die einzige Engländerin. Warum haben Sie nichts gesagt, als Sie mich neulich mit Lady Sheelah besuchten?«

»Es war Sheelah, die mich Türkisch lehrte, doch ich brauchte so lange, daß ich in ihrer Gegenwart, um weiterzuüben, nur Türkisch sprechen darf. Sie hat soviel Geduld mit mir, aber ich war niemals sprachbegabt. Mein Französischlehrer verzweifelte fast wegen meiner Fehler.«

»Für mich ist es wunderbar, meine Muttersprache wieder zu hören. Ich bin so froh …« Chantelle hielt inne. »Ich meine nicht daß ich über Ihr Sklavinnendasein froh bin – das wünsche ich keinem Menschen.«

»Nein, ich verstehe schon. Aus demselben Grund war ich traurig, als Sie ankamen.«

»Wie lange sind Sie schon hier?«

»Erst seit kurzem – etwas über sechs Monate. Ich war die letzte Frau, die vor Ihrer Ankunft in den Harem eintrat. Und es gab solchen Streit deshalb, daß ich nicht glaubte, es würden noch weitere Konkubinen gekauft. Die anderen glaubten es auch nicht, und darum bedeuteten Sie eine große Überraschung.«

»Einen Streit?«

»O ja.« Jamila lächelte. »Jetzt kann ich darüber lachen, aber damals hatte ich Angst. Der Herrscher war so wütend über seine Mutter, daß er im Harem in aller Öffentlichkeit mit ihr stritt. Ich war sicher, daß man mich wieder verkaufen würde.«

»Warum sollte er Sie wieder verkaufen, wenn er Sie erst ausgesucht hatte. Worüber ärgerte er sich?«

»Er war es nicht, der mich kaufte, sondern *Lalla* Rahine.« Jamila furchte die Stirn. »Ich dachte, Sie wüßten das. Der Herrscher hat seit fünf Jahren keine Frau mehr für sich erworben – seit er erkannt hat, was ihm Sheelah bedeutet. Mehr als die Hälfte aller Haremsdamen wurden ihm geschenkt oder von seiner Mutter erstanden. Als sie mich gekauft hatte, befahl er, daß nun absolut Schluß sei.« Sie kicherte. »Er ist nicht wie diese Türken oder Araber, die meinen, je mehr desto besser. Er erschöpft sich tatsächlich in dem Bemühen, keine seiner Frauen über einen längeren Zeitraum hinweg zu vernachlässigen. Da werden Sie verstehen, daß es ihn aufregt, wenn sein Harem immer größer wird.«

Chantelle unterließ es, wegen dieser Bemerkung verächtlich zu schnauben. Was hatte sie hier verloren, wenn er keine Frauen mehr wollte, die ihn entkräfteten? Sie erinnerte sich an ihre erste Begegnung und daran, wie gleichgültig er ihr erschienen war. Wenn er so geblieben wäre, hätte sie Jamilas Schilderung begreifen können. Aber da war die letzte Woche, die vorangegangene Nacht. Da waren seine Worte, die sie geglaubt hatte und noch glaubte – daß er seit ihrer Ankunft keine seiner anderen Frauen angerührt hatte.

Ja, letzte Nacht. Er hatte sie bis zur Morgendämmerung nicht gehen lassen, und sie beide hatten in den langen Stunden nicht geschlafen. Sie wußte nicht, wie oft sie sich geliebt hatten, wie

oft seine Stimme und seine Berührung die Glut wieder ange-
facht hatte, die er nie ganz verlöschen ließ. Sie war in ihre Zimmer zurückgekehrt und hatte den ganzen Morgen geschlafen,
erschöpft, aber mit einer Zufriedenheit, die sie noch nicht zu
analysieren versucht hatte. Sie hatte nicht darüber nachgedacht,
sondern vorgezogen, ihre Gefühle auszukosten, ehe sie sie zer-
pflückte, um herauszufinden, warum sie über ihre leichte Kapi-
tulation weder bestürzt noch im geringsten enttäuscht war.

»Sie verstehen sicher, warum soviel gerätselt wird, seit er Sie
gekauft hat«, fuhr Jamila fort und spielte mit einer Locke ihres
dunkelbraunen Haars. »Jeder überlegt, ob er Ihnen einfach
nicht widerstehen konnte oder ob Ihre Ankunft eine Änderung
signalisiert, daß nun wieder mehr Frauen in den Harem aufgenommen werden.«

Chantelle hatte keine Lust, dieser Frage nachzuspüren, da es
andere wichtigere gab, die sie noch nicht gestellt hatte. Ein Themawechsel erschien ihr angebracht.

»Vermissen Sie die Heimat, Jamila?«

»O ja. Ich kann mich nicht an die Untätigkeit hier gewöhnen.
Ich war immer so beschäftigt. Der Tag hatte nie genügend
Stunden für all meine Verpflichtungen. Hier haben wir zuviel
Zeit und nichts zu tun. Ich war überzeugt, die Langeweile würde mich reif für die Irrenanstalt machen, aber das lag natürlich
daran, daß der Herrscher eine Weile brauchte, bis er seinen Ärger überwand und mich endlich bemerkte.« Sie beugte sich her-
über und senkte die Stimme. »Ich bin erst seit einem Monat eine *Ikbal*, aber das macht allen Unterschied. Nun erlebe ich die
Vorfreude, innerhalb einer Woche von Jamil gerufen zu werden, denn länger ignoriert er seine Favoritinnen selten. Es ist jedesmal ein herrliches Erlebnis – er ist so ein wundervoller Liebhaber, nicht wahr?«

Ja, wundervoll. Chantelle konnte es nicht leugnen, doch sie
schreckte vor dem Gedanken zurück, daß so viele Frauen in
den Genuß dieser Erfahrung kamen.

Jamila hatte eine Bestätigung ihrer letzten Feststellung nicht
abgewartet. Sie plauderte munter weiter. »Die arme Sheelah
weiß nicht, was sie denken soll. Sie liebt ihn so.«

Chantelle konnte nicht widerstehen zu fragen: »Lieben Sie ihn?«

Die Brünette zuckte die Schultern. »Ich weiß es wirklich nicht. Jedesmal, wenn ich bei ihm bin, glaube ich es. Als ich ihn zum ersten Mal sah, war ich so erleichtert, weil er nicht alt, fett oder häßlich war. Tatsächlich könnte sich keiner meiner Bekannten in England mit ihm messen, aber ...« Sie machte eine Pause, ehe sie wisperte. »Wenn ich morgen freigekauft würde, hätte ich nichts dagegen. Der Herrscher ist wundervoll und liebenswürdig und so sexy, und ich hatte Glück, daß ich für ihn und keinen anderen gekauft wurde, aber am liebsten wäre mir doch ein Mann, der mir gehört und der mir zur Verfügung stünde, wenn ich wollte. Ich bin wohl ein wenig selbstsüchtig.«

»Überhaupt nicht«, versicherte Chantelle. »So sind wir eben erzogen worden.«

»Dann gefällt es Ihnen auch nicht, ihn teilen zu müssen?«

Chantelle mochte hierauf nicht antworten, statt dessen sagte sie: »Unser Leben lang hielten wir es für selbstverständlich zu heiraten, und natürlich erwarten wir, die eine und einzige Liebe unseres Mannes zu sein.«

»Genau.« Jamila strahlte. »Niemand sonst gibt das zu. Aber die anderen sind schon soviel länger da und haben sich an die Situation gewöhnt. Im Lauf der Jahre wird es uns wohl auch so gehen. Dennoch ist es eine Schande.« Sie kicherte und rollte die Augen. »Mit dem, was ich hier gelernt habe, würde mein Ehemann sich nicht langweilen und nicht allzuschnell nach einer Geliebten Ausschau halten.«

Chantelle mußte lächeln. »Nein, gewiß nicht.«

»Leider werde ich das nie ausprobieren können.« Jamila legte den Kopf auf die gekreuzten Arme. »Sheelah war die Glückliche. Ich dachte, der Herrscher würde sie wirklich lieben. Doch letzte Woche, auf Nouras kleiner Party, sah man den Unterschied. Zum erstenmal verteilte Jamil seine Aufmerksamkeit in Sheelas Gegenwart völlig gleichmäßig unter uns allen. Sie war am Boden zerstört.«

Chantelle furchte die Stirn. Ihr war nicht aufgefallen, daß Sheelah unglücklich wirkte.

Jamila fuhr fort: »Ich wäre nicht überrascht, wenn Noura auf so etwas gewartet hätte. Sie haßt Sheelah schon von Anfang an, weil sie Jamils erste Frau ist. Ich möchte auch Sie vor Noura warnen. Jeder schwört, sie hätte versucht, Sheelahs Sohn nach der Geburt ihres eigenen zu töten, doch es konnte nie bewiesen werden.«

»Ist das Ihr Ernst, Jamila?«

»Mmm.« Sie sah Chantelle an. »Ich wollte Sie nicht erschrecken. Vorerst haben Sie von Noura nichts zu befürchten. Ihr größter Haß gilt den Frauen, die dem Herrscher Kinder geboren haben. Ich wollte Sie nur warnen, damit Sie sich eventuelle böse Worte von Noura nicht zu sehr zu Herzen nehmen.«

»Ich weiß das zu schätzen, aber ich habe mir schon meine Meinung über diese Frau gebildet. Mir ist nie eine rachsüchtigere Person begegnet. Aber was ist mit Sheelah? Warum ist sie so nett zu mir, wo sie mich doch hassen muß?«

»O nein, das dürfen Sie nicht denken! Sie ist nicht fähig, jemanden zu hassen, nicht einmal Noura.«

Warum fühlte Chantelle sich jetzt elend statt erleichtert? »Wenn Sie das sagen …«

»Oh, meine Liebe, nun habe ich Sie bekümmert. Das wollte ich nicht, wirklich nicht.«

»Es ist schon in Ordnung, Jamila.«

»Sind Sie sicher? Sagen Sie es nicht nur?«

»Bestimmt nicht.«

»Gut, denn ich hatte gehofft, wir könnten Freundinnen sein. Sie dürfen sich wegen Sheelah nicht schuldig fühlen. Das würde sie nicht wollen. Es ist ja auch nicht so, daß Sie ›die andere‹ wären – bei diesem Überangebot.«

»Aber sie ist seine Ehefrau.«

»Eine von drei Ehefrauen, und wir sind seine Favoritinnen, aber er vernachlässigt die Konkubinen auch nicht für lange Zeit. So ist hier das Leben. Diejenige, die er momentan bevorzugt, ist die Glückliche. Sie müssen es genießen, solange es dauert.«

Das hieß wohl, daß es nicht andauern würde? Chantelle sprach die Frage nicht aus. »Ich möchte nicht die Ursache für den Schmerz einer anderen sein.«

»Oh, das sind Sie doch nicht«, versicherte das Mädchen. »Jamil rief Sheelah zu sich, ehe er Sie zum erstenmal holen ließ. Und vermutlich wird sie die erste sein, wenn er Ihnen eine Pause gönnt, also machen Sie sich keinen Kummer wegen ihr. Schließlich gebar sie ihm seinen ersten Sohn, und er betet den Jungen an. Sie war nur bestürzt, weil sie sein verändertes Verhalten nicht erwartet hatte.«

Chantelle hatte nach dem zweiten Satz nicht mehr viel gehört. »Meinen Sie, er hat mit Sheelah geschlafen, nachdem er mich gekauft hatte?«

»Ja, natürlich«, erwiderte Jamila erstaunt. »Sie waren noch in der ›Lehre‹, und die wurde recht plötzlich abgebrochen, nicht wahr? Ich kam in der zweiten Nacht an die Reihe. Ich hatte schon Angst, gehen zu müssen, wenn Sie Favoritin werden würden. Wie sich dann herausstellte, wurde Mara zurückgeschickt. Erst nachdem er Sie zum erstenmal zu sich gerufen hatte, holte er keine andere Frau mehr zu sich. Sie wissen gar nicht, wie glücklich Sie sind, Shahar, daß Sie ihn eine ganze Woche für sich haben. Mir gelang es nur zweimal hintereinander, dann kam Sheelah zurück in sein Bett.«

Chantelle schloß die Augen und zählte stumm bis zehn. Sie durfte sich von diesen Neuigkeiten nicht aus der Ruhe bringen lassen. Es sah vielleicht nur so aus, als habe Jamil sie angelogen. Er hatte nicht direkt behauptet, mit keiner anderen mehr geschlafen zu haben. Er hatte sie gefragt, wie er eine andere in sein Bett einladen könnte. Nun, offenbar konnte er. Er hatte nur durchblicken lassen, daß es nicht wahrscheinlich sei.

Nein, nein, sie durfte nicht denken, daß er sie absichtlich täuschte. Vielleicht hatte er nur erklären wollen, daß er immer an sie dachte, und das hatte Jamila indirekt bestätigt. Außerdem – hatte sie nicht selbst angenommen, daß er noch mit seinen Ehefrauen schlief? Das hatte sie nicht daran gehindert, sich ihm hinzugeben. Oh, aber, wie romantisch war es gewesen von ihm zu hören, daß nur sie seine Sehnsucht stillen konnte, seitdem er sie zum erstenmal gesehen hatte.

Hauptsächlich waren diese Worte verantwortlich für ihre Zufriedenheit an diesem Morgen und ließen sie beinahe vergessen, daß sie nicht Jamils einzige Konkubine war. Jede teilte ihn mit ihr, aber daß sie ihn noch mit keiner anderen geteilt hatte, machte den entscheidenden Unterschied. Sie brauchte ihn heute abend nur nach den näheren Umständen zu fragen. Wenn er ihr versichern konnte, daß da keine andere war …

»Oh!« rief Jamila plötzlich. »Oh, bist du sicher?«

Chantelle sah zu ihr hinüber und entdeckte eine Dienerin, die neben der Brünetten kauerte und ihr etwas ins Ohr flüsterte. »Was ist denn?« fragte sie.

»Ich bin heute abend zu ihm bestellt«, erwiderte Jamila erstaunt. »Das habe ich nicht erwartet … Aus irgendeinem Grund muß er Sheelah böse sein, daß er sie so ignoriert.« Sie richtete sich auf und lächelte entzückt. »Oh, ich kann mich nicht beklagen. Ich dachte schon, ich müßte Wochen und Wochen warten, nachdem Sie hier sind!« Sie legte eine Hand auf Chantelles Arm. »Freuen Sie sich mit mir, Shahar. Ich habe soviel Spaß an der körperlichen Liebe.« Sie sprang auf und zog die Dienerin mit sich fort zu den Bädern.

Einen Moment lang bewegte Chantelle sich nicht und atmete kaum, bis sie merkte, daß ihre dummen Augen sich mit Wasser füllten. O *Gott, daß er das wagte!*

Sie senkte den Kopf und wische sich heimlich die Augen, ehe sie sich erhob. Sie mußte diesen überfüllten Raum sofort verlassen, und niemand durfte sagen können, er habe Chantelle verstört gesehen, weil der Herrscher so schnell das Interesse an ihr verloren hatte. Schnell? Nein, die Frauen dachten, sie habe die ganze Woche Jamils Bett geteilt, und würden annehmen, sie sei erzürnt, dieses Privileg nun zu verlieren. *Privileg, ha!* Gott, was für ein fürchterliches Schaf war sie gewesen!

Sie stand einen Augenblick da und überlegte, wo sie allein sein könnte, um sich wieder unter Kontrolle zu bringen. Da fiel ihr das Dampfbad ein, in dem keiner sie so klar sehen konnte, daß er ihre Gefühle erriet.

Sie rannte fast aus dem Saal und fand zu ihrer Erleichterung einen der Dampfräume leer vor. In einer Ecke legte sie sich auf eine Bank und vergrub den Kopf in ihren Armen. Nun konnte sie die Tränen nicht mehr zurückhalten.

Dieser niederträchtige, falsche, wollüstige Kerl! Sie haßte ihn, verachtete ihn. O Gott, es tat weh, und sie war selbst daran schuld. Sie war so dumm! Nur einen Augenblick zu denken, er hege andere Gefühle für sie als die der Lust! Wie naiv konnte sie sein? Und wie schnell zeigte er sein wahres Gesicht, nachdem er bekommen hatte, was er wollte. Aber nie wieder! Die Burkes lernten aus ihren Fehlern. Sie war also verführt worden! Sie war unbedarft genug, romantische Vorstellungen mit dem Mann zu verbinden. Gott sei Dank wurden diese im Keim erstickt, ehe die Beziehung sich zu einer ernsthaften Angelegenheit entwickelte und sie, Chantelle, sich verliebte. Sie mochte nicht daran denken, wie sie sich fühlen würde, wenn das der Fall wäre. Es war so schon schlimm genug.

Sie empfand es als besonders schrecklich, daß sie sich Illusionen hingegeben hatte. Sie hätte das dicke Ende voraussehen müssen. War sie nicht genügend gewarnt worden? Fast jeder hatte ihr erzählt, wie sehr Jamil Sheelah liebte, doch war er seiner ersten Ehefrau treu? Kein bißchen. Wie, zum Teufel, hatte sie glauben können, in ihrem Fall sei es anders? Er liebte sie nicht. Und selbst wenn er sie lieben würde, fiele es ihm nicht ein, seine anderen Frauen für sie aufzugeben, die Mütter seiner Kinder, seine Sheelah. Sie, Chantelle, hatte sich in unmögliche Träume verrannt, also konnte sie nur sich selbst die Schuld an ihren Verlustgefühlen geben.

Plötzlich hörte Chantelle Stimmen, die von draußen hereindrangen und immer lauter wurden. Sie richtete sich auf und trocknete ihr Gesicht mit dem Ärmel ihres Gewandes. Glücklicherweise hatte Adamma noch keine Kosmetik aufgetragen, so daß die Tränen keine Kohlespuren hinterlassen hatten. Blöde Tränen! Wie konnte man über den ›Sohn eines Kamelkotes‹ weinen? Beinahe hätte Chantelle gekichert. Sie sollte bei englischen Flüchen bleiben. Ihr fehlte Adammas feiner Instinkt für türkische.

Vermutlich redete draußen eine Badefrau … Nein, der Ton war zu herrisch für eine Dienerin. »…will keine Entschuldigungen mehr hören! Es hätte nie so lange dauern dürfen!« Eine beruhigende Männerstimme antwortete, aber sie war zu leise, als daß Chantelle sie hätte verstehen können. Das ärgerliche Organ der Frau hingegen erklang deutlich, als sie fortfuhr. »Nimm das und veräußere es. Wenn damit nicht etwas Mut gekauft werden kann, muß ich …« Der Mann unterbrach sie: »Was ist mit dem Jungen?« Ein Murmeln folgte, und dann wieder die Frauenstimme: »Ja, geh los und erledige das. Nichts konnte ihn aus dem Palast locken, aber vielleicht bringt ihn das vor die Tür. Dann möchte ich aber Resultate sehen. Keine Stümperei mehr, oder ich nehme dir die Sache aus der Hand. Und wage nicht, mich zu hintergehen, Ali! Keiner ist …«

Die beiden entfernten sich, und Chantelle konnte den Rest nicht mehr hören. Zu schade, denn das Thema der beiden begann gerade interessant zu werden. Chantelle konnte sich zwar keinen Reim daraus machen, aber es hatte sie von ihren trüben Gedanken abgelenkt, und sie konnte nun zu ihren Zimmern zurückkehren.

Sie sah die beiden Personen nicht, die am Ende der Halle standen, als sie den Dampfraum verließ, doch die beiden bemerkten Chantelle.

»Glauben Sie, daß sie unser Gespräch gehört haben könnte?« fragte der Eunuche.

»Nein, aber für den Fall …«

»Ich kümmere mich persönlich darum, *Lalla*.«

Als Chantelle am nächsten Nachmittag die Bäder betrat, waren
ihre Augen umschattet, aber nichts hätte sie zurückhalten können, nicht ihre Magenverstimmung und auch nicht Adammas
Warnungen, daß heute jeder über sie reden würde, und bestimmt nicht ihr eigener Wunsch, sich zu verstecken. Dafür war
sie zu stolz, und außerdem hatte sie sich jetzt in der Gewalt.
Man sah ihr nicht das kleinste Unbehagen über das gestrige Geschehen an.

Doch Adamma hatte nicht übertrieben. Chantelle stand im
Mittelpunkt der Aufmerksamkeit. Aber sie ertrug die höhnischen und schadenfrohen Blicke, das Flüstern und laute Gelächter, wenn sie in die Nähe kam, mit äußerlicher Gelassenheit. Sie merkte natürlich auch, daß nicht alle Frauen in ihrer
Eifersucht so boshaft waren. Es gelang ihr sogar, ein Lächeln
aufzusetzen, als sie Noura traf, die es eilig hatte, ihr zu erzählen, Jamila sei so erschöpft, daß sie zu dieser späten Stunde
noch schlafe.

Das tat weh, denn sie selbst war gestern morgen ebenso erschöpft gewesen. Auch heute war sie übermüdet, aber aus einem anderen Grund. In der Schlaflosigkeit der letzten Nacht
hatte sie kein Vergnügen gefunden. Der ganze Abend war
scheußlich gewesen. Sie hatte jeden Besucher abgelehnt und so
nur Adammas Gesellschaft erduldet. Die Kleine benahm sich,
als sei sie diejenige, der die Gunst des Herrschers entzogen
worden war, und lief mit einem langen Gesicht herum.

Chantelle hatte gerade die Bäder verlassen, um den Gemeinschaftsraum zu betreten, da kam Adamma mit strahlendem Lächeln angerannt und verkündete ihr, sie sei für den Abend zu
Jamil bestellt. Sie schrie so laut – mit Absicht, wie Chantelle
argwöhnte –, daß keiner es überhören konnte. Doch Tante Ellen
wäre *stolz* gewesen, denn Chantelle zuckte nicht mit der Wimper. Sie nickte nur leicht und verließ ruhig den *Hammam*, um in

ihre Zimmer zu gehen. Damit erweckte sie den Eindruck, den Ruf als selbstverständlich hinzunehmen. Aber das tat sie nicht – nicht im geringsten.

Sie suchte sofort ihren Schlafraum auf und kam nicht mehr heraus. Sie hörte, wie Adamma jenseits des Vorhangs, der die beiden Zimmer trennte, auf und ab wanderte. Sicher wollte das Mädchen mit den Vorbereitungen beginnen, aber Chantelle hatte nichts vorzubereiten.

Adamma wartete nicht länger als zwanzig Minuten, dann streckte sie den Kopf durch den Vorhang. Sie sah, daß ihre Herrin vor dem Fenster stand und in den Garten hinausblickte.

»*Lalla?*«

»Ja?«

»Sollten wir nicht anfangen ...«

»Nein.«

»Aber ...«

»Ich gehe nicht, Adamma.«

Shahar hatte sich nicht vom Garten abgewendet. Ihre Stimme klang ganz normal. Adamma kaute an ihrer Unterlippe. Sie hätte das vorausahnen müssen.

»Sind Sie krank, *Lalla?*« fragte sie zögernd.

Chantelle blickte über die Schulter. »Krank?« Sie lächelte angespannt. »Nein, aber diese Entschuldigung ist so gut wie jede andere, um eine königliche Schlacht zu vermeiden. Kadar soll Haji Agha informieren, damit der Herrscher für heute abend eine andere Vereinbarung treffen kann.«

Adamma stöhnte und eilte zur Eingangstür, wo der schwarze Eunuche Wache hielt. »Sie geht nicht zu ihm!« rief das Mädchen.

Kadar sprang sofort auf. »Ist sie krank?« fragte auch er.

»Nein, aber Sie müssen Haji Agha erklären, sie sei krank.«

»Das wird nicht funktionieren, Mädchen.«

»Hoffen Sie lieber, daß es funktioniert, denn sie meint es ernst. Sie geht nicht zu ihm.«

Kadar brummte und machte sich auf den Weg. Eigentlich hatte er gewußt, daß die kleine Engländerin nicht sehr lange gefügig bleiben würde. Sie war zu stolz und zu eigenwillig, um ihr eigenes Wohl im Auge zu behalten. Vielleicht würde Haji Agha glauben, daß sie krank sei.

»Ich glaube es *nicht*«, sagte der Chefeunuche, nachdem Kadar seine Botschaft ausgerichtet hatte. »Was ist mit dem Mädchen los?«

»Ich möchte meinen, daß das offensichtlich ist, mein Lord.«

Haji furchte die Stirn. Ja, es war offensichtlich. Shahar war zweifellos verärgert, daß sie gestern ignoriert worden war. Die Europäer brauchten immer länger, sich an die Sitten im Orient zu gewöhnen. Sie würde zornig und eifersüchtig sein, und ihre Eifersucht würde sich vermutlich noch schlimmer äußern als ihre vorangegangene Abwehr.

»Der Herrscher wird niemals glauben, daß sie krank ist«, sagte Haji mehr zu sich selbst, aber er beschloß, es wenigstens mit dieser Ausrede zu versuchen.

»Vielleicht gibt er sich damit zufrieden, auch wenn er es nicht glaubt«, meinte Kadar. »Inzwischen kennt er doch ihr Temperament.«

»Wir können es nur hoffen«, stellte Haji sorgenvoll fest. »Beim Barte des Propheten, das Mädchen macht mehr Schwierigkeiten, als es wert ist«, fügte er hinzu, als er zu den Gemächern des Herrschers aufbrach.

Natürlich funktionierte es nicht.

»*Ist* sie krank?« fragte Derek argwöhnisch.

Haji konnte nur stammeln. »Ich … ich habe sie nicht selbst gesehen, aber … aber ihre Dienerinnen versichern …«

»Krank oder nicht – Sie bringen sie zur ausgemachten Stunde her, Haji.«

Das war es dann.

Chantelle ging nun in ihrem Schlafzimmer hin und her. Sie war nicht mehr ruhig. Kadar und Adamma hatten sie während der letzten dreißig Minuten bearbeitet.

»Bald wird der Juwelenhüter kommen«, sagte Kadar nun, »und die Garderobenmeisterin ebenfalls. Wollen Sie, daß man Ihnen nachsagt, Sie würden schmollen, weil Sie gestern nicht gerufen wurden?«

Das erzürnte Chantelle. »Schmollen? Was für eine Idee! Ihr müßt wissen ...«

»Es macht keinen Unterschied, was Sie sagen, *Lalla*. Der Harem wird seine eigenen Schlüsse ziehen.«

»Das ist mir egal.«

»Wirklich?« fragten die beiden wie aus einem Mund.

Chantelle betrachtete sie mit wildem Blick. Wie, zum Teufel, hatte man sie so schnell durchschaut? Verdammt, Stolz konnte recht peinlich sein.

»Gut«, sagte sie gereizt »aber wenn mir heute nacht der Kopf abgehackt wird, seid ihr schuld, weil ihr mich gezwungen habt, Jamil zu besuchen.«

»Das wird nicht geschehen, *Lalla*.«

»Wieso nicht?« rief sie zornig. »Wenn er mich nur anrührt, kratze ich ihm die Augen aus. Danach werden wir sehen, wie lange ich meinen Kopf noch oben behalte.«

Adamma erbleichte, weil sie das ernst nahm, doch Kadar unterdrückte ein Grinsen. Die kleine Engländerin war wütend, nicht dumm, und außerdem war der Herrscher kein gefühlloser Mann. Er wußte, daß sie ihn nicht sehen wollte, also würde er das Schlimmste erwarten.

Derek erwartete tatsächlich das Schlimmste. Am klügsten wäre es gewesen, wenn er Shahar ein paar Tage Zeit gegeben hätte, um ihren Groll zu überwinden, und das hatte er auch ursprünglich vorgehabt. Doch das war gestern gewesen. In der

Annahme, er habe für eine Weile genug von Shahar, hatte er Charity Woods zu sich beordert. Nun war die entzückende Charity bei ihm gewesen, und er hätte sich ihrer Reize bedienen können, doch er spielte den ganzen Abend Schach mit ihr und verlor, weil er ständig an Shahar denken mußte und daran, wie sie auf seine vermeintliche Treulosigkeit reagieren würde.

Der Ruf nach Charity Woods war obligatorisch. Derek hätte ihn höchstens auf später aufschieben können, aber dann wäre es vielleicht zu spät gewesen, denn der Zeitpunkt von Jamils Rückkehr war unbekannt. Und wenn es im Harem nicht publik geworden wäre, daß die Favoritin mit dem neuen Namen Jamila das Bett mit ihm geteilt hatte, würde sie später nicht freigelassen werden.

Wäre sie nicht eine von Jamils Favoritinnen gewesen, hätte Derek einfach um ihre Freigabe bitten können. Da aber Omar darauf bestanden hatte, daß er mindestens eine von Jamils Frauen ins Bett mitnehmen müßte, hatte sich Charity Woods als Ideallösung angeboten. Doch mit der Regelung dieser Angelegenheit war er bei Shahar auf dem Startpunkt gelandet.

Sie beherrschte seine Gedanken und seinen Körper. Er war besessen von ihr. Das mußte er überwinden, ehe Jamil zurückkehrte. Seine Zukunft war schon verplant. Eine schöne Konkubine war darin nicht vorgesehen, die technisch nicht einmal ihm gehörte. Er besaß die zeitlich begrenzte Nutzung an ihr, das war alles. So konnte er nur in ihren Armen schwelgen, solange es möglich war, und hoffen, daß die Übersättigung ihn bald langweilen und von dieser Besessenheit befreien würde.

Derek entließ die nubischen Wächter und seine anderen Diener. Ein Abendessen für zwei war bereits angerichtet und serviert. Rosen schmückten den niedrigen Tisch vor den Gartentüren – ein Hauch englischer Sitten, Shahar zu Gefallen. Gedämpfte Musik wehte über die Gartenmauern. Derek und Shahar würden allein sein. Er wünschte keine Zeugen bei dem Streit, den er erwartete, denn als Jamil hätte er überhaupt keine Auseinandersetzung geduldet. Derek war mehr als tolerant. Er würde alles tun – außer auf dem Boden zu kriechen –, um die Lady zu beschwichtigen, die er in seinem Bett haben wollte.

Beim Eintritt wirkte sie gebändigt, nachdem er beinahe vermutet hatte, man würde sie schreiend und um sich tretend hereinschleppen. Doch er hätte wissen müssen, daß sie sich in der Hand hatte. Tatsächlich zeigte sie eine steife, königliche Haltung, als sei sie in Würde gehüllt statt in ein dünnes Silbergewand. Von ihrem Haar bis zu den Silbersandalen glitzerte sie, Ziermünzen hielten ihr knappes Kostüm zusammen, und Diamanten schmückten ihren Hals, die Hand- und die Fußgelenke. Sie trug nicht ein einziges Schmuckstück, das er ihr geschenkt hatte, was Bände sprach. Dennoch nahm ihre Schönheit ihm den Atem.

Mit erhobenem Kopf stand sie in der Mitte des Zimmers, die Hände an ihren Seiten zu kleinen Fäusten geballt. Sie blickte geradeaus, ohne Derek anzusehen.

Er kam von hinten auf sie zu. »Hast du dich von deinem Unwohlsein erholt?«

Sie antwortete nicht sofort. »Eigentlich … ist mir sehr übel.«

Derek grinste über die kühne Lüge. »Zu übel, um mit mir zu speisen?«

Eine Ablehnung lag ihr schon auf der Zunge, aber ihr übermächtiger Hunger wehrte sich dagegen. »Eine Mahlzeit wäre schön«, sagte sie gnädig.

Er geleitete sie zu dem niedrigen Tisch. Sie setzte sich auf eines der dicken Kissen und widmete sich nun schweigend den vielen gefüllten Tellern.

Derek beschloß klugerweise, das Gespräch auf später zu verschieben, da ein gefüllter Magen im allgemeinen die Laune zu verbessern pflegte.

Als Derek schließlich den Tee einschenkte, fragte er vorsichtig: »Hat es dir geschmeckt?«

»Das Fleisch war etwas zäh.«

»In der kurzen Zeit konnte ich nichts Besseres arrangieren.«

Sie antwortete nicht. Sie nippte an ihrem Tee und hielt den Blick gesenkt.

Derek fühlte sich bei dieser Behandlung ungemütlich, wenn nicht verärgert. Er hätte ein zorniges Aufbegehren ihrerseits diesem verbitterten Schweigen vorgezogen, doch er wußte nicht was er ihr hätte sagen können, zumal es die Wahrheit nicht sein durfte.

Abrupt stand er auf. »Komm.«

Chantelle ignorierte die dargebotene Hand und erhob sich allein. Langsam ging sie zu der Couch aus Kissen und blickte auf die Stätte ihrer Verführung nieder, wobei sie wieder die volle Wut über ihre eigene Dummheit empfand.

Derek trat hinter sie, zog sie auf die Kissen nieder und dann direkt in seine Arme. Auf der Stelle riß sie sich los und rückte von ihm ab. Er ließ es geschehen, nachdem er ihr kurz in die Augen geblickt hatte. Sie blitzten wie die Brillanten an ihrem Hals, jedoch aus Feindseligkeit.

»Das hat keinen Zweck, Shahar«, sagte er nach einem Moment der Unentschlossenheit. »Es ist mein Recht, dich zu berühren.«

»Und mein gottgegebenes Recht, Sie abzuwehren – und ich warne Sie, denn das werde ich tun.«

Sie hockte auf ihren Fersen und hatte die geballten Fäuste auf den Oberschenkeln liegen. Angespannt wartete sie auf eine Bewegung von ihm.

Derek seufzte und schenkte ihr ein Lächeln, das fast entschuldigend wirkte. »Aber du kannst nicht gewinnen, also ist es sinnlos, es zu versuchen. Du wirst nur deine Kraft verschwenden, die du besser nützen könntest.«

Sie hielt den Atem an. »Nein! Nie wieder!«

»Nie?« Er schüttelte den Kopf, als sei das ein Fremdwort für ihn. »Du bist verärgert, aber sei doch wenigstens realistisch, Shahar. Du weißt genau, daß ich dich haben werde, wenn ich will.«

»Und ich werde mich sträuben.«

»Das hast du gesagt. Soll ich dir zeigen, wie übel du dir da selbst mitspielen wirst?«

Ein kurzes Aufflackern von Angst zeigte sich in ihren Augen, ehe sie explodierte. »Verdammt noch mal – haben Sie so wenig Stolz, sich einer Frau aufzudrängen, die Sie verachtet?«

»Glaubst du wirklich, daß Zwang notwendig sein wird?«

Bei seinem selbstsicheren Ton fuhr sie hoch. »Versuchen Sie es, und Sie werden sehen …«

»Oh, das beabsichtige ich ja, Engländerin, und zwar bald. Ich werde dafür sorgen, daß du vor Behagen schnurrst. Weißt du noch …«

»Hören Sie auf!«

»Ah, ich sehe, du erinnerst dich«, erklärte er mit einem teuflischen Grinsen. »Ebenso wie ich. Warum verschwenden wir die Zeit …«

»Oh!«

Chantelle sprang auf, da schlang sich sein Arm um ihre Beine und brachte sie zu Fall. Sie landete halb auf ihm und halb auf den Kissen, doch in der nächsten Sekunde lag sie flach auf dem Rücken. Sein Körper bedeckte sie, seine Hände packten ihre und hielten sie hoch über ihrem Kopf fest. Sie steckte in der Falle, und wie sehr sie sich auch wand, ihn abzuschütteln – es nützte nichts.

»Hör nicht auf«, preßte er mit belegter Stimme neben ihrem Ohr hervor. »Ich spüre die Bewegungen deines Körpers mit jeder Faser meines Leibes.« Sie wurde ruhig, und er lachte leise. »Du bist so durchschaubar, kleine Engländerin. Ich glaube, wir haben dieses Spiel schon früher gespielt.«

»Lassen Sie mich aufstehen«, zischte sie.

»Mir ist es lieber, du magst das«, sagte er und rieb seine Hüften an ihr. »Es bringt wunderbare Erinnerungen zurück.«

»Ich hasse Sie.«

Langsam schüttelte er den Kopf. »Du ärgerst dich über mich. Du haßt mich nicht.«

Er amüsierte sich. Sie sah es in seinen Augen und an seinen lächelnden Lippen. Er nahm sie nicht ernst. Oder er glaubte, sie mit seinem Charme betören zu können. Aber das würde ihm nicht gelingen, und sie fürchtete, daß er nach dieser Erkenntnis ebenfalls ärgerlich werden würde.

»Erdreisten Sie sich nicht, mir zu sagen, was ich fühle, euer Hoheit«, sagte sie verbissen. »Gefühle können Sie nicht wie alles andere befehlen.«

»Ich dachte, neulich nachts sei mir das gut gelungen.«

Sie schnappte nach Luft, weil er sie so schamlos darauf hinwies, wie leicht er ihr Begehren geweckt hatte. »Das war, ehe Sie mich angelogen haben.«

Wenigstens furchte er jetzt die Stirn. »Wovon sprichst du, Mädchen?«

»Sie ließen mich glauben, Sie hätten keine andere Frau geliebt, seitdem Sie mich zum erstenmal sahen. Ich weiß nun, daß Sie die Nacht, in der Sie mich kauften, mit Sheelah verbrachten, und die nächste Nacht …«

»Genug!« unterbrach Derek sie scharf.

Himmel! Und er hatte gedacht, er müsse sich nur wegen Jamila eine Ausrede einfallen lassen. Während er in seinem einsamen Bett an Shahar gedacht hatte, war sein Bruder natürlich nicht so enthaltsam gewesen. Aber er konnte sich nicht verteidigen, ohne das Rollenspiel zu enthüllen. Auch über Jamila konnte er ihr nicht die Wahrheit sagen. Um Miß Woods freizubekommen, mußte jeder – Omar inbegriffen – glauben, er habe mit ihr geschlafen. Zum Teufel! Bisher hatte er Shahar nicht angelogen, aber nun würde er lügen müssen.

»Du klagst mich der Unwahrhaftigkeit an, dabei kamen meine Worte von Herzen. Ich begehrte nur dich. Vom ersten Augenblick an hast du mich mehr erregt als jede Frau zuvor.«

»Das hinderte Sie nicht daran, eine …«

»Du hattest noch nichts über die Liebe gelernt, Mädchen. Du warst körperlich und im Geiste unschuldig. Ich konnte dich nicht sofort rufen, wie es mein Wunsch gewesen wäre. Du brauchtest wenigstens eine gewisse Instruktion, um zu wissen, was dich erwartet, und dich vor unserer Zusammenkunft nicht zu fürchten. Oder hättest du schon in der ersten Nacht mein Bett mit mir teilen wollen?«

»Nein«, erwiderte sie steif. »Und es ist mir gleich, wer es tat. Sie haben mich belogen, und ich glaubte Ihnen. Darin liegt der Unterschied.« Bitter fügte sie hinzu: »Das wollten Sie doch erreichen!«

»Habe ich gelogen? Oder sagte ich die Wahrheit, daß ich nur dich begehren und nur an dich denken würde?« Er wartete nicht auf eine Antwort, sondern zog einen Vorteil aus dem momentanen Zweifel, den er in ihren Augen entdeckte. »Habe ich dir eine monatelange Ausbildungszeit erlaubt? Hörte ich darauf, als man mir sagte, du seist noch nicht bereit? Wer weiß besser als du, daß ich nicht warten konnte, dich wiederzusehen? Und dann lehntest du mich ab! Weißt du, was ich da empfunden habe?«

»Ich …«

Chantelle schwieg, denn es fehlten ihr die Worte. Sie hatte nicht gedacht, sich verteidigen zu müssen. Sie hatte auch nicht gedacht, Schuldgefühle zu entwickeln, die sich jetzt in ihrer Brust breitmachten. Er hatte ja recht, verdammt! Er hatte sie nicht direkt belogen, hatte nicht behauptet, keine Frau in sein Bett geholt zu haben. Sie hatte seine Worte falsch gedeutet, oder er hatte sich mißverständlich ausgedrückt.

Meine Worte kamen von Herzen. Ich begehrte nur dich. Das konnte man nicht falsch deuten – und, zum Teufel – sie glaubte ihm schon wieder. Aber warum spürte sie keine Freude dabei?

Derek entspannte sich ein wenig, weil er ahnte, daß er diese Runde gewonnen hatte. Er gab Shahar keine Chance, die nächste Barriere aufzurichten, sondern vertraute auf sein Glück und seine Geschicklichkeit, die er sofort ins Spiel brachte – mit einem Kuß, der ihren letzten Widerstand brechen sollte. Und es funktionierte. Sie wandte den Kopf nicht ab, um seinen Lippen zu entgehen. Er spürte, wie ihre Arme schlaff wurden, ihr Körper sich an seinen schmiegte. Als sie sich ergab, ließ er ihre Hände los und fühlte, wie ihre Finger sein Haar durchwühlten. Dann, plötzlich, stieß sie ihn weg.

»Autsch! Bei Allah …«

»Ich habe Sie gewarnt«, unterbrach Chantelle ihn wütend. »Wenn Sie eine willige Bettgenossin haben wollen, hätten Sie Jamila wieder rufen sollen. Sie würde …«

Derek legte eine Hand über ihren Mund. »Wenn ich Jamila gewollt hätte, wäre sie jetzt hier. Aber ich wollte dich, Shahar. Ich wollte dich auch gestern, aber dummerweise dachte ich, du wärst für eine Ruhepause dankbar, nachdem ich dich die Nacht vorher so rücksichtslos beansprucht hatte.«

Sie stemmte seine Finger von ihrem Mund und rief empört: »Wagen Sie nicht auch noch zu behaupten, es sei zu meinem Besten gewesen!«

»Ich glaubte auch, du hättest zuviel Stolz, um eifersüchtig zu sein.«

Ihre Augen funkelten bei diesem neuen Angriff. »Eifersüchtig? Nie im Leben! Es wurde mir nur zugetragen, daß das hier ein reines Hurenhaus ist, und Sie sind der ...«

»Sag es nicht!«

»Warum nicht? Wenn ich jede Nacht mit einem anderen Mann ins Bett ginge, würden Sie mich eine Hure nennen. Und erklären Sie jetzt nicht, bei einem Mann wäre das etwas anderes, ein Mann dürfe das, vor allem *Sie* dürften das. In Ihrer Welt denkt man vielleicht so, in meiner aber nicht.«

»Wirklich nicht?«

Daß er bei dieser Frage lächelte, machte sie noch wütender. »Dann lassen Sie es mich so ausdrücken: *Ich* denke nicht so. Und jetzt lassen ... Sie ... mich ... aufstehen!« Sie schlug auf ihn ein, doch er rührte sich nicht von der Stelle.

»Ich lasse dich gehen, Shahar, wenn du mir verzeihst, daß ich dir weh getan habe.«

Sie beging den Fehler, das warme Leuchten in seinen Augen zu bemerken. Das und seine belegte Stimme jagten ihr einen Schauder ein.

»Sie haben mir nicht weh getan«, sagte sie und drehte den Kopf zur Seite. »Eine Zeitlang ignorierte ich nur einige grundsätzliche Wahrheiten, doch nun bin ich auf den Pfad der Vernunft zurückgekehrt.«

»Rede nicht so, Shahar«, bat er und strich sanft mit den Lippen über ihren Hals, der ihm zugewendet war. »Es bedeutete mir nichts.« Seine Lippen bewegten sich zu ihrem Ohr hin, und im nächsten Moment nahm er ihr Ohrläppchen zwischen die Zähne. »Ich kann mich nicht einmal daran erinnern, was ich letzte Nacht tat oder sagte, so unwichtig erschien es mir.« Er murmelte ihr nun direkt ins Ohr, so daß jeder Atemzug sie anwehte. »Aber ich erinnere mich an jede Sekunde mit dir.«

Chantelles Gedanken hatten sich verflüchtigt, und sie konnte sie nicht mehr einfangen. »Sie ... können nicht treu sein. Sie wissen gar nicht, was das ist.«

»Wenn du nichts weiter forderst, um dich wieder hinzugeben …«, meinte er leichtsinnig.

Sie drückte ihn von ihrem Ohr weg und konnte das soeben Gehörte kaum fassen. »Das ist doch nicht Ihr Ernst«, spottete sie. »Mein Gott, man hat mir sogar gesagt, daß Sie sich in dem Bemühen, jede Frau zu befriedigen, total erschöpfen. Sie sollten froh sein, wenn wenigstens eine Ihrer Damen sich nichtvernachlässigt fühlt, wenn Sie sie ignorieren.«

»Es wäre niederschmetternd für mich, aber es ist ja nicht so. Nun, da du die körperlichen Wonnen kennengelernt hast, würdest du sie vermissen.« Er ließ eine Hand zwischen ihrem und seinen Körper gleiten und umfaßte ihre eine Brust. »Sogar jetzt spüre ich, wie sich deine Brustwarze verhärtet und um meinen Kuß bittet.«

»Aufhö …« Das Wort verwandelte sich in einen Entsetzensschrei, denn hinter Derek tauchte ein dunkler Schatten auf. Alles, was Chantelle noch sah, war das Blitzen eines Dolches über dem Haupt des Herrschers.

Wenn Derek aufgehört hätte zu denken, wäre das sein sicherer Untergang gewesen. Die Klinge hätte ihr Ziel erreicht und wäre durch seinen Rücken direkt in sein Herz gedrungen. Sie war lang genug, daß sie auch noch Shahar aufgespießt hätte.

Aber er hörte nicht auf zu denken. Shahars Schrei hatte Todesangst signalisiert, nicht Empörung über eine zu erwartende Verführung, und Dereks Instinkte reagierten sofort.

Er rollte sich mit Shahar im Arm gegen die Beine des Angreifers. Der Mann verlor das Gleichgewicht und fiel über das Paar. Der Dolch stach so scharf in die Kissen, daß sie durchbohrt wurden und die Spitze der Waffe auf dem Marmorboden abbrach.

Doch auch ohne Spitze war das Mordwerkzeug nicht weniger gefährlich. Es besaß noch die tödliche Kraft, durch Fleisch und Knochen zu schneiden, und der Verbrecher schickte sich an, es wieder zum Einsatz zu bringen.

Derek hatte nur soviel Zeit, Shahar von sich wegzustoßen, denn der Mann über ihm war flink. Ob er weitere Helfershelfer hatte, konnte Derek momentan nicht feststellen. Jedenfalls war der Angreifer stark genug, keine zu benötigen, wie Derek schmerzhaft herausfand. Mit unendlichem Kraftaufwand brach er fast das Handgelenk des Mannes, bis dieser die Faust losbekam.

Den zweiten Stich wehrte er mit seinem Unterarm ab, und das gab ihm die Chance, einen Fausthieb auf dem Kinn des Angreifers zu landen. Allerdings steckte bei seiner Position auf dem Boden nicht viel Kraft hinter dem Schlag. Nur Sekunden vergingen, ehe die Klinge sich nun gegen seinen Hals wendete. Die längere Reichweite seiner Arme und seine Hand auf dem Gesicht des Angreifers, so daß dieser sein Ziel nicht sehen konnte, retteten ihn.

Die Schneide sauste dicht neben ihm herab, und es gelang

Derek noch einmal, das Handgelenk des Verbrechers zu fassen. Diesmal nahm er sich vor, es auf keinen Fall loszulassen. Es war ganz einfach eine Frage der Kraft, und in diesem Zweikampf konnte es nur einen Überlebenden geben.

Chantelle hockte auf dem Boden. Sie preßte die Hände gegen den Mund und beobachtete die tödliche Szene. Auf den Gedanken, Hilfe zu holen, kam sie nicht, und sie wunderte sich auch nicht darüber, daß nach ihrem durchdringenden Schrei kein Diener erschien. Ihr Instinkt befahl ihr, etwas zu tun, doch sie war wie gelähmt. Der Angreifer war ein Kerl wie ein Riese, mit einem massigen Körper, einem breiten Kreuz und klobigen Schultern. Wie konnte Jamil mit seiner weitaus schmäleren Figur diesen Brocken überwältigen?

Sie mußte schnell etwas unternehmen, ehe ihre maßlose Angst sie noch regloser machte. Mühsam rappelte sie sich auf, und ihre Augen suchten krampfhaft nach einem Gegenstand, der als Waffe dienen konnte. Ihr Blick fiel auf den Tisch, wo das Messer lag, mit dem Jamil das Fleisch zerteilt hatte. Kein Sklave war hereingekommen, um das Geschirr zu holen. Aber konnte sie das Messer benutzen? War sie fähig, einen Mann zu töten? Was würde geschehen, wenn sie es nicht tat?

Natürlich konnte Jamil sterben, und das gab ihr den Ansporn, zu dem Tisch zu rennen und das Messer zu ergreifen. Doch mit dem tödlichen Werkzeug in der Hand packte sie grenzenloses Entsetzen. Wie konnte sie zur Mörderin werden? Wie konnte sie Jamil im Stich lassen? Sie wollte doch nicht, daß er starb, oder? *Oder?*

Die Antwort stieg aus ihrem Unterbewußtsein auf, während sie sich schon der wilden Kampfszene auf dem Boden näherte, und ehe sie die Frage von Recht oder Unrecht entscheiden konnte, hob sie das Messer, um es dem Verbrecher in den Rücken zu stoßen. Doch sie war zu nahe herangetreten. Ein Bein kam ihr in die Quere, sie strauchelte, und statt den breiten Rücken zu treffen, zielte ihre Klinge auf Jamils Kopf.

Als Chantelle auf den Angreifer fiel, sah sie, wie das Messer Jamils Ohr streifte. Dann flog sie gegen die Wand. Sie hatte den Riesen so aus dem Gleichgewicht gebracht, daß Derek sich auf ihn wälzen konnte, und bei dieser Aktion wurde sie in die Ecke gestoßen.

Die dort liegenden Kissen dämpften den Aufprall, so daß Chantelle keinen Schmerz verspürte. Doch das Messer war ihr aus der Hand gefallen. Und als sie aufblickte, rührten die beiden Kämpfer sich nicht mehr. Nein, o Gott, nein!

»Jamil?«

Er hob den Kopf, und Chantelle sank vor Erleichterung in die Kissen zurück. Jetzt auf einmal fühlte sie sich zerschlagen und mit den Nerven am Ende. Doch wie mußte es ihm ergehen?

»Ist alles in Ordnung, Shahar?«

»Bei mir?« keuchte sie, und dann stockte ihr der Atem, als Jamil sich erhob. »Sie bluten!«

Das klang wie eine Beschuldigung. Derek schaute auf seine Brust herab, doch er wußte, daß die Verletzung nicht gefährlich war. »Das ist nichts.«

»Warum hat er … Wie konnte das … Wo, zum Teufel, sind Ihre Wächter?« stammelte sie, und Ärger löste ihre Furcht ab.

»Ich glaube, ich drohte ihnen, sie bei lebendigem Leibe zu häuten, wenn sie mich heute abend aus irgendeinem Grund stören würden. Offensichtlich nahmen sie mich beim Wort. Zudem sind sie taubstumm und können nichts hören.«

»Mein Schrei war laut genug, um die Wächter am Ende der Halle zu mobilisieren.«

Derek grinste. »Meine Türhüter hätten sie nicht hereingelassen, selbst wenn sie auf deinen Schrei reagiert hätten, was jedoch unwahrscheinlich ist, denn alle im Palast wissen, welche Schwierigkeiten ich mit dir habe.«

Sie überging die Anspielung, daß ihr Schrei nur bedeuten konnte, Jamil habe die Geduld mit ihr verloren. »Wie ist er nur hereingekommen?« Sie betrachtete schaudernd den Mann, der bewegungslos in einer großen Blutlache lag und aus dessen Brust der Dolch herausragte.

»Eine gute Frage.«

Chantelle sah zu, wie Jamil zur Tür ging. Sie vermutete, daß die Wächter wohl tot sein müßten. Doch sie waren es nicht. Sie strömten nun herein, und viele andere folgten ihnen. Die persönlichen Aufpasser des Herrschers hielten sich noch im Garten auf, wohin er sie verbannt hatte. Das hieß, daß eigentlich alle Eingänge hätten bewacht sein müssen, aber offenbar nicht besonders gut. Dann wurde das Seil gefunden, das neben den Gartentüren baumelte. Es erklärte wenigstens, wie der Verbrecher so weit in den Palast hatte vordringen können, doch nicht, warum die Nubier ihn bei seiner Klettertour von dem hohen Dach herunter nicht gesehen hatten.

»Ich bin selbst schuld.« Der Herrscher entlastete sie einem älteren Mann gegenüber, der hinter den Wächtern hereingekommen war und betroffener als alle anderen wirkte. »Ich befahl ihnen, sich von den Türen fernzuhalten und nur an den Gartenmauern entlangzupatrouillieren.«

»Sie haben sich freiwillig einer Gefahr ausgesetzt?« meinte der alte Mann ungläubig.

Jamil sagte etwas, das Chantelle nicht hörte, doch sie errötete wütend, als der Alte sie anschließend mit Abscheu musterte. Wer immer er war – er machte sie verantwortlich, wie jeder im Palast ihr zweifellos die Schuld an dem geglückten Überfall geben würde.

Mehrere Ärzte bemühten sich um die Wunde des Herrschers. Auch der Tote wurde examiniert. In seiner Tasche fand man einen schweren Beutel mit Münzen, aber sonst nichts.

Chantelle blickte zur Seite. Ihr Ärger war Schuldgefühlen gewichen. Die volle Erkenntnis der Ereignisse traf sie hart. Jamil hätte sterben können. Mein Gott, beinahe hätte *sie* ihn getötet.

Sie sah auf und bemerkte, wie einer der Ärzte Jamil etwas ins Ohr flüsterte. Chantelle erbleichte, und ihr Magen revoltierte. Was war, wenn er glaubte, sie habe den Herrscher absichtlich verletzt, habe die Gelegenheit nutzen wollen, sich von ihm zu befreien? Würde Jamil das ebenfalls annehmen? Hatte sie ihm nicht gerade heute abend gesagt, sie würde ihn hassen? Sie hatte keinen Grund gehabt, ihm zu helfen, jedenfalls keinen, der einleuchtete.

Die Leiche wurde aus dem Raum geschafft, das Blut vom Fußboden gewischt und die aufgeschlitzten Kissen durch neue ersetzt. Chantelle blieb mit dem Rücken zur Wand in ihrer Ecke sitzen. Sie dachte an ihre ärgerliche Bemerkung Kadar gegenüber, daß man ihr heute abend den Kopf abreißen würde, und daran, daß diese bedrohliche Möglichkeit nun wirklich bestand.

Schließlich blieben nur mehr Jamil und die zwei Nubier in dem Raum. Der Herrscher leerte ein Glas *Kanyak*, das er bestellt hatte, und schickte dann die beiden Schwarzen in den Garten. Sie sträubten sich, wie Chantelle der Zeichensprache entnahm, die sie nicht verstand. Es lag ja nahe, daß die Wächter Jamil nicht schon wieder allein lassen wollten. Natürlich gehorchten sie am Ende und gingen hinaus.

»Warum haben Sie die Männer fortgeschickt?« fragte Chantelle, als Jamil sich ihr näherte. »Oder wollen Sie mich eigenhändig töten?«

Er sank vor ihr in die Knie, und seine Augen verengten sich. »Welche Dummheit …«

Chantelle ließ ihn nicht weiterreden. In Panik warf sie sich ihm an die Brust und klammerte sich an ihm fest.

»Es tut mir so leid«, flüsterte sie schluchzend vor seinem Hals. »Ich wollte Sie nicht verletzen, das schwöre ich. Ich zielte nach seinem Rücken, aber ich stolperte und …«

»Ich weiß.«

Sie lehnte sich zurück, um ihn anzusehen. »Was heißt das – Sie wissen?«

Er lachte über den Unwillen, der plötzlich aus ihrer Stimme klang. »Was ist mit dem ›es tut mir so leid‹ passiert?«

»Dann glauben Sie nicht, daß ich versuchen wollte, Sie zu ermorden?«

»Wolltest du es denn?«

»Natürlich nicht.«

»Du solltest mir zutrauen, den Unterschied zwischen Hilfe und Bedrohung zu erkennen, vor allem rechtzeitiger Hilfe.«

»Rechtzeitiger?«

»Ich hatte schon fast keine Kraft mehr, den Kerl von mir abzuhalten, als dein Sturz ihn so aus dem Gleichgewicht brachte, daß ich ihn von mir wegdrücken konnte. Du hast mir wahrscheinlich das Leben gerettet.«

»Wirklich?« meinte sie scheu, doch nach einer Denkpause fügte sie hinzu: »Dann schulden Sie mir eine große Gefälligkeit, nicht wahr?«

»Wenn du daran denkst, um deine Freiheit zu bitten, kleiner Mond, überleg es dir gut. Ich begehre dich zu sehr, um dich gehen zu lassen – sogar in der Dankbarkeit für mein Leben.«

Wenn er etwas anderes gesagt hätte, wären seine früheren Erklärungen wertlos erschienen. Doch so enttäuschte seine Antwort Chantelle nicht.

»Darf ich eine andere Gunst erbitten?«

»Was?«

»Treue?«

»Möchtest du nicht lieber mit Reichtümern überhäuft werden?« Bei dem schüchternen, aber verneinenden Schütteln ihres Kopfes zog er sie an sich. »Du wirst dir wünschen, die Reichtümer gewählt zu haben, wenn du um Gnade bittest und keine findest.«

37

»Haben Sie ihn am Palasttor aufgehängt?« fragte Derek Omar.

Nach einem Morgen im Audienzraum befanden sie sich auf dem Weg zu Jamils Appartement. Es war ein langer Morgen und Dereks zweiter Versuch gewesen, anstelle seines Bruders mit den ausländischen Würdenträgern zu verhandeln. Beim ersten Mal war er nervös gewesen und hatte befürchtet, die hohen Herren könnten zwischen seinem und Jamils Verhalten einen Unterschied entdecken. Doch diesmal hatte er sich in der Rolle, die er spielte, wohler gefühlt, und die Angelegenheiten bestens geregelt. Er hatte sogar mehr Bittsteller als vorgesehen angehört, aber natürlich keine Entscheidungen getroffen, ohne sich von Omars Rat leiten zu lassen.

Bei der Frage furchte der ältere Mann die Stirn und gab zu erkennen, daß er den Anschlag des vergangenen Abends noch nicht verwunden hatte. »Ja, dort soll er verwesen, wo ihn alle sehen können. Aber es hat sich noch niemand gemeldet, um die Belohnung für seine Identifizierung zu kassieren.«

»Dachten Sie wirklich, es würde sich jemand melden? Derjenige müßte ein Narr sein zuzugeben, daß er einen Attentäter kennt. Sicher hat sich die Geschichte herumgesprochen, daß schon wieder ein Angriff fehlgeschlagen ist. Seitdem ich hier bin, waren es zwei – und wie viele vorher?«

»Fünf Versuche, elf Tote«, erwiderte Omar grimmig.

»Na also! Sicher werden sie bald den Mut verlieren.«

»Oder ihre Verzweiflung und die Bereitschaft zum Selbstmord wachsen.« – »Hören Sie, das Geld, das hinter den Mordanschlägen steckt, muß einmal zu Ende gehen. Sie werden mir darin zustimmen, daß das Risiko für die Anstifter zu groß ist um es billiger zu versuchen.«

»Selim verließ Barka verbittert, aber nicht arm. Doch Sie haben recht, das Risiko ist groß, wenn auch nicht größer als das, welches Sie eingegangen sind. Sie lieben wohl die Gefahr, oder?«

»Sehe ich wie ein Verrückter aus?«

»Sie sehen wie ein Mann aus, der sein Leben gründlich genießt«, entgegnete Omar angewidert.

Derek lachte leise. »Sie haben mich durchschaut. Aber ich brauche ein wenig Spannung, um die Eintönigkeit zu unterbrechen.«

»Ich dachte, die Frau böte alle Spannung, die Sie benötigen. Oder dient sie Ihnen nur als Ausrede, wenn Sie sich einer Gefahr aussetzen wollen?«

Derek grinste trotz Omars deutlichem Mißfallen. »Es war genauso, wie ich sagte. Shahar hätte sich nie in meiner Gesellschaft wohl gefühlt, wenn die beiden Nubier mir über die Schulter geschaut hätten. Und es ist ja nichts passiert.« Trotz Omars finsterer Miene lachte Derek erneut. »Lassen Sie nur, alter Freund. Ich verspreche, bei Jamils Rückkehr gesund und munter zu sein.«

»Inshallah«, gab Omar mürrisch zurück, ehe er sich entfernte.

Derek glaubte schon lange nicht mehr an ein vorbestimmtes Geschick, doch die Moslems glaubten daran. Deshalb zogen sie furchtlos in die Schlacht – war ihre Zeit zu sterben gekommen, würden sie sterben, war diese Zeit aber noch nicht reif, würde nichts ihnen etwas anhaben können. Doch Derek hielt sein Schicksal für etwas lenkbarer – daß er seinen Lauf mit eigener Geschicklichkeit und Entscheidungskraft verändern konnte.

An diesem Morgen hatte Derek darüber nachgedacht, daß er hier keine wichtigen Aufgaben zu erfüllen hatte, die für ihn fesselnd hätten sein können. Da war es doch kein Wunder, daß er sich auf eine Frau konzentriert hatte. Konnte das der einzige Grund für seine Besessenheit sein, und dafür, daß Shahar ihm so wichtig war? Jedenfalls lag es nahe und sorgte für eine Beruhigung seines Gemütes. Wenn die Zeit des Abschieds kommen würde, würde es ihm nicht schwerfallen, diese Episode seines Lebens hinter sich zu lassen. Er würde sich zärtlich an Shahar erinnern – nichts weiter.

In seinen Räumen befahl Derek seinem Ankleider, ihn von den Amtsgewändern zu befreien. Der Rest des Tages war nun frei von Pflichten, und Derek beschloß, sich einmal auszuschlafen. Doch das sollte nicht sein. Er wurde informiert, eine Haremsdienerin warte auf ihn.

Als das Mädchen schüchtern vor ihm in die Knie sank, seufzte er ungeduldig. »Letzte Nacht hatte ich sehr wenig Schlaf, und ich habe heute noch nicht gegessen. Kann die Angelegenheit nicht warten?«

Sein persönlicher Diener hörte das und schickte die junge Person sofort weg. Sie war anscheinend froh, ihre Botschaft nicht überbringen zu müssen, und rannte fast aus dem Raum. Darüber wunderte sich Derek.

»Wovor hatte sie Angst?«

Sein Ankleider zuckte die Schultern. »Vermutlich hatte sie schlechte Nachrichten zu übermitteln. Ihr Bruder Mahmud war berüchtigt, weil er die Überbringer schlimmer Kunde einkerkern und manchmal sogar umbringen ließ.«

Dereks Miene verfinsterte sich. »Forschen Sie nach, worum es geht.«

Der Mann kehrte fast augenblicklich zurück und zögerte nun selbst, die Mitteilung loszuwerden. »Das Mädchen wurde von dem Eunuchen Kadar zu Ihnen geschickt, mein Lord. Ihre Sklavin Shahar ist … vergiftet worden.«

»Gott, nein!« Alle Farbe wich aus Dereks Gesicht. »Sie kann nicht tot sein!«

»Sie ist es noch nicht, aber …«

Derek hörte sich den Satz nicht zu Ende an. Er rief über die Schulter, während er hinauslief: »Rufen Sie meine eigenen Ärzte sofort in den Harem!«

»Aber, mein Lord, Sie dürfen nicht eintreten …«

Derek rannte den Korridor entlang, den die Frauen benützten, um zum Herrscher zu gelangen. Er blieb stehen, als er Kadars Botschafterin traf, und wollte sie nach dem Weg fragen. Aus seiner Kindheit wußte er noch, wo der Rosa Hof lag, aber nicht wo Shahar wohnte.

Die Dienerin fiel vor ihm auf die Knie nieder und jammerte laut um Gnade. Er mußte sie schütteln, um ihrem Geschrei ein Ende zu setzen.

»Ich will dir nichts antun, verdammt!« Sein Ton war nicht gerade beruhigend. »Führ mich zu Shahar!«

»Sie wollen den Harem betreten?«

»Auf der Stelle!« rief er scharf.

Sie zuckte zusammen und rannte voraus, doch Derek war sie nicht schnell genug. Im Harem erregte das Erscheinen des Herrschers ein unglaubliches Aufsehen. Überraschungslaute ertönten, Geschirr krachte auf die Erde, und die Leute warfen sich so rasch zu Boden, daß später von einem verstauchten Handgelenk, zwei gebrochenen Rippen und einem ausgerenkten Kiefer berichtet wurde.

Wenigstens war Shahars Appartement leicht zu finden. Es lag dort, wo sich alle Favoritinnen und Ehefrauen vor der Tür versammelt hatten, zusammen mit ihren Dienerinnen und Eunuchen, um neue Nachrichten, gute oder schlechte, zu hören. Auch hier verursachte Dereks Auftauchen Bewegung, und er mußte über verschiedene hingestreckte Leiber hinwegsteigen, um die Tür zu erreichen. Eine Sekunde lang blieb er stehen, als von innen ein gequälter Schrei erscholl.

Mein Gott, laß sie nicht sterben. Bitte, nicht sie. Er hielt vor dem Schlafraum inne. Die Vorhänge waren zurückgezogen, um ein ungehindertes Kommen und Gehen zu gewährleisten. Das Zimmer war voll von Frauen, hauptsächlich von den alten, die sich um geringfügige Krankheiten im Harem kümmerten. Auch Kadar war anwesend. Er kniete vor dem Bett, die Fäuste in seinem Haar, als wolle er es sich vor Verzweiflung ausreißen. Ein junges Mädchen kauerte auf der anderen Seite des Bettes. Tränen rannen ihm über die Wangen, und es legte kalte Kompressen auf Shahars Stirn.

Eisige Angst verzögerte Dereks Schritt. Er sah nur die bemitleidenswerte Gestalt auf dem Bett. Sie lag zusammengekrümmt auf der Seite und hatte die Arme über den Magen verschränkt. Blut perlte auf ihrer Unterlippe, wo sie die Zähne eingegraben hatte, ein rotes Mal in dem aschfarbenen Gesicht. Ihre Augen waren geschlossen, die Wimpern naß von Tränen. Sie wimmerte leise.

»Wie lange leidet sie schon an diesen Schmerzen?«

Beim Klang der ruhigen Stimme hob Kadar den Kopf. Auch seine Augen schwammen in Tränen, dennoch konnte er erkennen, welch quälende Angst das Gesicht des Herrschers unbewußt zeichnete.

»Ich dachte schon, Sie würden nicht kommen, mein Lord«, sagte Kadar. Diese Worte enthielten eine Anklage, die der Eunuche nicht zu verbergen suchte. Es war ihm egal, ob der Herrscher sie heraushörte oder nicht. »Ich habe Sie schon vor Stunden benachrichtigt.«

»Dieses idiotische Mädchen gab sich keine Mühe, mich zu finden. Es wartete, bis ich in meine Gemächer zurückkehrte. Wie, zum Teufel, konnte der Anschlag passieren?«

Es war eine dumme Frage, das wußte er, und deshalb rechnete er nicht mit einer Antwort. Gift war das übliche Mittel, eine lästige Rivalin aus dem Weg zu schaffen, und es wurde seit Hunderten von Jahren in Hunderten von Harems im ganzen türkischen Reich benutzt. Warum aber traf es gerade seine Shahar?

»Wir wissen nicht sicher, welches Gift verwendet wurde, aber es ist ein leichtes, unbefugt in der Küche mit dem Essen zu hantieren, da alle Bediensteten dort freien Zutritt haben.«

»Wo ist Haji Agha? Er hätte mich sofort persönlich informieren müssen.«

»In der Stadt, mein Lord. Heute ist der Tag, an dem er gewöhnlich die Basare besucht. Er ist noch nicht zurückgekehrt.«

»Und was hat man für Shahar getan?«

»Sie hat ein Abführmittel bekommen, aber weil wir das Gift und die verabreichte Menge nicht kennen, ist es unmöglich ...«

»Geht es ihr schlechter ... oder besser?«

Kadar zögerte lange, ehe er zugeben mußte: »Schlechter.«

Derek schloß die Augen. Bei aller Macht, die ihm zur Verfügung stand, fühlte er sich völlig hilflos.

»Mein Herr?« meldete sich jemand hinter ihm. »Die Ärzte sind am Tor eingetroffen, aber die Wächter verwehren ihnen den Eintritt.«

»Zur Hölle mit den Wächtern! Ich habe die Ärzte rufen lassen. Hat man das den Türhütern nicht gesagt?«

»Kein Mann hat je den Harem betreten, mein Lord«, war die zitternd hervorgebrachte Antwort. »Die Wächter werden es nicht glauben, daß Sie etwas Gegenteiliges befohlen haben.«

Derek wandte sich an den Eunuchen. »Kadar, ich setze Sie an Haji Aghas Stelle ein. Verbinden Sie den Ärzten die Augen, wenn nötig, aber bringen Sie sie schnellstens hier herein. Und ich möchte diesen Raum leer haben«, fügte er ärgerlich hinzu. »Auch die Frauen vor der Tür sollen gehen. Das ist kein Totenbett, um das man sich versammelt.«

Derek schüttelte den Kopf, als auch Adamma das Zimmer verlassen wollte. Sie trat jedoch zur Seite, als Derek sich auf die Bettkante setzte, und staunte, daß die Männerhand, die Shahars Wange berührte, zitterte.

»Kannst du mich hören, Shahar?«

»Jamil?« Sie öffnete die Augen nicht. Ihre Stimme war heiser ihr Hals rauh vom wiederholten Erbrechen. Sie stöhnte und versuchte dann die Klagelaute zu ersticken, indem sie die Lippen zusammenpreßte. Als die Krämpfe sich verringerten, fragte sie: »Muß ich sterben?«

»Nein, Liebste, das werde ich nicht zulassen.«

Sie versuchte zu lächeln, doch es geriet ihr zur Grimasse. »Arrogant ... wie immer.«

Er strich ihr die Silberlocken aus den Schläfen. Ihr Haar war feucht, ihr Gesicht von einem dünnen Film kalten Schweißes überzogen. Mit einem Finger tupfte er das Blut von ihren Lippen.

»Schau mich an, Shahar.«

»Chantelle«, flüsterte sie. »Nennen Sie mich wenigstens einmal Chantelle, ehe ich ...«

»Verdammt, Mädchen, du wirst nicht sterben!«

Ihre Augen öffneten sich zu Schlitzen und fixierten ihn finster. »Schreien Sie mich nicht so an!«

»Dann schlag zurück! Wehr dich! Laß deine unendliche Sturheit einem guten Zweck dienen!«

»Was glauben Sie wohl, was ich tue, Sie Unmensch!«

Adamma lauschte atemlos und war entsetzt, daß der Herrscher eine Sterbende so quälte. Und dennoch war Farbe in Shahars Wangen zurückgekehrt, und ihre Stimme klang wieder kräftig. Seine provozierende Art hatte erreicht, was sie mit all ihrer liebevollen Fürsorge nicht geschafft hatten.

Rahine, die sich die ganze Zeit im Hintergrund des Raumes aufgehalten und ihn auch nicht mit den anderen verlassen hatte, war ebenfalls betroffen, aber aus einem anderen Grund. Sie hatte nie ein ähnliches Benehmen bei Jamil erlebt. Sie wußte, daß er dieses Mädchen gern hatte, aber es war nicht seine Art, vor allen Leuten seine Gefühle zu zeigen. Selbst als Sheelah bei der zweiten Niederkunft in Schwierigkeiten war, hatte er seine Besorgnis verborgen.

Er war verändert. Hatte Shahar das bewirkt, oder war der Streß all dieser gefährlichen Monate daran schuld? Was auch immer es war, sie hätte sich nicht so bemühen sollen, ihm aus dem Weg zu gehen, seit er wegen Jamilas Kauf mit ihr gestritten hatte. Es schien, als kenne sie ihren eigenen Sohn nicht mehr.

Derek bemerkte sie schließlich, als er sich wegen der Ankunft der Ärzte umdrehte, aber er erkannte sie nicht. Er wunderte sich nur, wer sie war, nachdem sie seinem Befehl an alle hinauszugehen nicht Folge geleistet hatte. Dann sah er ihr in die Augen, die so smaragdgrün wie die seinen waren, und wußte Bescheid. Und die Erkenntnis warf ihn fast um.

Er hatte sich das Gehirn zermartert, wie er sie sehen könnte, ohne daß sie es merkte, doch es war leicht, ihn zu beobachten, und ziemlich schwierig, einen heimlichen Blick auf die Haremsfrauen zu werfen. Er hatte vorgehabt, Rahine zu sich zu rufen, aber Omar hatte ihm abgeraten, mit dem Argument, sie als seine Mutter könnte den Rollentausch am ehesten durchschauen. Dabei hatte er mit Jamil ausgemacht, daß nicht einmal Rahine von dem Personenwechsel wissen durfte. Das bedeutete, daß Derek nicht mit seiner Mutter sprechen konnte, bis Jamil sicher zurückgekehrt war. Doch da stand sie nun, nur wenige Meter entfernt, natürlich verändert, älter, reserviert, nicht die ungestüme junge Frau, an die er sich erinnerte, aber, Gott, immer noch schön, noch königlich in ihrer Haltung, noch fähig, mit diesen Augen in die Seele zu sehen. Sicher prüfte sie seine jetzt, zweifellos erstaunt, weil er sie so anstarrte. Was hatte Jamil über sie gesagt? Nicht viel, weil nicht erwartet worden war, daß Derek sie treffen würde.

Er hätte sich abwenden und sie ignorieren sollen. Er konnte es nicht. Er ging zu ihr hin und sehnte sich danach, sie zu umarmen, doch er wußte genau, daß Jamil das keinesfalls tun würde. Dabei hatte er sie im Moment so nötig, die einzige Person, von der er Trost empfangen konnte. Wenn sie ihm sagte, Shahar würde wieder gesund werden, würde er ihr glauben. Sie war seine Mutter. Am liebsten hätte er geweint ...

»Bist du dir sicher, daß du Shahar diesen Männern zeigen möchtest?«

Derek riß sich zusammen und sah die beiden Ärzte mit den Augenbinden dastehen. Plötzlich stießen ihn die Traditionen des Harems ab, die es keinem Mann, auch nicht einem verzweifelt benötigten Arzt, gestatteten, die Frauen eines anderen Mannes anzuschauen.

»Es ist mir verdammt egal, wer sie sieht, wenn sie nur gesund wird.«

»Das verstehen sie, Jamil«, sagte Rahine sanft. »Aber es wäre klug, wenn du in den Nebenraum gingst. In deiner Gegenwart sind sie zu nervös.«

Er nickte und folgte ihr, weil er wußte, daß sie recht hatte. Außerdem wollte er ihr Fragen stellen, die Shahar nicht hören sollte.

»Du kennst die Haremsfrauen noch besser als ich. Wer von ihnen könnte Shahar töten wollen?«

Rahine folgte ihm zögernd zu dem Fenster, das vor dem Marmorhof lag. Er war nun leer. Die Sonne verwandelte die Gischt des Springbrunnens in diamantene Tropfen. Jamil hatte sie, Rahine, schon so lange nicht mehr angesprochen. Sie freute sich, daß er es jetzt tat, und war zugleich traurig, weil sie ihm nicht helfen konnte. Und er war offensichtlich erschüttert über den Vorfall, sonst hätte er sich nicht so untypisch verhalten.

»Deine Frauen sind in ihrer Eifersucht nicht so bösartig, wie sie sein könnten, Jamil. Ich weiß es wirklich nicht, wer für den Anschlag in Frage kommen könnte. Noura ist die gehässigste, aber das weißt du ja. Wenn sie jemanden vergiften würde, wäre es Sheelah. Es gelüstet sie nach der Position der ersten *Kadine*, nicht nach deinem Bett.«

»Wer sonst noch?«

»Mara verlor ihre Position, als Shahar in den Rosa Hof kam, aber ich glaube nicht, daß sie töten würde, um zurückzukehren. Sie weiß, daß sie einem besonderen Zweck dient, den keine außer ihr erfüllen kann.«

»Wer sonst noch?« wiederholte er.

»Hast du an deine eigenen Feinde gedacht?«

Er sah sie kurz von der Seite an. »Ich vermute, du meinst meinen Hauptfeind?«

»Ja. Es ist außerhalb des Palastes kein Geheimnis, daß du von deiner neuen Konkubine sehr angetan bist. Man behauptet, du bliebst jetzt gern innerhalb der Palastmauern, weil diese neue Sklavin dich gut unterhalten würde. Also kann sich jeder denken, daß ihr Tod dich schwer treffen würde und du vielleicht sogar sorglos genug wärst ihrem Begräbnis beizuwohnen.«

»In Ordnung«, sagte er kurz. »Du hast mir deinen Standpunkt klargemacht.«

»Haji Agha wird den Harem natürlich durchsuchen lassen. Wenn wir das Gift finden ...« Sie machte eine Pause und fügte hinzu: »Es wird kaum jemand so dumm sein, den Rest nicht zu vernichten.«

Nach kurzem Schweigen sagte er: »Ich möchte, daß Shahar in meine Gemächer gebracht wird, sobald es geht.«

Rahine war so erstaunt, daß sie gedankenlos seinen Arm berührte. »Wenn das eine Schutzmaßnahme sein soll, können wir hier besser vorsorgen. Was denkst du nur, Jamil? Wie oft sind die Attentäter schon bis zu deiner Wohnung vorgedrungen! War Shahar nicht erst letzte Nacht in Gefahr?«

Er gab ihr recht und legte seine Hand auf ihre. »Ich weiß. Ich scheine nicht klar denken zu können, wenn es um sie geht. Kannst du mir versprechen, daß so etwas nicht noch einmal passieren wird?«

Rahine spürte, wie ihre Augen feucht wurden. Zum zweitenmal bat er sie um ihre Hilfe und traute ihr zu, seinen kostbarsten Besitz zu schützen. Sie konnte sich nicht erinnern, wann er zum letztenmal irgend etwas von ihr gewollt hatte. Und er hatte sie nicht mehr berührt, wirklich berührt, seit sie Kasim fortgeschickt hatte. »Ja, ich kann dir versprechen, daß Shahar kein vergiftetes Essen mehr bekommen wird. Von jetzt an stelle ich ihr meine eigene Köchin und meine Vorkoster zur Verfügung. Die Leute sind schon seit mehr als zwanzig Jahren bei mir und absolut treu.«

Er nickte und fühlte sich wenigstens von dieser Sorge befreit. Es war unvernünftig gewesen, Chantelle aus dem Harem holen zu wollen. Er hatte ihretwegen schon zu viele Regeln mißachtet. Er mußte aufhören, Dinge zu tun, die Jamil nicht tun würde, sonst lief er Gefahr, sich zu verraten. Doch er wollte nun einmal Shahar selbst beschützen und das nicht anderen überlassen.

Er blickte zum Fenster hinaus. Es gab nichts mehr zu sagen. Er hatte tausend Fragen, die er aber jetzt nicht stellen durfte. Doch es fiel ihm schwer, diesen seltenen Augenblick mit Rahine zu beenden.

»Sag mir, daß sie nicht sterben wird, Mutter.«

»O Gott!«

Sie schwankte, und er hielt sie am Arm fest. »Was ist?«

»Nichts, nichts«, versicherte sie. Aber sie wandte sich ab und sah ihn nicht mehr an. »Du brauchst keine Angst um sie zu haben. Du sagtest selbst, sie sei störrisch. Und sie erbrach alles, was sie gegessen hatte, demnach kann höchstens eine minimale Menge Gift zurückgeblieben sein.«

»Aber sie hat Schmerzen.«

»Die kommen von dem Abführmittel und von dem Gift. Deine Ärzte werden ihr etwas geben, um die Schmerzen zu lindern. Wahrscheinlich geht es ihr jetzt schon besser. Geh und überzeuge dich selbst.«

Er hatte keine Wahl, denn sie ging schnell hinaus. Doch er wußte, daß er sie aus der Fassung gebracht hatte. Nur den Grund ahnte er nicht: Er hatte sie Mutter genannt, und das hatte Jamil seit neunzehn Jahren nicht mehr getan.

»Fühlen Sie sich nun besser?«

Chantelle befahl Adamma, das Aufschütteln der Kissen zu beenden, und schickte sie hinaus. Rahine saß auf der Bettkante. Sie hatte die Frage gestellt.

»Ich würde es hassen, Ihnen zu beschreiben, wie ich mich wirklich fühle, Madame.«

Rahine lächelte über den säuerlichen Ton. »Viel besser, würde ich sagen.«

Chantelle wollte schon ein finsteres Gesicht machen, dann sparte sie sich die Mühe. Sie hatte die Empfindung, ihr Inneres sei ausgewrungen und zum Trocknen nach außen gestülpt worden. In ihrem Mund befand sich ein schrecklicher Geschmack, jeder Knochen schien zu schmerzen, und sie war schwach wie ein Rehkitz. Doch das war nichts im Vergleich zu ihrem vorherigen Befinden. Wenigstens sprach Rahine jetzt zur Abwechslung einmal Englisch, so daß Chantelle sich mit dem Übersetzen nicht abplagen mußte.

»Sind Sie gekommen, um mir die letzte Ehre zu erweisen?«

Rahine lachte laut. »Seien Sie nicht albern, Kind. In ein paar Tagen sind Sie so gut wie neu.«

Chantelle schloß die Augen vor soviel guter Laune. Niemand sollte sich in ihrer Gegenwart amüsieren, solange sie sich so elend fühlte.

»Darf ich annehmen, daß Sie froh sind, daß ich noch unter den Lebenden weile?«

»Sehr froh, Shahar. Ich weiß nicht, was Sie an sich haben, aber Jamil ist durch Sie völlig verändert, und dafür danke ich Ihnen. Es ist beinahe so, als hätte ich meinen Sohn zurückbekommen.«

»Ich habe nicht gemerkt, daß Sie ihn verloren hatten.«

»Das ist … eine lange Geschichte – nichts, was Sie interessieren dürfte.«

Dieses Ausweichen hätte Chantelle neugierig machen müssen, aber sie hatte anderes im Sinn. »Habe ich geträumt, oder war Jamil hier?«

»Er war fast den ganzen Nachmittag da.«

»Aber ich dachte, er würde den Harem nie betreten?«

»Sie müssen bedenken, daß die Umstände ungewöhnlich sind, meine Liebe. Es ist das erstemal, daß eine seiner Frauen vergiftet wurde.«

Dabei hatte Chantelle gedacht, er würde sich vielleicht mehr um sie als um seine anderen Damen sorgen! »Wie kam ich zu der Ehre?«

»Es ist zweifelhaft, ob wir je erfahren werden, wer Sie töten wollte, aber Sie brauchen nicht zu fürchten, daß es je wieder passieren wird. Von jetzt an wird Ihr Essen aus meiner eigenen Küche kommen, und Haji Agha hat Ihnen zwei seiner persönlichen Leibwächter zugewiesen. Sie werden nie mehr ganz allein sein.«

»Wunderbar«, meinte Chantelle bitter. »Dann bin ich mehr als je zuvor eine Gefangene.«

»So dürfen Sie es nicht sehen.«

»Nicht? Vermutlich sollte ich dankbar sein, daß jemand mir den Tod wünscht?«

Nun würde sie nie mehr fliehen können, doch, was noch schwerer wog: sie war nicht mehr sicher, ob sie das überhaupt noch wollte, nicht mehr nach der letzten Nacht. Aber Rahine durfte das nicht wissen, zumal sie es vorausgesagt hatte. Chantelle hatte keine Lust, ein selbstgefälliges »Das habe ich Ihnen gleich gesagt« zu hören.

Wie hatte Jamil das fertiggebracht? Wie hatte er ihren Ärger und ihr Verletztsein besiegt und sie dahingehend beeinflußt, ihn erneut zu begehren? Und so intensiv! Lieber Gott, sie hatten sich die ganze Nacht geliebt. Nachdem er beinahe den Tod gefunden hatte, war es so gewesen, als habe sie nicht genug von ihm bekommen können. Wenn jemand soweit gewesen war, um Gnade zu bitten, war es Jamil gewesen.

Sie sollte sich zutiefst schämen, aber sie tat es nicht. Irgendwann in dieser Nacht hatte sie ihm Jamila vergeben, und er hatte ihr versichert, das würde nicht noch einmal passieren. Sie glaubte ihm, weil sie es glauben wollte, weil sie *ihn* wollte. Es konnte gar nicht einfacher sein. Wie ein verliebtes Schaf war sie nun mit ihrem Sklavendasein zufrieden. Hatte sie sich verliebt? Guter Gott, das wäre lächerlich! Einen Mann zu lieben, der achtundvierzig Frauen besaß? Am besten war es, hier nicht zu tief zu schürfen!

»… meinen Sie nicht auch?«

»Verzeihung, was sagten Sie?«

»Ich sagte, daß Sie dankbar sein müßten, weil Sie noch am Leben sind.«

Chantelle schnitt eine Grimasse. »In Ordnung.«

»Hat man Ihnen schon verraten, daß Sie keine sehr geduldige Patientin sind?«

Chantelle lächelte grollend. »Bin ich besonders anstrengend, Rahine?«

»Ja, und frech.«

»Niemand ist in der Nähe, *Madame*.«

Diesmal unterdrückte Rahine ein Lachen. »Sie sind unverbesserlich. Gut, Sie können mich Rahine nennen, wenn niemand in der Nähe ist.«

»Und Sie nennen mich bitte Chantelle, wenn niemand in der Nähe ist.«

»Sie sollten Ihr früheres Leben vergessen«, meinte Rahine, doch sie wurde gleich unterbrochen.

»Haben Sie Ihres vergessen?«

»Ich … ich denke, Sie brauchen jetzt Ruhe.«

»Noch nicht.« Chantelle richtete sich in den Kissen auf. »Zuerst sagen Sie mir, wer der Mann war, der Jamil gestern nacht töten wollte.«

»Das werden wir wohl nie erfahren.«

»Dann wissen Sie auch nicht warum er ihn angegriffen hat?«

Rahine sah sie einen Augenblick überrascht an. »Heißt das … Aber Sie müssen doch etwas von Jamils Schwierigkeiten gehört haben?«

»Ich weiß nicht, wovon Sie reden.«

»Aber ich habe es Ihnen gegenüber erwähnt – als Sie ihn dazu trieben, leichtsinnig den Palast zu verlassen. Ich sagte Ihnen, sein Leben sei in Gefahr.«

»Ja, das war alles, was Sie mir sagten. Und ich bitte Sie festzuhalten, daß ich ihn dazu *trieb*«, fügte Chantelle betont hinzu. »Ich bin nicht verantwortlich für sein unbeherrschtes Temperament.«

»Darüber wollen wir jetzt nicht streiten«, erklärte Rahine, und dann erzählte sie Chantelle von den Anschlägen auf Jamils Leben und den Verdacht, Selim stecke dahinter, da er in der Erbfolge der nächste sei.

»Aber Jamil hat Söhne«, wandte Chantelle ein, obwohl das nicht zu ihren Lieblingsthemen gehörte.

»Stimmt, sie sind jedoch alle viel zu jung. Wir sind hier nicht in England, Kind. Ein Bruder im Erwachsenenalter wird fast immer einem Sohn vorgezogen, der noch zu jung zum Herrschen ist. Natürlich hat es auch Fälle gegeben, in denen eine Mutter die Unterstützung der Armee kaufte, um ihren Sohn zu befördern, aber in Barka ist das noch nie geschehen.«

»Und Sheelah ...«

»Niemals Sheelah!«

Chantelle wunderte sich über Rahines heftigen Einwurf und die Parteinahme für Jamils erste Frau. Dann weiteten sich ihre Augen.

»Noura besitzt den zweitältesten Sohn, nicht wahr?«

»Ja, aber ... das ist lächerlich, Shahar ...«

»Chantelle.«

Rahine schürzte die Lippen. »Gut – Chantelle. Spekulationen dieser Art sind fruchtlos. Und außerdem hat Jamil noch einen Halbbruder nach Selim. Ist Ihnen klar, wie viele sterben müßten, ehe Noura durch ihren Sohn an die Macht kommen könnte? Es wäre auch zu auffällig, selbst wenn die anderen Todesfälle keinen Verdacht erwecken würden – besonders, falls Jamil zuerst sterben sollte.«

Chantelle rann es kalt über den Rücken, als so unumwunden von Jamils Tod die Rede war. Sie hatte nicht geahnt, daß er in solcher Gefahr schwebte.

»Ich wünschte, Sie hätten mir nichts von alledem gesagt.«

Rahine zuckte die Schultern. »Sie haben mich gefragt, Kind.« Dann beugte sie sich vor und drückte Chantelles Hand. »Wir müssen Ihnen danken, daß Sie ihn von seinen Problemen abgelenkt haben, wenn Sie es auch auf eine unakzeptable Art taten.«

Chantelle war es klar, daß das eine Anspielung auf ihre Widerspenstigkeit bedeutete, aber wußte Rahine auch, daß es seit der letzten Nacht keine Widerspenstigkeit mehr gab? Natürlich wußte sie es. Sie wußte alles.

Chantelles Wangen glühten, und sie fand es an der Zeit, das Thema zu wechseln. Rahine übernahm das für sie. »Ich hätte wirklich nicht so lange bleiben sollen. Es wurde Ihnen für eine Woche völlige Bettruhe verschrieben.«

»Eine Woche!«

Rahine mußte wider Willen lächeln. »Mindestens mehrere Tage ohne Unterbrechung.«

»Das wird Jamil nicht gefallen.«

»Wieso nicht?«

Chantelle blickte verlegen zur Seite, ehe sie antwortete: »Er hat mir versprochen, keine andere zu sich zu rufen.«

Rahine hob die Brauen, weil sie wußte, daß Jamil eben in diesem Moment mit Sheelah speiste. Wie konnte er nur so ein Versprechen geben? Aber um fair zu sein – er hatte es nicht direkt gebrochen. Er hatte Sheelah nicht gerufen, sondern war zu ihr gegangen. Hatte er gedacht, keiner würde es erfahren, weil er die Appartements seiner Ehefrauen erreichen konnte, ohne den Hauptharem zu betreten?

Als Rahine schwieg, sah Chantelle sie forschend an. »Hält er seine Versprechen, Rahine?«

»Wenn irgend möglich – ja.« Was hätte sie sonst sagen sollen?

40

Derek wiegte das Baby zärtlich in den Armen. Jetzt fiel ihm alles leichter. Er konnte nun sogar darüber lächeln, wie nervös er gewesen war, als er eines der Kleinkinder zum erstenmal im Arm gehalten hatte – und dabei waren es drei Säuglinge.

In den vergangenen Wochen hatte er sich Jamils Kinder in Zweier- und Dreiergruppen in sein Appartement bringen lassen. Das Kennenlernen seiner Nichten und Neffen hatte den endlosen Nachmittagen, an denen er seine Inaktivität besonders spürte, die Langeweile genommen. Nun war er selbst erstaunt wieviel Spaß ihm die Zeit mit den Kindern bereitete.

Das kleine Mädchen in seinen Armen hatte flammend rotes Haar wie seine Mutter und große smaragdgrüne Augen. Die Kleine war entzückend wie alle Kinder von Jamil. Daß Derek in ihnen sich selbst sehen konnte, empfand er als besonders faszinierend. Seine eigenen Kinder würden genauso aussehen, vor allem wie diejenigen, die Jamil am meisten glichen. Und wenn er zuerst geboren worden wäre, anstatt ein paar Minuten nach Jamil, hätte er jetzt vermutlich ebenso viele Kinder.

Es war ironisch und beklagenswert, daß er zur Ehe gezwungen wurde, um Robert Sinclair nur einen Urenkel zu bescheren, obwohl Jamil mit sechzehn Urenkelkindern aufwarten konnte, wovon vier Söhne waren. Allerdings durfte der Marquis diese Nachkommen nicht offiziell anerkennen, sonst hätte der Skandal um Melanie Sinclairs Sklaverei seinen guten Namen ruiniert. Ganz England dachte, Melanie sei tot. Rahine nannte sich schon lange nicht mehr so.

Doch das alles stand nicht zur Debatte. Er selbst erlebte einen Moment junggesellenhafter Unentschlossenheit. Es wurde Zeit, daß er heiratete. ›Beklagenswert‹ war ein viel zu hartes Wort, denn nur seine langen Jahre genußvoller Zügellosigkeit wagten einen letzten Protest. Und er war nicht wirklich gezwungen worden. Er hatte sich nicht einmal gesträubt, nachdem Caroline eine absolut angemessene Wahl bedeutete.

Mit seiner kupferhaarigen Caroline als Mutter könnten seine eigenen Töchter genauso aussehen wie das Püppchen in seinem Arm. In einem völligen Stimmungswandel fand er plötzlich, er könne nicht mehr warten.

Und dann überlegte er, wie seine und Shahars Kinder ausschauen würden, und er furchte die Stirn. Jamil besaß keine blonden Konkubinen, also konnte Derek keine entsprechenden Vergleiche anstellen. Und vor allem durfte er sich mit solchen Gedanken gar nicht erst beschäftigen.

»Bist du ihretwegen noch besorgt?«

Derek blickte auf und sah, daß Sheelah ihn beobachtete. Schnell machte er ein freundliches Gesicht. »Überhaupt nicht.« Er gab das Kind seiner Pflegerin zurück. »Man hat mir versichert, Shahar würde sich vollkommen erholen.«

»Das freut mich.«

Er erkannte, daß sie das ernst meinte. Was für ein erstaunlicher Unterschied zwischen ihr und seiner kleinen Engländerin, die, selbst wenn sie vor Eifersucht kochte, trotzig eine solche Regung abstritt. Sheelah akzeptierte ehrlich Jamils andere Frauen. Sie würde alles akzeptieren, was ihn glücklich machen könnte.

Verfluchte Situation! Er hätte nicht auf Omar hören dürfen, der ihm empfohlen hatte, Sheelah nicht zu vernachlässigen, damit kein Verdacht aufkäme. Nun würde sie erwarten, daß er bei ihr bliebe und sie in die Arme nähme. Er wollte ihr nicht zu nahe kommen, und er wollte nicht allein mit ihr sein, nicht einmal für einen Augenblick. Deshalb hatte er auch ihre drei Kinder und deren Pflegerinnen herbeordert. Er weigerte sich, sie gehen zu lassen. Er wollte Zeugen dafür haben, daß er nur mit Sheelah gegessen hatte. Jamil sollte nicht daran zweifeln können, daß seine Lieblingsfrau nur ihm gehörte.

Doch Sheelah würde das nicht begreifen. Sie wußte, daß Shahar in dieser Nacht nicht zur Verfügung stand. Er war da. In ihren Augen hatte er keinen Grund, sie allein zu lassen. Sie würde verletzt sein, wenn er einfach ging.

Er verfluchte Omar, der ihn in diese Lage gebracht hatte. »Sheelah, ich danke dir für das wunderbare Essen, aber ich ... ich muß jetzt gehen.«

»Nein, warte!« Sie kam so schnell um den Tisch herum, daß sie auf seinem Schoß saß, ehe er sie aufhalten konnte. »Laß mich dir helfen, Jamil. Dein Kummer ist auch meiner.«

»Ich weiß das«, erwiderte er und zog ihre Hand sanft von seiner Wange. »Aber ich kann nicht ...«

Sie preßte ihre Lippen auf seine. Er wich sofort zurück. Sein Erschrecken wirkte peinlich. Die Kinderschwestern kicherten im Hintergrund des Raumes. Sheelah sagte schnell: »Ich schikke sie weg.«

»Nein! Ich wollte sagen ...« Er riß sich mühsam zusammen. »Ich möchte es nicht ... nicht heute nacht, Sheelah.«

»Nicht heu ...«

Sie hielt mitten im Wort inne, und ihre saphirblauen Augen weiteten sich. Ihr Mund stand offen. Was, zum Teufel, habe ich gesagt, daß es so eine Reaktion hervorruft? dachte Derek. Und es kam noch schlimmer.

»Du bist nicht Jamil«, flüsterte sie ungläubig. »Wer bist du?«

Verteufelt! »Bist du verrückt, Mädchen?«

Sheelah senkte zerknirscht den Kopf. »Es tut mir leid, mein Geliebter. Vergib ...« Mit einem Ruck hob sie die Stirn. »Nein, du bist nicht Jamil. Ich kenne den Mann, den ich von ganzem Herzen liebe, zu gut. Er kommt zu mir, wenn er Trost braucht. Du weigerst dich ...«

»Sei still«, zischte er. »Weißt du, was für schlimme Gerüchte du mit solchem Unsinn in die Welt setzen könntest? Schau mich an und sag mir, wer ich sonst sein könnte.«

»Ich weiß es nicht.« Ihre Augen füllten sich mit Tränen. »Sag mir nur ... Sag mir, daß er nicht ...«

Derek legte einen Finger auf ihre Lippen. Er blickte zu den Pflegerinnen hinüber, doch sie waren weit genug entfernt, um das Gespräch nicht belauschen zu können.

Dann sah er auf Sheelah nieder, und seine Züge wurden weich. Diese Frauen mit ihrer Intuition! Er konnte die Sache nicht auf sich beruhen lassen.

»Es gibt nichts, das dich bekümmern müßte. Nichts. Willst du mir das glauben, Sheelah?«

Sie nickte und erhob sich mit ihm. Dann geleitete sie ihn zur Tür. »Ich verstehe es nicht.«

»Du wirst es verstehen. Hab' nur Geduld, und du wirst auf all deine Fragen eine Antwort bekommen.« Für einen Augenblick zog er sie an sich. Schließlich war sie seine Schwägerin. »Du weißt, daß du geliebt wirst, Sheelah. Vertraue darauf!«

Sie schenkte ihm zum Abschied ein zögerndes Lächeln, das ihm verriet, daß er ihr Gemüt beruhigen konnte, wenn auch ihr Argwohn nicht zerstreut war.

41

Chantelle bekam für ihren Besuch bei Jamil einen Rollstuhl geschickt. Sie fand das amüsant, aber auch ein wenig unangenehm. Sie fühlte sich wieder gut. Sie war keine Invalidin. Aber Jamil wollte offenbar nicht, daß sie ihre Kräfte auf dem weiten Weg zu seinem Appartement überbeanspruchte, und sie wußte, warum. Jeder im Harem würde es wissen, der sah, daß sie durch den Harem geschoben wurde. Natürlich erwartete man von jeder Frau, die gerufen wurde, daß sie das Bett mit Jamil teilte. Sie mußte lernen, diese jedesmal wiederkehrenden Gefühle des Unbehagens zu überwinden, vor allem, wenn Jamil sein Versprechen hielt und sie als einzige zu sich holte.

Als sie nach dem Abendgebet erschien, war Jamil nicht allein. Der alte Mann, den sie neulich gesehen hatte, war bei ihm. Die beiden diskutierten über irgendeine Angelegenheit. Sie hatte Adamma den alten Mann beschrieben, und erfahren, daß es sich vermutlich um den Großwesir des Herrschers handelte, um den zweitwichtigsten Mann in Barka.

Sie hoffte, daß er es nicht wäre, denn sie erinnerte sich daran, wie unfreundlich er sie betrachtet hatte. Auch diesmal sah er sie wieder böse an, offensichtlich verärgert, weil Jamil sie zum Bleiben aufgefordert hatte, obwohl das Gespräch der beiden noch nicht beendet war.

»Ich erkenne da keinen Unterschied, Omar«, sagte Jamil gerade. »Er war mein Bruder. Ich muß hingehen.«

»Das wird keiner erwarten, vor allem nicht nach dem letzten Anschlag auf Ihr Leben. Sie wußten nicht einmal ...«

Jamil machte eine heftige Armbewegung, und Omar blickte erneut zu Chantelle hinüber. »Schicken Sie sie weg, bis wir fertig sind.«

»Nein. Wir sind fertig. Es *ist* meine Pflicht, dem Begräbnis beizuwohnen, die Pflicht des *Herrschers*«, betonte Jamil.

»Die Pflicht soll zum Teufel fahren. Der Divan hat einstimmig dagegen entschieden. Sie müssen auf Ihre Berater hören.«

»Ich muß?«

Omar hob die Hände. »Allah beschütze uns vor einem Mann, der die Gefahr liebt. Glauben Sie, diese fanatischen Mörder würden die Heiligkeit der Beerdigungsprozession achten? Nein, sie werden sich unter die Menge mischen und nur darauf warten, bis Sie auftauchen. Sie können es sich nicht leisten, so eine Gelegenheit ungenutzt verstreichen zu lassen. Nichts anderes konnte sie aus dem Palast locken.«

Chantelle furchte die Stirn. Das hatte sie schon einmal gehört – dieselben Worte, oder beinahe dieselben Worte.

»Jamil?«

Er sah sie nicht einmal an. »Hab' Geduld, Shahar, wir sind gleich fertig.«

»Aber, Jamil, das habe ich schon einmal gehört.«

Nun drehte er sich um. »Was?«

»Was er gerade zu Ihnen gesagt hat: daß nichts anderes Sie aus dem Palast locken konnte. Nur hat sie ›ihn‹ gesagt, anstatt ›Sie‹.«

»Das klingt sehr verworren, Shahar. Komm her und erzähl uns, wovon du sprichst.«

Sie näherte sich nur zögernd. Nun sah Jamil sie finster an, nicht Omar. Sie hätte die beiden nicht unterbrechen dürfen. Anscheinend war einer von Jamils Brüdern gestorben. Das mußte ihn bekümmern.

»Nun?« fragte er.

»Ich bedaure den Tod Ihres Bruders«, begann sie, doch er machte eine ungeduldige Handbewegung, und sie erzählte, was sie in dem Dampfraum gehört hatte. Plötzlich rief sie: »Oh, mein Gott!« Ihre Augen flackerten in schlagartiger Erkenntnis.

»Was ist?«

»Bisher konnte ich dem Gespräch keinen Sinn entnehmen, deshalb vergaß ich es. Damals wußte ich auch noch nicht, daß man Ihnen nach dem Leben trachtet.«

»So? Dein Bericht beweist nichts, Shahar. Die Frau kann über irgend etwas geredet haben.«

»Ich weiß das, aber ... War Ihr Bruder eigentlich noch ein Kind?«

»Ja, aber was hat das damit ...«

»Wie starb er?«

Chantelle sah, daß Jamil bald die Geduld verlieren würde, doch er antwortete ihr trotzdem. »Er ist wohl erstickt. Aber ob er einen Bissen in die Luftröhre bekam – er war anscheinend beim Essen – oder ob jemand nachgeholfen hat, wurde nicht festgestellt.«

»Glauben Sie, es war Mord?«

»Er war kein kräftiger Junge. Es hätte einen Mann nicht viel Mühe gekostet, ihm etwas auf das Gesicht zu drücken, bis er erstickte. Seine Diener wurden durch einen Notfall von ihm weggerufen. Als sie zurückkehrten, lag Murad tot auf dem Boden.«

»Falls es ein Mord war«, meinte Omar, »wurde er nur inszeniert, um Sie aus dem Palast zu locken. Es gibt keinen anderen Grund, den Jungen zu töten.«

»Omar ...«

»Aber, Jamil, er hat recht«, stellte Chantelle fest.

»Niemand kann das sicher wissen ...«

»Hören Sie mir jetzt einmal zu«, sagte sie erzürnt. »Die Frau fragte Ali: ›Was ist mit dem Jungen?‹, und als er antwortete, befahl sie: ›Geh und arrangiere es. Nichts sonst konnte ihn aus dem Palast locken, aber vielleicht bringt ihn das vor die Tür. Dann möchte ich aber Resultate sehen. Keine Stümperei mehr, oder ich nehme dir die Sache aus der Hand. Und wage nicht, mich zu hintergehen, Ali.‹ Die beiden entfernten sich dann, und ich konnte nichts mehr verstehen.«

Jamil wechselte einen langen Blick mit Omar. Der alte Mann lächelte nun. Jamils Gesicht zeigte einen halb amüsierten, halb bekümmerten Ausdruck, der Chantelle verwirrte.

»Es scheint, daß ›unser Freund‹ eine sinnlose Reise nach Istanbul unternommen hat«, bemerkte Omar.

»Es sieht tatsächlich so aus«, stimmte Jamil zu, ehe seine Smaragdaugen sich wieder auf Chantelle richteten. »Wer war die Frau, Shahar?«

Sie schnitt eine Grimasse. »Ich weiß es nicht.«

»Aber du hast sie gesehen?«

»Nein, die Tür war halb geschlossen.«

»Verdammt!«

»Aber ich denke, ich würde ihre Stimme erkennen, wenn ich sie wieder hören würde.«

»Das ist immerhin etwas. Und wie viele Eunuchen tragen den Namen Ali?«

»Dutzende, unglücklicherweise«, erwiderte Omar.

»Dann lege ich es in Ihre fähigen Hände, die Anzahl bis zu unserem Schuldigen zu dezimieren. Und ich glaube, damit ist dieses Thema für heute beendet.«

Omar nickte einvernehmlich, aber dann fragte er noch: »Sie gehen doch nicht zu dem Begräbnis?«

»Nein. Richten Sie es so ein, daß ich dem Verstorbenen hier die letzte Ehre erweisen kann.«

Da dies Omars ursprünglicher Vorschlag gewesen war, verließ er den Raum mit einem äußerst selbstgefälligen Gesicht. Jamil verschwendete keine weitere Zeit und zog Chantelle in die Arme.

»Danke«, sagte er ernst. »Ohne deine Hilfe würden wir weiterhin im dunkeln tappen und den falschen Mann verdächtigen. Willst du uns noch einmal helfen und wegen der Stimme aufpassen?«

»Natürlich. Aber, Jamil, warum könnte eine deiner Frauen dir den Tod wünschen?«

Er zuckte die Schultern. »Wer ahnt, was in einer weiblichen Seele vorgeht?«

Chantelle schnaubte. »Dasselbe könnte ich von einer Männerseele sagen.«

»Aber Frauen sind viel widersprüchlicher und undurchschaubarer ... Da wir gerade von Frauen reden ...« Er zog sie noch enger an sich und preßte seine Hüften an ihre. »Ich habe dich vermißt.«

Sie akzeptierte dankbar den Themenwechsel. »Es war nur eine Nacht ...«

»Und zwei Tage. Das müssen wir nachholen.«

»Müssen wir das?«

»Wenn du nicht zu schwach bist.«

»Sehe ich schwach aus?«

Er lächelte ihr zu. »Nur um sicher zu sein, falls du den Boden unter den Füßen verlierst.«

Und sie verlor ihn unter den Füßen, denn Derek hob sie hoch und trug sie sofort in sein Bett.

42

Wochen vergingen, doch Chantelle hörte diese ärgerliche Stimme nicht wieder. Jamil hielt sie auf dem laufenden, was seine Fortschritte betraf, doch auch er war an einem toten Punkt angelangt. Die Anzahl der verdächtigen Männer, die Ali hießen, hatte sich auf fünf reduziert, und diese fünf wurden ständig beobachtet – bisher ohne Erfolg. Da Jamil eine Folterung verbot, entwickelte sich die Angelegenheit zu einem Wartespiel, bis einer einen Fehler begehen würde.

Auch die Frauen, denen diese Eunuchen gehörten, wurden bewacht. Das Geld für die Finanzierung der Angriffe wurde ebenfalls in Betracht gezogen, und welche Haremsdame genügend begehrt war, um ein beträchtliches Vermögen angehäuft zu haben. Das war natürlich kein entscheidender Faktor, denn die Diebstähle im Harem hatten zugenommen, und der entwendete Schmuck entsprach inzwischen einem unermeßlichen Schatz.

Nun lag es wirklich an Chantelle, und dieses Wissen machte sie nervös. Jamil fragte sie jede Nacht, wenn sie bei ihm war, und das allein frustrierte sie, daß sie ihm nichts berichten konnte.

Von den fünf verdächtigen Frauen kannte Chantelle nur zwei. Die eine war eine gegenwärtige Favoritin namens Sadira, die in einem knappen Monat ihre Niederkunft erwartete. Chantelle traute ihr keine anderen Pläne zu als die einer glücklichen Zukunft für ihr Kind. Wie hätte eine Frau den Tod befehlen können, während ihr Körper Leben nährte? Sadira kam nicht in Frage. Auch ihre Stimme war nicht die gesuchte.

Bei der zweiten Frau, die Chantelle kannte, lag der Fall anders. Es handelte sich um Noura. Das überraschte Chantelle nicht. Sie hatte schon früher an Noura gedacht. Aber deren Stimme war der strittige Punkt. Chantelle hatte Noura in vielen Tonlagen sprechen hören, verdrießlich bis zu haßerfüllt, aber schallender Ärger war nicht dabeigewesen.

Nun wurde Chantelle Nouras Schatten. Überall und immer lauschte sie. Sie versuchte sogar, die Wüstenschönheit zu provozieren, aber Noura nahm den Köder nicht an, beinahe, als ahnte sie, daß sie sich nicht verraten dürfe.

Chantelle war am Ende ihrer Weisheit angelangt. Schließlich bat sie Rahine um Rat. Doch Jamils Mutter war ihr keine Hilfe.

»Sie verschwenden nur Ihre Zeit, Shahar.«

»Das können Sie nicht wissen.«

»Ich kenne Noura«, sagte Rahine ruhig und überzeugt. »Sie ist es nicht.«

»Da bin ich anderer Meinung. Einer von Jamils Brüdern ist nun tot. Der andere könnte auch bereits umgekommen sein, nachdem man von ihm nichts mehr gehört hat, seit die Attentate begannen. Dann würden nur mehr Jamil und sein ältester Junge Nouras Sohn im Wege stehen, oder?«

Rahine hob die Brauen. »Wir wissen nichts von Selim und ob er noch lebt. Es stimmt, daß er offenbar nicht hinter den Anschlägen steckt, aber … Noura steckt keinesfalls dahinter. Übrigens …« Nun lächelte Rahine. »Sie hat sich über Ihre kürzliche Bissigkeit beschwert und vorgeschlagen, Sie wieder in die Küche zu schicken.«

»Oh, das würde ihr so passen. Dann könnte sie wieder ein Fest veranstalten und mir noch einmal die Vorbereitungen aufhalsen.«

»Das tut mir leid«, sagte Rahine nun ernst. »Davon wußte ich nichts.«

Chantelle zuckte die Schultern. »Meine Tante sagte immer, ein wenig harte Arbeit könne niemandem schaden. Und es war keine Strafe, Rahine. Zu dieser Zeit war ich entzückt, in der Küche zu hausen.«

»Jetzt wären Sie nicht mehr entzückt.«

Chantelle schnaubte sehr unfein. Sie hatte ja gewußt, daß dieses ›Ich habe es Ihnen doch gesagt‹ einmal kommen mußte.

43

Chantelle fand das Schwimmbad leer vor. Sie hatte Spaß an dem gepflegten Pool. Tatsächlich hatte sie gelernt, den ganzen *Hammam* zu genießen. Es war ein Ort der Lässigkeit. Hier gab es immer sanfte Hände, die müde Muskeln bis zu neuer Lebendigkeit massierten oder süß duftende Öle in bereits seidenweiche Haut rieben. Aber Chantelle räkelte sich nicht in dem Raum herum, in dem das klare Wasser sie an den Ozean erinnerte. Sie schwamm Runden vor und zurück und unter der Oberfläche, bis an die Grenze ihrer Kraft und allein zu ihrem eigenen Vergnügen. Nur wenige Haremsdamen konnten schwimmen, deshalb reichte ihnen das Wasser an der tiefsten Stelle nur bis zur Brust. Doch es war kühl und belebend, und Chantelle konnte sich beim Auftauchen beinahe die Klippen von Dover vorstellen.

Heute war besonders viel Wasser in ihre Ohren gelaufen. Sie stieg aus dem Becken und schüttelte den Kopf. Als das nichts nützte, schlüpfte sie schnell in ihre Robe, wickelte ihr Haar in ein Handtuch und beugte den Kopf seitlich nach vorn, während sie an ihrem Ohrläppchen zupfte.

In diesem Moment hörte sie die Stimme, klar und wütend. »Ich hätte wissen müssen, daß das Schwimmbad nicht leer sein würde – das ist es ja nie. Aber müßten Sie nicht längst vor dem Spiegel stehen? Oder hat Jamil endlich eine andere zu sich gerufen?«

Chantelle antwortete nicht. Sie war zu verblüfft. Sie saß auf einer Bank, starrte die Frau an, die im Eingang stand, und wußte nicht, was sie denken sollte. Wie konnte diese Person die gesuchte sein? Der Name ihres Eunuchen war Orji, nicht Ali. Und sie konnte durch Jamils Ermordung nichts gewinnen. Das ergab keinen Sinn. Doch die Stimme war dieselbe, noch unverkennbarer, als sie keifte: »Was glotzen Sie so, Engländerin?«

»Ich ›glotze‹ auf eine Mörderin«, erwiderte Chantelle kühn

und erhob sich. »Ich war so sicher, es sei Noura gewesen. Aber Sie waren es, nicht wahr?«

»Sie sind verrückt. Ich habe niemanden getötet.«

»Vielleicht nicht mit Ihren eigenen Händen, aber da ist kein großer Unterschied, wenn Sie jemanden für die Schmutzarbeit bezahlen.«

»Ich weiß nicht wovon Sie reden«, war die hochmütige Antwort.

»Doch, das wissen Sie. Ich hörte Sie und Ali vor dem Dampfraum miteinander reden – an dem Tag, als Sie den Tod des armen Murad befahlen. Haben Sie mich weggehen sehen? Haben Sie deshalb versucht, mich zu vergiften, Mara?«

Das war eine Vermutung, doch der Hieb saß. Die Frau gab es auf, die Unschuldige zu spielen, und fauchte: »Zu schade, daß es nicht klappte. Ich hätte die zusätzlichen Edelsteine, die mir des Herrschers Wut und Kummer eingebracht hätten, gut gebrauchen können.«

»Ja, es muß Ihnen immer schwerer fallen, sie zu stehlen, da nun jeder weiß, was für eine schlaue Diebin unter uns weilt.«

»Für mich bedeutete das eine Herausforderung. Ich fand es aufregend.«

Chantelle schüttelte erstaunt den Kopf. Die Frau prahlte nun. Sie schien überhaupt keine Angst zu haben, entlarvt zu werden.

»Das alles, um Jamil zu töten? Warum, Mara? Das Auspeitschen kann nicht schuld sein, weil man mir gesagt hat, daß Sie das mögen.«

Mara wurde plötzlich wütend. »Was wissen Sie denn davon, Sie blöde Hure? Ich hasse ihn. Ich hasse alle Männer, aber besonders Jamil, da er meine Schande entdeckt und gegen mich verwendet hat. Glauben Sie, ich bin stolz darauf, daß ich Lust nur durch Schmerzen empfinden kann? Wenn ich den Mann fände, der mich so gemacht hat, würde ich ihn in kleine Stücke hacken, langsam, so daß er bis zum Schluß am Leben bliebe. Aber zuerst würde ich seine Hoden rösten und seinen …«

»Es tut mir leid, daß Sie durch Ihr erstes Erlebnis so … bizarr beeinträchtigt wurden, aber Jamil hat Ihnen nichts angetan, das

Sie ihm nicht erlaubt hätten. Sie hätten jederzeit die Behandlung stoppen können, indem Sie ganz einfach Ihre Gefühle enthüllt hätten.«

»Niemand verweigert dem Herrscher, was er sich wünscht.«
»Ich tat es.«

»Für wie lange?« höhnte Mara.

Obwohl Chantelles Wangen sich rosig färbten, blieb ihre Stimme fest. »Das war etwas anderes. Ich wurde verführt, nicht bedroht. Und es hätte nie geschehen können, wenn ich mich von dem Mann nicht angezogen fühlen würde.«

»Wie fabelhaft für Sie, aber mich ekelt er an«, rief Mara schneidend. »Und Orji sagte mir, ich hätte keine Wahl.«

Das waren wieder diese Worte, die Chantelle haßte. *Keine Wahl.* Dasselbe hatte man ihr auch eingeimpft. Sie konnte Maras Dilemma verstehen. Und dennoch – als es darauf ankam, war Chantelle nicht gezwungen worden. Es waren nur leere Drohungen, die die Frauen soweit bringen sollten, sich bereitwillig zu fügen. Warum sollte es in Maras Fall anders gewesen sein? Jamil war nicht der grausame Tyrann, für den Chantelle ihn anfangs gehalten hatte.

»Sie hätten versuchen müssen, die unwürdigenden Szenen zu stoppen, anstatt Ihren Haß bis zu diesem Ausmaß anwachsen zu lassen. Jamil ist im Grunde ein zärtlicher Mensch. Wie oft benutzte er Sie, ehe Sie beschlossen, ihn zu töten?«

»Einmal war schon zuviel.«

»Aber durch die Anschläge vermehrten Sie nur Ihr eigenes Leid. Oder ahnten Sie nicht, daß die Aufregungen ihn in schwierige Stimmungen versetzen würden?«

»Ihn tot zu sehen, war aller Mühe wert.«

»Wie dumm das ist!« erklärte Chantelle ärgerlich. »Wenn Jamil stirbt, werden wir alle Eigentum des neuen Herrschers, und das wird Selim sein. Wie ich hörte, gibt es keinen gnadenloseren oder brutaleren als ihn. Glauben Sie, er würde Sie nicht ebenso benützen? Manche Männer finden Freude daran, Schmerzen zuzufügen, und er scheint einer von diesen zu sein.«

Mara lachte. »So dumm bin ich nicht, Engländerin! Selim

kann seine Gemeinheit nicht mehr austoben. Er ist schon seit Monaten tot. Er wurde in Istanbul von einem seiner eigenen Sklaven ermordet und verscharrt.«

Chantelle hielt bei dieser überraschenden Nachricht den Atem an. »Woher wissen Sie das?«

»Der schuldige Sklave war blöd genug, hierher zurückzukehren und sich im Suff einem alten Freund gegenüber mit seiner Tat zu brüsten. Der alte Freund war Ali, und der war so schlau, den Burschen umzubringen, ehe er die Information weitergeben konnte.« – »Aber Ihnen hat er es erzählt?«

»Natürlich. Er wußte, wie sehr ich Jamil hasse. Und er sah hier die perfekte Gelegenheit, ihn loszuwerden, da er wußte, daß man sofort Selim verdächtigen würde. Tote Männer können sich nicht verteidigen.«

»Aber warum kümmerte sich dieser Ali um Ihre Probleme? Er ist doch sicher ein Eunuche, und nicht einmal Ihr eigener?«

»So? Daß er Noura gehört, heißt noch nicht daß er sie lieben muß, oder? Er liebt mich.« Mara machte ein selbstgefälliges Gesicht. »Er würde alles tun, was ich von ihm verlange.«

»Liebe? Er kann doch nicht …«, meinte Chantelle.

»Kann nicht?« unterbrach Mara sie. »Das zeigt, wie naiv Sie sind. Kastration schneidet das Herz nicht heraus, und Impotenz beendet nicht immer das Begehren. Ali kann so heftig wie ein richtiger Mann lieben. Er vermag nur nichts damit anzufangen.«

»Das sagen Sie, als sei es Ihnen egal.«

»Es ist mir auch egal. Seine Liebe bedroht mich zwar nicht, aber er ist trotzdem ein Mann und nur meiner Verachtung wert. Mein Haß auf alle Männer gestattet keine Ausnahmen.«

»Zu schlimm für ihn, daß er das nicht erkannte, ehe Sie ihn zum Verräter machten«, entgegnete Chantelle. »Aber daß er von Ihnen hereingelegt wurde, wird ihn nicht retten.«

»Er ist genausowenig in Gefahr, entdeckt zu werden, wie ich. Sie nehmen doch nicht im Ernst an, daß ich Sie gehen lasse, nachdem ich Ihnen das alles erzählt habe?«

Daß Mara die Tür blockierte, war nicht allzu alarmierend. Daß sie ihre Drohung aber so ruhig aussprach, eher.

»Sie können mich nicht aufhalten, Mara. Ich habe draußen meine Leibwächter.«

Mara lächelte, während sie einen kurzen Dolch aus ihrem Kaftan zog. »Vor diesem Raum stand niemand, sonst wäre ich auf Ihre Gegenwart gefaßt gewesen. Ihre Wächter scheinen heute nicht sehr eifrig zu sein.«

»Sie lügen!« rief Chantelle, als Mara mit dem Fuß die Tür hinter sich zustieß.

Die haßerfüllte Person zuckte gleichgültig die Schultern. »Schreien Sie doch, wenn Sie meine Worte bezweifeln. Ihre Wächter werden nicht erscheinen.« Sie ließ ein kurzes ironisches Lachen hören. »Ich hätte mir für unsere kleine Diskussion keinen besseren Platz aussuchen können, wenn ich sie geplant hätte. Haben Sie einmal überlegt, warum das Schwimmbad von allen anderen Räumen so weit entfernt ist? Der Grund ist der, daß die Frauen beim Planschen soviel Getöse machen. Ein paar Schreie, die aus dieser Halle kommen, sind eine ganz normale Angelegenheit.«

»Vermutlich denken Sie, ich würde hier stehenbleiben und mich von Ihnen erstechen lassen?«

Chantelle wich zurück, als Mara sich ihr näherte. Zwischen ihnen lagen gute viereinhalb Meter, und wenn Chantelle die andere Seite des Beckens erreichen könnte, wäre sie gerettet. Falls Mara ihr um den Pool herum folgte, hatte Chantelle freie Bahn zur Tür. Doch anstatt davonzulaufen, starrte sie auf den Dolch.

Eine ähnliche Situation hatte sie nie zuvor erlebt. Es war nicht wie in jener Nacht, als sie den Degen über Jamils Kopf hatte schweben sehen. Da war sie nicht allein gewesen. Jetzt half ihr niemand, und sie besaß keine Fähigkeiten, sich gegen solch eine Bedrohung zu wehren. Daß der Angriff von einer Frau kam, war durchaus nicht beruhigend. Mara mochte nicht so groß sein wie sie, aber die Frau war viel stämmiger und stärker, und Chantelles Leben stand auf dem Spiel. Wenn Mara ihre Widersacherin nicht tötete, wußte sie, daß ihr Jamils Urteil bevorstand, und die Verzweiflung darüber würde ihr zusätzliche Kräfte verleihen. Die Ruhe, die sie ausstrahlte, wirkte besonders beängstigend.

Chantelle rieb die schwitzenden Hände an den Hüften. Mara hatte den Abstand schon auf nur mehr drei Meter verringert. »Sie ...« Chantelle machte eine Pause, um sich zu räuspern, denn ihr Hals war wie zugeschnürt. »Sie müssen mich nicht töten. Sie könnten entkommen. Ali könnte Ihnen helfen, nicht wahr?«

»Nachdem Sie Alarm geschlagen haben? Hah!«

»Ich suche nur nach Möglichkeiten, die Ihnen bleiben«, rief Chantelle zornig.

Sie wunderte sich über ihre eigenen Worte, und Mara ging es ebenso, denn sie schüttelte den Kopf. »Sie reden zuviel, Engländerin!«

Chantelle versuchte eine andere Taktik. »Haben Sie schon einmal einen Menschen getötet – mit Ihren eigenen Händen? Es ist nicht so, wie wenn man das Töten nur befiehlt ...«

»Halten Sie den Mund!« brüllte Mara, und Chantelles Herz pochte noch heftiger in ihrer Brust.

Warum hatte sie nicht schon längst geschrien? Sie fürchtete, daß Mara sich dann um so schneller auf sie stürzen würde. Sie würde tot sein, ehe jemand ihr zu Hilfe kommen konnte, falls überhaupt einer kam. Vielleicht konnte sie Mara ihr mörderisches Vorhaben ausreden ...

Die Entfernung betrug nur mehr zweieinhalb Meter. »Ich habe Ihnen nie etwas angetan, Mara, das wissen Sie. Können Sie damit leben, mich auf dem Gewissen ...«

Nun schrie Chantelle doch, als sie rückwärts gegen eine Bank stieß und ihr Gleichgewicht verlor. Sie hatte das verdammte Ding vergessen, das direkt neben dem Beckenrand aufgestellt war. Sie fiel mit dem Rücken darauf, und Mara stand über ihr, bevor sie sich erheben konnte. Nun war es zu spät, zu schreien oder irgend etwas zu tun. Chantelle war vor Entsetzen gelähmt und unfähig zu atmen oder sich zu rühren, während der hoch erhobene Dolch sich anschickte, auf ihren Hals niederzusausen. Es war eine Wiederholung jener anderen Nacht, nur hatte sich damals Jamils Körper zwischen ihr und dem Tod befunden. Jamil hätte gewußt, was zu tun sei. Er hätte ...

In der letzten Sekunde fiel es Chantelle ein, was Jamil getan hatte, und sie rollte sich zur Seite, direkt in Maras Knie. Auch diesmal bedeutete das die Rettung. Die Angreiferin kippte nach vorn, und die Klinge verfehlte ihr Ziel. Als Chantelle auf dem Boden aufprallte, hörte sie einen dumpfen Schlag und auf der anderen Seite der Bank ein Klatschen des Wassers. Doch sie verzichtete darauf zu beobachten, wie schnell Mara aus dem Pool klettern konnte. Wie ein Pfeil schoß sie zur Tür und aus dem Schwimmbad. »Kadar!« rief sie, und er trat ihr sofort in den Weg, so daß sie mit ihm zusammenstieß. Er wollte sie stützen, doch sie riß sich los und fragte mit schriller Stimme: »Wo, zum Teufel, waren Sie?«

»Hier, *Lalla*«, erwiderte er in gekränktem Ton. »Wo sonst sollte ich sein?«

»Dann hat sie gelogen? Mein Gott, ich hätte … nein, es ist nicht mehr wichtig.« Chantelle packte seinen Arm, ihre Furcht war noch nicht verflogen. »Es war Mara, nicht Noura. Sie versuchte gerade, mich zu töten. Sie gab zu, mir Gift verabreicht zu haben, weil ich ihr Gespräch belauscht hatte.« Als Kadar sie nur sprachlos anstarrte, rief sie: »Tun Sie etwas! Sie ist noch im Schwimmbad, und sie hat einen Dolch!«

Er schob sie zur Seite und ging auf die Tür zu, die Chantelle weit offen gelassen hatte. Als er in die Schwimmhalle schlüpfte, hätte Chantelle in die entgegengesetzte Richtung fliehen sollen, doch sie folgte Kadar, teilweise aus Neugierde und teilweise, um Maras Festnahme zu sehen und den letzten Rest von Furcht loszuwerden.

Gleich bei der Tür blieb sie stehen. Kadar beugte sich über Mara, die am Rand des Beckens lag. Sie rührte sich nicht und rosafarbenes Wasser rann ihr über die Stirn und das Gesicht und bildete eine Pfütze unter ihrem Kopf.

Kadar blickte auf und sagte mit ruhiger Stimme: »Sie ist tot, *Lalla*.

Chantelle schaute auf das rosa Wasser, und schließlich mußte sie sich übergeben. Im nächsten Augenblick wurde sie hochgehoben, und ihr Kopf ruhte an Kadars Schulter.

»O Gott!« schrie sie außer sich. »Wenn ich nicht so feige gewesen wäre, hätte ich gesehen, daß sie aus dem Wasser nicht mehr auftauchte. Ich hätte sie herausziehen können, ehe sie …«

»Das hätte keinen Unterschied gemacht, *Lalla*. Sie krachte mit dem Kopf auf die Steinfliesen. Sie war schon tot, als sie ins Wasser fiel.«

»Das war meine Schuld. Ich brachte sie zu Fall …«

»Warum?«

»Warum?« Sie sah auf und erschrak. »Andernfalls hätte sie mich erstochen.«

»Warum machen Sie sich dann Vorwürfe, wenn es keinen Grund dafür gibt?«

»Es ist einfach nicht fair. Sie war ein Opfer, Kadar, von Anfang an. Sie wurde mißbraucht, verunglimpft und wieder mißbraucht. Sie hätte Hilfe benötigt, Fürsorge, Verständnis. Statt dessen …« Chantelle schwieg lange, ehe sie leise fortfuhr: »Ich versuchte ihr gegenüber zu rechtfertigen, wie Jamil sie behandelte, aber es kann nicht gerechtfertigt werden, nicht wahr? Er ist feinfühlig und scharfsichtig – jedenfalls dachte ich das. Warum konnte er nicht erkennen, daß sie ihre Schwäche haßte – und ihn, weil er sie ausbeutete?«

»Hat sie deshalb versucht, ihn zu töten?«

Chantelle vermochte nur zu nicken. Sie weinte jetzt rückhaltlos und merkte kaum, wie Kadar sie wegführte.

»Nun, da die Geldquelle versiegt ist, stehen die Informanten vor dem Tor Schlange«, sagte Jamil zu Derek. »Es wird nicht lange dauern, und wir haben auch noch den letzten Mann, der in die Sache verwickelt ist.«

Er war spät in der vorangegangenen Nacht in den Palast zurückgekehrt, hatte aber am Hafen schon gehört, daß seine Reise umsonst gewesen war. Seine Sehnsucht nach Sheelah hatte ihn heimgetrieben. Er hatte vorgehabt, nur eine Nacht zu bleiben und dann nach Tripolis aufzubrechen, wo sich Selim angeblich aufhielt, nachdem er Istanbul verlassen hatte. Nun wußte Jamil, wie falsch diese Information gewesen war.

Vorerst hatte er alles aufgeschoben, bis er seiner geliebten Sheelah reinen Wein eingeschenkt hatte, und darüber war die ganze Nacht vergangen. Es war ein Fehler gewesen, daß er Sheelah nicht gleich in seine Pläne eingeweiht hatte. Das begriff er nun, und seine einzige Entschuldigung bestand darin, daß er vor seiner Abreise nicht er selbst gewesen war.

An diesem Morgen hatte er eine lange Besprechung mit Omar gehabt, und danach hatte er sich mit Derek in dem geheimen Zimmer getroffen, in das er schon letzte Nacht geschlüpft war.

»Dann ist tatsächlich alles vorbei?« fragte Derek.

»Ja. Ali gab seinen gedungenen Mördern eine armselige Summe, für die sie ihren Hals riskierten. Die große Belohnung winkte nur demjenigen, der Erfolg haben würde. Natürlich wartete niemals ein Vermögen auf die Attentäter. Ich bezahlte Mara fürstlich für ihre Dienste, aber die Zeit der angeblichen Mordanschläge dauerte zu lange und verschlang alles, was die Frau besaß. Ständige Aufpasser vor dem Palast mußten bezahlt werden, dann die Männer, die meine Kuriere abfingen, was nur dazu diente, uns von der richtigen Spur abzulenken. Mara mußte schließlich zu dem letzten Mittel greifen, den Schmuck der anderen Haremsdamen zu stehlen. Falls es jemand tatsächlich geschafft hätte, mich zu töten, wäre er bei der Forderung der Belohnung von Ali umgebracht worden – das gehörte zum Plan der beiden Verschwörer.«

»Und nun, da bekanntgemacht wurde, daß die Anstifter tot sind und es kein Geld mehr gibt …«

»Niemand riskiert sein Leben ohne Belohnung. Ich bin außerhalb des Palastes so sicher wie drinnen«, erklärte Jamil.

»Und ich kann heimgehen.«

Jamil lachte über Dereks Seufzer. »Omar versicherte mir, deine Zeit hier sei wunderbar gewesen.«

Derek brummte. »Nur gewisse Stunden. Vor allem habe ich gelernt, wie Langeweile das persönliche Gleichgewicht stören kann.«

»Und wie geht es der mageren kleinen Blondine, die dich von dieser Langeweile befreite?«

»Sie spricht nicht mehr mit mir – seit ihrer Konfrontation mit Mara. Sie scheint zu denken, die ganze Geschichte sei mein … dein Fehler gewesen, weil – in ihren Augen: ich – sie nicht merkte, wie sehr Mara unter ihrer Abnormität litt.«

Jamil furchte die Stirn. »Ich vermute, daß ich es unter normalen Umständen gespürt hätte, aber die Tatsache bleibt bestehen, daß die Frau alles ihr Mögliche tat, um ihre Bestrafung zu provozieren. Sie beleidigte mich, gehorchte nicht, und wenn das nichts nützte, griff sie mich an. Sie wurde übrigens nie lange ausgepeitscht, und auch nicht sehr fest, doch wenn das vorbei war, entwickelte sie eine wilde Leidenschaft im Bett. Ich gewöhnte mich daran und rief sie jedesmal, wenn ich solche Gewalttätigkeit benötigte, und das war ziemlich oft, nachdem die Wochen selbstauferlegter Gefangenschaft sich in Monate verwandelten.«

»Deine Frustration begünstigte den dir zugedachten Meuchelmord. Ein bösartiger kleiner Kreis – ironisch, zum mindesten.«

»Es war raffiniert. Auf Mara wäre nie ein Verdacht gefallen, wenn deine Shahar das Gespräch nicht gehört hätte.«

»Ich freue mich, daß du das anerkennst«, entgegnete Derek. »Du schuldest ihr eine Menge.«

»Das leugne ich nicht, Kasim. Ich dachte auch, du würdest eine Belohnung für sie benennen, nachdem sie all diese Wochen ›unsere‹ exklusive Favoritin war.« Auf Dereks Grimasse hin lachte Jamil leise. »Unterwegs dachte ich immer, du würdest mir den nötigen Vorwand liefern, den ich brauchte, um meinen Harem zu dezimieren.«

»Sag das nicht, Bruder. In Wirklichkeit hattest du schreckliche Angst, ich würde mich deiner Frauen bedienen.«

»Ein wenig, vielleicht. Aber ich hörte, daß du dir eine meiner Favoritinnen ausgesucht hast. Seltsam, daß es nur die brünette Engländerin war, die dir gefiel – Jamila, um die der englische Konsul soviel Wirbel veranstaltet hat.«

Derek grinste. Jamil hatte das Spiel durchschaut, also gab es keinen Grund für Derek, seine Bitte aufzuschieben.

»Es würde dir also nichts ausmachen, sie mit mir nach England zurückkehren zu lassen, zumal du sie jetzt gewiß loswerden willst?«

»Deine Leute wären vermutlich erfreut darüber?«

»Sie würden es keinesfalls übelnehmen.«

»In Ordnung«, erklärte Jamil. »Und deine Shahar? Wirst du in ihrem Fall die gleiche Bitte an mich richten?«

»Ich weiß es tatsächlich nicht, was ich mir für sie wünsche.«

Jamil hob die Brauen, und Derek fuhr fort: »Ich dachte, wenn ich mit ihr schlafe, wird ihr das nach deiner Rückkehr einen Ehemann garantieren. Engländerinnen legen Wert darauf, einen Mann für sich allein zu haben.«

Jamil war erstaunt. »Das heißt, daß du nie in Erwägung gezogen hast, um ihre Freiheit zu bitten?«

»Ich habe absichtlich nicht darüber nachgedacht, weil ich eine Entschuldigung brauchte …«

Derek beendete den Satz nicht, und Jamil lächelte wissend. »Daß sie eine Jungfrau war, bedeutete ein Problem, nicht wahr?«

Derek seufzte. »Ein ungeheuerliches.«

»Ich fürchtete, daß ihre erste Begegnung mit mir die Situation für dich erschwerte.«

»Oh, so war es auch, aber ich kam zurecht. Es brauchte nur

länger. Und … Oh, zum Teufel, warum soll ich schwindeln? Natürlich würde ich sie gern mit mir nehmen. Das würde sie sich auch wünschen, und sie hat es verdient, nachdem sie dein ›kleines Problem‹ löste.« Je mehr er darüber nachdachte, desto weniger wollte er, daß sie einen anderen Mann heiratete, aber das behielt er für sich.

»Soll ich es ihr sagen, oder willst du das tun? Vielleicht redet sie wieder mit dir, wenn du ihr die gute Nachricht bringst.«

Derek machte ein finsteres Gesicht, während er beobachtete, wie sein Bruder sich um Ernsthaftigkeit bemühte. »Es geht mir darum, ihr noch möglichst lange die Wahrheit vorzuenthalten. Sie soll denken, sie unternehme eine Schiffsreise mit dir, aber das Ziel soll sie nicht kennen.«

»Warum nicht?«

»Weil ich mir damit ein paar weitere Wochen Frieden erkaufe. Die Dame wird einen Mordskrach schlagen, wenn sie erfährt, daß ich so englisch bin wie sie, glaub mir das! Und es wird kein Vergnügen sein, mit ihr die Enge und Abgeschlossenheit eines Schiffes zu teilen, wenn sie erfährt, daß ich sie auch freibekommen hätte, ohne ihr die Unschuld zu rauben.«

»Du bist viel zu nachsichtig, was Frauen betrifft. Du solltest …«

»Ich sollte mehr wie du sein?«

Beide lachten, und Jamil gab zu: »Ich werde eine ganze Menge Damen besänftigen müssen, nachdem deine zielstrebige Verfolgung einer neuen Favoritin alle anderen verkommen ließ. Es wird mich mindestens einen Monat kosten, bis ich in meinem Harem wieder für Zufriedenheit gesorgt habe.«

»Ich höre, du hast letzte Nacht damit angefangen.«

»Sheelah ist und bleibt mein Hauptanliegen. Allah sei Dank, daß sie Verständnis für mich aufbrachte. Sie bittet dich auch um Verzeihung, wenn sie deine Lage erschwerte. Sie sagt, sie habe deine Schuldgefühle gespürt, als du ihr die Wahrheit nicht sagen konntest.«

Derek zuckte die Schultern. »Das ist vorbei, und alles geht wieder seinen normalen Lauf, mein Leben inbegriffen.«

»Ja, auf dich wartet eine Verlobte, nicht wahr? Und Shahar – wirst du sie ebenfalls behalten?«

Dereks Mundwinkel zuckten. »Nun, da du es erwähnst – das ist gar keine schlechte Idee.«

Jamil schnaubte. »Als ob du nicht selbst schon daran gedacht hättest! Aber wird sie einverstanden sein?«

»Ich habe ihre Abneigung gegen dich besiegt. Ich werde auch ihre Abneigung gegen ein Dasein als Mätresse besiegen. Schließlich wird sie sich nun als entehrt betrachten – und als ungeeignet für eine standesgemäße Ehe.«

»Entspricht das den Tatsachen?«

»Bei ihrer Schönheit? Du beliebst wohl zu scherzen?«

Jamil brummte. Wenn sie auch Zwillinge waren, so stimmte doch ihr Geschmack in bezug auf Frauen nicht überein. »Dann wünsche ich dir Glück. Aber wie du schon sagst – zuerst mußt du ihren Groll bezwingen.«

Derek verzog das Gesicht. »Ja, so ist es.«

»Shahar, Sie müssen packen. Heute abend gehen Sie mit Jamil aufs Schiff – Sie und Jamila.« Chantelle sah Rahine an, als habe sie den Verstand verloren. »Haben Sie gehört, Kind? Sie machen eine Reise.«

»Wohin?«

»Wohin?« wiederholte Rahine. »Was für eine Rolle spielt das? Es ist eine Ehre …«

»Wohin, Rahine?«

»Ich weiß es wirklich nicht. Nicht einmal Haji konnte es herausfinden. Aber das Ziel ist doch unwichtig. Jamil möchte, daß Sie ihn begleiten, also tun Sie es.«

»Ebenso wie Jamila. Wenn er sie mitnimmt, braucht er mich nicht.«

»Sind Sie eifersüchtig?«

»Natürlich nicht!«

»Dann schmollen Sie wahrscheinlich, weil Jamil letzte Nacht Sheelah besuchte.«

»Rahine …«, begann Chantelle warnend, doch die Mutter des Herrschers tadelte sie.

»Dann erwecken Sie nicht den Anschein. Er nimmt Sie mit, nicht Sheelah.«

»Und Jamila.«

»Sie sind eifersüchtig!«

»Nein … bin … ich … nicht! Sie kann ihn haben. Alle können ihn haben. Er ist genauso, wie ich ihn am Anfang eingeschätzt habe, und noch schlimmer. Ich hasse ihn!«

Rahine schürzte die Lippen. »Sie sind also noch bestürzt wegen Mara? Ich habe versucht, Ihnen zu erklären, daß mehr dahintersteckte, als sie Ihnen sagte.«

»Streiten Sie ab, was er ihr jedesmal antat, wenn er sie zu sich rief?«

»Nein.«

»Was können Sie mir dann sonst noch berichten? Er brauchte ein Ventil für seine schlechte Laune. Andere Männer schlagen mit der Faust an die Wände.«

Rahine verschluckte sich fast an einem unterdrückten Lachen. Chantelle sah es und machte ein böses Gesicht. »Lachen Sie doch! Es ist doch sehr komisch, daß diese Frau bis zum bitteren Ende gequält wurde.«

Rahine wurde ernst. »Nein, das ist nicht komisch. Es ist tragisch. Aber Jamil hat keine Schuld.«

»Er …« – »Shahar!« unterbrach Rahine sie scharf. »Sie hören mir diesmal zu, ob Sie wollen oder nicht. Jamil wurde provoziert. Mara zwang ihn, sie jedesmal zu strafen, wenn er sie rief. Hat sie Ihnen das erzählt?«

»Nein, aber ich sehe nicht ein, warum ihn das von aller Verantwortung befreit. Er hätte merken müssen, daß mit ihr etwas nicht stimmte, und sie in Ruhe lassen sollen. Statt dessen ließ er sie immer häufiger holen und benutzte sie als Schandpfahl. Wissen Sie, wie abstoßend das ist?«

»Ich merke, daß kein Argument Sie erreicht.« Rahine seufzte. »Macht es keinen Unterschied, daß Sie den Eindruck erweckte, sich das Auspeitschen zu wünschen? Es gibt Frauen, die so etwas genießen.«

»Hinterher haßte sie es.«

»Dann hätte sie es sagen müssen.«

Hier konnte Chantelle nicht widersprechen. Sie hatte Mara dasselbe gesagt. Aber sie wollte Jamils Standpunkt nicht einnehmen, vor allem jetzt nicht. Nach Maras Tod hatte er sie fünf Tage hintereinander zu sich gerufen, doch sie hatte sich immer abgewendet. *Er* hätte ihr erzählen können, was Rahine eben berichtet hatte, doch die Mühe hatte er sich nicht gemacht. Er war einfach nur ärgerlich geworden, als sie nicht mit ihm reden wollte. Und dann war er zu Sheelah gegangen. Gut, fein. Wunderbar. Sollte er doch weiterhin zu Sheelah gehen. Chantelle wollte nichts mehr mit ihm zu tun haben.

Sie drehte sich um und murmelte: »Warum nimmt er nicht Sheelah auf diese Reise mit?«

»Gewöhnlich nimmt er sie jedesmal mit, wenn er Barka verläßt. Diesmal wünscht er Ihre Gesellschaft. Es ist Ihre Chance, sich mit ihm auszusöhnen, Shahar«, meinte Rahine zögernd.

»Und wenn ich nicht will?«

»Vermutlich kommt deshalb auch Jamila mit«, sagte Rahine mit Absicht.

Chantelle wirbelte herum. Ihre Augen verengten sich und schossen lila Blitze. »Er kann …«

»Genug jetzt, Shahar! Ich habe wirklich keine Zeit mehr, mit Ihnen zu streiten. Jamil hat nach mir geschickt, und ich bin spät dran. Packen Sie Ihre Sachen. Seien Sie heute abend für die Abreise fertig. Und wenn ich Sie vorher nicht mehr sehe …« Rahine trat vor und umarmte Chantelle. »Allah möge mit Ihnen gehen, und hoffentlich hilft er Ihnen, zur Vernunft zu kommen.«

Rahine mußte sich nun beeilen, Jamils Appartement zu erreichen, aber sie hatte Shahar persönlich über die Reise unterrichten wollen. Sie hatte gehofft, es würde die junge Engländerin erfreuen, doch das war offensichtlich nicht der Fall. Wenigstens hatte Shahar diesmal bei dem Thema Mara zugehört. Sie war intelligent. Sie würde Jamil die Schuld an Maras Krankheit nicht mehr zuschreiben. Aber sie war auch störrisch. Während einer zu langen Zeit war sie die eine und einzige Favoritin gewesen. Die Eifersucht, die sie hatte leugnen wollen, würde eine Weile schwelen.

Wenn Jamil ungeduldig wird und Jamila auf dem Schiff benützt, wird sich diese Eifersucht verstärken, dachte Rahine.

Sie sollte das Jamil gegenüber erwähnen. Sie dachte noch darüber nach, als sie eintraf und ihn allein im Zimmer fand. Das war ungewöhnlich. Normalerweise umgab ihn ein halbes Dutzend Diener. Er hatte Rahine seit Jahren nicht in seine Räume gerufen. Ein Grund dafür, daß er es jetzt tat, fiel ihr nicht ein.

Sie begann sofort mit der Nachricht, die ihn interessieren würde. »Ich komme gerade von Shahar. Ich habe sie über die Reise informiert.«

»Wie nahm sie die Nachricht auf?«

»Sie weiß, daß Jamila auch mitkommt.«

Derek lachte. »Dann hat sie die Neuigkeit nicht gut aufgenommen. Das macht nichts, Mutter. Auf dem Schiff wird es genug Dinge geben, die sie ablenken.«

Da war wieder dieses herzbewegende ›Mutter‹. Rahine war so betroffen, als sie es hörte, daß ihr die Tatsache beinahe entging, daß Jamil englisch sprach. Ihr zuliebe? Wohl kaum. Er benützte das Englische selten, höchstens im Umgang mit ausländischen Diplomaten, die keiner anderen Sprache mächtig waren. Er selbst sprach es auch nicht gut, doch offenbar hatte er Fortschritte gemacht, seit sie ihn in seinen Kindertagen Englisch gelehrt hatte.

»Wohin geht eure Reise?« fragte sie zögernd. »Man hat es mir nicht gesagt.«

»Nach England, und ich möchte, daß du mitkommst.«

»Ich möchte, daß du hierbliebst, Mutter«, erklang Jamils Stimme von der Gartentür her.

Rahine sah vom einen zum anderen und flüsterte nur: »O Gott«, ehe sie zusammenbrach.

Derek sprang vor und fing sie auf. »Verdammt, Jamil, ich dachte, du läßt mir ein paar Minuten Zeit, um es ihr sanft beizubringen.«

»Damit du sie mir vor der Nase wegschnappen kannst?« meinte Jamil anklagend.

Derek fragte ungläubig: »Wollen wir uns deshalb streiten?«

»Vielleicht«, erwiderte Jamil und half Derek, Rahine auf das Bett zu legen. »Du brauchst sie nicht, aber ich. Sie bewahrt den Frieden in meinem Leben.«

»Weiß sie das? Hast du es ihr je gesagt?«

Jamil konnte seinen Ärger nicht verbergen. »Du hättest mich informieren müssen, daß du sie bitten wolltest, mit dir zu kommen. Dann hätte ich diese Begegnung nie erlaubt.«

»Du hättest sie nicht verhindern können, Jamil. Ich wäre doch nicht nach England zurückgekehrt, ohne Mutter wiedergesehen zu haben. Das erstemal zählte nicht. Da hielt sie mich für dich.«

Als Derek vom Bett zurücktreten wollte, ergriff Rahine kraftvoll seinen Arm. Ihre smaragdgrünen Augen waren auf ihn gerichtet und schimmerten vor Tränen.

»Kasim … oh, Gott … Kasim? Ist es wahr …« Sie schaute zu

Jamil auf der anderen Seite hinüber, dann zurück zu Derek. »Ja, es ist wahr.« Ihre Stimme klang brüchig. »O Gott, es ist wirklich wahr.«

Derek setzte sich neben sie und legte den Arm um sie. »Du solltest deshalb nicht weinen, Mutter.«

Nun weinte sie wirklich – laut und heftig. Sie verbarg das Gesicht in den Händen und schämte sich, doch als Derek sie liebevoll an sich zog, wurde ihr Weinen noch viel lauter.

»Mutter, bitte, hör auf! Ich dachte, du wärst glücklich, mich zu sehen.«

»Das bin ich ja!« wisperte sie schluchzend.

Die beiden Brüder tauschten einen hilflosen Blick. Typisch für ihr Geschlecht konnten sie mit beinahe jeder Situation fertig werden – nur nicht mit dieser.

»Können wir dir irgend etwas bestellen?« fragte Derek sanft. »Einen Brandy oder *Kanyak?*«

»Sie trinkt keinen Alkohol«, antwortete Jamil in ihrem Namen.

»Woher weißt du das?« meinte Derek ungeduldig. »Nur weil du nicht …«

»Ihr dürft nicht streiten«, unterbrach Rahine ihn und löste sich von Dereks Brust. »Brüder dürfen niemals streiten.«

»Haben wir gestritten?« fragte Derek grinsend.

»Überhaupt nicht«, erwiderte Jamil mit demselben Grinsen.

Rahine versuchte ein mißbilligendes Gesicht zu machen, doch es gelang ihr nicht. Sie zweifelte noch an ihren Sinnen, ihrem Sehen, ihrem Hören. Kasim war hier? Jamil zeigte sich besorgt und erklärte, er brauche sie? Erneut sah sie vom einen zum anderen. Sie waren so gleich! So geliebt! Ihr Herz wollte fast zerspringen vor lauter Empfindungen.

Ungeduldig wischte sie ihre Tränen weg und befeuchtete im nächsten Moment Dereks Wange mit den Fingerspitzen.

»Warum bist du hier? Seit wann?«

»Schon eine ganze Weile«, antwortete Derek, »damit Jamil in Ruhe nach Selim suchen konnte, ohne an jeder Ecke einem Meuchelmörder zu begegnen. Natürlich wußten wir nicht, daß das ein sinnloses Unterfangen war.«

»Nein, ihr konntet nicht wissen, daß Selim bereits tot …
Dann warst du das, seit …« Sie versuchte zurückzudenken,
doch so vieles wirbelte ihr durch den Kopf, daß sie sich kaum
zu konzentrieren vermochte. »Seit Shahar gekauft wurde …
nein, seit du sie zum erstenmal holen ließest. Von da an war
dein Verhalten anders. Aber ich hatte keinen Verdacht.«

»Du solltest auch keinen haben«, sagte Jamil, beugte sich vor
und nahm ihre andere Hand in seine. »Außer Omar wußte niemand Bescheid. Es war seine Idee, Kasim herzubitten, um meinen Platz einzunehmen.«

»Du hast es nicht einmal Sheelah gesagt?«

»Nein, sie erfuhr es erst letzte Nacht, als ich zurückkam. Ich
dachte daran, es dir zu verraten …«

»Wir beide dachten daran«, warf Derek ein.

»Um die Täuschung perfekt zu machen, war es besser, wenn
keiner sein Verhalten verräterisch änderte.«

»Du selbst ausgenommen.« Sie lächelte und drückte verständnisvoll seine Hand.

»Ja, gut, mein Verhalten war bereits seit Monaten unvorher-
sehbar, deshalb konnten eventuelle Fehler von Kasim dieser
Unberechenbarkeit zugeschrieben werden. Doch auch jetzt soll
niemand wissen, daß er hier war. Er möchte nicht ›wiederbe-
lebt‹ und auch nicht als mein eventueller Nachfolger angesehen
werden, falls mir etwas passieren sollte, ehe meine Söhne zu
Männern herangewachsen sind.«

Das war ein Wink, der an Rahines Seele nagte. Sie wandte
sich Kasim zu, und ihre Augen schwammen wieder in Tränen.

»Dann ist dein Leben also … erträglich?«

»Mehr als erträglich, Mutter.« Er lächelte ihr zu. »Es ist mir
wunderbar angenehm.«

Ihr Hals schnürte sich zusammen; sie wußte nicht, ob sie Derek glauben sollte oder nicht. »Es … es tut mir so leid, Kasim«,
flüsterte sie gebrochen. »Schon gleich, als du weg warst, bereute ich dich fortgeschickt zu haben. Ich betete und betete, du mö-
gest es wissen, es irgendwie spüren. Ich hätte nie geglaubt, daß
ich dich wiedersehen dürfte, um es dir sagen zu können.«

»Ich wußte es immer«, versicherte er. »Und als ich deinem

Vater begegnete, verstand ich es sofort. Ich liebe ihn inzwischen so sehr, wie du ihn geliebt hast. Natürlich ist er in seinen alten Tagen recht diktatorisch geworden.«

Sie lächelte über die Heiterkeit in den Augen ihres Sohnes. »Wirklich?«

»Ich soll heiraten, weißt du! Er hat sogar ein Schiff hierher geschickt das mich heimholen soll. Er traute mir nicht, den Weg allein zu finden.« Sie lachte – und das hatte er beabsichtigt. Dann meinte er zärtlich: »Ich bedaure nichts, Mutter, deshalb darfst du auch nichts bedauern.«

»Ich verdiene es nicht daß du mir verzeihst. Jamil hat mir nie …«

Derek unterbrach sie: »Jamil ist ein dickköpfiger Narr.«

»Nein, das darfst du nicht sagen …«

Diesmal unterbrach Jamil sie: »Er hat recht, Mutter.«

Rahines Brust wollte vor Schmerz fast bersten, als er plötzlich den Kopf in ihrem Schoß vergrub und mit gequälter Stimme bat: »Kannst du mir vergeben?«

»Bitte, Jamil … bitte nicht.« Sie war unfähig, die Tränen zurückzuhalten, die ihr erneut über die Wangen liefen. Sanft hob sie seinen Kopf an die Brust. »Ich habe deinen Kummer und Ärger immer verstanden. Ihr beiden wart ein Herz und eine Seele, und ich durchtrennte das Band. Ich hatte kein Recht dazu, und ich machte es dir nie zum Vorwurf, daß du mich haßtest.«

»Aber ich haßte dich nicht – ich konnte nicht. Und als ich das schließlich begriff, nahm ich *dir* die Barriere übel, die *ich* zwischen uns aufgerichtet hatte. Das war verkehrt …«

»Aber jetzt ist alles gut, Jamil – ehrlich.«

Hier mischte sich Derek ein. Er meinte mürrisch: »Das bedeutet vermutlich, daß du nicht mit mir nach Hause kommst.«

Rahine mußte über seinen Ton lachen. »Ach, Kasim, du hast doch nicht angenommen, daß ich mitkommen würde! Für die Menschen in England existiere ich nicht mehr, wie du für die hiesige Welt nicht mehr existierst. Bestimmt hält man mich nach all den Jahren für tot.«

»Wegen deiner langen Abwesenheit wurde so etwas erwähnt«, gab Derek zu.

»Na, also. Wir beide haben unser Leben verschieden eingerichtet und wollen es dabei belassen.«

»Du könntest noch einmal neu beginnen, eine neue Identität
annehmen, deinen Vater wiedersehen.«

»Das ist unfair«, tadelte sie sanft. »Er hat jetzt dich. Er
braucht mich nicht. Aber Jamil braucht mich.«

»Hör auf, mit ihr zu diskutieren, Kasim«, befahl Jamil reizbar. »Sie bleibt hier.«

Derek gab bereitwillig nach, da er überstimmt war. »Sieh
aber zu, Bruder, daß sie in Zukunft merkt, wie sehr sie geschätzt wird, sonst nehme ich mir ein Beispiel an dem Marquis
und schicke ihr ein Schiff für die Heimkehr.«

Jamil brummte etwas, doch später mußte er Derek versprechen, daß es Rahine nie wieder an irgend etwas mangeln würde weder seelisch noch sonst.

Chantelle brauchte mehrere Wochen, bis sie von Langeweile gepackt wurde. Sie hatte gedacht, diese Seereise würde sich von ihrer ersten, die in die Gefangenschaft führte, wesentlich unterscheiden, doch das war nicht der Fall.

Chantelle wurde in ihrer Kabine eingesperrt, die Ausblicke und Aktivitäten an Bord wurden ihr verwehrt, die das langsame Dahinfließen der Zeit erträglicher gemacht hätten. Der kleine Mann der ihr das Essen brachte, war Engländer, vermutlich ein Sklave und widerwärtigerweise auch noch vergnügt dabei. Der einzige andere Mensch, den sie zu Gesicht bekam, war Jamil, und es fiel ihr immer schwerer, ihn wegzuschicken, nachdem sie fast umkam vor Sehnsucht nach Gesellschaft.

Auf ihrer ersten Reise hatte sie wenigstens Hakeem zur Verfügung gehabt, der ihr fast ständig Informationen eingepaukt hatte. Das und ihre Angst vor der Zukunft hatten keine Langeweile aufkommen lassen. Jetzt wäre ihr sogar Jamilas Gegenwart angenehm gewesen.

Doch sie waren auf dem Schiff getrennt und in verschiedenen Kabinen untergebracht worden – zweifellos, damit Jamil die eine nicht kränkte, wenn er die andere besuchte. Chantelle wollte ihn nicht bitten, sich mit Jamila treffen zu dürfen, zumal sie kaum ein Wort mit ihm redete.

Zweifellos besuchte er Jamila. Oh, er kam jeden Abend vorbei, um Chantelle zu sehen, aber das war nur mehr reine Höflichkeit, denn er hatte es aufgegeben, sie aus ihrer Reserviertheit locken zu wollen. Was er nach dem Besuch tat, wußte sie nicht.

Seit dieser Reise hatte er sich verändert. Nicht nur seine äußere Erscheinung, sondern auch sein Wesen waren verwandelt. Die Roben und Tuniken, an die Chantelle sich gewöhnt hatte, waren verschwunden, ebenso wie die türkischen Hosen. Er trug Batisthemden, um die ihn jeder Engländer beneidet hätte, und enge Büffellederhosen mit kniehohen Stiefeln. Was noch fehlte, war ein Cutaway, aber daran war vielleicht nur das warme Wetter schuld.

Chantelle konnte sich nicht vorstellen, warum er sich nun wie ein Europäer kleidete, und sie war zu trotzig, ihn zu fragen. Die Veränderung seiner Stimmung erschien ihr noch seltsamer, aber auch hierüber gab sie keinen Kommentar ab. Er ärgerte sich nicht mehr über ihre abweisende Art und zeigte sich nicht mehr frustriert. Er schien in ihrer Nähe auf Samtpfötchen zu gehen, froh darüber, daß sie ihm so wenig zu sagen hatte.

Ihr Essen traf pünktlich wie immer ein, und der kleine Matrose, der sich Peaches nannte, strahlte an diesem Abend über das ganze Gesicht. »Morgen laufen wir einen Hafen an, um neuen Proviant zu holen, Miß. Keinen Seezwieback morgen abend, und kein Eintopfgericht ›Tu alles hinein‹ aus Gundys Hexenküche!«

Das sagte er, während er das Tablett absetzte. Chantelle kam näher und stellte fest, daß es diesmal eine Flasche Wein gab, um die bescheidene Verpflegung schmackhafter zu machen. Gundy hatte seit einer Woche keine Abwechslung mehr ins Essen gebracht.

»Wie heißt der Hafen, in den wir einlaufen werden, Peaches?«

»Er hat einen ausländischen Namen, den ich nicht aussprechen kann, Miß. Er liegt an der Küste von Portugal – ein kleiner, unwichtiger Hafen.«

Chantelle sah den Mann ungläubig an. »Wollen Sie damit sagen, daß wir das Mittelmeer schon hinter uns gelassen haben?«

»Ja, Miß. Haben Sie mit Mister Sinclair nie über die zurückgelegte Strecke geredet?«

»Sinclair?«

»Der Herr, mit dem Sie …«

»Wenn Sie nicht genug zu tun haben, Peaches«, sagte Derek von der Tür her, »sollte ich mich mit dem Kapitän darüber unterhalten, damit dem abgeholfen wird.«

»Das ist nicht nötig, Mylord. Ich hatte nur einen kleinen Schwatz mit der Dame.«

»Das hörte ich.«

»Richtig.«

Derek schloß die Tür, als Peaches hinausgeeilt war. Er lehnte sich an den Pfosten und kreuzte die Arme über der Brust. Chantelle verengte die Augen.

»Haben mich meine Ohren getäuscht, oder sprachen Sie eben in perfektem Englisch mit dem Mann, Jamil?«

»Mein Französisch hätte er gewiß nicht verstanden.«

»Dann haben Sie mich angelogen. Sie sprechen Englisch.«

»Natürlich«, erwiderte er und zuckte sorglos die Schultern. »Es ist Jamil, der es nicht spricht, wenigstens nicht sehr gut.«

»Jamil, der es nicht … oh, ich verstehe. Ich vermute, Sie haben mit der Kleidung auch Ihre Identität gewechselt.«

»So etwas Ähnliches.«

»Das hätten Sie auch etwas früher sagen können«, meinte sie unfreundlich. »Wenn Sie geheim reisen …«

»Wie kommst du auf so eine Idee?«

Sie zog die Brauen argwöhnisch zusammen. »Haben Sie getrunken?«

»Keine Spur.« Er grinste.

»Nun, was Sie reden, ergibt keinen Sinn. Wenn Sie nicht wollen, daß man Sie erkennt, dann muß diese Reise geheim sein.«

»Aber das ist sie nicht, Shahar, und jeder an Bord weiß, wer ich bin. Derek Sinclair, gegenwärtiger Graf von Mulbury, zu deinen Diensten.«

»Derek?« Der Name schlug eine Saite in ihrer Erinnerung an. »Haben Sie mich nicht einmal gebeten, Sie so zu nennen? Einen Moment … Ich kenne den Namen Sinclair. Es ist der Familienname des Marquis von Huntstable, der keine vier Meilen von meinem Zuhause entfernt wohnt.«

»Mein Großvater.«

»Zum Teufel mit dem Quatsch«, fauchte sie. »Ich bin keine Närrin, Jamil.«

»Natürlich bist du das nicht. Ich glaube, dein Problem liegt darin, eine einfache Tatsache zu erfassen: Ich bin nicht Jamil Reshid. Ich nahm für eine Zeitlang seinen Platz ein, weil er meine Hilfe brauchte.«

»Sie lügen schon wieder. Wie konnten Sie jemanden personifizieren, den jeder kannte? Sie hätten sein Zwillingsbruder sein müssen.«

»Das machte es leichter.«

Sie hätte an diesem Punkt wie eine Schlange zischen mögen, so wütend war sie. »Wenn Sie nicht ernst sein können, verschwinden Sie! Ich liebe es nicht, wenn man mich verspottet.«

Derek kam näher und zog sich einen Stuhl an den kleinen Tisch, mit dem die Kabine ausgestattet war. »Setz dich, dann will ich dir alles erklären, Shahar. Es wird Zeit, daß ich dir reinen Wein einschenke.«

Sie nahm Platz, und als er seine Geschichte beendet hatte, konnte sie ihn für einen Moment nur sprachlos ansehen, ehe sie hervorstieß: »Dann sind Sie wirklich nicht der Herrscher von Barka? Sie wurden in England erzogen … Sie sind ein verfluchter Engländer?«

»Ja, wenn du es so ausdrücken mußt.« Er fühlte sich so erleichtert, daß sie nur erstaunt war – da war es ihm egal, wie sie ihn nannte. »Macht es dir nichts aus?«

»Ich weiß es nicht«, erwiderte sie ehrlich. »Ich … Wenn Sie nicht Jamil sind, dann besitzen Sie mich auch nicht, oder? Sie haben mich nie besessen.«

»Du wurdest für mich gekauft, Shahar. Als ich Jamils Platz einnahm, stand mir sein Harem zur Verfügung. Und da nach seiner Rückkehr jede Frau, die ich mir genommen hätte, mit irgendeinem Mann verheiratet werden mußte, hoffte er natürlich, daß mich eine eigene Konkubine davon abhalten würde, mit zu vielen seiner Haremsdamen zu schlafen. Ich habe mit keiner geschlafen.«

»Jamila?«

»Von ihr wußte ich bereits, ehe ich eintraf. Man hatte mich gebeten, sie aus Barka herauszuschaffen, wenn es mir möglich wäre. Doch weil sie zu Jamils Favoritinnen zählte, hätte es sein können, daß er sie nicht einmal auf meine Bitte hin fortgelassen hätte.«

»Also haben Sie sie in Ihr Bett geholt.«

»Tatsächlich habe ich sie nicht angerührt, aber das konnte

ich dir zu der Zeit nicht erzählen. Um sie freizubekommen, mußte jeder, vor allem Jamil, glauben, ich hätte sie besessen.«

»Dann haben Sie ihr gesagt, wer Sie sind?«

»Nein. Sie war gekränkt, weil sie mich nicht verführen konnte. Sie ist eine frührreife junge Person. Aber ich rechnete mit ihrer Eitelkeit, die sie davon abhalten würde, irgend jemandem zu verraten, daß ich nur Schach mit ihr spielen wollte. Und sie schwieg tatsächlich.«

Chantelle furchte die Stirn, als ihr ein neuer Gedanke kam. »Wann haben Sie mit Ihrem Bruder den Platz getauscht?«

Derek grinste, da er hinter ihrer Stirn lesen konnte. »Am Tag, als ich dich zum erstenmal zu mir rief.«

»Dann … war es Jamil, der mich kaufte, nicht Sie?«

Er nickte. »Das war das einzige Mal, daß du ihn gesehen hast.«

»Dann haben Sie nicht … Es war Jamil, der … und Mara! Sie waren das gar nicht!« Sie flog zu ihm hin und warf die Arme um seinen Hals. »Ich bin so froh! Ich konnte mich nie mit der Grausamkeit abfinden, die Sie … die er an den Tag legte. Ich konnte auch nicht begreifen, daß ich …«

Als sie innehielt und den Blick senkte, drängte er: »Sprich weiter! … daß du …?«

»Es ist nicht wichtig«, meinte sie ausweichend. »Was war mit Sheelah? Ich habe nicht vergessen, daß Sie …«

»Nicht ich, Shahar. Das war der Tag, an dem Jamil zurückkehrte. Er suchte sofort seine Ehefrau auf. Er liebt sie, das weißt du.«

»Dann haben Sie … dann hast du dein Versprechen gehalten?«

»Ja. Es war die Wahrheit, daß ich an keine andere mehr denken konnte, seit ich dich gesehen hatte. Es gab keine andere Frau mehr, Shahar – nur dich.«

Sie blickte mit leuchtenden Augen zu ihm auf, und dann küßte sie ihn. Er konnte es beim Küssen nicht belassen. Es war Wochen her, seit sie ihm solche Nähe gestattet hatte, Wochen, in denen er gebangt hatte, wie sie die Wahrheit aufnehmen würde. Auf diese Reaktion hatte er nicht zu hoffen gewagt.

Er riß sie hoch und trug sie zu ihrer schmalen Koje. Sie half ihm, ihre und seine Kleidungsstücke auszuziehen. Gleich lag er neben ihr und tat all das, wovon er in der letzten Zeit nur hatte träumen können.

Chantelle schwelgte in der süßen Verheißung seiner Berührung. Er kannte ihren Körper so gut, jede sensible Stelle, die vor Lust auf ihn brannte. Wie hatte sie das vermißt, und welche Wonne bedeutete das Wissen, daß sie sich nie wieder selbst verleugnen mußte! Er war ehrlich zu ihr gewesen. Er mußte sie lieben! Diese Erkenntnis schenkte ihr mehr Freude, als sie je für möglich gehalten hatte.

»Ich hatte dir alles früher sagen sollen«, flüsterte Derek und knabberte an ihrem Hals und an ihren Brüsten.

»Warum ... hast ... du ... es ... nicht ... getan?« fragte sie atemlos.

»Ich hatte Angst vor deinem Zorn.«

Sie bedeckte sein Gesicht mit Küssen. »Daß du nicht Jamil bist? Daß du dein Versprechen gehalten hast? Daß du mich nach Hause bringst? Du bringst mich doch nach Hause, nicht wahr?«

»Ja.« Er lächelte. »Nach Hause mit mir. Du glaubst doch nicht, daß ich dich den weiten Weg mitnehme, um dich wieder gehen zu lassen?«

Während er das sagte, drückte er sie auf das Bett und kehrte heim in die Wärme, nach der er sich verzehrte. Chantelle war bereit für ihn. Sie hieß ihn innerlich mit einer Leidenschaft willkommen, die sich durch ihre Liebe vertausendfachte. Gott, welche Lust, endlich akzeptieren zu können, keine Zweifel an seinem Wert zu hegen, das eigene Herz in seine Obhut zu legen! Es machte allen Unterschied der Welt den sie entdeckte, als ihre Körper sich in der Steigerung trafen, um einen Höhepunkt vibrierender Verzückung wie nie zuvor zu erleben.

Die Morgendämmerung kroch langsam durch das Bullauge, als Derek sich von der Koje erhob. Er hatte in der Nacht keinen Schlaf gefunden. Chantelle räkelte sich genüßlich, während sie ihm beim Anziehen zusah und beobachtete, wie er sich kaltes Wasser ins Gesicht spritzte. Er war müde, sie nicht – jedenfalls jetzt noch nicht –, was sie selbstgefällig feststellte.

»Bist du sicher, daß du nicht noch ein bißchen bleiben möchtest?«

Derek blickte über die Schulter. Chantelle lag mit nach hinten aufgestützten Ellenbogen auf dem Rücken. Ihr nackter Busen reckte sich provozierend. Er stöhnte und sah zur Seite.

»Ein Mann hat seine Grenzen, Shahar«, sagte er in bekümmertem Ton.

»Bittest du um Gnade, mein Herr?«

»Ja.« Aber er fügte schnell hinzu: »Bis heute abend.« Er kam zu ihr und setzte sich auf die Kante der Koje. Die süß zur Schau gestellten Brüste brachten ihn aus der Fassung. »Dann darfst du so gnadenlos sein, wie du magst. Ich werde sogar darauf bestehen.«

Sie lachte kehlig. »Du bist selbst schuld, weil du mich so lange ignoriert hast.«

»Ich?« Er gab seiner Stimme einen entrüsteten Klang. »Du hast mich praktisch in die Knie gezwungen.«

Sie drehte sich auf die Seite, so daß sich ihr Becken gegen seine Hüfte preßte. Ihr Finger tanzte spielerisch langsam seinen Arm hinauf.

»Du würdest niemals am Boden kriechen, mein Herr. Du bist zu sehr gewöhnt, deinen Willen zu bekommen und dich auf deine Verführungskunst zu verlassen.«

»Die mir kürzlich nicht viel half.«

»Oh, ich weiß es nicht. Es war nicht leicht dich zu übergehen, zumal ich deinen herrlichen, straffen Körper anbete.«

»Du Racker«, sagte er, als ihre Hände in sein offenes Hemd glitten.

»Gib mir einen Kuß, dann werde ich dich ohne weiteren Protest ziehen lassen.«

Er gehorchte, doch als ihre Zunge sich in seinen Mund drängte und ihre Hand langsam abwärts über seine Brust strich, wurde er zum Angreifer. »Ich hätte nicht geglaubt, daß das möglich wäre – aber ich gehe jetzt nicht weg.«

»Welche Schande! Du hast mich die ganze Nacht nicht schlafen lassen, und ich fühle mich plötzlich …« Als er brummte, kicherte sie. »Gut, wenn du es so sagst, kann ich sicher noch ein Stündchen wach bleiben.«

Nahezu eine Stunde später beobachtete Chantelle Derek erneut beim Anziehen, doch diesmal gähnte sie. In ihrer schläfrigen Zufriedenheit erhob sie keinen Einspruch. Derek beugte sich zärtlich über sie, um ihr einen letzten Kuß zu geben.

»Ich sehe dich diesen Abend, kleiner Mond.«

»Du siehst mich schon früher«, widersprach sie verträumt. »Oder meinst du nicht, es sei Zeit für mich, ein wenig frische Luft zu schnappen und an Deck spazierenzugehen?« Als er nicht antwortete, öffnete sie die Augen und stellte fest, daß sein Gesicht betreten wirkte. »Nun, was sagst du dazu?«

»Eigentlich«, meinte er zögernd, »wäre es mir lieber, es bliebe so wie bisher.«

Nun war sie hellwach. »Daß man mich einsperrt? Das soll wohl ein Scherz sein!« Da seine Miene sich deutlich verdüsterte, rief sie: »Es ist kein Scherz! Sag mir den Grund!«

»Es wäre einfach besser …«

»Für wen? Nicht für mich, also muß es für dich besser sein.« Jetzt machte *sie* ein finsteres Gesicht. »Gibt es etwas, das du mir nicht erzählt hast?«

Er wand sich sichtlich. »Wie kommst du darauf?«

»Weil du zweifellos nicht willst, daß ich auf dem Schiff mit jemandem spreche. Letzte Nacht erwähntest du, daß du von mir eine ärgerliche Reaktion erwartet hättest. Worüber – präzise – hätte ich ärgerlich sein sollen?«

»Nun gut«, meinte er gepreßt. »Der Kapitän und die Hälfte der Mannschaft wissen, daß meine Verlobte mich in England erwartet. Sie war bei meinem Großvater, als er den Auftrag erteilte, daß dieses Schiff mich in Barka abholen sollte.«

»Ich verstehe«, sagte Chantelle mit bewundernswerter Ruhe. »Eine Verlobte. Nun erkläre mir, daß du die Verlobung lösen wirst.«

»Lösen? Man kann die Verlobung mit der Tochter eines Herzogs nicht einfach lösen.«

»Doch, du kannst«, stellte sie zornig fest.

»Ich kann nicht«, gab er heftig zurück.

»Warum nicht? Nein, gib mir keine Antwort. Du liebst die Frau, nicht wahr?«

»Natürlich liebe ich sie. Ich kenne sie schon fast mein ganzes Leben.«

»Was hat die Zeit des Sich-Kennens mit Liebe zu tun?«

»Was …«, begann er zu brüllen, doch dann besann er sich eines Besseren und senkte die Stimme zu einem beschwörenden Tonfall. »Tatsache ist, daß diese Verlobung mit uns beiden nichts zu tun hat, Shahar.«

»Nenne mich nicht so! Dein Bruder gab mir den Namen, und ich habe ihn immer gehaßt. Und es gibt kein ›uns beide‹, mein Herr, wenn du deine Herzogstochter heiratest.«

»Du hast erwartet, daß ich dich heirate?«

»Nachdem du sagtest, du würdest mich nach Hause mitnehmen – ja. Ich vermute, daß mir der Gedanke durch den Kopf ging.«

Er betrachtete sie lange. »Es tut mir leid, aber das war nicht von mir beabsichtigt.«

Chantelles Augen öffneten sich weit als ihr dämmerte, was er vorgehabt hatte. »Du wolltest mich als deine Mätresse haben?«

»Das mußt du nicht so sagen. Heutzutage ist eine Mätresse eine respektable Person.«

»Und das ist das Beste, worauf ich noch hoffen kann, oder? Du nimmst mir die Chance für eine anständige Heirat und stellst dir dann vor, davon zu profitieren …« Plötzlich erkannte sie die Bedeutung ihrer eigenen Worte, und ihre Augen wurden noch größer. »Mein Gott, du ... du hättest meine Freiheit erwirken können ohne ... du verfluchter Bastard! Du hättest mich nicht verführen müssen. Du hättest mich unberührt lassen können wie Jamila.«

»Das hätte dir deine Freiheit nicht wiedergegeben, Shahar.«

»Nenn ... mich ... nicht ... so! Und lüg mich nicht an!«

»Ich lüge nicht. Jamil besaß dich. Du hast deine Freiheit bekommen als Belohnung für deine Hilfe. Andernfalls wäre es sein gutes Recht gewesen, dich zu behalten.«

»Er wollte mich nie haben. Er hat mich für dich gekauft. Er hätte mich gehen lassen, wenn du ihn darum gebeten hättest. Du hättest ihn nur fragen müssen. Er war dein Bruder, in Gottes Namen! Wage nicht zu behaupten, er hätte dir etwas abgeschlagen, nachdem du seinetwegen so weit gereist warst und dein Leben für ihn riskiert hattest!«

»Vielleicht nicht, aber ich konnte mich nicht darauf verlassen. Ich wollte dich nicht für immer in diesem Harem begraben sehen, zumal Jamil seine Liebe schon verschenkt hatte. Zuerst kam mir die Idee, dich mit einem Mann zu verheiraten, der keine anderen Frauen besaß. Ich fand, du verdientest zumindest, eine erste *Kadine* zu sein. Aber das war erst möglich, wenn ich dich in Besitz genommen hatte.«

»Wenn du mir einzureden versuchst, du hättest es für mich getan, dann werde ich ... werde ich ...«

»Schon gut«, unterbrach er schroff ihr Stottern. »Das war nur eine Entschuldigung, um mein Gewissen zu beruhigen. Die reine Wahrheit ist, daß ich auf dich nicht verzichten konnte. Ich begehrte dich zu sehr und begehre dich jetzt noch genauso. Und, bei Gott, du kommst mit mir nach Hause. Ich behalte dich, so oder so. Wenn ich mit diesem Schiff zurückfahren und den Rest meines Lebens in Barka verbringen muß, um dich, in einem Harem eingesperrt, für mich behalten zu können, dann tue ich es.«

»Ich werde nicht deine Mätresse!« schrie sie, als er zur Tür hinausging. Die einzige Antwort war ein Umdrehen des Schlüssels im Schloß. »Ich werde nicht deine Mätresse«, sagte sie noch einmal leise zu sich selbst. Dann begann sie zu weinen.

48

Am Ende ließ sich Chantelle doch von Derek zu dem Landsitz der Huntstables bringen, aber nur, weil ihr eingefallen war, welches Dilemma in ihrer Familie auf sie wartete. Sie hatte nicht eingewilligt, seine Mätresse zu werden, obwohl er ständig auf dieses Ziel hinarbeitete. Für sie war wichtig, daß er ihr helfen konnte, Tante Ellen zu finden, und daß es für ihn leichter war als für sie, sich nach ihrer amerikanischen Verwandtschaft zu erkundigen. Soviel schuldete er ihr allenfalls.

Er war nicht begeistert zu hören, wer ihr Vater gewesen war, zumal dieser und Dereks Großvater sich gekannt hatten. Und es regte ihn auf, wie übel man Chantelle mitgespielt hatte. Er bot ihr von sich aus an, sich um ihre Belange zu kümmern, worüber sie sich sehr wunderte.

Noch am Tage ihrer Ankunft begegnete sie Caroline. Es war in jeder Hinsicht eine schwere Prüfung. Selbst die neuen Kleider, die Derek in Dover für Chantelle gekauft hatte, schenkten ihr nicht das Selbstvertrauen, sich mit dieser schönen, elegant aufgemachten Frau zu messen. Chantelle trug einfaches blaues Leinen, Caroline hatte sich in rote chinesische Seide gehüllt.

Im ersten Stock wartete eine Näherin, um Chantelles neue Garderobe mit wenigen Stichen figurgerecht anzupassen, doch das half Chantelle nicht, ihr seelisches Tief zu überwinden.

Caroline und Derek zusammen zu sehen, war, wie wenn man die Vereinigung lang getrennter Freunde beobachtete. Sie schienen überhaupt nicht verliebt zu sein, doch es schmerzte Chantelle, daß Derek offensichtlich wahre Gefühle für diese Frau hegte.

Was er Caroline nach ihrem kurzen Zusammentreffen über sie sagte, wußte sie nicht. Sie hatte keine Lust, dieser Wiedervereinigung länger als nötig beizuwohnen, und entfernte sich unbemerkt – jedenfalls dachte sie das.

Derek beobachtete ihr Weggehen, doch er hielt sie nicht zurück. Es hatte ihn total verwirrt die beiden Frauen nebeneinander zu sehen. Überhaupt befanden sich seine Gefühle in Aufruhr, seit er auf dem Schiff den erwarteten Streit mit Chantelle gehabt hatte.

Er freute sich riesig über das Wiedersehen mit Caroline, denn er hatte ihrer beider enges Vertrauensverhältnis vermißt. Beinahe hätte er ihr seine Probleme mit Chantelle geschildert, um ihren Rat zu hören, wie er es vor seiner Verlobung immer getan hatte. Doch in diesem Augenblick wurden ihm die Unterschiede seiner Gefühle für die beiden Frauen klar. Er liebte Caroline. Er verehrte sie. Sie würde in jeder Hinsicht eine ideale Ehefrau abgeben – ausgenommen einen Faktor, den er früher nie beachtet hatte: Er wünschte sich nicht ernsthaft, mit ihr ins Bett zu gehen. Er konnte wohl mit ihr schlafen, wenn es sein mußte, aber lieber täte er es nicht.

Gott, wie hatte er das früher nur übersehen können? Sie waren sich zu nahe, wie Geschwister. Tatsächlich erkannte er nun, daß seine Gefühle für Caroline rein brüderlicher Natur waren.

Was er jedoch für Chantelle empfand, war das absolute Gegenteil. Er konnte die Hände nicht von ihr lassen. Sie brachte ihn in Rage, frustrierte ihn, machte ihn verrückt. Sie entfachte seine Begierde mit einem einzigen Blick oder einer Berührung. Er wünschte sich, sie immerzu in seinem Bett zu haben.

Verflucht! Was lehrte ihn das? Daß er sich zu lange selbst betrogen hatte! Er heiratete die falsche Frau und konnte nichts dagegen tun, wenn nicht Caroline von sich aus die Hochzeit absagte. Er konnte wirklich nicht. Er hatte Caro fast ein Jahr lang mit der Verlobung hingehalten. Und mit fünfundzwanzig Jahren hielt man ein Mädchen für an der Grenze sitzenzubleiben. Er konnte sie nicht so verletzen, nicht einmal um den Preis seines zukünftigen Glücks.

Vier Tage später traf Tante Ellen ein, dank der Bemühungen vieler Diener, die ausgesendet worden waren, sie zu suchen. Chantelle war so glücklich, sie wiederzusehen, daß sie zwanzig Minuten lang weinte, ohne ein Wort hervorzubringen. Ellen erwies sich als halb so gefühlvoll. Sie brachte es fertig, ihre Neuigkeiten zuerst zu erzählen, nämlich, daß Cousin Charles tot war. Man hatte ihn beim Kartenspiel als Betrüger entlarvt und zum Duell gefordert, wobei er erschossen worden war. Die schlechte Nachricht bestand darin, daß sein Sohn Aaron nun als Chantelles Vormund fungierte.

»Wenn du dich schon vor Charles verstecken mußtest, ist es noch wichtiger, dich nicht in Aarons Nähe zu wagen. Er würde dich zwar nicht verheiraten, meine Liebe, sondern dich zur alten Jungfer verdammen – natürlich unter seinem Schutz, wenn du verstehst, was ich meine.«

Chantelle verstand es, und es brachte sie wieder in dieselbe mißliche Lage. Sie tauschte einen verfaulten Apfel gegen einen anderen ein.

Doch im Moment dachte sie nicht darüber nach. Derek hatte versprochen, ihr zu helfen, und sie wollte abwarten, was er über die Machenschaften der amerikanischen Burkes in Erfahrung bringen konnte.

Nun berichtete Chantelle ihre eigene Story. Natürlich ließ sie einiges aus, was sie ihrer Tante nicht verraten mochte. Unglücklicherweise ließ ihre gekürzte Geschichte Derek wie eine Rose duften. Ellen sah in ihm einen strahlenden Helden, und nachdem sie ihm begegnet war, konnte sie sein Lob nicht laut genug singen. Das machte Chantelle krank.

An diesem Abend lernte sie Dereks guten Freund, Marshall Fielding, kennen. Doch als auch Caroline zum Essen erschien, gelang es Chantelle, Ellen kurz nach der Mahlzeit unter dem Vorwand fortzulocken, sie hätten sich noch viel über die Ereignisse des Sommers zu erzählen. Ellen kannte Chantelle gut genug, um sofort zu merken, daß etwas nicht in Ordnung war. Als die beiden Frauen die Treppe hinaufgingen und Chantelle plötzlich über Müdigkeit klagte, fand sie ihren Verdacht bestätigt. Sie stellte aber keine Fragen, denn sie wußte, daß Chantelle erst reden würde, wenn sie bereit dazu war.

Unten im Salon forderte Marshall kurz angebunden ein Gespräch unter vier Augen mit Derek. Sie ließen Caroline in der Gesellschaft des Marquis zurück. Daß die beiden Freunde noch keine Zeit gehabt hatten, miteinander zu reden, war nicht der einzige Grund, warum Derek sich sofort erhoben hatte. Er fühlte sich nun in Carolines Gegenwart unbehaglich. Es war absurd, aber trotzdem die Wahrheit.

Derek füllte zwei Kognakschwenker mit Brandy, ehe er sich in der kleinen Bibliothek Marshall gegenübersetzte. »Ist Miß Woods wohlbehalten bei ihren Leuten angekommen?«

»Ja, und sie erzählt irgendeine lächerliche Geschichte, sie sei den Piraten entkommen und habe bei Christen Unterschlupf gefunden, bis du sie retten konntest.«

Derek lachte leise. »Wenn sie das behauptet …«

»Was ist mit deinem Gast? Wo kommt sie her?«

»Aus der gleichen Ecke wie Miß Woods.« Derek grinste. »Jedenfalls habe ich sie zusammen gefunden.«

»Ein bildschönes Mädchen«, meinte Marshall. »Wirklich überwältigend.«

»Ja«, stimmte Derek knapp zu. Er fand das auch, aber es paßte ihm nicht, daß Marshall es erwähnte.

»Bist du den ganzen Weg mit ihr gereist?«

»Seit sie wußte, daß sie ihre Freiheit wiedergewonnen hat, war sie recht unfreundlich«, gab Derek ausweichend zurück.

»Wirklich? Das ist aber eine seltsame Reaktion. Doch du hast deine Aufgabe erfüllt, und mehr als das. Ich werde dich von der Kleinen befreien, wenn du das willst.«

Derek rückte seinen Stuhl. Sein Humor war verflogen. »Chantelle Burke geht dich nichts an, Marshall, also kümmere dich nicht um sie.«

»Du bist aber reizbar.«

»Es ist ja auch nicht deine Angelegenheit.«

»Da bin ich anderer Meinung. Caroline kann nicht allzu glücklich darüber sein, daß du eine andere Frau nach Hause mitgebracht hast.«

»Caroline versteht das völlig, und was, zum Teufel, hat das mit dir zu tun?«

Marshall gab klein bei. Er hatte nicht erwartet, mit Derek in Streit zu geraten. Er dachte, sein Angebot der Hilfe könnte eine heikle Situation beenden. Warum war Derek nur so empfindlich in dieser Sache?

Und dann ging ihm ein Licht auf. »Ist etwas zwischen dir und diesem Mädchen?« Bei dem Sturm, der sich in Dereks Gesicht zusammenbraute, zog sich Marshall erneut zurück. »Vergiß es. Ich möchte nur nicht, daß du Caroline weh tust – das ist alles.«

»Ich werde ihr nicht weh tun«, erklärte Derek schroff.

»Gut, gut, ich bin entzückt, das zu hören.« Ein Themawechsel war eindeutig angebracht. »Nun zu deinen Aktivitäten in Barka …«

»Hast du meinen Bericht nicht gelesen?«

»Also, Derek, nennst du diese zwei flüchtigen Seiten, die du mir geschickt hast, einen Bericht?«

»Ich dachte, ich hätte die Geschichte hübsch auf den Punkt gebracht. Das Problem war intern und wurde gelöst. England kann Jamil Reshids Regentschaft weiterhin ungestört genießen.«

»Das ist mild ausgedrückt. Einem Bericht von Sir John zufolge, der heute morgen eintraf, hat uns Reshid sechs Zugeständnisse gemacht, von denen zwei ursprünglich den Franzosen exklusiv zugesichert worden waren.«

»Dann war er ein wenig dankbar …«

»Sei nicht so verteufelt bescheiden. Ein wenig dankbar? Du mußt noch nichts von dem Schiff aus Barka gehört haben, das eine Woche vor dir ankam. Es war bis zum Rand mit exotischen Geschenken für Seine Majestät angefüllt, mit Edelsteinen, die die Kronjuwelen in den Schatten stellen, mit Seiden, Brokaten, Papageien, Straußen, zwei lebenden Panthern …«

»Ein Tropfen auf einen heißen Stein, Marsh. Reshid ist nicht gerade ein armer Herrscher, wie du weißt.«

»Das ist noch nicht die Hälfte seiner Gaben! Er sandte uns zusätzlich zwanzig Sklavinnen …« Derek brach in lautes Gelächter aus, und Marshall betrachtete ihn empört. »Würdest du so freundlich sein, mir zu erklären, was du daran so lustig findest? Für uns war das eine verflucht peinliche Angelegenheit.«

»Daran zweifle ich nicht. Dann hat er doch noch einen Weg gefunden, seinen Harem zu entrümpeln.«

»Seinen Harem? Sie sagten, sie stammten aus seinem Haushalt – aber aus seinem Harem? Kein Wunder, daß jede von ihnen ein persönliches Vermögen besaß, um das ein Herzog sie hätte beneiden können. Aber weiß Reshid denn nicht …«

»Natürlich weiß er, daß es bei uns keine Sklavinnen gibt und daß sie alle freigelassen werden würden.«

»Warum hat er sie dann nicht selbst freigelassen?«

»Ach, Marsh, im Orient herrschen andere Sitten. Sklaven werden häufig und aus verschiedenen Gründen hergegeben, aber selten bekommen sie ihre Freiheit, ohne etwas einzubringen. Sie sind eine viel zu wertvolle Handelsware.«

»In Wirklichkeit hat er sie also befreit.«

»Ja, aber unter dem Deckmantel der Dankbarkeit. Das macht einen Unterschied.« Nun grinste Derek. »Nebenbei dachte er wahrscheinlich, ich würde die Geste zu schätzen wissen.« *Weil ich es nicht fertigbrachte, seinen Harem für ihn zu dezimieren.*

»Was uns auf deine Bescheidenheit zurückführt. Du mußt mehr getan haben, als ihm den richtigen Weg zu weisen.«

»Durchaus nicht. Selim zu verdächtigen brachte keinen Erfolg. Ich hätte vielleicht eine andere Spur aufzeigen können, doch es war eine von des Herrschers Konkubinen, die den wahren Anstifter des Komplotts entdeckte.«

»Könnte das vielleicht Chantelle Burke gewesen sein?«

»Ich erinnere mich nicht, in meinem Bericht Namen genannt zu haben.«

»Unkooperativ wie immer.« Marshall seufzte. »Du willst mir die ganze Geschichte nicht erzählen?«

»Es gibt nichts mehr zu erzählen. England ist glücklich. Barka ist glücklich. Was willst du noch mehr?«

»Ein wenig Ehrlichkeit zwischen Freunden«, meinte Marshall brummig.

Derek sah ihn lange und nachdenklich an, dann sagte er schließlich: »Reshid ist mein Bruder.«

»Guter Gott! Das erklärt … kein Wunder …« Marshall räusperte sich. In seiner Verlegenheit sah er fast komisch aus. »Es tut mir leid, mein Alter, daß ich so furchtbar hartnäckig war. Wie du sagst – es gibt nichts mehr zu erzählen. Sollen wir wieder zu Caroline und deinem Großvater gehen?«

Derek unterdrückte ein Grinsen. »Unbedingt.«

Aber sein Unbehagen kehrte zurück, als er Caroline allein im Salon vorfand. Offenbar hatte der Marquis sie ebenfalls verlassen. Sie beendete gerade ein Klavierstück, eine schwermütige Melodie, die überhaupt nicht zu ihr paßte.

Zu seiner Stimmung paßte sie jedoch, wenn er an Chantelle dachte. Er hatte sie unter seinem Dach untergebracht, wo er sie haben wollte, und er würde alles tun, um sie hierzubehalten.

Doch Caroline betrachtete dieses Haus als ihr zweites Heim, und sie würde öfter und öfter hier aufkreuzen, je näher die Hochzeit rückte. Es würde sich nicht vermeiden lassen, daß die beiden Frauen sich begegneten.

Nach dem Verhallen der letzten Töne brach Marshalls Stimme das Schweigen mit einem erstaunlichen Satz. »Ziemlich neben der Tonart – war das nicht so, Lady Caroline?«

Sie erhob sich und lächelte gezwungen. »Ich wußte nicht, daß Sie stockunmusikalisch sind, Lord Fielding.«

»Und ich wußte nicht, daß Sie so eine unbegabte Klavierspielerin sind.«

Carolines schweres Atmen war im ganzen Raum zu vernehmen. »Was fällt Ihnen ein?«

Marshall zuckte ungerührt die Schultern. »Ich weise nur auf etwas hin, was sonst keiner auszusprechen wagt. Vermutlich hätten Sie Ihrem Musiklehrer eine Menge Kummer erspart, wenn Sie Ihrem Vater gesagt hätten, Ihnen fehle das Interesse am Klavierspiel. Aber dazu wären Sie nicht fähig gewesen. Sie haben in Ihrem ganzen Leben noch keine einzige eigene Entscheidung getroffen.«

Derek traute seinen Ohren nicht. Die beiden machten nicht halt. Caroline wurde immer zorniger, Marshall immer beleidigender, und sie schienen vergessen zu haben, daß Derek zuhörte. Die Funken flogen so heiß zwischen ihnen, daß sie den Teppich hätten verbrennen können. Derek überlegte, daß er und Chantelle sich ähnlich benahmen, wenn sie ihre Gefühle nicht bewältigen konnten, und plötzlich brach er in Gelächter aus.

Zwei wütende Augenpaare musterten ihn so tödlich, daß ihm der Humor verging. Er entschuldigte sich sehr förmlich und fragte: »Würde dieser Kampf enden, wenn ich euch allein ließe?«

Caroline antwortete mit immer noch scharfer Stimme. »Ich weiß nicht, was du meinst.«

»Ich glaube aber, du weißt es. Vielleicht hätte ich statt dessen fragen sollen, ob eine gelöste Verlobung die Situation verbessern könnte.«

Sie errötete, doch Marshall ergriff das Wort. »Du kannst nicht erwarten, daß sie sich hierzu äußert. Die Frau weiß nicht, was sie will.«

»Selbstverständlich weiß ich das«, fauchte Caroline.

Derek durchquerte den Raum und legte den Arm um ihre Schultern. »Vielleicht hast du meinen Antrag ein wenig zu hastig akzeptiert, Caro.«

In einer lächerlichen Gefühls-Kehrtwendung sah sie lammfromm zu ihm auf. »Meinst du, Derek?«

Er nickte. »Ich bin ein Prolet und ein Schurke, aber ich bitte dich, mich freizugeben.«

»Bist du dir sicher, daß du das willst?«

»Disputiere nicht mit ihm, Caroline«, sagte Marshall ungeduldig.

Sie bedachte ihn mit einem weiteren finsteren Blick, ehe sie Derek zulächelte. »Sehr gut.«

Er grinste und beugte sich herab, um zu flüstern: »Laß ihn nicht entkommen, Liebes. Ich glaube, er ist der eine, auf den du gewartet hast.«

»Aber woher wußtest du das?« flüsterte sie zurück.

»Intuition – und das gleiche Problem.«

»Chantelle?«

»Du hast es erraten.«

»Ich mag sie, aber ich denke nicht, daß sie mich mag.«

»Sie wird dir zugetan sein, wenn sie hört, daß du einen anderen heiratest, und nicht mich. Und wenn es dir nichts ausmacht, würde ich es ihr gern jetzt sagen.«

»Natürlich. Und, Derek – danke.«

»Keine Ursache.« Er wandte sich an Marshall. »Du hättest dich äußern müssen, mein Alter.«

»Ich ... ah ... ich dachte, ich hätte mich geäußert«, entgegnete Marshall plötzlich verlegen.

»Aber nicht deutlich genug. Und nun steh nicht da wie ein Tölpel, sonst läufst du Gefahr, sie wieder zu verlieren. Und du redest von Unentschlossenheit!«

»Ich hätte das nicht besser ausdrücken können«, stimmte Caroline mit einem Lächeln zu.

49

Chantelle war gerade dabei, die letzte Lampe in ihrem Zimmer zu löschen, als die Tür aufgerissen wurde. »Sie liebt Marshall!«

Chantelle zuckte erschrocken zusammen. Sie hatte vorgehabt schon so früh zu Bett zu gehen, damit sie nicht mehr an *ihn* denken mußte. Da stand er nun mit strahlendem Lächeln und wartete darauf, daß sie etwas sagen sollte.

Entgegen ihrem Vorsatz fragte sie: »Wer?«

»Caroline.«

Sie erstarrte. »Nun, das ist ja gut für sie.«

Er ignorierte ihren verdrießlichen Ton und kam näher, um sie in den Arm zu nehmen. »Du verstehst nicht richtig, Liebes. Wir können jetzt heiraten.«

»Das denkst du.«

»Chantelle, ich meine es ernst.« – »Ich auch«, entgegnete sie scharf und wich vor ihm zurück. Es machte sie wütend, daß er sie nun fragte. »Ich habe die Story gehört, Derek. Dein Großvater möchte, daß du heiratest, und dir ist es egal, wen – Hauptsache, du bist ihm zu Gefallen. Also, nein danke. Ich lege keinen Wert darauf, als zweite Wahl angenommen zu werden, wenn deine erste Wahl dich im Stich läßt.«

Er hatte erwartet, sie sei so entzückt wie er. Es erzürnte ihn, wie sie reagierte. »Verdammt, du warst nie die zweite Wahl, und das weißt du auch! Ist es meine Schuld, daß ich schon verlobt war, als ich dir begegnete? Caro gehört zu meinen besten Freunden – schon immer. Wie konnte ich mit ihr brechen, da ich annehmen mußte, es würde sie verletzen?«

»Aber mich zu verletzen war in Ordnung? Es war in Ordnung, mir das Herz herauszureißen und darauf herumzutrampeln – mit deinem elenden Vorschlag, ich sollte deine Mätresse werden!«

»Glaubst du, ich hätte dich in dieser Position weniger geliebt?« brüllte er zurück.

»Was?« fragte sie, wie betäubt.

»Du hast meine Worte gehört. Wie sonst hätte ich es abwenden können, dich zu verlieren?«

Ihre Augen blitzten, als sie erkannte, daß sie ihn offenbar mißverstanden hatte. Seine einzige Sorge war, er könnte auf den Gebrauch ihres Körpers verzichten müssen. Wie hatte sie nur an Liebe denken können – wenn auch nur für einen kurzen Augenblick?

»Warum argumentiere ich überhaupt mit dir? Meine Antwort hast du. Würdest du jetzt freundlichst aus meinem Zimmer verschwinden?«

Er schickte sich an zu gehen, so verärgert war er über sie. Er gelangte bis zur Tür, dann hielt er inne. Er hatte sie vorher offengelassen – nun schloß er sie und drehte sich noch einmal um. Wenn Gefühle nicht zählten, würde er vielleicht mit Logik weiterkommen.

»Du brauchst einen Ehemann, Chantelle.«

»Den Teufel brauche ich.«

»Hast du deinen Vormund vergessen?«

Ihre Augen verengten sich. »Was ist mit ihm?«

»Die einzige Möglichkeit, seiner Fuchtel zu entfliehen, ist eine Heirat.« Das entsprach nicht ganz der Wahrheit, wie Derek von seinem Rechtsanwalt erfahren hatte, aber das würde er Chantelle nun nicht auf die Nase binden. »Oder hattest du die Absicht, dich bis zu deiner Volljährigkeit vor ihm zu verstecken?«

»Warum nicht? Das hatte ich geplant, bis mich ein Urlaub in Barka anderweitig beeinflußte.«

Er haßte es, wenn sie sarkastisch wurde. »Wünschst du dir nicht das Vergnügen, ihn aus deinem Haus zu werfen?«

»Nicht genug, um dafür den Rest meines Lebens mit dir zu verbringen.«

Derek knirschte mit den Zähnen. »Warum, bei allen guten Geistern, bist du so störrisch? Du liebst mich, ich liebe dich. Es gibt nichts mehr, das unserer Heirat im Wege stehen würde. Normalerweise …«

»In Ordnung.«

»Was?«

»In Ordnung, du hast mich überzeugt.«

Er brauchte einen Moment, um zu kapieren, daß sie ihm zulächelte. Er näherte sich ihr, aber sehr langsam diesmal.

»War es meine Bemerkung, du müßtest dich verstecken?«

»Nein.«

»Oder die Aussicht, deine Verwandtschaft rauszuschmeißen?«

»Das war eine schöne Idee – aber: nein.«

Sie lachte leise. Als er keine Anstalten machte, sie zu umarmen ergriff sie die Initiative und fiel ihm um den Hals. Jetzt war er derjenige, der widerstrebte. – »Warte eine Minute …«

»Shh.« Sie begann an seinem Kinn zu knabbern. »Hast du so schnell vergessen, wie leicht die Leidenschaft zwischen uns entflammt?«

»Dann ist es das? Du willst nur meinen …«

»Dummer Mensch! Ich wollte nur deine Liebe. Du hättest sie mir nur gestehen müssen.«

Er drehte den Spieß um, packte ihre Hüften und preßte sie gegen seine. »Ich dachte, ich sei in dieser Gegend sehr beweiskräftig gewesen.«

»Das meine ich doch gar nicht!«

»Nicht?« fragte er neckend. »Wie wär es hiermit?« Und er eroberte ihre Lippen, bis Chantelles Knie weich wurden.

»Das war immer schön«, flüsterte sie atemlos. »Aber ich wollte Liebesworte hören.«

»Mein Dummerchen. Ich wußte, daß du mich liebst. Warum konntest du dasselbe nicht auch bei mir spüren? Wenn ich dich nicht lieben würde – wie hätte ich dann deine Eigenwilligkeit, deinen Zorn, deine Eifersucht erdulden können?«

»Ich war nie eifersüchtig!« rief sie empört.

»Natürlich nicht.« Sein Lachen war warm und zärtlich. »Möchtest du wirklich die Worte hören, Liebes? Du wirst sie so oft vernehmen, daß du um Gnade bittest.«

»Das denkst du. Wir wissen doch, wer am Ende immer um Gnade bittet, nicht wahr?« Sie seufzte und drückte ihn an sich. Ihr Glück war so groß, daß sie es kaum zu ertragen vermochte.

»O Derek, ich liebe dich so sehr. Wie bald können wir heiraten?«

Er lächelte über ihre Ungeduld. »Zumindest nicht vor morgen. Für diese Nacht habe ich andere Pläne.«

»Tatsächlich, mein Herr? Ich ebenfalls – da Sie es schon erwähnen.« Und sie forderte seine Lippen zu einem wilden Kuß.

ZORN
UND ZÄRTLICHKEIT

1

ANFANG MAI 1541, ABERDEENSHIRE, SCHOTTLAND

Ein strahlend heller Mond brach sich Bahn zwischen den Wolken, die der Wind über den Himmel jagte, schien auf das Hochlandmoor herab und verwandelte fünf Männer in schwarze Schatten. Sie warteten hinter einer steilen Klippe über dem Fluß Dee, dessen Silberband sich durch das breite Tal zwischen den Cairngorm-Bergen und dem mächtig aufragenden Lochnagar wand.

Ein ungestümer Bach, angeschwollen vom geschmolzenen Schnee, vereinigte sich mit dem Dee. Dieser Strom durchquerte Glen More, wo MacKinnions kleine Pachtgüter das spärliche fruchtbare Land vereinnahmten.

Stille lag über dem Tal. Die fünf Männer hörten nur die Melodie des rauschenden Wassers tief unten und ihre eigenen rauhen Atemzüge. Sie kauerten hinter der Klippe und froren in ihren nassen Kleidern, denn sie hatten eben erst den Fluß durchwatet.

Nun warteten sie, bis der Mond seinen Zenit erreichen und keine Schatten mehr werfen würde. Dann wollte der größte von ihnen das Zeichen zum Aufbruch geben, und sie würden ihr bitteres Werk beginnen. Seine Clangefährten waren ebenso erregt wie er.

»Der Mond steht schon hoch am Himmel, Sir William.«

William zuckte zusammen. »So ist es«, bestätigte er und verteilte die grün, goldgelb und grau gestreiften Tartans, die er für diese Nacht hatte anfertigen lassen. »Dann wollen wir anfangen, und wir wollen es richtig machen. Wir stoßen den Schrei des Clans Fergusson aus, nicht unseren eigenen. Und tötet sie nicht alle, sonst bleibt keiner übrig, der erzählen kann, wessen Schrei er gehört hat.«

Die fünf Männer verließen ihr Versteck und holten ihre Pferde. Schwerter wurden gezogen, Fackeln entzündet. Einen Augenblick später zerriß ein grausiger Kriegsschrei das nächtliche Schweigen. Sieben Pachtgüter lagen auf ihrem Weg, doch sie wollten nur drei überfallen, denn MacKinnions Pächter waren nicht nur tüchtige Bauern, sondern auch erfahrene Kämpfer, und der einzige Vorteil der kleinen Reiterschar lag in einem Überraschungsangriff.

Die Familie auf dem ersten Pachtgrundstück war eben erst erwacht, als eine Fackel ihre kleine Hütte in Brand steckte. Rasch fraßen die Flammen ihr Heim auf. Ihr Vieh wurde geschlachtet, doch das Schwert blieb dem Pächter und seinen Angehörigen erspart. Dies war kein Segen, denn im Gefängnis der Feuerhölle starben sie einen tausendmal qualvolleren Tod.

In der zweiten Hütte wohnte ein jungverheiratetes Paar. Die Frau war erst fünfzehn Jahre alt. Der Kriegsschrei weckte sie und erfüllte sie mit Entsetzen – und ihr Grauen wuchs, als sie das angstverzerrte Gesicht ihres Mannes sah. Er zwang sie, unter dem Bett Zuflucht zu suchen, dann rannte er hinaus, um dem Angriff zu begegnen. Sie erfuhr nicht mehr, was mit ihm geschah. Rauch sammelte sich in dem strohgedeckten Häuschen und erstickte sie. Der Wunsch, sie hätte sich ihrem Bruder nicht widersetzt und besser auf ihren Liebsten verzichtet, kam zu spät. Es war für alles zu spät.

Das dritte Pachtgut, ein größerer Bauernhof, wurde nicht ganz so hart getroffen. Hier lebte der alte Ian mit seinen drei erwachsenen Söhnen, einer Schwiegertochter, einem Enkel und einem Diener. Glücklicherweise war Ian ein schlechter Schläfer, und so erwachte er und sah, wie die Hütte der jungen Eheleute angezündet wurde. Er rief seine drei Söhne zu den Waffen und schickte den Enkel zu den Nachbarn, um sie zu warnen. Danach sollte Simon zum Gutsherrn laufen.

Vor Ians Hütte stießen die Brandstifter auf Widerstand, sahen sich vier starken Kämpfern gegenüber. Ian konnte seine Keule immer noch kraftvoll schwingen, und er setzte sich erstaunlich lange zur Wehr. Einer seiner Söhne starb, ein zweiter wurde verwundet und der alte Ian niedergestreckt, bevor der

Kriegsschrei der MacKinnions aufklang, der die Angreifer in die Flucht schlug.

In den dunklen Stunden vor der Morgendämmerung betrachtete ein wütender junger Gutsherr den Schauplatz der Verwüstung. James MacKinnion zügelte seinen starken Hengst im selben Augenblick, als sein Vetter und Freund, Black Gawain, ins Heim der Jungvermählten rannte – eine kleine Hütte, erst vor wenigen Monaten gebaut, um die Braut willkommen zu heißen. Nur die niederen Steinmauern und ein Teil des Daches waren von dem Häuschen übriggeblieben, in dem bis zu dieser Nacht Glück und Fröhlichkeit geherrscht hatten.

Um Black Gawains willen hoffte Jamie, die Hütte würde leer sein, doch er wußte, daß dies nur ein frommer Wunsch war. Erschüttert starrte er auf die Leiche des jungen Bewohners, der vor der rußgeschwärzten Tür lag, mit halbabgetrenntem Kopf.

Die Clansleute an den Grenzen seines Landes bauten auf seinen Schutz. Es spielte keine Rolle, wie weit sein Schloß entfernt lag hoch oben in den Bergen und daß es ihm unmöglich gewesen wäre, ihnen rechtzeitig beizustehen. Wer immer dies getan hatte, fürchtete MacKinnions Zorn nicht. Nun, sie würden ihn fürchten lernen, bei Gott!

Black Gawain taumelte aus dem verkohlten Schutt, halb erstickt vom Rauch. Er warf seinem Freund einen erleichterten Blick zu, aber Jamie ließ sich nicht so schnell überzeugen.

»Bist du sicher, Black Gawain?« fragte er eindringlich.

»Sie ist nicht da.«

»Bist du ganz sicher, Gawain?« beharrte Jamie. »Wäre es keine Zeitverschwendung, einen Suchtrupp in die Berge zu schicken? Das Mädchen wäre bestimmt schon aufgetaucht, wenn …«

»Verdammt, Jamie!« schrie Gawain. Doch der harte Blick seines Gutsherrn veranlaßte ihn, seine eigenen Männer zu rufen. Verzweifelt befahl er ihnen, die Hütte gründlich zu durchsuchen und jedes einzelne Bodenbrett umzudrehen.

Drei Leute gingen hinein. Viel zu früh trugen sie die Leiche einer jungen Frau heraus.

»Sie lag unter dem Bett«, erklärte ein Bursche mit abgewandtem Kopf. Gawain nahm seine Schwester auf die Arme, legte sie behutsam auf den Boden und beugte sich über sie.

Jamies Hände umklammerten die Zügel noch fester. »Wenigstens ist sie nicht verbrannt, Gawain«, versuchte er den Freund mit leiser Stimme zu trösten, denn einen anderen Trost gab es nicht. »Sie hat nicht allzusehr gelitten.«

Black Gawain blickte nicht auf. »Nein – aber sie ist tot«, stieß er schluchzend hervor. »O Gott, sie hätte niemals hierherkommen dürfen! Ich habe ihr doch gesagt, daß sie den Bastard nicht heiraten soll!«

Jamie konnte nichts sagen und nichts tun – bis auf eines: Er würde die Verbrecher, die dieses Leid verursacht hatten, zur Rechenschaft ziehen.

Er ritt weiter mit den zwölf Männern, die er vom Schloß Kinnion mitgebracht hatte. Sie sahen, was auf dem ersten Pachthof geschehen war. Der dritte war unbeschädigt, aber zwei Männer hatten den Tod gefunden – Ian und sein jüngster Sohn. Viele Tiere lagen geschlachtet am Boden, auch zwei schöne Pferde, die Jamie dem alten Ian geschenkt hatte.

Er spürte, wie sein Zorn eine schmerzende offene Wunde wurde. Dies war kein gewöhnlicher Überfall gewesen, sondern ein unverzeihliches Gemetzel. Wer konnte ein so schreckliches Unheil angerichtet haben? Immerhin, einige hatten es überlebt. Man würde ihm die Männer beschreiben und zumindest einige Anhaltspunkte geben.

Jamie hätte unzählige Namen in Erwägung ziehen können, doch auf den Namen, der ihm genannt wurde, wäre er zu allerletzt gekommen.

»Fergusson – der Clan Fergusson«, sagte Hugh bitter. »Ich irre mich ganz sicher nicht. Da war fast ein Dutzend von diesen verfluchten Tiefländern.«

»Hast du den alten Dugald gesehen?« fragte Jamie mit gepreßter Stimme.

Hugh schüttelte den Kopf, blieb jedoch bei seiner Behauptung. »Die Kriegsschreie des Clans waren klar zu hören und die Farben ihrer Tartans deutlich zu sehen. Ich habe die Fergussons oft genug bekämpft, um ihre Farben ebensogut zu kennen wie meine eigenen.«

»Aber seit zwei Jahren nicht mehr, Hugh.«

»Das waren zwei vergeudete Jahre!« rief Hugh erbost. »In diesen zwei Jahren hätte ich die Fergussons ausrotten können, dann müßte ich jetzt nicht um meinen Vater und meinen Bruder trauern!«

»Das ergibt keinen Sinn, Mann!« entgegnete Jamie bedachtsam. »Die Tartans der Fergusson lassen sich leicht mit anderen verwechseln, auch mit deinen. Ich brauche mehr Beweise als einen Kriegsruf, den jeder nachahmen könnte, und Farben, die ihr im Dunkeln gesehen habt.«

»Ihr habt Eure Zweifel, Sir Jamie, und das nimmt Euch niemand übel«, meldete sich einer der Pächter, die Ians Enkel gewarnt hatte, zu Wort. »Plötzlich ertönte dieser Kriegsschrei, den ich nach zwei friedlichen Jahren nie mehr zu hören erwartet hatte. Doch er war unmißverständlich. Und dann flohen die Feiglinge und ritten am Ufer des Bachs hinab.«

»Ich war oben am Bach und sah den Schaden«, berichtete ein anderer Mann. »Und nun wollen wir wissen, was Ihr zu unternehmen gedenkt, Sir Jamie.«

Diese Herausforderung erschreckte Jamie. Die meisten Anwesenden befanden sich im vorgeschrittenen Alter. Als wäre es nicht schon schlimm genug gewesen, daß er erst fünfundzwanzig Jahre zählte – sein hübsches, knabenhaftes Gesicht ließ ihn noch jünger erscheinen. Alle, die ihm nahestanden, kannten sein lebhaftes Temperament und seine Neigung, vorschnell zu urteilen. Aber diese Männer hier hatten wenig von ihm gesehen, seit er vor zwei Jahren, nach dem Tod seines Vaters, zum Oberhaupt des Clans aufgestiegen war – zum Laird von MacKinnion. Sie hatten noch keine Gelegenheit gehabt, an Jamies Seite zu kämpfen.

»Ihr wollt, daß ich euren Rachefeldzug anführe? Das tue ich gern, denn wer immer euch angreift, der greift auch mich an.« Mutig hielt Jamie ihren Blicken stand, und niemand konnte die kalte Entschlossenheit in seinen braunen Augen übersehen. »Aber ich werde eine längst begrabene Fehde nicht ohne guten

Grund von neuem beginnen. Ihr sollt eure Rache haben, das schwöre ich – doch sie wird sich nur gegen die wahren Schuldigen richten und gegen niemand anderen.«

»Was für Beweise braucht Ihr denn noch?«

»Einen Beweggrund, Mann!« erwiderte Jamie erregt. »Warum sollten euch die Fergussons so etwas antun? Zu meines Vaters Zeiten habt ihr sie bekämpft. Ihr wißt, daß dies kein mächtiger Clan ist. Wir sind in der Überzahl. Auf einen Fergusson kommen zwei MacKinnions, selbst wenn sie sich mit den Mac-Afees verbünden. Dugald Fergusson wollte die Fehde beenden. Meine Tante meinte, der Kampf hätte niemals beginnen dürfen. Deshalb war ich mit dem Frieden einverstanden, als nach unserem letzten Überfall vor zwei Jahren keine Vergeltungsmaßnahmen getroffen wurden. Seither haben sie uns nicht mehr angegriffen und wir sie auch nicht. Kann einer von euch begründen, was heute nacht geschehen ist?«

»Begründen? Nein, aber ich kann es beweisen.« Ians ältester Sohn warf Jamie den abgerissenen Teil eines Tartans vor die Füße, in mehreren Grün- und Goldgelbtönen, mit grauen Streifen.

In diesem Augenblick erschien eine dreißigköpfige Schar, Pächter mit ihren Söhnen, die in der Nähe von Schloß Kinnion lebten und die Jamies Bruder zusammengerufen hatte.

»Dann soll es so sein«, sagte Jamie mit unheilvoller Stimme und bohrte die unverkennbaren Fergusson-Farben langsam mit seinem Stiefelabsatz in die Erde. »Wir reiten in den Süden, nach Angusshire. Vermutlich erwarten sie uns, doch sie werden nicht annehmen, daß wir ihnen so dicht auf den Fersen sind. Wenn wir jetzt aufbrechen, erreichen wir schon im Morgengrauen unser Ziel.«

2

James MacKinnion kam nur langsam voran. Dichte Nebelschwaden hingen immer noch über dem taubenetzten Boden, und er war triefnaß, nachdem sie den zweiten der beiden Esk-

Flüsse durchquert hatten. Tiefe Müdigkeit drohte ihn zu überwältigen, denn er hatte nicht viel geschlafen in dieser Nacht, und der Ritt nach Süden war anstrengend gewesen. Sie hatten einen Umweg von über einer Meile machen müssen, um eine Furt durch den Fluß zu finden, was seine Laune keineswegs besserte. Und er konnte seine Sorge nicht verdrängen. Irgend etwas stimmte da nicht, aber er wußte nicht, was es sein könnte.

Seine Männer waren im Morgennebel am Flußufer zurückgeblieben, und er ritt allein weiter. Jamie, sein Bruder und Black Gawain hatten sich getrennt, um das Gelände auszukundschaften und nach Anzeichen für einen möglichen Hinterhalt zu suchen. Das tat er immer, wenn er mit einem Angriff rechnen mußte, und diese Gefahr bestand ohne jeden Zweifel. Und er ritt immer selbst auf Kundschaft aus, nicht, weil er seinen Mut zeigen wollte, sondern weil er die Verantwortung für das Wohl seiner Clansmänner trug. Niemals würde er jemandem Aufgaben zuteilen, die er selbst nicht übernehmen wollte – auch wenn er dabei seine Freiheit aufs Spiel setzte.

Nebelfetzen wirbelten umher, teilten sich vor ihm in einer schwachen Brise und enthüllten sekundenlang eine bewaldete Talsenke. Dann wurde der Nebel wieder dichter und versperrte ihm die Sicht. Jamie ritt auf die Bäume zu, die nach dem kahlen Moorland und dem Heidekraut der Berge eine willkommene Abwechslung boten.

Nie zuvor war er so weit im Osten des Fergusson-Gebietes gewesen. Und er hatte die Tiefländer auch noch nie im Frühling angegriffen. Dafür eignete sich der Herbst, wenn die Flüsse breit, aber seicht und die Rinder nach der sommerlichen Weide wohlgenährt waren und reif für den Markt. Er hatte den Fluß immer auf dem direkten Weg zu Tower Esk überquert, der Heimstatt Dugald Fergussons. Das war diesmal wegen des hohen Wasserstands unmöglich gewesen. Doch die Verzögerung erschien ihm geringfügig, und obwohl er immer noch nach der Spur seiner Gegner suchte, war er überzeugt, daß sie nur eine knappe Stunde Vorsprung hatten. Er würde ihnen keine Zeit geben, ihren Sieg zu feiern.

Jamies Zorn kämpfte mit seiner Vernunft, und er fragte sich, ob es klug gewesen war, nach Süden zu reiten, ohne seine Entscheidung zu überdenken. Er hatte sich an die Tatsachen gehalten. Natürlich hätte er gar nicht anders handeln können. Der Tod mehrerer Menschen erforderte, daß er nach Süden ritt, um sie zu rächen – auch der abgerissene Tartanstreifen zwang ihn dazu. Aber – warum? Wenn er doch stichhaltigere Beweise hätte … Sein Unternehmen grenzte an Wahnsinn. Wußte er überhaupt, was er tat?

Diese Ungewißheit quälte ihn und verstärkte seine Zweifel an der schwierigen Aufgabe, die ihm bevorstand. Dugald Fergusson würde die Situation keineswegs verkennen und sich darauf einstellen, daß Jamie die Macht besaß, den ganzen Clan der Tiefländer zu vernichten. Das konnten die MacKinnions allein schaffen, und sie durften mit der Unterstützung zweier starker Nordclans rechnen, in die Jamies Schwestern eingeheiratet hatten.

Sollte sich die Notwendigkeit ergeben, wäre er in der Lage, fünfhundert Mann auf die Beine zu stellen. Das mußte der alte Dugald wissen. Vor drei Jahren hatte er vom ersten Bündnis erfahren, von der Hochzeit der zweiten Schwester kurz nach dem Tod des alten MacKinnion. Und Jamie war als neuer Laird von MacKinnion zum ersten- und letztenmal ins Tiefland geritten, um die Fergussons anzugreifen. Nach jenem Überfall hatte Dugald keine Vergeltung geübt, obwohl er zwanzig Rinder, sieben Pferde und fast einhundert Schafe eingebüßt hatte. Dugald wußte, daß er den MacKinnions nicht gewachsen war, und Jamie wußte es ebensogut.

Es war sinnlos gewesen, die alte Fehde fortzusetzen, und Jamie hatte seine Tante Lydia in dem Glauben gelassen, sie hätte ihn zum Friedensschluß überredet. Dieser Gedanke gefiel ihr, und er machte ihr sehr gern eine Freude. Immer wieder hatte sie ihn angefleht, eine von Dugalds vier Töchtern zu heiraten, um die Versöhnung zu besiegeln. Aber so weit wollte er nicht gehen. Seine erste und einzige Ehe hatte ein so tragisches Ende gefunden. Diese Erfahrung genügte ihm.

Mit gerunzelter Stirn überlegte er, was seine Tante wohl denken würde, wenn sie erfuhr, wohin er geritten war und was die dunkle Seite seines Wesens anstrebte – die Ausrottung der Fergussons. Dies könnte bewirken, daß sie sich für immer von der Wirklichkeit entfernte.

Lydia MacKinnion litt an geistigen Störungen, seit die Fehde zwischen den MacKinnions und den Fergussons vor siebenundvierzig Jahren begonnen hatte. Sie war Zeuge der Ereignisse geworden, die den Kampf ausgelöst hatten. Aber sie verschwieg, was sie gesehen und warum Niall Fergusson, Dugalds Vater, Jamies Großeltern getötet und einen erbitterten zehnjährigen Krieg begonnen hatte, in dem beide Clans auf die Hälfte ihrer Mitglieder vermindert worden waren. Später hatte man sich mit periodischen Angriffen begnügt, mit dem einzigen Ziel, Vieh zu rauben – ein Brauch, der im Hochland ebenso an der Tagesordnung war wie das Atmen.

Vielleicht hatte Niall Fergusson an Wahnsinn gelitten – vielleicht war auch Dugald verrückt, einem alten Familienerbe zufolge. Diese Möglichkeit mußte man in Betracht ziehen und einem Wahnsinnigen verzeihen, seine Taten sogar dulden. Immerhin war auch Jamies Tante nicht ganz richtig im Kopf.

Diese Erkenntnis beruhigte ihn. Wie könnte er einen ganzen Clan für die Handlungsweise eines Irrsinnigen strafen? Seine Wut über den grausamen Angriff der Fergussons ließ nach. Er wollte sich rächen, aber er würde sie nicht alle vernichten.

Der Nebel löste sich allmählich auf, als Jamie in die bewaldete Talsenke ritt. Er sah, daß er sie in wenigen Sekunden durchqueren könnte, denn sie war nicht breiter als hundert Meter. Inzwischen hatte er sich ungefähr um eine halbe Meile von seinen Männern entfernt. Und da keine Hütte zu sehen war, begann er zu bezweifeln, daß er sich auf dem Gebiet der Fergussons befand. Vielleicht hatte er die Entfernung falsch berechnet und seine Leute auf der Suche nach einer Furt zu weit flußabwärts geführt.

Plötzlich hörte er etwas und glitt blitzschnell von seinem Pferd, um in Deckung zu gehen. Doch als er wieder lauschte, war das Geräusch unverkennbar – ein Kichern, ein weibliches Kichern.

Er ließ sein Pferd stehen und schlich zwischen Baumstämmen und Farnkraut lautlos in die Richtung, aus der die Stimme zu ihm drang. Um diese frühe Stunde schimmerte der Himmel rötlich-grau, über dem Boden schwebten immer noch Nebelschleier.

Als Jamie das Mädchen erblickte, traute er seinen Augen nicht. War das eine Vision? Sie stand in einem kleinen Teich, das Wasser reichte ihr bis zur Taille. Nebelschwaden umwirbelten ihren Kopf. Sie sah aus wie eine Nixe – unwirklich und trotzdem irdisch genug.

Sie kicherte wieder und spritzte Wasser auf ihre nackten Brüste. Ihr Gelächter entzückte ihn, und er stand wie gebannt da, um ihr genüßliches Spiel zu beobachten.

Das Wasser mußte mindestens so eisig sein wie die Morgenluft, doch die Kälte schien die junge Frau nicht zu stören – ebensowenig wie Jamie, nachdem er ihr eine Weile zugeschaut hatte.

Sie war unglaublich hübsch und ließ sich mit keiner anderen vergleichen, die er je gesehen hatte. Und als sie sich zu ihm wandte, kam ihm das volle Ausmaß ihrer Schönheit erst richtig zu Bewußtsein. Ihre perlmuttweiße Haut bildete einen lebhaften Kontrast zu ihrem glänzenden, dunkelroten langen Haar. Zwei Strähnen hingen über ihre Brüste hinab und schwammen im Teich. Und wie reizvoll diese Brüste waren – makellos geformt, hoch angesetzt, die Knospen von der Liebkosung des eiskalten Wassers erhärtet … Bewundernd ließ Jamie seinen Blick über die zarten Schultern wandern, die schmale Taille und den flachen Bauch, der in die Wellen und wieder hervortauchte, während sich das Mädchen spielerisch bewegte und immer wieder die sanfte Rundung einer Hüfte zeigte.

Sie hatte feingezeichnete Gesichtszüge. Und das einzige, was Jamie nicht genau erkennen konnte, war die Farbe ihrer Augen, denn er stand zu weit entfernt, und die Spiegelung des Wassers ließ sie in einem so klaren, leuchtenden Blau erscheinen, daß dies unmöglich den Tatsachen entsprechen konnte. Wie gern wäre er näher herangegangen, um sich zu überzeugen …

Und am allerliebsten würde er ihr ins Wasser folgen. Was für ein verrückter Gedanke, geboren aus der seltsamen Wirkung, die sie auf ihn ausübte. Aber wenn er sich zu ihr gesellte, würde sie entweder verschwinden – und beweisen, daß sie kein irdisches Geschöpf war, oder schreiend davonlaufen. Und wenn sie weder das eine noch das andere tat? Wenn sie stehenblieb und ihn erwartete und ihm erlaubte, sie zu berühren, wie er es ersehnte?

Wider alle Vernunft beschloß er, sich auszukleiden und in den Teich zu springen, doch da murmelte das Mädchen etwas Unverständliches und griff nach einem Ding, das … Ja, woher hatte sie es genommen? Jamie hob die Brauen. War sie wirklich und wahrhaftig ein Geist, der nach Belieben irgendwelche Gegenstände herbeizaubern konnte?

Das sonderbare Ding entpuppte sich als Seifenstück, und sie begann sich damit zu waschen. Jetzt wirkte die Szene durchaus irdisch – ein Mädchen badete in einem Teich. Die irreale Atmosphäre war geschwunden, und Jamies Vernunft gewann wieder die Oberhand. Aber – konnte eine Seife von selber ins Wasser fallen? Sein Blick suchte das gegenüberliegende Ufer ab, bis er den Mann – oder eher den Burschen – entdeckte, der auf einem Felsblock saß und der jungen Frau den Rücken zugewandt hatte. Ihr Beschützer? Wohl kaum. Trotzdem schien er auf sie aufzupassen.

Tiefe Enttäuschung stieg in Jamie auf, als er merkte, daß er nicht allein mit dem schönen Mädchen war. Die Anwesenheit des Burschen riß ihn abrupt in die Wirklichkeit zurück. Er mußte sich auf den Weg machen. Nun fielen auch noch die ersten Sonnenstrahlen ins Dunkel des Wäldchens, als sollte ihm die Torheit seines Zauderns eindringlich vor Augen geführt werden. Sein Bruder und die anderen würden mittlerweile zu den Männern am Fluß zurückgekehrt sein und auf ihn warten.

Plötzlich fühlte er sich elend. Während er das Mädchen beobachtet hatte, war er gleichsam in eine andere Welt versetzt worden. Jetzt erschreckte ihn der krasse Unterschied zwischen dem schönen Bild, das sich ihm bot, und dem grausamen, blutigen, das er bald erblicken würde. Und er konnte das Ereignis, das auf ihn zukam, ebensowenig abwenden, wie er die Szene vergessen würde, die er in diesem kleinen Tal mitangesehen hatte.

Jamie warf einen letzten wehmütigen Blick auf die junge Frau. Sonnenstrahlen streuten glitzernde Punkte auf den Teich; einer berührte sie und ließ ihre Haare wie Flammen funkeln. Seufzend drehte er sich um und ging zu seinem Pferd.

Auf dem Rückritt dachte er unablässig an die schöne Nixe und fragte sich, wer sie sein mochte. Eine Fergusson? Die Tochter eines Pächters? Nein, das glaubte er nicht. Welcher Mann, der eine so schöne Tochter hatte, würde ihr erlauben, nackt in einem Teich zu baden? Und der Gedanke, sie könnte eine Fergusson sein, war ihm in tiefster Seele zuwider. Lieber wollte er sich vorstellen, daß sie eine Bettlerin war, die durch das Fergusson-Gebiet zog.

Nun, vielleicht war sie wirklich eine Bettlerin, die ein Bad nahm, bevor sie auf Tower Esk um eine milde Gabe flehen wollte. In Schottland wimmelte es von solchen Leuten, vor allem im Tiefland, wo es mehr Kirchen gab, wo frömmere, wohltätigere Leute lebten als im Hochland. Andererseits – konnten Bettlerinnen so schön sein? Das war nicht auszuschließen, aber zweifelhaft. Und wenn diese Möglichkeit ausschied – wer mochte sie dann sein? Würde er es jemals erfahren?

Er bekämpfte den Wunsch, umzukehren und sie kennenzulernen, denn nun kamen seine Männer in Sicht. Der Nebel hatte sich aufgelöst, in der Ferne war Tower Esk zu erkennen, das auf seinem befestigten Berg aufragte, und er sah auch die zahlreichen, im Moor verstreuten Pachtgüter. Es war an der Zeit, den Kampf zu eröffnen.

Aber Jamies Rachsucht hatte spürbar nachgelassen. Der Anblick des schönen Mädchens, die Erinnerung an seine Tante und die Sorge um deren Geisteszustand hatten seinen Zorn verringert. Natürlich mußte ein Unrecht mit Unrecht vergolten werden, aber Jamie wollte sich barmherzig zeigen. Bei seinen Männern angekommen, erklärte er ihnen seinen Gesinnungswandel. Sein Wort war Gesetz, und jene, die seine Milde mißbilligten, sollten zum Teufel gehen.

Sie zerstörten drei Höfe an diesem Morgen. Die Ernte wurde

zertrampelt, das Vieh gestohlen. Aber Frauen und Kinder blieben am Leben und sahen gezwungenermaßen mit an, wie ihre Hütten niederbrannten. Die Pächter, die sich in den Kampf stürzten, fanden den Tod. Wer keinen Widerstand leistete, wurde verschont.

Jamie verharrte noch eine Weile am Schauplatz seiner Rache, um abzuwarten, ob sich Dugald Fergusson blicken lassen wollte. Die brennenden Hütten lagen im Blickfeld der Turmzinnen, doch die MacKinnions waren in der Überzahl, und er wußte, daß Dugald keinen Gegenangriff wagen konnte. Indem Jamie in aller Offenheit einen Vergeltungsschlag herausforderte, wollte er seinen Feind demütigen. Sobald sich seine Männer mit ihrem Sieg zufriedengaben, trat er den Rückzug an.

Die Fehde begann von neuem. Jamie freute sich keineswegs darüber. Zu Hause quälten ihn schon genug Sorgen – auch ohne die fernen Fergussons. Doch sie hatten es so gewollt, und nun war geschehen, was geschehen mußte.

Auf dem langen Heimweg plante Jamie keine künftigen Überfälle. Statt dessen dachte er an ein schönes, geheimnisvolles Mädchen – eine Nixe mit perlmuttweißer Haut und Haaren, die dunkelroten Flammen glichen.

3

JUNI 1541, ANGUSSHIRE, SCHOTTLAND

Sheena Fergusson blickte über die Zinnen von Tower Esk auf das friedliche Moor, aber ihre Gedanken waren alles andere als friedlich. Von Natur aus Frühaufsteherin, hatte sie sich schon im Morgengrauen von ihrem Bett erhoben, um zu beobachten, wie sich der Himmel rosa färbte und mit dem Heidekraut wetteiferte. Sie ärgerte sich, weil es ihr verboten war, das Turmhaus zu verlassen – nicht einmal für einen kurzen Ausritt in Begleitung mehrerer Gefolgsleute.

Das war ungerecht. Doch in diesen Tagen gab es keine Gerechtigkeit mehr und das alles nur, weil MacKinnion im vergangenen Monat beschlossen hatte, den zweijährigen Waffenstillstand zu beenden. In diesen beiden beschaulichen, sorglosen Jahren war Sheena die Freiheit vergönnt gewesen, die sie als Kind genossen hatte. Als älteste von vier Töchtern und Dugald Fergussons Liebling war sie verwöhnt worden wie ein hochgeschätzter Erbe – bis zur Ankunft des langersehnten Stammhalters. Nach Nialls Geburt war sie immer noch die Lieblingstochter – aber eben nur eine Tochter.

Seltsam, daß sie Niall nie gehaßt, sondern vom ersten Tag an geliebt hatte. Mit sechs Jahren, ein ungestümes Kind und maßlos verhätschelt, war sie nach den unwichtigen Geburten dreier Schwestern von diesem kleinen Jungen fasziniert gewesen.

Die Liebe zwischen den beiden überraschte jedermann. Von Rechts wegen hätte Niall seiner Schwester Fiona am nächsten stehen müssen, da sie nur ein Jahr älter war als er. Und doch war es Sheena, der er stets hinterherlief, die seine Abenteuerlust befriedigte. Und es war auch Sheena, die ihm die ganze Liebe schenkte, die er brauchte, während er vom kleinen Jungen zum Mann heranwuchs. Sie waren nach wie vor unzertrennlich. Mit ihren neunzehn Jahren hatte Sheena das heiratsfähige Alter längst überschritten, und Niall war erst dreizehn und zuweilen immer noch sehr kindlich.

In einem Augenblick unvermuteter Reife hatte Niall gemeinsam mit seinem Vater beschlossen, daß Sheena innerhalb der Turmmauern bleiben müßte. Tagsüber konnte sie ihres Lebens nicht mehr sicher sein, wenn sie sich ins Freie wagte. Das ärgerte sie am allermeisten – MacKinnion war der einzige Clan, der bei Tag angriff. Alle anderen, auch die Fergussons, unternahmen ihre Plünderzüge im Schutz der nächtlichen Dunkelheit. Aber die tollkühnen MacKinnions mußten ihre Gegner bei Tageslicht überfallen.

Die Angst, die sie seit einem Monat verbreiteten, war widerwärtig und hatte Sheenas Leben in mancher Hinsicht verändert. Sie mußte auf ihre Freiheit verzichten, der Gefahr einer Ehe ins Auge blicken und viel zuviele Kämpfe ausfechten. Die Streitigkeiten mit den Schwestern waren ihr nicht neu, doch der Zwist mit ihrem Vater drohte ihr das Herz zu brechen. Und warum zankten sie sich? War es so falsch, daß sie einen Mann heiraten wollte, den sie liebte? War es ihre Schuld, daß sie sich noch nicht verliebt hatte?

Schon in ihrer Kindheit hatte man von einer Ehe gesprochen, die ein vorteilhaftes Bündnis mit einem anderen Clan schließen würde. Aber dieses Gerede war vor zwei Jahren verstummt, und sie hatte angenommen, man würde ihr erlauben, eine Liebesehe einzugehen. Ihr Vater war auch gar nicht dagegen und stets auf Sheenas Seite gewesen, wann immer ihre Schwestern ihn angefleht hatten, die Älteste zu einer Ehe zu zwingen, damit auch sie heiraten konnten. Jede hatte sich ihren künftigen Mann schon ausgesucht und wartete ungeduldig auf die Hochzeit, sogar die vierzehnjährige Fiona. Es war ihnen nicht schwergefallen, Männer zu finden, die ihre Liebe erwiderten und den Fergussons außerdem zu einflußreichen Bündnissen verhelfen würden. Dieses Glück war bisher Sheena versagt gewesen.

Aber Dugald hatte sich geweigert, seine Älteste zu drängen und den Jüngeren verboten, vor ihr zu heiraten und sie damit in Schande zu bringen. Jetzt war plötzlich alles anders – jetzt war es lebenswichtig, daß sie einen Mann aus einem mächtigen Clan wählte, um die Verteidigungskraft der Fergussons durch neue Bündnisse zu stärken. Noch in diesem Monat mußte sie sich entscheiden, oder ihr Vater würde sie nach seinem Gutdünken verheiraten. Sheena war fassungslos. Warum tat er ihr das an? Er liebte sie doch, sie war sein Schatz – das Juwel von Tower Esk, wie er sie zärtlich genannt hatte.

Aber tief im Herzen wußte sie, warum er ihre Wünsche überging, und sie konnte es ihm auch gar nicht übelnehmen. Er wollte seinen Clan durch starke Bündnisse und eine dreifache Hochzeit schützen. Sir Gilbert MacGuire hatte schon vor langer Zeit um Margarets Hand angehalten, nachdem er von Sheena abgewiesen worden war. Margaret, die soeben ihren siebzehnten Geburtstag gefeiert hatte, wartete schon seit anderthalb Jahren auf ihre Hochzeit. Die sechzehnjährige Elspeth war Gilleoman Sibbald versprochen, und Dugald hatte dieser Verbindung mit Freuden zugestimmt. Nun sollte auch Sheena ihre Wahl treffen, doch sie kannte niemanden, mit dem sie den Rest ihres Lebens verbringen wollte.

»Ich hätte mir denken können, daß ich dich hier finden würde – jetzt, wo du nicht mehr durch den Morgennebel reiten darfst.«

Sheena drehte sich um, sah den Vetter ihrer Mutter verächtlich an und kehrte ihm sofort wieder den Rücken. »Ich mag es nicht, wenn du mir nachspürst, Willie.«

»Ich habe dich gebeten, mich nicht mehr Willie zu nennen.«

»Also gut – William.« Sie zuckte mit den Schultern. Langsam begann sie ihn zu hassen, mochte er nun ihr Vetter sein oder nicht. »Was macht das für einen Unterschied? Am liebsten würde ich überhaupt nicht mit dir reden.«

»O Sheena, du bist wirklich ein böses Mädchen! Ich habe doch nur dein Wohl im Auge.«

Sie fuhr herum und starrte ihn voller Abscheu an. »Tatsächlich? Hast du meinem Vater nur eingeflüstert, daß ich heiraten muß, weil du es so gut mit mir meinst? Das bezweifle ich, mein lieber Vetter. Ich glaube viel eher, daß dir nur deine eigenen Interessen am Herzen liegen. Aber deine Machenschaften werden dir nichts einbringen, denn ich heirate dich niemals.«

»Da wäre ich an deiner Stelle nicht so sicher, Sheena«, erwiderte William kühl.

Sie lachte freudlos. »Du hast dir selber ein Bein gestellt, Willie – weil du meinen Vater überzeugt hast. Klar, er will, daß ich heirate, allerdings keinen MacAfee. Mit diesem Clan sind wir bereits verwandt, und er will frisches Blut in der Familie haben – dank deiner Bemühungen.«

William ignorierte ihre Bitterkeit, so wie er alles überging, was ihm mißfiel. »Dugald wird unserer Hochzeit zustimmen, das verspreche ich dir.«

»Und wie willst du ihn dazu veranlassen?« fragte sie spöttisch. »Bist du in der Lage, die Fehde zu beenden?«

»Nein, aber Fionas Hochzeit könnte beschleunigt werden. Sie hat Ogilvies Bruder ihr Herz geschenkt. Überleg doch einmal, Sheena! Ein Bündnis mit den Ogilvies ist so viel wert wie

drei mit anderen Clans. Das würde sogar die MacKinnions beeindrucken.«

»Greifst du nach dem letzten rettenden Strohhalm, lieber Vetter? Nichts kann MacKinnion in die Flucht schlagen, das weißt
du ebensogut wie ich. Er ist ein wilder Hochländer und hat wie
alle Mitglieder seines Clans nur ein Lebensziel – zu töten.«

»Immerhin würde dein Vater ruhiger schlafen, wenn er einen Ogilvie als Schwiegersohn hätte. Deshalb wird er nichts gegen unsere Hochzeit einwenden, Sheena.«

»Du scheinst zu vergessen, daß ich dich nicht mag«, entgegnete sie gleichmütig. »Und warum ist das so? Das habe ich dir
oft genug erzählt – Anfang dieses Jahres, im vergangenen Jahr
und im Jahr davor. Leider hörst du mir niemals zu. Jetzt sage
ich es noch einmal, und ich bete zu Gott, daß es zum letztenmal
ist. Ich liebe dich nicht, und ich will keinen Mann heiraten, der
fast so alt wie mein Vater ist. Natürlich will ich dich nicht kränken, Vetter, aber angesichts deiner Sturheit möchte ich am liebsten schreien!«

»Würdest du lieber MacKinnions Frau werden?« rief William wütend.

Alle Farbe wich aus Sheenas Gesicht. »Soll das ein Witz
sein?«

»Nein, ich meine es todernst.« William lächelte siegessicher,
als er die Angst in ihren Augen las. »Eine Hochzeit mit Mac-
Kinnion würde die Fehde begraben, nicht wahr? Dugald würde
solche Pläne mit Wonne verfolgen, wenn ich ihn dazu ermutig-
te, denn sie sind ihm bereits durch den Kopf gegangen.«

»Du lügst!«

»Keineswegs, Sheena. Frag ihn doch! Diese Ehe würde das
Blutvergießen und die Raubzüge ein für allemal beenden und
den Fergussons ausnahmsweise einmal zu Wohlstand verhelfen.«

Sheenas Magen krampfte sich zusammen, denn seine Argumente klangen vernünftig, so schrecklich sie ihr auch erscheinen mochten. Und Dugald hatte schon viel zu oft auf Williams
Ratschläge gehört. Aber wie könnte sie jemals MacKinnion heiraten, dessen Brutalität seine erste Frau schon in der Hochzeits-

nacht zum Selbstmord getrieben hatte? Zumindest wurde das behauptet. Eine Ehe mit einem solchen Mann … Der Gedanke war unerträglich.

Verzweifelt schüttelte sie den Kopf. »Er würde mich gar nicht haben wollen«, flüsterte sie.

»Doch.«

»Ich bin seine Feindin – eine Fergusson. Er haßt uns alle. Hätte er sonst die Fehde von neuem begonnen?«

»Der Mann würde dich heiraten«, versicherte William unbeirrt. »Jeder, der Augen im Kopf hat, muß dich begehren. Und MacKinnion würde nicht nur ja sagen, wenn du ihm angeboten wirst. In seiner kühnen Überheblichkeit würde er die Hochzeit sogar verlangen.«

»Das könntest du mir antun, William?« fragte sie leise.

Er beobachtete ihr Mienenspiel und sah befriedigt, wie tief er sie erschüttert hatte. »Ich möchte dich selber heiraten, Sheena. Aber wenn ich dich nicht haben kann, werde ich dafür sorgen, daß du zu ihm gehst und endlich Schluß machst mit dieser Fehde – denn sie bringt die MacAfees ebenso um wie die Fergussons. Denk darüber nach, Sheena, und überleg dir's gut! Bald werde ich dich wieder um deine Hand bitten, und dann erwarte ich eine andere Antwort.«

Sheena schaute dem hochgewachsenen Mann nach, als er davonging, und sie fing am ganzen Körper zu zittern an. Natürlich würde sie ihren Vetter einem barbarischen Hochländer vorziehen, obwohl ihr William in tiefster Seele zuwider war. O Gott, wollte ihr Vater sie wirklich ins Unglück stürzen und zwingen, den grausamen Feind zu heiraten? Nein, das würde er niemals tun – nicht einmal, um die Fehde zu beenden. Dugald liebte sie, und er wußte genauso gut wie alle Tiefländer, daß MacKinnion ein unzivilisierter Rohling war. Er hatte die Geschichten gehört, die man sich über James MacKinnion erzählte – gräßliche Geschichten. Der Mann hatte von Kindesbeinen an getötet und Höfe geplündert. Und seine Frau war lieber gestorben, als seine Berührung zu dulden. Dugald wäre unfähig, sie solchen Qualen auszusetzen. Dazu könnte ihn William niemals überreden.

Sheena verließ die Zinnen und machte sich auf die Suche nach Niall. Er würde sie trösten – aber auch er konnte ihr Problem nicht lösen. Sie mußte irgend jemanden heiraten, so bald wie möglich.

4

AUGUST 1541, ANGUSSHIRE, SCHOTTLAND

Sheena erwachte in der stillen Stunde kurz vor Tagesanbruch. In wenigen Minuten hatte sie ihr dichtes langes Haar geflochten und sich mit kurzer Jacke, Kilt und Tartan als junger Bursche verkleidet. Eine Kerze in der einen Hand und ein kleines Bündel in der anderen, schlüpfte sie aus der winzigen Kammer, die sie bewohnte, seit ihr die Schwestern fremd geworden waren. Jetzt ertrug sie es nicht mehr, das größere, viel behaglichere Schlafzimmer mit den drei Mädchen zu teilen.

Am Ende eines schmalen Korridors führten fünf Stufen zu Nialls Kammer hinauf. Im Tower Esk gab es mehrere Stockwerke, viele kleine Zimmer und gemütliche Stübchen. Außer der Halle im Erdgeschoß sowie den darunterliegenden Vorratskammern und Verliesen waren nur wenige größere Räume im Turm zu finden.

Sheenas Heim zählte zu den neueren Turmhäusern, die in zunehmendem Maße die großen Schlösser des Tieflands ersetzten. Tower Esk, nur ein Jahrhundert alt, war eher eine Familienburg als eine feudale Festung – ein schlichter Bau mit Schießscharten an der Brustwehr und Balustraden an den Galerien. Fünf Stockwerke hoch und höher als breit, war das Turmhaus nicht so uneinnehmbar wie ein Schloß. Trotzdem bot es seinen Bewohnern genügend Möglichkeiten, sich zu verteidigen.

Sheena war an der stets umstrittenen Grenze zwischen den Tief- und Hochlanden aufgewachsen. Zwischen beiden Bereichen bestanden deutliche Unterschiede in Sprache und Kultur, und die Fergussons verkörperten eine Mischung aus beiden

Volksstämmen. Die Bergschotten waren unzivilisierte Leute, die Gälisch sprachen und vielleicht eine Kirche pro Gemeinde hatten, manchmal nicht einmal das. Sie kannten keine Gottesfurcht und liebten den Krieg wie kein anderes Volk.

Die Tiefländer waren zivilisierter, weil sie den Engländern näherstanden. In ihrem Gebiet gab es zahlreiche königliche Schlösser und Abteien. Und da sie viel gläubiger waren als die Hochländer, besaßen sie Kirchen im Überfluß. Allerdings ließ die Frömmigkeit mehrerer katholischer Priester und Mönche zu wünschen übrig, da sie ihre Ämter zumeist geerbt hatten.

Die Fergussons versuchten ein Gleichgewicht zwischen beiden Kulturkreisen zu halten. Sie sprachen Englisch, weil sie als Tiefländer galten. Doch sie beherrschten auch Gälisch, da sie vor Jahrhunderten aus dem Hochland gekommen waren. Sie hatten weniger mit den Engländern und deren Königtum zu schaffen als die echten Tiefländer, und es war unwahrscheinlich, daß sie die alte Sprache ebenso leicht vergessen würden wie letztere. Sicher, sie kleideten sich nach der englischen Mode, und Sheena hatte sogar eine Tante, die als Nonne in Aberdeen lebte, aber sie waren nicht besonders religiös und gingen höchstens einmal im Monat zur Kirche.

Es war nicht angenehm, in der Mitte zwischen zwei Einflußbereichen zu stehen – ein kleiner Clan, der stets von größeren behelligt wurde und zur Zeit mit einem mächtigen Hochländer kämpfen mußte. Die Tiefländer in südlicheren Gefilden führten ein vergleichsweise friedliches Leben. Nicht so die Fergussons. Sheena verstand nur zu gut, daß ihr Vater seine Hoffnung auf Bündnisse setzte und seine Töchter zu solchen Zwecken heranziehen wollte.

Sie öffnete die Tür zum Zimmer ihres Bruders und sah, daß er immer noch im tiefen Schlaf lag. Diesen Zustand beendete sie, indem sie ihn heftig an der Schulter rüttelte. Als Niall die Augen öffnete und Sheena in ihrer Verkleidung erblickte, vergrub er stöhnend den Kopf unter der Decke. So hätte sie sich niemals angezogen, würde sie nicht beabsichtigen, den Turm zu verlassen.

»Komm schon, Niall!« Sie schüttelte ihn noch einmal.

»Nein!«

»Vor Sonnenaufgang sind wir wieder zu Hause.« Erbarmungslos riß sie ihm die Decke weg. »Oder willst du, daß ich allein gehe?«

Diesen entschlossenen Tonfall kannte Niall zur Genüge. »Damit handeln wir uns nur Prügel ein.«

»Unsinn! Niemand wird das merken.«

»Dein Plan gefällt mir nicht, Sheena. Um mich selber habe ich keine Angst – aber um dich. Es ist viel zu gefährlich, den Turm zu verlassen. Wenn dieser ...«

»Sprich seinen Namen nicht aus!« unterbrach sie ihren Bruder erbost. »Ich habe es endgültig satt, diesen verfluchten Namen zu hören!«

»Das ändert nichts an den Tatsachen, Sheena. In den drei Monaten, seit er den Waffenstillstand gebrochen hat, ist er fünfmal über uns hergefallen. Er reitet durch unser Land, als würde es ihm gehören. Wie könnte ich dich beschützen, wenn er uns im Moor angreift?«

»Davor brauchen wir uns nicht zu fürchten, Niall, das weißt du ganz genau. Um diese frühe Stunde läßt er uns in Ruhe. Er wartet, bis der helle Sonnenschein auf seine schmutzigen Taten herabscheint, damit man ihn mit niemandem verwechseln kann.«

»Und wenn er seine Taktik ändert?«

Verächtlich schüttelte Sheena den Kopf. »Er ist viel zu selbstgefällig, um uns mit neuen Finten zu überraschen. Zieh dich endlich an – und beeil dich! Heute bewacht der alte Willie das Tor. Der ist blind wie eine Fledermaus und wird nicht einmal den Kopf heben, wenn wir an ihm vorbeischleichen.«

Wenige Minuten später rannten zwei kleine Gestalten über das Moor. Zu Pferde hätten sie eine Menge Zeit gespart, aber es wäre ihnen niemals gelungen, die Tiere aus dem Turm zu schmuggeln. Ein Spähtrupp, der unerwartet aufgetaucht war, hatte ihren Aufbruch verzögert. Die fünf Männer konnten nicht viel ausrichten, falls eine MacKinnion-Bande auf der Bildfläche erschien. Doch es war immer noch besser, von kampfunfähigen Spähern gewarnt zu werden als gar nicht. Seit einiger Zeit wuchs die Bedeutung solcher Warnungen, denn Dugald fürchtete mehr und mehr, daß seine Gegner den Turm überfallen würden – nicht nur die Pachthöfe.

Obwohl sich der Himmel schon rosa färbte und Sheena nicht lange in ihrem kleinen bewaldeten Tal bleiben konnte, ließ sie den Mut nicht sinken. Heute war Badetag, und es bereitete ihr ein boshaftes Vergnügen, die sittliche Entrüstung ihrer Schwestern hervorzurufen, indem sie nicht mit ihnen badete. Niemals würden sie erraten, daß sie das schon getan hatte. Dies war nur einer der kleinen Streiche, die sie ihnen spielte, um sich für die ständigen Nörgeleien zu rächen. Vor allem Margaret war stets bemüht, ihr hemmungslose Wildheit und mangelndes Verantwortungsbewußtsein vorzuwerfen. Andauernd klagte sie ihrem Vater, daß sich kein Mann mit Sheena abgeben würde, weil diese viel zu schlampig, respektlos und dreist wäre.

Der Vater kannte sie besser. Sie war nicht wild und keineswegs schlampig, aber sie schwamm und ritt mit wahrer Leidenschaft. Das wußte er, und deshalb hatte er ihr verboten, den Turm zu verlassen. Daß sie ein bißchen respektlos war, mußte sie zugeben. Doch sie wagte Dugald nur zu widersprechen, wenn ihr Zorn geweckt wurde.

Sheena seufzte. In letzter Zeit hatte sie oft mit ihm gestritten, besonders im letzten Monat, wo er die Hoffnung aufgegeben hatte, daß sie sich einen künftigen Ehemann aussuchen würde. Er hatte an ihrer Stelle eine Wahl getroffen, was ihr wenigstens den Vorteil einbrachte, daß William aus dem Rennen war.

»Möchtest du diesmal mit mir baden, Kleiner?« fragte Sheena, als sie mit ihrem Bruder die hohe Uferböschung des kleinen Teichs erreicht hatte. »Das Wasser ist sicher wärmer geworden. Oh, es sieht so einladend aus!«

»Und wer soll auf dich aufpassen?« Niall schüttelte den Kopf und setzte sich auf seinen Lieblingsfelsen. Von hier aus konnte er das ganze Moor auf dieser Seite der Talsenke überblicken.

»Du warst in diesem Sommer noch kein einziges Mal schwimmen, und ich weiß, daß du das ebenso gern tust wie ich. Im Frühling sagtest du, das Wasser wäre zu kalt, und dann fingen die Schwierigkeiten an.«

»Wir hätten nicht herkommen dürfen, Sheena«, erwiderte er.

Sie lachte über seine strenge Miene. »Du machst dir viel zuviele Sorgen, mein Lieber. Wo ist deine Abenteuerlust geblieben? In diesem Jahr hast du mich noch kein einziges Mal gebeten, mit dir zu fischen oder Moorhühner zu jagen.«

»Nicht, weil ich keinen Spaß dran hätte …«

»Ich weiß – die MacKinnions …« Seufzend trat sie hinter ihn, um sich auszuziehen. »Sie verderben uns den ganzen Sommer. Bald wird es zu kalt sein, um im Teich zu baden. In den letzten Monaten war ich nur viermal hier statt zweimal wöchentlich. Demnächst muß ich heiraten … Wo werde ich dann schwimmen?«

»Ich bezweifle, daß dir MacDonough dieses Vergnügen gestatten wird, Sheena«, bemerkte Niall, der sich wieder einmal in einer reifen, vernünftigen Phase befand.

»Sag das bloß nicht, kleiner Bruder, sonst werde ich ihm noch in der allerletzten Minute einen Korb geben!« drohte sie mit scharfer Stimme.

Sie tauchte im kristallklaren Wasser unter und kam gerade rechtzeitig wieder an die Oberfläche, um Nialls Antwort zu hören: »Du mußt ihn heiraten, Sheena. Oder hast du eine andere Wahl?«

Sie runzelte die Stirn. Was sollte sie darauf erwidern? Ihr Vater war fest entschlossen, sie mit Alasdair MacDonough zu vermählen. Diese Verbindung entzückte ihn, denn die MacDonoughs waren zwischen dem Fergusson- und dem MacKinnion-Gebiet zu Hause, lebten in Frieden mit den MacKinnions und würden ihm helfen, die Fehde zu beenden.

Am Verlobungstag hatte sie Alasdair zum erstenmal gesehen, und so wußte sie nicht viel über ihn. Er bot einen angenehmen Anblick und war bei weitem nicht so alt wie William – wenn auch nicht so jung, wie sie es gern hätte. Immerhin zählte er schon dreiunddreißig Jahre. Ihr Vater wollte sie zweifellos besänftigen, indem er ihr einen jungen, ansehnlichen Ehemann verschaffte. Dessen war sie sicher – und sie wußte ebensogut, daß er MacDonoughs anmaßendes Wesen nicht bemerkt hatte. Ihr war es nicht entgangen, wie selbstsüchtig er war. Wahrscheinlich würde er ihr alles untersagen, was ihr Freude machte und in seinem dünkelhaften Stolz erwarten, daß sie seine Anweisungen befolgte.

»Es ist gar nicht nett von dir, daß du mich an mein Unglück erinnerst, Naill Fergusson!« rief sie gekränkt. »Verstehst du überhaupt, wie mir zumute ist? Von dir wird niemand verlangen, einen wildfremden Menschen zu heiraten!«

»Das nicht – aber Vater hat angekündigt, daß er mich an einen englischen Hof schicken wird, wenn ich ihn das nächstemal ärgere. Er meint, daß ich mittlerweile zu alt bin, um dumme Streiche auszuhecken und die Gesetze zu verletzen.«

»Ja, damit hat er völlig recht.«

»Und was mache ich *hier* – falls diese Frage erlaubt ist?«

»Du beschützt mich, so wie ich dich beschützen werde, sollte er uns hinter die Schliche kommen. Reg dich nicht auf, Niall. Wegen so einer harmlosen Verfehlung wird er dich bestimmt nicht wegschicken.«

»Ich finde es keineswegs harmlos, daß du dein Leben aufs Spiel setzt, Sheena. Beeil dich!«

Er warf ihr die Seife zu, und nach diesem Wink mit dem Zaunpfahl sah sie ein, daß sie nicht so lange schwimmen durfte, wie sie wollte. Sie begann sich zu waschen und bereute ihre Rücksichtslosigkeit. Niall wäre zutiefst verzweifelt, wenn man ihn an einen Hof voller Fremder schicken würde – noch dazu voller englischer Fremder. Das wußte sie und riskierte trotzdem den Zorn des Vaters – um ihres eigenen Vergnügens willen. Wie egoistisch sie war ...! Niall begleitete sie in dieses Tal, weil er sie liebte. Wenn er deshalb in Schwierigkeiten geriet, würde sie sich das nie verzeihen.

»Ich werde es wiedergutmachen, Niall. Wenn du das nächstemal Ärger hast, nehme ich's auf meine Kappe. Das habe ich schon oft getan, erinnerst du dich?«

»Ja, ich weiß.«

»Was kann mir Vater schon anhaben – wo ich doch ohnehin in zwei Monaten heiraten werde?«

»Vielleicht kriegst du die Peitsche zu spüren.«

»Niemals! Dafür bin ich schon zu alt. Jedenfalls brauchst du dir keine Sorgen zu machen. Er wird dich nicht wegschicken. Aber wenn ich mal verheiratet bin, mußt du allein zurechtkommen.«

»Vater hat versprochen, daß ich dann an den Plünderzügen teilnehmen darf. Und das dürfte meine Abenteuerlust so befriedigen, daß mir die Lust an dummen Streichen vergehen wird.«

»Das hört sich ja so an, als würdest du dich auf diese Überfälle freuen!« rief Sheena erschrocken.

»Ja – auf die Kämpfe mit den MacKinnions! Ich würde alles drum geben, wenn ich mich mit dem Laird höchstpersönlich messen könnte.«

Sie schnappte nach Luft. »Bist du wahnsinnig, Niall? Er ist abgrundtief böse und wird dir den Kopf abschlagen ...«

»Ich glaube kein Wort von diesen Gerüchten.«

»Er ist ein gemeiner Mörder und Dieb! Hast du vergessen, daß in den letzten Monaten sechs von unseren Clansmännern sterben mußten?«

»Und von seinen Leuten sind vermutlich genauso viele umgekommen, nachdem es Vaters Ehrenpflicht war, einen Gegenangriff zu führen. Jedenfalls kannst du nicht leugnen, daß MacKinnion tapfer ist, Sheena, der tapferste Mann, den wir kennen.«

»Ich gebe zu, daß er dreist und tollkühn ist – aber du brauchst ihn nicht zu loben.«

»Ich achte seinen Mut.«

»Tu das – und bete darum, daß du ihm niemals gegenüberstehen wirst, sonst kannst du ihn vom Sarg aus bewundern.«

Sheena beendete ihr Bad, stieg aus dem Teich und wand das Wasser aus ihrem Haar, um es zu flechten. Als sie sich anzog, verdarb Niall ihr den schönen Morgen mit der Ankündigung: »Heute kommt William zurück.«

Sie schloß gequält die Augen. »Bist du sicher?«

»O ja.«

»Dann mußt du stets in meiner Nähe bleiben, Niall. Bitte! Wenn er mich allein antrifft, wird er mich wieder mit seinen Drohungen heimsuchen.«

»Es ist dir doch ohnehin gelungen, ihm aus dem Weg zu gehen, nachdem er dir eine Ehe mit MacKinnion in Aussicht gestellt hat.«

Sie nickte. »Und Vater hat sich glücklicherweise für MacDonough entschieden, während Willie verreist war, und die Hochzeit bereits in die Wege geleitet.«

»Also bist du mit Sir Alasdair einverstanden?«

»Der ist das kleinere Übel – wenn ich bedenke, daß Vater mich womöglich mit William verheiratet hätte. Aber noch bin ich ledig«, betonte Sheena, »und unser Vetter wird genug Zeit finden, um uns Ärger zu machen. Ich fürchte, er wird schrecklich verbittert sein und auf Rache sinnen.«

»Das solltest du mit Vater besprechen.«

Sie schüttelte den Kopf. »William würde alles abstreiten und behaupten, ich wollte ihm irgendwelche Kränkungen heimzahlen, die ich mir nur eingebildet hätte. Vater würde ihm vermutlich glauben, weil er weiß, wie sehr ich diesen Menschen verachte. Und er vertraut ihm. William war nun mal Mutters Lieblingsvetter ...«

Sheena hätte sich am liebsten die Zunge abgebissen. Warum hatte sie die Mutter erwähnt, die ein paar Tage nach Nialls Geburt gestorben war? Dummerweise gab er sich die Schuld daran und war todunglücklich, wann immer von ihr gesprochen wurde. Sheena, der Stolz und die Freude ihres Vaters, hatte ihrer Mutter nie besonders nahegestanden. Aber Niall hatte sie gar nicht gekannt.

»Tut mir leid«, sagte sie zerknirscht. »Komm, gehen wir nach Hause, bevor die Sonne noch höher steigt.«

Sie waren gerade unbemerkt in den Turm zurückgekehrt und nach hinten zu den Küchenräumen gelaufen, als ein Tumult ausbrach. Der Spähtrupp hatte in wildem Galopp einen bewußtlosen Gefangenen nach Tower Esk gebracht. Und die Nachricht, daß der Mann ein MacKinnion war, verbreitete sich wie ein Lauffeuer im Haus Fergusson.

An diesem Abend sonnte sich Dugald im Glanz seines Erfolges. In seinem Verlies lag ein MacKinnion, den die Gegner freikaufen konnten – mit dem Fergusson-Vieh, das sie in diesem Sommer gestohlen hatten. Gerade zur rechten Zeit, bevor der

Markt begann ... Vielleicht würde dieses Jahr doch noch ein gedeihliches Ende finden.

Die Möglichkeit, den wehrlosen Feind zu töten, wurde keine Sekunde lang erwogen. Das wäre reiner Selbstmord gewesen, denn damit hätten sich die Fergussons den ganzen MacKinnion-Cian auf den Hals geladen. Einen Mann im fairen Kampf zu töten galt als ehrbar. Um so verwerflicher war es, einen Gefangenen umzubringen.

Sheena ging zu Bett, ohne einen Gedanken an den Mann im Verlies zu verschwenden. Statt dessen sann sie auf Mittel und Wege, ihrem Vetter William MacAfee zu entrinnen, während er als Gast im Turm wohnte.

Und Niall verbrachte eine schlaflose Nacht, denn er konnte an nichts anderes denken als an den Mann im Verlies. Ein MacKinnion! Ein richtiger, lebendiger MacKinnion!

5

James MacKinnion erwachte mit einem schrecklichen Brummschädel und betastete eine große Beule an seinem Hinterkopf. Als er die Augen öffnete, sah er nur pechschwarze Finsternis und beschloß, sie wieder zuzumachen, um seine Schmerzen zu lindern. Vorläufig fand er es viel zu anstrengend, sich zu fragen, wo er sein mochte und ob er womöglich erblindet war. Doch das Pochen in seinem Kopf war so qualvoll, daß er nicht mehr einschlafen konnte. Langsam begann er, gewisse Einzelheiten seiner Umgebung wahrzunehmen.

Die Kälte an seiner Wange ließ auf festgestampfte Erde schließen, die Luft roch dumpf und feucht. Das Prickeln auf seinen nackten Knien könnte von Wanzen herrühren – oder von noch schlimmeren Geschöpfen. Er setzte sich auf, um das Ungeziefer zu verscheuchen, doch die Bewegung jagte eine heftige Schmerzwelle durch seinen Kopf, und er legte sich vorsichtig wieder auf den Boden.

Allmählich beunruhigte es ihn, daß er nicht wußte, wo er

sich befand. Das letzte, woran er sich erinnern konnte, war der Fergusson-Trupp, der ihn plötzlich überwältigt hatte – wie ein Blitz aus heiterem Himmel. Natürlich mußte er sich eingestehen, daß er nicht auf seine Rückendeckung geachtet, sondern auf den Teich gestarrt hatte – um wie ein Narr auf das schönen Mädchen zu warten, das seit jenem Morgen seine Gedanken und Träume beherrschte. Wäre er nicht vom Pferd gestiegen und wie ein Schlafwandler zum Ufer geschlichen, hätten sie ihn niemals umzingelt und über den Schädel geschlagen, bevor er sein Schwert ziehen konnte.

Er war also gefangengenommen worden. Jetzt wußte er, warum es hier so muffig und feucht roch. Er lag in einem Verlies, zweifellos im Tower Esk. Jamie mußte beinahe lachen. Nun erlitt er die verdiente Strafe für seine Dummheit. Wie ein liebeskranker Jüngling war er während der letzten Monate ein dutzendmal in die Talsenke geritten – in der Hoffnung, die schöne Nixe nur noch ein einziges Mal zu sehen und herauszufinden, wie sie hieß. Aber sie hatte sich nie mehr blicken lassen. Zweifellos stimmte seine Vermutung, daß sie eine Bettlerin auf der Wanderschaft war. Er würde sie nie wieder zu Gesicht bekommen.

Wie schon so oft, war er auch diesmal allein zum Teich geritten.

Nicht einmal sein Bruder wußte, welche Richtung er eingeschlagen hatte. Wie tief ihn das fremde Mädchen beeindruckte, war sein Geheimnis, denn es hatte ihm widerstrebt, sich irgend jemandem anzuvertrauen. Also würden einige Tage verstreichen, bevor sein Bruder anfing, sich Sorgen zu machen. Und auch dann würde niemand erraten, daß er in einem Fergusson-Verlies lag.

Wie lange würde er hier schmachten müssen, bevor ihm der alte Dugald die Freiheit wiederschenkte? Jamie bezweifelte nicht, daß man ihn laufenlassen würde. Dugald konnte es sich unmöglich leisten, einen MacKinnion gefangenzuhalten. Selbst wenn er erfuhr, wer Jamie war, würde er ihn aus diesem finsteren Loch holen müssen.

Holz knarrte über seinem Kopf und riß ihn aus seinen Betrachtungen. Die Falltür hatte sich geöffnet. Wenn er das nicht klar und deutlich gehört hätte, wären ihm ernsthafte Zweifel an seinem Verstand gekommen, als eine hohe Koboldstimme wisperte: »Seid Ihr wirklich ein MacKinnion?«

Es war eine körperlose Stimme. Ringsum herrschte immer noch schwarzes Dunkel. Kalte, frische Luft wehte zu Jamie herab, die er erleichtert in seine Lungen sog, bevor er entgegnete: »Ich weigere mich, mit jemandem zu reden, den ich nicht sehe.«

»Ich wage es nicht, ein Licht herunterzubringen. Man könnte mich erwischen.«

Offenbar war es ein Kind, das über der Falltür kauerte.

»Nun, dann solltest du lieber wieder verschwinden. Es wäre gar nicht gut, wenn man dich im traulichen Gespräch mit einem MacKinnion ertappt.«

»Also seid Ihr wirklich einer?«

Jamie gab keine Antwort. Die Falltür wurde rasch geschlossen und öffnete sich wenige Minuten später wieder. Ein kleiner runder Kopf mit dichtem, dunkelrotem Haar spähte durch den schmalen Spalt. Das schwache Licht einer Kerze schien in das Verlies herab, und Jamie stellte fest, daß er in einem tiefen Erdloch lag, das etwa zwei Meter im Durchmesser maß. An den Wänden hätte er vielleicht hochklettern können, doch die kleine Falltür war in die Mitte der Holzdecke eingelassen, und selbst wenn er sie erreichen sollte, würde sie zweifellos von außen verriegelt sein.

Jamie hatte solche Verliese schon mehrmals gesehen. Sie waren äußerst praktisch, weil man keine Wächter vor den Eingängen postieren mußte und die Gefangenen unmöglich entkommen konnten. Er hätte einen Kerker mit Steinwänden bevorzugt. Dann wäre die Luft nicht so stickig gewesen, und er hätte zumindest ein bißchen Licht gehabt.

»Ihr habt Euer Essen stehenlassen.«

Jamie setzte sich langsam auf, lehnte sich an die Wand und preßte die Hände an seinen schmerzenden Kopf. »Ich habe kein Essen gesehen.«

»In dem Sack – gleich neben Euch. Sie haben es einfach runtergeworfen. Es ist eingepackt, damit sich die Wanzen nicht darüber hermachen können.«

»Wie fürsorglich ...« Jamie griff nach dem Sack und öffnete ihn, um ein Stück Haferbrot und einen halben kleinen Birkhahn herauszunehmen – eine anständige Mahlzeit für einen Bauern, aber er war etwas Besseres gewöhnt. »Wenn das alles ist, was die Gefangenen hier bekommen, werde ich wohl fliehen müssen, um was Ordentliches zwischen die Zähne zu kriegen.«

»Ihr seid kein Hausgast«, erwiderte der Junge kühl.

»Aber man wird mich als solchen behandeln, um mich bei Laune zu halten«, erklärte Jamie in beiläufigem Ton. »Ich kann dir versichern, daß mein Zorn dem alten Dugald höchst unangenehm wäre.«

»Wer seid Ihr denn – daß Ihr von Eurer Rache zu sprechen wagt, obwohl Ihr da unten festsitzt?«

»Und wer bist du?«

»Niall Fergusson – Dugalds Sohn.«

»Oh, der junge Laird!« Jamie war überrascht. »So ein winziges Bürschchen ...«

»Ich bin dreizehn!« stieß Niall ärgerlich hervor.

»Oh – schon so alt? Ja, ich habe gehört, wie oft Fergusson sein Glück versuchen mußte, bis du endlich ankamst.« Jamie lachte, dann stöhnte er auf, als sich das qualvolle Pochen in seinem Kopf verstärkte.

»Seid Ihr verletzt?« erkundigte sich Niall mit echter Besorgnis.

»Ich habe nur eine kleine Beule.«

Schweigend beobachtete Niall, wie der Gefangene den Vogel verzehrte. Es war ein großer, breitschultriger Mann, der da unten im Verlies saß, in einen gelbgrünen Tartan mit grauen Streifen gehüllt, mit langen, kräftigen Beinen. Sein glattes Gesicht wirkte erstaunlich jungenhaft trotz des kantigen Kinns und der schmalen Habichtsnase, und seine Züge verrieten Charakterstärke und einen eisernen Willen.

»Ihr habt goldenes Haar«, sagte Niall unvermittelt.

Jamie blickte grinsend auf. »So, ist dir das auch aufgefallen?«

»Die Leute erzählen, daß nicht viele so goldenes Haar haben wie der Laird von MacKinnion.«

»Nun ja, einige Leute in unseren Kreisen haben ihr blondes Haar von normannischen Ahnen geerbt.«

»Meint Ihr die Normannen, die mit König Edward nach Schottland kamen?«

»Ja, vor einigen Jahrhunderten. Du weißt gut Bescheid über unsere Geschichte.«

»Meine Schwester und ich hatten einen guten Lehrer.«

»Deine Schwester? Du hast doch vier.«

»Nur eine hat mit mir studiert …« Niall unterbrach sich und bereute zutiefst, daß er Sheena erwähnt hatte. Es erschien ihm beinahe wie eine Gotteslästerung, mit diesem Hochländer über seine Lieblingsschwester zu sprechen. Er hätte gar nicht herkommen dürfen. Wenn man ihn hier fand, konnte ihm nur noch der Himmel helfen. Aber wie hätte er seine brennende Neugier bezähmen sollen? »Kennt Ihr den Laird von MacKinnion gut?« fragte er den Gefangenen.

Jamie lächelte. »Ich kenne ihn besser als sonst jemand.«

»Dann seid Ihr sein Bruder?«

»Nein. Warum interessierst du dich für ihn?«

»Weil alle von ihm reden. Angeblich gibt es keinen kühneren Mann.«

»Er wird sich freuen, wenn er das hört.«

»Ist er wirklich so hundsgemein?«

Jamie runzelte die Stirn. »Wer sagt das?«

»Meine Schwester.«

»Deine Schwester kennt ihn nicht.«

»Immerhin hat sie mehr Geschichten über ihn gehört als ich.«

»… die sie dir natürlich brühwarm erzählen mußte!«

»O nein. Sie wollte mir keine Angst einjagen.«

»Ha! Offensichtlich hat sie eine verdammt schlechte Meinung von mir! Und welche Schwester ist das?«

Niall antwortete nicht. Mit großen Augen starrte er den Mann an, der sich soeben versprochen und das noch gar nicht wahrgenommen hatte. »Ihr seid es!« keuchte er. »Ihr seid James MacKinnion! Und mein Vater hat keine Ahnung …«

Jamie unterdrückte einen Fluch. »Du bist verrückt, Junge.«

»Nein! Ich habe deutlich gehört, was Ihr sagtet. ›Offensichtlich hat sie eine verdammt schlechte Meinung von *mir*!‹ Genau
das waren Eure Worte! Ihr seid der Laird von MacKinnion!«

»Hm ... Weißt du, was dein Vater mit mir vorhat?«

»Ihr sollt Euch freikaufen.«

»Und was würde er mit mir machen, wenn er glauben müßte, daß ich der Anführer seiner Feinde bin?«

»Wahrscheinlich würde er Euch laufenlassen, ohne Forderungen zu stellen. Wäre Euch das lieber?«

Zu Nialls Erstaunen schüttelte Jamie den Kopf. »Ich bin keineswegs stolz darauf, daß man mich so überrumpelt hat, und
ich will mir das spöttische Gelächter deines Vaters nicht anhören. Es ist schon schlimm genug, wie sie sich alle über mich lustig machen werden, wenn ich wieder daheim bin.«

»Ihr braucht Euch nicht zu schämen. Fünf Mann gegen einen ...«

»Fünf Mann, die keine Gegner für mich gewesen wären, hätte ich auf meinem Pferd gesessen und sie kommen sehen.«

»Wieso habt Ihr die nicht gesehen – da draußen im Moor?«

»Ich war nicht im Moor, sondern in einem Wäldchen.«

Nialls Atem stockte. Auf dem Fergusson-Gebiet gab es nur
ein einziges Wäldchen. Und die Bäume umstanden den Teich,
in dem Sheena so gern badete.

»Warum wart Ihr dort?«

Jamie bemerkte den veränderten Tonfall des Jungen nicht.
»Das muß ich dir verschweigen, denn es macht mir nur noch
mehr Schande.«

»Ihr werdet es mir sagen – wenn ich vergessen soll, daß Ihr
der Laird von MacKinnion seid.«

Jamie verschwendete keine Zeit. »Du würdest mich nicht
verraten? Gibst du mir dein Wort?«

»Ja.«

»Also gut, ich will es dir anvertrauen – obwohl ich bezweifle,
daß du Verständnis für meine Dummheit aufbringen wirst. Ich
war in diesem Wäldchen, um nach einer junge Frau Ausschau
zu halten, die dort einmal gebadet hat – in einem kleinen Teich.
Dabei habe ich sie heimlich beobachtet.«

Das Blut stieg in Nialls Wangen. Dieser Mann hatte seine Schwester angestarrt ... Sie würde sich schrecklich schämen, wenn sie das wüßte ... »Wann war sie dort?«

»Im Frühling.«

»Und heute morgen? Habt Ihr sie da auch gesehen?«

»Nein.« Jamie beugte sich hoffnungsvoll vor. »Kennst du sie? Ich dachte, sie könnte eine Bettlerin sein, die inzwischen weitergezogen ist.«

»Keine Fergusson wäre dumm genug, in diesem Teich zu baden«, log Niall mit kühler Stimme. »Ja, vermutlich ist sie längst über alle Berge.«

»Ich habe auch gar nicht erwartet, daß ich sie wiedersehen würde«, sagte Jamie wehmütig, »aber ich hab's gehofft.«

»Und was hättet Ihr getan, wenn sie noch einmal aufgetaucht wäre?«

Jamie grinste. »Wenn du ein bißchen älter wärst, würdest du's wissen.«

»Meine Schwester hat völlig recht, James MacKinnion!« fauchte Niall wütend. »Ihr seid ein niederträchtiger Rohling, und ich werde kein Wort mehr mit Euch reden!«

Jamie zuckte mit den Schultern. Niall Fergusson war zu jung, um die Wünsche eines Mannes zu hegen, deshalb konnte er sie auch nicht verstehen. »Wie du meinst ... Wirst du dein Versprechen trotzdem erfüllen?«

»Natürlich. Ich habe noch nie mein Wort gebrochen.«

Als die Falltür geschlossen und der Riegel vorgeschoben wurde, bereute Jamie, daß er den Jungen geneckt hatte. Nialls Besuch war eine erfreuliche Abwechslung in seiner Gefangenschaft gewesen. Nun würde er eine ganze Weile auf Gesellschaft verzichten müssen.

Niall kehrte in sein Zimmer zurück und fand noch immer keinen Schlaf. Allmählich ließ sein Zorn nach, und er konnte wieder etwas klarer denken.

Der Laird von MacKinnion saß in Dugald Fergussons Verlies! Niall wußte, wie schwer es ihm fallen würde, diese Neuigkeit für sich zu behalten. Und wie sollte er die Tatsache verkraften, daß dieser Mann – noch dazu der schlimmste Feind des Fergusson-Clans – seine Schwester in ihrer ganzen Schönheit gesehen hatte? Nun, daran ließ sich nichts mehr ändern. Aber in Zukunft würde er Sheena nicht mehr erlauben, nackt in diesem Teich zu schwimmen.

Niall hatte nur zu gut begriffen, daß James MacKinnion seine Schwester begehrte und sie wahrscheinlich vergewaltigt hätte, wenn er ihr ein zweitesmal im Wäldchen begegnet wäre. Vor diesem starken, großen Mann hätte er sie nicht beschützen können. Glücklicherweise war es dazu nicht gekommen. Der Laird von MacKinnion mußte nur wenige Minuten, nachdem Sheena ihr Bad beendet hatte und mit ihrem Bruder nach Hause gelaufen war, am Teich eingetroffen sein.

Er durfte niemals erfahren, daß die junge Frau, die seine Sinne reizte, Sheena Fergusson hieß.

6

Sheena saß im Nähzimmer. Sie trug eines ihrer schönsten Kleider, ein hellgelbes Gewand, das einen lebhaften Gegensatz zu ihrem offenen dunkelroten Haar bildete. Unterstützt von zwei Dienerinnen stichelte sie todunglücklich an ihrem Brautkleid aus Samt und Seide in zwei verschiedenen Blautönen. Die dunklere Farbe paßte genau zu ihren Augen. So prachtvoll das Kleid auch war – sie fand keine Freude daran, denn wenn sie es anzog, würde sie sich an einen Fremden binden und ihr Zuhause verlassen müssen.

Im Nähzimmer konnte sie sich genauso gut verkriechen wie anderswo. Die Schwestern grollten ihr trotz der bevorstehenden Hochzeit noch immer – und sie wollte nicht von ihnen belästigt werden. Vor allem Margaret warf ihr vor, daß sie so lange auf ihre Trauung mit Gilbert MacGuire warten mußte. Und alle drei hatten sich stets geärgert, weil Sheena ihrem gutaussehenden Vater glich. Obwohl er sich seinem fünfzigsten Lebensjahr näherte, besaß er immer noch genauso dichtes dunkelrotes

Haar wie sie. Nur an den Schläfen war es von weißen Strähnen durchzogen. Und seine Augen leuchteten so klar und tiefblau wie die ihren.

Die Mutter war eher unscheinbar gewesen, und die anderen Fergusson-Töchter sahen ihr alle ähnlich. Elspeth konnte immerhin mit den blauen Augen des Vaters und einem rötlichen Schimmer im braunen Haar aufwarten. Aber Margaret und Fiona hatten die glanzlosen, wasserblauen Augen der Mutter und deren langweiliges braunes Haar geerbt. Sheena hatte sich oft gewünscht, wie ihre Schwestern auszuschauen. Manchmal war es geradezu eine Strafe, schön zu sein.

Die Abneigung zwischen der Ältesten und den jüngeren Mädchen grenzte an Haß, doch das störte Sheena nicht sonderlich. Sie hatte sich nie mit ihnen verstanden. Als Erstgeborene war sie von ihrem Vater in Dingen unterrichtet worden, die er ihr niemals beigebracht hätte, wäre Niall früher auf die Welt gekommen. Dugald war mit ihr fischen und jagen gegangen. Und er hatte ihr nach Fionas Geburt, als der ersehnte Stammhalter erneut ausgeblieben war, ein Pony geschenkt. Ihre zimperlichen Schwestern, die sich eng an die Mutter angeschlossen hatten, waren ihr stets gleichgültig gewesen. Und im Lauf der Jahre hatte sich die Kluft zwischen ihnen vertieft.

Aber Sheena saß nicht nur im Nähzimmer, um ihren Schwestern zu entrinnen, sondern vor allem, weil William MacAfee hier zu allerletzt nach ihr suchen würde. Sie wußte immer noch nicht genau, warum sie ihn nicht mochte – vielleicht lag es an der subtilen Grausamkeit in seinen Augen, die ihr schon als Kind aufgefallen war.

Seit ihrem zwölften Lebensjahr hatte er sich für sie interessiert und sie immer wieder beiseite genommen, um mit ihr zu reden, zu schimpfen oder sie von Niall fernzuhalten. Als sie sechzehn geworden war, hatte er ihr zum erstenmal einen Heiratsantrag gemacht. Damals war sie ebenso angewidert und verängstigt gewesen wie jetzt. Sein Einfluß auf ihren Vater war viel zu groß. Aber sobald Dugald eine Entscheidung getroffen hatte, ließ er sich nur selten umstimmen. Das war ein Nachteil für William, weil der Laird beschlossen hatte, seine Älteste mit

MacDonough zu verheiraten. Andererseits könnte er seine Pläne ändern, wenn William überzeugend genug auf ihn einredete. So sehr ihr die Verbindung mit Alasdair MacDonough auch widerstrebte – sie sehnte den Hochzeitstag herbei, denn bis dahin mußte sie ihren Vetter fürchten.

Ihr Vater und William saßen gerade unten in der Halle und besprachen, wie man an die MacKinnions herantreten sollte, um den Preis für die Freilassung des Gefangenen auszuhandeln. Sheena hoffte, daß Niall diese Unterredung mitanhörte und ihr später Bericht erstatten würde.

Als hätten ihre Gedanken ihn herbeigeholt, stürmte ihr Bruder ins Nähzimmer. »Ah, da bist du ja! Ich habe dich überall gesucht und hätte nie erwartet, dich ausgerechnet hier zu finden.«

Sheena lächelte. »Wie du siehst, bin ich trotzdem da. Warum regst du dich denn so auf?«

Niall warf einen Blick auf die beiden Dienerinnen, und seine Schwester schickte sie hinaus.

»Ich wollte es niemandem erzählen«, platzte er heraus, »aber ich kann es einfach nicht für mich behalten. Deshalb muß ich es dir sagen – aber nur dir!«

Sheena sah ihn belustigt an. Niall war immer noch in dem Alter, wo einem die belanglosesten Dinge schrecklich wichtig erschienen.

»Ich habe heute nacht die Falltür zum Verlies aufgemacht.«

Ihre Heiterkeit war sofort verflogen. »Das hättest du nicht tun dürfen.«

»Ich weiß, aber ich konnte nicht anders«, gestand er. »Ich mußte ihn einfach sehen.«

»Und? Hast du ihn gesehen?«

»Allerdings! Du würdest nicht glauben, wie groß und stark er ist, Sheena. Und stell dir vor, er hat von Mann zu Mann mit mir geredet!«

»Du hast mit ihm gesprochen?« flüsterte sie erschrocken.

Niall nickte. »Wir haben uns sogar ziemlich lange unterhalten. Aber das ist es nicht, was ich dir erzählen wollte. Sheena – der Gefangene in unserem Verlies ist James MacKinnion höchstpersönlich. Und er scheint genauso kühn und dreist zu sein, wie es allgemein behauptet wird.«

Sheena begann zu frösteln – und Niall lief ein noch kälterer Schauer über den Rücken, als er Margarets Stimme hinter sich hörte. »Der Laird von MacKinnion!«

Die Tür war nicht richtig geschlossen, und das Mädchen hatte gelauscht. Nun rannte es davon, wie von Furien gejagt, und Sheena rief: »Lauf ihr nach, Niall! Sie wird es Vater sagen!«

Er stürzte aus dem Zimmer, doch da eilte Margaret bereits die Treppe zur Halle hinab, und er hörte ihre schrille Stimme. Niedergeschlagen kehrte er zu seiner ältesten Schwester zurück. »Was soll ich nur tun?«

»Mach dir keine Sorgen, Kleiner. Niemand hat dir verboten, zum Verlies zu gehen. Vater wird böse sein, aber er kann dich nicht bestrafen.«

»Darum geht es nicht, Sheena. Ich habe James MacKinnion zugesichert, daß ich niemandem verraten würde, wer er ist.«

Sie ärgerte sich, weil er ein Versprechen, das er einem Mac-Kinnion gegeben hatte – mochte es auch der Laird selber sein – so wichtig nahm. »Dann hättest du mir nichts davon erzählen dürfen«, fuhr sie ihn an.

»Aber du bist doch nicht irgendwer! Du hättest sicher den Mund gehalten.«

»Nun – du siehst ja, was daraus geworden ist.« Sie freute sich, weil er sich so fest auf sie verließ. Trotzdem mußte sie ihm klarmachen, daß er viel zu unvorsichtig gehandelt hatte.

»Ich weiß.« Niall war den Tränen nahe. »Er wird mich hassen.«

»Was ist nur los mir dir, Niall?« rief sie. »Du bist ein Fergusson. Er haßt uns doch ohnehin!« Sie wandte sich ab und senkte die Stimme. »Ich wünschte nur, du hättest das Geheimnis nicht ausgeplaudert. William wird diese Situation ausnutzen und Vater in seinem Sinne beeinflussen – und was dabei herauskommen könnte, wage ich mir gar nicht vorzustellen.«

Niall fühlte sich elend. »Soll ich Vater belügen und behaupten, Margaret hätte sich verhört – oder es wäre nur ein Scherz gewesen?«

Sheena schüttelte den Kopf. »Unmöglich! Vater wird den Gefangenen zweifellos zur Rede stellen – und was willst du tun, wenn James MacKinnion die Wahrheit zugibt? Warum hat er dich überhaupt zum Schweigen verpflichtet?«

»Er schämt sich, weil er festgenommen wurde.«

»Ach, die Männer und ihre Ehrbegriffe gehen über meinen Verstand! Er soll doch froh sein, daß er bald nach Hause reiten kann! Vater wird es nicht wagen, den Laird von MacKinnion festzuhalten.«

Der Amtsmann des Fergusson-Clans kam zur Tür, um Niall mitzuteilen, daß er in der Halle erwartet wurde.

»Kommst du mit, Sheena?« flehte der Junge.

»Ja – wenn du versprichst, William nicht mit Vater allein zu lassen, nachdem ich wieder gegangen bin. Vater wird mich wegschicken, bevor sie Pläne schmieden, und ich will unbedingt wissen, wozu ihm unser werter Vetter rät. Deshalb mußt du dabeibleiben.«

»Das werde ich tun – falls ich überhaupt zuhören darf.«

Dugald Fergusson war noch erregter, als es Sheena erwartet hatte, und Williams Blick richtete sich auf sie, sobald sie die Halle betrat. Sein selbstgefälliges Lächeln verhieß nichts Gutes. Niall blieb vor seinem Vater stehen.

»Es stimmt also, daß du unten beim Verlies warst?« fragte Dugald.

»Ja.«

»Du weißt, daß du dort nichts zu suchen hattest?«

»Ja.«

»Stimmt es, was du deiner Schwester erzählt hast? James MacKinnion ist unser Gefangener?«

Niall zögerte einen Augenblick zu lange, und sein Vater verabreichte ihm eine schallende Ohrfeige. Sheena schnappte erschrocken nach Luft, stellte sich neben ihren Bruder und schrie Dugald wütend an: »Du hättest ihn nicht schlagen dürfen! Was hat er denn so Schlimmes verbrochen?«

»Er wußte, wer in unserem Verlies sitzt, und hat es mir verschwiegen.«

»Ich bin ganz sicher, daß er es dir gesagt hätte.«

»Wann? Nachdem ich Lösegeld für einen Mann verlangt hätte, den ich für einen Pächter hielt? Heilige Maria!« brüllte Dugald. »Mein Sohn hat Geheimnisse vor mir – und meine Tochter verteidigt ihn auch noch!«

»Wenn du hinuntergegangen wärst und mit dem Mann geredet hättest, wüßtest du längst, wer er ist!« stieß Sheena hervor.

Dugald starrte sie erbost an, konnte ihr aber nicht widersprechen. Außerdem verschwendete er kostbare Zeit mit diesem Gezänk. Sein Gefangener hieß James MacKinnion – bei diesem Gedanken erschauerte er. Womöglich planten die Feinde bereits einen Überfall auf Tower Esk ... »Ich muß ihn freilassen«, sagte er müde und hilflos.

»Nur nichts überstürzen!« warnte William. »Unsere Leute haben den Mann verletzt und beschämt. Das wird er nicht auf sich sitzen lassen. Wahrscheinlich überlegt er schon in diesem Augenblick, wie er Rache üben soll, sobald er frei ist.«

»Ich kann ihn unmöglich festhalten!«

»Doch, das kannst du. Ein paar Tage Gefangenschaft werden ihm nicht schaden. Du würdest Zeit gewinnen, um geeignete Maßnahmen zu treffen und dich vor einem Vergeltungsangriff zu schützen.«

»Hast du irgendwelche Vorschläge zu machen?«

»Es gibt einen Weg, die Fehde ein für allemal zu beenden.«

Sheena biß sich auf die Lippen. »Hör nicht auf ihn, Vater! Gib den Mann frei, und zum Dank dafür soll er dir schwören, daß er auf weitere Angriffe verzichten wird.«

»Das Wort eines MacKinnions ist wertlos«, wandte William tonlos ein.

»Wie willst du das wissen, Vetter?« fauchte sie ihn an.

»Schluß mit dem albernen Geschwätz!« rief Dugald ärgerlich. »Das alles braucht dich nicht zu kümmern, Sheena, also laß uns gefälligst allein!«

»Aber ...«

»Geh! Heute abend kommt dein Verlobter, um mit uns die Hochzeitsfeierlichkeiten zu besprechen. Du solltest dich auf seinen Besuch vorbereiten.« Dugald schwieg, bis sie die Halle verlassen hatte, dann wandte er sich an seinen Sohn: »Auch du wirst jetzt verschwinden, Niall. Und damit wir uns richtig verstehen – wenn du unserem Gefangenen noch einmal zu nahe kommst, wirst du die nächsten Jahre an einem englischen Hof verbringen.«

Sheena war am Treppenabsatz stehengeblieben, um auf ihren Bruder zu warten. Sie verstand nicht, was William zu ihrem Vater sagte, denn die Entfernung war zu groß. Aber sie ahnte es. »Gott helfe mir, Niall. Ich weiß nicht, was ich tun werde, wenn er mich mit James MacKinnion verheiratet.«

»Red doch nicht solchen Unsinn!« schimpfte der Junge.

»Oh, wie ich William hasse!« zischte sie. »Glaub mir, ich würde ihn umbringen, wenn ich dafür nicht in der Hölle schmoren müßte!«

»Deine Sorgen sind verfrüht. Ich bezweifle, daß Vater diesmal auf Willie hören wird. Du bist doch schon verlobt. Wenn er sein Wort bricht, das er Sir Alasdair gegeben hat, würde er eine Fehde mit den MacDonoughs heraufbeschwören.«

»Wäre das von Belang, wenn er ein Bündnis mit den MacKinnions schließen könnte?«

Niall runzelte die Stirn. »Das ist die Frage ... Trotzdem brauchst du vorerst keine Angst zu haben. Wer weiß, ob MacKinnion eine Fergusson nehmen will? Warum sollte er?«

»Genau das habe ich William auch gesagt«, entgegnete sie mutlos, »aber er behauptet, jeder Mann, der mich sieht, würde mich begehren.«

Nialls Herz wurde schwer, als er sich an sein Gespräch mit dem Gefangenen erinnerte. James MacKinnion hatte Sheena bereits gesehen, und er wollte sie haben. Der Junge verstand nur zu gut, daß sie sich vor dem wilden Hochländer fürchtete. Wenn er nur wüßte, wie er sie retten könnte ... »Er weiß nicht, daß du das Mädchen seiner Träume bist«, versuchte er sie zu trösten.

Verblüfft starrte sie ihn an. »Wie meinst du das?«

»Ich – ich meine, daß er dich nicht kennt, also kann er nicht wissen, ob er dich haben will.«

»Und wenn Vater mich zu ihm führt?«

»Ich werde dich verstecken«, schlug Niall impulsiv vor.

»Wo denn? Kein Pächter würde mich gegen den Willen des Lairds aufnehmen.«

»Mir wird schon was einfallen.«

»Hoffentlich – denn ich schwöre dir, daß ich James MacKinnion niemals heiraten werde. Lieber sterbe ich!«

7

James hielt eine Hand vor seine Augen, um sie vor dem Lichtstrahl zu schützen, der plötzlich in sein finsteres Gefängnis fiel. Ebenso unvermittelt wurde ein Bündel durch die Falltür herabgeworfen. Bettzeug? Sogar ein Kissen? Jamie runzelte die Stirn. Welchem Umstand hatte er diese Sonderbehandlung zu verdanken? Das Licht erlosch, und dann flammte es wieder auf. Eine Strickleiter glitt durch die Öffnung, ein Mann kletterte herab mit zwei Säcken, die an einer Schnur um seinen Nacken hingen. Sobald er den Boden des Verlieses erreicht hatte, stellte er sie ab, wandte sich zu Jamie und zeigte auf die Säcke. »Euer Abendessen. Ich habe Euch auch noch Wein, eine Kerze und ein paar andere Sachen mitgebracht.«

Jamie verzog keine Miene. »Pflegt Ihr alle Eure Gefangenen so maßlos zu verwöhnen?«

»Ich will mir kein Blatt vor den Mund nehmen, mein Junge. Denn ich weiß, wen ich vor mir habe – auch wenn wir uns noch nie begegnet sind. Ich bin Dugald Fergusson.«

Jamie stand auf, wie es die Höflichkeit gebot. »Und wer bin ich Eurer Meinung nach?«

Dugald hob die kastanienroten Brauen. »Leugnet Ihr, daß Ihr James MacKinnion heißt?«

Jamie seufzte. »Nein, das leugne ich nicht. Und was soll jetzt geschehen?«

»Daß Ihr hier gefangen seid, behagt mir genausowenig wie Euch. Aber es ist nun mal Tatsache, und ich wäre ein Narr, wenn ich keinen Vorteil daraus zöge.«

»Natürlich. Habt Ihr schon Verbindung mit meinem Clan aufgenommen?«

»Nein«, erwiderte Dugald nach kurzem Zögern. »Ich verhandle lieber mit Euch.«

»Mit mir? Warum?«

»Man hat mir vorgeschlagen, daß Ihr eine meiner Töchter heiraten sollt.«

Jamie versuchte sich seine Überraschung nicht anmerken zu lassen. »Wer haßt Eure Töchter so abgrundtief, um Euch einen solchen Rat zu geben?«

Dugald runzelte die Stirn. Das hatte er nicht bedacht. William hatte von Sheena gesprochen, nicht von irgendeiner Fergusson-Tochter. Haßte er sie? Das konnte und wollte er nicht glauben. Immerhin hatte William nur in Worte gefaßt, was er selbst schon seit längerer Zeit erwog. »Euer Ton mißfällt mir, MacKinnion.«

»Und mir mißfällt Euer Ansinnen!« stieß Jamie hervor. »Sollte ich jemals wieder heiraten, was ich nicht beabsichtige – werde ich mir ganz sicher keine Fergusson aussuchen.«

»Glaubt Ihr, es macht mir Freude, Euch eine meiner Töchter zu geben?« entgegnete Dugald mit scharfer Stimme.

»Warum reden wir dann überhaupt davon?«

»Weil ich Frieden schließen will, mein Junge.«

»Tatsächlich?« fragte Jamie trocken. »Das hättet Ihr bedenken sollen, *bevor* Ihr die Fehde von neuem begonnen habt.«

Dugald blinzelte verwirrt. »*Ich* war es nicht, der den Waffenstillstand gebrochen hat. Das habt Ihr getan!«

Jamie hätte gelacht, wäre er nicht von plötzlichem Mitleid erfüllt worden. Offenbar stimmte seine Vermutung – der Mann war verrückt. Natürlich hatte es wenig Sinn, mit einem Geisteskranken zu verhandeln. »Wenn Ihr wirklich Frieden schließen wollt«, sagte er seufzend, »so bin ich gern dazu bereit. Ich gebe Euch mein Wort.«

»Ich wünschte, ich könnte mich darauf verlassen, mein Junge, doch dann wäre ich ein Narr.«

»So kommen wir nicht weiter«, erwiderte Jamie ungeduldig.

»Nein! Ihr werdet für immer in diesem Kerker bleiben. Es sei denn, Ihr heiratet eine meiner Töchter und schwört, daß Ihr uns nie mehr belästigen werdet.«

»Ihr wißt doch wohl, daß Ihr ein großes Wagnis eingeht, wenn Ihr mich hier festhaltet«, sagte Jamie tonlos.

»Das bezweifle ich. Kein MacKinnion würde Tower Esk angreifen, wenn er damit Eurer Leben gefährdet.«

Jamie verlor beinahe die Beherrschung. »Wenn Ihr mein Leben bedroht, werden meine Männer Euren Turm auseinandernehmen, Stein für Stein!«

»Dann müßt Ihr sterben!« schrie Dugald, ebenso wütend wie sein Gegner. Diese Unterredung verlief ganz anders, als William es vorausgesagt hatte. Trotzdem mußte er an seinem Plan festhalten, wenn er eine Einigung erzielen wollte. »Wenn Ihr lange genug hier wart, werdet Ihr Euch schon noch anders besinnen«, fuhr er fort, nicht allzu hoffnungsvoll.

Jamie versuchte es mit einer anderen Taktik. »Also gut, Fergusson, ich heirate eine Eurer Töchter, wenn Ihr meinen Bedingungen zustimmt.«

Dugald sah ihn erstaunt und voller Mißtrauen an. »Ihr seid nicht in der Lage, Bedingungen zu stellen.«

»Dann brauchen wir nicht mehr darüber zu reden.«

»Nun – ich bin ein vernünftiger Mann, und deshalb will ich Euch anhören.«

»Ich war schon einmal verheiratet.«

»Das ist mir nicht neu.«

Jamie wußte, daß die Tragödie seiner Ehe allgemein bekannt war. Aber nur wenige Leute hatten die ganze Wahrheit erfahren. »Ich habe meine Frau bei der Hochzeit zum erstenmal gesehen«, fuhr er fort. »Auf die Einzelheiten will ich nicht eingehen, denn darüber spreche ich niemals. Es genügt, wenn ich Euch erkläre, daß diese Heirat ein Fehler war.«

»Was hat das mit meiner Tochter zu tun?«

»Hätte ich meine Braut vor der Trauung erprobt, wäre mir klargeworden, daß sie schreckliche Angst vor Männern hatte und deren Berührung nicht ertragen konnte. Ich schwor mir, nie mehr zu heiraten, ohne das Mädchen vorher auf Herz und Nieren zu prüfen. Seid Ihr bereit, mir Eure vier Töchter zu diesem Zweck zu überlassen, damit ich mir eine aussuchen kann?«

Dugald lief dunkelrot an. »Ihr werden keine meiner Töchter erproben! Außerdem dürft Ihr nur zwischen dreien wählen.«

Jamies Humor gewann die Oberhand, und er konnte der Versuchung, Fergusson ein wenig zu reizen, nicht widerstehen. »Soviel ich mich erinnere, habt Ihr vier ledige Töchter. Was stimmt denn nicht mit der einen, die ihr mir vorenthalten wollt?«

»Sie ist verlobt.«

»Ihr überrascht mich, Fergusson! Glaubt Ihr, ich wüßte nicht, was hier vorgeht und mit welchen Clans Ihr in den letzten Monaten drei Hochzeiten vereinbart habt? Wenn es die Jüngste ist, die ihr mir verweigert – warum sagt Ihr das nicht klar und deutlich?«

»Meine Jüngste könnt Ihr haben – obwohl Ihr Euch nicht für sie entscheiden werdet, wenn Ihr auch nur einen Funken Anstand besitzt. Sie ist noch zu jung für die Ehe. Es ist die Älteste, die ich Euch nicht gebe.«

»Warum nicht? Hat sie einen Liebsten, dem sie versprochen ist?«

»Nein. Aber sie ist die einzige, die noch nicht heiraten will, und wenn wir Frieden schließen, brauche ich sie nicht dazu zu zwingen.«

»Ah, ich verstehe! Sie ist Eure Lieblingstochter – und viel zu gut für den wilden MacKinnion, was?«

Dugald gab keine Antwort und schlug statt dessen vor:

»Wenn Ihr dieses finstere Loch satt habt, mein Junge, zeige ich Euch meine Töchter, und Ihr könnt Eure Wahl treffen.«

Jamies heitere Stimmung war inzwischen verflogen, und er erwiderte in kühlem Ton: »Es war kein Scherz, als ich sagte, ich müßte meine Braut vor der Hochzeit erproben.«

»Wenn Ihr noch eine Weile hier unten bleibt, werdet Ihr Euch anders besinnen.«

Wenige Minuten später war Jamie wieder allein und doppelt so wütend wie zuvor. Allein schon der Gedanke, daß er außer den Witzeleien seiner Clansleute nichts befürchtet und niemals an seiner kurz bevorstehenden Freilassung gezweifelt hatte ...

Wenn sein Clan wüßte, wo er steckte, müßte er sich keine Sorgen machen. Mit einem Angriff auf Tower Esk konfrontiert, hätte der alte Dugald keine andere Wahl, als ihn freizugeben. Er würde es niemals wagen, seine Drohung wahrzumachen und James MacKinnion zu töten. Aber wer sollte seinem Clan mitteilen, wo er sich befand?

Stundenlang schmiedete er Rachepläne. Bald lag die leere Weinflasche in seinem Schoß, doch vor lauter Wut blieb er nüchtern. Er dachte sich zahllose Möglichkeiten aus, eine unwillkommene Ehefrau zu quälen. Und – süße Rache – er würde Dugald Fergusson nicht töten, sondern gefangennehmen und ihm täglich von den Leiden seiner Tochter berichten. Zu schade, daß die Lieblingstochter nicht verfügbar war ...

Nie zuvor hatte er das Gefühl verspürt, in eine so bedrängte Lage zu geraten – nicht einmal bei seiner ersten Hochzeit. Natürlich hatte er das Macintosh-Mädchen nicht haben wollen. Sie war hübsch gewesen, aber eine Fremde. Doch sein Vater hatte diese Verbindung gewünscht, und er wäre niemals auf den Gedanken gekommen, gegen den Willen des alten Laird zu handeln. Später hatten Vater und Sohn diese Ehe bitter bereut. Statt ein nutzbringendes Bündnis einzugehen, hatten sie sich mit neuen Feinden herumschlagen müssen, denn der Laird von Macintosh gab den MacKinnions die Schuld am Tod seiner Tochter.

Die Falltür knarrte und kündigte an, daß Jamie wieder Gesellschaft haben würde. Doch war er immer noch zu wütend, um erneut mit dem Laird zu sprechen. »Wenn Ihr das seid, Fergusson, so laßt mich gefälligst in Ruhe! Ich bin viel zu beschäftigt, um mit Euch zu reden – weil ich mir gerade überlege, was ich Eurer Tochter alles antun werde, wenn sie meine Frau ist!« Er hörte einen leisen Aufschrei und beugte sich vor, um in die Öffnung zu schauen. »Seid Ihr es nicht, alter Mann? Wer ist es dann?«

»Ich – Niall Fergusson.«

»Sieh mal an!« rief Jamie spöttisch und lehnte sich wieder an die Wand. »Der Bursche, der sein Wort nur für ein paar Stunden halten kann? Willst du dich nun an der Dummheit James MacKinnions weiden, der doch tatsächlich glaubte, du hättest so etwas wie Ehrgefühl im Leib?«

»Ich wollte Euch nicht verraten«, entgegnete Niall mit leiser, angstvoller Stimme.

»Nun beleidigst du mich auch noch mit deinen Lügen! Wieso weiß Fergusson, wer ich bin? Erklär mir das mal!«

»Ich habe es nur meiner ältesten Schwester erzählt, und die hätte ganz sicher geschwiegen.«

»Dann hat also dieses Biest …«

»Ihr dürft sie nicht so nennen! Sie hat es niemandem gesagt! Eine andere Schwester belauschte uns, als ich von meiner Begegnung mit Euch erzählte, und sie rannte sofort zu meinem Vater. Ich konnte sie nicht aufhalten. Trotzdem will ich meine Schuld nicht leugnen. Deshalb habe ich das Wagnis auf mich genommen, Euch noch einmal zu besuchen – um Euch zu versichern, wie leid es mir tut.«

»Das nützt mir nichts!« entgegnete Jamie verbittert. »Und ich schwöre dir – wenn ich in diesem Augenblick meine Hände um deinen Hals legen könnte, würdest du merken, wie ich Verräter zu bestrafen pflege!«

Niall schluckte krampfhaft, als würden sich Jamies kräftige Finger wirklich um seine Kehle schließen. »Was hat mein Vater gesagt, um Euch so maßlos zu erzürnen?«

»Tu nicht so, als hättest du keine Ahnung!«

»Er hat mich nicht ins Vertrauen gezogen – denn er ist schrecklich böse auf mich, weil ich das Geheimnis Eurer Herkunft so lange für mich behielt.«

»Dann kommt wohl mir die Ehre zu, dir mitzuteilen, daß wir bald Schwäger sein werden«, sagte Jamie sarkastisch.

»Ich glaube Euch nicht!« rief Niall erschrocken. »Er würde sie Euch niemals geben! Sie ist seine Lieblingstochter!«

Jamie runzelte nachdenklich die Stirn. »Stört es dich, daß ich deine Schwester heiraten werde?«

»Was könnte Euch dazu veranlassen?«

»Wenn ich mich weigere, läßt mich dein Vater nicht frei.«

Niall hielt den Atem an. »Aber – Euer Clan wird Tower Esk stürmen ...«

»Fergusson will meine Leute mit der Drohung fernhalten, er würde mich im Falle eines Angriffs töten. Also bleibt mir nichts anderes übrig, als deine Schwester zu heiraten.«

»Lieber würde sie sterben!« stöhnte Niall.

Jamie lachte. Offenbar liebten Vater und Sohn jenes Mädchen gleichermaßen. Nun, Niall sollte ruhig glauben, daß es seine Lieblingsschwester war, die den Laird von MacKinnion heiraten mußte. Diese Qual – die ohnehin nur von kurzer Dauer sein würde – hatte er verdient.

»Ja – sobald sie mir gehört, wird sie den Tod herbeisehnen«, prophezeite Jamie mit düsterer Stimme. »Aber ich werde dafür sorgen, daß sie am Leben bleibt.«

»Ihr werdet ihr doch nicht weh tun?«

»Oh, doch! Denn ich heirate sie nur gezwungenermaßen, und ich lasse mich nicht gern zwingen.«

»Es ist nicht ihre Schuld!« stieß Niall hervor. »Auch sie hat keine andere Wahl!«

»Darauf werde ich ebensowenig Rücksicht nehmen wie dein Vater.«

Niall begriff nicht, wie ein Mensch so rachsüchtig sein konnte, und sein Entsetzen wuchs. »Ihr habt sie noch nicht gesehen, MacKinnion. Sie ist wunderschön, und Ihr werdet Euch sicher freuen, wenn Ihr eine solche Frau bekommt.«

»Mein Junge, du verstehst das nicht«, erwiderte Jamie kühl. »Es spielt keine Rolle, ob sie das hübscheste Mädchen von Schottland ist oder nicht. Sie ist die Tochter deines Vaters, und dafür muß sie leiden. Nachdem ich sie in mein Schloß heimgeführt habe, wird sie es nie mehr verlassen. Ich werde sie in einen Turm sperren und zweimal am Tag besuchen – einmal, um sie zu schlagen, und das zweitemal, um sie zu vergewaltigen. So wird ihr Leben aussehen.« Über der Falltür herrschte Schweigen, und nach einer Weile fragte Jamie: »Hast du nichts mehr zu sagen, Niall Fergusson?«

»Wenn ich glaubte, daß Ihr meine Schwester wirklich so behandeln würdet, müßte ich Euch töten.«

Jamie lachte. »Versuch's doch! Aber damit würdest du dir nur selber die Kehle durchschneiden – ebenso wie deiner Schwester und deiner ganzen Familie. Du könntest den Laird von MacKinnion nicht töten und lange genug leben, um davon zu erzählen.« Die Falltür fiel zu, und Jamie ballte die Hände. Die Angst, die er dem Jungen gemacht hatte, milderte seinen Zorn keineswegs.

Nach einer knappen Stunde ging die Falltür wieder auf, und Nialls Kopf erschien in der Öffnung.

»Nun, hast du deinen Vater zur Rede gestellt?« fragte Jamie höhnisch.

»Nein. Jeder Versuch, ihn umzustimmen, wäre sinnlos. Außerdem ist er so wütend auf mich, daß er mir gar nicht zuhören würde.«

Jamie atmete auf. Der Junge war nicht zurückgekommen, um ihn einen Lügner zu nennen. Also wußte er noch nicht, daß seine Lieblingsschwester sicher vor dem wilden MacKinnion war. »Wenn du nicht mit Fergusson gesprochen hast – was führt dich dann zu mir?«

»Ich kann meiner Schwester morgen nicht gegenübertreten – nachdem ich weiß, was ich weiß«, gestand Niall unglücklich. »Wie soll ich es ertragen, sie leiden zu sehen? Ihr habt bestätigt, was sie Euch zutraut. Deshalb wird sie lieber sterben, als mit Euch zu gehen.«

»Glaubst du, ich lasse es zu, daß auch meine zweite Frau Selbstmord verübt?«

»Vielleicht wäre der Tod dem Leben vorzuziehen, das sie an Eurer Seite führen wird.«

»Du mußt noch eine Menge lernen, mein Junge«, spottete Jamie. »Solange sie am Leben ist, brauchst du die Hoffnung nicht fahrenzulassen.«

»Ihr macht mir nicht viel Hoffnung, Laird, und ich habe solche Angst um meine Schwester. Deshalb bin ich gekommen – weil ich Euch um Gnade bitten will. Verschont sie – denn sie hat Euch nichts getan. Bitte!«

Jamie war gerührt. Niall hatte zweifellos Mut, und er liebte das Mädchen aufrichtig.

»Hör mir jetzt gut zu, mein Junge. Ich habe kein Mitleid mit deiner Schwester. Du mußt dich an deinen Vater wenden – nicht an mich. Mir sind in dieser Angelegenheit die Hände gebunden.«

»Da irrt Ihr Euch! Ihr könntet sie anständig behandeln, wenn Ihr nur wolltet.«

»Aber das will ich nicht. Warum sollte ich auch? Ich bin ein bösartiger Barbar – oder hast du das vergessen?«

»Dann muß ich diese Hochzeit verhindern.«

»Dafür wäre ich dir sehr dankbar – aber wie willst du das anfangen?«

»Ich lasse Euch frei«, antwortete Niall nach einer kleinen Pause. »Das ist die einzige Möglichkeit. Wenn Ihr nicht mehr da seid, ist meine Schwester sicher vor Euch.«

Jamie sprang auf. Er konnte seine Erregung kaum verbergen. »Meinst du das ernst, Junge?«

»O ja!«

»Wann?«

»Jetzt – solange alle anderen schlafen.«

Die Strickleiter glitt herunter und näherte sich Jamies ausgestreckten Händen, doch bevor er danach greifen konnte, wurde sie wieder ein Stück nach oben gerissen. Jamie seufzte tief enttäuscht auf. »Was für ein grausames Spiel treibst du mit mir?«

»Es ist kein Spiel«, beteuerte Niall. »Aber soviel ich mich erinnere, wolltet Ihr Eure Hände um meinen Hals legen. Werdet Ihr mich töten, wenn Ihr frei seid?«

Jamie lachte. »Du hast nichts zu befürchten, mein Junge. Wenn du mir zur Flucht verhilfst, bin ich dein Freund bis an mein Lebensende.«

Die Strickleiter wurde herabgelassen, und Jamie kletterte schnell hinauf.

»Ihr seid ja noch größer, als ich dachte«, sagte Niall ehrfürchtig, als der Laird von MacKinnion neben ihm stand.

»Und du bist genauso ein Winzling, wie ich's mir vorgestellt habe«, entgegnete Jamie. »Zeig mir jetzt, wo der Stall ist, und dann ...«

»Nein, da dürft Ihr nicht hingehen!« unterbrach ihn Niall er-

schrocken. »Dort schlafen mehrere Leute. Man würde Euch erwischen, und ich hätte dieses Wagnis umsonst auf mich genommen.«

»Ohne mein Pferd gehe ich nicht. Keine Angst, mein Junge.
Ich werde niemanden töten, solange es sich vermeiden läßt.
Aber wenn man mich wieder in dieses dunkle Loch sperren
will, muß ich mich natürlich wehren.«

»Man wird Alarm schlagen.«

»Das spielt keine Rolle. Sobald ich mein Pferd habe, können
sie mich nicht mehr einfangen. Mach dir keine Sorgen.«

Niall führte den Laird von MacKinnion widerstrebend durch
die Vorratskammern in die Richtung des Hofs. »Ich sorge mich
meinetwegen, MacKinnion«, gab er zu, »Ihr werdet bald über
alle Berge sein – aber ich bleibe hier und muß die Schuld auf
mich nehmen.«

»Du kannst mich begleiten, Junge.«

»Ich bin kein Verräter!« protestierte Niall entsetzt. »Und ich
lasse Euch nur laufen, um meine Schwester zu retten. Sonst
würde ich es nicht tun.«

»Das weiß ich«, entgegnete Jamie zögernd. »Und – um ehrlich zu sein – deine älteste Schwester ist gar nicht …«

Er fand keine Gelegenheit mehr, sein Geständnis zu beenden, denn in diesem Augenblick erschien ein Licht auf der Kel-
lertreppe, und Niall zog ihn rasch zwischen zwei große Mehl-
fässer.

»Niall!« rief eine Mädchenstimme. »Niall, wenn du da unten
bist, antworte mir! Niall!«

»Wer ist das?« wisperte Jamie.

»Meine Schwester. Wahrscheinlich war sie in meinem Zimmer und hat gesehen, daß ich nicht im Bett liege. Deshalb sucht
sie mich.«

Jamie richtete sich ein wenig aus seiner geduckten Haltung
auf. »Das Mädchen, dem du solch ein Opfer bringst, möchte ich
mal sehen.«

»Nein!« In panischer Angst griff Niall nach seinem Arm und
zerrte ihn wieder nach unten. »Sie wird schreien, wenn sie
Euch sieht, und Euch verraten, bevor Ihr den Hof erreicht! Man

wird Euch hier unten umzingeln, und Ihr habt nicht einmal eine Waffe.«

Widerwillig gab Jamie nach. »Ja, du hast wohl recht. Übrigens, da du gerade davon sprichst – ich brauche eine Waffe.«

»Ich kann Euch nicht helfen, meine Clansleute zu töten, Mac-Kinnion.«

»Sicher, du hast bereits genug für mich getan. Ich werde mich schon zu wehren wissen.« Jamie hatte ein Brett entdeckt, das er an sich nehmen wollte, sobald der Weg über die Treppe nach oben frei war.

Aber das Licht erlosch nicht. Erst nach einer ganzen Weile wurde es etwas schwächer, und eine zweite Stimme klang auf.

»Was machst du hier mitten in der Nacht?«

Jamie hörte den Jungen an seiner Seite leise stöhnen.

»Wer ist denn das?«

»Mein Vetter William.«

»Wird er herunterkommen?«

»Keine Ahnung … Pst!«

»Nun, liebe Kusine?« fragte der Mann.

»Ich wollte nur …«, begann das Mädchen, um dann ärgerlich zu fauchen: »Das geht dich nichts an, Willie!«

»Wolltest du dir deinen künftigen Gatten anschauen?« erkundigte sich William kichernd.

»Du weißt sehr gut, daß ich mich niemals in seine Nähe wagen würde.«

»Nun, du wirst ihn ohnehin bald sehen – wenn du ihn heiratest.«

»Du bist ein widerlicher Bastard, William MacAfee!« zischte das Mädchen. »Laß mich jetzt vorbei!«

»Du hast meine Frage noch nicht beantwortet. Was machst du hier unten?«

»Ich konnte nicht schlafen, und deshalb ging ich spazieren.«

»Hast du dich ein letztesmal mit MacDonough getroffen – bevor die Verlobung gelöst wird?«

»Wenn es so wäre, würde ich's dir nicht auf die Nase binden. Kümmere dich doch um deinen eigenen Kram und laß mich endlich in Ruhe!«

Das Licht entfernte sich, doch es dauerte einige Minuten, bis die Schritte des Mannes aufklangen und schließlich verhallten.

»Deine Schwester mag ihren Vetter nicht, was?« bemerkte Jamie.

»Ich auch nicht«, stieß Niall hervor. »*Er* war es, der meinem Vater vorschlug, sie mit Euch zu verheiraten – und das aus reiner Bosheit! Er wollte sie für sich selber haben, versteht Ihr? Und sie wies ihn ab. Und nun will er sie aus purer Rachsucht in Eure Arme treiben!«

»Und was ist mit MacDonough? Dein Vetter meinte, sie könnte sich mit diesem Mann getroffen haben. Würde sie das tun?«

»Niemals! Sie kennt ihren Verlobten so gut wie gar nicht. Aber er ist hier – seit heute abend.«

Jamie lachte leise. »Du weißt sicher, daß ich ein Abkommen mit Sir Alasdair habe. Da er im Haus ist, wird man ihn für meine Flucht verantwortlich machen.«

»Glaubt Ihr das?« fragte Niall hoffnungsvoll.

»Natürlich. Dein Vater würde eher einen MacDonough verdächtigen als einen Fergusson.«

»Aber der Laird von MacDonough weiß gar nicht, daß Ihr hier seid.«

»Er könnte immerhin ein Gespräch belauscht haben. Kopf hoch, Junge! Nimm die Schuld nur auf dich, wenn es sich nicht vermeiden läßt.«

Jamie griff nach dem Brett, und Niall führte ihn in den Hof hinauf. »Da drüben seht Ihr den Stall und das Torhaus«, wisperte er. »Jetzt müßten sie alle schon schlafen.«

»Auch du solltest jetzt ins Bett gehen, Junge. Wenn Alarm gegeben wird, darfst du dich nicht außerhalb deines Zimmers blicken lassen. Damit würdest du Mißtrauen erregen. Doch wir wollen guten Mutes sein und lieber glauben, daß man meine Flucht erst morgen früh entdecken wird.«

»Wir werden uns wohl kaum wiedersehen«, meinte Niall bedauernd.

»Wahrscheinlich nicht. Jedenfalls werde ich dich niemals vergessen, Niall Fergusson. Du bist ein tapferer Junge.«

»Und Ihr seid ein wilder, niederträchtiger Kerl, MacKinnion«, erwiderte Niall grinsend. »Ich werde Euch auch nicht vergessen. Ihr wärt kein guter Schwager gewesen – aber Ihr seid ein großartiger Gegner.«

»Oder vielleicht ein Freund …« Jamie zerzauste das rote Haar des Jungen. »Das habe ich ernst gemeint. So, und jetzt will ich gehen. Hoffentlich wirst du meinetwegen keinen Schaden erleiden.«

»Nun, vielleicht habt Ihr recht, und man wird MacDonough verdächtigen. Das würde mir nichts ausmachen, denn meine Schwester will ihn ohnehin nicht heiraten.«

Jamie lachte. »Ständig redest du von deiner Schwester, und ich weiß noch immer nicht, wie sie heißt.«

»Wenn mein Vater Euch das verschwiegen hat, sollt Ihr es auch von mir nicht erfahren. Lebt wohl, MacKinnion, und alles Gute.«

8

Sheena erwachte später als sonst, was sie der mitternächtlichen Suche nach ihrem Bruder zuschrieb. Hastig zog sie sich an und rannte in sein Zimmer. Er lag immer noch im Bett. Sie mußte ihn mehrmals an den Schultern rütteln, und auch dann öffnete er nur widerwillig die Augen.

»Laß mich in Ruhe, Sheena!« jammerte er. »Ich habe kaum geschlafen.«

»Ich möchte bloß wissen, warum!« entgegnete sie mit scharfer Stimme. »Wo warst du? Ich wollte heute nacht mit dir reden und ging in dein Zimmer – und da war dein Bett leer.«

Er gab keine Antwort, weil er wieder eingeschlafen war. Ungeduldig und nicht allzu sanft schlug sie ihn auf die Kehrseite. »Wo warst du, Niall?«

»Das kann ich dir nicht sagen, Sheena«, erklärte er gähnend. »Und du würdest es auch gar nicht wissen wollen.«

Sie runzelte die Stirn, dann rann ihr ein eisiger Schauer über den Rücken. Wenn er glaubte, daß sie es nicht wissen wollte, mußte er wieder bei MacKinnion gewesen sein. »O Niall, womöglich hat man dich beobachtet«, flüsterte sie, aber er hörte nicht zu.

Sie ließ ihn schlafen und ging in die Halle hinab. Eine Dienerin starrte mißbilligend auf die Tische, die für das Frühstück gedeckt waren. Beim Anblick der kalten Gerstenmehlkuchen, der fast vollen Haferbreischüsseln und leeren Stühle wuchs Sheenas Unbehagen. »Was ist hier los, Alice?« fragte sie die Dienerin. »Wo sind mein Vater und seine Männer?«

»Das würde ich auch gern wissen«, erwiderte Alice ärgerlich. »Plötzlich gab's einen Riesenwirbel im Hof, der Amtmann stürmte in die Halle, um mit Eurem Vater zu reden, und dann rannten sie alle hinaus.«

Sheena wollte in den kleinen Hof gehen, doch bevor sie die Tür erreichte, kamen Margaret und Elspeth herein und versperrten ihr den Weg.

»Ah, da bist du ja!« rief Margaret im gewohnten zänkischen Tonfall. »Wo warst du denn, als der Tumult ausbrach?«

»Ich bin eben erst heruntergekommen«, antwortete Sheena. »Was ist geschehen?«

Elspeth schnappte nach Luft. »Was, das hast du noch nicht gehört? Der Laird von MacKinnion ist geflohen. Natürlich war's MacDonough, der ihm geholfen hat – auch wenn Vater noch nichts dergleichen gesagt hat. Wer sollte es sonst gewesen sein?«

»Wir wollen nur hoffen, daß deine Verlobung deshalb nicht gelöst wird, Sheena«, fügte Margaret eisig hinzu. »Jedenfalls bin ich nicht bereit, noch länger auf meine Hochzeit zu warten. Und Gilbert wird sich auch nicht mehr hinhalten lassen.«

Sie wandten sich ab, ohne Sheenas Reaktion zu bemerken. Wie erstarrt stand sie vor der Tür. Alasdair hatte nichts von MacKinnions Gefangennahme gewußt, also konnte er ihn auch nicht freigelassen haben. »O Niall, Niall, was hast du getan?« flüsterte sie.

Sie brauchte ihn nicht zu fragen. Eine innere Stimme sagte ihr, daß er MacKinnion zur Flucht verholfen hatte. Aber – warum? Sie holte tief Atem und lehnte sich an den Türpfosten. Es gab nur eine Antwort auf diese Frage. Williams Drohung – und der Beschluß ihres Vaters … Um zu verhindern, daß sie den grausamen Feind heiraten mußte, hatte Niall ihm die Freiheit geschenkt.

Maßlose Erleichterung verdrängte ihre Angst. Sie beschloß, hinaufzulaufen und ihren Bruder mit dankbaren Küssen zu überschütten, sobald die Luft rein war. Nun brauchte sie den wilden Hochländer nicht mehr zu fürchten. Wahrscheinlich blieb ihr auch eine Ehe mit MacDonough erspart, weil man ihm die Schuld an MacKinnions Flucht geben würde.

Sie lächelte strahlend, als die Männer in die Halle zurückkehrten, und begegnete Dugalds kühlem Blick. »Warum freust du dich, Sheena? Dafür gibt es keinen Grund.«

»Ich bin froh, daß er weg ist.« Dieses Geständnis kam ihr leicht über die Lippen. »Wäre er nicht entkommen, hätte ich ihn heiraten müssen – und dir niemals verzeihen können.«

William trat neben ihren Vater. »Du wolltest wissen, warum er freigelassen wurde, Dugald. Nun hast du es endlich herausgefunden.«

Sheenas Augen verengten sich. »Wie meinst du das, Vetter?«

»Willst du bestreiten, daß du letzte Nacht im Hof warst?« fragte Dugald tonlos.

»Ich konnte nicht schlafen, Vater, und ging ein wenig an die frische Luft! Ist das ein Verbrechen?«

»Eine billige Ausrede«, bemerkte William trocken.

Sheena schaute ihn verächtlich an. »Und womit willst du begründen, daß du im Hof warst? Soviel ich mich erinnere, bist du um die gleiche Zeit dort aufgetaucht. Offenbar hast du vergessen, das zu erwähnen.«

»Ich brauche keine Entschuldigung«, erwiderte er herausfordernd, »denn ich freue mich keineswegs über MacKinnions Flucht – im Gegensatz zu dir.«

Sheenas Atem stockte. »Glaubst du etwa, ich hätte ihn freigelassen?«

»Du oder dein Bruder – einer von euch beiden war es.«

»Wie kannst du es wagen, Niall zu beschuldigen?« rief Sheena. »Er wußte doch, daß er nicht mehr zum Verlies gehen durfte. Ein solches Verbot würde er niemals mißachten.«

Dugald nickte mit ernster Miene. »Sie hat recht. Der Junge ist unschuldig.«

»Und ich?« Sheena wandte sich zu ihrem Vater und wartete mit angehaltenem Atem.

Als er sie keiner Antwort würdigte, stieg panische Angst in ihr auf. Sein Schweigen war eine unmißverständliche Anklage.

Inzwischen hatten sich mehrere Männer in der Halle versammelt, um den Wortwechsel mitanzuhören, und ihre abweisenden Mienen verrieten Sheena, daß sie bereits verurteilt war. Auch ihr Verlobter stand da und starrte sie entsetzt an. Wie konnte er es wagen? Und warum hatte ihr Vater nicht *ihn* beschuldigt. Wütend zeigte sie auf MacDonough. »Ich will wissen, warum man mich bezichtigt und nicht ihn! Er hätte triftigere Gründe gehabt als ich, MacKinnion freizulassen.«

Alasdairs graue Augen schienen Sheena zu durchbohren. »Eine solche Verleumdung würdige ich keiner Antwort. Und ich werde auch keine Dirne heiraten, die ihren Verlobten solcher Missetaten zeiht und ihre eigene Familie verrät.«

Als er mit hocherhobenem Haupt aus der Halle schritt, kreischte Margaret. »O Gott, er hat die Verlobung gelöst! Genau das wollte sie!«

Sheena konnte nicht verhindern, daß Dugald eine gewisse Befriedigung in ihren Augen las. »Stimmt das, Sheena?« stieß er hervor.

»Ich wollte ihn nicht heiraten, wie du sehr wohl weißt – aber ich hätte niemals zu so verwerflichen Mitteln gegriffen, um ihn loszuwerden«, verteidigte sie sich. »Und jetzt sag mir, warum du ihn gehen läßt, ohne ihn zu verhören!«

»Glaubst du, ich hätte einem Verbündeten meines bedeutsamen Gefangenen erlaubt, sich frei im Haus zu bewegen?« entgegnete er in scharfem Ton. »MacDonoughs Zimmer war bewacht, und ich bin überzeugt, daß er es während der ganzen Nacht nicht verlassen hat.«

Sheena schwieg bedrückt. Nun waren nur noch zwei Menschen übrig, die ein Motiv gehabt hätten, den Hochländer zu befreien – sie selbst und Niall. Aber Niall wurde nicht verdächtigt, und dabei wollte sie es belassen. Er hatte die Gesetze nur ihr zuliebe verletzt, und deshalb mußte sie ihn vor Dugalds Zorn schützen. Ein Glück, daß er nicht hier war, denn er hätte sich sofort zu seinem Verrat bekannt …

Dugald holte tief Atem. »Hast du es getan, Sheena?«

»Es ist zu spät für diese Frage, Vater«, erwiderte sie mit halberstickter Stimme. »Du hast mich bereits für schuldig befunden. Das lese ich in deinen Augen. Daß du mir so etwas zutraust …«

»Nun, jedenfalls kann sie es nicht leugnen!« mischte sich William hastig ein. »Man müßte diese Verräterin aufhängen!« Seine Gedanken überschlugen sich. Er wußte, daß er Dugald keine Zeit zum Überlegen geben durfte.

»Ich werde meine Tochter nicht wegen eines Vergehens aufhängen, das sie aus reiner Verzweiflung verübt hat«, widersprach Dugald empört. »Sie glaubte, daß sie MacKinnion heiraten müßte, und nachdem ich ihr nichts dergleichen gesagt habe, kannst es nur du gewesen sein. Also hast du dich ebenso schuldig gemacht wie sie, und ich wäre dir dankbar, wenn du dich von nun an aus der Sache heraushalten würdest.«

William war klug genug, um sich eine Antwort zu verkneifen.

»Willst du einfach so tun, als wäre nichts gewesen, Vater?« rief Margaret erbost. »Du hast sie deinen anderen Töchtern immer vorgezogen. Nun siehst du, wie sie dir deine Liebe lohnt!«

»Sei still, Mädchen.«

»Nein – ich lasse mir nicht den Mund verbieten! Und ich bin nicht bereit, ihretwegen noch länger auf meine Hochzeit zu warten. Du hast mir untersagt, vor ihr zu heiraten, weil sie nicht beschämt werden sollte. Nun hat sie uns alle beschämt. Kein Mann wird sie nehmen, weil sie ihre Familie verraten hat und nicht zögern würde, auch ihren Gatten zu hintergehen. Man kann ihr nie wieder trauen!«

»Du kannst heiraten, so wie es geplant ist, Margaret«, sagte Dugald müde und traurig. »Sie wird Tower Esk verlassen.«

Sheena starrte ihren Vater an, ungläubig und entsetzt. Er wollte seine Lieblingstochter verbannen?

Unglücklich wich er ihrem Blick aus. »Schau mich nicht so an, Sheena! Du verdienst nichts Besseres.«

Ihre Kehle war wie zugeschnürt. »Wohin willst du mich schicken?« würgte sie mühsam hervor.

»Zu deiner Tante, nach Aberdeen. Dort kannst du in Ruhe über das Unrecht nachdenken, das du deiner Familie zugefügt hast. Dafür ist ein Kloster genau der rechte Ort. Geh jetzt in dein Zimmer und bleib oben, bis man dich morgen früh in den Norden bringen wird.«

Sheena rannte aus der Halle, so schnell sie konnte, um ihre Tränen zu verbergen. Glücklicherweise folgte ihr niemand. Bevor sie Nialls Tür öffnete, wischte sie sich die Augen aus.

Er schlief immer noch. Sie versuchte ihre Gedanken zu ordnen, dann setzte sie sich auf den Bettrand. »Niall, du mußt aufwachen und mir zuhören. Wir haben nicht viel Zeit. Wenn man mich bei dir findet ... Niall, bitte!«

Ihre Stimme klang so ernst und eindringlich, daß er sofort die Augen öffnete und sich ruckartig aufsetzte. Ein Blick in ihr Gesicht genügte ihm, um zu wissen, was geschehen war. »Man hat schon Alarm geschlagen, nicht wahr? Sie wissen, daß er verschwunden ist.«

»Ja, sie wissen es«, bestätigte sie und fühlte sich elend.

Er mißverstand ihre Verzweiflung, hielt sie für Mißfallen und sah sie flehend an. »Ich mußte es doch tun, Sheena! MacKinnion sagte, er würde dich schlagen und vergewaltigen – und dich dein Leben lang dafür büßen lassen, wenn er dich notgedrungen heiraten müßte.«

»Mein Gott!« flüsterte sie entsetzt.

»Verstehst du nun, warum ich ihn befreien mußte? Er war schrecklich wütend und keiner Vernunft zugänglich. Daß du an alldem schuldlos bist, spielte keine Rolle für ihn. Er erklärte, niemand dürfte einem MacKinnion ungestraft seinen Willen aufzwingen. Und deshalb hättest du leiden müssen – nur weil du die Tochter deines Vaters bist.«

»Dann bin ich dir doppelt dankbar, Niall.«

»Dankbar? Du bist nicht böse?«

»Ich weiß, daß du es nur für mich getan hast, und ich will

meine Dankbarkeit beweisen. Bitte, nimm's nicht so schwer, was ich dir jetzt erzählen muß. Man hat mich angeklagt – und ich nehme die Schuld auf mich.«

»Du? Aber MacDonough …«

»Er wurde die ganze Nacht bewacht, Niall, deshalb ist er über jeden Verdacht erhaben. Und William hat es geschafft, unseren Vater gegen mich einzunehmen.«

»Sheena …«, begann er unglücklich.

Sie hob eine Hand, um ihn zum Schweigen zu bringen. »Hör mir zu! Ich bin viel besser dran, als du glaubst. MacDonough hat die Verlobung gelöst aus Empörung über meinen angeblichen Verrat, und du hast mich vor MacKinnion gerettet. Zur Strafe will mich Vater zu Tante Erminia nach Aberdeen schicken, und das ist viel besser als eine Ehe mit MacKinnion oder Sir Alasdair.«

»Du sollst Nonne werden?« fragte Niall bestürzt.

»Davon hat Vater nichts gesagt, also mach dir keine Sorgen. Ich habe unsere Tante jahrelang nicht gesehen, und der Aufenthalt in ihrem Kloster wird eine angenehme Abwechslung sein. Vor allem muß ich dort nicht befürchten, daß man mir irgendwelche Ehemänner aufnötigen wird. Glaub mir, Niall, ich bin nicht unglücklich.«

»Du wirst doch zurückkommen?«

»Keine Ahnung. Vater war jedenfalls sehr wütend. Vielleicht zwingt er mich, Nonne zu werden. Nun, das wäre mir immer noch angenehmer als eine Ehe ohne Liebe.«

»Das meinst du nicht ernst, Sheena.«

»Sogar sehr ernst! Unsere Eltern haben sich nicht geliebt. Du hast sie nicht zusammen gesehen, Niall, aber ich kann mich noch gut an das alles erinnern. Ich will keinen Mann heiraten, den ich nicht liebe.«

»Ich werde mit Vater reden.«

»Untersteh dich! Wenn ich hierbleibe, wird er einen anderen Mann für mich suchen. Ich gehe, Niall, und du kannst mich nicht zurückhalten. Du wirst niemals verlauten lassen, was du getan hast. Schwörst du mir das?«

Er nickte widerstrebend. So hatte er sich die Folgen seines eigenmächtigen Handelns nicht vorgestellt. Doch jetzt konnte er den Lauf der Ereignisse nicht mehr beeinflussen. »Ich werde dich bald besuchen, Sheena.«

Sie lächelte. »Darüber würde ich mich sehr freuen – wenn Vater es erlaubt.«

Plötzlich schlang er die Arme um ihren Hals, Tränen rollten über seine Wangen. »Es tut mir ja so leid …«

»Beruhige dich, mein Lieber. Du brauchst dir nichts vorzuwerfen und mich nicht zu bedauern. Ich war noch nie in Aberdeen, und ich freue mich auf diese Reise – wirklich. Außerdem ist es besser, wenn ich mich von Vater trenne, wenigstens für eine Weile. So, wie die Dinge liegen, kann ich nicht mit ihm unter einem Dach leben.«

9

HERBST 1541, ABERDEENSHIRE, SCHOTTLAND

In den nächsten Wochen sollte sich Sheena noch oft an ihr letztes vertrautes Gespräch mit Niall erinnern. Aberdeen, fast fünfzig Meilen von zu Hause entfernt, war wie ein fremdes, fernes Land, überfüllt und schmutzig. Man konnte nicht durch die Straßen gehen, ohne fürchten zu müssen, daß einem der Inhalt eines Nachttopfs oder Mülleimers auf den Kopf geschüttet wurde. Andererseits war Aberdeen ein bedeutendes Handelszentrum mit einem großen Hafen, wo ein reges Leben und Treiben herrschte.

In den ersten Tagen ihres Aufenthalts unternahm Sheena lange Wanderungen, um die Stadt zu besichtigen, was sie sehr bald aufgab. Sicher, die Universität, die Abteien und Läden boten einen großartigen Anblick – aber hier gab es viel zuviele Hochländer. An den nackten Beinen zwischen Kilt und Stiefeln waren sie leicht zu erkennen. Die Tiefländer trugen Strumpf- oder Kniehosen.

Als hätten die furchterregenden Hochländer nicht schon genügt, um ihr die Stadt zu verleiden, wurde sie auch noch an jeder Straßenecke von Bettlern belästigt. In Aberdeen lebten unzählige arme Leute, die Arbeit suchten oder die Bettelei berufsmäßig betrieben.

Wenn Sheena allmorgendlich die schmucklose Unterkunft ihrer Tante verließ, ging sie zum Armenhaus, einem halbverfallenen Steingebäude, das in der Nähe des Klosters lag. Ursprünglich war es als Herberge für müde, arbeitssuchende Reisende errichtet worden, die dort eine warme Mahlzeit und ein sauberes Bett für ein oder zwei Nächte bekommen hatten. Später war es zu einem Elendsquartier für Bettler und Landstreicher herabgesunken. Der Schlafsaal enthielt nur zehn Betten, doch die Regel, daß man nach spätestens zwei Nächten ausziehen mußte, galt immer noch, und so tauchten ständig neue Gesichter auf.

Sheenas Tante war keineswegs verpflichtet, jeden Tag hinzugehen. Trotzdem ließ sie sich das nicht nehmen. Ein Priester wohnte im Armenhaus, um die Mahlzeiten zu verteilen, war jedoch zu alt, um auch die übrige Arbeit zu leisten. Die Gäste wurden angehalten, ihr Bettzeug selbst zu waschen und ihr Eßgeschirr für die Neuankömmlinge zu reinigen. Aber diese Regel wurde nicht beherzigt, und nur die tägliche Fürsorge der Nonnen konnte verhindern, daß sich das Haus zu einer Pesthöhle entwickelte.

Als Sheena sah, wie erschöpft ihre Tante Erminia war, bestand sie darauf, ihr zu helfen. Die bedauernswerte Frau verbrachte jeden Vormittag im Armenhaus, um zu waschen und sauberzumachen, dann arbeitete sie ein paar Stunden lang im Hospital und später wieder im Armenhaus, bevor sie am Abend ins Kloster zurückkehrte. Ihre Nichte war erschüttert.

Immerhin näherte sich Erminia schon ihrem fünfzigsten Lebensjahr, und Sheena sah keinen Grund, warum sie ihr nicht helfen sollte. Sie war jung und kräftig, deshalb schaffte sie die Arbeit in der halben Zeit, die ihre Tante dazu brauchte. So konnten sie die Nachmittage in der Stille des Klosters verbringen, miteinander reden oder nähen. Wenn Sheena ihr Zuhause und ihr früheres Leben vermißte, so zeigte sie es vorerst nicht.

Ein Monat war seit ihrer Reise nach Aberdeen verstrichen, und sie hatte noch nichts von daheim gehört, weder von Niall noch von ihrem Vater. Sie flickte die Wämser und Tartans der Armen, lernte zahllose neue Stiche von ihrer Tante, besserte ihre eigene Garderobe aus – und hatte diese Nähstunden gründlich satt. Wie gern wäre sie geritten, auf die Jagd gegangen und geschwommen, bevor der erste Schnee fiel ... Und wie schmerzlich sie Niall vermißte ...

Jetzt würde er zum erstenmal an Überfällen teilnehmen. Der Herbst war traditionsgemäß die Zeit, wo man aufbrach, um Vieh zu stehlen. Was immer die Fergussons in diesem Jahr erbeuteten – sie würden es nicht verkaufen, sondern behalten, denn sie hatten zu viele Tiere an die MacKinnions verloren.

An einem dunklen Morgen gegen Ende September schob Sheena einen Karren mit Bettwäsche zum Fluß. Die schweren Wolken kündigten ein Gewitter an, und Sheena machte sich Sorgen um ihre Wäsche. Sie hängte die Bettücher lieber am Ufer auf, um sie in der steifen Brise trocknen zu lassen, statt im Hof des Armenhauses, wo die umliegenden Gebäude den Wind abhielten. Wenn es zu regnen begann, mußte sie die Laken im Haus aufhängen, und dann würde es den ganzen Tag dauern, bis sie trocken waren. Dieses Mißgeschick war ihr schon einmal widerfahren, und sie hatte bis zum späten Nachmittag im Armenhaus bleiben müssen – bis zur Ankunft der Insassen. Sie wollte die verhärmten, eingefallenen Gesichter, die schmutzigen Kleider nicht mehr sehen, und so hoffte sie inständig, daß es nicht regnen würde.

In aller Eile schrubbte sie ihre Wäsche, und als sie fertig war, hatte sie sich die Hände wundgerieben. Ihre armen Hände – noch vor wenigen Wochen so weiß und glatt ... Jetzt waren sie rauh und stark gerötet.

»Braucht Ihr Hilfe, Fräulein?«

Sheena hielt den Atem an und drehte sich hastig um. Sie hatte den jungen Reiter nicht herankommen hören, weil der Wind so heftig blies und raschelnd ihren grünen Rock bauschte.

Der Mann war ein Hochländer, ungefähr in ihrem Alter, und die Farben seines Tartans, der ihm um die Schultern flatterte, glichen ihren eigenen. Sein hübsches Gesicht erschien ihr so freundlich und offenherzig, daß ihre Befangenheit verflog. »Danke für das Angebot«, entgegnete sie mit einem belustigten Lächeln. »Aber ich kann mir nicht vorstellen, daß sich ein Hochlandkrieger um die Armenhauswäsche kümmern will.«

»Ihr seid eine Bettlerin?« Seine Stimme klang so verblüfft und bestürzt, daß sie in schallendes Gelächter ausbrach.

»Natürlich! Glaubt Ihr, ich würde mich hier abplagen, wenn ich es nicht müßte?«

»Ihr seht nicht aus wie eine Bettlerin.«

»Nun ja – ich bin erst vor kurzem in Not geraten.«

»Habt Ihr keine Familie?«

»Ihr stellt zu viele Fragen, mein Herr, und Ihr verschwendet Eure Zeit«, erwiderte sie in strengem Ton, aber ihre Augen funkelten fröhlich. Es war so lange her, seit sie zum letztenmal mit einem gleichaltrigen Menschen gesprochen hatte, und es machte ihr großen Spaß, vor allem, weil er so gut aussah. Sie wünschte, er würde noch ein wenig bei ihr bleiben. Doch dazu war er sicher nicht bereit. »Es wird bald regnen«, fügte sie seufzend hinzu, »und dann wird meine Wäsche naß.« Sie bückte sich, um das letzte Laken auszuwringen, und hängte es zu den anderen an die Bäume am Flußufer. Als sie sich wieder umdrehte, stand der Mann hinter ihr. Jetzt sah sie, daß er viel größer war als sie.

»Ihr seid eine seltene Schönheit«, sagte er und musterte sie mit unverhohlener Bewunderung. »Ich sah Euch am Rinderhof vorbeigehen.«

»Und da habt Ihr beschlossen, mir zu folgen?«

»Ja. Darf ich Euch küssen?«

»Wenn Ihr das wagt, ziehe ich Euch die Ohren lang!« rief sie empört.

Er lachte. »Was für ein dreistes Mädchen Ihr seid! Es ist offensichtlich, daß ihr keinen Mann habt, der Euch in die Schranken weist …«

»Und Ihr seid viel zu kühn für meinen Geschmack …« Unbehaglich wich sie seinem Blick aus, der voller Verlangen über ihren Körper wanderte. Jetzt verstand sie nicht mehr, warum sie sich gewünscht hatte, er würde noch ein bißchen bei ihr bleiben. Wie hatte sie nur so dumm sein können?

Sie versuchte an ihm vorbeizugehen, aber er streckte einen Arm aus, um sie aufzuhalten. »Ihr werdet mir doch nicht davonlaufen – wo ich Euch eben erst gefunden habe? Wenn Ihr auch ein Trugbild sein mögt – ich werde nicht zulassen, daß Ihr Euch in Luft auflöst.«

»Was wollt Ihr von mir?« fauchte sie ihn an.

»Ihr seid viel zu hübsch, um Euer Brot mit so mühsamer Arbeit zu verdienen. Würdet Ihr mit mir kommen? Ich möchte für Euch sorgen.«

»Was für ein verrückter Einfall!« rief sie verächtlich. »Ihr seid noch ein halbes Kind. Wie könnt Ihr da für eine Frau sorgen?«

Der Junge preßte die Lippen zusammen, und Sheena konnte das leidenschaftliche Wesen des Mannes erahnen, zu dem er sich einmal entwickeln würde. Zu spät erkannte sie, welch ein Fehler es gewesen war, ihn zu verspotten. Die Hochländer ertrugen es nicht, wenn man sich über sie lustig machte, und dieser hier schien besonders stolz zu sein.

»Ich hätte Euch nicht danach fragen sollen«, erwiderte er kühl.

»Wie schön, daß Ihr das einseht!«

»Statt dessen hätte ich mir an meinem Bruder ein Beispiel nehmen sollen …«

Der unheilvolle Klang seiner Stimme jagte einen Schauer über Sheenas Rücken.

»Er hätte Euch einfach gepackt«, fuhr er fort. »Und genau das werde ich jetzt tun.«

Blitzschnell hob er sie hoch. Ihr wütendes Geschrei und ihre verzweifelte Gegenwehr schienen ihn nicht zu beeindrucken, sondern eher zu erheitern.

Er verschwendete keine Zeit, setzte sie auf sein Pferd, und im nächsten Augenblick sprang er hinter ihr in den Sattel und umschlang sie mit beiden Armen, so daß sie sich nicht rühren konnte. Eisern hielt er sie fest, während das Tier durch den seichten Fluß zum Südufer watete. Sheenas Stiefel und der lange Rock wurden völlig durchnäßt, aber sie hatte ganz andere

Sorgen. Wie würde Tante Erminia das plötzliche Verschwinden ihrer Nichte aufnehmen? Natürlich würde sie die Familie Fergusson verständigen. Der arme Niall ... Würde er glauben, seine Schwester wäre davongerannt? Und ihr Vater? Er hatte ihr seinen Schutz verweigert und sie in die Verbannung geschickt. Nur deshalb war sie entführt worden. Er würde sich schreckliche Vorwürfe machen. Doch seltsamerweise empfand sie keine Genugtuung bei diesem Gedanken. »Wohin bringt Ihr mich?« überschrie sie den Wind.

»Zu mir nach Hause.«

»Für wie lange?«

»Natürlich für immer.«

Wie absurd! Glaubte der Hochländer, er könnte sie einfach behalten – wie eine streunende Hündin, die er von der Straße aufgelesen hatte? Doch da machte er sich falsche Hoffnungen. Sie würde Mittel und Wege finden, um nach Aberdeen zurückzukehren – oder ihre Familie würde sie aufspüren. Und dann konnte er sich auf einiges gefaßt machen!

10

Sie waren erst eine knappe Meile geritten, als es in Strömen zu regnen begann. Das Gewitter kam Sheena wie ein böses Omen vor, und dieser Gedanke ließ sie nicht mehr los.

Der Hochländer gab ihr seinen Tartan, den sie sich über den Kopf zog. Danach sah sie nicht mehr, wohin sie galoppierten. Der Junge hatte es offenbar sehr eilig, denn er schien ein Wettrennen mit dem Sturm zu veranstalten. Die Meilen schmolzen unter den Hufen dahin, und Sheena nahm an, daß sie mindestens zwanzig zurückgelegt hatten, bevor das Gewitter aufhörte und der Hochländer die Geschwindigkeit seines Pferdes drosselte.

Sie legte den Tartan ab, der ihr keinen Schutz vor dem starken Regen geboten hatte. Sie war naß bis auf die Haut. Die Mittagsstunde mußte längst überschritten sein, doch der Himmel war mit dunklen Wolken verhangen, und sie konnte nicht schätzen, wie spät es war. Sie ritten durch eine Schlucht zwischen hohen grauen Bergketten, am Ufer eines Flusses. Sheena erschauerte, als ihr bewußt wurde, daß sie sich mitten im Hochland befand. Tränen brannten in ihren Augen, aber sie unterdrückte das Schluchzen, das in ihrer Kehle aufstieg. Sie wollte ihrem jungen Entführer nicht zeigen, wie hilflos sie sich fühlte.

Jetzt trabte das Pferd langsam dahin, erschöpft von der langen Reise. Sheena warf einen kurzen Blick über die Schulter, dann schaute sie wieder geradeaus. »Ihr habt kein Recht, mich festzuhalten. Meine Familie wird wütend sein.«

»Ihr habt doch zugegeben, daß Ihr allein auf der Welt seid«, erwiderte er seelenruhig.

»Ich habe nichts dergleichen gesagt.«

»Nun, das spielt auch gar keine Rolle. Die Familie einer Bettlerin kann mir nichts anhaben. Von jetzt an gehört Ihr mir und dürft Euch glücklich schätzen.«

»Was?« rief sie fassungslos.

»Ich werde Euch schöne Kleider schenken und Juwelen, die zu Euren Augen passen. Ihr werdet nie mehr betteln müssen. Seht Ihr nicht ein, daß Ihr Euch freuen könnt?«

Sheena seufzte tief auf. »Ist Euch eigentlich klar, daß Ihr mich *gestohlen* habt?«

»Dafür werdet Ihr noch dankbar sein, wenn wir erst verheiratet sind«, entgegnete er lachend.

»Ihr wollt mich heiraten?« stieß sie entsetzt hervor und drehte sich wieder zu ihm um.

»Natürlich. Glaubt Ihr, ich würde Euch beschämen und Euch etwas Geringeres zumuten?«

»Aber Ihr kennt mich gar nicht ...«

»Doch. Ihr seid etwas ganz Besonderes, das habe ich sofort gemerkt.«

»Nun, ich heirate Euch jedenfalls nicht, und damit basta!«

»Ihr werdet Euch schon noch anders besinnen.«

Hilfloser Zorn hatte ihre Angst vorübergehend verdrängt, doch als sie ein großes Schloß vor sich aufragen sah, dessen Türme in düsteren Abendwolken verschwanden, wurde ihr wieder bang ums Herz. »Ist das Euer Zuhause?« fragte sie mit zitternder Stimme.

»Ja«, bestätigte er stolz. »Es sieht nicht besonders einladend aus, aber drinnen ist es sehr gemütlich.«

»Was für eine riesengroße Festung ... Seid Ihr mit dem Laird verwandt?«

»Ich bin sein Bruder.«

Sheena wußte nicht, ob sie aus dieser Neuigkeit Hoffnung schöpfen sollte oder nicht. Der Laird könnte sicher veranlassen, daß sie nach Aberdeen zurückgebracht würde. Aber vielleicht verwöhnte er seinen jüngeren Bruder und erfüllte ihm alle Wünsche.

»Leider muß ich Euch für eine kleine Weile verstecken«, sagte ihr Entführer, während sie sich einer langen, zu beiden Seiten von Türmen begrenzten Mauer näherten. Zum erstenmal, seit Sheena ihn kannte, klang seine Stimme unsicher. »Mein Bruder darf nichts von Eurer Anwesenheit erfahren, bevor er meine Pläne gebilligt hat.«

»Fürchtet Ihr Euch vor ihm?«

»Unsinn!« Er lachte ohne Überzeugungskraft.

»Ihr braucht seine Erlaubnis, um mich heiraten zu können, nicht wahr?«

»Ja.«

»Würde er gestatten, daß Ihr eine Bettlerin zur Frau nehmt?«

»Wenn ich ihm klarmache, wie sehr ich Euch begehre, wird er zustimmen.«

Doch sein Selbstbewußtsein hatte merklich nachgelassen, und Sheena begann, ihre Lage in etwas rosigerem Licht zu sehen.

Das Tor stand offen, und sie ritten in einen großen Hof. Vor ihnen erstreckte sich die Halle mit zwei Türen an beiden Enden, zur Linken mit einem zweistöckigen, quaderförmigen Bau verbunden, an dem zwei Außentreppen zum zweiten Stockwerk führten. Rechts lag der Stall. Entlang der Außenmauer erhoben sich mehrere Rundtürme, zwischen kleineren Gebäuden.

»Willkommen in meinem Heim!« sagte der Junge höflich. Sheena würdigte ihn keiner Antwort.

Ein rothaariger Bursche rannte herbei, um das Pferd zu übernehmen. »Du kommst aber früh zurück, Colen.«

»Ist mein Bruder da?«

»Er sitzt in der Halle. Und wo sind die anderen?«

»Die wollten noch in Aberdeen bleiben.«

»Wen hast du denn da bei dir, Colen?« fragte eine tiefere Stimme, und Sheena wandte den Kopf, um festzustellen, wer da gesprochen hatte. Aber der Entführer versperrte ihr die Sicht mit seinem Tartan, und sie spürte, wie aufgeregt er war.

»Das geht dich nichts an, Black Gawain.«

»Ein Geheimnis, was?« Der Mann lachte leise. »Weiß dein Bruder, daß du jemanden mitgebracht hast?«

»Nein, und ich wäre dir dankbar, wenn du's ihm nicht verraten würdest. Ich sag's ihm selber.« Der junge Mann hob Sheena vom Pferd und trug sie rasch davon, bevor sie einen Blick auf Gawain werfen konnte. Seine Heimlichtuerei mißfiel ihr immer mehr.

»Ihr heißt also Colen«, sagte sie und wünschte, er würde sie auf die Beine stellen.

»Ja.«

»Wohin bringt Ihr mich?«

»In mein Zimmer. Dort müßt Ihr erst mal bleiben.«

»O nein!« erwiderte sie entschieden. »Glaubt Ihr allen Ernstes, ich würde mit Euch in einem Raum schlafen?«

»Keine Angst – ich werde Euch nicht anrühren, bevor wir verheiratet sind.«

Zweifelnd sah sie zu ihm auf. »Selbst wenn ich Euch glauben würde – es wäre trotzdem unschicklich.«

»Ich kann Euch kein eigenes Zimmer geben, ohne daß mein Bruder davon erfährt«, entgegnete er verärgert.

»Dann sagt es ihm doch!« Mit aller Kraft versuchte sie sich loszureißen, und schließlich blieb ihm nichts anderes übrig, als sie auf den Boden zu stellen.

Er schlang einen Arm um ihren Nacken, und als sie zu schreien versuchte, preßte er eine Hand auf ihren Mund. So schnell er konnte, zerrte er sie zu den Außentreppen des quaderförmigen Gebäudes.

Black Gawain beobachtete die beiden, bis sie aus seinem Blickfeld verschwunden waren, dann schüttelte er den Kopf und schlenderte zur Halle. Es ging ihn nichts an, daß sich Colen eine Geliebte halten wollte – auch wenn sie ihm nur gezwungenermaßen folgte. Aber warum wollte er es seinem Bruder verheimlichen? Dem Laird würde es nichts ausmachen. Der hatte selber genug Frauen. Gawain grinste und überlegte, wie lange man ein solches Geheimnis vor dem Clansführer verbergen konnte.

11

Es dauerte sechs Tage, bis Sheena erfuhr, wo sie sich befand. Sechs Tage, in Colens Zimmer eingesperrt … Bis jetzt hatte er ihr nur entlockt, wie ihr Vorname lautete – sonst nichts. Sheena konnte sehr hartnäckig sein.

»Soll das ein Witz sein, Colen? Oder wollt Ihr mir wirklich einreden, Euer Bruder hätte den ganzen Tag in seinem Zimmer verbracht – mit seiner Geliebten? Ist er nicht einmal zu den Mahlzeiten herausgekommen?«

»Das macht er oft, wenn er eine neue Frau hat«, versuchte Colen zu erklären.

»Wie lange soll ich das noch ertragen? Erst hat er zuviel zu tun, dann ist er unauffindbar oder schlecht gelaunt oder sonstwas! Und Ihr haltet mich die ganze Zeit in diesen vier Wänden gefangen? Nein, das dulde ich nicht mehr!«

»Sheena, bitte …«

»Ich will keine Ausreden mehr hören. Anfangs war ich bereit, Euch einen gewissen Spielraum zu gewähren, weil ich in Frieden und ohne großes Aufhebens von hier fortgehen wollte. Leider vertröstet Ihr mich immer wieder, und jetzt sitze ich schon sechs Tage hier fest.«

»Ich habe ihm bereits gesagt, daß ich heiraten will«, verteidigte sich Colen.

»Aber von mir und meiner Anwesenheit weiß er nichts. Als er Euch nach den Abmachungen fragte, habt Ihr geschwiegen.«

»Er war nicht in der rechten Stimmung, um zu verdauen, daß es keine Abmachungen geben wird. Wenn ich ihm das mitteile, muß er guter Dinge sein.«

»Ich soll also warten, bis sich seine Laune bessert? Gesteht doch endlich die Wahrheit, Colen! Ihr habt Angst vor seiner Antwort.«

»Ich könnte es nicht ertragen, wenn er mir verbietet, Euch zu heiraten«, erwiderte er niedergeschlagen.

»Und wie werdet Ihr es ertragen, wenn Ihr *meine* Gesinnung nicht ändern könnt?« fragte Sheena sanft.

»Die Frauen sind wankelmütig. Sie wollen mal dies, mal das. Um Euch mache ich mir keine Sorgen – nur um meinen Bruder.«

»Wankelmütig? Wer hat Euch denn diesen Unsinn erzählt? Nein, Ihr braucht nicht zu antworten. Es war Euer lieber, guter Bruder.«

Colen lachte. »So hat ihn noch niemand genannt.«

»Ist er denn so schrecklich?«

»Hin und wieder. Die MacKinnions sind bekannt für ihr wildes Temperament, und Jamie treibt's manchmal besonders schlimm.«

»*MacKinnion?!*«

»Was ist denn los?«

Sie war leichenblaß geworden. »Ihr seid ein – MacKinnion? Und Jamie – James MacKinnion – der Laird ...«

»Warum regt Ihr Euch so auf?« rief Colen erschrocken. »Hatte ich vergessen, Euch das zu sagen?«

»Allerdings ... Oh, es ist unglaublich!« Sie begann hysterisch zu lachen, und der arme Colen wußte nicht, was er von ihrem Benehmen halten sollte. Doch als sie zur Tür stürmte, sprang er ihr nach und packte sie am Arm. »Rührt mich nicht an!« kreischte sie.

Er gab ihr eine schallende Ohrfeige. Sekundenlang war sie wie betäubt, dann blitzten ihre Augen auf, und sie schlug zurück, genauso fest wie er.

Fassungslos hielt er sich die Wange. »Ihr habt Euch an mir vergriffen!«

Sheena hätte beinahe gelacht.

»Damit habt *Ihr* angefangen. Und so etwas lasse ich mir von niemandem bieten.«

»Aber – Ihr habt mich geschlagen!«

»Ja, und mit gutem Grund. Warum habt *Ihr* mich denn geschlagen?«

»Weil Ihr Euch so verrückt aufgeführt habt. Ich wollte Euch nur beruhigen.«

»Also gut, vielleicht habe ich die Beherrschung verloren«, sagte sie seufzend. Ihr Verstand begann wieder klarer zu arbeiten, die Panik ließ nach. »Trotzdem hättet Ihr Eure Hand nicht gegen mich erheben dürfen – wo Ihr doch doppelt so stark seid wie ich. Nun, das alles spielt keine Rolle. Ich kann nicht mehr hierbleiben.«

Zu ihrer Überraschung gab er klein bei. »Ihr habt recht, es war nicht richtig, daß ich Euch so lange gefangengehalten habe. Es tut mir leid. Heute abend werde ich die Sache regeln.«

»Warum nicht jetzt gleich?«

»Ich muß aufbrechen, um die Pferde zurückzuholen, die uns heute nacht gestohlen wurden.«

»Ihr plant einen Überfall? Heute?«

»Ja. Aber sobald ich zurückkomme, werde ich mit meinem Bruder sprechen.«

»Schwört Ihr mir das, Colen?«

Er nickte und wandte sich zum Gehen. An der Tür blieb er noch einmal stehen und rieb sich verstört die Wange. »Ich wurde noch nie von einem Mädchen geschlagen.«

»Dann war es höchste Zeit, weil Ihr nämlich ein sturer, brutaler Kerl seid!«

»Und Ihr seid ein verdammt mutiges Mädchen«, erwiderte Colen grinsend. »Eine MacKinnon würde niemals zurückschlagen, weil sie genau weiß, daß sie dann windelweich geprügelt wird.«

»Und darauf muß sich auch Eure Frau gefaßt machen?«

»Oh, Sheena, ich würde Euch niemals weh tun.«

»Natürlich nicht«, bestätigte sie sarkastisch. »Solange alles nach Eurem Willen geht ...«

»Werdet Ihr mir noch diesen einen Tag Zeit geben, ohne Ärger zu machen?«

Sheena zögerte, aber nur, um Colen zu beruhigen. In den letzten Tagen hatte sie oft überlegt, ob sie Lärm schlagen sollte. Doch jetzt wußte sie nur zu gut, daß sie das nicht wagen durfte – nicht, wenn ein MacKinnion auftauchen könnte, um nach der Ursache des Geschreis in Colens Zimmer zu forschen. Womöglich sogar der Laird höchstselbst … »Ich warte nur noch diesen einen Tag ab«, antwortete sie schließlich. »Und keine Minute länger.«

Er lächelte erleichtert. »Wenn ich vor Einbruch der Dunkelheit nicht zurückkomme, wird Euch ein Mädchen was zu essen bringen. Und macht Euch keine Sorgen.«

Mit diesen Worten verließ er das Zimmer. Der Riegel wurde vorgeschoben, und dann fand sie endlich Zeit und Muße, um im vollen Ausmaß zu erfassen, was sie an diesem Morgen erfahren hatte. Sechs Tage hatte sie in der Mitte des MacKinnion-Clans verbracht. Die schlimmsten Feinde ihrer Familie trieben sich da draußen vor der Tür herum – im Nebenraum – im ganzen Schloß … Und auch der Laird, der niederträchtige Laird von MacKinnion ging hier aus und ein … Sie setzte sich auf das Bett, überwältigt von dieser Erkenntnis. Was sie hier erlebte, mußte ein Alptraum sein.

12

Der Laird war in die Halle zurückgekehrt, nachdem er mit dem Türhüter gesprochen und gehört hatte, daß sich sein Bruder noch immer nicht blicken ließ. Über den Jungen und die anderen Männer machte er sich keine Gedanken – nur über den Erfolg des Überfalls. Einer seiner besten Hengste war gestohlen worden, und den wollte er wiederhaben. Er hätte den Trupp selber anführen sollen, das wußte er, aber Colen war die ganze Woche so rastlos gewesen, und er hatte ihm eine Abwechslung gönnen wollen.

An diesem Abend wurden keine Gäste erwartet. Nur die Schloßbewohner saßen an einem der langen Tische. Dienstboten eilten umher, füllten die Schneidebretter mit neuen Fleischgerichten und gossen Bier nach.

Der Tisch auf dem Podest des Lairds war noch leer. Es galt als Verbrechen, das Essen für den Laird aufzutragen, bevor er erkennen ließ, daß er zu speisen wünschte. Nichts konnte James MacKinnion heftiger erzürnen als eine kalte Mahlzeit. Unerfahrene Dienstboten, die eben erst ins Schloß gekommen waren, lernten das auf unsanfte Weise. Solange man James Wut nicht am eigenen Leib zu spüren bekam, konnte sie recht unterhaltsam sein, und deshalb war niemand bereit, die Neuankömmlinge einzuweihen.

Nur eine einzige Person saß mit mürrischer Miene an Jamies Tisch – Jessie Martin, eine Kusine seines Schwagers Dobbin. Er hatte sie warten lassen, und das mißfiel ihr. Vor drei Wochen hatten Dobbin und seine Frau Daphne, Jamies Schwester, das Schloß Kinnion besucht und Jessie mitgebracht. Aber sie war nicht mit ihnen abgereist und hatte Jamie tagelang zu verstehen gegeben, daß sie zu seiner Verfügung stünde. Schließlich war er auf ihr Angebot eingegangen.

Gestern hatte er dann endgültig genug von ihr gehabt – zumindest glaubte er das. Doch als er sie jetzt in ihrem tief ausgeschnittenen burgunderroten Samtkleid sah, mußte er sich eingestehen, daß er noch niemals eine bessere Geliebte besessen hatte. Wenn Tante Lydia ihr nur etwas freundlicher gesonnen wäre … Sie konnte Jessie nicht ausstehen. Seit deren Ankunft verkroch sie sich in ihrem Zimmer im Nordturm und kam nur selten heraus. Tante Lydia verachtete schamlose Frauen.

Nun, manchmal brauchte ein Mann so eine Frau, vor allem, wenn er nicht heiraten wollte. Und man mußte Jessie zugestehen, daß sie einen Mann zu erfreuen wußte. Nach vier gescheiterten Verlobungen behauptete sie, keinen Gedanken mehr an eine Ehe zu verschwenden. Jamie hegte da gewisse Zweifel. Alle Frauen, die er bisher kennengelernt hatte, waren ganz versessen aufs Heiraten gewesen. Nun, falls Jessie solche Ziele verfolgte, würde sie eine herbe Enttäuschung erleben.

»Können wir endlich zu essen anfangen?« fragte sie verdrossen, sobald er sich zu ihr gesetzt hatte.

Ihr Tonfall ärgerte ihn. »Jetzt, wo ich da bin, wird man uns bedienen. Aber du hättest nicht auf mich warten müssen, Mädchen.«

»An diesem Tisch wird nicht serviert, bevor du Platz genommen hast«, erinnerte sie ihn bissig.

»Da drüben am langen Tisch ist genug Platz – und dort gibt's auch eine Menge zu essen.«

Es war ein Privileg, am Tisch des Lairds zu speisen, und Jessie wußte, daß er ihr das klarmachen wollte. Er konnte sehr herzlos sein. Aber sie wollte ihn mit aller Macht für sich gewinnen. Nie zuvor war ihr ein so begehrenswerter Mann begegnet. James MacKinnion – hübsch, reich und noch dazu ein Laird – verkörperte alles, was sie je erträumt hatte. Das war ihr schon bewußt geworden, als sie ihn bei der Hochzeit ihres Vetters zum erstenmal gesehen hatte. Seither hatte sie Dobbin unentwegt in den Ohren gelegen und ihn angefleht, sie doch mitzunehmen, wenn er Schloß Kinnion besuchte. Dazu hatte er sich erst nach drei Jahren bereit gefunden. Und nun war sie endlich hier – fest entschlossen, das Feld nie wieder zu räumen.

»O Jamie, du darfst mich nicht so ernst nehmen.« Sie lächelte ihn liebreizend an. »Wenn ich Hunger habe, bin ich immer schlecht gelaunt. Aber damit werde ich dich in Zukunft nicht mehr behelligen.«

Er ließ sich nicht ins Bockshorn jagen. »Das will ich hoffen, Jessie. Ich muß dir nämlich sagen, daß ich nichts für zänkische Frauen übrig habe, die ständig an einem herumnörgeln. So was brauche ich nicht zu dulden, und ich will es auch gar nicht. Du bist ein nettes Mädchen, das leugne ich nicht, und ich werde für dich sorgen, so lange du mein Bett teilst. Aber ansonsten kannst du keine Ansprüche an mich stellen.«

»Das weiß ich, und es tut mir wirklich leid, daß ich dich geärgert habe«, beteuerte sie hastig und bemühte sich verzweifelt das Thema zu wechseln. »Schau doch, da kommt das Mädchen mit unserem Essen ...«

Jessie unterbrach sich, denn die Küchenmagd trug ihr Servierbrett zum Ende der Halle, in die Richtung der Treppe, die nach oben führte. Der Tisch des Lairds war nicht ihr Ziel. Als sie durch den Torbogen ging, erwachte Jamies Neugier, und er stand auf.

»Wo gehst du denn jetzt schon wieder hin?« rief Jessie und vergaß ihre guten Vorsätze.

Er gab keine Antwort und verließ den Tisch. In diesem Augenblick kam eine andere Magd aus der Küche, um ihm sein Essen zu bringen. Lächelnd wandte er sich zu ihr. »Geh nur, Gertie, und bediene Mistress Martin – auch wenn ich nicht bei ihr sitze. Ich fürchte, sie wird sonst vor Hunger in Ohnmacht fallen.«

Die alte Frau zwinkerte ihm zu. »Sicher, Sir Jamie, das wollen wir auf gar keinen Fall.«

»Wohin ist denn die kleine Doris gegangen?«

»Doris? Keine Ahnung. Sie sagte, Euer Bruder hätte ihr für den Fall, daß er vor der Abenddämmerung nicht zurückkäme, einen Auftrag erteilt.«

»So? Hat er das?«

Jamie folgte Doris die steinernen Stufen zum ersten Stock hinauf. Sein Schlafgemach lag auf der einen Seite des Stiegenhauses, auf der anderen befanden sich zwei kleinere Gästezimmer. Doch davor war Doris nicht stehengeblieben. Er sah sie am Ende des Korridors, bevor sie nach rechts bog, um weiter nach oben zu gehen – zu dem Stockwerk, wo Colen eines von vier Zimmern bewohnte.

»Doris!«

Sie spähte um die Ecke, dann kam sie zurück und trat in den Lichtschein der Fackel, die neben dem Aufgang steckte.

»Wohin bringst du das Essen?« fragte er, als er sie eingeholt hatte. »Ich hoffe, man hat mir nicht verschwiegen, daß jemand krank ist?«

»Nein, ich glaube, sie ist nicht krank.«

»Sie?«

Doris zögerte, aber sie wußte, daß man dem Laird nichts verheimlichen durfte. »Das Mädchen, mit dem der junge Herr Colen sein Zimmer teilt.«

»Ah, er hat ein Mädchen bei sich? Wer ist es denn?«

»Das weiß ich nicht, Sir Jamie, ich habe sie noch nie gesehen. Aber das alles ist so merkwürdig. Er schärfte mir ein, den Riegel gleich wieder vorzuschieben, wenn ich ihr das Abendessen gebracht hätte. Warum sperrt er das arme Ding ein? Ich finde das nicht richtig.«

Lächelnd hob er die Brauen. »Ja, warum tut er das? Gib mir die Platte! Ich werde für ihr leibliches Wohl sorgen und herausfinden, was da los ist.«

Jamie grinste belustigt, während er das Servierbrett zum zweiten Stock hinauftrug. Sein Bruder hatte also eine Geliebte bei sich aufgenommen – eine, die er für sich allein haben wollte. Kein Wunder, daß er sich so sonderbar benahm … Wahrscheinlich war der Junge zum erstenmal verliebt. In Colens Alter hatte Jamie die gleichen Gefühle verspürt und konnte sich noch gut daran erinnern. Doch diese schwärmerischen Zeiten waren schnell vorbeigegangen, und er hatte nie wieder so empfunden. Fast hätte er Colen um dieses herzbewegende Erlebnis beneidet. Nun, der Junge wird noch früh genug merken, daß es nicht die wahre Liebe ist, dachte Jamie. Und bevor die bittere Enttäuschung kommt, soll er sein Glück in vollen Zügen genießen.

Colens Schlafkammer war tatsächlich versperrt. Jamie schob den Riegel zurück und die Tür auf. Dahinter lag tiefe Finsternis. Das Fackellicht vom Korridor fiel nur ein paar Schritte weit in den Raum.

Er blinzelte. »Wo seid Ihr, Fräulein?«

»Hier.«

Er wandte sich in die Richtung, aus der die Stimme gekommen war, doch er konnte das Mädchen noch immer nicht sehen. »Wir haben eine Menge Kerzen im Schloß. Seid Ihr so häßlich, daß Colen Euch im Dunkeln verbergen muß?«

»Auf dem Tisch steht eine Kerze.«

»Warum zündet Ihr sie denn nicht an?«

»Wozu?« fragte sie tonlos. »In diesem Zimmer gibt es nichts für mich zu tun, wofür ich Licht bräuchte.«

Jamie lachte leise. Da hatte Colen wirklich ein seltenes Exem-

plar gefunden, eine Geliebte, die sich ausschließlich damit befaßte, auf ihn zu warten und seine Wünsche zu erfüllen.

Jamie entdeckte das Bett und ging darauf zu. Jetzt nahm er
die Umrisse einer Gestalt wahr, die dort saß. Er stellte das Tablett auf den Tisch.

»Ihr seid nicht das Mädchen, daß mir mein Essen bringen
sollte«, bemerkte sie unsicher.

Jamie gab keine Antwort. Er fand die Kerze, und wenige Sekunden später war der Raum in flackerndes Licht getaucht. »So
mein Fräulein, wer …«

Die Worte blieben ihm in der Kehle stecken, als er sich umdrehte und das Mädchen anschaute. Was er da sah, konnte
nicht Wirklichkeit sein! Das feingezeichnete ovale Gesicht, die
leuchtenden tiefblauen Augen, das dunkelrote Haar … Wann
hatte er davon geträumt?

Mit unverhohlener Neugier starrte sie ihn an, und er wagte
nicht zu sprechen, aus Angst, sie würde sich in Luft auflösen.
Und plötzlich wußte er, warum ihm das Atmen so schwerfiel.
Das war seine Wassernixe aus dem Teich in jenem kleinen, bewaldeten Tal. Ihr Bild war im Lauf der Zeit ein wenig verblaßt,
aber seine Gefühle hatten sich nicht geändert.

Während sich das Schweigen in die Länge zog, lächelte sie, und
beim Anblick dieses strahlenden Lächelns glaubte Jamie, sein
Herz würde stehenbleiben. Und dann kicherte sie glucksend.

»Soviel ich weiß, habe ich schon einigen Männern den Kopf
verdreht«, sagte sie belustigt. »Aber einer, dem ich die Sprache
verschlagen habe, ist mir noch nie begegnet. Irgendwie gefällt
mir das.«

Jamie wäre zutiefst beleidigt gewesen, hätte jemand anderer
als seine Nixe gewagt, ihn so zu necken. Doch ihr Gelächter
entzückte ihn, und ihr Spott störte ihn kein bißchen.

»Ich – ich habe noch nie zuvor die Stimme verloren. Und
jetzt, wo sie mir wieder gehorcht, möchte ich Euch fragen, wer
Ihr seid.«

»Das will ich Euch nicht sagen.«

»Warum nicht?«

Anmutig zuckte sie mit den Schultern und senkte den Blick.

»Das weiß nicht einmal Colen. Warum sollte ich es ausgerechnet Euch anvertrauen?« Sie stand auf, ging zum Tisch und nahm ein Zuckerbrötchen von der Servierplatte.

»Ihr seid keine MacKinnion?«

»Gott bewahre!«

Jamie runzelte die Stirn. »Woher kommt Ihr dann?«

»Der Junge hat mich in Aberdeen aufgelesen«, lautete Sheenas ausweichende Antwort.

»Seid Ihr dort zu Hause?«

Ihre Augen verengten sich. »Ich habe kein Zuhause mehr. Aber – wer seid Ihr? Warum stellt Ihr mir so viele Fragen?«

»Hat Colen Euch nichts von mir erzählt?«

»Er hat nur von einem Bruder gesprochen – sonst von niemandem.«

»Ich bin sein Bruder«, erklärte Jamie.

»Ihr – Ihr seid …«, begann sie zu stammeln.

Verblüfft beobachtete er, wie sie über das Bett kroch und sich dahinter an die Mauer preßte. Sie duckte sich, als wollte sie versuchen, in die Steinmauer zu kriechen.

»Was soll der Unsinn?« wollte er wissen.

Sie schwieg, und er sah nacktes Entsetzen in ihren Augen. »Antwortet mir!« befahl er streng, und dann klang eine Stimme hinter ihm auf.

»Was machst du denn hier?«

Jamie wandte den Kopf und sah Colen hereinkommen. Das Mädchen rannte schnell wie der Blitz zu Colen und warf sich in seine Arme.

Eine unerwartet heftige Eifersucht stieg in Jamie auf. Da war sie, seine schöne Nixe, die er gesucht, von der er unzählige Male geträumt hatte. Und sie lag in den Armen seines Bruders. Was ihm nicht gelungen war – Colen hatte es geschafft und sie gefunden.

»Was hast du ihr getan?« stieß der Junge erbost hervor.

»Was ich ihr getan habe?« schrie Jamie wütend. »Gar nichts! Ich stand hier und sprach mit ihr – und kaum hatte sie erfahren, wer ich bin, gebärdete sie sich, als wäre ich der Teufel persönlich. Vielleicht würde sie mir mal sagen, warum.«

Colen zog verwirrt die Stirn in Falten. »Nun, Sheena?«

Doch sie schüttelte stumm den Kopf und klammerte sich an ihn.

»Also, was hat das zu bedeuten?« fragte der Laird.

»Hör auf, Jamie!« entgegnete sein Bruder. »Siehst du nicht, daß sie völlig verstört ist?«

»Wie ich gestehen muß, bin ich auch ein bißchen durcheinander. Jetzt möchte ich endlich wissen, wer sie ist und warum du es für nötig hältst, sie in deinem Zimmer einzusperren.«

»Sie ist ein armes Mädchen, Jamie, ohne Zuhause und ohne nennenswerte Familie. Sie hat in Aberdeen im Armenhaus gewohnt.«

»Eine Bettlerin. Ich verstehe. Und was hast du mir sonst mitzuteilen?«

»Dies ist nicht der rechte Zeitpunkt … Autsch!«

Sheena hatte ihn mit aller Kraft in den Arm gekniffen. Nun schob sie ihn von sich. »Ihr werdet ihm *alles* sagen, Colen! Sofort!«

»Ah, das Fräulein kann endlich wieder reden«, bemerkte Jamie spöttisch.

Sheena fuhr zu ihm herum, doch dann wich sie zurück. Sie brachte es immer noch nicht fertig, mit James MacKinnion zu reden, nachdem sie so viele schreckliche Geschichten über ihn gehört hatte.

Wäre sie nicht so verängstigt gewesen, hätte sie die Ähnlichkeit zwischen den beiden Brüdern bemerkt, obwohl Colen kupferrotes und Jamie goldblondes Haar hatte. Nur eins fiel ihr auf – wie jung der Laird von MacKinnion wirkte und wie gut er aussah. War das wirklich ihr gefürchteter Feind? So hatte sie sich den wilden MacKinnion ganz sicher nicht vorgestellt.

Jamie seufzte und setzte sich auf das Bett. »Colen, mein Junge, allmählich verliere ich die Geduld mit euch beiden. Ich frage dich jetzt zum letztenmal, was hier vorgeht.«

Colen schluckte mühsam, dann platzte er heraus: »Ich will sie heiraten.«

»Heiraten?« Jamie lachte schallend. »Du hast sie doch schon. Wozu willst du sie noch heiraten?«

Die Selbstverständlichkeit, mit der er die Situation verkannte, trieb Sheena das Blut in die Wangen. Diese überhebliche Art war typisch für die Hochländer – und für diesen da ganz besonders.

Colen runzelte die Stirn. »Du darfst sie nicht beleidigen, Jamie. Es ist nicht so, wie du glaubst.«

»Zweifellos hat sie dir diese Heirat vorgeschlagen.«

»Sie hat sich noch nicht entschlossen. Es – es war meine Idee.«

»Colen!« rief Sheena warnend.

»Also gut!« stieß der Junge zornig hervor. »Sie will mich nicht heiraten.«

»Aber sie ist doch mit dir hierhergekommen«, wandte Jamie ein. Colen senkte den Kopf. »Ich habe sie entführt – gewaltsam.«

Jamie ließ sich nach hinten auf das Bett fallen und lachte herzhaft. »O Colen, was soll ich nur mit dir machen? Weißt du denn nicht, daß es genug Mädchen gibt, die sich einem Mann an den Hals werfen? Warum suchst du dir eine aus, die gar nicht will?«

»Es gibt keine, die so ist wie Sheena.«

Da verging Jamie das Lachen. In der Tat, es gab keine, die sich mit diesem Mädchen vergleichen konnte. Und daß sie seinen Bruder nicht heiraten wollte, erleichterte ihn maßlos.

»Ein schönes Durcheinander haben wir da«, sagte er nachdenklich. »Offenbar meinst du es ernst, Colen, aber ich muß auch die Wünsche des Fräuleins berücksichtigen – nicht nur deine. Immerhin hast du sie gegen ihren Willen hierhergebracht.«

»Aber falls sie mich doch noch heiraten möchte – würdest du uns deinen Segen geben?« fragte Colen.

Jamie sah seine Nixe unglücklich an. Sie war sein Traumbild, das Wirklichkeit geworden war. Würde er es ertragen, sie als Frau seines Bruders zu sehen? Aber durfte er sein eigenes Verlangen über den Willen dieser beiden jungen Menschen stellen?

Widerstrebend entgegnete er: »Wenn sie dich heiraten will, habt ihr meinen Segen. Doch ich will zuerst hören, was sie zu sagen hat. Ihr heißt Sheena, nicht wahr, Fräulein?« Sie nickte, und er fuhr fort: »Wollt Ihr die Frau meines Bruders werden?«

Heftig schüttelte sie den Kopf. Sie wußte, daß ihr Schweigen ihn ärgerte. Trotzdem brachte sie es nicht fertig, mit diesem Mann zu sprechen.

»Ich weiß, daß Ihr eine Stimme habt, Fräulein«, bemerkte Jamie mit einer Engelsgeduld, die ihn selber überraschte. »Wenn Ihr meinen Bruder nicht heiraten wollt, braucht Ihr das nur zu sagen. Sonst kann ich Euch nicht helfen.«

Es gab keinen Ausweg. Sheena räusperte sich, aber ihre Stimme war nur ein heiseres Flüstern. »Ich – ich möchte fort von hier.«

»Wohin wollt Ihr gehen?«

»Zurück nach Aberdeen.«

»Hör nicht auf sie, Jamie!« mischte sich Colen hastig ein. »Sie hat dort niemanden und müßte wieder für sich selber sorgen.«

»Was schlägst du vor, lieber Bruder? Du kannst sie nicht zwingen, dich zu heiraten.«

»Ja, das weiß ich. Aber sie könnte hier wohnen. Dann wäre sie besser dran.«

»Vielleicht«, wandte Jamie skeptisch ein.

Sheena hielt den Atem an. Colen hatte also die Absicht, sie auf Schloß Kinnion festzuhalten, um sie für sich zu gewinnen. Würde man sie tatsächlich an der Abreise hindern – obwohl sie fest entschlossen war, diesen Ort so schnell wie möglich zu verlassen? Mit dem Mut der Verzweiflung stieß sie hervor: »Verratet ihm doch, warum Ihr unbedingt wollt, daß ich hierbleibe, Colen! Sagt ihm die Wahrheit!«

Der Junge wandte sich ihr zu. »Ihr wärt ganz allein in dieser überfüllten Stadt, Sheena, ohne Beschützer. Das ertrage ich nicht. Bedenkt doch, was Euch alles zustoßen könnte!«

»Das ist meine Sache – nicht Eure«, wandte sie ein. Jamies Blick, der unverwandt auf sie gerichtet war, machte sie verlegen, und sie begann zu stottern. »Er – er glaubt, daß ich mich anders besinnen werde, wenn – wenn ich länger mit ihm beisammen bin. Das – das ist der eigentliche Grund, warum er mich nicht gehenlassen will.«

»Es wäre immerhin möglich, daß Ihr's Euch anders überlegt«, meinte Jamie.

»Niemals! Ich heirate keinen Mann, der jünger ist als ich – und schon gar keinen Hochländer!« Zu spät erkannte Sheena, daß sie die beiden beleidigt hatte.

Aber Jamie lachte nur. »Da hast du dir eine Tiefländerin eingefangen, mein Junge.«

»Das ist mir gleichgültig.«

»Ihr offenbar nicht. Die Tiefländer mögen uns nicht, Colen. Weißt du nicht, daß sie uns alle als Barbaren betrachten?«

»Wenn sie hierbleibt, wird sie schon merken, daß das nicht stimmt.«

»Oh ja, ganz sicher.«

»Ich bleibe nicht hier, und Ihr könnt mich nicht dazu zwingen!« rief Sheena und stemmte rebellisch die Hände in die Hüften.

Jamie ließ sich nicht gern sagen, was er tun konnte und was ihm unmöglich war – nicht einmal von diesem Mädchen, das ihn so faszinierte.

»Ich werde nicht mit Euch streiten, Fräulein«, entgegnete er mit scharfer Stimme, dann sah er, daß sie mit großen, furchtsamen Augen vor ihm zurückwich, und wandte sich ärgerlich zu seinem Bruder: »Ich bin mit meiner Geduld am Ende, Colen. Wenn sie bereit ist, ihre lächerliche Angst zu überwinden und wie ein vernünftiger Mensch mit mir zu reden, werde ich die Sache regeln.«

Ohne sich noch einmal umzudrehen, ging er aus dem Zimmer, und Sheena sank kraftlos auf einen Stuhl. »Wie hat er das gemeint?«

Colen grinste, denn er hatte erreicht, was er wollte. »Ihr werdet hierbleiben, Sheena.«

»Oh, nein!«

»Oh, doch! Niemand wird Euch nach Aberdeen zurückbringen, bevor er den Befehl dazu gibt. Und das wird er nicht tun, bevor Ihr ihm triftige Gründe nennen könnt, warum er diese Entscheidung treffen sollte.«

»Dann gehe ich eben allein.«

Colen schüttelte den Kopf, immer noch grinsend. »Das werde ich zu verhindern wissen.« Sie warf ihm einen vernichtenden Blick zu, der ihn nicht im mindesten beeindruckte. »O Sheena, Ihr habt Euch das alles selber zuzuschreiben. Warum hattet Ihr solche Angst vor ihm? Das hat ihm gründlich mißfallen.«

»Ihr habt doch gehört, wie er mich angeschrien hat!«

»Ja, und das war auch kein Wunder. Man darf Jamie nicht sagen, was er tun und lassen soll, Sheena. Er ist der Laird von MacKinnion und handelt so, wie es ihm beliebt.«

»Nicht, was mich betrifft!«

»Sagt ihm das doch – wenn Ihr es wagt! Aber ich werde euch nicht helfen können, wenn Ihr Euch seinen Zorn zuzieht.«

Irgendwie muß ich von hier wegkommen, dachte sie. Aber wenn ich erreichen will, daß James MacKinnion die entsprechenden Anweisungen gibt, habe ich keine andere Wahl, als ihm erneut gegenüberzutreten. Um dem Teufel zu entrinnen, werde ich dem Teufel ins Auge schauen … O Gott, gib mir Mut und Kraft, betete sie.

»Ich möchte noch einmal mit Eurem Bruder sprechen – sofort.«

Colen zögerte, dann senkte er den Blick. »Davon rate ich Euch dringend ab, Sheena – obwohl es für mich sicher vorteilhaft wäre. Jamie hätte die Angelegenheit hier und jetzt bereinigt, wäre er nicht so wütend, daß er fürchten muß, einen falschen Entschluß zu fassen. So ist er nun mal. Aus irgendeinem Grund habt Ihr mit Eurer unsinnigen Angst seinen Zorn erregt. Wenn Ihr ihn jetzt zu einer Entscheidung zwingt, wird sie nicht zu Euren Gunsten ausfallen.«

»Ihr meint – er würde mich aus reiner Bosheit hier festhalten?«

»Das ist sogar sehr wahrscheinlich. Aber wenn Ihr Euer Glück versuchen wollt, werde ich Euch nicht aufhalten.«

»Das würde Euch so passen!« fauchte Sheena. »O Gott, was soll ich nur machen?«

»Nehmt es nicht so schwer. Hier wird Euch ganz sicher kein Leid geschehen. Und da ich Euch jetzt nicht mehr verstecken muß, will ich Euch morgen Euer neues Heim zeigen.«

Am späten Morgen saß Jamie noch immer in der Halle. Die meisten seiner Gefolgsleute hatten sich bereits auf den Weg gemacht, um ihrem Tagewerk nachzugehen. Und die wenigen, die noch anwesend waren, würden ihn begleiten, wenn er das Schloß verließ. Sie schlenderten umher, warteten auf Jamie, scherzten mit den Dienstboten, die an den hinteren Tischen frühstückten. Die unverhoffte Ruhepause war ihnen hochwillkommen, und sie fragten nicht, warum ihr Laird den Aufbruch hinauszögerte.

Aber Jamie stellte sich diese Frage. Es war ungewöhnlich, daß er sich so spät am Morgen immer noch in der Halle aufhielt – auch wenn er keine dringlichen Geschäfte zu erledigen hatte. Die Zeit verstrich ungenutzt, und er saß immer noch da und wartete. Jetzt müßte er über seine Ländereien reiten. Obwohl seine Leute die Pachtzinsen schon eingesammelt hatten, pflegte Jamie alle seine Pächter, Häusler und Hirten um diese Zeit zu besuchen, denn er wollte sich vergewissern, daß niemand unzumutbare Opfer hatte bringen müssen, um seinen Zinsverpflichtungen nachzukommen. Und nun tat er nichts von dem, was er tun sollte.

Jamie war nur in der Halle geblieben, weil er hoffte, die schöne Sheena wiederzusehen. Das gestand er sich zwar selber ein, war aber nicht bereit, es irgend jemandem zu verraten. Glücklicherweise stand Jessie immer erst gegen Mittag auf.

Jamie verschwendete allerdings kaum einen Gedanken an Jessie. Es war jenes andere Mädchen, das ihm nicht mehr aus dem Kopf ging, seit er es am vergangenen Abend verlassen hatte. Sheenas wegen hatte er in der letzten Nacht kein Verlangen nach Jessie verspürt, ihretwegen hatte er stundenlang wach gelegen, sich grenzenlos einsam gefühlt und überlegt, was, zum Teufel, er getan hatte, um ihr solche Angst einzujagen.

Er wünschte sich ebenso wie sein Bruder, daß sie weiterhin im Schloß wohnte. Irgendwie mußte er sie dazu bringen. Natürlich könnte er sie zwingen. Doch dafür würde sie ihn hassen, und er erkannte zu seiner eigenen Überraschung, welch großen Wert er auf ihr Wohlwollen legte.

Immer wieder schaute er zum Ende der Halle, zum Torbogen, der zur Treppe führte. Wo blieb sie nur? Er war sicher gewesen, daß sie mit ihm sprechen wollte, um herauszufinden, was er mit ihr vorhatte. Seufzend runzelte er die Stirn. Nachdem Colen sie entführt hatte, konnte sie mit Fug und Recht fordern, sofort nach Aberdeen zurückgebracht zu werden.

Allmählich kam er sich lächerlich vor. Da saß er und wußte ganz genau, daß sich seine Männer und Dienstboten darüber wunderten. Endlich machte sich das Warten bezahlt. Colen tauchte am Ende der Halle auf, hinter ihm flatterte ein grüner Rock, und dann kam Sheena in Sicht. Ihr Anblick beschleunigte Jamies Pulsschlag. Colen hielt ihre Hand fest und schien sie mit sich zu zerren, aber nur mit sanfter Gewalt. Sie sah sich um, und Jamie war plötzlich stolz auf seine kostbar ausgestattete Halle, betrachtete sie mit den Augen eines Fremden. Die holzgetäfelten Wände, die bemalten Deckenbohlen stellten einen Luxus dar, der in Turmhäusern üblich war, aber nicht in Schlössern. An den hinteren Tischen standen Polsterbänke, an der Tafel des Lairds englische, mit Damast bezogene Stühle. Holländisches Leinen bedeckte die Tischplatte aus rohem Holz. Darauf stand Silber- und Zinngeschirr. Auf dem Steinboden lag sogar ein dicker persischer Teppich, und vor dem großen Kamin, wo Jamie mit Vorliebe seine Abende zubrachte, gruppierten sich mehrere Lehnstühle. Im großen und ganzen wirkte die Halle sehr eindrucksvoll, und darüber freute er sich in diesem Augenblick mehr denn je.

Doch sein Vergnügen war nur von kurzer Dauer, denn als Sheena ihn erblickte, blieb sie abrupt stehen, entzog Colen ihre Hand und rannte den Weg zurück, den sie gekommen war. Der Junge folgte ihr auf dem Fuß, hielt sie am Arm fest, und sie begannen mit gedämpften Stimmen zu diskutieren. Colen versuchte wieder nach ihrer Hand zu greifen, aber sie stieß ihn von sich und rief so laut, daß es alle hören konnten: »Nein!«

Jamie ahnte nur zu gut, wie verlegen sein Bruder jetzt war, wo er ebenso wie das Mädchen die Aufmerksamkeit sämtlicher

Anwesender erregt hatte. Grabesstille erfüllte die Halle, was Jamie nicht weiter verwunderte, weil Sheenas Schönheit allen Leuten den Atem raubte.

Sie schien die staunenden, interessierten Blicke nicht zu bemerken, nutzte Colens Unbehagen und eilte zum nächstbesten Tisch. Dort setzte sie sich und begann zu essen, was vom Frühstück irgendwelcher Vorgänger übriggeblieben war.

Ärgerlich stieg Colen die Stufen des Podests hinauf, wo der Tisch des Lairds stand, und nahm neben seinem Bruder Platz.

Mißmutig starrte er vor sich hin. Die Frühstückstafel des Lairds war noch gedeckt, aber der Junge rührte nichts von den reichhaltigen Speisen an. Zögernd wurden die unterbrochenen Gespräche wieder aufgenommen. Colen hüllte sich weiterhin in Schweigen.

Schließlich seufzte Jamie tief auf. »Willst du mir nicht sagen, was das zu bedeuten hat?«

»Sie glaubt, daß ich sie belogen habe.« Colen wich dem Blick seines Bruders aus.

»Und? Hast du das getan?«

»Nein.«

»Aber sie glaubt dir nicht?«

»Wie könnte sie – wenn du hier bist?«

»Was habe ich denn damit zu tun?«

Colen gab keine Antwort und brachte es offenbar noch immer nicht fertig, in Jamies Augen zu schauen. Dessen Neugier wuchs.

»Also? Was ist los?«

»Nun ja – sie wollte nicht mit mir herunterkommen, bevor ich ihr versichert hatte, daß du nicht hier sein würdest. Sie hatte sich im Südturm eingeschlossen und weigerte sich, die Tür zu öffnen, bis ich …«

Jamie runzelte die Stirn. »Du hast sie in den Südturm gebracht?«

»Ja.«

»Warum?«

Endlich wandte sich Colen seinem Bruder zu, und seine Augen, braun wie die seines Bruders, verdunkelten sich. »Deine

Gedankengänge mißfallen mir. Ich habe dir doch gesagt, ich hätte das Mädchen nicht angerührt. Und das werde ich auch nicht tun, ehe sie meine Frau ist. Ob sie noch Jungfrau ist, weiß ich nicht. Danach habe ich sie nicht gefragt, und es spielt auch keine Rolle für mich.«

Jamie verbarg seine Erleichterung. »Was hätte ich denn denken sollen, nachdem du sie in deinem Zimmer eingesperrt hast?«

»Ich habe woanders geschlafen.«

»Also gut. Warum hast du sie woanders einquartiert?«

»Sie wollte nicht in meinem Schlafzimmer bleiben, weil sie das unschicklich fand, und damit hatte sie völlig recht.«

»Aber warum der Südturm? Es gibt doch genug andere Räume.«

»Sie bestand darauf, in ein Zimmer zu ziehen, das man von innen abschließen kann, und Mutters Turmgemach ist das einzige.«

Jamie unterdrückte ein belustigtes Lächeln. Der Raum im obersten Geschoß des Südturms war tatsächlich der einzige, wo man sich einsperren konnte. Nach einem Streit mit Robbie, seinem Vater, war sie oft hinaufgegangen. Sie hatte befohlen, innen einen Riegel anzubringen, um ihren Mann zu ärgern. Diese Maßnahme war zu einer Quelle allgemeiner Heiterkeit geworden, wann immer sich herumgesprochen hatte, daß der Südturm wieder einmal okkupiert war. Und nun schloß sich eine andere Frau da oben ein.

»Warum macht sie dir nicht die Tür auf?« fragte Jamie. »Wenn sie dich auch nicht heiraten will – irgendwie scheint sie dich zu mögen.«

Colen blickte wieder zur Seite. »Ich wollte sie in die Halle herunterführen, aber sie hatte Angst, sie könnte dir begegnen.«

Jamies Augen verengten sich. »Warum?«

»Keine Ahnung. Sie ist das mutigste, selbstbewußteste Mädchen, das ich kenne. Trotzdem wird sie von dieser verrückten Angst befallen, sobald sie dich sieht. Heute morgen dauerte es stundenlang, bis ich sie endlich aus dem Turmzimmer locken konnte. Und sie kam erst heraus, als ich ihr hoch und heilig schwor, du wärst nicht mehr im Schloß. Und jetzt sitzt du immer noch da. Warum?«

»Das braucht dich nicht zu kümmern«, entgegnete Jamie kurz angebunden. »Will das Mädchen abreisen?«

»Ja«, gestand Colen unglücklich.

»Das dachte ich mir. Und ich begreife nicht, warum sie mir aus dem Weg geht. Wenn sie die Sache bereinigen will, muß sie mit mir reden.«

»Das weiß sie. Hast du schon eine Entscheidung getroffen?«

»Bring sie her.«

Colen schluckte mühsam. »Jetzt?«

»Ja – jetzt.«

»O Jamie, du bist doch so wütend«, protestierte der Junge. »Schick sie nicht weg, nur weil sie dein Mißfallen erregt hat.«

Der Laird lehnte sich seufzend zurück. »Es stimmt, ich ärgere mich über ihre alberne Angst – weil ich ihr kein Haar gekrümmt habe. Aber deshalb werde ich sie nicht hinauswerfen. Ich habe mir deine Argumente angehört, Colen, und jetzt möchte ich ihre hören.«

»Sie hat keine – zumindest keine, die einen Sinn ergeben, Jamie, du darfst es nicht auf dein Gewissen laden, sie nach Aberdeen zurückzuschicken. Dort würde sie wieder das elende Leben einer Bettlerin führen.«

»Selbst wenn sie hierbliebe, hättest du nicht die Gewißheit, daß sie dich heiraten wird«, gab Jamie zu bedenken.

»Das weiß ich. Trotzdem möchte ich sie hier in Sicherheit wissen, sogar als Frau eines anderen. In Aberdeen wäre sie eine leichte Beute für die Schurken, die sich dort herumtreiben, und dafür ist sie zu schön.«

»Es freut mich, daß du so denkst, mein Junge«, erwiderte Jamie nachdenklich, »denn ich möchte nicht, daß dir das Herz bricht. Wenn sie im Schloß bleibt, wirst du nicht der einzige sein, der sich um sie bemüht. Viele Männer werden dem Zauber ihrer Schönheit verfallen, genauso wie du.«

Colen zuckte sorglos mit den Schultern. »Daran zweifle ich nicht.«

Jamie überlegte kurz, dann beschloß er, kein Blatt vor den Mund zu nehmen. »Ich muß dich warnen, mein Junge – sie hat auch mich beeindruckt.«

Sein Bruder hob grinsend die Brauen. »Warum sollte mich das überraschen? Ich verstehe nur zu gut, daß dich ihre Angst reizt.«

»Ich finde es keineswegs amüsant, daß wir beide dieselbe Frau begehren«, erwiderte Jamie ungehalten.

»Da bin ich anderer Meinung. Da das noch nie zuvor geschehen ist, liegt eine gewisse Komik darin.«

Jamies Ärger wuchs, denn ihm erschien diese Situation ziemlich beunruhigend. Immerhin waren sie Brüder. »Und wenn ich alles daransetze, um sie zu erobern? Das würde dich wohl kaum erheitern.«

»Versuch es doch – wenn du eine Ehe im Sinn hast«, antwortete Colen ernsthaft. »Aber wenn du dir nur eine weitere Geliebte zulegen willst, werde ich dich mit allen Mitteln bekämpfen. Sheena sagt, daß sie nur aus Liebe heiraten möchte. Sollte sie sich für dich entscheiden, werde ich euch nicht im Weg stehen. Und falls sie mich wählt, hast du uns deinen Segen bereits gegeben. Das ist doch fair, nicht wahr?«

»Du erstaunst mich, mein Junge.«

Colen lächelte. »Übrigens – du hast etwas vergessen, lieber Bruder. Sheena zittert vor Angst, wann immer sie dich sieht. Deshalb wirst du nicht viel Glück bei ihr haben.«

Wenn er versucht hatte, Jamies Zorn auf die Spitze zu treiben, so war ihm das gelungen. »Hol sie her!« stieß der Laird hervor. »Vielleicht ist sie morgen früh schon wieder in Aberdeen und braucht sich weder mit dem einen noch mit dem anderen MacKinnion herumzuschlagen!«

»Jamie, du darfst keine unbesonnene Entscheidung fällen.«

»Unbesonnen? Heilige Maria! Ich werde fair sein, das verspreche ich dir. Bring sie endlich her!«

Colen schüttelte den Kopf. »Sie wird sich nicht in deine Nähe wagen, wenn du so wütend dreinschaust.«

Jamie zwang sich zu einem verzerrten Lächeln. »Ist es so besser?« fragte er sarkastisch.

»Nicht viel. Wenn dich das Mädchen ansieht und sofort die Flucht ergreift, weißt du wenigstens, warum.«

Sheena beobachtete, wie Colen den Tisch des Lairds verließ. Sie wußte, daß sein Weg zu ihr führen würde. Am liebsten wäre sie aufgestanden und davongelaufen. Aber sie hatte dem Jungen schon eine Szene gemacht – vor James MacKinnions Augen, und das würde sie kein zweitesmal wagen.

Doch als Colens Stimme hinter ihr aufklang, ließen sie ihre Nerven erneut im Stich. »Sheena, mein Bruder will mit Euch reden.«

»Dazu bin ich nicht bereit«, flüsterte sie.

»Er wünscht es trotzdem.«

Sie drehte sich zu ihm um. Sein Blick war unergründlich, und sie brachte es nicht fertig, zum Tisch des Lairds zu schauen und abzuschätzen, was sie dort erwarten mochte. In der vergangenen Nacht hatte sie kaum Schlaf gefunden und sich an jede einzelne der grausigen Geschichten über James MacKinnion erinnert, die ihr jemals zu Ohren gekommen waren. »Ich – ich würde lieber noch etwas warten, Colen«, stammelte sie. »Wirklich – ich …«

»Es ist an der Zeit, Sheena«, unterbrach er sie.

Sie wußte, daß sie keine andere Wahl hatte, stand auf und ließ sich von Colen, der ihren Ellbogen eisern umklammerte, zum Podest führen, auf dem der Laird wartete. Je näher sie dem Tisch kam, je klarer sie James MacKinnions harte, dunkle Augen sah, die alle ihre Bewegungen verfolgten, desto energischer mußte Colen sie hinter sich herziehen. Als sie den Tisch erreicht hatte, erhob sich Jamie.

Sie stand vor ihm und zwang sich, seinem Blick zu begegnen. Seine Kinnmuskeln zuckten, und sie fragte sich, was er wohl für einen Grund haben mochte, um so erregt zu sein. Daß sie selbst die Schuld daran trug, daß ihre Augen übergroß waren vor Angst, wußte sie nicht. Sie merkte nicht einmal, daß sie zurückwich und vom Podest gefallen wäre, hätte Colen ihren Arm nicht festgehalten.

»Sie soll sich vors Feuer setzen, Colen«, befahl Jamie, und einen Augenblick später drückte der Junge sie in einen der gepolsterten Stühle. Der Laird trat vor den Kamin und wandte ihr den Rücken zu. Colen nahm auf einer Bank neben Sheena Platz und lächelte ihr aufmunternd zu.

James MacKinnion drehte sich um und musterte sie mit seinen durchdringenden braunen Augen. »Nun, Sheena, wie gefällt es Euch auf Schloß Kinnion?«

Diese Frage hatte er gestellt, um sie ein wenig zu beruhigen, und das gelang ihm. Sie hätte nicht gedacht, daß dieser wilde, grausame Laird das Gespräch mit so höflichen Worten eröffnen würde. »Das Schloß ist sehr schön«, entgegnete sie.

»Möchtet Ihr hier leben?«

Sie hätte es besser wissen und vorsichtiger sein müssen. War er bereits entschlossen, sie hierzubehalten, ohne ihre Wünsche zu berücksichtigen? »Nein, das möchte ich nicht«, erwiderte sie mit fester Stimme.

Jamie grinste und ließ sich ihr gegenüber nieder. »Nun, dann wollen wir das in Ruhe besprechen. Wie Ihr zweifellos wißt, bereut es mein Bruder keine Sekunde lang, daß er Euch hierher entführt hat. Also könnt Ihr keine Entschuldigung von ihm erwarten.«

»Die erwarte ich auch nicht. Ich will nur weg von hier.«

»Das habt Ihr mir bereits gesagt. Aber ich hoffe, Ihr versteht meine Lage. Ihr seid hier, nicht freiwillig, aber immerhin. Und da Ihr hier seid, bin ich für Euch verantwortlich.«

»Ich will Euch die Verantwortung für mich nicht aufbürden«, beteuerte sie hastig.

»Ich übernehme sie aus eigenem Antrieb«, erklärte er gelassen. »Doch darauf kommt es gar nicht an, sondern vielmehr auf die Tatsache, daß Euch mein Bruder unmißverständlich mitgeteilt hat, warum Ihr hier ein neues Zuhause finden sollt.«

Die Wendung, die das Gespräch zu nehmen drohte, brachte Sheena in Wut. »Er will, daß ich ihn heirate!«

»Damit haben seine Wünsche nichts zu tun. Es geht ihm nur um Euer Wohlergehen, Fräulein.«

»Ich habe nicht um seine Fürsorge gebeten – und auch nicht um die Eure.«

»Euer Verhalten ist wirklich seltsam«, meinte Jamie nachdenklich. »Jede andere in Eurer Lage, jedes alleinstehende, mittellose Mädchen würde mit beiden Händen zugreifen, wenn es die Möglichkeit hätte, ein gesichertes Leben zu führen. Warum lehnt Ihr dieses Angebot ab?«

»Ich lasse mich nicht zur Ehe zwingen.«

»Ihr mißversteht mich, Sheena«, erwiderte Jamie geduldig. »Ich biete Euch ein Heim, einen Clan, dem Ihr angehören sollt – ob Ihr meinen Bruder nun heiratet oder nicht.«

Unbehaglich senkte sie den Kopf. Da er sie als heimatlose Bettlerin betrachtete, war sein Angebot sehr großzügig. Andererseits – wenn er die Wahrheit wüßte, würde er ihre Weigerung zweifellos verstehen. Wie könnte sie jemals bei den Feinden ihres Clans leben? Doch er war freundlich zu ihr, womit sie nie gerechnet hätte, und es bedrückte sie, daß sie nun in seinen Augen undankbar erscheinen mußte.

»Ich – ich bin Tiefländerin«, antwortete sie nach einer langen Pause und suchte Zuflucht bei der ersten besten Ausrede, die ihr einfiel. »Und ich bringe es einfach nicht über mich, hierzubleiben – wenn ich Euch auch für diese liebenswürdige Einladung danke.«

»Sind wir wirklich so furchtbar, wie man es Euch von Kindesbeinen an eingebleut hat?« fragte Jamie lächelnd. »Seht Ihr ungeschlachte Barbaren in dieser Halle?«

»Ich kenne kaum jemanden von Euren Leuten, und deshalb kann ich das nicht beurteilen«, entgegnete sie ausweichend.

»Ihr enttäuscht mich, Mädchen. Wollt Ihr nicht über mein Angebot nachdenken?«

»Nein. Ich passe nicht hierher, und darum ist es am besten, wenn ich sofort abreise.«

Jamie verbarg seinen Ärger nicht. »Wohin wollt Ihr zurückkehren? In die Straßen von Aberdeen? Um zu betteln? Um mühsam für Euren Unterhalt zu sorgen? Ihr müßt mir triftige Gründe nennen, wenn Ihr mir die Verantwortung für Euer Wohl abnehmen wollt.«

Sheena biß sich auf die Lippen. Welch ein Recht hatte er, sie nach ihren Gründen zu fragen?

»Ich möchte dorthin zurückkehren, wo ich mich zu Hause fühle«, sagte sie kühl, »dieser Grund dürfte genügen.«

»Ihr zieht es also vor, Bettlerin zu bleiben. Anscheinend wißt Ihr nicht, was für Euch gut ist.«

Angesichts seines harten Blicks fiel es ihr immer schwerer, ihr Temperament zu bezähmen.

»Das bildet Ihr Euch ein, was? In Wirklichkeit bin ich keine Bettlerin und war niemals eine! Das hat sich Colen nur zusammengereimt.«

»Tatsächlich?« entgegnete er gedehnt. »Warum habt Ihr das die ganze Zeit über verschwiegen?«

»Ich hielt es nicht für nötig, Euch aufzuklären.«

»Nun, jetzt habt Ihr Euch trotzdem dazu durchgerungen.« Jamies Augen verengten sich. »Aus welchem Clan stammt Ihr?«

Sheena wurde blaß und überlegte verzweifelt, welchen Namen sie angeben sollte – einen Namen, der ihn beeindrucken würde. »Ich – ich bin eine MacEwen.«

»Aus dem Clan MacEwen, der über keinerlei Grundbesitz verfügt«, ergänzte er verächtlich.

Sie zuckte zusammen, aber sie nickte tapfer. »Ja.«

Jamie lachte. »Und da behauptet Ihr, daß Ihr keine Bettlerin wärt? Doch genau das sind die MacEwens, nachdem sie enteignet wurden – Bettler und Diebe. Kein Wunder, daß Ihr nicht gestehen wolltet, wer Ihr seid!«

Sein Hohn brachte sie um den letzten Rest ihrer Beherrschung. Wütend sprang sie auf. »Und was sind die MacKinnions? Diebe und Mörder! Ich glaube nicht, daß Ihr darauf stolz sein könnt!«

Jamie erhob sich ebenfalls, und Sheena geriet in Panik. Seine Augen glühten vor Zorn, seine Hände ballten sich, und sie bezweifelte nicht, daß ihre letzte Stunde geschlagen hatte. Auch Colen war aufgestanden, was den Ernst ihrer Lage noch verdeutlichte.

»Was wißt Ihr von den MacKinnions?« stieß Jamie hervor. »Mit welchem Recht klagt Ihr uns an?«

Kalte Angst schnürte ihr die Kehle zu. Sie versuchte zu sprechen, doch sie konnte es nicht, und so ergriff sie die Flucht.

Sie warf keinen Blick zurück, sah nicht, ob sie verfolgt wurde, und kannte nur einen Gedanken – weg von hier. Durch die nächstbeste Tür rannte sie in den Hof hinaus, und erst im hellen Tageslicht faßte sie den Entschluß, ihr Heil in der Freiheit zu suchen, um diesen Mann nie wieder sehen zu müssen. Sie lief zum Torhaus.

Das Fallgatter war hochgezogen. Sheena durfte sich nur ein paar Sekunden lang an dieser Gunst ihres Schicksals freuen, dann hörte sie den Ruf des Torhüters. Sie ignorierte ihn und stürmte weiter, doch jene andere Stimme, die Stimme, vor der sie floh, konnte sie nicht ignorieren. Die Stimme schrie ihren Namen, dicht hinter ihr, viel zu dicht ...

Eine Hand umklammerte ihren Arm wie eine Stahlklammer, riß sie nach hinten, und sie spürte, wie ihr Herzschlag aussetzte. Überwältigt von Angst, sank sie in einen schwarzen Abgrund und tat, was sie nie zuvor getan hatte – sie fiel in Ohnmacht.

14

»Ich glaube, sie kommt zu sich.«

Eine weibliche Stimme rief Sheena ins Bewußtsein zurück. Die Worte klangen freundlich, und sie öffnete die Augen, um die Sprecherin zu sehen. Die Frau saß neben ihr auf dem Bett, und ihr Gesicht paßte ebenso zu der Stimme wie ihr warmherziges Lächeln, die Besorgnis in ihren braunen Augen. So braun wie seine ...

»Ah, jetzt geht es Euch besser, nicht wahr, Fräulein? Ihr habt meinem Neffen einen ganz schönen Schrecken eingejagt.«

Sheena gab keine Antwort. Die Frau nahm einen feuchten Lappen von der Stirn ihrer Patientin. Trotz ihres vorgeschrittenen Alters schimmerte ihr Haar immer noch kupferrot.

»Wer seid Ihr?« fragte Sheena.

»Lydia MacKinnion. Und der Junge hat mir erzählt, Ihr wärt Sheena MacEwen. Ach, was für ein hübsches Mädchen Ihr seid, Sheena! Hoffentlich ist unser Jamie nicht zu grob mit Euch umgegangen, als er Euch hierherbrachte. Ihr seid ohnmächtig geworden, wißt Ihr das?«

Der Gedanke, daß sie in seinen Armen gelegen hatte, wenn auch besinnungslos, jagte einen Schauer über Sheenas Rücken. »Er – er hat mich hierhergetragen?«

»Allerdings, und dann ließ er mich in aller Eile rufen«, berichtete Lydia kichernd. »Der Junge hat noch keine Frau kennengelernt, die bei seinem Anblick in Ohnmacht gefallen wäre.«

»Und mir ist das noch nie passiert«, versuchte Sheena zu erklären. »Ich – ich weiß nicht, was über mich gekommen ist.«

»Das spielt keine Rolle. Jetzt fühlt Ihr Euch wieder besser, und nur das ist wichtig.«

»Ist James MacKinnion Euer Neffe?«

»Ja, ich bin die Schwester seines Vaters – das heißt, ich war es«, verbesserte Lydia, und ein seltsam abwesender Ausdruck erschien in ihren Augen. »Mein lieber Bruder ist von uns gegangen. Er war ein guter Laird, der Rote Robbie, nicht so wie unser Vater, der – der …«

»Bring meine Tante wieder in den Nordturm, Gertie.«

Beim Klang dieser Stimme stockte Sheenas Atem. Sie hatte geglaubt, sie wäre allein mit der netten Dame. Aber nun traten James MacKinnion und Colen neben das Bett, während eine Dienerin herbeieilte, um Lydia auf die Beine zu helfen und sie aus dem Zimmer zu führen. Nachdem Sheena den leeren Blick der alten Frau gesehen hatte, vergaß sie ihre eigene mißliche Lage. »Was fehlt ihr denn, Colen?«

Es war Jamie, der ihre Frage beantwortete. »Sie leidet an Anfällen, die sie ganz plötzlich übermannen – immer, wenn sie an unseren Vater denkt. Sie mußte mitansehen, wie ihre Eltern ermordet wurden.«

»Wie schrecklich!« flüsterte Sheena.

Jamie nickte. »Damals war sie noch ein Kind – und seither ist sie geistesgestört.«

»Sie war der einzige Mensch, der Zeuge jenes Verbrechens wurde«, fügte Colen hinzu, »der einzige, der erzählen konnte, was damals geschah und warum. Aber sie hat nie davon gesprochen. Wann immer man danach fragt, bekommt sie diesen sonderbaren abwesenden Blick und zieht sich in eine andere Welt zurück.«

»Und die Mörder wurden nie gefaßt?«

»Es war nur einer, Sheena – der alte Laird des Fergusson-Clans. Mein Großonkel übte Vergeltung, so wie es recht und billig war. Ihr seid Tiefländerin. Kennt Ihr den Clan Fergusson in Angusshire?«

Sheena schluckte mühsam. Ein Hustenanfall enthob sie einer Antwort. Colen klopfte sie auf den Rücken, dann sank sie in die Kissen zurück. Sie schaute den Brüdern nicht in die Augen, denn wäre sie ihren Blicken begegnet, hätte sie diese Behauptungen bestreiten und die beiden Lügner nennen müssen. Es war MacKinnion gewesen, offenbar James' und Colens Großonkel, der Niall Fergusson, Dugalds Vater, gefesselt und geknebelt vor das Tor von Tower Esk geschleppt und gnadenlos vor aller Augen getötet hatte. Das erzählte man sich in Angusshire. Sheena hatte die Geschichte oft genug gehört – seit sie denken konnte. Von jenem anderen Mord hatte sie erst jetzt erfahren. Aber – es war ein MacKinnion gewesen, der die Fehde begonnen hatte – das wußte jeder. Und die zwei Brüder gaben einem Fergusson die Schuld ... Das wollte sie nicht glauben, andererseits – es war vor so vielen Jahren geschehen – lange vor ihrer Geburt. Wie könnte sie entscheiden, wie es sich in Wahrheit verhielt? Sie war nicht dabeigewesen. James und Colen MacKinnion auch nicht – nur Lydia ...

Colen beobachtete sie aufmerksam. »Geht es Euch wieder gut, Sheena?«

»Ja.«

»Dann sagt mir, warum Ihr davongerannt seid«, verlangte Jamie.

Da sie zu beiden Seiten ihres Bettes standen, beschloß sie, an die Decke zu starren. »Weil Ihr sonst über mich hergefallen wärt, Sir James.«

»Heilige Maria, nichts hätte mir ferner gelegen!« verteidigte er sich erbost.

Zweifelnd sah sie zu ihm auf. »Ihr habt mich angeschrien so wie jetzt.«

»Und das mit gutem Grund! Ihr habt eine schwere Anklage gegen meinen Clan erhoben, und ich wollte wissen, warum.«

»Seid Ihr vielleicht kein Dieb?«

»Wer wäre das nicht? Aber ein Mörder? Mein Clan tötet niemals zu seinem Vergnügen.«

Sheena wußte es besser, doch da sie von lauter Feinden umgeben war, wagte sie nicht zu widersprechen. »Tut mir leid«, sagte sie leise. »Anscheinend habe ich mich geirrt und Euch unbedacht beschuldigt. Doch Euer Urteil war ebenso voreilig. Ihr glaubt, alle MacEwens wären Bettler und Räuber, aber meine Familie braucht sich nichts dergleichen vorzuwerfen.«

Jamie runzelte die Stirn. »Ihr habt eine Familie? Leben Eure Eltern noch?«

»Mein Vater.«

»Wo ist er?«

Sheena wagte sich erneut in gefährliche Bereiche. Wenn dieser Mann herausfand, daß sie eine Fergusson war, würde er sie zweifellos töten, so wie sein Großonkel ihren Großvater umgebracht hatte.

»Das – weiß ich nicht«, log sie, während sich ihre Gedanken überschlugen. »Er zieht von einem Ort zum anderen.«

»Wie kann ich Euch nach Aberdeen zurückschicken, wenn Ihr dort keinen Beschützer habt?«

Ihre Angst wuchs, und es fiel ihr immer schwerer, klar zu denken. »Ich habe eine Tante in Aberdeen, und ich habe bei ihr gewohnt.«

»Im Armenhaus?« spottete Colen. Er glaubte Sheena kein Wort – weil er ihr nicht glauben wollte.

Mit schmalen Augen starrte sie ihn an. »Meine Tante Erminia ist Nonne. Sie wohnt nicht im Armenhaus, aber sie arbeitet dort – wie die meisten Klosterschwestern. Dieses Haus wäre schon längst zugrunde gegangen, wenn es die Nonnen nicht in Ordnung halten würden. Ich habe Tante Erminia geholfen, um ihr dieses schwere Tagewerk zu erleichtern.«

Jamie stieß einen tiefen Seufzer aus. »Offensichtlich ist dir ein Irrtum unterlaufen, Colen.«

»Nein – du irrst dich, wenn du diesen Unsinn glaubst!« verteidigte sich der Junge empört. »Wenn das die Wahrheit ist – warum hat sie es nicht von Anfang an gesagt?«

»Ich hatte viel zu große Angst«, erklärte Sheena, doch die beiden hörten nicht auf sie.

»Jedenfalls klingt ihre Geschichte plausibel«, meinte Jamie widerstrebend. »Schau sie doch an! Sieht sie verhungert aus? Sie hat runde Wangen, einen kräftigen Körper … Für eine Bettlerin ist sie viel zu gesund.«

»Kein Wunder! Könntest du ihr ein Almosen verweigern, wenn sie dich drum bäte? Wenn sie auf der Straße stünde und um eine Münze bettelte – wer würde ihr bloß eine geben? Wer würde sie ignorieren? Mit einem solchen Gesicht heimst sogar die elendeste Bettlerin wahre Reichtümer ein. Und genau das ist der Grund, warum sie in die Stadt zurückkehren will.«

»Das stimmt nicht!« rief Sheena. »Ich bin niemals betteln gegangen! Das hatte ich nicht nötig! Meine Familie sorgt gut für mich! Sie ist nicht arm.«

»Wenn sie so gut für Euch sorgt – warum hat sie dann noch keinen Mann für Euch gefunden?« erkundigte sich Colen.

»Ich habe genug Fragen beantwortet«, erwiderte sie tonlos. »Woher nehmt Ihr das Recht, Euch in meine Angelegenheiten einzumischen?«

»Schluß mit dem Gezänk!« mischte sich Jamie ein. »Colen, das Mädchen bedarf unserer Hilfe nicht. Deshalb kann ich sie nicht hier festhalten, um ihr Wohltaten zu erweisen. Du mußt sie nach Aberdeen zurückbringen.«

Colen machte auf dem Absatz kehrt und stürmte hinaus. Sheena war überglücklich, und so dauerte es eine Weile, bis ihr bewußt wurde, daß sie mit James MacKinnion allein war in ihrem Schlafzimmer.

Beklommen schaute sie ihn an. Er starrte auf die offene Tür, durch die Colen soeben gelaufen war. Plötzlich erkannte sie, daß sie keine Angst vor ihm hätte, wenn sie nicht wüßte, wer er war. Sie erinnerte sich an den vergangenen Abend, als sie ihn zum erstenmal gesehen und alles andere als Furcht empfunden hatte. Er war ihr sogar sehr liebenswert erschienen, und sie fand immer noch, daß sie noch nie zuvor einen hübscheren

Mann kennengelernt hatte. Und jetzt, wo sie ihn betrachtete, ohne von seinem durchdringenden Blick verunsichert zu werden, faszinierte er sie von neuem.

»Was für ein halsstarriger Bursche!« beklagte sich Jamie. »Anscheinend muß ich Euch selber nach Aberdeen geleiten, Sheena, Colen wird sich wohl kaum dazu bereit finden.«

»Ihr wollt mich in die Stadt bringen?« Ihr Herz begann heftig und schmerzhaft zu schlagen. Wie sollte sie dieser neuen Gefahr entrinnen? »Ihr wart sehr freundlich, aber – das kann ich nicht annehmen. Ich werde meinen Weg allein finden – vielen Dank.«

»Wie Ihr bereits wißt, fühle ich mich für Euch verantwortlich, und deshalb werde ich Euch persönlich bei Eurer Tante abliefern und ein ernstes Wort mit ihr reden. Ich muß ihr klarmachen, daß sie Euch nicht mehr erlauben darf, ohne Begleitung auszugehen.«

Sheena hielt den Atem an. Er wollte mit Tante Erminia sprechen? Dann würde er erfahren, welchem Clan sie angehörten, und sie alle beide ermorden.

»Ihr habt doch so viele Gefolgsleute«, sagte sie hastig, »und Ihr könntet jemanden beauftragen, mich nach Aberdeen zurückzubringen. Es ist nicht nötig, daß Ihr das selber übernehmt.«

Unverhüllte Angst lag in ihren Augen, was ihm nicht entging. Wütend stieß er hervor: »Entweder ich begleite Euch – oder Ihr bleibt hier. Also, wie entscheidet Ihr Euch?«

Sheena gab keine Antwort. Lieber wollte sie hierbleiben und ihn täglich sehen, als auch nur eine einzige Minute allein mit ihm zu verbringen, in einem einsamen Moor. Sie würde einen anderen Weg finden müssen, um von hier wegzukommen.

»Nun, Sheena?«

»Ich – ich gehe nicht mit Euch.«

»Und warum nicht?« fragte er leise.

Sie nahm ihren ganzen Mut zusammen und erwiderte wahrheitsgemäß: »Ich fürchte, Ihr könntet mir etwas antun.«

Verwirrung verdrängte seinen Zorn. »Warum sollte ich, Sheena? Ihr seid ein reizendes Mädchen, und ich würde mich niemals an Euch vergreifen.« Als sie schwieg, fügte er bestürzt hinzu: »Glaubt Ihr mir nicht?«

»Ich wünschte, ich könnte es – aber ich kann es nicht.«

Jamie schaute sie nachdenklich an. Ihre Angst vor ihm ärgerte ihn maßlos, denn er hatte ihr nichts zuleide getan. Trotzdem würde sie sein Schloß nicht verlassen – nicht ohne ihn. Diese Entscheidung hatte sie selbst getroffen.

»Es freut mich, daß Ihr hierbleiben werdet, Sheena«, bemerkte er.

Verwundert hob sie die Brauen. »Warum?« fragte sie vorsichtig. »Ich werde Euren Bruder trotzdem nicht heiraten.«

»Auch das freut mich«, sagte Jamie grinsend. Seine düstere Stimmung war völlig verflogen.

»Ihr seid froh?« Sheena schüttelte verwirrt den Kopf. »Ihr habt ihm doch Euren Segen gegeben.«

»Mit dem größten Widerwillen.«

»Das ist mir unbegreiflich. Wenn Ihr mich nicht mögt …«

Sein Gelächter unterbrach sie. »Da irrt Ihr Euch, Mädchen! Doch das ist kein Wunder – nachdem ich Euch ständig angeschrien habe.« Nach einer kleinen Pause fügte er hinzu: »Ich will Euch für mich selber haben – deshalb freue ich mich über Euren Entschluß, bei uns zu bleiben. Ich werde Euch beweisen, daß Ihr nichts von mir zu befürchten habt.«

Er ging hinaus und ließ Sheena allein mit ihrem Entsetzen. Sie hatte nichts von ihm zu befürchten? Soeben hatte er ihr größere Angst eingeflößt denn je.

15

In wildem Galopp ritt Colen zum Mackintosh-Gut und machte seinem Zorn Luft, indem er Pächter belästigte, Herden auseinanderscheuchte und Unfug trieb, wo er nur konnte.

Es war schon dunkel, als er ins Schloß zurückkehrte und erfuhr, daß seine hochgeschätzte Sheena nun doch bleiben würde. »Aber ich bezweifle, daß wir viel von ihr sehen werden«, fügte Jamie mißmutig hinzu, nachdem er seinem Bruder die Neuigkeit erzählt hatte.

»Warum nicht?«

»Ich glaube, sie will sich im Turm verkriechen. Jedenfalls hat sie das heute den ganzen Tag getan.«

»Ist sie nicht zum Abendessen heruntergekommen?«

»Nein.«

»Sie hat gehungert?« rief Colen empört.

»Reg dich nicht auf, mein Junge«, beschwichtigte ihn Jamie. »Unsere Tante kann sie anscheinend ganz gut leiden. Vorhin hat sie ihr was zu essen gebracht.« Mit einem abgrundtiefen Seufzer fuhr er fort: »Es war gar nicht so einfach, Jessie klarzumachen, was das ganze Getue soll.«

Colen grinste. »Das kann ich mir vorstellen. Hast du ihr erzählt, daß sie eine Rivalin hat?«

Jamie runzelte die Stirn. »Warum sollte ich? Ich habe schon Ärger genug!«

»Natürlich«, neckte Colen seinen älteren Bruder, »es ist ja auch nicht nötig, in einem leeren Bett zu liegen. Besser ein Spatz in der Hand als eine Taube auf dem Dach ...«

Jamie antwortete nicht sofort. Vielleicht stimmte das. Er hatte Jessie so wenig wie möglich über Sheena erzählt, ohne zu ahnen, warum. Nun entdeckte er ein Körnchen Wahrheit in Colens Worten, und das störte ihn. Diese Selbstsucht war seiner unwürdig, wobei es keine Rolle spielte, daß ihm diese dunkle Seite seines Wesens bisher nicht bewußt geworden war. »Du hast recht, mein Junge. Ich werde das morgen in Ordnung bringen.«

Colen war überrascht und merkte, daß er sich mit seiner Witzelei nur selber geschadet hatte. Wenn Jamie seine Geliebte wegschickte, würde er mehr Zeit und Lust haben, um Sheena zu umwerben. »Augenblick mal, Jamie«, wandte er hastig ein, »das war nur ein Scherz. Wegen meines dummen Geredes solltest du dir nichts versagen – und Jessie auch nicht.«

»Nein, es war ganz richtig, was du da gesagt hast. Es wäre Jessie gegenüber unfair, wenn ich so täte, als würde sie mich weiterhin interessieren. Nein, es ist besser, jetzt gleich Schluß zu machen – nach nur einer Begegnung.«

»Was – ihr habt nur einmal ...«

Jamie lachte. »Schau nicht so entsetzt drein! Ich bin nicht der Platzhirsch, für den sie mich alle halten.«

»Hm ...«

Jamie zuckte mit den Schultern. »In Wirklichkeit reizt mich Jessie nicht mehr, seit ich die schöne Sheena kenne.«

»Es sieht dir gar nicht ähnlich, daß du dich auf ein einziges Mädchen beschränken wirst«, entgegnete Colen, sichtlich mißvergnügt.

Jamie ignorierte die Stichelei. »Dieses rothaarige, blauäugige Mädchen da oben im Turm ist ein Edelstein, der alle anderen überstrahlt. Entweder wird sie mir gehören – oder ich werde nie mehr eine Frau in den Armen halten.«

Colen merkte, wie entschlossen sein Bruder und wie besessen er von Sheena war – vielleicht noch mehr als er selbst. Diese Erkenntnis machte ihm das Herz schwer. »Du wirst sie nicht bekommen, wenn sie's nicht will«, warnte er seinen Bruder. »Das meine ich ernst, Jamie.«

»Habe ich jemals eine Frau genommen, die mich nicht wollte?«

»Ich kenne keine, die dich zurückgewiesen hätte, und so weiß ich nicht, was du mit Sheena tun würdest, wenn sie nein sagt.«

»Ich werde sie nicht zwingen.«

»Es ist sehr schwer, ihr zu widerstehen«, gab Colen zu bedenken.

»Immerhin hast du sie noch nicht angerührt«, erinnerte ihn sein Bruder.

»Ja, aber das war gar nicht so leicht. Ich mußte mich sehr beherrschen. Und nun frage ich dich – willst du ihre Gefühle über deine eigenen stellen? Würdest du sie in Ruhe lassen, wenn sie dich nicht will?«

Jamies Augen verengten sich. »Ich habe dir doch schon gesagt, daß ich sie zu nichts zwingen werde.«

»Ja – aber du bist es gewöhnt, alle deine Wünsche erfüllt zu sehen und nicht darauf zu warten. Ich überlege mir, ob du warten oder auf etwas verzichten kannst, wonach du dich sehnst?«

»Du stellst zu viele Fragen, mein Junge«, erwiderte Jamie gereizt.

»Würdest du eine Niederlage ertragen?«

»Jedenfalls weiß ich, daß ich deine taktlose Neugier nicht mehr ertrage. Falls ich mich Sheena gegenüber schlecht benehme, erlaube ich dir, mich darauf hinzuweisen – nur dann! Und bis dahin laß mich in Frieden. Jetzt kann ich noch nicht sagen, was ich tun werde – genausowenig wie du.«

Colens Unbehagen wuchs. Er kannte das leidenschaftliche Temperament und die Ungeduld seines Bruders. Was würde Sheena widerfahren?

»Sie bleibt also lieber hier, wo sie gar nicht sein möchte – statt allein mit dir zu jenem Ort zu reiten, nach dem sie sich sehnt?« fragte er.

»Sie fürchtet sich vor mir, und ich muß ihr beweisen, daß sie keinen Grund dazu hat«, erklärte Jamie seufzend.

»Wenn du deine Gefühle im Zaum halten kannst, wird ihre Angst vielleicht nachlassen«, entgegnete Colen. »Um ehrlich zu sein – ich hoffe, daß dir das nicht gelingen wird.«

16

Sheena sank in die Kissen zurück, dankbar für die weichen Daunen, die ihren schmerzenden Kopf einhüllten, und für Lydias Fürsorge. Die Tante der beiden MacKinnions war soeben hinausgegangen, nachdem sie ihr das Abendessen gebracht hatte. Es war tröstlich zu wissen, daß eine freundliche Seele in diesem Schloß lebte – jemand, der sich ernsthaft um ihr Wohlergehen bemühte. Trotzdem wünschte sie, Lydia wäre nicht gekommen, denn die alte Frau hatte sie – ohne es zu wollen – in Angst und Schrecken versetzt.

Ihre Beobachtungsgabe war viel zu stark ausgeprägt. Zunächst hatte sie über belanglose Dinge geschwatzt und Sheena in Sicherheit gewiegt, um sie dann aufmerksam zu betrachten. »Ihr habt das Haar und die Augen einer Fergusson! Irgendwie seid Ihr mir von Anfang an bekannt vorgekommen – aber ich weiß erst jetzt, woran das liegt. Niall Fergusson hatte genauso dunkelrotes Haar wie Ihr. Seid Ihr eine Fergusson?«

Sheena schluckte mühsam. »Ich – ich habe doch gesagt, wer ich bin«, stammelte sie.

»Ja, natürlich. Ihr müßt mir verzeihen, aber – ich habe gesehen, wie unser Jamie Euch anschaut. Er fühlt sich zu Euch hingezogen, daran gibt es gar keinen Zweifel, nur … Ich habe mir so gewünscht, daß er ein Fergusson-Mädchen zur Frau nimmt, um die grauenvolle Fehde ein für allemal zu beenden. Und da sitze ich nun und versuche, eine Fergusson aus Euch zu machen – obwohl ich in meinem Herzen weiß, daß er niemals heiraten würde, nur um mir einen Gefallen zu tun. Und deshalb ist es gut, daß Ihr keine Fergusson seid. Andererseits – wenn Ihr eine wärt, würdet Ihr es wohl kaum zugeben, nicht wahr?«

Danach hatte sie da Zimmer verlassen, ohne eine Antwort abzuwarten, und lautlos die Tür hinter sich geschlossen. Offensichtlich hatte sie die Wahrheit erraten. Wenn sie es James MacKinnion verriet … Die alte Frau hatte seit siebenundvierzig Jahren keinen Fergusson mehr gesehen – und doch war ihr die Ähnlichkeit zwischen Sheena und deren Großvater aufgefallen. Jamie war Dugald Fergusson und dem jungen Niall erst kürzlich begegnet. Trotzdem hatte er die Familienähnlichkeit nicht bemerkt. Und wenn Lydia ihn darauf hinwies? Dann würde es ihm wie Schuppen von den Augen fallen …

Rastlos warf sich Sheena im Bett umher, und ihre Kopfschmerzen wurden immer heftiger. Was sollte sie tun? Wenn der Laird von MacKinnion herausfand, wer sie war, würde er sie töten. Daß er sie begehrte, würde keinen Unterschied machen. Wäre es besser gewesen, mit ihm nach Aberdeen zu reiten? Nein – das hätte ihre Qualen nur verdoppelt. Sie wäre unterwegs vergewaltigt und später ermordet worden, wenn er Tante Erminia getroffen und erfahren hätte, daß Sheena dem Clan Fergusson angehörte.

Als sie endlich Schlaf fand, beherrschte die Angst vor James MacKinnion ihre Träume. Sie ritt auf einem starken Hengst durch die Straßen von Aberdeen. Der Laird saß hinter ihr, die Arme um sie geschlungen, so daß sie weder abstürzen noch fliehen konnte. Sie näherten sich dem Kloster, und Tante Erminia stand vor der Tür, winkte aufgeregt und freute sich, weil ihre Nichte wohlbehalten zurückkehrte. Die Nonne ahnte nichts von der Gefahr, und Sheena konnte sie nicht warnen. Jamie zügelte das Pferd, erlaubte ihr aber nicht, abzusteigen. Die starken Arme hielten sie immer noch fest, immer fester, preßten ihr die Luft aus den Lungen, so daß sie kein Wort hervorbrachte. Er stellte die Frage, die sie gefürchtet hatte – ob ihre Tante Erminia MacEwen wäre. Mit aller Kraft riß sie sich von ihm los und schrie gellend, um die Antwort zu übertönen, doch er hörte sie trotzdem und warf sie zu Boden. Sie blickte auf, sah ihren Feind mit dem Schwert in der Hand, das Gesicht in schrecklichem Zorn verzerrt. Sie schrie wieder auf, als er die Waffe hob und niedersausen ließ, schrie immer weiter und wartete auf den tödlichen Schlag, der sie im nächsten Sekundenbruchteil treffen mußte. Statt dessen legte sich eine Hand auf ihre Lippen und brachte sie zum Schweigen.

Der Feind war verschwunden, mitsamt dem Schwert. Jemand hatte sie gerettet und tröstete sie, wisperte ihr beruhigende Worte ins Ohr. Als sie vor Erleichterung zu weinen begann, entfernte sich die Hand von ihrem zitternden Mund, und der Retter hielt sie in den Armen, um den letzten Rest ihrer Angst zu verscheuchen.

Nun merkte sie, daß sie nicht mehr träumte. Sie befand sich im Turmzimmer, in dem dichtes Dunkel herrschte, weil die Kerze herabgebrannt war. Ein Mann saß auf ihrem Bett und drückte sie an seine Brust, eine nackte, breite, muskulöse Brust. Und was für starke Arme er hatte ...

»Colen?«

»Was hat Euch so erschreckt, Sheena?«

Er preßte die Lippen in ihr Haar und dämpfte seine Stimme, doch sie hörte die echte Besorgnis heraus und antwortete unter Tränen: »Ich träumte, daß mich Euer Bruder töten wollte.«

Bildete sie sich das nur ein, oder spannten sich seine Muskeln wirklich an? Sie hätte es ihm verschweigen sollen. Der arme Junge – wie sollte er es ertragen, daß sie seinen Bruder verabscheute? Er war dem Laird treu ergeben, und sie konnte ihm ihre Gefühle nicht erklären.

»Es tut mir leid, Colen. Ich weiß – Ihr versteht nicht, warum ich ihn so fürchte.«

»Dann sagt es mir.« Seine Stimme war immer noch ein sanftes Flüstern.

»Das kann ich nicht.«

»Er hat Euch nichts getan.«

»Nein – bis jetzt nicht.«

Er nahm ihren Kopf zwischen beide Hände, und sein Gesicht war so nahe, daß sie seinen Atem spürte. »Er wäre unfähig, Euch weh zu tun, Sheena. Wie soll ich Euch das nur begreiflich machen?«

Bevor sie Zeit fand, um zu antworten, küßte er sie. Es war weniger die erste Berührung männlicher Lippen, die sie so verblüffte, sondern die unvermutete Zärtlichkeit dieser Liebkosung. Colen war doch sonst so grob. Trotzdem konnte er so behutsam küssen – so sanft. Seine Finger strichen langsam über ihren Rücken, und sie mußte sich zwingen, an seine Jugend zu denken. Er war ja noch ein halbes Kind …

Halbherzig versuchte sie ihn wegzustoßen und setzte sich etwas energischer zur Wehr, als er sie unbeirrt festhielt. Er lachte leise, und da wußte sie, daß es nicht Colen war. Dieser Mann strahlte zuviel Kraft, zuviel Autorität aus.

»Laßt mich – geht doch weg …«, stammelte sie. Panisches Entsetzen erfaßte sie, nachdem sie erkannt hatte, in wessen Armen sie lag.

James MacKinnions Wange streifte ihre Stirn. »Habe ich Euch weh getan, meine Liebe?«

»Nein …«

»War dieser Kuß so schrecklich?«

Er wartete keine Antwort ab, seine Lippen suchten wieder die ihren. Diesmal war der Kuß anders – immer noch sanft, aber so überwältigend, daß ihre Sinne zu schwinden drohten. Und danach glaubte Sheena, über den Wolken zu schweben, als wäre sie federleicht und körperlos ... Es dauerte eine Weile, bis sie wieder klar denken konnte, und dann kehrte ihre Angst zurück.

Beglückt sagte sich Jamie, daß er seinem Ziel um einen Schritt nähergekommen war. Sie hatte so nachgiebig und anschmiegsam in seinen Armen gelegen, und das bestärkte ihn in seiner Hoffnung. Vielleicht fand sie ihn jetzt nicht mehr ganz so abstoßend wie zuvor – obwohl sie jetzt die Hände gegen seine Brust stemmte.

Er preßte sie noch fester an sich. »Anfangs habt Ihr Euch nicht gewehrt, Sheena. Ihr habt meinen Kuß genossen. Das könnt Ihr nicht bestreiten. Warum stoßt Ihr mich weg?«

»Laßt mich endlich los!«

Seufzend gab er sie frei und stand auf. »Da seht Ihr, wie fügsam ich bin.«

Sie spürte seinen unterdrückten Ärger und wußte, daß sie ihn noch mehr erzürnen würde, wenn sie ihre Furcht zeigte. »Würdet Ihr jetzt gehen?« fragte sie mit schwacher Stimme.

»Mißfällt Euch meine Gesellschaft?«

Sie holte tief Atem. Wie leicht ein Mann doch störrisch werden konnte, wenn man sich gegen ihn auflehnte ...

»Wenn Ihr mir böse seid, so tut es mir leid, Sir Jamie. Allerdings muß ich betonen, daß ich Euch nicht gebeten habe, mich zu küssen.«

»Es hat Euch aber auch nichts ausgemacht. Ob es Euch nun paßt oder nicht – dieser Kuß hat Euch gefallen. Für einen Augenblick habt Ihr mir gehört. Wäre mir nur an Eurer Leidenschaft gelegen, so hätte ich sie erwecken können. Ich glaube, das wißt Ihr nur zu gut.«

Sheena schlang ihre bebenden Finger ineinander. Hatte er recht? »Was hat Euch dann zurückgehalten?«

»Ich will mehr von Euch als ein kurzes Schäferstündchen.«

Diese unverschämte Bemerkung verschlug ihr zunächst die Sprache, dann zischte sie: »Nicht einmal das hätte ich Euch gewährt!«

Jamie lachte entzückt. Immerhin hatte er ihre Furcht so weit besiegt, daß ihr Temperament die Oberhand gewann.

»Ich werde niemals Eure Geliebte!« fuhr sie ihn an, wütend über sein Gelächter.

»Das würde ich Euch auch gar nicht zumuten.«

Sheena runzelte die Stirn. »Ich verstehe nicht … Ihr sagt, Ihr würdet mich begehren, dann leugnet Ihr es … Amüsiert Ihr Euch auf meine Kosten, James MacKinnion?«

»O nein! Ich sehne mich unsagbar nach Euch, und das will ich Euch auch gar nicht verhehlen. Aus dieser Warnung könntet Ihr Vorteile ziehen, die ich bisher noch keinem Mädchen gegönnt habe.«

»Wenn Ihr glaubt, daß ich dafür dankbar bin, irrt Ihr Euch.«

»Freut es Euch nicht, daß Ihr mein Wohlgefallen erregt habt?«

»Ihr bildet Euch eine ganze Menge ein, Sir Jamie, und das ist verständlich. Immerhin besitzt Ihr ein großartiges Schloß, das sicher vielen Frauen in die Augen sticht. Außerdem seht Ihr gut aus, das gebe ich gern zu. Aber Euer Interesse schmeichelt mir keineswegs.«

»Erklärt mir doch endlich, warum Ihr mich nicht mögt!« stieß er hervor.

Wie konnte sie ihm sagen, was sie von ihm wußte – daß er brutal, rachsüchtig und mordlustig war? Außerdem mußte sie doppelt vorsichtig sein, nachdem Lydia bereits Verdacht geschöpft hatte. Und so beschloß sie, seine Forderung zu ignorieren. »Ich möchte jetzt allein sein. Habe ich nicht das Recht, Euch zurückzuweisen – so wie Euren Bruder?«

»Ja, dieses Recht habt Ihr – obwohl Ihr nicht einmal ahnt, was Ihr ablehnt.«

»Das kümmert mich nicht.«

»Ihr seid grausam, Sheena, wenn Ihr mir nicht einmal Gelegenheit gebt, Euch umzustimmen. Das hätte ich nicht von Euch gedacht.«

Sie biß sich auf die Lippen. Das stimmte – ihre unbeugsame, hartherzige Haltung war verwerflich und gewiß nicht die richtige Art, einen James MacKinnion zu behandeln – vor allem, weil er ihre wahren Beweggründe nicht kannte. »Verzeiht mir, Sir Jamie, Ihr habt mich überzeugt. Ich sollte Euch zumindest anhören.«

»Bei allen Heiligen, Ihr könnt einen Mann wirklich zum Wahnsinn treiben!« fuhr er sie wütend an.

»Was habe ich denn gesagt?«

»Dieses herablassende Getue werde ich nicht dulden Sheena MacEwen! Ich ertrage Eure Angst, Euren Zorn, Euren Abscheu – aber zum Narren dürft Ihr mich nicht halten.«

»Euch kann man wohl gar nichts recht machen.«

»Oh, doch. En bißchen mehr Ehrlichkeit wüßte ich sehr zu schätzen.«

»Ich war ehrlich – und dafür habt Ihr mich grausam genannt.«

»Das wart Ihr auch.« Zu Sheenas Überraschung brach er plötzlich in Gelächter aus. »Ihr habt wirklich Mumm in den Knochen, und das gefällt mir. Und Ihr könnt mir Euer Temperament unbesorgt zeigen, da braucht Ihr gar keine Angst zu haben.«

»Ach, Ihr seid unmöglich.«

»Nicht unmöglicher als Ihr«, erwiderte Jamie leichthin, und sie mußte lächeln. Wie einfach wäre es doch, ihn zu mögen, wenn er kein MacKinnion wäre …

»Ich hoffe, jetzt habe ich den Gewittersturm umschifft«, bemerkte sie ironisch.

»Tatsächlich?« entgegnete er, erfreut über ihren Stimmungswechsel. »War es ein schlimmes Gewitter?«

»Nein, ich glaube nicht …«

»Daran solltet Ihr in Zukunft denken.«

»Vielleicht.«

Jamie schüttelte lachend den Kopf. »Ihr seid unbezahlbar, Sheena. Wirklich kein Wunder, daß ich mich mit Euch verloben möchte …«

Darauf war sie nicht gefaßt gewesen. »Verloben? Macht Ihr Witze?«

»Keineswegs. Eigentlich denke ich eher an eine Ehe auf Probe. Doch ich bin gewillt, mich in gewisser Weise zu verpflichten.«

Offensichtlich war ihre Lage viel ernster, als sie vermutet hatte. »Ich fühle mich sehr geehrt, Sir Jamie, aber ich muß Euren Antrag ablehnen«, erwiderte sie unbehaglich und versuchte, ihrer Stimme einen möglichst sanften Klang zu geben.

»Das nehme ich nicht hin.«

»Es wird Euch nichts anderes übrigbleiben; weder mit Euch noch mit irgendeinem anderen Mann – schon gar nicht, wenn er nur eine Probeehe im Sinn hat. Von solch losen Bindungen halte ich nichts.«

»Und ich heirate keine Frau, mit der ich vorher nicht geschlafen habe.«

»Das freut mich zu hören, denn ich will Euch ohnehin nicht heiraten.«

Jamie schwieg und kämpfte gegen seinen aufsteigenden Ärger an. Er schluckte, dann gelang es ihm mit einigermaßen ruhiger Stimme zu fragen: »Würdet Ihr so freundlich sein, über mein Angebot nachzudenken?«

»Einverstanden.«

Da er eine weitere schroffe Zurückweisung erwartet hatte, war er angenehm überrascht. Allzuviel hatte er nicht erreicht, doch er wollte sich vorläufig damit zufriedengeben., »Ich habe Euch falsch beurteilt, Sheena. Anscheinend seid Ihr trotz allem ein vernünftiges Mädchen.« Dazu hatte sie nichts zu sagen, und er fuhr grinsend fort: »Ich lasse Euch jetzt allein – aber vorher will ich Euch noch einen Kuß stehlen.«

Sein Kuß ließ ihren Widerspruch verstummen, noch ehe sie ein Wort äußern konnte. Seine ersten sanften Küsse hatten sie nicht auf die zügellose Leidenschaft vorbereitet, der sich Jamie für einen kurzen Augenblick hingab, und Sheena staunte über sich selbst. Sie hätte sich wehren und ihn wegstoßen können. Statt dessen bot sie ihm hilflos ihre Lippen, war die Gefangene eines Willens, der ihren eigenen brach.

»Ihr solltet gründlich über alles nachdenken, was wir besprochen haben – und was hier geschehen ist, meine Liebe«, sagte er, während er sich zur Tür wandte. »Und Ihr werdet Euch nicht mehr in diesem Turm verstecken. Morgen früh möchte ich Euch in der Halle sehen. Gute Nacht, Sheena – hoffentlich träumt Ihr jetzt was Schöneres.«

Sie hörte, wie er die Tür hinter sich schloß, und Stille erfüllte das Zimmer. Welche Träume wünschte er ihr? Eine Fortsetzung des Alptraums, aus dem er sie geweckt und den sie ihm erzählt hatte? Oder vielleicht war sie gar nicht erwacht. Was sich im nächtlichen Dunkel ereignet hatte, erschien ihr so unwirklich. Sie wollte lieber glauben, daß sie immer noch schlief, daß James MacKinnion nicht hereingekommen war, daß er nichts gesagt und nichts getan hatte ...

17

Am nächsten Morgen fuhr sie aus einem unruhigen Schlummer auf. Es klopfte, immer lauter und lauter. Ärgerlich über die Störung, die sie so unsanft geweckt hatte, sprang sie aus dem Bett und öffnete die Tür. Colens grinsendes Gesicht brachte sie noch mehr in Wut. »Müßt Ihr solchen Lärm machen?« fauchte sie.

»Müßt Ihr mich so lange warten lassen?«

»Ich habe geschlafen.«

»So spät am Morgen?«

»Es ist mir völlig gleichgültig, wie spät es ist. Jedenfalls gehe ich jetzt wieder ins Bett.«

Colen schüttelte den Kopf. »Ihr habt den Befehl, in der Halle zu erscheinen, und das werdet Ihr auch tun.«

Sheena hatte den Mund geöffnet, um herzhaft zu gähnen, doch jetzt schnappte sie statt dessen empört nach Luft. »Ich habe den Befehl? Wer wagt es, mir Befehle zu erteilen? *Er*?«

Colen kicherte zufrieden. Sie war genauso wütend, wie er es erwartet hatte. »Er behauptet, er hätte Euch heute klar und deutlich gesagt, daß Ihr Euch nicht mehr hier oben verstecken dürft.«

»Aber – ich hatte gehofft ...« Sie verstummte. Was für eine Närrin war sie doch ... Warum hatte sie sich eingebildet, man könnte etwas ungeschehen machen, indem man den kindischen Wunsch hegte, es wäre nur ein Traum gewesen? »Was hat er Euch sonst noch erzählt?«

»Mehr, als er eigentlich zugeben wollte.«

»Dann wißt Ihr also, daß er eine Probeehe mit mir führen will?«

»Ja.«

Er grinste wieder und Sheena runzelte die Stirn. »Was findet Ihr denn so komisch?«

»Daß Ihr ihm einen Korb geben werdet. Er will Eure Antwort hören, und zwar jetzt. Mein Bruder ist furchtbar ungeduldig. Er erträgt es einfach nicht, auf etwas zu warten – schon gar nicht, wenn er am Erfolg seiner Pläne zweifeln muß.«

»Ich soll mich entscheiden – jetzt gleich?« rief sie erschrocken. »Er sagte doch, daß ich darüber nachdenken soll.« Sie begann, im Zimmer auf und ab zu gehen.« Was wird er tun, wenn ich ihn abweise?«

»Er wird sich nicht geschlagen geben – ebensowenig wie ich. Ihr seid die erste, der er eine Probeehe vorschlägt, also meint er es ernst mit Euch, Sheena.«

»Auf ein solches Verlöbnis lasse ich mich nicht ein, weil es nur den Interessen des Mannes zugute kommt.«

»Trotzdem gilt es als ehrenwert, besonders im Hochland.«

»Vielleicht – aber wie oft führt es zu einer richtigen Ehe? Ein Mann und eine Frau leben für einen vorher vereinbarten Zeitraum zusammen. Wenn diese Frist abgelaufen ist, darf sich der Mann in aller Öffentlichkeit von der Frau lossagen, und die beiden gehen wieder getrennte Wege.«

»Sicher – aber im Leben des Mannes ändert sich nichts. Man wird kein schlechtes Wort über ihn hören, während die Frau keine Jungfrau mehr ist und in Verruf gerät, weil sie einen Fehlschlag erlitten hat. Und falls sie trotzdem das Interesse eines anderen Mannes erregen sollte, wird er gründlich nachdenken, bevor er sie nimmt.«

Colen zuckte mit den Schultern. »So habe ich das noch nie gesehen. Immerhin ist die Tradition der zeitlich begrenzten Ehe älter als wir beide zusammen, und ich will jetzt nicht darüber streiten. Ich bin es nicht, der Euch einen solchen Vorschlag gemacht hat. Denn ich brauche nicht lange zu überlegen und zu erproben, ob wir miteinander glücklich sein können – das weiß ich schon jetzt. Es ist Jamie, mit dem Ihr Euch auseinandersetzen müßt, weil er sich nach dem tragischen Ende seiner ersten Ehe geschworen hat, nie wieder zu heiraten, ohne die Braut vorher zu prüfen.«

»Darauf kommt es nicht an, Colen. Ich werde Euren Bruder weder zur Probe noch gesetzmäßig heiraten. Ich habe Euch gefragt, was er tun wird, wenn ich ihn abweise – und Ihr meint, er würde sich nicht geschlagen geben. Was bedeutet das?«

»Ich weiß nicht, was er tun will, Sheena – ehrlich nicht. Wahrscheinlich wird er Euch nur immer wieder fragen, bis Ihr ja sagt. Jamie war noch nie in einer solchen Situation, und deshalb läßt sich nicht vorhersehen, welche Maßnahmen er ergreifen wird.« Nach einer kleinen Pause fügte er lächelnd hinzu: »Am besten erklärt Ihr ihm, daß Ihr mich heiraten wollt, dann wird er Euch sicher nicht mehr belästigen.«

Sheena setzte sich auf den Bettrand und starrte ihn vorwurfsvoll an. »Ihr findet es wahnsinnig komisch, daß Ihr mich in diese Klemme gebracht habt, nicht wahr? Immerhin ist das alles Eure Schuld. Es würde Euch nur recht geschehen, wenn ich Euren Bruder heirate.«

»Wollt Ihr das?«

»Ob ich das will?« Wütend sprang sie wieder auf. »Du lieber Himmel, Ihr wißt doch, was ich will! Bringt mich weg von hier! Er würde Euch nicht aufhalten! Bringt mich weg, bevor er mich ermordet!«

»Redet nicht solchen Unsinn!« rief Colen entsetzt. Wie konnte sie so etwas von seinem Bruder behaupten?

Sheenas blaue Augen funkelten wie scharfgeschliffene Edelsteine. »Sagt dies nicht, tut jenes nicht – das ist alles, was ich zu hören bekomme, seit ich hier bin! Nicht einmal mein Vater hat mich so herumkommandiert. Und wenn Ihr meinem Bruder nicht so ähnlich wärt, würde ich Euch genauso hassen wie den Laird von MacKinnion!«

»Ihr habt einen Bruder?«

Sie preßte die Lippen zusammen und rannte an ihm vorbei durch die Tür. Als sie die schmalen Stufen zum ersten Stock hinabstieg, holte er sie ein.

»Sheena!«

»Laßt mich gehen, Colen! Der allmächtige Schloßherr erwartet mich.«

»Habt Ihr einen Bruder?«

»Ja – einen Bruder, einen Vater, Schwestern, Vettern und Kusinen. Ich habe meine Familie bereits erwähnt. Ihr wolltet nicht auf mich hören.«

Sie eilte den Korridor im ersten Stock entlang, zu der Treppe, die in die Halle hinabführte. Colen blieb an ihrer Seite, und sein Zorn wuchs im selben Maß wie der ihre. »Das alles haben wir schon oft genug besprochen.«

»Ja, aber wir sind nie bis zur Wahrheit vorgedrungen. Ihr seid selbstsüchtig und störrisch, Colen. Wenn Ihr nur ein bißchen was für mich übrig hättet, würdet Ihr merken, wie unglücklich ich hier bin und mich dorthin zurückbringen, wo Ihr mich gefunden habt.«

»Warum sollte ich?«

Sheena war so wütend, daß sie gellend zu kreischen begann: »Weil ich es will!«

Inzwischen hatte sie den Torbogen am Ende der Halle erreicht und hielt zögernd inne. Ein Mann stand davor, ein gutaussehender, schlanker Mann. Ob er den Raum betreten oder verlassen wollte, konnte Sheena nicht feststellen. Ihre schrille Stimme hatte seine Aufmerksamkeit erregt. Er wandte sich ihr zu, und beim Anblick ihrer zerzausten dunkelroten Haare und ihrer zornig funkelnden Augen wandelte sich seine unverhohlene Neugier in ebenso offenherzige Bewunderung.

Verlegen senkte sie den Kopf. Dieser Mann hatte ihr Geschrei gehört. Was mußte er von ihr denken? Oh, dieser überhebliche James MacKinnion, der sie so selbstherrlich in die Halle beordert hatte! Was für ein Spaß mußte es für die Hochländer sein, hier herumzustehen und mitzuerleben, wie ihr Laird eine Tiefländerin demütigte ... Sie durfte ihm niemals einen Grund geben, sie in aller Öffentlichkeit zu schelten.

Colen war ihr auf dem Fuß gefolgt, doch der Mann beachtete ihn nicht. Er versperrte ihnen den Weg in die Halle, und im Gegensatz zu Sheena war der Junge keineswegs zu verwirrt, um ihn darauf hinzuweisen. »Verzeih, Black Gawain ...«, sagte er kurz angebunden.

Gawain lächelte ihn liebenswürdig an. »Wo bleiben deine Manieren, Colen? Ich habe dieses schöne Fräulein noch nicht kennengelernt.«

»Das ist auch gar nicht nötig!« fuhr ihn der Junge an.

»Hab' doch ein Herz mit mir!«

»Nein«, entgegnete Colen erbost. »Sie ist schon verlobt.«

»Tatsächlich? Mit dir?«

»Das ist ein Irrtum«, mischte sie sich hastig ein. »Ich bin Sheena, mein Herr, und ich habe zuletzt in Aberdeen gelebt.«

»Und Ihr wollt dorthin zurückkehren?«

Sie wurde rot. »Das habt Ihr gehört?«

»Ganz unabsichtlich – das müßt Ihr mir glauben.«

Colen ärgerte sich über Sheenas Benehmen und Gawains offensichtliches Interesse an dem Mädchen. Was für Chancen hatte er schon, wenn ältere, erfahrenere Männer um sie warben? Von Jamie fühlte er sich nicht ernsthaft gefährdet, da Sheena ihn haßte. Aber Black Gawain stellte eine unerwartete Herausforderung dar. »Du hast uns lange genug aufgehalten, Black Gawain«, sagte er kühl. »Mein Bruder erwartet uns.«

»Ich habe auch etwas mit Jamie zu besprechen«, erwiderte Gawain friedlich.

»Handelt es sich um eine Sache, die keinen Aufschub duldet? Das will ich nicht hoffen.«

»Tut mir leid, daß ich dich enttäuschen muß, mein Junge, wo du dich doch so eifrig bemühst, mich loszuwerden. Nicht, daß ich dir das übelnehmen könnte ...« Gawain grinste und warf Sheena einen schmachtenden Blick zu. »Aber nach den starken Regenfällen steht unser Kornspeicher unter Wasser, und darüber will ich mit Jamie reden – jetzt gleich. Wenn Ihr gestattet, mein Fräulein ...«

Er bot Sheena den Arm, und sie nahm ihn, ohne zu zögern. In der Nähe dieses Mannes fühlte sie sich erstaunlich wohl. Er wirkte sehr anziehend mit seinem dichten dunklen Haar – und für einen Hochländer war er bemerkenswert höflich. Finde ich ihn nur deshalb so nett, fragte sie sich. Ja, vermutlich. Sie hatte die Gesellschaft der ungebärdigen, anmaßenden MacKinnion-Brüder viel zu oft ertragen müssen. Kein Wunder, daß ihr Black Gawain gefiel. Sie wußte seine Manieren zu schätzen, ein zuvorkommendes Benehmen, das sie daheim als selbstverständlich betrachtet hatte und auf Schloß Kinnion schmerzlich vermißte.

Sie zwang sich zur Ruhe, während sie sich dem Tisch des Lairds näherten, und hielt seinem Blick stand. Seine braunen Augen waren unergründlich, denn James MacKinnion verbarg seine Gefühle ebenso wie sie.

Er stand auf, bewunderte erneut ihre Schönheit, ihre makellose Haut, die leuchtenden blauen Augen, das üppige Haar, das ihr auf den Rücken fiel.

Förmlich ergriff er ihre Hand. »Ich dachte schon, unser Gast würde sich weigern, uns die Ehre zu geben. Ihr seid doch nicht krank?«

»Nur müde«, entgegnete Sheena tonlos. »Ich habe schlecht geschlafen.«

»Nun, dann haben wir immerhin etwas gemeinsam«, murmelte Jamie vielsagend, wies auf den Stuhl an seiner Seite und drückte sie mit sanfter Gewalt darauf.

Das Blut stieg ihr in die Wangen. Warum mußte er sie an die vergangene Nacht erinnern – an seine Begierde, die er so offen gezeigt hatte? Black Gawain stand dicht hinter ihr, ebenso irritiert von dieser Bemerkung wie sie.

Sheena wünschte, sie könnte ihm alles erklären und seine Hilfe erbitten. Doch er war Jamies Gefolgsmann. Würde er noch ein einziges Wort mit ihr sprechen, nachdem der Laird sein Interesse an ihr klar zum Ausdruck gebracht hatte?

Als Colen vortrat, um links von Sheena Platz zu nehmen, schob ihn Gawain schnell beiseite und setzte sich auf den Stuhl. Der Junge war wütend genug, um seinen Vetter zur Rede zu stellen, doch das verhinderte Jamie mit einem scharfen, mißbilligenden Blick. Colen lief feuerrot an, machte auf dem Absatz kehrt und verließ die Halle. Der Laird wandte sich zu Gawain. »Was führt dich zu mir, Vetter?« fragte er kühl.

Gawain grinste. »Brauche ich einen Grund, um diese Halle zu betreten?«

»Du hast meinen Bruder beleidigt.«

»Wirklich! Nun, der Bursche muß noch einiges lernen, bevor er sich in den Kampf um ein schönes Mädchen stürzen kann.«

»Und du willst es ihm beibringen?«

Sheena preßte wütend die Lippen zusammen. Die beiden redeten über sie, als wäre sie gar nicht anwesend – obwohl es bei dem erwähnten Kampf um sie ging. Der Mann, den sie fürchtete, hielt ihre Hand immer noch fest. Seine Finger waren erstaunlich warm – und so stark.

Gawain seufzte. »Was bedeutet das alles, Jamie? Der Junge sagt, sie wäre verlobt, und sie behauptet das Gegenteil.«

»In der Tat?« Jamies Stimme klang seidenweich. »Wie dem auch sei – ich wäre dir dankbar, wenn du deine Wünsche bezähmen würdest, bis sie sowohl mir als auch Colen einen Korb gegeben hat.«

»Ich werde niemals ...« Sheena wurde von einem warnenden Druck seiner Finger unterbrochen, und sie war klug genug, um in Gawains Gegenwart keinen Streit heraufzubeschwören. Wenn Jamie ihre Antwort erst hören wollte, wenn sie allein waren, so würde sie ihm diesen Gefallen tun.

»Was wolltet Ihr sagen, Fräulein?« fragte Black Gawain, doch als sie den Kopf schüttelte, bedrängte er sie nicht weiter.

»Ihr habt Euch also noch nicht entschieden ...« Nachdenklich lehnte er sich zurück. »Seltsam – ich hätte nie gedacht, daß du dich für dieselbe Frau interessieren könntest wie dein Bruder, Jamie.«

»So etwas kommt in den besten Familien vor.« Jamies beiläufiger Tonfall klang ein wenig gezwungen.

»Das stimmt«, bestätigte Gawain. »Und Jessie Martin? Ich hatte den Eindruck ...«

»Das ist vorbei«, erwiderte Jamie kurz angebunden.

»Oh – weiß sie es schon?«

»Du stellst zu viele Fragen, Gawain. Das alles geht dich nichts an.«

Gawain grinste. In diesem Augenblick kam Jessie in die Halle. Sie wirkte sehr aufreizend in ihrem blauen Seidenkleid und lächelte Jamie, der einen ärgerlichen Fluch unterdrückte, strahlend an. Er hatte noch keine Zeit gefunden, um mit ihr zu sprechen, und jetzt saß Sheena neben ihm. Heilige Maria …

»Bleibt hier, Sheena!« Er drückte ihre Hand, bevor er sie losließ. »Ich will mit Euch reden, wenn diese Sache erledigt ist.«

Flehend sah sie ihn an. Sie ahnte, in welcher Beziehung diese Frau zu ihm stand. »Ich glaube zu wissen, was Ihr vorhabt, Sir Jamie, und ich bitte Euch, davon abzusehen – falls Ihr es meinetwegen tun wollt. Ihr würdet es bereuen.«

Er gab keine Antwort und stand auf, um Jessie in den Weg zu treten und sie zum Kamin zu führen. Sheena seufzte tief auf. Jamies Geliebte war bildschön, und sie verdiente es nicht, so schnöde behandelt zu werden. Sheenas Schuldgefühle wuchsen, als sie erhobene Stimmen hörte.

»Das kannst du nicht ernst meinen, Jamie! Dazu ist es doch noch viel zu früh!«

»Nicht so laut, Jessie!«

»Nein! Ich gehe nicht!«

»Doch – heute noch!«

»O Gott!« Sheena schlug die Hände vor Gesicht. »Warum ist er so grausam?«

»Ihr solltet Euer Mitleid nicht an eine Schlampe verschwenden, Fräulein«, bemerkte Gawain.

»Von Euch hätte ich mehr Zartgefühl erwartet«, entgegnete sie kühl.

»Schaut mich nicht so anklagend an! Jessie Martin ist eine berechnende, hinterlistige Frau. Sie bekommt nur, was sie verdient.«

»Wie meint Ihr das?«

»Unser Jamie wollte nichts mit ihr zu tun haben«, erklärte Gawain. »Er durchschaute ihr Spiel und wußte von Anfang an, was sie bezweckte. Das weiß jeder, der Jessie kennt. Aber sie hat sich nun mal vorgenommen, ihn zu erobern, und ein Mann kann solchen Verlockungen nicht immer widerstehen.«

»Ich will das lieber nicht hören.«

»Nun, ich dachte, es würde Euch interessieren, da Ihr Jessies Platz einnehmen werdet.«

Sheenas Augen verengten sich. »Er hat mich nicht gebeten, seine Geliebte zu werden!« fauchte sie.

Gawain setzte pflichtschuldigst eine erschrockene Miene auf. »Oh, verzeiht mir. Ich nahm an – ich meine – Jamie hat geschworen, nie wieder zu heiraten, ohne seine Braut vorher zu erproben.«

»Das habe ich bereits erfahren.«

»Also hat er Euch eine befristete Ehe vorgeschlagen?« Als sie widerstrebend nickte, lachte er leise. »Das hätte ich nicht erwartet. Auf so was hat er sich noch nie eingelassen – weil ihm bis jetzt kein Mädchen begegnet ist, dem er sich verpflichten wollte.«

»Für mich ist eine Probeehe keine Verpflichtung«, wandte sie mit scharfer Stimme ein, »sondern ein verwerflicher Brauch, der unmoralische Beziehungen fördert. Ich glaube nicht an …«

Sheena verstummte, denn in diesem Augenblick griff eine Hand in ihr Haar und riß sie so heftig nach hinten, daß ihr Stuhl umstürzte. Unsanft landete sie auf dem Boden.

Sie konnte sich nicht rühren. Der harte Aufprall hatte ihr die Luft aus den Lungen gepreßt. Sie starrte in das Gesicht ihrer Angreiferin, das sich über sie neigte, vor Wut verzerrt. Die häßliche Fratze verriet nichts von Jessie Martins Schönheit, die sie eben noch bewundert hatte. Eine Hand mit klauenartig gebogenen Fingern und langen Fingernägeln näherte sich Sheenas Wange, doch sie war wie gelähmt, konnte nicht einmal schreien, starrte nur diese Krallenfinger an, die sie schon fast berührten …

Die Hand verschwand, Jessie taumelte nach hinten und hielt sich den schmerzenden Arm, den Jamies harte Finger verdreht hatten.

»Hör auf!« brüllte er, während sein Vetter der immer noch leicht benommenen Sheena auf die Beine half. »Sonst werf ich dich auf der Stelle hinaus!«

»Das ist mir gleichgültig!« kreischte Jessie. »Du willst mich loswerden – nur wegen dieser Dirne, die dein Bruder ins Haus gebracht hat – warum?«

»Ich habe nicht die Absicht, dir das zu erklären, Jessie. Mit uns beiden ist es aus, sonst brauchst du nichts zu wissen.«

»Das dulde ich nicht! Du hast mich ausgenutzt …«

»Nicht mehr als du mich«, erklärte er ungerührt. »Ich werde dich für deine Bemühungen entlohnen – falls es *das* ist, was dich beunruhigt.«

»Zum Teufel mit dir, Jamie MacKinnion!« schrie Jessie, und ihre grünen Augen schienen Funken zu sprühen. »Das wirst du bereuen – und sie auch!« Ihr mörderischer Blick richtete sich auf Sheena. »Ihr könnt ihn haben, denn er wird Euch genauso wegwerfen wie mich, sobald ihm ein neues Mädchen in die Augen sticht! Dieser treulose Bastard!«

Jamie packte sie wieder am Arm und stieß sie von sich. »Gawain, bring sie bitte hinaus. Und such irgendeinen tauben Menschen, der sie nach Hause begleiten könnte. Diese böse Zunge will ich niemandem zumuten, der gesunde Ohren hat.«

Gawain amüsierte sich königlich. »Sie braucht nur eine kleine Aufmunterung, und die will ich ihr gern gewähren – falls du einen oder zwei Tage ohne mich auskommst.«

Jamie nickte. »Wie du willst. Solange du weißt, was du tust …«

Sein Vetter führte Jessie lachend zur Treppe. Sie folgte ihm bereitwillig, nachdem ein neuer Bewunderer ihr Selbstvertrauen gestärkt hatte. Gawain hörte ihr nur mit halbem Ohr zu, während sie ihrer Wut auf Jamie Luft machte. »Grausam, eigensüchtig, wankelmütig«, lauteten die Worte, die zu Sheena drangen, bevor es still in der Halle wurde. Der unwürdige Auftritt, den sie miterlebt hatte, erschütterte sie zutiefst. Vor allem, weil er völlig überflüssig gewesen wäre …

»Sheena?«

Ihre Gefühle, die sie zu beherrschen suchte, sprachen deutlich aus ihren Augen, als sie sich zu Jamie wandte. »Daß Ihr es wagt, sie so zu erniedrigen – und mich dazu!« Ihre Stimme war nur ein Flüstern – aber von so heftigem Zorn erfüllt, daß er zurückwich.

»Ich konnte nicht ahnen, wie schrecklich sie sich aufführen würde. Hat sie Euch weh getan?«

»Darauf besinnt Ihr Euch zu spät! Ihr hattet kein Recht, mich in die Halle zu beordern und dieser Szene auszusetzen.«

»Deshalb habe ich Euch nicht zu mir gebeten.« Er schien die Geduld zu verlieren, und sie senkte rasch den Blick. Sie durfte ihn nicht reizen, durfte seinen Zorn nicht erregen, den sie so fürchtete.

Sie lächelte gezwungen. »Ich glaube, für heute ist genug Porzellan zertrümmert worden.«

»So schnell ist Euer Ärger verflogen? Wenn Ihr mich anschreien wollt, dann tut es doch! Versteckt Euer Temperament nicht hinter einer sanftmütigen Fassade! Das will ich nicht, Sheena! Ihr sollt mir nichts vormachen.«

»Also gut, Sir Jamie«, entgegnete sie kühl. »Ich finde Euer Verhalten abscheulich. Und ich unterschreibe jedes Wort, das diese Frau gesagt hat. Ich bat Euch eindringlich, sie zu schonen, doch Ihr wolltet nicht hören. Nun müßt Ihr auf weibliche Gesellschaft verzichten, denn mich bekommt Ihr ganz sicher nicht.«

Zu ihrer Überraschung grinste Jamie. »Das werden wir noch sehen.«

Angesichts seiner Gelassenheit stieg neuer Zorn in ihr auf. »Ich weigere mich, eine Probeehe einzugehen!«

»Auch das werden wir noch sehen. Und jetzt kommt! Ihr habt noch nicht gefrühstückt.«

Sie ignorierte seine ausgestreckte Hand. »Mir ist der Appetit vergangen. Wenn Ihr mich entschuldigen würdet ...«

Jamie seufzte. »Wie Ihr wollt ... Aber Ihr werdet heute mit mir ausreiten. In einer Stunde.«

»Nein!« fuhr sie ihn an.

»In einer Stunde, Sheena.«

Wortlos ging sie davon. Noch ein Befehl, den sie befolgen mußte ... Sie wußte, daß sie sich seinen Wünschen nicht allzu oft widersetzen durfte. Wie grausam dieser Mann seine Macht mißbrauchte ...

Doch was konnte sie dagegen tun?

18

Mit zusammengepreßten Lippen starrte Sheena auf den breiten Rücken des Mannes, der vor ihr dahinritt. Beharrlich hatte sie geschwiegen, als er gegen Mittag zu ihr gekommen war, um sie zum Stall zu führen und ihr auf eine Stute zu helfen. Auch jetzt ging sie weder auf seine Komplimente ein noch auf seine Bemühungen, ein Gespräch zu beginnen. Seine Selbstherrlichkeit war einfach unerträglich.

Trotzdem sah sie sich gezwungen, zumindest seine Wohltaten zu ertragen. Das schöne Kleid, das er ihr gegeben hatte, paßte wie angegossen. Sie war genauso groß wie Lydia, nur am Busen saß das Gewand ein wenig zu eng und ließ erkennen, daß es nicht für Sheena gemacht war. Es war hellblau, mit weiten Ärmeln und weißen Pelzmanschetten und wurde durch einen pelzbesetzten Umhang in der gleichen Farbe ergänzt, den eine Perlenschließe am Hals zusammenhielt. Unter anderen Umständen hätte sie das Kleid zu würdigen gewußt.

Sie hatte nicht auf den Weg geachtet, aber nun merkte sie plötzlich, daß Jamie nicht die Richtung zum Tal einschlug, wo man am flachen Flußufer bequem reiten konnte. Während sie um eine steile Klippe bogen, blickte Sheena über die Schulter. Das Schloß war nicht mehr zu sehen. Sie folgten einem schmalen Pfad, weit und breit tauchte keine Hütte auf; außer Bäumen und Beerensträuchern entdeckte sie nirgends ein Lebenszeichen.

Sie erschauerte vor Angst. Hier draußen würde niemand ihre Schreie hören. Sie war allein mit James MacKinnion – war ihm hilflos ausgeliefert. Er führte sogar ihr Pferd am Zügel. »Wohin bringt Ihr mich?« rief sie, doch er gab ihr keine Antwort, drehte sich nicht einmal zu ihr um. Mühsam versuchte sie, ihre aufsteigende Panik zu bekämpfen. »Sir Jamie, bitte! Ich möchte umkehren!«

»Regt Euch nicht auf, Sheena, Ihr habt nichts zu befürchten«, entgegnete er, ohne den Kopf zu wenden.

Hätte er ihr verzweifeltes Gesicht gesehen, wäre er vielleicht bereit gewesen, ihre Bitte zu erfüllen – oder auch nicht. Er ritt aus einem ganz bestimmten Grund mit ihr in die Einsamkeit – um ihr zu beweisen, daß sie ihm vertrauen konnte. Außerdem wollte er ihr eine Freude machen. Er wußte, wie gern sie schwimmen ging. Natürlich wollte er ihr nicht verraten, daß er sie damals in jenem kleinen Teich baden gesehen hatte.

Jamie grinste und gestand sich ein, daß seine Beweggründe nicht ganz uneigennützig waren. Er hoffte auf ihre Dankbarkeit, auf ein Lächeln – vielleicht würde sich wenigstens ihre Laune bessern.

Sheena schickte ein stummes Gebet zum Himmel. Sie setzte ihre Hoffnung auf andere Dinge – auf ein Wunder, das sie retten würde, wenn …

Plötzlich zügelte Jamie sein Pferd, auch die Stute blieb stehen. Sheena hielt den Atem an, bis er sich endlich umwandte und sie anschaute. Erleichtert seufzte sie auf, denn sein Blick verriet keine bösen Absichten. Noch nie in ihrem Leben hatte sie ein netteres Lächeln gesehen. Ihre Angst verflog ebenso schnell wie ihr Zorn, und sie empfand eine seltsame Scheu, die gar nicht zu ihr paßte.

Er stieg ab und hob sie aus dem Sattel. »Als kleiner Junge kam ich oft hierher.«

Sie sah funkelndes Wasser, einen idyllischen Teich, der von einem schmalen Bach gespeist wurde, zur Talseite hin war er abgeschirmt von hoch aufeinandergetürmten Felsblöcken.

»Habt Ihr diesen Wall gebaut?« fragte Sheena.

»Nein, er war schon immer hier – zumindest, seit ich denken kann. Dieser Ort ist so friedlich. Ich habe oft auf den Felsen gesessen und beobachtet, wie sich die Spiegelungen auf der Wasserfläche im Lauf eines Tages verändern. Übrigens, man kann von diesem Wall auch in den Teich springen – falls Ihr gern taucht.«

»Ist das Wasser so tief?«

»Ja – weil der Hang da drüben so steil ist.«

Sehnsüchtig blickte Sheena in den Teich. Wie schön mußte es sein, hier zu schwimmen … Sie versuchte sich vorzustellen, wie James MacKinnion als kleiner Junge in diesem kalten Wasser herumgetobt hatte, doch das gelang ihr nicht. Es erschien ihr unmöglich, daß dieser Mann einmal ein Kind gewesen war. »Kommt Ihr immer noch hierher, Sir Jamie?«

»Ich erinnere mich nicht, wann ich diesen Teich zum letztenmal gesehen habe. Sicher ist es schon einige Jahre her. Ich habe einfach zu wenig Zeit. Außerdem schwimme ich nur in den warmen Monaten. Jetzt ist es schon zu kalt dazu.«

Sheena hätte beinahe gelacht. Wie oft war sie im Vorfrühling und im Spätherbst schwimmen gegangen, bei wesentlich niedrigeren Temperaturen ... Sie würde so gern schwimmen! Wenn sie doch bloß allein wäre ... Welch ein herrliches Gefühl mußte es sein, im kalten Wasser zu versinken, die Haut von sanften Wellen liebkosen zu lassen ... Seit sie auf Schloß Kinnion wohnte, hatte sie kein einziges Mal richtig gebadet und sich immer nur mit Wasser übergossen. Zu schade, daß sie nicht allein war ...

»Warum habt Ihr mich hierhergebracht?« fragte sie leise.

Jamie wandte sich ab. »Ich dachte, Ihr würdet die Stille und Beschaulichkeit an diesem schönen Ort genießen. Offenbar habe ich mich getäuscht.«

»Es gefällt mir sehr gut hier«, beteuerte sie hastig, weil sie nicht undankbar erscheinen wollte.

Er sah sie wieder an und lächelte. »Das freut mich. Leider können wir nicht bleiben.«

»Warum nicht?«

»Nun, es gibt noch einige andere Leute, die meine Zeit beanspruchen, Sheena. Aber ich werde bald wieder mit Euch hierherreiten, wenn das Euer Wunsch ist.«

»Heute?«

»Vielleicht«, erwiderte er schmunzelnd.

»Dann erlaubt mir doch, hierzubleiben!« schlug sie hoffnungsvoll vor. »Ich wäre so gern ein bißchen allein – für eine kleine Weile.«

Forschend blickte er ihr in die Augen. »Wenn ich mich darauf verlassen könnte, da Ihr keinen Fluchtversuch unternehmt, würde ich Eure Bitte erfüllen.«

»Nehmt die Stute mit! Ohne Pferd käme ich nicht weit.«

»Und wenn Ihr davonlauft? Weiß der Teufel, wie lange ich dann nach Euch suchen müßte!«

»Ich würde Euch schwören, bis zu Eurer Rückkehr hierzubleiben.«

»Wirklich?«

»O ja.« Atemlos wartete sie auf seine Antwort.

Er musterte sie mit ausdruckslosen Augen, dann seufzte er. »Ich müßte auf Euer Wort bauen. Und da ich hoffe, Euer Vertrauen zu gewinnen, sollte ich Euch das meine schenken.«

Sheenas Augen begannen zu strahlen. »Ich darf also hierbleiben?«

»Ja.«

»Wie lange? Ich meine – wann wollt Ihr zurückkommen?«

Jamie lächelte. »Ich gebe Euch mindestens eine Stunde Zeit – gleichgültig, ob ich meine Geschäfte schon früher erledigt habe oder nicht.«

Sie wandte sich ab, damit er ihr nicht ansah, wie viel ihr diese kleine Geste bedeutete. »Danke«, sagte sie leise.

»Es freut mich, wenn ich Euch glücklich machen kann, Sheena.«

Seine Stimme klang so ernsthaft, daß sie sich wieder umdrehte und ihn verwundert anschaute. Doch er lächelte immer noch, und sie wußte nicht recht, was sie von seinen Worten halten sollte.

Er stieg auf seinen Hengst und griff nach den Zügeln der Stute. »Ich nehme das Pferd lieber mit, so wie Ihr's mir geraten habt – nur damit Ihr nicht in Versuchung geführt werdet.«

Nachdenklich beobachtete sie ihn, als er davonritt. Ist dieser nette, umgängliche Mann wirklich mein Feind, überlegte sie. Dann ärgerte sie sich über ihre Zweifel. Natürlich war er ihr Gegner – immer noch, und sie würde sich vor seinen liebenswürdigen Anwandlungen in acht nehmen müssen. Es spielte keine Rolle, daß er verteufelt gut aussah und mit einem einzigen Lächeln ihre Ängste zerstreuen konnte – er hieß trotz allem James MacKinnion und war der Todfeind ihres Clans. Er mochte sich auf ihre Wort verlassen – sie würde ihm niemals trauen.

Sheena lag auf einem glatten Felsen und genoß die Sonnenstrahlen, die zwischen den tiefhängenden Wolken hindurchschienen. Das Wasser war eiskalt gewesen, doch das hatte ihr keineswegs die Freude an diesem wundervollen Bad verdorben. Nun wärmte sie ihren durchfrorenen Körper. Dieses Vergnügen war ihr viel zu lange versagt worden.

Die Stunde, die James MacKinnion ihr zugebilligt hatte, näherte sich dem Ende. Sie ließ ihre bloße Haut noch ein paar Minuten lang von der Sonne streicheln, dann schlüpfte sie hastig in ihre Kleider. Wie verblüfft er wäre, wenn er sie so hier anträfe – splitterfasernackt, dachte sie belustigt. Wahrscheinlich wäre er viel zu schockiert, um die Situation auszunutzen.

Sie stand auf der Felsplatte und sah, wie er um das steile Riff bog, das ihr die Sicht zum Schloß versperrte. Er galoppierte zum Teich und führte die Stute am Zügel hinter sich her. Sheena runzelte die Stirn. Warum hatte er es so eilig? »Was ist denn geschehen?« rief sie.

Grinsend sprang Jamie vom Pferd und ließ beide Tiere im Heidekraut weiden, dann lief er zum Ufer und kletterte zu ihr auf den Felsen. Er breitete seinen Tartan aus, setzte sich darauf und bedeutete ihr, neben ihm Platz zu nehmen – was sie nach kurzem Zögern tat. »Wenn ein Mann mit einem schönen Mädchen verabredet ist, kann er seine Ungeduld kaum bezähmen«, erklärte er. »Findet Ihr das so erstaunlich?« Er drückte ihr einen Beutel in die Hände.

»Was ist das?«

»Ihr habt heute morgen nicht gefrühstückt, und ich will nicht, daß Ihr verhungert. Deshalb habe ich Euch eine Kleinigkeit mitgebracht.«

Sheena öffnete den Beutel. »Eine Kleinigkeit? Damit kann man ein ganzes Heer satt kriegen.«

»Nun, es ist auch nicht für Euch allein bestimmt.«

Sie sah ihn mißtrauisch an. Er schien in bester Laune zu sein. Und er war aus irgendeinem Grund sehr zufrieden mit sich. Warum nur?

Sie wandte sich zu ihm, während er den Inhalt des Beutels begutachtete. Wahllos warf er ihr einen Weinschlauch, Hafermehlkuchen, ein halbes Brathuhn und Ingwertörtchen in den Schoß. »Genug, Jamie, genug!« rief sie lachend.

Er lehnte sich an einen Felsblock und streckte die langen Beine aus. Belustigt sah sie zu, wie er in seinem Beutel wühlte und noch ein halbes Huhn zum Vorschein brachte. Sie aßen, und Sheena beobachtete das Spiel der Wolken am blauen Himmel. Sie beobachtete auch Jamie. Obwohl sie es nicht wollte, schaute sie immer wieder zu ihm hinüber, begegnete seinem Blick und schaute verlegen wieder weg. Es war einfach lächerlich, daß ihre Augen alle paar Sekunden zu ihm schweiften – fast so, als hätten sie einen eigenen Willen.

Was hier geschah, erschien ihr so seltsam und unwirklich, und die Stille, die ringsum herrschte, steigerte dieses Gefühl. Ihr Pulsschlag ging schneller, wann immer Jamie sie betrachtete, und ihr wurde ein bißchen schwindlig. Das lag zweifellos am Wein. Sie hätte nicht so viel trinken sollen. Der Alkohol hatte ihre Wangen erhitzt. Nein, das war es nicht … Sie errötete, weil diese durchdringenden braunen Augen viel zu oft auf ihr ruhten.

Schließlich brach sie widerstrebend das Schweigen. »Sollten wir nicht zurückreiten?«

»Das hat keine Eile.«

Jamie hatte beschlossen, ihr diesen ganzen Tag zu widmen. Und er hatte seine ganze Willenskraft aufbieten müssen, um sie am Teich allein zu lassen. Da er keinerlei wichtigen Geschäften nachgehen mußte, war es ihm ziemlich schwergefallen, eine volle Stunde fernzubleiben. Aber er hatte ihr das erfrischende Bad gönnen wollen. Und das brauchte er nicht zu bereuen, denn diese einsame Stunde hatte sie völlig verändert.

Seit seiner Rückkehr war kein einziges böses Wort über ihre Lippen gekommen. Und wenn sie ihn anschaute, lag keine Furcht in ihren Augen. Statt dessen errötete sie und sah dabei zauberhafter aus denn je.

Sie stand auf, um sich die Hände zu waschen, und kniete am Ufer nieder. Der Felsen lag hoch über dem Teich, und sie mußte sich hinlegen, damit sie das Wasser erreichte. Als sie ihre Finger hineintauchte, streckte Jamie sich neben ihr aus, und sein Körper berührte den ihren. Eine innere Stimme riet ihr, sofort aufzuspringen, doch sie tat es nicht. Aus irgendeinem Grund konnte sie sich nicht bewegen.

Er griff nach ihren Händen, zog sie aus dem Wasser und hob sie an die Lippen. Und während er ihr unverwandt in die Augen blickte, saugte er die Wassertropfen von ihren Fingerspitzen. Ein Prickeln lief durch Sheenas Arme, Jamie rückte immer näher, beugte sich über sie und küßte sie zärtlich. Seine Zunge strich über ihre Unterlippe, dann schob sie sich langsam in ihren Mund.

Wäre ihr bewußt gewesen, was nun geschah, hätte sie es verhindert. Aber ihr Verstand ließ sie im Stich. Sie empfand keine Angst mehr, nur ein merkwürdiges Gefühl von Wärme, das durch ihre Adern strömte – und das sie rückhaltlos genoß. Was einem so guttat, konnte doch nicht schlecht sein … Jamie schob sie behutsam vom Wasserrand weg und bettete sie auf seinen Tartan. Dann küßte er sie wieder, seine Zunge erforschte ihren Mund, und sie spürte wieder diese wunderbare Wärme, die ihren ganzen Körper erfüllte. Seine großen starken Hände liebkosten ihre Wangen, den Hals, die Arme, und seine Lippen ließen die ihren nicht los.

Sie nahm es kaum wahr, als die Schließe ihres Umhangs geöffnet und das Oberteil ihres Kleides aufgeschnürt wurde. Jamies Finger streichelten den Ansatz ihrer Brüste. Ein erschreckender Gedanke kämpfte gegen die heftigen Gefühle an, die Sheena zu überwältigen drohten. Wollte er sie ausziehen?

Sie versuchte, ihn wegzustoßen, doch er hielt ihre Hand fest und legte sie an seine Wange.

»Oh, Sir Jamie, Ihr müßt aufhören …«

Ihre Stimme war nur ein heiseres Flüstern, und er sah sie an, mit einem wissenden Lächeln. Seine Augen wanderten über ihr Gesicht, um alle Einzelheiten ihrer Züge zu bewundern, dann folgten seine Lippen der Spur seiner Blicke. Sein warmer Atem mischte sich mit dem ihren, während seine Zungenspitze wieder über ihre Lippen glitt. »Du schmeckst wie Ingwer«, sagte er, »und ich hatte heute noch keinen Nachtisch.«

Nachtisch? Wollte er sie mit Haut und Haaren verschlingen? Sie begann zu protestieren, aber er fiel ihr ins Wort. »Still, Sheena, laß mich kosten, wie süß du bist!« Seine Stimme klang so betörend … »Laß mich!«

Sein Mund preßte sich wieder auf den ihren, und da verlor sie den letzten Rest ihrer Beherrschung. Jamie besiegte sie, raubte ihr den Atem und den Willen.

Er ließ ihre Hand los, die instinktiv über seinen Nacken wanderte, und als die Verschnürung ihres Leibchens noch weiter auseinandergezogen wurde, unternahm sie nichts mehr, um die Magie dieses Augenblicks zu stören.

Jamie schob ihr Kleid nach unten, und sie spürte zitternd seine Finger auf ihren nackten Brüsten. Zärtlich liebkoste er sie, an Körperstellen, die kein Mann zuvor berührt hatte. Halbherzig versuchte sie, ihn noch einmal abzuwehren, aber ihr Widerstand war längst geschmolzen.

Er spürte, daß sie ihm gehörte – er wußte es, und ein unbändiges Glücksgefühl ergriff ihn. Sein Verlangen wuchs, steigerte sich ins Unerträgliche, und sie schmiegte sich an ihn, machte alles noch schlimmer. Hätte eine andere in seinen Armen gelegen, wäre er niemals auf den Gedanken gekommen, sich zurückzuhalten. Doch dies war Sheena, die er sehnlicher zu besitzen wünschte als alle anderen Frauen. Er wollte, daß sie das ganze Ausmaß ihrer Erregung zu spüren bekam und ihn ebenso begehrte wie er sie.

Seine Lippen wanderten über ihren Hals, und als er die empfindsame Stelle unter ihrem Ohr küßte, erschauerte sie stöhnend. Er schob die Arme unter ihren Rücken, hob sie hoch, seine Lippen näherten sich einer ihrer Brüste und umschlossen die Knospe. Keuchend umfaßte sie seinen Kopf, mit beiden Händen, grub die Finger in sein Haar. Ein wildes Feuer schien in ihr zu lodern, die Hitze breitete sich in ihrem ganzen Körper aus.

»Jamie! He, Jamie!«

Sie hörten den Ruf, und Jamie blickte auf. Seine Augen verengten sich, als er seinen Bruder um den steilen Felsvorsprung reiten sah.

»Verdammt, ich werde diesen Burschen erwürgen!« stieß er

zwischen zusammengebissenen Zähnen hervor. Er schaute auf Sheena hinab. Sie runzelte die Stirn, ließ ihn hastig los, und alle Farbe wich aus ihrem Gesicht. Mit großen, anklagenden Augen starrte sie Jamie an.

»Schau mich nicht so an, Mädchen«, sagte er leise. »Du hast nichts Falsches getan, und ich habe nichts verbrochen, wofür ich mich entschuldigen müßte. Was hier geschah, war unsere Bestimmung, und wir werden es ein andermal zu Ende bringen. Schnür dein Kleid zu! Ich möchte nicht, daß mein Bruder dich so sieht.«

Ihre Wangen, eben noch leichenblaß, liefen dunkelrot an. Beschämt wandte sie sich von ihm ab. O Gott, was hatte sie getan?

Mit bebenden Fingern verschnürte sie ihr Leibchen und wollte nach ihrem Umhang greifen, dann sah sie, daß Jamie ihn bereits aufgehoben hatte. Sie nahm ihn aus seinen Händen – unfähig, seinem Blick zu begegnen. Nie wieder wollte sie in diese Augen schauen …

»Alles in Ordnung, Sheena?« Colen zügelte sein Pferd auf der anderen Seite des Bachs.

»Ja, Colen«, erwiderte sie mit unsicherer Stimme. »Wir sind ausgeritten.«

Colen hob die Brauen. »Wart Ihr auch schwimmen? Findet Ihr nicht, daß das Wasser schon zu kalt ist?«

»Wieso wißt Ihr …« Sie unterbrach sich. Natürlich, ihre Zöpfe waren noch naß. Sie holte tief Atem. Plötzlich hatte sie von allen beiden MacKinnions genug. Mit schnellen Schritten ging sie um den Teich herum, zu ihrer Stute.

»Wohin, Sheena?« rief Jamie ihr nach.

»Zum Schloß!« entgegnete sie wütend. »Ich finde meinen Weg allein!«

»Sheena!«

Sie blickte nicht zurück, schwang sich im Reitersitz auf das Pferd. Daß ihr Rock dabei bis zu den Knien hochrutschte, kümmerte sie nicht. Sie grub die Fersen in die Flanken der Stute, sprengte zum Erstaunen der zwei Männer über den Bach und galoppierte davon.

Colen beobachtete sie mit schmalen Augen. »Wie gut das

Mädchen reiten kann … Man sollte nicht glauben, daß die Mac-Ewens genügend Pferde besitzen, um ihren Frauen Reitunterricht zu geben.«

Er wandte sich zu Jamie und wich erschrocken zurück, als er dessen mörderischem Blick begegnete.

»Wenn du nicht mein Bruder wärst, würde ich dich auf der Stelle umbringen«, sagte der Laird ein eisigem Ton, »und zwar mit dem größten Vergnügen. Was führt dich hierher, verdammt noch mal?«

»Wir haben Gäste«, erklärte Colen hastig. »Will Jameson möchte sich deine Pferde anschauen. Er hat eine pralle Börse mitgebracht, und ich dachte, das würde dich interessieren.«

»Er hätte bis zu meiner Rückkehr warten können, Colen. Zweifellos wird er über Nacht bleiben.«

Der Junge nickte. »Wie sollte ich ahnen, daß ich dich stören würde, Jamie? Aber es tut mir kein bißchen leid, daß ich's getan habe«, fügte er hinzu und lachte über die unheilvolle Miene seines Bruders. »Spring doch in den Teich und kühl dich ein wenig ab! Um Sheena brauchst du dich nicht zu sorgen. Ich werde mich vergewissern, daß sie heimgekehrt ist.«

Er sprang auf sein Pferd und ritt davon, bevor Jamie den Bach überqueren und ihm an die Kehle fahren konnte.

20

Sheena betrat das Schloß durch den Dienstboteneingang, damit sie nicht durch die Halle gehen mußte. Sie lief zu ihrem Zimmer hinauf, und als sie die Tür öffnete, sah sie zwei zusammengefaltete Kleider auf der Fensterbank liegen, neben Stoffballen, aus denen offenbar weitere Gewänder entstehen sollten. Dieser Anblick trieb ihr die Tränen in die Augen. Daß James MacKinnion sie mit einer neuen Garderobe ausstatten wollte, konnte nur eine einzige Bedeutung haben – sie sollte sein Haus nie mehr verlassen.

Schluchzend warf sie sich auf das Bett, dann richtete sie sich rasch wieder auf. Ihre Brüste waren so empfindsam, ihre Nerven überreizt.

»O Gott, was hat er mir angetan?« flüsterte sie. »Ich kann mich nicht einmal selber berühren, ohne daran zu denken ...«

Wie war es dazu gekommen? Sie wußte keine Antwort auf diese Frage, wußte nur, daß sie verführt worden war von einem schwindelerregenden Zauber, und sie konnte sich ganz genau daran erinnern, an jeden einzelnen Augenblick. Das Blut stieg ihr in die Wangen.

»Er ist ein Teufel, und er verfügt über teuflische Kräfte, die mich in einen bösen Bann ziehen. Ich muß von hier fliehen – weit weg von James MacKinnion.«

Der Mann, der die Schuld an Sheenas Tränen trug, kam einige Stunden später in ihr Zimmer. Sie hatte ein wenig geschlafen, erschöpft von ihrem Kummer. Nun saß sie auf der Fensterbank, bürstete ihr langes Haar und versuchte sich zu beruhigen. Aber Jamies Anblick beschleunigte ihren Pulsschlag von neuem, und als er zu sprechen begann, sprang sie auf.

»Dieses Zimmer muß dir sehr gut gefallen«, meinte er mit einem sanften Lächeln. »Sonst würdest du dich nicht so oft darin aufhalten.«

»Hier bin ich wenigstens allein – zumindest war ich das.« Sheena wich vor ihm zurück. »Warum seid Ihr gekommen, Sir Jamie?« Sie weigerte sich, seinem Beispiel zu folgen und zum vertrauten Du überzugehen, trotz der intimen Augenblicke am Teich.

»Ich will dich in die Halle begleiten. Wir haben Gäste, und es ist schon spät.«

»Kümmert Euch doch selber um Eure Gäste!« fuhr sie ihn an. »Warum braucht Ihr mich dazu?«

»Ich möchte dich an meiner Seite haben.«

»Und ich will hierbleiben.«

»Was glaubst du wohl, wer seinen Willen durchsetzen wird?« fragte er grinsend.

»Ist das ein Befehl?«

»Ja.«

»Was bildet Ihr Euch eigentlich ein, wer Ihr seid?« schrie Sheena wütend.

»Der Laird von MacKinnion«, entgegnete er gelassen.

»Aber *ich* bin keine MacKinnion, und ich lasse mich von Euch nicht herumkommandieren. Dazu habt Ihr kein Recht ...«

»Jetzt reicht's mir, Sheena«, unterbrach er sie. »Ich möchte nicht mit dir streiten. Außerdem – so oft gebe ich keine Befehle ...«

»Oh, doch!«

Er runzelte die Stirn. »Und wenn ich es tue, werden meine Anweisungen befolgt.«

»Das ist unfair! Ihr nutzt Eure Vormachtsstellung aus!«

»Keineswegs, Mädchen. Wenn ich das täte, hätte ich dich schon längst da, wo ich dich haben will.«

Sie wurde rot, wandte den Kopf ab, und er fuhr in sanfterem Ton fort: »Ich bestehe nur auf belangloseren Dingen, und auch das wäre überflüssig, wenn du dich nicht hier oben verkriechen würdest.«

»Mir geht es vor allem um meine Freiheit, Sir Jamie, und die habt Ihr mir genommen.«

Er lachte leise. »Wenn ich dich freiließe, würdest du wie eine Einsiedlerin leben. Hast du noch nicht gemerkt, daß der Mann einen stärkeren Willen besitzt als die Frau?«

»Nur wenn die Frau das zuläßt.«

Jamie seufzte. »Ich weiß wirklich nicht, warum ich mir diesen Unsinn anhöre. Zwing mich nicht, Gewalt anzuwenden, Sheena, und komm jetzt mit mir!«

Mühsam unterdrückte sie ihren Zorn. Was würde sie schon erreichen, wenn sie sich gegen ihn auflehnte? Sie war hilflos, und das wußte er ebenso gut wie sie.

Doch sie hatte immer noch ihren Stolz. »Geht von der Tür weg, Sir Jamie!«

»Warum?«

»Damit ich vorbei kann.«

Grinsend trat er beiseite und verneigte sich. »Dein Wunsch ist mir Befehl.«

»Wenn es so wäre, säße ich nicht mehr hier fest!« erwiderte

sie mit scharfer Stimme und ging an ihm vorbei. So schnell sie konnte, eilte sie nach unten und blieb stets einen Schritt vor ihm, bis sie den Torbogen erreichte. Die große Halle war voller Menschen und von Lärm erfüllt. Eine fröhliche Stimmung lag in der Luft.

»Wir geben ein Fest zu Ehren unserer Gäste«, flüsterte Jamie hinter ihr. »Da wir nur selten Besuch haben, nutzen wir jede Gelegenheit, um zu feiern.«

»Sind Eure Gäste wichtige Leute?«

»Nein – nur Will Jameson und ein paar von seinen Gefolgsmännern. Will lebt im Osten, auf der anderen Seite des Flusses.«

»Freund oder Feind?«

Jamie lachte. »Nun, beim alten Will kann man nie sicher sein. Er behauptet zwar, er wäre mir freundlich gesinnt, trotzdem versucht er, mich immer wieder zu ärgern. Ich glaube, er liebt die Gefahr.«

Sheena zuckte leicht zusammen. »Höre ich eine versteckte Warnung aus Euren Worten heraus, Sir Jamie?«

»Unsinn, Sheena! Muß ich jedes Wort, das über meine Lippen kommt, sorgfältig abwägen? Wenn ich etwas sage, braucht niemand nach einem verborgenen Sinn zu forschen.«

»Was Ihr zum Ausdruck bringen wolltet, war eindeutig und keineswegs verborgen«, erwiderte sie kühl. »Man lebt gefährlich, wenn man Euren Zorn erregt.«

»Du nicht, Sheena.«

Sein warmer Atem streifte ihren Nacken und jagte ihr einen Schauer über den Rücken.

»Eure – Eure Gäste warten, Sir Jamie«, stammelte sie.

»Die können ruhig noch ein bißchen länger warten.« Er legte ihr die Hände auf die Schultern und drehte sie zu sich herum, doch sie wich seinem Blick aus. »Sieh mich an, Sheena! Gib mir die Antwort, auf die ich schon den ganzen Tag warte.«

Ihr Kopf war noch immer gesenkt. »Ich weiß nicht, was Ihr meint.«

»Doch, das weißt du ganz genau«, entgegnete er leise, »und ich war wirklich sehr geduldig.«

»Geduldig?« Jetzt schaute sie ihn an – ungläubig, mit großen Augen. »Findet Ihr, daß Ihr Geduld bewiesen habt – nur weil Ihr ein paar Stunden warten mußtet?«

»O ja! Ich hatte gehofft, wir würden unsere Schwierigkeiten ein für allemal beseitigen, bevor wir von unserem Ausritt zurückkämen. Natürlich konnte ich nicht wissen, daß man unser – Liebesspiel stören würde.«

Sheena wurde feuerrot. Wie gern hätte sie diesen Nachmittag vergessen ... Nun sonnte er sich im Vollgefühl seines Sieges, nur weil sie für ein paar Minuten seinem Zauber erlegen war. Merkte er denn nicht, daß seine Anziehungskraft nur wirkte, wenn er sie berührte. Wie gern hätte sie ihm seinen Hochmut ausgetrieben ...

Bei diesem Gedanken mußte sie lächeln, und Jamie schöpfte neue Hoffnung. »Willst du mir sagen, was ich hören will, Mädchen?«

»Dies ist nicht der rechte Zeitpunkt, Sir Jamie.«

Er hob die Brauen. »Warum nicht?«

»Ich fürchte, meine Antwort wird Euch mißfallen.«

Er musterte sie mit schmalen Augen, und sie sah, wie sich seine Kinnmuskeln anspannten. Dann holte er tief Luft, und in der beängstigenden Stille, die nun folgte, hörte sie ihr eigenes Herz überlaut schlagen. Ihre Brust begann zu schmerzen, weil sie krampfhaft den Atem anhielt.

Er wird mich töten, dachte sie verzweifelt, weil ich ihn zurückweise ...

»Du hast recht, Sheena«, sagte er schließlich. »Dies ist nicht der richtige Zeitpunkt.«

»Wie, bitte?«

Ihre Verblüffung erleichterte ihn ein wenig. »Ich habe dir heute zu erklären versucht, daß wir einander Vertrauen entgegenbringen sollten. Aber dazu bist du noch nicht bereit, und deshalb will ich dir noch etwas Zeit geben. Ich werde warten.«

»Aber ...«

»Ich werde warten, Sheena.«

Damit war das Thema für ihn beendet. Er nahm ihren Arm und führte sie in die Halle. Dieser anmaßende, selbstgefällige

Mensch ... Er würde also warten. Nun, dann sollte er warten, bis die Sterne vom Himmel fielen!

»Sir William, darf ich Euch Sheena MacEwen vorstellen? Sie hat bis vor kurzem in Aberdeen gelebt.«

»Ich bin ...« William Jameson wandte sich zu Sheena, und sein Atem stockte. »Ich bin entzückt!«

Sie nickte ihm zu, und Jamie rückte ihr den Stuhl neben dem seinen zurecht. Dann setzte er sich zwischen Sheena und den Fremden, der ihr nett und umgänglich erschien. Sie beugte sich ein wenig vor, um den Mann, der den Laird von MacKinnion zu ärgern wagte, genauer zu betrachten. Doch Jamie stützte seine Ellbogen auf den Tisch und versperrte ihr die Sicht.

Sie sah sich in der Halle um, begegnete neugierigen Augenpaaren, wohin immer ihr Blick wanderte, und schaute schließlich ins Leere. Es war ihr unangenehm, daß sie so viel Aufmerksamkeit erregte.

Bald darauf wurde das Essen aufgetragen. Es gab Moorhühner, mit wilden, in Butter gedünsteten Preiselbeeren gefüllt, gebratenes Wildbret mit gekochten Möhren, dann Zuckerbrötchen, die in süßen Heidehonig getunkt wurden. Sheena konnte die köstliche Mahlzeit nicht genießen, weil man sie unablässig beobachtete. Was mußten diese Leute von dem Mädchen denken, das nun den Platz einnahm, wo am Vortag noch Jessie Martin gesessen hatte? Waren wirklich erst zwei Tage vergangen, seit sie James MacKinnion kennengelernt hatte?

»Es kommt mir wie ein ganzes Leben vor.«

»Habt Ihr etwas gesagt, meine Liebe?« fragte Lydia MacKinnion, die links von ihr saß.

»Oh, verzeiht – ich habe Euch nicht gesehen«, entschuldigte sich Sheena.

»Ich bin eben erst gekommen. Wie ich höre, habt Ihr heute einen erholsamen Ausritt unternommen.«

Sheenas Wangen färbten sich rosa. »Wer hat Euch das erzählt?«

»Jamie. Er sagte, Ihr hättet Euch großartig amüsiert, und das freut mich. Sheena, Ihr habt den Jungen völlig in Euren Bann gezogen. Und es macht mich so glücklich, daß er endlich mit diesen albernen Tändeleien aufhören und sich auf ein Mädchen beschränken will.«

Sheenas Kehle war wie zugeschnürt. »Aber – ich will das nicht«, würgte sie mühsam hervor.

Lydia tätschelte ihre Hand. »Ich kann verstehen, daß Ihr zögert, meine Liebe. Jamie ist ein furchterregender Mann, genau wie sein Vater. Robbie führte sich manchmal grauenvoll auf – doch die Menschen, die er liebte, trug er auf Händen. Auch er fand eine Frau, die zu ihm paßte, und er vergötterte sie bis zu ihrem Todestag – vielleicht sogar noch länger.«

»Er vergötterte sie? Colen behauptete, seine Eltern hätten andauernd gestritten. Und wenn seine Mutter dem Laird böse war, hat sie sich in den Turm zurückgezogen, wo ich jetzt wohne.«

»O ja, sie haben sich schrecklich gezankt.« Lydia lächelte versonnen. »Trotzdem waren sie einander von ganzem Herzen zugetan. So ist das nun mal, wenn man in wahrer Liebe verbunden ist.«

Sheena schüttelte entsetzt den Kopf. »Da muß ich Euch ganz entschieden widersprechen, Lady Lydia. Für mich bedeutet die echte eheliche Liebe Einigkeit, Gleichklang der Seelen und …«

»Ihr wißt eine ganze Menge darüber, nicht wahr?« fiel ihr die alte Frau lächelnd ins Wort.

»Nun, so sollte es zumindest sein.«

»So ist es auch – zwischen temperamentlosen Leuten. Aber wenn sich zwei willensstarke Menschen lieben, kommt es immer wieder zu Zusammenstößen. Das läßt sich gar nicht vermeiden.«

»Ja, da habt Ihr wohl recht.«

»Unser Jamie hat ein geradezu teuflisches Temperament und kann sich manchmal unerträglich benehmen. Wenn seine künftige Ehefrau keinen Mumm hat, wird er sie völlig unterjochen. Aber falls sie einen ebenso starken, unbeugsamen Willen besitzt wie er, wird sie mehr Schlachten gewinnen als verlieren.«

Nun war Sheenas Neugier erwacht. »Und warum ist das so?«

»Weil er sie lieben wird – nur deswegen. Warum sollte Jamie

sonst heiraten? Nach dem Tod seines Vaters ist niemand mehr da, der ihm befehlen könnte, eine Frau heimzuführen. Er braucht kein Bündnis, das ihm eine Ehe verschaffen würde, denn er hat genug mächtige Verbündete. Ein Vermögen könnte ihn nicht locken, er ist selber reich genug. Warum sollte er sich also mit einer einzigen Frau begnügen, wenn so viele nur darauf warten, in seine Arme zu sinken? Glaubt mir, mein gutes Mädchen – Jamie würde nur aus Liebe heiraten.«

Lydia begann ihren Teller zu füllen, und Sheena wandte sich ab. Sie war froh, daß dieses verwirrende Gespräch ein Ende gefunden hatte. Liebe? In einer Probeehe? In einer solchen Verbindung spielte die Liebe keine Rolle – und die Ehre auch nicht. Und eine Probeehe war alles, was ihr Sir Jamie bot. Natürlich, für ihn war das eine sehr angenehme Möglichkeit, sein Vergnügen zu finden und sich dann zurückzuziehen, wenn der Zeitpunkt heranrückte, wo die eigentliche Hochzeit stattfinden sollte. Aber sie würde sich nicht so demütigen und mißbrauchen lassen. Sie würde die Flucht ergreifen, und es war höchste Zeit, die nötigen Vorbereitungen zu treffen.

Colen war ihre einzige Hoffnung. Sie hob den Kopf und sah ihn am anderen Ende der Tafel sitzen, mit mürrischer Miene. Seine schlechte Laune hing zweifellos mit der Tatsache zusammen, daß er sich bis jetzt vergeblich bemüht hatte, sie zu erobern. Wenn sie sein Mißvergnügen doch nutzen könnte, um sich seiner Hilfe zu versichern ... Aber vielleicht würde sich sein Ärger gegen sie richten. Wer blieb dann noch übrig? Black Gawain war unterwegs, Lydia schien auf Jamies Seite zu stehen. Und William Jameson? Er war Jamie nicht verpflichtet und hatte offenbar Gefallen an ihr gefunden.

Sie beugte sich wieder vor, um ihn zu mustern, und sah überrascht, daß er sich fast bis zur Unkenntlichkeit verändert hatte. Sein Gesicht war blaß vor Zorn, die eben noch so sanften dunklen Augen glitzerten hart und böse, seine Stimme klang messerscharf. Ein erbitterter Streit war entbrannt und drohte außer Kontrolle zu geraten.

»Ihr hättet meine Schwester heiraten müssen, Jamie!« stieß William erbost hervor. »Immerhin habt Ihr sie bei Euch aufgenommen und als Eure Geliebte zur Schau gestellt! Ich mischte mich nicht ein. Denn sie schwor mir, Ihr hättet versprochen, sie zu heiraten.«

»Libby hat gelogen«, erwiderte Jamie gelassen. »Es war von Anfang an klar, daß eine Ehe nicht in Frage kam. Das wußte sie und beschloß trotzdem hierzubleiben.«

»Ihr habt sie ausgenutzt und gedemütigt, Jamie – so wie alle anderen Frauen, die Eurem Vergnügen dienten, um dann davongejagt zu werden.«

»Meine Gefährtinnen sind niemals gezwungenermaßen zu mir gekommen.« Nun erhob auch Jamie seine Stimme. »Eure Schwester zog aus eigenem Antrieb zu mir, und sie ging ebenso freiwillig – reicher als zuvor, mit einer Börse voller Gold.«

»Und wo ist diese Börse?« wollte William wissen.

Jamie lachte lauthals. »Also könnt Ihr Libby nicht finden? Regt Ihr Euch deshalb so auf?«

»Womöglich ist sie schon tot ...«

»Nein, Will, sie führt ein königliches Leben – an einem Ort, der ihr gefällt. Sie wußte nämlich, daß ich großzügig für sie sorgen würde. Das war alles, was sie von mir verlangte – ich sollte ihr helfen, Euch zu entrinnen.«

»Das ist ein Lüge!«

»So? Ich frage mich, was Euch am allermeisten ärgert, Will – daß sie zu mir kam oder daß sie nicht zu Euch zurückkehrte.«

»Bastard!«

Jamie stand abrupt auf, und William Jameson wurde noch bleicher. Er erkannte, daß er zu weit gegangen war. Drückende Stille trat ein, als sich der Laird erhob und auf den unglücklichen Mann hinabschaute. Sheena konnte sein wütendes Gesicht nicht sehen – aber seine geballte Hand.

Seine Stimme war eisig. »Ich möchte mich nun zurückziehen, bevor ich mir Eure Beleidigungen zu Herzen nehme und vergesse, daß Ihr ein Gast in meinem Haus seid. Morgen früh werdet Ihr abreisen, Jameson – und mir in Zukunft nicht mehr willkommen sein.«

Mit hocherhobenem Kopf ging Jamie davon. Sheena seufzte erleichtert auf und wandte sich zu Lydia. »Was hat das zu bedeuten?« Sie sprach im Flüsterton, weil William Jameson immer noch neben ihr saß, nur um einen Stuhl entfernt.

»Will ist ein verbitterter Mann. Seine Eltern sind vor langer Zeit gestorben, und danach mußte er seine Schwester aufziehen, die damals noch ein kleines Kind war. Er hat sehr an ihr gehangen und sie mit seiner Liebe nahezu erstickt. Natürlich versteht er nicht, daß sie unbedingt von ihm weg wollte. Um bei der Wahrheit zu bleiben – sie ist ein verwöhntes, wankelmütiges Mädchen, das seine Zuneigung nie erwidert hat. Ich lernte sie kennen, während sie hier war, und konnte sie von Anfang an nicht leiden. Sie stellte ihren Bruder als armen Narren hin, der seine einzige Schwester anbetete, machte ihn vor uns allen lächerlich und dachte sich nichts dabei. Will müßte froh sein, daß er sie los ist – aber so wird er das wohl niemals sehen.«

»Wird Sir William jetzt abreisen?«

Lydia lachte leise, neigte sich noch näher zu Sheena und wisperte: »Er ist ziemlich feige, meine Liebe, und ich möchte wetten, daß er sofort verschwinden wird.«

Sheena konnte das kaum glauben, doch dann wandte sie sich zu ihm und sah ihn aufstehen. Er rief seine Männer zusammen, und eine Minute später eilten sie alle wütend aus der Halle.

Sheena geriet in Panik. Ihre letzte Hoffnung drohte zu entschwinden. Hastig entschuldigte sie sich bei Lydia, verließ den Tisch und durchquerte die Halle, scheinbar auf dem Weg zum Südturm. Doch sobald sie den Torbogen passiert hatte, stieg sie nicht die Treppe hinauf, sondern rannte nach links, in den Hof hinaus.

William Jameson stand mit vier Gefolgsleuten vor dem Stall und wartete ungeduldig auf die Pferde. Sheena bedachte nicht, wie leichtsinnig es war, einen Fremden um Hilfe zu bitten. Sie sah in Jameson den ersehnten Retter, der sie in die Freiheit führen würde.

»Auf ein Wort, Sir William – wenn Ihr es gestattet!« rief sie.

»Was ist los?« entgegnete er ungehalten und drehte sich um. Bei ihrem Anblick hob er verblüfft die Brauen. »Oh – Sir Jamies neue Hure!«

Sheena zuckte zusammen, als hätte er sie geschlagen. »Nein! Doch dazu wollte er mich machen ... Ich flehe Euch an, Sir William, helft mir! Ich muß auf der Stelle abreisen!«

»Wer hindert Euch daran?«

»James MacKinnion. Er erlaubt mir nicht, allein abzureisen.«

Williams Augen verengten sich. »Ihr seid also seine Gefangene?«

Sie schlang die Hände ineinander und überlegte verzweifelt, wie sie ihm die Situation erklären sollte. »Die – die Sache ist ziemlich verwickelt, Sir William. Der Laird würde mich selbst nach Aberdeen zurückbringen – aber er gestattet es keinem anderen. Wenn ich also von hier weg will, muß ich mit ihm gehen – und ich möchte nicht mit ihm allein sein. Versteht Ihr? Ich fürchte mich vor ihm – und ich ertrage es nicht mehr, in diesem Schloß zu wohnen.«

»Und deshalb habt Ihr beschlossen davonzulaufen?«

»Ich will nach Aberdeen zurückkehren, zu meiner Tante. MacKinnion hat mir eine Probeehe vorgeschlagen, aber darauf lasse ich mich nicht ein. Trotzdem hält er mich hier fest. Werdet Ihr mir helfen, Sir William?«

»Eine Probeehe ...« William runzelte nachdenklich die Stirn, dann lachte er freudlos. »Ja, ich helfe Euch, Fräulein. Es wird mir ein Vergnügen sein.«

Sein Gelächter mißfiel ihr, doch sie schob ihre Bedenken beiseite. Wenn sie nicht mit Jameson ging, mußte sie in James MacKinnions Haus bleiben.

21

Colen hämmerte an die Tür zu Jamies Schlafzimmer, dann stürmte er hinein. Sein Zorn war im Lauf des Tages stetig gewachsen und nun am Höhepunkt angelangt – nachdem er festgestellt hatte, daß der Südturm leer war. Das konnte und wollte er sich nicht bieten lassen.

»Ich habe dich gewarnt, Jamie ...«

Colen verstummte, als er seinen Bruder auf dem Bett liegen sah – vollständig angekleidet und allein. Verwirrt schaute er sich um, ohne die Person zu entdecken, die er suchte.

Jamie setzte sich auf. »Willst du mir nicht sagen, was das soll?«

»Ich – ich dachte, ich würde Sheena hier finden«, stammelte Colen verlegen.

»So sehr ich mir auch gewünscht hätte, sie in meinem Zimmer anzutreffen – sie ist nicht da, wie du mit eigenen Augen feststellen kannst. Wieso dachtest du denn, daß sie bei mir wäre?«

»Ich habe euch beide heute am Teich beobachtet …«

»Also hast du mehr gesehen, als du mir verraten wolltest«, sagte Jamie nachdenklich. »Nun, wenn du nicht im ungeeigneten Augenblick aufgetaucht wärst, läge sie jetzt in meinen Armen.«

»Du hast geschworen, du würdest ihre Ehre wahren.«

»Diese Absicht hege ich immer noch. Ich möchte eine Probeehe mit ihr eingehen, und sobald ich mich vergewissert habe, daß sie nicht so ist wie meine erste Frau, werde ich sie heiraten.«

»Wenn sie dich will.«

»Immerhin hat sie mich heute nicht abgewehrt.«

Colen spürte, wie ihm die Kehle eng wurde. Nein, das hatte sie nicht getan, und deshalb war er den ganzen Tag so wütend gewesen. Ein schmerzhaftes Gefühl quälte ihn, das er bis jetzt nicht gekannt hatte – Eifersucht. Jamie würde siegen, obwohl Sheena ihn fürchtete. Und Colen war so sicher gewesen, daß sie seinen Bruder zurückweisen würde.

»Wo ist sie denn dann, Jamie?« fragte er niedergeschlagen.

»Wie meinst du das? Es ist schon spät. Sie müßte im Südturm sein.«

»Nein. Ich war dort – aber sie ist nicht da.«

»Sitzt sie noch in der Halle?«

Colen schüttelte den Kopf. »Bevor ich zu dir gekommen bin, habe ich überall nachgesehen. Sie ist nicht mehr im Schloß, Jamie. Das kann nur bedeuten …«

»Jameson«, fiel ihm Jamie ins Wort. Ein Instinkt hatte ihm

den Schuldigen sofort verraten. Doch er blieb auf dem Bett, sitzen, starrte vor sich hin, mit leerem Blick.

Colen verstand das Verhalten seines Bruders nicht. »Nun?« fragte er mit scharfer Stimme. »Willst du ihm nicht nachreiten?«

»Wir dürfen keinen Anspruch auf sie geltend machen, mein Junge«, entgegnete Jamie tonlos. »Und ich habe nicht das Recht, sie zurückzuholen.«

»Wie ich mich erinnere, hast du erklärt, du würdest dich für sie verantwortlich fühlen.«

»Nur, solange sie hier war.«

»Und wenn Jameson ihr etwas antut?« schrie Colen.

»Schluß mit diesem Unsinn! Glaubst du, ich *will* sie nicht zurückholen? Ich würde nichts lieber tun – aber mir sind die Hände gebunden. Wäre sie mit den MacKinnions befreundet oder verfeindet, könnte ich etwas unternehmen, doch die MacEwens sind weder das eine noch das andere. Das weiß Jameson. Womöglich würde er sich beim König beschweren, wenn ich ihm das Mädchen grundlos wegnähme. Das bräuchte ich, Junge – einen stichhaltigen Grund. Nenne mir einen – und ich bringe sie zurück, wem immer er sie übergeben wird.«

Es war gefährlich, den Fluß um diese späte Stunde zu durchqueren. Aber die Pferde hatten diese Furt schon oft bewältigt. Nur eines schreckte vor dem kalten Wasser zurück, scheute und warf seinen Reiter in die Fluten. Glücklicherweise war dies nicht Sir Williams Hengst, auf dem Sheena saß und vergeblich versuchte, sich entspannt an den fremden Körper zu lehnen.

Sie ritten nicht nach Osten, in die Richtung von Aberdeen, sondern in den Westen, zu Sir Williams Heim. Damit fand sich Sheena ab. Es war schon spät, und sie konnte nicht erwarten, daß ihr Retter bei Nacht den langen Weg auf sich nahm, um sie in die Stadt zu bringen. Außerdem zählte nur eines – sie hatte Schloß Kinnion den Rücken gekehrt und entfernte sich Meile um Meile von der Quelle ihrer Ängste.

Und wo blieb der innere Friede, den sie zu spüren erhofft hatte?

»Sir Jamie!«

Der Laird saß vor dem Kamin. Nachdenklich hatte er in die Flammen geschaut. Nun drehte er sich um und sah einen seiner Gefolgsmänner durch die Halle laufen. Der arme Alwyn war in dem Gewittersturm, der draußen tobte, völlig durchnäßt worden. Seine Kappe saß schief auf dem Kopf, Wasserperlen hingen an seinem roten Bart und den buschigen Brauen, seine nackten Knie zitterten vor Kälte.

»Es ist ein bißchen kühl draußen, was?« fragte Jamie grinsend.

»Das kann man wohl sagen«, stimmte Alwyn zu.

Jamie ließ Decken bringen, und Alwyn trat näher ans Feuer. Kurz nach Sheenas Flucht vor fünf Tagen hatte sich das Wetter verschlechtert. Jamie hatte zwei Tage in Aberdeen verbracht, um nach ihrer Tante zu suchen, und sich sogar für ein paar Stunden zu den Bettlern ins Armenhaus gesetzt. Reine Zeitverschwendung ... Niemand kannte eine Nonne namens Erminia MacEwen. Lügen – nichts als Lügen! Er hätte es wissen müssen.

Schwarze Gedanken gingen ihm durch den Kopf, so düster wie der Himmel draußen. Er war bereit gewesen, sich zu erniedrigen, sie anzuflehen, sie möge doch bei ihm bleiben – wenn er sie gefunden hätte. Doch was sollte er tun, wenn sie unauffindbar blieb?

Er riß sich zusammen, schenkte Alwyn seine volle Aufmerksamkeit. »Wo war die Reisegruppe, als du sie entdeckt hast?«

»Bei diesem strömenden Regen kann man nicht weit sehen, aber ich würde sagen, daß sie bald dasein muß.«

»Und welche meiner Schwestern hat sich bei diesem elenden Wetter hinausgewagt?«

»Mistreß Daphne.«

Jamie runzelte die Stirn. »Das hätte ich mir denken können. Jessie Martin hat zweifellos wilde Geschichten über die Demütigungen erzählt, die ihr auf Schloß Kinnion widerfahren sind, und nun will Dobbin wissen, was sich in Wahrheit zugetragen hat.«

»Dobbin Martin habe ich nicht gesehen.«

»Wen denn sonst?«

»Ich glaube, der Laird von MacDonough begleitet Eure Schwester.«

»Tod und Teufel!« stieß Jamie hervor. »Wie kann er sich denn hierher wagen, nachdem er eine Fergusson geheiratet hat!«

»Wißt Ihr das so genau?«

»Nun, in letzter Zeit habe ich nichts mehr darüber gehört – aber was hätte ihn hindern sollen? Wenn er zu mir kommt, um im Namen seiner neuen Verwandtschaft Friedensverhandlungen vorzuschlagen, wird er eine herbe Enttäuschung erleben.« Jamie ballte die Hände, in wachsendem Ärger. »Dieser verfluchte Kerl! Hat er seine Braut mitgebracht?«

»Keine Ahnung, Sir Jamie«, antwortete Alwyn, der sich in der Nähe des zornigen Lairds immer unbehaglicher fühlte.

»Jedenfalls wird sie nicht durch die Pforte gelassen. Geh hinaus und gib die entsprechenden Befehle!«

»Ihr wollt das arme Mädchen bei diesem Wetter davonjagen?« rief Alwyn entsetzt.

Jamie starrte ihn mit schmalen Augen an, dann seufzte er. »Das wäre nicht besonders gastfreundlich, was? Du hast recht. Und wenn ich's mir recht überlege – ich würde mir diese Fergusson ganz gern ansehen. Sie ist die Lieblingstochter des alten Dugald.«

»In der Tat?«

Jamie lachte verächtlich. »O ja! Und wenn sie sich in die Höhle des Löwen traut – soll sie doch! Ob sie die Höhle wieder verlassen wird – nun, das ist eine andere Frage. Gut, führ sie alle zu mir in die Halle.«

»Vielleicht ist das Fergusson-Mädchen gar nicht dabei, Sir Jamie«, bemerkte Alwyn.

Aber der Laird hatte sich wieder zum Kaminfeuer gewandt und dachte an die Stunden, die er im Verlies von Tower Esk zugebracht hatte, an die heiße Rachsucht, die damals in ihm aufgestiegen war. Er hatte die ganze Familie strafen wollen. Beinahe wäre er gezwungen worden, eine von Dugalds Töchtern zu heiraten. Nur beinahe … Und dann erinnerte er sich an den

Jungen, der ihn vor dieser Ehe bewahrt hatte, und seine boshaften Pläne erfüllten ihn mit Unbehagen. Es wäre ein schlechter Dank, würde er Nialls Schwester ein Leid antun, nachdem der Junge so viel aufs Spiel gesetzt und ihn befreit hatte, um sie zu schützen.

Fluch über MacDonough – falls er sie wirklich hierherschleppte und ihn in eine so absurde Situation brachte! Eine Fergusson in seinem Schloß aufzunehmen – noch dazu als Gast! Er durfte ihr keine Angst einjagen, konnte nicht einmal Lösegeld für sie verlangen – und das alles nur, weil er in der Schuld eines kleinen Jungen stand.

Trotzdem war Jamies Neugier erwacht. Zumindest würde er endlich sehen, was ihm seinerzeit erspart geblieben war. Nun – nicht die Frau, die man ihm aufgezwungen hätte, aber eine ihrer Schwestern. So groß konnte der Unterschied zwischen den Mädchen nicht sein. Wenigstens würde ihn die Begegnung von seiner Sehnsucht nach dem Mädchen ablenken, das sich in seinem Herzen eingenistet hatte und dessen Bild ihn bis in alle Ewigkeit zu verfolgen drohte.

Ein Ruf erklang, und Jamie drehte sich zu einer schmutzigen, tropfnassen Schar um, die auf den Kamin zuging. Außer MacDonough und seinen vier Gefolgsleuten hatte Daphne noch drei Dienstboten mitgebracht, zwei Männer und eine Frau. Jamie erkannte die Dienerin, die seine Schwester schon einmal ins Schloß Kinnion begleitet hatte. Eine Fergusson war nicht mit von der Partie.

Er gab Daphne einen Begrüßungskuß. »Seid ihr alle vollzählig eingetroffen?«

»Falls du nach Dobbin Ausschau hältst – er ist nicht mitgekommen.« Sie erwiderte seinen Kuß, dann wärmte sie ihre Hände am Feuer. »Er will am Wochenende an den Hof reisen, ohne mich. Deshalb hat er mir erlaubt, hierherzukommen – für längere Zeit.«

»So bald nach deinem letzten Besuch?«

»Damals sind wir nur ganz kurz geblieben – wie du sehr wohl weißt, Jamie«, entgegnete sie ungehalten. »Bin ich nicht willkommen?«

»Das muß ich mir noch überlegen«, sagte er unfreundlich. »Falls du mich Jessies wegen sprechen möchtest ...«

»Warum sollte ich?« fragte Daphne überrascht. »Du weißt doch, wie wenig mir die Kusine meines Mannes bedeutet. Und falls du fürchtest, ich könnte sie mit nach Hause nehmen – deshalb brauchst du dich nicht zu sorgen. Es ist mir viel lieber, wenn sie hier ist, und ich hoffe nur, daß ich sie während meines Aufenthalts in deinem Schloß möglichst selten zu sehen bekomme.«

»Aber – ich habe sie nach Hause geschickt, Daphne. Sie müßte schon vor deiner Abreise angekommen sein.«

»Zweifellos hat sie unterwegs einen anderen Mann gefunden. Irgendwann wird sie schon wieder auftauchen. O Jamie, ich bin wirklich froh, daß du nicht auf sie hereingefallen bist.«

Jamie zuckte angewidert mit den Schultern, dann verengten sich seine Augen, als er Daphne genauer betrachtete. Ihr blondes Haar war naß und strähnig, ihre Wangen bläulich verfärbt, und sie zitterte am ganzen Körper. Warum sollte er noch einen Gedanken an Jessie verschwenden? Vermutlich hatte sie Black Gawain umgarnt und war bei ihm geblieben. Das kümmerte Jamie nicht im geringsten.

»Geh in dein altes Zimmer, Daphne, und wärm dich auf, bevor du mir noch krank wirst.«

»Dann bin ich also willkommen?«

»Ja«, erwiderte Jamie, immer noch in unliebenswürdigem Ton. »Wir sprechen später darüber. Denn ich glaube nicht, daß es deine Idee war, mich zu besuchen.«

Darauf gab Daphne keine Antwort. Er ist mir nicht allzu böse, überlegte sie, während sie davoneilte, ihre Dienstboten im Schlepptau. Natürlich ärgert er sich, weil ich trotz des schlechten Wetters diese Reise unternommen habe – doch das ist gar nichts im Vergleich zu Jamies Zorn, der sich gegen Alasdair richten wird. Kein Wunder, daß der arme Mann zu feige war, um allein hierherzukommen.

Sie hatte Alasdair den Gefallen getan und ihm erlaubt, sie ins Schloß Kinnion zu begleiten. Doch sie hatte ihn gewarnt und erklärt, ihre Anwesenheit würde keinen Unterschied für Jamie machen. Nun, das würde er bald genug merken.

Jamie ließ MacDonough warten, während er Speisen und trockene Kleider für seine Gäste bringen ließ. Das wollte er ihnen nicht verweigern, um der Freundschaft willen, die zu Lebzeiten seines Vaters zwischen den beiden Clans bestanden hatte. Schließlich fragte er: »Versteckst du dich neuerdings hinter Weiberröcken?«

Alasdair MacDonough lief dunkelrot an. Sie standen immer noch vor dem Kamin, während seine Männer an einem entfernten Tisch saßen und aßen. Darüber war er froh, denn man konnte eine Beleidigung ignorieren, wenn sie von niemandem mit angehört wurde. Und er war hier, um sein Bündnis mit den MacKinnions zu erneuern – und nicht, um es endgültig zu lösen. Deshalb beschloß er, die Sache von der komischen Seite zu nehmen.

»Das wäre ein angenehmes Versteck – falls man sich verstecken muß«, entgegnete er leichthin.

Dieser Scherz erheiterte Jamie nicht im mindesten. »Es mißfällt mir, daß du meine Schwester hierhergelotst hast, Alasdair – genauso, wie mir deine übrigen Unternehmungen in letzter Zeit mißfallen. Außerdem muß ich dir sagen, daß du einen schlechten Zeitpunkt für unsere Aussprache gewählt hast, denn ich bin in miserabler Stimmung. Wenigstens warst du nicht so geschmacklos, deine Frau mitzubringen.«

»Ich habe gar nicht geheiratet.«

Das einzige Anzeichen von Jamies Überraschung war ein leichtes Stirnrunzeln. »Oh – wurde die Hochzeit verschoben?«

Alasdair schüttelte den Kopf. »Ich habe die Verlobung aufgelöst.«

Jamie brach in Gelächter aus. »Tatsächlich?« Seine Laune hob sich ganz beträchtlich. »Wenn du also nicht gekommen bist, um mich für deine Frau einzunehmen – warum dann?«

»Um unser Bündnis zu stärken. Ich hatte schon lange vor der Verlobung nichts mehr von dir gehört oder gesehen. Und ich war mir nicht sicher, wie du darüber dachtest.«

»Ich habe mich ganz schrecklich über deine Hochzeitspläne geärgert, das will ich dir nicht verhehlen. Doch da du zur Vernunft gekommen bist, trage ich dir nichts nach.«

»Und wenn ich das Mädchen geheiratet hätte?«

»Dann wären wir zweifellos Feinde geworden.«

»O Jamie …«, begann MacDonough zu protestieren.

»Versteh mich nicht falsch, Alasdair«, unterbrach ihn der Laird von MacKinnion. »Ich hätte dir unser Bündnis nicht wegen deiner Frau aufgekündigt. Aber dein Bündnis mit den Fergussons wäre nicht das meine gewesen. Verstehst du? Die Fehde wäre weitergegangen wie bisher, und du hättest in der Mitte gestanden. Irgendwann hättest du dich für die eine oder die andere Seite entscheiden müssen.«

»Vielleicht wäre die Fehde beendet worden.«

»Niemals – nachdem die Fergussons wieder damit angefangen haben!« stieß Jamie hervor. »Weißt du, daß ich ins Verlies von Tower Esk geworfen wurde?«

»Ob ich das weiß?« entgegnete Alasdair bitter. »Deine Gefangenschaft hat zu meinem Bruch mit den Fergussons geführt.«

»Nun, dann habe ich dich falsch beurteilt – was ich sehr bedaure. Ich hätte nicht gedacht, daß du schon vor der Hochzeit beschließen würdest, auf wessen Seite du dich stellen willst.«

»Du mißverstehst mich, Jamie – darum ging es nicht, obwohl ich vermutlich deine Partei ergriffen hätte, wäre ich über deine Gefangennahme informiert worden. Aber ich erfuhr erst davon, als du verschwunden warst.«

»Hat man dich für meine Flucht verantwortlich gemacht?«

»Das Mädchen gab mir die Schuld«, berichtete Alasdair mit kühler Stimme.

»Kein Wunder, daß du die Verlobung gelöst hast.«

»Ich war natürlich wütend – aber du weißt ja selbst, wer dich freigelassen hat, Jamie. Nimm es mir bitte nicht übel, daß ich in dieser Situation nicht so sehr an dich dachte – sondern vielmehr an das Vergehen meiner Braut. Eine Frau, die ihre Familie verrät, indem sie einem Gefangenen ihres Vaters zur Flucht verhilft, könnte sich eines Tages auch gegen ihren Ehemann wenden. Nach diesem Vorfall konnte ich sie unmöglich heiraten – findest du nicht auch?«

»Oh – wurde deine Verlobte beschuldigt?«

»Wer sonst? Ihr Vetter hatte sie in der Nähe des Verlieses gesehen und zögerte nicht, das in aller Öffentlichkeit zu erzählen.«

Jamie konnte sich das Lachen nicht verkneifen. Das war einfach großartig. Also hatte Niall nicht für seine Tat büßen müssen, und die Lieblingstochter war sicher glimpflich davongekommen. Eigentlich hätte er es lieber gesehen, wenn zumindest ein Mitglied des Fergusson-Clans für die Demütigung des Lairds von MacKinnion bezahlt hätte – solange es nicht der Junge gewesen wäre.

»Ich finde das gar nicht komisch, Jamie«, sagte Alasdair gereizt, »denn ich bereue es zutiefst, daß ich die Verlobung gelöst habe. Dieses Mädchen ist begehrenswerter als alle, die ich jemals kannte.«

»Nun ja – es gibt in der Tat manche Frauen, die einem Mann den Kopf verdrehen können«, bemerkte Jamie, dem das Lachen sofort wieder vergangen war.

»Keine ist so schön wie sie«, seufzte Alasdair wehmütig.

»So? Findest du sie so schön?« fragte Jamie grinsend. Alasdair glaubte natürlich, daß er wußte, wie das Mädchen aussah.

»Du machst Witze, Jamie!« rief der ältere Mann fassungslos. »Zeig mir doch eine andere, die so herrliches dunkelrotes Haar hat, so kristallklare blaue Augen, eine so makellose weiße Haut! Man nennt sie das Juwel von Tower Esk, und das mit gutem Grund.«

Jamies Magen krampfte sich zusammen. Diese Beschreibung spiegelte das Bild wider, das er unablässig in seinem Herzen trug. Zwei Mädchen konnten sich doch nicht so ähnlich sehen, oder? Das war einfach unmöglich …

»Ich nehme an, ihr Name ist genauso schön?« fragte er.

Alasdair biß sich auf die Lippen. »Warum quälst du mich, Jamie? Siehst du nicht, wie ich leide – nachdem ich diese Frau verloren habe?«

»Natürlich, verzeih mir, Alasdair. Aber ich habe dir ja gesagt, daß ich nicht in der allerbesten Stimmung bin. So geht es mir schon seit dem Tag, wo ich Sheena begegnet bin. Vielleicht hat sie mich genauso verzaubert wie dich ...« Jamie wartete atemlos. Würde Alasdair nun erklären: ›Das Mädchen, das ich meine, heißt nicht Sheena‹?

Der Laird von MacDonough grinste, womit er Jamies Vermutung bestätigte. »Dann ist dein Dilemma noch schlimmer als meines. Daß du ausgerechnet die Tochter deines Feindes begehren mußt! Auch wenn der Alte sie dir geben wollte, um die Fehde zu beenden – sie hätte eine ganze Menge dagegen einzuwenden. Sheena ist furchtbar eigensinnig und will sich ihren Mann selber aussuchen. Könnte ich auf ihre Liebe hoffen, würde ich sofort nach Aberdeen reiten und wieder um sie werben. Aber sie war mir niemals zugetan. Ihr Vater hat die Verlobung in die Wege geleitet. Du kannst dir denken, warum seine Wahl auf mich gefallen ist ...«

Jamie setzte sich und schloß die Augen. Er hörte seinem Gast nicht mehr zu. Eine Flut von Erinnerungen bedrängte ihn. Sheena in jenem Teich auf Dugald Fergussons Land, wo er sie zum erstenmal gesehen hatte ... Nialls Haar, das dem ihren glich ... Die leuchtend blauen Augen, die sie von ihrem Vater geerbt hatte ... Die Frage des Jungen, was Jamie wohl mit dem Mädchen in dem bewaldeten Tal gemacht hätte, sein Zorn über die Antwort ... Sheenas Anklage gegen die MacKinnions, ihre Angst, ihr Mißtrauen, ihr verzweifelter Wunsch zu fliehen ... Und schließlich die Tatsache, daß in Aberdeen keine ›Erminia MacEwen‹ wohnte ... Er hätte sein Leben darauf verwettet, daß es dort eine Erminia Fergusson gab.

Jamie schüttelte den Kopf. Er hätte schon vor langer Zeit zwei und zwei zusammenzählen sollen, doch das war ihm niemals in den Sinn gekommen. Vielleicht hatte er es – im Hintergrund seines Bewußtseins – absichtlich vermieden, die logischen Schlüsse zu ziehen, weil er nicht wollte, daß Sheena eine Fergusson war. Nun erkannte er, daß das keine Rolle spielte und nichts an seinen Gefühlen ändern würde.

»Hörst du nicht, Jamie?«

Er schlug die Augen auf und sah Alasdair an. »Was?«

»Ich sagte, der alte Dugald hätte dich wahrscheinlich sehr gern als Schwiegersohn – falls du solche Absichten hegst.«

»Er hat mir seine Lieblingstochter bereits verweigert«, antwortete Jamie geistesabwesend.

»Du hast um ihre Hand angehalten?«

»Er wollte mich nur unter der Bedingung aus der Gefangenschaft entlassen, daß ich eine seiner Töchter heirate«, erklärte Jamie. »Ich hatte die Wahl zwischen dreien – nur Sheena wurde mir nicht angeboten.«

Alasdair lachte verächtlich. »Die anderen können sich nicht mit ihr messen.«

»Das dachte ich mir.«

»Nun, aus dieser Klemme wurdest du befreit – von Sheena selbst. Ich verstehe noch immer nicht, warum sie dir geholfen hat.«

Jamies Gedanken überschlugen sich. Er wollte Niall keinesfalls verraten. »Weil sie Angst vor mir hatte. Sie glaubte, ihr Vater würde sie mit mir vermählen.«

»Du wußtest doch, daß das nicht stimmte.«

Jamie nickte. »Mir war jedes Mittel recht, um aus Fergussons Verlies zu entkommen, und es tut mir auch nicht leid. Eine kleine Notlüge erschien mir immer noch besser, als gezwungenermaßen ein Mädchen zu heiraten, das sich ganz schrecklich vor mir fürchtet. Du kennst meinen Ruf, Alasdair.«

»Das mag sein, aber – letzten Endes ist Sheena die Verliererin. Sie wurde verbannt, weil sie einem Feind ihrer Familie geholfen hatte.«

Jamie setzte sich kerzengerade auf. »Verbannt?«

»Das hat mich auch überrascht. Andererseits konnte ich verstehen, wie tief sich der alte Mann getroffen fühlte, nachdem ihn seine Lieblingstochter so schmählich hintergangen hatte.«

»Deshalb war sie also in Aberdeen«, murmelte Jamie vor sich hin.

»Soviel ich weiß, ist sie immer noch dort.«

Jamie versank in nachdenkliches Schweigen. Sheena mußte freiwillig die Schuld auf sich genommen haben, um Niall zu schützen. Und der Junge hatte den Gefangenen freigelassen, um seine Schwester zu retten. Sicher wäre er niemals bereit ge-

wesen, sie für seine Tat büßen zu lassen, wenn sie nicht darauf
bestanden hätte. Was für eine Ironie! Die Verkettung der Ereignisse hatte Sheena nach Aberdeen geführt – wo sie dem Bruder
des Mannes in die Arme gelaufen war, vor dem Niall sie bewahren wollte.

»An deiner Stelle würde ich mir keine Sorgen machen, Alasdair«, sagte Jamie leichthin. »Immerhin ist Sheena der erklärte
Liebling des alten Fergusson, und deshalb wird er ihr bald verzeihen.«

»Vermutlich. Aber ich weiß nicht, ob *ich* mir jemals den Gefühlsausbruch verzeihen kann, der mich an jenem Tag bewogen hat, die Verlobung zu lösen.«

»Du mußt das mal so betrachten, Alasdair: Wahrscheinlich
bist du nicht der einzige, der sie begehrt. Sie hat schon viele
Männer entzückt und wird noch eine ganze Menge betören
aber nur einer kann sie erringen.«

Alasdair seufzte tief auf. »Wie glücklich wird er sein ...«

»Oh, ja.« Jamie grinste, und in diesem Augenblick erschien
es ihm durchaus möglich, daß er jener Glückliche sein würde.
»Und jetzt muß ich dich verlassen, obwohl ich dir herzlich für
deinen Besuch danke«, fuhr er fort und erhob sich. »Natürlich
kannst du bleiben, solange du willst. Du bist mir hochwillkommen. In ein paar Tagen bin ich wieder da.«

»Wohin willst du bei diesem grauenhaften Wetter reiten?«
fragte Alasdair verblüfft.

Jamie lächelte strahlend – unfähig, seine überschäumende
Freude noch länger zu verbergen. »Nach Aberdeen – um ein
schönes Mädchen zu erringen.«

Alasdairs Verwirrung wuchs. »Sheena?«

»Wen sonst?«

»Aber sie ist deine Feindin, Jamie. Zumindest sieht sie es so.«

»Genau – meine Feindin und eine leichte Beute.«

Jamie lächelte immer noch, als er hinausging, aber sich selber
machte er nichts vor. Es würde nicht einfach sein, eine lebens-
lange Feindschaft zu besiegen. Trotzdem würde er Sheenas
Herz erobern. Daran zweifelte er nicht. Und während sie von
Anfang an den Vorteil genossen hatte zu wissen, wer er war,

konnte er nun den gleichen Vorteil nutzen. Wie er seine neugewonnenen Erkenntnisse einsetzen würde – das war eine andere
Frage.

23

William Jameson wohnte weder in einem Schloß noch in einem
Turmhaus, sondern in einem schlichten, befestigten Turm in
der Nähe des Flusses Dee. Er stand auf dem Gipfel eines kleinen Hügels, ein düsteres Bauwerk, unwirklich, kalt und ungemütlich.

Sheena wurde in ein kleines Zimmer geführt und eingesperrt. Dafür fand sie einleuchtende Gründe – die späte Stunde,
eine Vorsichtsmaßnahme, um sie zu schützen. Morgen würde
sie nicht mehr hier sein, also spielte es keine Rolle, wie sie die
Nacht verbrachte.

Sie merkte zu spät, wie naiv und dumm sie gewesen war, als
sie sich einem Fremden anvertraut hatte – noch dazu einem
Hochländer.

Am nächsten Morgen stattete ihr Jameson einen kurzen Besuch ab und erklärte unmißverständlich, daß er nicht beabsichtigte, sie in absehbarer Zeit nach Aberdeen zu bringen. Sie würde sein Gast bleiben, solange er sie bei sich behalten wollte, und
sie hätte in dieser Angelegenheit nichts zu sagen.

Beinahe wäre sie in Tränen ausgebrochen. Sie war einem lu-
xuriösen Gefängnis entronnen, wo sie gute Mahlzeiten, Wärme,
Bequemlichkeit und sogar ein bißchen Freiheit genossen hatte –
nur um in einem schmutzigen, kalten, einsamen Zimmer zu sitzen, wo sie kaum etwas zu essen bekam und jeglicher Freiheit
beraubt wurde.

Ihre Furcht ließ nach, als Jameson am Abend erneut auftauchte. Er hatte sich Mut angetrunken und verkündete lallend,
er würde sie nun ebenso mißbrauchen wie Jamie seine Schwester. Aber sein Versuch, Sheena zu vergewaltigen, war nicht beängstigend, sondern eher lächerlich. Glücklicherweise hatte

ihm der Alkohol die männliche Kraft genommen, und er stolperte schamrot aus dem Zimmer.

Sie hoffte, Jameson würde zu verlegen sein, um ihr wieder gegenüberzutreten, und es verstrichen tatsächlich mehrere Tage, bis sie ihn wiedersah. Sie saß allein in ihrem Gefängnis, und ihre Verzweiflung wuchs.

Alles wäre besser als dieses Elend, sagte sie sich, sogar Jamies Annäherungsversuche ...

Wann hatte sie begonnen, ihn in Gedanken ›Jamie‹ zu nennen? Sie wußte es nicht – sie wußte nur, daß sie immer wieder an ihn dachte und sich an jedes Wort erinnerte, das sie miteinander gesprochen hatten, an jeden gemeinsamen Augenblick, seine Berührungen, den Zauber, den er ausstrahlte.

Wie verrückt ... Sie hatte geglaubt, sie wäre ihm entkommen. Und nun drängte er sich andauernd in ihre Gedanken ...

»Ich ertrage das nicht«, flüsterte sie. »Sein Bild verfolgt mich nur, weil ich diese vier leeren Wände anstarren muß und niemanden habe, mit dem ich reden kann. Kein Feuer, schlechtes Essen, das mir eine schweigsame Dienstmagd bringt ... Noch ein Tag in diesem elenden Loch, und ich verliere den Verstand!«

Rastlos ging William Jameson vor seinem Kamin in der kleinen Halle auf und ab, dem einzigen Raum im Turm, der geheizt wurde. Es war schon spät, und er hatte bereits geschlafen. Doch man hatte ihn geweckt, um ihm beunruhigende Neuigkeiten mitzuteilen. Ein Reiter war vorausgeschickt worden, um William auf James MacKinnions unmittelbar bevorstehende Ankunft vorzubereiten.

Was hatte den Laird bisher ferngehalten? William hatte ihn viel früher erwartet. Über eine Woche war vergangen, seit er das Mädchen hierhergebracht hatte. Er war bereits zu der Überzeugung gelangt, Sheena hätte gelogen und James MacKinnion wäre gar nicht an ihr interessiert. Aber warum immer er gezögert hatte – nun würde er bald hier sein. Der Augenblick, den Jameson gefürchtet hatte, war gekommen. Er mußte sich beherrschen, durfte nicht zeigen, welche Freude es ihm machte, diesem blonden Bastard die Daumenschrauben anzusetzen.

Stiefel dröhnten auf der Treppe, viele Stiefel, dann erschien Jamie in der Tür am anderen Ende der schmalen Halle, begleitet von sechs Gefolgsleuten. Er bedeutete ihnen, draußen zu warten, und durchquerte den Raum allein, in seinen Tartan gehüllt, der ihn fast doppelt so groß und breit wirken ließ, wie es der Wirklichkeit entsprach. Als er aus dem Schatten trat, bot er einen furchteinflößenden Anblick. Unter dem Tartan ragte ein grünes Wams hervor, doch er trug keine Strümpfe, die ihn vor der Kälte geschützt hätten. Die Knie zwischen dem Kilt und den hohen Stiefeln waren nackt. An seiner Seite hing ein Schwert. William Jameson prägte sich alle diese Einzelheiten ein, als dürfte er sie bis an sein Lebensende nicht vergessen.

Doch es war vor allem Jamies Gesicht, das ihm den Atem raubte – die umschatteten, von Erschöpfung gezeichneten Lider, die fest zusammengepreßten Lippen, die vom Wind geröteten Wangen. Und die Augen, die den Feuerschein widerspiegelten, schimmerten grünlich. Jameson begann zu zittern.

»Ich habe zwei Tage nicht geschlafen, Jameson«, sagte der Laird von MacKinnion. »Ich bin todmüde, denn ich habe zwei vergebliche Reisen nach Aberdeen hinter mir. Vielleicht würdet Ihr mir verraten, welcher Teufel Euch geritten hat! Wie konntet Ihr es wagen, das Mädchen hier festzuhalten?«

William lächelte gezwungen und zuckte mit den Schultern. »Sie wollte bei mir bleiben.«

»Das glaube ich nicht.«

»Natürlich könnt Ihr sie wiederhaben«, versicherte William hastig. »Ich bin sogar froh, wenn ich sie loswerde, denn ich muß gestehen, daß sie mich bereits langweilt.«

»Sie langweilt Euch?« Jamie strich sich das Haar aus der Stirn. O Gott, wenn er bloß nicht so müde wäre ... »Das müßt Ihr mir näher erklären.«

»Was gibt es da zu erklären, mein Freund? Normalerweise ist eine Hure so gut wie die andere, aber diese da sieht nur hübsch aus und hat sonst nichts zu bieten. Ich war überrascht, denn ich dachte, ein Mann von Eurem Temperament würde etwas – lebhaftere Mädchen bevorzugen, so wie ich ...«

Jamie hob blitzschnell die Hand, packte Jameson am Tartan und zog ihn heran, so daß sich ihre Gesichter fast berührten. »Soll das heißen, daß Ihr mit Sheena geschlafen habt?«

»Ich müßte ein Narr sein, wenn ich das zugäbe – wo Ihr doch drauf und dran seid, mich zu verprügeln.«

»Sagt es mir! Oder ich bringe Euch um!«

William versuchte erfolglos, sich von Jamies hartem Griff zu befreien. Sein Selbstvertrauen schwand rasch dahin. Trotzdem beschloß er, die Nerven zu behalten, denn sonst war er verloren.

»Ihr seid so unvernünftig, MacKinnion. Wenn Ihr einen Anspruch auf das Mädchen hattet, wäre es besser gewesen, das eindeutig klarzustellen. Ich habe nur genommen, was mir geboten wurde. Sie war es, die mich anflehte, sie hierherzubringen und in meinem Haus zu beherbergen.«

»Ich nehme an, Sie hat Euch auch in ihr Bett gebeten?«

Jamie bekam keine Antwort, aber Williams Schweigen genügte ihm. Gequält stöhnte er auf und stieß den älteren Mann von sich. Am liebsten hätte er ihn verprügelt, bis nichts mehr übrig gewesen wäre, auf das man einschlagen konnte. Leider mußte er sich diese Genugtuung versagen, denn der verdammte Schurke sagte die Wahrheit. Jamie hatte keinen Anspruch auf Sheena. Von zu Hause verbannt, ohne den Schutz ihrer Familie, durfte sie mit ihrem Leben anfangen, was sie wollte. Doch das würde sich von nun an ändern.

»Holt sie herunter, Jameson – schnell, bevor ich vergesse, was vernünftig ist und was nicht!«

Jamie blieb allein in der Halle zurück und starrte ins Kaminfeuer, dessen Hitze sich nicht mit seiner brennenden Eifersucht messen konnte. Er versuchte sich klarzumachen, daß er kein Recht auf Sheena hatte, aber das linderte seinen Seelenschmerz nicht. Warum wurden ihm solche Qualen auferlegt? Lieber hätte er in einem mannhaften Kampf hundert Wunden davongetragen.

»Sir Jamie?«

Er fuhr herum. Da stand sie, ein schüchternes Lächeln auf den Lippen, das sofort verschwand, als sie seinem wütenden Blick begegnete. Er verfluchte sich selber, denn er wußte, daß er ihr nicht übelnehmen konnte, was geschehen war. Sie hatte das Recht, ihre eigenen Entscheidungen zu treffen, nur – warum war ihre Wahl ausgerechnet auf William Jameson gefallen, diesen elenden Schwächling? Gepeinigt schloß er die Augen. Heilige Maria, das würde er nie begreifen. Trotzdem wollte er ihr keine Vorwürfe machen. Zumindest würde er es versuchen.

Er öffnete die Augen wieder und schaute Sheena nicht mehr ganz so zornig an wie zuvor. Aber sie wagte sich noch immer nicht näher. Sie hatte ihm danken wollen, weil er gekommen war, um sie zu retten. Jetzt wußte sie nicht mehr, ob sie von ihm gerettet werden wollte. Wie böse er aussah …

Ihr Unsicherheit entging ihm nicht. Mittlerweile hätte er sich an die Angst gewöhnen müssen, die er ihr einjagte, doch damit würde er sich niemals abfinden können.

Offensichtlich war sie nicht in bester Verfassung. Sie trug immer noch dasselbe blaue Kleid wie an dem Abend, wo sie sein Schloß verlassen hatte. Jetzt hing es schmutzig, zerknittert und formlos an ihr herab. Dunkle Schatten lagen unter ihren Augen, ihre blassen Wangen wirkten schmaler als zuvor. Vielleicht war sie unglücklich mit Jameson. Oder vielleicht …

»Du wirst mit mir kommen – keine Widerrede!« befahl er tonlos. »Wo ist Jameson?«

Sheena warf einen kurzen Blick zur Tür und hob die Schultern. »Das weiß ich nicht. Er hat mich heruntergeführt, dann ist er anscheinend verschwunden. Ich glaube, er wagt es nicht, Euch gegenüberzutreten, nachdem …«

»Das ist mir nur recht«, fiel ihr Jamie mißmutig ins Wort. »Wenn ich den Mann noch einmal sehe, könnte ich mich vergessen und ihn umbringen …« Plötzlich schaute er nach oben und schrie die Deckenbalken an: »Habt Ihr gehört, Jameson? Laßt Euch nie mehr in meiner Nähe blicken, sonst seid Ihr ein toter Mann!«

Sheena blinzelte verwirrt. Als er sie am Arm packte und unsanft aus der Halle zerrte, wehrte sie sich nicht. Wußte er, daß man sie in diesem Haus gefangengehalten hatte? Vielleicht war er gar nicht auf sie böse, sondern auf Jameson.

Jamies Gefolgsmänner holten die Pferde, und Sheena sah, daß er für sie kein Tier mitgebracht hatte. Sie ließ sich auf seinen grauen Hengst heben, und als er hinter ihr aufstieg, schlug ihr Herz schneller. Die anderen ritten voraus, und sie folgten ihnen in langsamerem Trab.

In den Armen des Lairds wurde ihr warm, trotz des kalten Windes. Sie wandte den Kopf zur Seite, damit er ihre Frage hören konnte. »Bringt Ihr mich nach Aberdeen, Sir Jamie?«

»Nein«, entgegnete er kurz angebunden.

Sheena ignorierte seinen schroffen Ton. »Ich würde aber lieber nach Aberdeen zurückkehren.«

»So?«

»Das wißt Ihr doch! Und Ihr habt versprochen, Ihr würdet mich in die Stadt begleiten. Jetzt bitte ich Euch darum.«

»Wenn du dich so nach Aberdeen sehnst, hättest du Jameson bitten sollen, dich hinzubringen. Jetzt gilt mein Angebot nicht mehr.«

»Warum denn nicht?« rief sie erschrocken.

»Man hat mir klargemacht, wie nachlässig es von mir war, meinen Anspruch auf dich nicht in aller Öffentlichkeit anzumelden. Deshalb werde ich sofort nach unserer Heimkehr verkünden, daß ich eine Probeehe mit dir eingehe.«

»Das lehne ich ganz entschieden ab!«

»Ich brauche dein Einverständnis nicht, da ich meine Absichten nur innerhalb meines Clans bekanntgeben werde. Das hätte ich schon längst tun sollen.«

»So etwas ist barbarisch – und unfair! Ihr könnt mich nicht zwingen, Jamie! Nur mein Vater hätte die Macht, mich einem Mann zu übergeben, den ich nicht haben will.«

»Und wenn er das täte?«

»Einem Tölpel wie Euch würde er mich niemals anvertrauen!« Sie war so wütend, daß sie alle Vorsicht vergaß. »Ich weigere mich, Euer Bett zu teilen, und das werde ich auch Euren Leuten sagen! Wenn Ihr mich trotzdem zu nehmen versucht, wäre das eine Vergewaltigung, und das wißt Ihr ganz genau!«

»Verdammt, Sheena! Ich müßte dich vergewaltigen – und gegen Jameson hast du dich nicht gewehrt. Wie konntest du!«

»Wie konnte ich was?« fragte sie fassungslos. »Was werft Ihr mir vor?«

Abrupt zügelte er den Hengst, packte Sheena schmerzhaft an den Schultern und drehte sie zu sich herum. Trotz der Dunkelheit las sie den wilden Zorn in seinen Augen und hielt angstvoll den Atem an.

»Er hat dir nichts geboten – und du bist bereitwillig in sein Bett gestiegen. Ich wollte mich dir verpflichten – und du hast mich abgelehnt. Gut – ich weiß, warum du mich zurückweist. Ich kenne den Grund, und ich werde dieses Hindernis aus dem Weg räumen, aber … Bei allen Heiligen, Sheena – ich werde nie verstehen, was dich in seine Arme getrieben hat.«

Ihre Augen waren immer größer geworden, und als er zu Ende gesprochen hatte, schlug sie nach ihm, in blinder Wut. Er hielt ihre Hand fest und dreht ihr den Arm auf den Rücken, so daß er sie noch enger an sich zog.

»Wie könnt Ihr es wagen, mich so zu beschuldigen?« fauchte sie. »Ich bin immer noch Jungfrau – auch wenn ich nicht die Absicht habe, Euch das jemals zu beweisen! Und falls ich nicht mehr unbefleckt wäre, würde Euch das gar nichts angehen! Oh, denkt doch von mir, was Euch beliebt! Hoffentlich das Allerschlechteste! Dann werdet Ihr mich nicht mehr begehren!«

Er küßte sie, weil er sie zum Schweigen bringen wollte – und weil er sich nicht mehr beherrschen konnte. O Gott, was tat sie ihm nur an? Kein anderes Mädchen hatte eine so heiße Sehnsucht in ihm geweckt und ihm soviel Kummer bereitet.

Widerstrebend ließ er sie los, und seine Stimme war wie eine sanfte Liebkosung. »Täusch dich nicht, Sheena, ich begehre dich immer noch – und ich werde dich bald erobern. Und wenn das geschieht, wirst du dich fragen, welchen Sinn all diese Kämpfe hatten.«

Jamie setzte das Pferd wieder in Bewegung und ritt nun schneller, um seine Gefolgsmänner einzuholen. Verwundert runzelte Sheena die Stirn. Er hatte ihr keine Gelegenheit zu einer Antwort gegeben.

»Du bist noch auf, Junge?«

Colen schreckte aus dem Schlaf hoch und sah seinen Bruder vor sich stehen – erschöpft, aber unverletzt. »Ich war noch nicht müde«, erwiderte er mißmutig und sank in seinen Stuhl vor dem Kamin zurück. »Während deiner Abwesenheit habe ich immer bis in die späten Morgenstunden geschlafen und bin abends länger aufgeblieben.«

Jamie grinste. »Tatsächlich?«

»Wohin bist du überhaupt geritten – ohne irgend jemandem Bescheid zu sagen?« fragte Colen ärgerlich. »Nun hast du schon zum zweitenmal in zwei Monaten das Weite gesucht, ohne Erklärung. Heilige Maria – glaubst du, hier würde sich niemand Sorgen machen, wenn du einfach verschwindest?«

»Hast du dich um mich gesorgt?« Colen gab keine Antwort, und sein Bruder fügte seufzend hinzu: »Also gut, ich sehe ein, daß du dich aufregst, und es tut mir leid – wirklich, Junge. Es wird nicht mehr vorkommen.«

»Willst du mir nicht erzählen, was das alles zu bedeuten hat? Diesmal hast du wenigstens ein paar Männer mitgenommen. Seid ihr in Schwierigkeiten geraten?«

»Nein, wir waren nur in Aberdeen.«

Colen blinzelte überrascht. »Schon wieder? Wieso dachtest du, daß du diesmal mehr Erfolg haben würdest?«

»Hast du nicht mit MacDonough gesprochen, als er hier war?«

»Nein, er hat uns bald nach deiner Abreise verlassen. Und während seines Besuchs war ich bei Black Gawain. Wußtest du, daß er jetzt mit Jessie Martin zusammenlebt?«

Jamie zuckte gleichmütig mit den Schultern. »Meinetwegen soll er mit ihr glücklich werden.«

»Deine Einstellung ist wirklich großartig!« murrte Colen.

»Warum sollte ich mich in rasender Eifersucht verzehren? Wenn ein Verhältnis vorbei ist, dann ist es nun mal vorbei. Außerdem habe ich mich von Anfang an nicht sonderlich für Jessie interessiert.«

»Ich finde es einfach nicht richtig, daß sie zu Black Gawain geht, nachdem sie mit dir zusammen war. Immerhin ist sie keine Dienerin, sondern Daphnes angeheiratete Kusine.«

»Ihr Stand macht keinen Unterschied. Wenn ich mich nicht darüber aufrege, hast du erst recht keinen Grund dazu – es sei denn, du willst sie für dich selber haben.«

Colen wurde rot. »Unsinn! Für meinen Geschmack ist sie viel zu rundlich.«

Lachend weidete sich Jamie am Unbehagen seines Bruders. »Oh – du magst also schlankere Mädchen?«

Aber es gelang ihm nicht, Colen vom wesentlichen Thema abzulenken.

»Hast du Sheena diesmal gefunden?«

»Sie war nicht in Aberdeen.« Bevor der Junge eine weitere Frage stellen konnte, fuhr Jamie in kühlem Ton fort: »Ob du es glaubst oder nicht – sie war immer noch bei Jameson.«

»Warum denn?«

»Soll ich dir das wirklich erzählen? Es wird dir nicht sonderlich gefallen.«

»Ich verstehe das nicht.«

»Ich auch nicht«, stieß Jamie mit scharfer Stimme hervor. »Jedenfalls war sie dort.«

»Hast du sie nicht mitgebracht?« Voller Angst wartete Colen auf die Antwort.

»Sie ist hier im Schloß, und sie wird es nicht mehr verlassen.«

Colen richtete sich auf und starrte seinen Bruder ungläubig an. »Ist sie wirklich bereit hierzubleiben?«

»Ich habe sie nicht gefragt, und sie fand auch keine Gelegenheit, meinen Plänen zuzustimmen.«

»Du sagtest doch, du würdest sie zu nichts zwingen – und du bräuchtest einen stichhaltigen Grund, um sie hierherzubringen.«

»Diesen Grund hat mir MacDonough geliefert.«

Colen stand auf. »Wirst du's mir sagen – oder muß ich sie fragen?«

»Sie weiß es noch nicht.«

»Bei allen Heiligen, Jamie, mußt du immerfort in Rätseln sprechen?«

Jamie grinste. »Tut mir leid, Junge. Warum sollte ich es dir verheimlichen? Aber vorerst darf es niemand erfahren – und Sheena schon gar nicht. Habe ich dein Wort?«

»Ja! Und jetzt sag's mir schon, bevor ich den Verstand verliere! Welchen Grund hat dir MacDonough genannt?«

»Er hat seine Fergusson-Braut nicht geheiratet. Sie wurde nach Aberdeen verbannt – wo du sie gefunden hast.«

»Die Fergusson-Braut? *Sheena*? Unmöglich!«

»Es ist wahr, Colen. Ich habe es dir ebenso verschwiegen wie ihr, daß ich sie wiedererkannte, als du sie hierherbrachtest – denn ich hatte sie schon einmal gesehen, im Frühling, auf Fergussons Grund und Boden. Du meintest, sie wäre eine Bettlerin, und das glaubte ich auch. Sie badete nämlich in einem Teich, am frühen Morgen. Und das würde eine Fergusson niemals tun – zumindest nicht so kurz nach einem Überfall.«

»Genau. Also kann sie keine Fergusson sein.«

»Sheena ist sehr eigenwillig. Ist sie nicht von hier verschwunden, bei der ersten besten Gelegenheit, die sich ihr bot? Hat sie nicht an jenem Vormittag in unserem Teich gebadet, obwohl ich ihr sagte, das Wasser wäre zu kalt? Sie tut, was ihr beliebt. Zweifellos hat sie sich zu Hause auch so benommen.«

»Aber – eine *Fergusson* …«

Jamie nickte. »Noch dazu die Lieblingstochter des alten Dugald. MacDonough hat sie beschrieben, und da war ich endgültig überzeugt. Überleg doch mal, Junge! Ist das nicht eine einleuchtende Erklärung für ihre Furcht, für die wir beide keinen Grund finden konnten? Als ich sie ein paar Tage nach ihrer Ankunft in deinem Zimmer antraf, war sie freundlich und nett. Sie neckte mich sogar und hatte überhaupt keine Angst vor mir. Sie fürchtete sich erst, nachdem sie meinen Namen gehört hatte.«

»Jetzt, wo du das erwähnst, fällt es mir wieder ein. Sheena geriet außer Rand und Band, als sie erfuhr, wer ich bin. Sie schrie und kreischte und wollte auf der Stelle fliehen. Ich mußte sie schlagen, um sie zu beruhigen.«

»Was hast du getan?« brüllte Jamie.

Colen wich seinem Blick aus. »Reg dich nicht auf, sie hat zurückgeschlagen.«

Jamie begann zu lächeln, dann lachte er lauthals. »Tatsächlich?«

»Vielleicht kommt dir das schrecklich lustig vor. Damals war ich jedenfalls anderer Meinung, das kann ich dir versichern. Großer Gott, nachdem Sheena eine Fergusson ist, ändert sich die Lage von Grund auf. Was wirst du unternehmen?«

»Ich habe sie hierher zurückgebracht, und es wird sich überhaupt nichts ändern, da ich nach wie vor beabsichtige, eine Probeehe mit ihr einzugehen. Ob sie will oder nicht.«

»Es wäre reiner Hohn, wenn du sie dazu zwingen würdest. Sie hält nämlich nichts von Probeehen. Eine richtige Heirat – das wäre was anderes – obwohl du sie dazu ebensowenig zwingen kannst.«

Jamie runzelte die Stirn. Das stimmte – wenn es ihm auch gründlich mißfiel. Zuvor war er bereit gewesen, auf ihre Einwilligung zu warten. Er hatte großen Wert auf ihre Zustimmung gelegt. Natürlich, alle Bräute gaben letzten Endes nach, ob ihnen die geplante Heirat nun paßte oder nicht. Aber er hatte diese Ehe nicht mit einem Mißton beginnen wollen. Andererseits weigerte er sich, Sheena rechtmäßig zu heiraten, bevor er sie auf die Probe gestellt hatte. Diesen Fehler würde er kein zweites Mal begehen. Und andere hatten sie ausprobiert! Jameson fand sie langweilig! Verdammt! Und Fluch über Jameson!

»Ich bin jetzt zu müde, um darüber zu diskutieren«, sagte Jamie unvermittelt.

»Erklär mir wenigstens, warum du ihr nicht verraten willst, daß du über ihre Herkunft Bescheid weißt«, bat Colen.

»Wenn ich ihr mitteilte, daß ihr Täuschungsmanöver beendet ist, würde ich ihr ein Schwert in die Hand geben. Sie würde mich bei jeder Gelegenheit wegen vergangener Ereignisse angreifen, die nichts mit ihr und mir zu tun haben, sondern ausschließlich auf die Familienfehde zurückzuführen sind. Glaubst du, das könnte ich ertragen, ohne Vergeltung zu üben?«

»Und ihre Angst vor dir, Jamie? Sie fürchtet dich vor allem

deshalb, weil du herausfinden könntest, wer sie ist – und weil sie sich ausmalt, was du dann mit ihr machen würdest. Nun, du kennst die Wahrheit, und du willst ihr nichts zuleide tun. Sie sollte wissen, daß ihre Herkunft keine Rolle spielt. Dann würde sie erkennen, daß sie sich völlig grundlos aufregt.«

»Das werde ich ihr so oder so beweisen«, erwiderte Jamie zuversichtlich. »Und ich möchte keinesfalls, daß sie den Haß ihres Clans als weitere Ausrede benutzt, um mich abzuweisen.«

»Ich wette, das *ist* ihr Beweggrund.«

»Ja, aber sie kann es mir nicht sagen, oder?« Jamie lachte, doch es klang nicht sehr überzeugend.

25

Am nächsten Morgen verließ Sheena ihr Turmzimmer, um zu erkunden, inwieweit man ihre Freiheit eingeschränkt hatte. Sie trug ihr grünes Kleid, das immer noch schäbig aussah, aber sauber und zumindest ihr Eigentum war. Ihr langes Haar fiel lose auf die Schultern.

Sie ging nicht auf dem kürzesten Weg zur Halle hinab, da sie annahm, daß Jamie immer noch dort saß. Statt dessen schlenderte sie die Galerie entlang, von wo aus sie das Leben und Treiben im Hof beobachten oder zu den Bergen blicken konnte, zum Fluß Dee, der zwischen den Bäumen hindurchschimmerte. Ein Sonnenstrahl brach durch die dunklen Wolken, um ihr Gesicht zu küssen – vielleicht zum letztenmal vor dem nächsten Frühling.

Viele Leute sahen sie, aber niemand hielt sie auf. Offensichtlich durfte sie sich innerhalb des Hauses frei bewegen, was sie zufrieden zur Kenntnis nahm. Sie beschloß, ihr Glück an der Pforte zu versuchen, und stieg die schmale Wendeltreppe im Ostturm hinab. Auf dem Weg nach unten kam sie nur an zwei Räumen vorbei, die sie für Wachstuben hielt, da dieser Turm an der Vorderseite des Schlosses lag. Wie konnten die großen, kräftigen Bewohner von Kinnion mit ihren schweren Waffen so schmale Stufen bewältigen? Auf diese Frage fand Sheena eine Antwort, bevor sie den Fuß der Treppe erreichte. Ein Mann trat ihr entgegen.

Allerdings war er kein Schloßbewohner. Im schwachen Licht, das durch die offene Turmtür hereinfiel, erkannte sie Jamies Vetter. Ihr Anblick schien Black Gawain zu überraschen. »Sieh mal an – Ihr seid also wieder da«, sagte er gedehnt. Offenbar war er nicht gewillt, sie vorbeizulassen.

»Ja«, bestätigte sie kurz angebunden. Sein verächtlicher Tonfall ärgerte sie.

»Wie ich sehe, seid Ihr allein. Hat Euer Wachhund alle Hoffnung fahrenlassen?«

»Wenn Ihr Colen meint – er ist nicht mein Wachhund, wie Ihr Euch auszudrücken beliebt.«

»Ihr braucht aber einen, das werdet Ihr wohl nicht leugnen.«

»Wozu?«

»Nun, wenn Ihr meint, daß Ihr keinen Beschützer braucht, um Schurken von meiner Sorte zu entrinnen – wie könnte ich Euch widersprechen?« Er grinste sie an.

Sheena war keineswegs belustigt. »Gebt mir den Weg frei, Black Gawain.«

»Wir hatten noch gar keine Gelegenheit, uns näher kennenzulernen. Und es ist unwahrscheinlich, daß ich Euch bald wieder allein begegnen werde – in einer so günstigen Situation.«

Er kam einen Schritt näher, und sie wich zurück. Dann machte er noch einen Schritt auf sie zu, ganz langsam, als wollte er sich an ein scheues Wild heranpirschen. Sheena wußte nicht recht, ob sie ihn ernst nehmen sollte, fand sein Verhalten aber keineswegs erfreulich.

Ungehalten hob sie eine Hand, während er sie immer weiter in den Schatten unter der Treppe zurücktrieb. »Was bildet Ihr Euch eigentlich ein, mein Herr?«

Er griff nach ihrer Hand, hielt sie fest und schlang seinen anderen Arm um ihre Taille. »Ich gehe ein großes Wagnis ein, meine Teure«, flüsterte er lächelnd. »Aber es lohnt sich.«

Sein Mund berührte den ihren. Es war ein sanfter Kuß, bis Sheena anfing, Widerstand zu leisten. Da preßte er sie fest an seine Brust, und sie konnte sich nicht mehr bewegen. Er küßte sie mit brutaler Leidenschaft, drückte ihr schmerzhaft die Lippen gegen die Zähne. Sie bekam keine Luft mehr und glaubte, ihr Genick müßte jeden Augenblick brechen. Wenn sie doch nur einen Dolch hätte! Erst als ihre Lungen zu bersten drohten, ließ er sie los.

»O Sheena, Ihr bringt einen Mann um den Verstand – so daß er Dinge tut, die er nicht tun dürfte. Andererseits – was kann ein Kuß schon schaden?«

Sekundenlang war sie versucht, um Hilfe zu rufen. Dann erlag sie dem Irrtum, daß sie jetzt nichts mehr zu fürchten hatte, und sagte mit beherrschter Stimme: »Laßt mich vorbei, Black Gawain. Es fehlt mir keineswegs an Mut, und ich hätte gute Lust, Euch zu töten für das, was Ihr getan habt.«

Er lachte, trat aber bereitwillig zur Seite. »Ich fürchte nicht Euch, Fräulein, sondern Euren Laird.«

»Jamie? Der ist nicht mein Laird.«

Gawain hob die Brauen. »Nein? Dann war mein Wagnis nicht allzu groß. Vielleicht sollte ich Euch noch mehr rauben als nur einen Kuß.«

Seine Lippen erstickten den Schrei, der in ihrer Kehle aufstieg. Er riß sie wieder an sich, tastete nach ihren Brüsten, und sie erkannte angeekelt, in welcher Gefahr sie schwebte.

Schritte polterten auf der Wendeltreppe. Stimmen klangen auf, und Gawain ließ sie fluchend los. Sie schob sich an ihm vorbei und rannte in den Hof hinaus. Nach einigen Schritten blieb sie stehen, um Atem zu holen und ihrem rettenden Schicksal zu danken – wen immer es auch die Treppe hinabgeschickt hatte.

Sie war gerade noch einmal davongekommen, mit knapper Not. Mußte sie nun befürchten, in jeder finsteren Ecke überfallen zu werden? Nun, immerhin gab es noch eine Hoffnung. Sie ging zum Torhaus, aber der Wächter schüttelte wortlos den Kopf.

Welche Möglichkeit blieb ihr jetzt noch? Wo sollte sie Zuflucht suchen? Sie war nicht bereit, sich dem Laird auszuliefern, nur um vor seinen Gefolgsmännern sicher zu sein. Es mußte noch einen anderen, besseren Weg geben.

Nur Colen saß am Tisch des Lairds, als sie die Halle betrat. Ärgerlich ging sie auf ihn zu. »Ihr müßt mich beschützen, Colen. Das seid Ihr mir schuldig.«

»So? Erwartet Ihr, daß ich Euretwegen mit meinem Bruder kämpfe?«

»Nein. Jamies wegen mache ich mir auch keine Sorgen – wenigstens jetzt noch nicht.«

Er schaute auf ihre Lippen, und sie hob unwillkürlich eine Hand, um sie zu berühren. Sie waren geschwollen. Dieser verdammte Black Gawain! »Ich bitte Euch um Hilfe«, fügte sie tonlos hinzu.

»Warum geht Ihr nicht zu meinem Bruder? Er wird Euch nur zu gern Schutz gewähren.«

»Und um welchen Preis?« stieß Sheena hervor. »Ich habe nicht die Absicht, mich zu opfern.«

»Ihr meint, Ihr müßtet Euch opfern?« Colen kicherte. »Ja, so würdet Ihr es wohl betrachten.«

Sie runzelte die Stirn. Auf diese Weise kam sie nicht weiter. Warum benahm er sich so seltsam? »Es ist Euch also gleichgültig, was aus mir wird?« fragte sie.

»Ich bezweifle, daß Euch die Aufmerksamkeiten meines Bruders mißfallen werden«, entgegnete er bitter.

»Wie meint Ihr das?«

»Ich sah Euch mit Jamie am Teich liegen. Und Ihr habt Euch nicht gegen ihn gewehrt, Sheena.«

Das Blut stieg ihr in die Wangen, doch sie war nicht bereit, ihm zu gestehen, wie schwach sie an jenem Tag geworden war. »Er hat sich auf mich gestürzt, Colen, und er ist stärker als ich. Aber ich begehre ihn nicht – falls Ihr das glaubt, Colen.«

»Dann heiratet mich – wenn Ihr ihn nicht mögt. Denn sonst wird er Euch einfach nehmen.«

»Es muß einen anderen Ausweg geben.«

Colen schüttelte den Kopf. »Ich habe keine Geduld mehr mit Euch, Sheena. Wie mein Bruder Eure ständige Weigerung erträgt, weiß ich nicht. Ich bin es jedenfalls leid. Meinetwegen soll er Euch haben.«

Das hatte sie nicht erwartet. Aus irgendeinem Grund war sie

überzeugt gewesen, sie könnte mit Colens Beistand rechnen. Und nun ließ er sie im Stich?

»Ihr wollt mir also nicht helfen?«

Colen seufzte. »Ihr habt weder Jamie noch mir gestattet, Anspruch auf Euch zu erheben. Und was Euren Schutz betrifft – nun, da müßt Ihr Euch an meinen Bruder wenden. Ich habe Euch in dieses Schloß gebracht, was ich jetzt bereue. Ihr seid geflohen, und Jamie hat Euch zurückgeholt. Jetzt gehört Ihr ihm.«

»Warum hat er mich wieder hierhergeschleppt, Colen? Und wer gibt ihm das Recht, mich in seinem Haus festzuhalten?«

Er stand auf und ging davon. Seine Antwort war fast unverständlich. »Das müßt Ihr ihn selber fragen.«

26

Nun blieb ihr nichts anderes übrig, als sich wieder im Südturm einzusperren. Sie war fest entschlossen, dort zu bleiben, bis Jamie ihr erlauben würde, sein Haus zu verlassen. Dies schien die einzige Lösung ihres Problems zu sein. Wenn ihre Tür verriegelt war, würde man sie nicht verpflegen können. Sie hatte sich genügend Lebensmittel von den Frühstückstischen in der Halle mitgenommen, um ein paar Tage lang durchzuhalten. Das wußte Jamie natürlich nicht. Er würde glauben, der Hunger müßte sie letzten Endes zwingen, sein Verlangen zu erfüllen.

Abends kehrte er nach Hause zurück und ging sofort in den Südturm. Nachdem er Sheena vergeblich aufgefordert hatte, die Tür zu öffnen, brach er das Schloß auf. Wehrlos stand sie ihm gegenüber. »Was soll das?« rief er ärgerlich. »Willst du vielleicht behaupten, du hättest meinen Ruf nicht gehört? Warum hast du nicht geantwortet?«

Sheena nahm ihren ganzen Mut zusammen. »Ihr hattet kein Recht, gewaltsam in mein Zimmer einzudringen, Sir Jamie. Wenn Ihr mir willkommen wärt, hätte ich Euch hereingelassen.«

»Dein Schweigen hat mir nichts dergleichen verraten.«

»Ihr habt so laut gebrüllt und gegen die Tür gehämmert, daß Ihr meine Antwort ohnehin nicht vernommen hättet.« Wütend runzelte er die Stirn, doch sie fuhr tapfer fort: »Es ist mein gutes Recht, allein und ungestört in diesem Zimmer zu bleiben. Sicher hat Euer Vater niemals die Tür Eurer Mutter eingetreten. Er hat ihren Willen geachtet und …«

»Ich bin nicht mein Vater«, fiel er ihr ins Wort. »Zwischen mir und dem Ziel meiner Wünsche gibt es keine verschlossenen Türen. Und sobald wir zusammenleben, wirst du das auch gar nicht mehr wollen.«

Sheena schnappte empört nach Luft. »Euer Selbstvertrauen ist unglaublich. Und völlig fehl am Platz. Ich werde stets bestrebt sein, möglichst viele Barrieren zwischen Euch und mir zu errichten.«

Sie stemmte die Hände in die Hüften, hob herausfordernd das Kinn, und Jamies Ärger verflog. Er grinste belustigt.

»Wie schön du bist, wenn dieses wilde Feuer in deinen Augen leuchtet! Kein Wunder, daß ich dir niemals zürnen kann – zumindest nicht für lange.«

Diese Worte kamen aus James MacKinnions Mund, des Mannes, der in seinem Zorn vor nichts zurückschreckte? Sheena traute ihren Ohren nicht.

»Ich mag es nicht, wenn man sich auf meine Kosten amüsiert.«

»Du magst dies nicht, du magst jenes nicht«, spottete er. »Was magst du eigentlich?«

»Meine Freiheit.«

»Wann warst du jemals frei? Du standest unter der Herrschaft deines Vaters, bevor ich dich in meine Gewalt bekam.«

»Er hat mich niemals in meiner Freiheit eingeschränkt.«

»So? Oder hast du dir deine Freiheit einfach genommen?«

Sheena konnte Jamies Blick nicht mehr standhalten. Dieser Mann durchschaute sie viel zu leicht.

»Darauf kommt es nicht an«, entgegnete sie unbehaglich. »Tatsache ist, daß ich immer noch ihm untergeordnet bin – und nicht Euch. Deshalb werde ich mich nach seinen Wünschen richten – und nicht nach Euren.«

»Wirklich?« Jamie lachte leise. »Nun, vielleicht sollte ich ihn aufsuchen und ihm die Entscheidung überlassen. Ein MacEwen wäre hocherfreut, wenn er sich mit einem MacKinnion verbünden könnte.«

»Nein!« flüsterte sie entsetzt.

»Damit würden wir dieser sinnlosen Streiterei ein Ende setzen.«

»Nein!« wiederholte sie mit festerer Stimme.

Er ließ nicht locker. »Nun – wenn ich ihn finden wollte, würde mir das sicher gelingen.«

Sheena zuckte siegessicher mit den Schultern. »Niemals! Aber Ihr könnt es ja versuchen. Verschwendet nur Eure Zeit – das kümmert mich nicht.«

Jamie wußte genau, warum sie so zuversichtlich lächelte. »Deine Tante in Aberdeen wird mir sicher die nötigen Hinweise geben.«

Nun sah sie sich in die Enge getrieben. »Ich hasse Euch, James MacKinnion!«

»Tatsächlich?« Er seufzte müde auf. »Das bezweifle ich keineswegs. Aber du haßt nur meinen Namen, nicht mich, und das habe ich allmählich satt.« Sie hielt den Atem an, und er fügte schnell hinzu: »Als wir uns zum erstenmal sahen, hattest du nichts gegen mich einzuwenden. Du fürchtest mich erst, seit du weißt, wer ich bin. Erkläre mir das – wenn du es kannst.«

»Ich habe Euch nichts zu erklären«, entgegnete sie unsicher.

»Nein, natürlich nicht«, bestätigte er ironisch. »Du willst deine Schwierigkeiten beseitigen, indem du sie einfach nicht zur Kenntnis nimmst. Deshalb werde *ich* es dir erklären: Du hast gräßliche Geschichten gehört, und deshalb hattest du Angst vor mir, bevor wir uns trafen. Widersprich mir doch, wenn ich mich irre, Sheena.« Sie schwieg, und er fuhr fort: »Ich frage dich nicht, was du gehört hast, und ich leugne nicht einmal, daß manche Gerüchte der Wahrheit nahekommen. Aber du mußt mir zugestehen, daß einige Leute zu Übertreibungen neigen, wenn sie Dinge weitererzählen, die sie nicht mit eigenen Augen beobachtet haben.«

»Ich fürchte, daß diese Berichte der Wahrheit entsprechen«, erwiderte Sheena kühl.

»Nur in gewissen Fällen, Sheena«, antwortete er ernsthaft. »Und die reichen nicht aus, um mich zu verdammen.«

»Was ich erfahren habe, genügt mir. Ich weiß, daß man Euch nicht über den Weg trauen darf.«

Jamies Augen wurden schmal. »Schau mich an, Sheena. Denk nicht an meinen Namen – betrachte mich so, wie ich vor dir stehe. Habe ich dir jemals Grund gegeben, mich zu fürchten. Habe ich jemals dein Leben bedroht oder dir Schaden zugefügt?«

»Oh, ja! Ihr kommandiert mich herum, Ihr redet von einer Probeehe, obwohl Ihr wißt, was ich davon halte. Und Ihr versucht bei jeder Gelegenheit, meinen Willen zu brechen.«

»Du verfluchtes halsstarriges Biest!« schrie Jamie. »Daß ich dich begehre, ist mein einziges Verbrechen. Und das ist kein Verbrechen. Wenn du ehrlich wärst, müßtest du das zugeben. Du bist meinen Wünschen gar nicht so abgeneigt, wie du es immer behauptest.«

»Doch!« rief sie wütend. »Ich schwöre …«

»Sheena, es ist an der Zeit, diesen dummen Kampf zu beenden.« Plötzlich ging Jamie auf sie zu und blieb dicht vor ihr stehen. »Komm zu mir, Sheena«, bat er mit sanfter Stimme. »Folge deinem Herzen – nur ein einziges Mal.«

Dazu war sie nicht bereit. Aber sie wich auch nicht zurück. Sie wußte, daß sie sich nicht zu rühren brauchte, denn er würde ohnehin seine Arme um sie legen. Und sie erinnerte sich sehr gut, wie es war, diese Arme zu spüren. Sie schloß die Augen. Und da entsann sie sich ganz deutlich der Gefühle, die in ihr aufgestiegen waren, als er sie geküßt hatte.

Seine Hand strich über ihren Rücken, und sie schlug hastig die Augen auf. Behutsam zog er sie an sich. Sonst tat er nichts. Er schaute sie nur durchdringend an. Versuchte er, die Wahrheit zu erkennen?

»Sheena«, flüsterte er, »ich weiß, was geschieht, wenn ich dich küsse. Aber vielleicht hast du es vergessen, und ich muß dein Gedächtnis auffrischen.«

»Nein, ich habe es nicht vergessen. Es ist ein teuflischer Zauber, der Euch soviel Macht über mich gibt und mich zwingt, Eure Küsse zu genießen. Nur das ist es!«

»Ein teuflischer Zauber? Da irrst du dich. Der einzige Zauber ist das Glück, das zwei Menschen empfinden, wenn sie einander begehren. Der Teufel hat nichts damit zu tun.«

»Warum tut ihr mir das an?« rief sie verzweifelt.

»Ich brauche dich, Sheena. Ich muß einfach in deiner Nähe sein, dich umarmen, dich berühren. Und jetzt sage mir – tue ich dir weh? Nein, unmöglich. Ich drücke dich nur ganz sanft an mich. Und ein Kuß kann dir auch nichts anhaben.«

Jamie neigte sich zu ihr herab, und sie schrie gepeinigt auf. Jetzt sah er die leichte Schwellung an ihren Lippen. »Du bist verletzt? Wieso?«

»Ich – ich bin gestürzt«, log Sheena erfolglos.

Er starrte sie an, dann geriet er plötzlich in Wut. »Bei Gott, das ist nicht wahr!« Er ließ sie los und trat zurück, voller Angst, er könnte sich vergessen und sie ohrfeigen. »Erst gestern bist du hierher zurückgekommen und hast dich bereits einem anderen hingegeben! Alle dürfen dich haben – nur ich nicht, was? Daß du dich mit Jameson eingelassen hast, war schon schlimm genug. Und jetzt bist du auch noch einem meiner Clansmänner in die Arme gefallen!«

»Wie könnt Ihr es wagen, mich derart zu beschuldigen?« schrie sie empört und schlug ihn mit aller Kraft ins Gesicht. »Erst Jameson – und jetzt das! Vielleicht wollt Ihr mich als Hure hinstellen, um Euer Gewissen zu betäuben. Aber ich muß Euch enttäuschen. Ich werde mich nur meinem Ehemann freiwillig hingeben. Ich und einer Eurer Männer! Welch ein Hohn! Ich hasse alle, die diesem verdammten Clan angehören, denn sie sind grausame Barbaren!«

»Aber warum …«

»Ich wurde überfallen. Was macht es schon aus, wer sich auf mich stürzt – Ihr selber oder einer von Euren Verwandten? Unter Eurer Obhut bin ich schutzlos. Deshalb habe ich mich eingesperrt und bin trotzdem nicht sicher – vor Euch!«

Jamie strich über seine rote, brennende Wange und warf

Sheena einen wütenden Blick zu. Erschrocken wich sie zurück.
Erst jetzt wurde ihr bewußt, was sie getan hatte. Doch die Ohrfeige war nicht der Grund seines Zorns.

»Wurdest du vergewaltigt?« fragte er ausdruckslos.

»Nein, dazu ist es nicht gekommen – diesmal noch nicht.
Aber die Tatsache bleibt bestehen, daß Ihr mich hierher zurückgebracht und erklärt habt, ich dürfte nicht abreisen. Und Ihr
habt nichts unternommen, um mich zu schützen. Soll ich Tag
für Tag in Angst vor allen Männern leben, die hier herumlaufen
– Euch mit eingeschlossen?«

Ihre Anklage traf ihn bis ins Mark, weil sie recht hatte. Er
trug die Schuld an diesem Zwischenfall. Sie war von seinem
Bruder hierher entführt worden, nach ihrer Flucht hatte er sie
selber zurückgeholt. Und sie hatten es beide versäumt, den anderen zu erklären, warum sie auf Schloß Kinnion wohnte.

»Du mußt mir mitteilen, wer dich angegriffen hat, Sheena«,
sagte er mit trügerisch sanfter Stimme.

»Warum?«

»Ich werde ein Exempel statuieren, um deine künftige Sicherheit zu gewährleisten.«

»Natürlich – eine großartige Idee!« meinte sie sarkastisch.
»Ihr wollt einen Mann bestrafen, nur weil er ebenso grausam
ist wie Ihr – weil Ihr der Laird seid und er Euer Untergebener
ist. Seid Ihr vielleicht weniger schuldig als er?«

»Ich habe von Anfang an keinen Zweifel an meinen Absichten gelassen.«

»Glaubt Ihr, das würde Euch von jeder Schuld reinwaschen?« rief Sheena verächtlich. »Nun, er gab seine Absichten
ebensodeutlich zu erkennen wie Ihr, und deshalb müßt Ihr
auch ihn entschuldigen …«

»Sheena …«

»Nein, Ihr werdet mich ausreden lassen. Ich sage Euch nicht,
wer der Mann war, denn er wußte, daß ich hier zu niemandem
gehöre. Das habe ich ihm verraten.«

»Dann hättest du den Angriff verhindern können?«

Seine Mißbilligung kam klar zum Ausdruck, und sie hob ärgerlich das Kinn. »Ich werde mich niemals auf eine Beziehung

zu Euch berufen, die es nicht gibt – nicht einmal, um mich vor solchen Überfällen zu retten. Und ich sehe nur einen einzigen Ausweg, Sir Jamie.«

»Ich soll dich nach Aberdeen schicken? Da wäre noch eine andere Möglichkeit.«

Sein Zorn schien mit jeder Minute zu wachsen. Er begann im Zimmer auf und ab zu gehen, und Sheena beobachtete ihn ängstlich. Nach einer halben Ewigkeit brach er das Schweigen. »Wir werden heiraten – und zwar rechtmäßig.«

Er wandte sich zu ihr, las Verwirrung in ihren Augen und dann helle Empörung. Sie konnte nicht ahnen, wie schwer es ihm gefallen war, diese Worte auszusprechen.

»Wir werden heiraten?« stieß sie ungläubig hervor. Kannte seine Anmaßung keine Grenzen? »Wie wollt Ihr das anfangen? Damit bin ich nämlich nicht einverstanden!«

»Wir werden heiraten«, wiederholte er kühl.

Unsicherheit verdrängte ihren Ärger. Besaß er eine Handhabe, um sie zu zwingen? Würde er irgendwelche Mittel und Wege finden, die sie nicht bedacht hatte?

»Ihr habt erst gestern erwähnt, daß ihr mich nur probeweise heiraten wollt. Warum besinnt Ihr Euch nun anders?«

»Eine Probeehe würde dich nicht umstimmen. Oder hast du dich anders besonnen?«

»Ihr sagtet doch, Ihr würdet kein Mädchen für immer an Euch binden, das Ihr nicht erprobt habt.«

Als sie Jamie daran erinnerte, goß sie noch mehr Öl ins Feuer seines Zorns. Mit einem grausamen Lächeln entgegnete er: »Ja, das hatte ich vor – solange ich dich für eine zimperliche Jungfrau hielt. Aber wir wissen beide, daß du bereits erprobt wurdest. Und da du deshalb nicht aus dem Leben gegangen bist, muß es dir gefallen haben. Ich wollte keine gefühlskalte Frau heiraten, verstehst du? Nun, ich glaube, in dieser Hinsicht brauche ich nichts zu befürchten. Du willst mich doch nicht enttäuschen? Ich hoffe, du wirst eine fügsame Ehefrau sein – und stets bereit, mich zu erfreuen.«

»Niemals!« schrie Sheena, außer sich vor Wut. »Ihr könnt mich nicht zwingen, hört Ihr?«

Aber er hatte ihr bereits den Rücken gekehrt und das Zimmer verlassen.

Zitternd sank sie auf ihr Bett und schlug die Hände vors Gesicht. Nun war sie wieder dort angelangt, wo ihr Weg ins Verderben begonnen hatte. Wie vor ihrer Verbannung aus dem Vaterhaus mußte sie nun fürchten, im Ehebett eines wilden Hochländers zu landen. Sie erinnerte sich nur zu gut an die Worte ihres Bruders, der behauptet hatte, James MacKinnion würde sie mißhandeln und vergewaltigen und sie ihr Leben lang quälen. Und sie wußte auch, daß Jamie nichts anderes beabsichtigte. Das hatte ihr der kalte Zorn in seinen Augen bewiesen. Es war nicht Liebe gewesen, die ihn veranlaßt hatte, Heiratspläne zu schmieden, nicht einmal Zuneigung – nur Begierde. Und diese Begierde würde sie letzten Endes alle beide ins Unglück stürzen.

27

Bald nachdem Jamie gegangen war, erschienen zwei Männer, um Sheena in ein Zimmer in der Nähe des herrschaftlichen Schlafgemachs zu geleiten. Sie weigerte sich nicht, denn sie hätte keinen Schlaf im Südturm gefunden, nachdem der Laird die Tür aufgebrochen hatte.

Ihre neue Kammer konnte nicht von innen verriegelt werden und wurde auch nicht von außen zugesperrt. Die zwei Männer blieben die ganze Nacht bei ihr, folgten ihr am nächsten Morgen in die Halle und bewachten sie auch während der nächsten beiden Tage. Als sie am dritten Tag mit Jamie und Colen am Frühstückstisch saß und Haferbrei mit Sahne aß, wuchs ihre Sorge. Der Laird wirkte so ruhig und gleichmütig. Was hatte das zu bedeuten? Zuvor war er unfähig gewesen, den Blick von ihr zu wenden. Jetzt beachtete er sie gar nicht. Durfte sie hoffen, daß er nicht mehr an ihr interessiert war? Oder wollte er sie im Ungewissen lassen? Wenn er irgendwas im Schilde führte – worauf wartete er?

Der Mann, der in die Halle stürmte, bevor die Mahlzeit beendet war, lenkte die allgemeine Aufmerksamkeit auf sich. Aufgeregt blieb er vor dem Tisch des Lairds stehen. »Auf ein Wort, Sir Jamie! Schnell!«

Jamie seufzte. »Du darfst reden, Alwyn, frei von der Leber weg. Da ich dich zur Genüge kenne, weiß ich, daß du meistens völlig grundlos aus dem Häuschen gerätst. Warum mußt du immer soviel Lärm um nichts machen?«

»Ihr werdet es nicht glauben, Sir Jamie«, keuchte Alwyn, »aber ich schwöre Euch – alle männlichen Fergussons sind vor Eurem Tor versammelt!«

Sheena wurde blaß und schluckte hastig, bevor sie würgen mußte. Entsetzt starrte sie Alwyn an. Ihre Verwandten waren da draußen? Und sie saß hier in der Halle. Sie würden das Schloß angreifen, denn sie konnten nicht wissen, daß sie darin festgehalten wurde.

»So willst du die Sache regeln, Jamie? Das ist verdammt hinterlistig, wenn du mich fragst.« Colens mißbilligende Stimme unterbrach Sheenas angstvolle Gedanken. Die Bedeutung dieser Worte wurde ihr erst klar, als sie Jamies selbstgefälliges Lächeln sah.

Ihr Atem stockte. Und da es keinen Sinn mehr hatte, die Täuschung aufrechtzuerhalten, fragte sie leise: »Wie lange wißt Ihr es schon?«

»Nicht besonders lange, meine Liebe«, erwiderte Jamie. »Ich bekam Besuch, während du Jameson beglückt hast. Ich nehme an, du kennst Alasdair MacDonough? Er wußte einiges zu erzählen – vor allem von dem Verrat, den seine ehemalige Braut begangen hat.«

»Aber – wie konntet Ihr wissen, daß ich …«

»Darüber können wir uns später unterhalten.« Jamie stand auf, immer noch lächelnd. »Jetzt möchte ich deinen Vater nicht länger warten lassen.« Er winkte Sheenas Bewacher zu sich und befahl: »Bringt die Dame in ihr Zimmer und seht zu, daß sie dort bleibt. Sie darf ihr Zimmer unter keinen Umständen verlassen. Habt ihr verstanden?«

Die beiden griffen mit sanfter Gewalt nach Sheenas Armen,

doch sie weigerte sich, ihnen zu folgen. Gräßliche Bilder zogen an ihrem geistigen Auge vorbei. Ihre Familie – grausam niedergemetzelt – ihr Vater, ihr Bruder …

»Jamie!« schrie sie, als er sich abwandte, um hinauszugehen. »Ihr müßt mir sagen, was Ihr vorhabt! Bitte!«

Er drehte sich zu ihr um und strich mit einem Finger über ihre Wange. »Weißt du, daß du mich soeben zum erstenmal beim Namen genannt hast – ohne förmlich Anrede?«

»Jamie! Bitte!«

»Sei ganz ruhig, Mädchen. Ich habe deinen Vater nicht hierhergebeten, um ihn zu töten.«

»Ihr habt nach ihm geschickt?«

Jamie grinste. »Warum überrascht dich das so? Hast du vergessen, daß wir bald heiraten werden?«

Er ließ sie stehen, und plötzlich fiel es ihr wie Schuppen von den Augen. Er hatte seine Pläne keineswegs geändert, sondern auf die einzige Person gewartet, die sie zwingen konnte, ihn zu heiraten – ihren Vater.

Jamie beugte sich über die Brustwehr und blickte auf die Pferde hinab, die vor seinem Tor standen. Auf manchen saßen zwei oder sogar drei Mann. Es sah in der Tat so aus, als hätte sich der gesamte männliche Fergusson-Clan vor Schloß Kinnion eingefunden. Er lächelte belustigt. Seine Botschaft an Dugald war eindeutig gewesen – daß er das Juwel von Tower Esk in seiner Gewalt hatte. Falls es sich der alte Mann leisten konnte, Sheena freizukaufen, wäre er allein hierhergekommen.

Nun, allein war er ganz sicher nicht. Aber Jamie sah weit und breit nur Fergusson-Tartans. Andere Clans waren offenbar nicht in die Sache verwickelt – zumindest vorerst nicht. Was natürlich keineswegs bedeuten mußte, daß weder die MacAfees noch die MacGuires und Sibbalds ihre Grenzen überquert hatten, um ins Hochland zu reiten … Doch daran zweifelte Jamie. Müßte er befürchten, daß Blut vergossen würde, hätte er Dugald niemals jene Nachricht geschickt.

Er beobachtete, wie der alte Mann seinen Hengst zum Tor lenkte, gefolgt von seinem Sohn. Nialls Anblick beruhigte Jamie. Falls Sheena beschlossen hatte, ihrem Vater den Gehorsam zu verweigern, konnte der Junge sie vielleicht umstimmen.

»James MacKinnion!«

»Hier bin ich!« Jamie beugte sich noch weiter über die Brustwehr, damit Dugald ihn sehen konnte. »So trifft man sich also wieder. Ich muß sagen, diese Begegnung gefällt mir besser als unsere letzte.«

Dugald starrte zu ihm herauf, und Jamie grinste. Colens Stimme klang hinter ihm auf. »Du kennst ihn? Wieso?«

»Verschone mich mit deinen Fragen, Junge! Dafür habe ich jetzt keine Zeit. Ich muß meine Zukunft regeln.«

»Hoffentlich macht sie dir das Leben zur Hölle!« stieß Colen bitter hervor.

Jamie warf einen kurzen Blick über seine Schulter. »Ich hätte nie gedacht, daß du so ein schlechter Verlierer bist, Colen. Immerhin wußtest du von Anfang an, wie sehr ich sie begehre. Und du hast keine Einwände erhoben.«

»Ich glaubte, du würdest die Entscheidung Sheena überlassen. Und nun holst du ihren Vater hierher, damit er sie in deine Arme treibt.«

»Vergiß nicht, daß ich keine Probeehe mit ihr eingehen werde. Ich möchte sie rechtmäßig heiraten.«

Colen runzelte verblüfft die Stirn, dann wandte er sich ab und ging davon. Jamie seufzte. Der Junge hatte sein Gewissen wachgerüttelt, und er überlegte, ob er seine Pläne aufgeben sollte. Aber Sheena fühlte sich zu ihm hingezogen, davon war er fest überzeugt. In solchen Dingen konnte sich ein Mann nicht irren. Wenn er daran zweifelte, wäre er nicht so zielstrebig vorgegangen. Er bedauerte die Enttäuschung seines Bruders, doch das würde ihn nicht von seinem Entschluß abbringen. »Wollen wir uns den ganzen Tag anschreien, Sir Dugald?« rief er. »Oder möchtet Ihr hereinkommen?«

»Damit Ihr mich gefangennehmen könnt?«

»Die einzige Gefangene, die mich interessiert, habe ich bereits. Und sie ist mir wichtiger als Ihr, das schwöre ich.«

»Wer sagt mir, daß das keine Falle ist?« fragte Dugald.

»Ich. Kommt doch endlich! Wenn ich es wollte, könnte ich

Euch auf der Stelle töten.« Jamie gab seinen Männern ein Zeichen, worauf sich über ein Dutzend Waffen über die Brustwehr schob, um seinen Worten Nachdruck zu verleihen. Auf ein weiteres Zeichen hin wurde das Tor geöffnet. Der Laird bat den alten Mann nicht mehr, in den Hof zu reiten – er ließ ihm keine andere Wahl.

»Ich werde dich begleiten«, sagte Niall zu seinem Vater.

»Soll alles, was mir lieb und teuer ist, in seiner Gewalt stehen? Nein, du bleibst außerhalb dieser Mauern.«

»Immerhin ist es meine Schwester, die er gefangenhält«, entgegnete Niall ärgerlich.

»Und ich werde sie herausholen!« fuhr ihn Dugald an. »Widersprich mir nicht andauernd! Ach, du bist genauso schlimm wie Sheena! Ihr beide habt einfach keine Achtung vor mir, darin liegt das Problem.«

Er ritt durch das Tor. Nur sein heller Zorn gab ihm den Mut, ins feindliche Lager vorzudringen. Jamie hatte die Brustwehr verlassen und erwartete ihn im Hof. Dugald stieg vom Pferd. Der Laird von MacKinnion stand allein vor ihm, kein Gefolgsmann war zu sehen. Der alte Fergusson hätte sein Schwert ziehen können. Doch das wäre ehrlos gewesen.

»Kommt in die Halle!« forderte Jamie ihn auf. »Ein Krug Bier wird uns die Verhandlung erleichtern.«

Dugald folgte ihm. Die Gefolgsleute von Kinnion ließen sich noch immer nicht blicken. Die beiden Lairds setzten sich an den Herrschaftstisch, und Dugald atmete auf. Anscheinend hatte man ihm keine Falle gestellt.

»Ich darf Euch zum erstenmal unter meinem Dach begrüßen, Sir Dugald, und ich heiße Euch willkommen«, sagte Jamie freundlich. Eine Dienstmagd hatte das Bier serviert, und sie waren wieder allein.

»Daß ich jemals einen Fuß in dieses Schloß setzen würde, hätte ich nie gedacht«, erwiderte Dugald mürrisch.

»Trotzdem habt Ihr keine Zeit verschwendet und seid auf dem schnellsten Weg hierhergeritten.«

»Was blieb mir anderes übrig?« Die Augen des alten Mannes verengten sich. »Wieviel, MacKinnion?«

Jamie lehnte sich zurück und sah ihn nachdenklich an. »Den Preis, den ich für das Mädchen verlangen würde, könntet Ihr niemals zahlen.«

»Es war also doch eine Falle!« Fergusson stand wütend auf. »Was hätte man auch anderes erwarten sollen – von einem MacKinnion?«

»Setzt Euch, Sir Dugald, und hört mir zu. Immerhin feilscht Ihr um die Ehre Eurer Tochter.«

Das Blut stieg in Dugalds Wangen. Langsam ließ er sich wieder auf seinem Stuhl nieder. »Ich möchte Sheena sofort sehen.«

»Das dürft Ihr – nachdem wir ihre Zukunft besprochen haben.«

»*Wir?* Wie könnt Ihr es wagen …«

»Augenblick mal, Fergusson! Wart Ihr nicht entschlossen, *meine* Zukunft zu regeln, als ich im Tower Esk gefangensaß? Nun ist die Situation umgekehrt. *Ihr* habt kein Lösegeld verlangt und wolltet mich nur freilassen, wenn ich eine Eurer Töchter heirate.«

»Und welche Bedingung stellt Ihr jetzt, MacKinnion?«

»Ich möchte Sheena haben«, antwortete Jamie ohne Umschweife.

Dugalds Gesicht färbte sich noch dunkler. »Unmöglich!«

»Nun, ich habe sie bereits«, entgegnete Jamie gelassen.

Der alte Mann senkte den Kopf. Er konnte seinem Gastgeber nicht widersprechen. »Habt Ihr – Sheena etwas angetan?«

»Sie wurde weder verletzt noch entehrt, Sir Dugald. Falls sie keine Jungfrau mehr ist, habe ich absolut nichts damit zu tun.«

»Da kennt Ihr meine Sheena aber schlecht!«

»Das ist die Frage«, erwiderte Jamie kühl. »Sie hat ihr Vaterhaus vor einiger Zeit verlassen. Ihr könnt nicht wissen, wie sie sich seither verhalten hat.«

»Das sagt Ihr – und wollt sie trotzdem haben?«

»Ja.«

»Warum habt Ihr mich herbeigeholt?« fragte Dugald unvermittelt. »Sheena ist bereits in Eurer Gewalt. Wollt Ihr mich quälen und mir erzählen, was Ihr alles tun wollt, um sie ins Unglück zu stürzen?«

Jamie grinste. »Verzeiht mir, Sir Dugald. Vielleicht wollte ich mich ein bißchen an Euch rächen – und deshalb habe ich bis jetzt verschwiegen, daß ich Sheena rechtmäßig heiraten möchte.«

Es dauerte eine Weile, bis Dugald den Sinn dieser Worte begriffen hatte. »Sie soll Eure Frau werden?« fragte er und blinzelte verdutzt. »Ihr sagtet doch, daß Ihr keine meiner Töchter heiraten würdet.«

»Ich weiß, was ich sagte«, unterbrach ihn Jamie. »Aber Ihr habt mir diese eine Tochter nicht angeboten.«

»Weil ich einen besonderen Mann für sie suchen wollte – einen, auf den ich mich verlassen könnte, der sie niemals mißhandeln würde ...«

»Und Ihr dachtet, ich würde das tun? Ihr überrascht mich, Fergusson. Ich mag seit dem Tag meiner Geburt Euer Feind sein, aber ich bin trotzdem ein Mann, der eine schöne Frau zu schätzen weiß. Und Eure Tochter ist wunderschön. Ich sollte sie mißhandeln? Ich will sie doch nur glücklich machen.«

Dugald starrte Jamie an und bemühte sich verzweifelt, die Wahrheit in den Augen des jungen Mannes zu erkennen. »Möchte sie Euch heiraten?«

»Nein.«

»Wie könnt Ihr sie dann glücklich machen?«

»Sie lehnt mich wegen unserer Familienfehde ab. Doch wenn wir heiraten, wären wir keine Feinde mehr – oder?«

»Natürlich nicht«, bestätigte Dugald.

»Außerdem fürchtet sie sich ein bißchen vor mir – aber nur, weil sie diese übertriebenen Schauergeschichten von meinen Untaten gehört hat. Sie wird ihre Angst bald überwinden, dafür will ich sorgen.«

»Ich soll ihr also *befehlen*, Euch zu heiraten?«

»Bittet sie, befehlt es ihr, fleht sie an – tut alles, was in Eurer Macht steht, um ihre Einwilligung zu erwirken. Und vergeßt nicht – Ihr wart es, der eine Verbindung zwischen unseren Familien wollte, um die Fehde zu beenden. Nun kann Sheena einen dauerhaften Frieden gewährleisten.«

»Und wenn sie sich weigert?«

»Ich weiß, daß Ihr eine eigensinnige Tochter großgezogen habt, Sir Dugald. Aber ich will sie haben und werde mein Ziel erreichen – so oder so. Mein Entschluß ist unabänderlich. Sie wird dieses Schloß nur als meine Frau verlassen. Darauf könnt Ihr Gift nehmen. Sagt ihr das, wenn sie sich sträubt.«

28

Niall saß Jamie am Kamin gegenüber. Nach der Unterredung zwischen den beiden Lairds war der ganze Fergusson-Clan in die warme Halle gebeten und bewirtet worden. Der Junge wußte, was sein Vater mit Jamie vereinbart hatte, denn Dugald war vor einer Weile die Treppe herabgelaufen, um über Sheenas Starrsinn zu schimpfen. Ein Blick in James MacKinnions Gesicht hatte ihn bewogen, wieder nach oben zu gehen und sein Glück noch einmal zu versuchen.

Niall war keineswegs erstaunt, weil MacKinnon seine Schwester heiraten wollte. Er fragte sich, ob Sheena wußte, daß Jamie sie damals bei ihrem Bad in dem kleinen Teich beobachtet hatte und später – bei dem Versuch, sie wiederzusehen – in Gefangenschaft geraten war.

Er mußte beinahe lachen, während er den Hochländer musterte. Jamie war so nervös wie jeder andere künftige Bräutigam und sorgte sich sichtlich um die Vorgänge in jenem Teil des Schlosses, wo Sheena ihrem Vater die Hölle heiß machte. Er hatte noch kein Wort mit Niall gesprochen, schien dessen Anwesenheit nicht einmal wahrzunehmen und starrte unentwegt zum Ende der Halle, wo Dugald verschwunden war. Das war gut so. Niall hatte kein Bedürfnis, mit dem großen Mann zu reden, der ihm immer noch Furcht einflößte.

»Ein Glück, daß unser Vater unter der Erde liegt und nicht mit ansehen muß, wie unsere Halle von Fergussons wimmelt«, meinte Colen.

Jamie wandte den Kopf und warf seinem Bruder, der sich zu ihm gesetzt hatte, einen kühlen Blick zu. »Falls du gekommen bist, um mit mir zu streiten – ich habe keine Lust, dir zuzuhören.«

»Ich will nicht streiten, Jamie. Aber ich kann meine Neugier nicht mehr bezähmen. Ist alles geregelt?«

»Ihr Vater bemüht sich gerade, sie zur Vernunft zu bringen.«

»Und wer ist das?«

Erst jetzt bemerkte Jamie den Jungen, der bei ihm saß, und lächelte ihn an. »Das ist Niall, Sheenas Bruder«, erklärte er, dann sagte er zu seinem Gast: »Das ist mein Bruder Colen.«

Nialls hellblaue Augen wurden groß und rund: »Oh! Ihr seid genauso groß wie er, mein Herr.«

Colen lachte. »Nur fast so groß. Hat er dir gesagt, daß wir alle beide deine Schwester haben wollten?« fragte er leichthin.

Niall schaute von einem zum anderen. »Ihr seid viel jünger als sie, Colen«, platzte er in aller Unschuld heraus, ohne zu ahnen, welch wunden Punkt er da berührte.

»Das hat man mir bereits mitgeteilt – oft genug«, entgegnete Colen kurz angebunden.

»Ihr meint – es würde Euch nichts ausmachen, nach Sheenas Pfeife zu tanzen? Meine Schwester setzt immer ihren Willen durch. Nicht einmal unser Vater wird mit ihr fertig, wenn sie in Wut gerät.«

Jamie grinste, und Niall fuhr unbeirrt fort: »An Eurer Stelle würde ich nicht lachen, MacKinnion. Ihr geht schweren Zeiten entgegen.«

Jamie verzog die Lippen, was Colen seinerseits zu einem Heiterkeitsausbruch veranlaßte. »Wahrscheinlich muß ich froh sein, daß ich sie an dich verloren habe, lieber Bruder. Ich glaube, ich suche mir besser eine Ehefrau, mit der ich zurechtkomme.«

Jamie betastete seine Wange und erinnerte sich an die Ohrfeige, die ihm Sheena gegeben hatte. Sie war in der Tat kein umgängliches Mädchen. Aber sie würde sich zähmen lassen, daran zweifelte er nicht.

Sie unterhielten sich zu dritt, erzählten Geschichten über das Mädchen, bis Colen aufstand, um Daphne zu besuchen. Seine Schwester war seit ihrer Ankunft krank und ans Bett gefesselt.

»Ich werde Daphne über die Neuigkeiten informieren, falls Tante Lydia noch nichts ausgeplaudert hat. Unsere Tante kennt nur noch einen Gesprächsstoff – wie überglücklich sie ist, weil Sheena den Namen Fergusson trägt.« Er lächelte, dann wurde er plötzlich ernst. »Tu ihr bloß nicht weh, Jamie – das ist alles, worum ich dich bitte.« Abrupt wandte er sich ab und ging davon.

Jamie starrte ihm mit gerunzelter Stirn nach. »Heilige Maria, mein leiblicher Bruder hält mich für einen Barbaren!« flüsterte er fast unhörbar, aber Niall hatte scharfe Ohren.

»Habt Ihr sie wirklich nicht angerührt? Ich meine …«

»Tut mir leid, daß ich dich enttäuschen muß, mein Junge – leider bin ich nicht der Frauenschänder, für den du mich hältst.«

»Der Eindruck, den Ihr bei unserer letzten Begegnung auf mich machtet, war nicht gerade ermutigend, denn Ihr sagtet …«

»Daran mußt du mich nicht erinnern«, fiel Jamie dem Jungen ins Wort. »Aber ich war damals wütend, Niall, auf dich und deinen Vater. In Wirklichkeit hat mir Dugald seine älteste Tochter niemals angeboten. Hättest du das gewußt, wärst du nicht bereit gewesen, mich zu befreien. Deshalb mußte ich dich in dem Glauben lassen, ich würde Sheena heiraten.«

»Wenn man sie nicht verbannt hätte, wäre sie jetzt nicht hier«, meinte Niall nachdenklich. »Sie hatte schreckliche Angst vor Euch, James MacKinnion. Fürchtet sie Euch immer noch? Ist das der Grund, warum mein Vater so lange braucht, um ihr diese Heirat schmackhaft zu machen?«

»Ja, sie hatte Angst vor mir, das leugne ich nicht. Deshalb hat sie mir verschwiegen, wer sie ist. Natürlich merkte sie, wie sehr ich sie begehre. Trotzdem dachte sie, ich würde ihr etwas antun, sobald ich erfahren hätte, woher sie stammt. Inzwischen ist ihr klargeworden, daß das keinen Unterschied für mich macht. Ich würde sie niemals verletzen. Das weiß sie, tief in ihrem Herzen. Leider ist sie zu halsstarrig, um das zuzugeben.«

»Was wollt Ihr damit sagen, MacKinnion?«
»Ich glaube, sie erwidert meine Gefühle.«

Sheena brach in Tränen aus, als ihr Vater aus dem Zimmer stürmte. Keine fünf Minuten später klopfte Niall an die Tür, um fortzusetzen, was Dugald begonnen hatte. Was sollte sie denn tun, wenn ihr die beiden Menschen, die sie am allermeisten liebte, mit aller Macht einreden wollten, sie müßte MacKinnion heiraten?

Ihr Vater war unnachgiebig gewesen. »Die Fehde muß beendet werden. Du wirst deine Familie retten.«

Als ob das Schicksal aller Fergussons in ihren Händen läge! Genau das hatte er behauptet und in den schrecklichsten Farben geschildert, was geschehen würde, wenn sie sich James MacKinnions Wünschen widersetzte.

»Sollen wir alle sterben?« hatte er geschrien. »Er sagte, du würdest dieses Haus nur als seine Ehefrau verlassen. Kann ich nach Hause reiten, mit diesem Wissen? Nein. Du wirst den blutigsten aller Kriege heraufbeschwören. Willst du das? Bist du wirklich so selbstsüchtig, Sheena?«

Er hatte sie mit den schlimmsten Vorwürfen überhäuft und die gräßlichsten Drohungen ausgestoßen. »Du wirst ihn heiraten!« hatten seine letzten Worte gelautet.

Und jetzt Niall! Sie war so glücklich, als er in ihr Zimmer kam, aber er verdarb ihr die Wiedersehensfreude. »Du mußt ihn heiraten, Sheena. Und du kannst dich glücklich schätzen.«

Glücklich! Wieso wollte er ihren Standpunkt nicht verstehen? »Und seine grausamen, mörderischen Plünderzüge?« stieß sie hervor, wütend auf ihren Bruder, ihren Vater und den ganzen Fergusson-Clan. »Was glaubst du wohl, warum seine erste Frau in den Tod gegangen ist – warum sie es nicht ertrug, an seiner Seite zu leben? Außerdem – ich möchte einen Mann heiraten, der mich liebt. Und MacKinnion hat nie von Liebe gesprochen.«

»Und wenn er das getan hätte?« fragte Niall leise.

Sheena gab keine Antwort. Sie wußte nicht, was sie bewogen hatte, dieses Thema anzuschneiden. Verzweifelt suchte sie nach einem letzten Rettungsanker. Aber wann immer sie die Hand danach ausstreckte, griff sie ins Leere. Würde ihr niemand helfen? Wollte man ihr ganzes Leben zerstören?

Sie heirateten noch am selben Nachmittag. Ein Geistlicher, den Jamie am Vortag ins Haus beordert hatte, schloß den Lebensbund. Vor Gott und in Anwesenheit beider Clans wurde Sheena die Frau MacKinnions.

Auch die Clans wurden durch diese Ehe in Frieden vereint. Die meisten Fergussons und MacKinnions bejubelten das große Fest und das Ende einer bitteren Fehde.

Andere sahen keinen Grund zur Freude – zum Beispiel jene, deren Angehörige im Lauf der Fehde erst neulich ihr Leben verloren hatten und zu denen Black Gawain zählte. Er weigerte sich, die Hochzeitsfeier zu besuchen, und seine derzeitige Geliebte schmollte. In der stillen Hoffnung, Jamie doch noch zu erobern, sobald er die rothaarige Tiefländerin satt hätte, war sie auf Schloß Kinnion geblieben. Nur deshalb hatte sie sich mit Black Gawain eingelassen. Nun zerstörte die Vermählung des Lairds ihre schönsten Zukunftsträume.

Und Sheena war am unglücklichsten von allen. Für sie kam die Hochzeit einer Hinrichtung gleich. Jetzt gehörte sie dem wilden MacKinnion, und er konnte mit ihr machen, was er wollte. Was würde geschehen, wenn seine Lustgefühle erkalteten – wenn er sie nicht mehr begehrte? Dann würde er sich wieder daran erinnern, daß sie eine Fergusson war, seine Todfeindin – und das würde er sie nie vergessen lassen. Sie hätte Schwarz tragen müssen – nicht das schöne Kleid, das Lydia in wenigen Tagen für sie genäht hatte. Es war aus hellgrüner Seide mit einem V-förmigen weißen Spitzeneinsatz am Oberteil und weißen Pelzborten an den weiten Ärmeln. Solche Kleider wurden nur für besondere Anlässe geschneidert. Also hatte Lydia es schon die ganze Zeit gewußt.

Während sie ihren selbstzufriedenen Vater und ihren gutgelaunten Bruder beobachtete, wuchs ihre Verzweiflung. Begriffen sie denn nicht, was sie ihr angetan hatten? Warum ignorierten sie ihren Kummer?

Und ihr Ehemann? Als sie zum letztenmal gewagt hatte, in seine Richtung zu schauen, war er ihr nicht besonders glücklich

erschienen. Bereute er schon, daß er sich für immer an sie gebunden hatte?

Zu ihrer Verwirrung erhob er sich plötzlich und kehrte dem
festlich gedeckten Tisch den Rücken. Erleichtert atmete Sheena
auf und überlegte, ob sie etwas essen sollte – vielleicht von dem
gebratenen Wildbret, das so köstlich aussah, oder von den
Hochland-Moorhühnern, gefüllt mit Preiselbeeren. Es gab auch
Räucherfisch, Hammelpastete, Eintopf mit Rindfleisch, Zick-
leins, Tauben und Kapaune. Und erst die Süßigkeiten! Haferbrei mit Sahne, Ingwer und Muskatnußkuchen … Ja, sie würde
essen, bis sie kugelrund wurde, und dann würde er sie nicht
mehr begehren …

Doch sie kam nicht dazu, ihren Teller zu füllen. Jamie entfernte sich nicht weit genug. Er blieb neben Dugald stehen,
wechselte ein paar Worte mit ihm und lachte. Es tat ihr in der
Seele weh, mit ansehen zu müssen, wie gut sich ihr Vater mit
seinem Schwiegersohn verstand.

Jamie kam zurück, griff nach ihrer Hand und zog sie auf die
Beine. Fragend schaute sie ihn an, aber seine Miene verriet
nicht, was er vorhatte. Er wollte sie davonführen, doch sie
wehrte sich. »Ihr solltet mir sagen, wohin wir gehen, Sir Jamie.«

Er drehte sich zu ihr um und zerrte ungeduldig an ihrem
Arm. »Willst du mich schon an unserem Hochzeitstag ärgern?«

»Wenn Ihr mir wenigstens erklären würdet, was …«

»Ich brauche dir nichts zu erklären«, fiel er Sheena ins Wort.
»Du bist meine Frau, oder?« fragte er kühl. »Bist du nicht auch
dieser Meinung? Sag es!«

Sie wich dem harten Blick seiner braunen Augen aus. »Ja, ich
bin Eure Frau«, flüsterte sie.

»Ich habe dich nicht gehört.«

»Ich bin Eure Frau!«

»Dann siehst du also ein, daß ich dir nicht erklären muß,
warum du mich begleiten sollst?«

Ihre blauen Augen funkelten vor Zorn. »So ist das also! Nun,
wo Ihr am Ziel Eurer Wünsche seid, nehmt Ihr keine Rücksicht
auf meine Gefühle? Aber das habt Ihr ja noch nie getan!«

Nun ging eine erstaunliche Veränderung mit ihm vor. Er sah

sie fast zärtlich an und grinste beschämt. »Es tut mir leid, Sheena. Es gibt keine Entschuldigung für mein Benehmen, nur ... Ach, lassen wir das. Ich führe dich aus dieser Halle, weil ich es gut mit dir meine. Du scheinst dich nicht sonderlich zu amüsieren.«

»Habt Ihr etwas anderes erwartet?«

Jamie seufzte tief auf. »Wollen wir nicht Frieden schließen, oder wenigstens die Waffen niederlegen? Deinem Vater zuliebe? Soll sich der Ärmste Vorwürfe machen, weil er dich mit mir vermählt hat?«

»Als ob er jemals auf diesen Gedanken käme!« entgegnete sie bitter. »Was habt Ihr ihm vorhin gesagt?«

»Daß er nicht erschrecken soll, wenn wir das Fest für eine Weile verlassen.«

»Für eine Weile?« Wie beängstigend das klang ...

Sie starrten sich an, und jetzt verschleierten Jamies Augen nicht mehr, was er dachte. Langsam schüttelte Sheena den Kopf. Sie fühlte sich so seltsam ... Irgendwie gelang es ihr, die passenden Worte zu finden und sogar mit ruhiger Stimme zu sprechen. »Wir müssen uns um die Gäste kümmern. Außerdem haben wir noch nichts gegessen ...«

Jamie hob eine Hand, um sie zum Schweigen zu bringen. »Du brauchst dich nicht zu fürchten, das werde ich dir beweisen. Danach kannst du mit den anderen weiterfeiern – und vielleicht wirst du zur Abwechslung endlich einmal lächeln. Heilige Maria, Sheena! Heute ist unser Hochzeitstag – ein Tag, an den man stets zurückdenken sollte.«

»Wie könnte ich einen solchen Schreckenstag jemals vergessen?« fauchte sie. »Und falls Ihr wissen wollt, warum ich nicht lächeln kann – weil ich keinen Grund dazu habe, seit ich mit Euch verheiratet bin.«

Er war tief verletzt, doch das zeigte er nicht. »Komm jetzt«, sagte er in gleichmütigem Ton.

»Aber – ich habe noch nicht einmal Eure Schwester kennengelernt«, protestierte Sheena. »Was wird sie von mir denken, wenn ich einfach verschwinde, ohne mich zu verabschieden?«

»Du hast sie bereits kennengelernt und kaum mit ihr geredet, obwohl sie ihr Krankenbett verlassen hat, um an diesem Fest teilzunehmen. Und ich will dir auch sagen, was sie denkt – daß ich den gleichen Fehler zum zweitenmal begehe, denn du hast genauso trübsinnig am Tisch gesessen wie meine erste Frau an ihrem Hochzeitstag. So etwas werde ich nicht mehr dulden.«

Sheena sah ihn überrascht an. Bedrückte ihn die Erinnerung an seine erste Frau immer noch? Darüber hatte sie sich nie den Kopf zerbrochen. Nachdenklich folgte sie ihm die Treppe hinauf, zu einer Tür, die er öffnete, um ihr den Vortritt zu lassen. »Unser Zimmer«, erklärte er leise.

Zögernd ging sie hinein und wandte ihren Blick hastig von dem großen französischen Bett mit den aufgeschlagenen Leinentüchern und dicken Kissen ab. Statt dessen betrachtete sie den hohen Kleiderschrank und den Tisch, der von Papieren übersät war. In einer Ecke stand ein Leuchter mit brennenden Kerzen, vor dem Kamin ein bequemer Sessel. Eine Vitrine enthielt faszinierende Ziergegenstände aus Glas, große und kleine – Tiere, ein Boot, eine Glocke und viele andere Dinge, wie Sheena sie noch nie gesehen hatte.

»Das hat mir alles meine Mutter hinterlassen«, sagte Jamie. »Ein Erbe ihrer normannischen Ahnen.«

Sie schämte sich ein wenig, weil sie die hübschen Sachen so neugierig angestarrt hatte. Um ihre Verlegenheit zu überspielen, schlenderte sie zum Kamin und hielt die zitternden Hände über die Flammen.

»Möchtest du ein Glas Wein, Sheena?«

Verwirrt zuckte sie zusammen und warf Jamie einen kurzen Seitenblick zu. Er wartete auf ihre Antwort. Sie nickte widerstrebend und sah zu, wie er einen großen Kelch mit dunkelrotem Wein füllte. Er brachte ihr das schwere Gefäß, sie hielt es mit beiden Händen fest und leerte es in einem Zug.

Jamie beobachtete sie lächelnd. Amüsierte er sich auf ihre Kosten? Der Wein erwärmte sie, ein angenehmes, träges Gefühl breitete sich in ihrem Körper aus – oder ein Schwächegefühl, ausgerechnet jetzt, wo sie ihrem Feind gegenübertreten mußte? Sie umklammerte den Kelch noch fester und überlegte, ob sie ihn noch um etwas Wein bitten sollte. Würde ihr das Getränk Kraft geben – oder würde es sie zur Unterwerfung zwingen? Sie mußte sich zusammenreißen …

Jamie stand hinter ihr und litt Höllenqualen. Noch nie in seinem Leben war er so unsicher gewesen. Er starrte auf ihren kerzengeraden, unnachgiebigen Rücken und wartete. Von den nächsten Stunden hing so viel ab, und er wünschte sich so sehr, mit Sheena ein vollkommenes Glück zu teilen. Seit er sie damals im Morgennebel zum erstenmal gesehen hatte, sehnte er sich nach ihr. Und nun gehörte sie ihm – die schönste, begehrenswerteste aller Frauen. Und er hatte Angst davor, sie zu berühren; sie zu erschrecken.

»Bitte, Sir Jamie, ich hätte gern noch einen Schluck Wein.«

Ihre Blicke trafen sich, während sie ihm den leeren Kelch reichte. Und was er in ihren dunkelblauen Augen sah, krampfte ihm das Herz zusammen. »Fürchtest du dich immer noch vor mir, Mädchen? Ich schwöre dir – ich werde sanfter mit dir umgehen als alle Liebhaber, die du vor mir hattest.«

Sie wandte sich wieder ab. »Ich hatte noch keine …«

Ihre Stimme klang weder gekränkt noch wütend, sie stellte nur eine schlichte Tatsache fest. Jamie hielt den Atem an, und eine unbändige Freude stieg in ihm auf. »Wenn du das jetzt noch sagst, wo du weißt, daß ich die Wahrheit herausfinden werde, bevor wir dieses Zimmer verlassen – dann muß es wirklich so sein. O Sheena, du kannst nicht ermessen, wie glücklich ich bin. Und du ahnst nicht, was in mir vorging, als ich dachte, Jameson …«

»Warum sollte das einen Unterschied für Euch machen?« unterbrach sie ihn verächtlich.

»Warum?« wiederholte er bestürzt.

»Ja – warum? Ihr haltet doch so viel von Probeehen und seid stets bereit, unschuldige Mädchen zu verführen. Wie viele junge Frauen habt Ihr schon entehrt und dann sitzenlassen, ohne zu überlegen, was ihre künftigen Ehemänner denken würden?«

»Das reicht jetzt, Sheena. Ich habe dich geheiratet, obwohl ich glauben mußte, du wärst schon mit einem anderen zusammengewesen. Also siehst du, wie wenig mir das im Grunde bedeutet. Trotzdem leugne ich nicht, wie sehr es mich freut, daß ich der erste Mann in deinem Leben bin. Wenn du mich deshalb für selbstgefällig hältst, kann ich es nicht ändern. Hier …«, fügte er in sanfterem Ton hinzu und goß ihr noch ein bißchen Wein ein. »Trink, wenn dir das hilft.«

Sie schaute auf den Kelch in seiner Hand und schüttelte mutlos den Kopf. »Nichts wird mir helfen – es sei denn, Ihr habt Mitleid mit mir und laßt mich gehen.«

»Damit du dich weiterhin vor Angst verzehrst? So grausam bin ich nicht.«

Natürlich – wie hätte sie auch hoffen können, daß er sich anders besinnen würde? Sie holte tief Atem und wappnete sich, um der Gefahr ins Auge zu schauen. Jamie stellte den Kelch beiseite, dann legte er die Hände auf ihre Schultern, bevor sie sich zu ihm wenden konnte. Sie spürte seine Brust an ihrem Rücken. Ihr Haar war an den Seiten hochgesteckt, so daß er es nicht beiseite schieben mußte, um mit den Daumen über ihren Hals zu streichen. »Ich will dir alle deine Ängste nehmen, Sheena«, flüsterte er, »für immer.«

Seine Lippen berührten ihre zarte Haut, dicht unter ihrem Ohr, ein seltsames Prickeln durchströmte ihren Nacken und die Schultern. Ihre Widerstandskraft erlahmte, und sie neigte unwillkürlich den Kopf zur Seite, um seinen Lippen eine größere Angriffsfläche zu bieten – wovon sie sofort Gebrauch machten.

Wenn er ihr weh tat – nun, das würde sich nicht ändern lassen. Aber wenn er es nicht tat? Welch ein schöner Gedanke, daß sie sich vielleicht in ihm getäuscht hatte und ihm andere Gefühle entgegenbringen könnte als Haß und Furcht …

Sheena fand keine Zeit mehr, diese Möglichkeit zu erwägen, denn Jamie drehte sie zu sich herum und nahm sie fest in die Arme. Sanft berührte sein Mund den ihren, genauso wie an jenem Tag auf dem Felsen, über dem Teich. Da war sie nicht mehr fähig, klar zu denken, ihre Gefühle gewannen die Oberhand. Sie glaubte zu schweben, federleicht, nur getragen von seinen Armen. Ihr Körper schien durch den Himmel zu fliegen, atemberaubend schnell.

Wie lange sie vor dem Kamin gestanden hatten, wußte Sheena später nicht mehr. Halb benommen merkte sie, wie sich Jamies Küsse änderten, wie seine Leidenschaft wuchs. Es war nur der warme Hauch des Feuers auf ihrer Haut, den sie ganz deutlich wahrnahm. Ihr Kleid und ihre Unterröcke lagen zerknüllt zu ihren Füßen.

Sie war nackt, vor den Augen eines Mannes – nein, nicht irgendeines Mannes ... Das Blut stieg ihr in die Wangen, hastig versuchte sie sich zu bedecken, aber Jamie schob ihre Hände beiseite, schlang die Arme um ihre Taille und zog sie wieder an sich. Und dann küßte er sie von neuem. Sollte sie sich der köstlichen Wärme überlassen, die ihre Adern durchströmte – oder sollte sie gegen ihn ankämpfen und fliehen?

Sie war immer noch unentschlossen, als er sie hochhob, zum Bett trug und behutsam auf die weißen Laken legte. Er begann sich auszuziehen, und sie war für wenige Sekunden von seinen Händen befreit, hatte die Möglichkeit davonzulaufen. Aber Jamie erriet ihre Gedanken, und während er sie mit seinen Augen liebkoste, versuchte er sie mit zärtlichen Worten zu beschwichtigen. »Du hast nichts zu fürchten, Sheena. Ich würde dir niemals weh tun. Du bist mir wertvoller als alles, was ich je erträumt habe. Spürst du das nicht, meine Süße? Merkst du nicht, daß ich dich nur glücklich machen will? Und ich schwöre dir – du wirst glücklich sein und nie bereuen, was heute geschieht.«

Er kniete auf dem Bett, beugte sich über sie und umfaßte ihr Gesicht mit beiden Händen. »Ich habe so lange auf diesen Augenblick gewartet und dich schon viel zu lange begehrt. Hab' nur ein kleines bißchen Vertauen zu mir, Sheena. Das ist alles, worum ich dich bitte.«

Warum auch nicht? Er würde sie so oder so besitzen. Warum sollte sie nicht das Beste daraus machen?

Doch die Entscheidung lag nicht mehr bei ihr. Ihr Körper besiegte ihren Verstand und ihre Willenskraft. Jamies Lippen waren so warm, wurden immer heißer. Ihre Finger gruben sich in sein dichtes Haar und zogen seinen Kopf ein wenig nach oben, denn das Feuer seines Verlangens beunruhigte sie. Doch als seine Zunge in spielerischen Kreisen um die harten Knospen ihrer

Brüste glitt, wurde sie von einem unbeschreiblichen Gefühl überwältigt und drückte ihn an sich.

Seine Lippen kehrten zu den ihren zurück, und da erwiderte sie seinen Kuß so leidenschaftlich, daß er sich aufrichtete, um sie anzuschauen. Seine Augen strahlten, und sie lächelte ihn an, zum erstenmal, seit sie erfahren hatte, daß er MacKinnion hieß. Würde sie ihm alles verzeihen? Das war mehr, als er zu hoffen wagte.

Sheenas Blut schien zu brennen. Eine Sehnsucht erfüllte sie, die sie nicht verstand, der Wunsch, noch näher bei ihm zu sein. Plötzlich glitten seine Finger zwischen ihre Beine. Sie zuckte zusammen und schrie verwirrt auf. Doch er hielt nicht inne, und nachdem sie sich von ihrem ersten Schreck erholt hatte, wollte sie auch gar nicht mehr, daß er aufhörte. Seine Finger erforschten sie, erzeugten ein namenloses Entzücken. Diese süßen Qualen hätte sie bis in alle Ewigkeiten erdulden können, und Jamie wußte genau, wie lange er sie auf diese Weise liebkosen mußte.

Jetzt war sie bereit, sich ganz mit ihm zu vereinen, das spürte er. Rasch veränderte er seine Lage, und bevor sie merkte, was er vorhatte, drang er in sie ein.

Sheenas Atem stockte, dann stöhnte sie leise. Sie hatte erwartet, viel heftigere Schmerzen zu erleiden, nicht nur dieses winzige stechende Gefühl, das bald vergessen war. Wie lieb von ihm, daß er sie so schnell entjungfert hatte, um es ihr leichterzumachen ... Jetzt spürte sie nur etwas Großes in sich, tief drinnen. Er rührte sich nicht, und sie konnte nicht erraten, warum er so still auf ihr lag.

Schweigend wartete Jamie auf ihre Klage. Es war so furchtbar für ihn gewesen, ihr weh zu tun. Wenn sie doch endlich etwas sagen und ihn verfluchen würde ...

Und da begann sie zu sprechen, mit ihrem Körper. Instinktiv erkannte sie, was sie nun brauchte. Sie bewegte sich unter ihm, zwang ihn, sich aus ihr zurückzuziehen, hob die Hüften, um ihn wieder aufzunehmen.

Jamie seufzte auf, froh und erleichtert. Er umfaßte ihren Kopf und küßte sie. Während seine Lippen ihren süßen Mund kosteten, erkundete er mit seinem harten Glied die Wärme, die es umfing. Nie zuvor hatte er sich so stark gefühlt, nie zuvor war er so verzaubert gewesen. Er verlor sich in jenem Nebel, wo er Sheena zuerst gesehen hatte, schien ganz mit ihr zu verschmelzen, berauscht von der Hitze ihres Körpers, vom Duft ihrer Haut.

Und was ihn beglückte, drohte sie zu überwältigen. Mit jeder Bewegung seiner kraftvollen Muskeln trug er sie zu einer noch höheren Ebene empor. Sie wußte bereits, wie es war, wenn einem das Blut immer schneller durch die Adern floß. Und jetzt füllte eine einzige gewaltige Welle alle Fasern ihres Seins aus und strömte zu jener kleinen Stelle, die zu brennen schien. Aber die Welle löschte das Feuer nicht – nein, sie nährte die Flammen, ließ sie immer heller lodern und wirbelte Sheena in wilden Kreisen um die gleißende Glut herum.

Wie sollte sie das ertragen? Das Gefühl, das sie erfaßte, war zu groß, war übermächtig. Es würde sie töten, in Stücke reißen … Wie konnte sie so etwas überleben?

Der Augenblick war gekommen, Sheena spürte es. Doch es waren nicht die einzelnen Phasen ihres Daseins, die in der Sekunde des Todes vor ihrem inneren Auge vorbeizogen. Statt dessen tauchte Jamies Gesicht auf – lächelnd, mit einem geheimen Wissen in den Augen, das sie erst jetzt verstand. Die gewaltige Welle durchbrach das Schleusentor, Sheena bäumte sich auf, und Jamies Lippen erstickten ihren Schrei. Die Wogen, die sie nun überfluteten, schienen kein Ende zu nehmen, pulsierten in allen Nerven. Sie hörte ihn stöhnen und ahnte, daß er den gleichen süßen Tod starb wie sie. Gemeinsam versanken sie in einem bodenlosen Abgrund.

Er war so still, so schwer. Und Sheena schwebte hoch über ihm, glitt langsam und träumerisch durch ihre neue Welt, eine Welt voller Frieden und Wärme und himmlischer Gefühle … Was war das? Ein Kuß?

Sie hob die Lider und sah geradewegs in Jamies braune Augen. Er hielt ihren Kopf immer noch mit beiden Händen fest, streichelte mit den Daumen sanft über ihre Wangen und hauchte Küsse auf ihren Mund, so federleicht, daß sie nicht wußte, ob sie tatsächlich etwas davon spürte. Er küßte ihre Stirn, ihre Nase, ihr Kinn, dann richtete er sich auf, um ihre Gesichtszüge eingehend zu betrachten. Ein zufriedenes Lächeln umspielte seine Lippen. Wenn er ein Kater wäre, würde er jetzt schnurren, dachte sie, dann hob sie verwundert die Brauen.

»Ich sehe dich, James MacKinnion! Du bist also Wirklichkeit. Bin ich nicht tot?«

Er grinste belustigt. »Das bezweifle ich, meine Süße.«

»Ich – ich dachte ...« Sheena wurde rot. »Wie dumm von mir ...« Sie überlegte kurz und sprach rasch weiter, ohne seinem Blick zu begegnen. »Es ist nur ... Ich hatte keine Ahnung, wie es sein würde, Jamie. Natürlich habe ich erwartet, daß es weh tun würde, am Anfang. Aber das andere ...« Sie unterbrach sich – bereit, alles einzugestehen, und doch verlegen angesichts dieser neuen Vertrautheit. »Darauf war ich nicht gefaßt. Ich hatte Angst vor diesen heftigen Gefühlen, weil ich nicht wußte, wohin sie mich führen würden. Und als sie immer stärker wurden, glaubte ich, sie würden mich vernichten. Ich befürchtete das Schlimmste – und daß ich sterben müßte. Trotzdem wollte ich um nichts in der Welt aufhören ...«

Zögernd schaute sie ihm wieder in die Augen und las keinen Triumph darin. Stolz, das schon – aber es war nicht der Stolz eines selbstbewußten Eroberers. Sein Blick entfachte eine seltsame Wärme in ihrem Herzen – Zärtlichkeit? Oder sogar Liebe?

»Du bist nicht allein mit diesen Gefühlen, Sheena«, erwiderte er leise. »Ich will nicht behaupten, daß ich die Liebe nie zuvor genießen konnte, nur – so war es noch nie. In all den Jahren, seit ich ein Mann bin, habe ich nichts dergleichen empfunden. Irgendwie wußte ich, daß es mit dir so sein würde. Ich wußte es von Anfang an.«

»Das hättest du mir sagen können«, beschwerte sie sich.

»Hättest du mir geglaubt?«

»Nein«, gab sie zu. »Wird es immer so sein, Jamie?«

»Für uns beide schon – das verspreche ich dir.«

Kichernd schmiegte sie sich an ihn. Sie war glücklich – unsagbar glücklich. Wer hätte das je für möglich gehalten? »Nein, Jamie ...« Seufzend schüttelte sie den Kopf. »Es kann nie wieder so sein wie beim erstenmal. Aber wir könnten uns bemühen, damit es wenigstens fast so schön wird – oft. Ja? Immer wieder?«

Er lachte schallend und gab ihr einen liebevollen Kuß. »Bei allen Heiligen, Sheena, du bist tatsächlich ein Juwel! Wenn ich mir vorstelle, daß ich Angst hatte, du könntest so sein wie meine erste Frau ... Was für ein Narr ich war! Ich hätte es besser wissen müssen.«

»Als dieses Feuer in mir brannte, gingen mir die verrücktesten Gedanken durch den Kopf. Oh, nein, ich glaubte nicht nur zu sterben, ich hielt dich auch für den Teufel, und ich dachte ...« Sie verstummte abrupt.

»Was?«

»Nein, ich kann es dir unmöglich sagen.«

»Doch ich bestehe darauf – nachdem du mich so neugierig gemacht hast.«

»Du wirst böse sein, Jamie, und ich möchte diesen Tag nicht verderben ...«

»Als ob du das schaffen könntest«, fiel er ihr lächelnd ins Wort. »Es gibt nichts, womit du mich in diesem Augenblick ärgern könntest. Und wenn es dir ein andermal gelingen sollte – du brauchst meinen Zorn niemals zu fürchten. Wie du sicher bestätigen kannst, besitze ich ein lebhaftes Temperament, und das wirst du zweifellos zu spüren bekommen – hin und wieder. Aber ich werde dir niemals weh tun, das schwöre ich.« Sie zögerte immer noch, und er fügte ungeduldig hinzu: »Sag's mir endlich! Du mußt lernen, mir zu vertrauen.«

»Also gut.« Sheena holte tief Atem. »Als ich zu sterben glaubte, dachte ich an deine erste Frau. Ich malte mir aus, daß sie vielleicht auf diese Weise den Tod gefunden hat, in deinen Armen – glücklich ...« Sie spürte, wie sich seine Muskeln anspannten, und fuhr rasch fort: »Ich weiß – es ist lächerlich, was ich mir da einbilde. Wahrscheinlich hast du sie gar nicht angerührt. Denn dann hätte sie sich bestimmt nicht umgebracht.«

Sein Blick war unergründlich. Er preßte die Lippen zusammen und schien sich mühsam zu beherrschen.

»O Jamie, es tut mir so leid! Bitte, versuch mich doch zu verstehen. Vor dem heutigen Tag war ich überzeugt, du würdest vor nichts zurückschrecken. Ich traute dir die gräßlichsten Untaten zu – weil ich diese wilden Gerüchte glaubte ... Vielleicht sollte ich dir alles erzählen.«

»Ja, mein Liebes, sprich weiter«, bat er tonlos.

»Angeblich hat sich deine erste Frau das Leben genommen, weil du in der Hochzeitsnacht brutal über sie hergefallen bist. Und das glaubte ich, weil ich nichts Gegenteiliges hörte – nur grausige Geschichten von Vergewaltigungen, Mord und schlimmen Wunden. Überrascht es dich, daß ich dir nicht sagen konnte, wer ich bin – daß ich glauben mußte, du würdest mich umbringen, wenn du es wüßtest? Ich habe mich in dir getäuscht – nicht wahr?«

Wütend starrte er sie an. Warum stellte sie diese Frage? Sah sie denn nicht, was für ein Mensch er war? »Vielleicht hast du dich geirrt – vielleicht auch nicht«, antwortete er sarkastisch.

Ihre Augen füllten sich mit Tränen, und Jamie bereute seine schroffen Worte. Er hätte nicht gekränkt sein dürfen, weil sie Ailis Mackintosh erwähnt hatte. Sie war vertrauensselig genug gewesen, um ihm von ihren Gedanken zu erzählen. Und er war in Zorn geraten, obwohl er versichert hatte, das würde nicht geschehen.

»O Sheena, ich bin ein Dummkopf. Verzeih, daß ich mich so albern benommen habe. Natürlich stimmen diese Gerüchte nicht. Ich habe mir niemals eine Frau genommen, die mich nicht wollte. Was die Wunden betrifft, die ich meinen Gegnern zufüge – das läßt sich manchmal nicht vermeiden. Und wenn die Leute behaupten, ich sei ein Mörder ... Nun, ich leugne nicht, daß ich mehrere Männer im Kampf getötet habe. Einmal mußte ich sogar einen Verwandten zum Tode verurteilen, der es nicht anders verdient hatte. Aber ich habe niemanden aus reiner Lust am Töten umgebracht. Es ist mir viel lieber, wenn kein Blut vergossen wird. Allerdings solltest du dich fragen, welcher Schotte im Laufe seines Lebens keinen einzigen Menschen umgebracht oder verletzt hat. Kann dein Vater behaupten, er hätte niemals gekämpft oder getötet? Wird dein Bruder niemals eine solche Schuld auf sich laden? Willst du mir Dinge vorwerfen, die ich nicht ändern kann? Daß ich tue, was ich tun muß?«

Er wartete, und er mußte sehr lange warten. Endlich flüsterte Sheena: »Nein.«

Jamie lächelte erleichtert. »Dann will ich dir zu deiner Beruhigung noch etwas sagen, mein Schatz. Du hast recht – ich bin meiner ersten Frau kein einziges Mal zu nahe getreten. Die Hochzeit wurde von unseren Vätern beschlossen, und ich hatte Ailis Mackintosh nie zuvor gesehen. Niemand warnte mich – niemand sagte mir, was für ein verschüchtertes, schrulliges Mädchen sie war und wie sehr sie sich vor den Männern fürchtete. Nicht nur vor mir, Sheena – vor allen, auch vor ihrem Vater. Sie war schon tot, bevor ich in jener schrecklichen Nacht zu ihr ging. Später gestand ihre Dienerin, die arme junge Frau hätte sich schluchzend beklagt, weil sie zu dieser Ehe gezwungen worden wäre, und geschworen, lieber zu sterben, als sich von einem Mann berühren zu lassen. Offenbar glaubte Ailis' Vater nicht, daß sie sich tatsächlich umbringen würde. Er hatte mir nichts von ihrer Drohung erzählt und nahm sie auch nachher nicht zur Kenntnis. Er gab meiner Familie und mir die Schuld an ihrem Tod, und seither sind wir mit dem Mackintosh-Clan verfeindet.«

»Deshalb hast du dir also gelobt, nie wieder ein Mädchen zu heiraten, das du vorher nicht erprobt hast?«

»Kannst du mir das verdenken? Ailis' Selbstmord hat mich tief getroffen. Von jener Stunde an bin ich allen Mädchen aus dem Weg gegangen, die mich entsetzt anschauten. Wundert es dich, daß mich deine Angst so in Wut brachte? Ausgerechnet du hast mich gefürchtet – die Frau, die mich bezauberte, obwohl ich manchmal gegen meine Gefühle ankämpfte. Und daß du nur vor mir Angst hattest, nicht vor den Männern im allgemeinen, konnte mich keineswegs aufmuntern.«

»Jetzt kennst du den Grund.«

»Ja – ein sehr dummer Grund …«

»Da war ich anderer Meinung.«

Jamie grinste belustigt. »Obwohl du meine Küsse genossen hast?«

»Das ist nicht wahr!« protestierte Sheena.

»Was für eine unverbesserliche Lügnerin du bist!« neckte er sie. »Dann wollen wir mal sehen, ob du wenigstens jetzt zugeben wirst, wie sehr du meine Küsse genießt.«

Seine Lippen berührten die ihren, und sie verbarg ihre Gefühle nicht. Zärtlich umarmten sie sich und verschwendeten noch immer keinen Gedanken an die wartenden Hochzeitsgäste.

30

Jamie schloß die Tür seines Zimmers und legte besitzergreifend einen Arm um Sheenas Taille. Ihre Blicke trafen sich, sie erwiderte sein warmherziges Lächeln und lächelte noch immer, während sie den Flur hinabgingen.

Sie war glücklich, zum erstenmal seit langer Zeit. Und Jamie? Er war in lautes Gelächter ausgebrochen, als sie ihr schönes Kleid wieder angezogen und verlegen versucht hatte, die Knitterfalten zu glätten. Die Leute würden wissen, was sie getan hatte. Wie konnte sie es wagen, in die Halle zurückzukehren?

Doch die Komik der Situation war auch ihr nicht entgangen. Und was spielte es schon für eine Rolle? Sie waren so lange weggewesen, daß es ohnehin jeder merken mußte. Entweder jetzt oder morgen früh würde sie in anzüglich grinsende Gesichter blicken müssen. Vor allem weil Jamie so stolz dahinschritt, wie ein Hahn, der gerade aus dem Hühnerstall kam ...

Sie gingen an dem Zimmer vorbei, wo Sheena die letzten Tage verbracht hatte, unter strenger Bewachung. Nicht einmal diese Erinnerung trübte ihr Glück. Wie sinnlos war ihre Angst gewesen! Jamie würde ihr niemals weh tun. Und jetzt konnte sie endlich wieder sie selbst sein – ohne ihre Umgebung täuschen zu müssen. Sie fragte sich, was Jamie von der echten Sheena Fergusson halten würde.

Bevor sie die Halle erreichten, verlangsamte Jamie plötzlich seine Schritte. Verwundert wandte sie sich zu ihm und sah, daß er die Stirn runzelte. Und dann wußte sie warum. Eine tiefe, unheimliche Stille erfüllte den großen Raum. Waren sie alle gegangen?

»Jamie …«, begann sie, doch er legte warnend einen Finger an die Lippen und führte sie die restlichen Stufen hinab.

Ihre Verwirrung wuchs, als sie die Halle betraten, die keineswegs leer und verlassen war. Trotzdem herrschte ringsum tiefes, beklemmendes Schweigen. Die meisten Leute standen, und ihre ernsten Mienen jagten einen unerklärlichen Angstschauer über Sheenas Rücken.

Sie wollte nicht weitergehen, aber Jamie zog sie mit sanfter Gewalt zu den beiden Tischen, auf die sich die allgemeine Aufmerksamkeit richtete. Dazwischen standen Dugald und seine Gefolgsmänner, auch Black Gawain und Colen – und mehr MacKinnions als Fergussons.

Heilige Maria, sie werden kämpfen, dachte Sheena entsetzt. Nein – Jamie wird es verhindern. Wie gut, daß wir gerade noch zur rechten Zeit gekommen sind …

Aber – was war geschehen? Was hatte die beiden Clans erneut gegeneinander aufgebracht?

Die Ursache lag zu Black Gawains Füßen, und Sheena wurde blaß, als sie Iain Fergusson erkannte, ihren Vetter. Blut bedeckte seine Brust, so daß sie nicht genau erkennen konnte, wo man ihn getroffen hatte. Jedenfalls war er verwundet und bewußtlos – oder tot. Lieber Gott, nicht Iain – dieser gute, feinfühlige Mann … Kämpfe und Raubzüge bedeuteten ihm nichts – er liebte nur seine Tiere. Wie oft hatten Sheena und Niall ganze Tage bei Iain verbracht, die Gewohnheiten wilder Kreaturen beobachtet, über die Possen eines Bibers gelacht und voller Ehrfurcht seine großen, zotteligen Auerochsen bestaunt …

Plötzlich brach ein Tumult aus, alles schrie durcheinander, wütende Beschuldigungen wurden vorgebracht und ebenso heftig zurückgewiesen. Kein einziges Wort ergab einen Sinn, und der Lärm schwoll an, bis Sheenas Ohren zu schmerzen begannen. Das Gebrüll verstummte erst, als sich Jamie über Iain beugte, um ihn zu untersuchen. Wahrscheinlich war er der erste, der feststellen würde, ob der Verwundete noch lebte.

Nach einer Weile richtete sich Jamie auf und blickte angewidert in die Runde. »Welch ein Wahnsinn! Da steht ihr herum und beschimpft euch, während ein Mann reglos daliegt und verblutet!«

»Ist er tot?« fragte Colen.

»Das wird er bald sein – wenn man ihn nicht verarztet.«

Colen nickte und bedeutete einigen Männern, Iain zum Kamin zu tragen. Dann befahl er, Wasser zu erhitzen, damit die Wunde gesäubert werden konnte. Dies wurde von Dugald verzögert, der eigensinnig erklärte, Iain müßte von seinen eigenen Leuten versorgt werden.

Sobald man den Schwerverletzten weggebracht hatte, trat Jamie vor, dessen Ärger mit jeder Sekunde wuchs. Was für ein kindisches Getue; einzig und allein veranstaltet, um die MacKinnions zu kränken! Ein Zweck, der prompt erfüllt wurde …

»Ich lasse mich auf keinen Streit mit Euch ein, bevor ich nicht weiß, was hier geschehen ist, Sir Dugald«, sagte er betont gleichmütig.

»Fragt doch Euren Mann, MacKinnion! Wir wollen mal sehen, ob er es wagt, die Wahrheit zu gestehen.« Dugalds ausgestreckter Zeigefinger wies auf Black Gawain, und Jamie starrte seinen Vetter verblüfft an.

»Du? Was hast du damit zu tun? Du warst nicht einmal bei der Hochzeit.«

»Ich kam erst, nachdem du dich mit deiner neuen Braut zurückgezogen hattest – um deinem Vergnügen zu frönen.«

Es war nicht der Hohn dieser Worte, der Jamie bestürzte, sondern die unverkennbare Bitterkeit in der Stimme seines Vetters. Er erinnerte sich nur zu gut an den Überfall im Frühling, an die Verzweiflung Gawains, der beim Anblick seiner toten Schwester blutige Rache geschworen hatte. War sein Zorn von

neuem aufgeflammt? Hatte er sich deshalb auf Iain gestürzt –
um Vergeltung zu üben?

»Hast du den Mann erstochen?« fragte Jamie ohne Umschweife.

»Ja.«

»War es ein Unfall?«

»Nein.«

Jamie holte tief Atem und bezähmte mühsam seine Erregung. Gawain zeigte keine Reue, sein Kampfgeist schien unge-
brochen.

»Du wirst mir sagen warum.«

Der scharfe Tonfall des Lairds ließ keinen Zweifel an seiner
Mißstimmung aufkommen, und Gawain war klug genug, um
sich zu mäßigen. »Du brauchst nicht zu befürchten, daß ich es
grundlos tat, Jamie«, antwortete er, etwas sanfter als zuvor.
»Der Mann stand auf und wollte sich auf mich stürzen. Wenn
er langsam und ungeschickt war und mein Dolch ihn zuerst
traf – wer trägt die Schuld daran? Immerhin hat er mich herausgefordert.«

»Er hätte Euch niemals angegriffen!« rief Sheena. »Ich kenne
Iain. Er war kein Kämpfer …«

Jamie brachte sie mit einem kühlen Blick zum Schweigen. Eine Frau durfte sich nicht in Männergespräche einmischen.
»Wer kann mir sonst noch berichten, was geschehen ist?« fragte
er und schaute sich um.

»Zweifelst du an mir, Jamie?« fragte Black Gawain.

Der Laird starrte ihn durchdringend an. »Seit wann ist es
fair, nur die eine Seite zu hören?«

»Ich will Euch erzählen, wie es war«, meldete sich ein Fergusson zu Wort. »Er lügt!«

»Habt Ihr alles genau beobachtet?« erkundigte sich Jamie
vorsichtig.

»Ich saß neben Iain am Tisch«, erklärte der Mann. »Also
mußte ich es mit ansehen – ob ich wollte oder nicht.«

»In welcher Hinsicht hat mein Vetter gelogen?«

»In jeder!« erwiderte der Mann, ohne zu zögern. »Dieser
MacKinnion kam herein, und kaum hatte er sich gesetzt, als er

auch schon anfing, den armen Iain zu ärgern. Grinsend brüstete er sich mit seinen Überfällen auf unseren Clan und rechnete ihm vor, wie viele Fergussons er schon getötet hätte. Mit aller Macht versuchte er Iain in Wut zu bringen. Er hätte sich an mich wenden sollen, dann wäre ihm das Lachen vergangen. Aber Iain war nicht wütend. Das dumme Geschwätz ekelte ihn an, und er stand auf, um sich zu entfernen – nicht, um den MacKinnion anzugreifen. Er wäre einfach davongegangen, hätte ihn dieser Mann nicht niedergestochen.«

Wieder trat eine dumpfe Stille ein. Sheena blickte entsetzt von einem zum anderen. Sie glaubte ihrem Clansmann vorbehaltlos, denn sie wußte, was für ein Mensch Black Gawain war. Hatte er nicht auch sie angegriffen, ohne herausgefordert zu werden?

Jamie befand sich in einer schwierigen Lage. Konnte er seinem Vetter eine solche Tat zutrauen? Sie waren im gleichen Alter und zusammen aufgewachsen, und deshalb glaubte Jamie ihn gut zu kennen. Würde Gawain absichtlich einen Kampf heraufbeschwören? Hatte er sich in den Monaten seit dem Tod seiner Schwester so drastisch verändert? Nein, da mußte mehr dahinterstecken.

Was soll ich tun, fragte sich Jamie. Soll ich die Behauptung eines Mannes, den ich nicht kenne, höher bewerten als das Wort meines Vetters? Er mußte eine Entscheidung treffen. Die angespannte Atmosphäre, die den Raum erfüllte, schien sich mit jeder Sekunde zu verdichten. Offensichtlich schlug sich der ganze MacKinnion-Clan auf Black Gawains Seite, während alle Fergussons ihrem Verwandten glaubten. Der junge Niall stand auf seinem Stuhl und beobachtete die Szene, eine Hand am Schwertgriff. Würde es dem Laird von MacKinnion gelingen, eine Schlacht zu verhindern?

»Wolltest du einen Kampf vom Zaun brechen, Black Gawain?« Jamie mußte diese Frage stellen.

»Nicht unbedingt – aber ich habe mich keineswegs davor gescheut. Wäre ich von Anfang an an einem Kampf interessiert gewesen, hätte ich den Tiefländer ohne Umschweife herausgefordert, statt ihn zu verspotten.«

Jamie seufzte. Sheenas Clan würde seine Entscheidung nicht begrüßen. »Ich glaube, das alles war ein Mißverständnis. Und was hier geschehen ist, kann ich nur als Unfall bezeichnen, so bedauerlich es auch sein mag.«

»So? Meint Ihr!« Dugalds Gesicht lief dunkelrot an. »Und ich glaube, daß es auf Schloß Kinnion keine Gerechtigkeit gibt!«

»Seid doch vernünftig!« ermahnte Jamie den alten Mann. »Es war ein Unfall, und es gibt zuwenig Zeugen, die das Gegenteil beweisen könnten.«

»Ich brauche nur einen einzigen Zeugen!« schrie Dugald.

»Ich brauche mehr!« schrie Jamie zurück. »Der Fall liegt keineswegs klar auf der Hand!«

»Wartet doch, bis Iain zu sich kommt!« rief Sheena, bevor ihr Vater eine passende Antwort fand. Sie fühlte sich hin und her gerissen zwischen beiden Clans, und der Gedanke, wozu das alles führen würde, war grauenhaft – zu einem neuen Krieg, ausgelöst durch den guten, friedliebenden Iain ...

»Was hätte das für einen Sinn, Tochter?« stieß Dugald hervor. »Der Laird von MacKinnion würde nur neue Ausflüchte suchen, um die Gerechtigkeit zu verhöhnen, selbst wenn die Wahrheit ans Licht käme.«

»Ich flehe dich an ...«, begann Sheena verzweifelt.

»Nein«, unterbrach er sie ungeduldig. »Aber du brauchst nicht zu fürchten, daß ich dir diesen Tag mit meiner Rache verderben werde. Wir brechen sofort auf, und du begleitest uns. Beeilen wir uns – bevor weitere Unfälle geschehen.«

»Sie wird nicht mit Euch gehen, Sir Dugald.« Jamies Stimme klang trügerisch sanft.

Die Augen des alten Mannes verengten sich. »Sie ist mit Euch verheiratet, MacKinnion. Aber Ihr habt ausdrücklich betont, daß Ihr sie nicht einsperren werdet.«

»Sie kann gehen – wenn ich es sage. Vorerst bleibt sie hier.«

Sheena hielt den Atem an. Ihr Vater und ihr Ehemann starrten sich schweigend in die Augen. Eine Ewigkeit schien zu verstreichen. Würde sich der Kampf nicht mehr vermeiden lassen? Sie wußte, in was für eine unerträgliche Lage ihr Vater geraten war. Er mußte kämpfen oder klein beigeben. Ein Fergusson, der sich geschlagen gab – wenn sein ganzer Clan hinter ihm stand? Andererseits waren die Fergussons in der Unterzahl – wie immer, wenn sie gegen die MacKinnions antraten.

Mit zornroten Wangen machte Dugald Fergusson auf dem Absatz kehrt und verließ die Halle, ohne ein weiteres Wort. Sheena mußte untätig mit anschauen, wie ihm ihre Verwandten nachrannten. Dann wurde der immer noch bewußtlose Iain hinausgetragen. Er war nicht imstande, auf einem Pferd zu sitzen. Trotzdem würde er mit den anderen reiten und vermutlich auf dem langen Heimweg sterben.

Nicht einmal Niall gönnte ihr einen Blick, als er hinauslief. Sheena wollte ihrem Bruder folgen, um sich wenigstens von ihm zu verabschieden. Aber Jamie legte eine Hand auf ihre Schulter, hielt sie fest, und sie konnte nur dastehen – unfähig, die Fergussons zurückzuhalten. Würde sie ihre Familie jemals wiedersehen?

Das Herz wurde ihr schwer, und sie wäre in Tränen ausgebrochen, hätte nicht diese schwere Hand auf ihrer Schulter gelegen und ihr bewußt gemacht, daß sie sich inmitten der verhaßten MacKinnions befand. Ihre Feinde durften nicht merken, wie sehr sie litt.

»Sheena?«

Jamies Stimme klang so sanft und erinnerte sie an zärtliche Stunden. Glaubte er, daß sich nichts geändert hatte? Wußte er nicht, daß alles zerstört war?

Plötzlich schüttelte sie seine Hand ab und wandte sich zu ihm, die Augen voller Schmerz und Verachtung. »Rühr mich nie wieder an, Jamie«, flüsterte sie.

»Sheena …«

»Nein!« stieß sie hervor. Nichts, was er sagen könnte, würde sie umstimmen. Sie lief die Treppe hinauf, um ihn nicht vor seinem Clan beschämen zu müssen. Jamie starrte ihr nach, und es drängte ihn mit aller Macht, ihr zu folgen und ihr seinen Standpunkt zu erklären. Doch er fürchtete sein eigenes Temperament, und so blieb er reglos stehen und beobachtete sie, bis sie aus seinem Blickfeld verschwunden war.

Als er sein Zimmer betrat, schlief sie in dem Lehnstuhl am Kamin, immer noch angezogen. Ihr Haar fiel in dunkelroten Wellen an der Seite des Sessels hinab, bis zum Boden. Ihre Arme lagen gekreuzt über den Brüsten, der Rocksaum verbarg ihre Füße. War sie nur zufällig am Kaminfeuer eingeschlafen – oder hatte sie das Ehebett mit Absicht verschmäht?

Jamie warf ein paar Holzscheite in die ersterbenden Flammen, dann ließ er sich zu Sheenas Füßen nieder und betrachtete sie. Wie friedlich sie aussah, ohne Tränenspuren unter den Augen ... Doch er hatte ihre unvergossenen Tränen gesehen, auch den Schmerz in ihrem Blick. Wie sollte er das alles wiedergutmachen?

Er griff nach einer der dunklen Haarsträhnen, die am Boden lagen, und ließ sie langsam durch die Finger gleiten. Ihr Hochzeitstag! Welch ein Mißerfolg, abgesehen von den kurzen Stunden, wo sie allein gewesen waren ... Wie konnte sie jenes unbeschreibliche Glück vergessen? Hatte es ihr nichts bedeutet?

Er wollte sie nicht wecken und weitere Anklagen hören. An diesem Abend hatte man ihm schon genug böse Worte ins Gesicht geschleudert. Colen hatte ihn als Narren beschimpft, und Tante Lydia war außer sich gewesen, weil er es zuließ, daß die Fehde von neuem begann. Aber keiner von beiden konnte ihn zu dem Eingeständnis bewegen, daß er einen Fehler begangen hatte.

Black Gawains Benehmen veranlaßte ihn, diese Möglichkeit zu erwägen. Sein Vetter zeigte keine Spur von Reue. Was geschehen war, schien ihn nicht im mindesten zu berühren. Ausgelassen amüsierte er sich am Hochzeitstag des Lairds, wozu Jamie selbst nicht mehr fähig war. Schließlich gewann Jamies Temperament die Oberhand, und er schickte Gawain aus der Halle – angewidert vom Anblick dieses Unglücksraben und einem gnadenlosen Schicksal, das ihn erneut mit Sheena entzweit hatte.

Sie erwachte und sah Jamie vor sich auf dem Boden sitzen, die dunkelrote Strähne zwischen den Fingern. Ruckartig riß sie ihm ihr Haar aus der Hand.

Er sah sie an, der Feuerschein spiegelte sich hell in seinen Augen. Langsam stand er auf und reichte ihr die Hand. Sie rührte sich nicht. »Komm, geh mit mir ins Bett«, bat er seufzend. »Es war ein anstrengender Tag, und wir brauchen unseren Schlaf.« Als sie reglos sitzen blieb, fügte er hinzu: »Ich werde dich nicht belästigen – falls du dir deshalb Sorgen machst.«

Sheena hob den Kopf, und der Zorn in ihren Augen entmutigte ihn. Würde sie sich jemals wieder mit ihm versöhnen?

»Ich habe nur auf dich gewartet, um dir mitzuteilen, daß ich nicht mit dir in einem Zimmer schlafen werde«, sagte sie kühl.

»Doch, du wirst hierbleiben.«

»Laß die Tür zu meinem Turmzimmer in Ordnung bringen!«

»Sheena, ich warne dich. Ich werde mich nicht dem Gespött meiner Leute preisgeben – so wie mein Vater, wenn sich meine Mutter in ihrem Schmollwinkel verkrochen hatte. Und ich habe dir schon einmal erklärt, daß ich keine Türen zwischen uns dulde.«

»Dann wirst du auf dem Boden schlafen.«

»Nein – im Bett.«

»Gut, dann werde ich ...«

»Schluß mit diesem albernen Geschwätz!« fuhr er sie an. »Ich habe bereits versichert, daß ich dich nicht belästigen werde, und das muß dir genügen.« Kampfeslustig schaute sie ihn an und holte tief Atem, um den Streit fortzusetzen aber er winkte nur müde ab. »Geh jetzt schlafen, Mädchen.«

Er begann seine Kleider abzulegen, und Sheena blickte ins Feuer. Beide hatten es sorgsam vermieden, den wahren Grund ihres Zwistes zu erwähnen. Sollte Jamie es wagen, seine Handlungsweise zu rechtfertigen, würde Sheena Dinge sagen, die sie später bereuen könnte – das wußte sie und deshalb schwieg sie. Außerdem hatte sie gar kein Recht, ihm Fragen zu stellen.

Dieser Meinung war auch Jamie. Er hatte seine Entscheidung getroffen und brauchte keine Erklärung abzugeben. Wenn er sich jetzt auf eine Diskussion mit Sheena einließ, würde sie seine Beschlüsse auch künftig in Zweifel ziehen. Das durfte er nicht zulassen. Sie war nur eine Frau, wenn auch eine wunderschöne und sehr verführerische ... Oh, verdammt!

Er legte sich auf das Bett und fand keine Ruhe.

»Sheena, ich ertrage das nicht.«

»Was?« Sie wandte ihm den Kopf zu, und er richtete sich auf.

»Die Feindschaft zwischen uns … In diesem Zimmer ist kein Platz dafür.«

Ihre Augen wurden schmal. »Nur hier ist Platz dafür!« zischte sie. »Oder soll ich dir vor deinen Verwandten sagen, was ich von dir halte?«

Jamie erkannte, wie sinnlos es wäre, einem klärenden Gespräch auszuweichen. Er mußte sich damit abfinden, daß Sheena nicht so war wie andere Frauen. »Sag es mir jetzt – damit wir es hinter uns bringen.«

»Du bist ein Feigling!« schrie sie. »Weil du mit einer Fergusson verheiratet bist und befürchten mußtest, dein Clan würde dir Günstlingswirtschaft vorwerfen, hast du nicht gewagt, ein gerechtes Urteil zu sprechen. Du hättest es nicht verkraftet, angegriffen zu werden, weil du auf der Seite deiner Frau stehst. Und um dir das zu ersparen, hast du ein Unrecht begangen.«

»Es war kein Unrecht, Sheena, und Parteilichkeit hatte nichts damit zu tun.«

»Für mich hast du keine Partei ergriffen – aber für Black Gawain. Das kannst du nicht leugnen.«

»Wäre es dir lieber gewesen, wenn ich deinen Clan gezwungen hätte, zu den Waffen zu greifen? Der bedauerliche Zwischenfall schlug viel zu hohe Wellen. Meine Leute hätten einen Urteilsspruch gegen Black Gawain nicht geduldet. Warum sollten sie auch? Sie vertrauen ihm, und sie würden dem Wort eines Fergusson, zweier Fergussons oder eines ganzen Dutzends niemals mehr Gewicht beimessen als der Aussage eines MacKinnion. Sie haben Gawain geglaubt. Nach so vielen haßerfüllten Jahren gab es keine andere Möglichkeit.«

»Oh, doch!« entgegnete Sheena. »Wäre Iain rechtzeitig zu sich gekommen, hätte er dieselbe Geschichte erzählt wie mein Clansmann – eine Geschichte, die er nicht hören konnte, weil er besinnungslos war. Das wäre ein schlagender Beweis gewesen. Du hättest warten müssen, Jamie. Und wenn Iain das Bewußtsein wiedererlangt hätte …«

»Was geschehen ist, ist nun mal geschehen«, unterbrach er sie. »Jetzt kann ich es nicht mehr beklagen.«

»Du könntest es«, widersprach sie bitter. »Aber du willst nicht, weil es dir gleichgültig ist.«

»O Sheena, selbst wenn du mich überzeugen könntest – das würde keinen Unterschied machen. Verstehst du das nicht? Ich mußte einen blutigen Kampf verhindern – das allein war wichtig.«

»Und für mich zählt nur die Tatsache, daß dir mein Vater nie verzeihen wird, wie ungerecht du seinen Clan behandelt hast.«

»Ich habe ihm ein neues Blutvergießen erspart«, erwiderte Jamie mit scharfer Stimme. »Ist das vielleicht ungerecht?«

»Es ist also nicht nötig, einem Fergusson Gerechtigkeit widerfahren zu lassen? Willst du das damit sagen, Jamie?«

»Sheena, das alles braucht seine Zeit. Die Fehde ist vorbei, sie wurde beendet, als wir geheiratet haben. Und ich will sie nicht von neuem beginnen, unter keinen Umständen. Allmählich wird man den alten Groll vergessen. Wir können deinen Vater sogar besuchen, und dann will ich mich mit ihm aussöhnen. Die Zeit heilt alle Wunden.«

»Und Black Gawain? Soll er ungestraft davonkommen?«

Er runzelte die Stirn. »Ich habe nicht gesagt, daß ich ihn für schuldig halte.«

»Er ist aber schuldig!«

Jamie seufzte ungeduldig. »Wenn das stimmt, werde ich auf meine Weise mit ihm verfahren.«

»Wirklich? Oder wirst du es vergessen – sobald du glaubst, ich würde nicht mehr daran denken?«

Er zwang sich mühsam zur Ruhe. »Du mußt versuchen, Verständnis für ihn aufzubringen. Seine Schwester kam im Frühling ums Leben, weil dein Vater beschlossen hatte, die Fehde wiederaufzunehmen. Gawain war ...«

»Was?« fiel sie ihm bestürzt ins Wort. »Wir haben nicht damit angefangen. Das warst *du*!«

»O Sheena, ich will keinen Lügen mehr hören!«

»Ich lüge nicht!«

Jamie beobachtete ihr Mienenspiel. Ihre Erschütterung ging

sehr schnell in kalten Zorn über, und er ärgerte sich ebenso. Warum hielt sie an ihrer lächerlichen Behauptung fest? Wußte sie wirklich nicht, daß ihr verräterischer Vater den Frieden gebrochen hatte?

Ihre Hände ballten sich, und sie öffnete den Mund, um ihm neue Anklagen ins Gesicht zu schleudern. Doch er ließ sie nicht zu Wort kommen. »Ich habe jetzt endgültig genug, Sheena.«

»So? Und ich habe von dir genug!« Sie sprang auf, doch er schwang die Beine über den Bettrand und griff nach ihr. Ihre helle Empörung gab ihr genügend Kraft, um sich sofort wieder loszureißen. Er versuchte sie erneut festzuhalten, und da ging ihr Temperament mit ihr durch. Sie wußte, daß sie letzten Endes zu schwach sein würde, um ihn abzuwehren. Und so schlug sie ihn mitten ins Gesicht, solange sie noch die Gelegenheit dazu hatte. Selbst wenn er die Hand heben sollte, um zurückzuschlagen, würde sie nichts bereuen.

Aber er rührte sich nicht. Ihre Augen schienen saphirblaue Funken zu sprühen, forderten ihn heraus. Trotzdem war er unfähig, sich an ihr zu vergreifen.

»Worauf wartest du?« fauchte sie. »Ich fürchte dich nicht mehr, Jamie. Du kannst mich nicht noch mehr verletzen, als du es schon getan hast.«

»Ich bringe es nicht fertig, dich zu schlagen.«

»Warum nicht?«

Sein Herz krampfte sich schmerzhaft zusammen. »Weil ich mich selber viel mehr verletzen würde als dich«, erwiderte er und haßte sich für diese Gefühle. »Warum wohl?«

Sie wußte es nicht. Ihre Kehle wurde eng. Das verstand sie auch nicht. Und dann küßte er sie, drückte sie an sich, und plötzlich war ihr alles klar. Der Kuß dauerte nicht lange, denn es klopfte laut an der Tür.

Jamie schob seine Frau beiseite, wickelte sich in seinen Tartan und brüllte: »Herein!« Nach dieser unfreundlichen Aufforderung wurde die Tür nur zögernd geöffnet.

Sheena sank wie betäubt auf das Bett. Staunend erkannte sie, wie schnell ihr Ärger verflogen war – nur weil Jamies Lippen die ihren berührt hatten. Wie konnte das möglich sein?

»Ich wollte dich nicht stören, aber es war unvermeidlich«, erklärte Colen seinem Bruder. Seine Stimme klang so merkwürdig, daß er Sheenas ungeteilte Aufmerksamkeit erregte.

Der Laird bemerkte sein Zaudern. »Sprich doch endlich, Colen!«

»Hamishs und Jocks Hütten wurden überfallen. Beide sind verwundet – und es sieht nicht so aus, als würde Hamish überleben.«

Jamies Gesicht schien zu versteinern. »Wieviel Vieh wurde gestohlen?«

»Kein einziges Tier. Alle wurden getötet, und die Hütten brennen.«

Jamies Blick richtete sich auf Sheena. Ihr Atem stockte, denn sie wußte, was er dachte.

Sie stand auf und ging zu ihm. »Nein! Das hat er nicht getan.«

»Doch«, erwiderte er leise. »Im Frühling war es genauso – kein gewöhnlicher Raubzug, sondern ein sinnloses, grausames Gemetzel, in blinder Zerstörungswut … Und ich ließ es geschehen. Ich konnte doch nicht ahnen, daß er sich erdreisten würde, Rache zu üben für das, was heute geschah. Deshalb habe ich keine Wachen aufgestellt.«

»O Jamie, du irrst dich!«

Er wandte sich wieder zu Colen. »Wie viele Männer haben die Hütten angegriffen?«

»Jock schwört, es wäre mindestens ein halbes Dutzend gewesen.«

»Hat er sie deutlich gesehen?«

Ein langes Schweigen entstand, bevor Colen tonlos entgegnete: »Deutlich genug.«

»Dann sei bitte so freundlich und beschreibe meiner Frau die Tartans der Angreifer.«

Sheena sah den jungen Mann flehend an, aber er wollte nicht lügen. »Es tut mir leid, Mädchen – aber es waren die Farben deines Vaters. Ich wünschte, ich könnte dir etwas anderes sagen.«

Fassungslos starrte sie auf die beiden Männer – den un

glücklichen Colen und Jamie, der seine Gefühle nur mühsam verbarg.

»Euer Clansmann hat sich geirrt!« stieß sie hervor. »Und ihr seid beide verachtenswert, wenn ihr etwas anderes glaubt.«

»Geh jetzt und hol mein Pferd aus dem Stall«, befahl Jamie seinem Bruder.

»Das ist unmöglich, Jamie!« schrie Sheena. »Du kannst nicht gegen meinen Clan kämpfen!«

Er kehrte ihr den Rücken, um sich anzuziehen. »Maßt du dir an, meine Absichten zu kennen?« fragte er. Und nach einer kleinen Pause fügte er hinzu: »Sicher findest du die Handlungsweise deines Vaters gerechtfertigt.«

»Das habe ich nicht behauptet. Aber versetz dich einmal in seine Lage. Wäre dir von seiten meines Vaters ein Unrecht widerfahren – hättest du nicht versucht, dich zu rächen?« Er wandte sich wütend zu ihr, doch sie fuhr unbeirrt fort: »Du hättest es getan, das weißt du. Aber mein Vater kann es sich nicht leisten – auch das weißt du. Er wollte diese schreckliche Fehde beenden, und er tat alles, was in seiner Macht stand, um den Fergusson-Clan zu schützen.«

»Du vergißt die Bündnisse, die er durch die Ehen deiner Schwestern geschlosssen hat. Wie ich erfahren habe, wurden sie alle kurz nach deiner Verbannung verheiratet. Vermutlich bildet sich dein Vater nun ein, er wäre jetzt stark genug, um die Fehde gegen mich fortzusetzen.«

»Warum hat er mich dann mit dir vermählt?«

»Dazu habe ich ihn gezwungen.«

»Tatsächlich?« rief Sheena erbost. »Wenn er so stark ist, wie du behauptest, hätte er dich bekämpft. Statt dessen hat er deine Forderung erfüllt. Und um meinen Widerstand zu brechen, hat er auf mich eingeredet, bis er blau im Gesicht war. Ich wünschte bei Gott, ich hätte ihm den Gehorsam verweigert.«

»Das wünsche ich mir allmählich auch!« erwiderte Jamie, bevor er aus dem Zimmer stürmte.

Als Sheena am nächsten Morgen erwachte, lag sie allein im Bett. Sie richtete sich auf, mehr konnte und wollte sie nicht tun. Sie saß einfach nur da. Ihre Augen schmerzten, denn sie hatte sich in den Schlaf geweint.

Aber ihre Tränen waren sinnlos. Sie änderten nichts. Und sie hatten ihren Kummer keineswegs erleichtert.

Sie starrte durch das Fenster auf den trüben Wolkenhimmel. Der Tag hatte begonnen, und Jamie war nicht zurückgekehrt. Also war er nach Angusshire geritten. Die MacKinnions griffen immer bei Tageslicht an. Stand er mit seinen Leuten in diesem Augenblick vor Tower Esk?

Gräßliche Bilder von gnadenlosen Kämpfen tauchten vor ihrem geistigen Auge auf, und sie schüttelte den Kopf, um sie zu verscheuchen. Doch die Bilder verschwanden nicht, und nun glaubte sie auch noch gellende Schreie zu hören. Die Stimmen ihres Vaters und ihres Bruders …

Sie preßte die Hände auf die Ohren, sprang vom Bett auf und begann im Zimmer hin und her zu laufen, aber sie konnte die schrecklichen Visionen noch immer nicht vertreiben. Die bange Frage, was daheim geschehen mochte, war einfach unerträglich. Und nicht genug mit dieser schmerzlichen Ungewißheit – sie mußte auch noch warten, bis Jamie mit blutigen Händen zurückkehrte. Dann würde sie endgültig wissen, was er ihrer Familie angetan hatte.

Nein! Plötzlich beschloß sie, während seiner Abwesenheit die Flucht zu ergreifen. Diesmal würde es niemand wagen, sie aufzuhalten, denn sie war die Frau des Lairds von MacKinnion. Sie würde sich ein Pferd nehmen und über alle Berge sein, bevor er nach Hause kam.

Aber wohin sollte sie sich wenden? Sie durfte nicht geradewegs nach Tower Esk reiten und das Wagnis eingehen, Jamie unterwegs zu begegnen. Es wäre besser, nach Aberdeen zu reiten, zu ihrer Tante Erminia. Mit ihrer Hilfe würde sie dann herausfinden, ob sie immer noch ein Heim besaß, wo sie Zuflucht suchen konnte.

Sie öffnete die Tür und wich verwirrt zurück, als sie sich der Dienstmagd Gertie gegenübersah, die gerade anklopfen wollte.

»Ich bringe Euch Kleider, Mistreß Sheena«, erklärte die alte Frau und trat ein. »Ihr wollt Euch doch sicher umziehen, bevor Ihr nach unten geht und die Gäste begrüßt.«

»Gäste?«

»Ja, sie sind heute morgen eingetroffen.« Gertie legte die Kleider auf das immer noch zerwühlte Bett und schüttelte verwundert den Kopf. »Seid Ihr gerade erst aufgewacht, Mistreß Sheena? So spät?«

Sheena runzelte die Stirn. »Wie spät ist es denn?«

»Schon fast Mittag. Wir wußten nicht so recht, ob Ihr hinuntergehen wollt oder nicht. Doris meinte, Ihr würdet Euch nicht getrauen – nach allem, was geschehen ist. Doch ich sagte, Ihr hättet genug Mumm in den Knochen, und außerdem seid Ihr auch nicht schuld an jenem Zwischenfall.«

Wirklich nicht, fragte sich Sheena wehmütig. Hätte Jamie sie auf Schloß Kinnion festgehalten, wenn er nicht so verrückt nach ihr gewesen wäre? Hätte er sie geheiratet? Ohne die Hochzeit wäre es nicht zu dem ›Unfall‹ gekommen, wie Jamie es nannte. Ihr Vater würde ungefährdet im Tower Esk leben, und sie wäre nach Aberdeen zurückgebracht worden. Und wenn sie nicht so gut aussähe, hätte Colen sie gar nicht erst aus Aberdeen entführt. Sie allein trug die Schuld an diesem ganzen Unglück. Ihre Schönheit war schon immer ein Fluch gewesen. Würde es auch in Zukunft so sein?

Doch hier war eine freundliche Seele, die ihr nichts übelnahm, obwohl sie sich selbst die schlimmsten Vorwürfe machte.

»Wollt Ihr dieses schöne blaue Kleid tragen, Mistreß Sheena? Das würde die Farbe Eures Haars betonen und es schimmern lassen, als stünde es in Flammen.«

Sheena betrachtete Lydias schöne Gewänder, die neben ihrem eigenen lagen – dem schäbigen grünen Kleid, auf das sie nun zeigte. »Ich trage das da.«

Gertie verhehlte ihre Mißbilligung nicht. »Wie Ihr wünscht«, sagte sie mit gerunzelter Stirn. »Aber falls ich mir diese Bemer-

kung erlauben darf – es wäre höchste Zeit, daß der Laird mal
für Eure Garderobe sorgt. Das solltet Ihr ihm mal klarmachen.
Immerhin besitzt er genug Kleider, die er Euch mit Freuden geben würde.«

»Es steht mir nicht zu, darum zu bitten.«

»Ach, Unsinn – wer hätte ein größeres Anrecht darauf als
Ihr?« Gertie schnalzte empört mit der Zunge. »Ihr seid doch
seine Frau – oder habt Ihr das schon wieder vergessen?«

»Nein.«

Gertie überhörte den bitteren Unterton in Sheenas Stimme –
vielleicht mit Absicht. »Nun, dann müßt Ihr Euch auch so anziehen, wie es der Frau eines Hochland-Lairds zukommt. Er
ist wirklich ein großartiger Herr, unser Sir Jamie, aber er hat
keine Ahnung, was eine Ehefrau so braucht. Ihr könntet doch
fürs erste drauf bestehen, daß er Eure eigenen schönen Sachen
holen läßt – nur für den Anfang. Euer Vater würde Euch die
Kleider sicher nicht verweigern, nach allem, was geschehen
ist.«

»Ich möchte jetzt nicht darüber reden, Gertie, wenn ich dich
darum bitten dürfte …«

»Natürlich, ich gehe schon.«

»Warte, Gertie! Du hast gesagt, daß Gäste hier sind?«

»Allerdings! Die Keiths und die MacDonoughs sind bereits
da, und die Gregorys und Martins werden zweifellos im Laufe
des Tages ankommen.«

Sheena wurde leichenblaß. Diese Clans waren mit den Mac-
Kinnions verbündet, und Jamie konnte sie zu den Waffen rufen. Also hatte er die Fergussons noch nicht angegriffen. Statt
dessen plante er einen großen Krieg, einen Massenmord. Warum hätte er sonst die vier Clans in sein Schloß gebeten?

»Was fehlt Euch denn, Mistreß Sheena?« fragte Gertie besorgt.

»Er – er hat sie alle eingeladen, damit …« Hastig biß sich
Sheena auf die Lippen. Sie wollte nicht zuviel sagen.

Gertie mißverstand den Kummer ihrer Herrin. »Vor Sir Jamies Freunden braucht Ihr Euch wirklich nicht zu fürchten.
Und Mistreß Thais kann es kaum erwarten, Euch kennenzuler-

ne. Sie war es nämlich, die mich heraufgeschickt hat. Ich soll Euch fragen, wann Ihr endlich nach unten kommen würdet.«

»Thais?«

»Sir Jamies jüngere Schwester«, erklärte Gertie. »Sie war richtig böse auf ihn, weil er nicht warten wollte, bis sie mit ihrem Mann im Schloß angekommen ist.«

Sheena preßte stöhnend eine Hand auf ihre Brust. Er hatte nicht gewartet? Also war der Angriff bereits erfolgt.

»Oh, was habe ich denn gesagt, Mistreß Sheena?« Gertie war sofort an ihrer Seite. »Bleibt hier – ich hole Sir Jamie!«

»Er ist *hier*?«

»Wo soll er denn sonst sein – wenn er sich um die Hochzeitsgäste kümmern muß?«

»Hochzeitsgäste …« Sheena war so erleichtert, daß ihre Knie zu wanken begannen. »Warum hast du mir das nicht gleich erzählt, Gertie? Ich dachte, die Gäste wären …«

»Oh, das Fest wird noch viele Tage dauern, und Sir Jamie hat alle die Leute eingeladen, damit er sie mit seiner jungen Frau bekannt machen kann. Hat er Euch das nicht mitgeteilt?«

»Nein. Nach dem gestrigen Vorfall …«, begann Sheena.

»Denkt nicht mehr an gestern«, fiel ihr Gertie energisch ins Wort. »Davon läßt sich Sir Jamie die Hochzeit nicht verderben, und Ihr solltet Euch ein Beispiel an ihm nehmen.«

»Wann ist Jamie zurückgekommen?«

»Er hat das Schloß gar nicht verlassen – das heißt, er war nur mal kurz weg, um nach Hamish und Jock zu sehen.«

»Ist – Hamish …?«

Die alte Dienstmagd tätschelte Sheenas Schulter. »Er lebt noch, Gott segne ihn, und er wird's vielleicht überstehen. Wollt Ihr wirklich das grüne Kleid anziehen?«

»Nein – lieber das blaue«, erwiderte Sheena geistesabwesend.

Sie beschloß, mit Jamie zu sprechen. Er gönnte ihr eine Galgenfrist – vielleicht nur, weil so viele Gäste im Haus waren, die er nicht gut wegschicken konnte. Und wenn sie abreisten? Sie mußte unbedingt wissen, was er vorhatte.

Jamie trank einen großen Schluck Bier und wappnete sich gegen die Wendung, die das Gespräch zu seiner Rechten nahm. Sein Bruder und Alasdair MacDonough hatten sich für ihr Thema erwärmt, und Jamie versuchte viel zu spät, die beiden zu unterbrechen. Auf Colens Drängen hin erklärte Alasdair, warum er seine Verlobung mit Sheena gelöst hatte. Das Gesicht des Jungen spiegelte Zweifel wider, dann ein jähes Begreifen und schließlich Belustigung. Als er auch noch in lautes Gelächter ausbrach, konnte Jamie es nicht mehr ertragen.

»Ich glaube, du hast genug gesagt, MacDonough«, bemerkte er mit scharfer Stimme und verblüffte den älteren Mann.

»Aber Jamie – soll das heißen, daß du es all deinen Leuten verschwiegen hast – sogar deinem Bruder?«

»Schon gut«, warf Colen ein. »Ich will noch mehr von Jamies Aufenthalt im Tower Esk hören.«

»Nein, mein Lieber, danach mußt du deinen Bruder fragen«, entgegnete Alasdair unbehaglich.

»Nun, Jamie?«

Der Laird biß sich auf die Lippen. Als gäbe es nicht schon genug Schwierigkeiten in seinem Leben, mußte er auch noch die Heiterkeitsausbrüche seines Bruders ertragen. »Da gibt es nichts zu erzählen, Colen. Ich habe Fergussons Gastfreundschaft genossen, das ist alles. Und dabei wollen wir es auch belassen.«

Der Junge grinste. »Du warst also zu Gast in seinem Verlies? Und du hast die Hilfe eines Mädchens gebraucht, um zu fliehen?«

Jamies Stimmung verschlechterte sich zusehends. »Es war nur recht und billig, daß sie mich laufenließ. Immerhin war ich ihretwegen in den Tower Esk geraten.«

»Daß du ausgerechnet in einem Fergusson-Verlies gelandet bist …« Colen schüttelte spöttisch den Kopf. »Anscheinend hat's dich ganz schön erwischt – sonst hättest du dich nicht so zum Narren machen lassen.«

Jamie war nahe daran, die Beherrschung zu verlieren, doch

da klopfte ihm sein Schwager Ranald Keith, der das Gespräch belauscht hatte, auf die Schulter. »Was höre ich da? Du hast deine junge Frau in einem Fergusson-Verlies kennengelernt?«

Der Laird starrte seinen Bruder wütend an und schilderte in knappen Worten die demütigenden Ereignisse, abgesehen von der Rolle, die Niall dabei gespielt hatte, denn er fühlte sich immer noch verpflichtet, den Jungen zu schützen. Nun amüsierten sich noch mehr Leute auf seine Kosten, was Colen sichtlich genoß.

»Also ist sie ein großes Wagnis eingegangen, um einer Zukunft an deiner Seite zu entrinnen, Jamie«, meinte Ranald nachdenklich. »Trotzdem ist sie jetzt mit dir verheiratet. Kein Wunder, daß das arme Mädchen nicht herunterkommen will, um seine Hochzeit zu feiern …«

»Ich würde sie nicht als armes Mädchen bezeichnen, Ranald Keith«, verteidigte Thais ihren Bruder. »Nachdem sie einen so guten Mann wie Jamie bekommen hat, muß sie sich glücklich schätzen.«

Ranald warf seiner Frau einen skeptischen Blick zu. »So denkst *du*. Aber was meint sie?«

Plötzlich wurde Colen ernst. »Ja, Jamie – wie fühlt sie sich jetzt?«

Jamie seufzte. »Ich hätte schwören können, du würdest keinen Groll mehr gegen mich hegen, Colen. Bist du immer noch so verbittert, weil du sie verloren hast?«

»Ich bin nicht verbittert. Aber ich habe dich gebeten, sie nicht zu verletzen.«

»Glaubst du, das hätte ich getan?«

»Und welches Glück war ihr beschieden, seit sie dich geheiratet hat?«

Jamie lächelte schmerzlich. »Ich glaube, sie war glücklich – wenn auch nur für eine kleine Weile.«

Colen wurde rot, denn er verstand nur zu gut, worauf sein Bruder anspielte. »Damit ist ihr Glück noch nicht gewährleistet. Sie braucht auch ihren Seelenfrieden. Kannst du ihr den schenken – nach allem, was vorgefallen ist?«

»Hört euch doch diese beiden an!« Daphne war hinter Jamie

getreten und schlang die Arme um seinen Hals. »Meine Brüder streiten an einem so schönen Festtag, und um diese frühe Stunde kann man das nicht einmal ihrem Alkoholgenuß zuschreiben. Worum geht es denn?«

»Ich glaube, das Diskussionsthema hat beschlossen, uns zu beehren«, sagte Ranald.

Sheena durchquerte die Halle und kam auf sie zu. Sie sah bezaubernd aus in ihrem königsblauen Seidenkleid, die Haare nach hinten gesteckt, so daß ihr die langen Locken über den Rücken bis zur Taille fielen. Ihr Ehemann strahlte vor Stolz.

Ranald hielt den Atem an. »O Jamie – du sagtest, sie wäre ein hübsches Mädchen – aber du hast uns verschwiegen, daß sie die Schönste von ganz Schottland ist.«

Daphne lächelte ihre Schwester an. »Jetzt schau dir doch diesen unverschämten Kerl an, den du geheiratet hast! Ein Glück, daß mein Dobbin nicht da ist, sonst würde er seine neue Schwägerin genauso anhimmeln.«

»Oh, der meine kann sie anhimmeln, solange er will.« Thais lachte und weidete sich an der verlegenen Miene ihres Mannes. »Jamie wird schon dafür sorgen, daß es beim Anhimmeln bleibt.«

Der arme Ranald Keith hatte die Hänseleien, die zwischen den Abkömmlingen des Roten Robbie MacKinnion gang und gäbe waren, noch nie verstanden. Und er wußte niemals, wann er Thais ernst nehmen mußte. Er wandte sich ihr zu, und sein Blick wurde weicher, wie immer bei ihrem Anblick. Er liebte seine schöne Frau über alles. Nach seiner voreingenommenen Meinung war sie die schönere der beiden Schwestern mit ihrem schimmernden kupferroten Haar und den braunen Augen, die necken oder schmeicheln, in feuriger Erregung oder Liebe leuchten konnten. Ja, er liebte sie mit einer Leidenschaft, die ihn selbst überraschte. Doch nach fünf Ehejahren hatte er noch immer keine Ahnung, wann sie scherzte und wann sie es ernst meinte.

Er drückte ihre Hand unter dem Tisch und hoffte, daß es kein Neid auf die außergewöhnliche Schwägerin war, der ihre Augen funkeln ließ. ›Außergewöhnlich‹ – dieses Wort reichte nicht aus, um die Schönheit des Fergusson-Mädchens zu beschreiben. Diese zarte Haut, die großen, kristallklaren blauen Augen, das herrliche dunkle Haar, das einen so lebhaften Kontrast zum perlenweißen Schimmer ihrer Wangen bildete ... Jamie war in der Tat ein glücklicher Mann.

Nach Thais' Ansicht konnte man Jamie nicht so glücklich nennen, wie er es verdiente. Sie vergötterte ihren älteren Bruder und wünschte ihm nur das Allerbeste. Daß er einen Mann aus dem Keith-Clan für sie ausgesucht hatte, würde sie ihm stets zugute halten. Während Daphne mit ihrem Dobbin, den ihr der Vater aufgezwungen hatte, unzufrieden war, führte Thais mit Ranald eine gute Ehe, und das hatte sie Jamie zu verdanken.

Es schmerzte sie, beobachten zu müssen, daß er nicht so glücklich war, wie sie es ihm vergönnte, und sie erinnerte sich an seine erste tragische Hochzeit. Aber er schien nicht zu glauben, daß er die falsche Wahl getroffen hatte. Das verriet sein Blick, der unverwandt auf Sheena gerichtet war.

Thais beschloß, ihre Schwägerin zu lieben, ganz einfach, weil es keine Zweifel an den tiefen Gefühlen gab, die Jamie seiner Frau entgegenbrachte. Was immer die Probleme zwischen den beiden verursacht hatte, konnte aus der Welt geschafft werden. Nichts war unmöglich.

Auch Daphne wünschte ihrem Bruder eine glückliche Zukunft. Doch da sie hinter ihm stand, sah sie nicht die Zärtlichkeit in seinen Augen, die der jungen Herrin von Schloß Kinnion entgegen schauten. Sie wußte nur, daß er am Vorabend und während des ganzen Morgens schlechter Laune gewesen war, und nach ihrer Meinung hatte er sich für die falsche Frau entschieden. Was mochte nur in ihn gefahren sein? Warum hatte er ausgerechnet die Tochter seines langjährigen Todfeindes geheiratet? Diese Ehe war zum Scheitern verurteilt. Eine andere Möglichkeit gab es gar nicht. Colen wußte es – und Jamie wußte es wahrscheinlich auch, sonst wäre er jetzt, wo er sich für immer an Sheena gebunden hatte, nicht so kühl und zurückhaltend. Die Ereignisse am Hochzeitstag bewiesen deutlich genug, daß es niemals Frieden zwischen den beiden geben würde.

Daphne sah keinen Ausweg. Sie selbst konnte jedenfalls nichts unternehmen, um ihrem Bruder zu helfen, und deshalb fand sie es sinnlos, sich einzumischen. Sie wagte nicht einmal zu hoffen, daß sich ihre Schwägerin eines Tages für Jamie erwärmen würde. Es war ihr nicht entgangen, wie verzweifelt die junge Frau gestern an ihrer Hochzeitstafel gesessen hatte. Und heute sah Sheena keineswegs glücklicher aus. Offensichtlich haßte sie Jamie ebenso wie dieses Haus, in dem sie jetzt leben mußte, und deshalb stand die Ehe von vornherein unter einem bösen Stern.

Daphne konnte die Gefühle des Fergusson-Mädchens nur zu gut nachempfinden. Sie wußte, was es hieß, an einen ungeliebten Mann gefesselt zu sein. Nun, wenigstens haßte sie Dobbin nicht. Sie kamen sogar recht gut miteinander aus – hauptsächlich, weil sie kaum ein Wort wechselten. Und im Laufe langer Jahre hatte sie sich auch an die schmerzhaften Aufmerksamkeiten gewöhnt, die er ihr im Ehebett schenkte und die zumeist ebenso schnell vorbei waren, wie sie begonnen hatten. Dobbin Martin war ein herzloser Rohling. Trotzdem begrüßte Daphne seine Pflichtbesuche, weil sie sich verzweifelt nach einem Kind sehnte, das die Leere ihres Lebens ausfüllen könnte.

Im Gegensatz zu Alasdair, der bei Sheenas Ankunft reumütig aufseufzte, knirschte Colen mit den Zähnen. Seit der Hochzeit hatte er noch keine Gelegenheit gefunden, allein mit ihr zu sprechen. Sie hatte ihm noch nicht bestätigt, wie elend ihr zumute war. Doch ein Blick in ihr Gesicht sagte ihm alles, und sein Herz zog sich schmerzhaft zusammen. Wenn er sie auch nicht mehr begehrte, so erinnerte er sich doch an ihr Gelöbnis, nur einen Mann zu heiraten, den sie liebte. Und jetzt hatte er tiefes Mitleid mit ihr.

Es fiel ihm schwer, für die eine oder die andere Seite Partei zu ergreifen. Hin und her gerissen zwischen seiner Zuneigung zu Sheena und der Liebe zu seinem Bruder, richtete er seinen Zorn gegen den Mann, der die ohnehin geringen Hoffnungen auf ein Eheglück zwischen den beiden zerstört hatte. Dafür machte er Black Gawain verantwortlich, und er war wütend, weil Jamie diesem Beispiel nicht folgte. Die Hochzeit, die das

Ende der Fehde bewirken sollte, hatte ihr neue Nahrung gegeben. Und das Schlimmste war noch nicht vorbei. Vielleicht beschloß Jamie doch noch, den Überfall der vergangenen Nacht mit einem Vergeltungsschlag zu ahnden – den Überfall, der Sheenas Clan zugeschrieben wurde.

Es war unmöglich, Jamie zu entlocken, was er vorhatte. Er weigerte sich strikt, über seine Pläne zu sprechen. Eins stand jedenfalls fest, und Colen war noch nie in seinem Leben einer Sache so sicher gewesen: Sollte Jamie die Fergussons angreifen, würde er niemals in Frieden mit Sheena leben können und niemals ihre Liebe erringen, um die er so verbissen gekämpft hatte und die er so heiß ersehnte.

Langsam ging Sheena auf ihren Mann zu, der zwischen seinen Freunden und Verwandten saß, und fühlte sich grenzenlos allein und verachtet.

Sie fürchtete diese Menschen, doch sie wollte sich nicht einschüchtern lassen. Mit hoch erhobenem Kopf blickte sie einen nach dem anderen an.

Als sie den Tisch erreichte, stand Jamie auf. Sie trat nicht näher zu ihm, und er streckte ihr auch nicht die Hand entgegen. Sein Blick war ein wenig streng, aber ansonsten ausdruckslos.

Alasdair MacDonough, der sich zusammen mit den anderen Männern erhoben hatte, brach das Schweigen: »Ihr seid so sündhaft schön wie eh und je, meine Liebe.«

Sheena hob verwirrt die Brauen. »Seid Ihr mir nicht mehr böse?«

»Ich fühle nur ein tiefes Bedauern, das mit jeder Sekunde wächst – jetzt, wo ich Euch wiedersehe.«

Was sollte sie darauf antworten? Das war nicht der überhebliche, selbstgefällige Alasdair, an den sie sich erinnerte. Auch sie begann das Schicksal zu beklagen, das sie gehindert hatte, diesen Mann anstelle des Laird von MacKinnion zu heiraten. »Es tut mir leid, Sir Alasdair«, erwiderte sie leise. »Wahrlich, ich wünschte …«

»Ihr dürft sie nicht so mit Beschlag belegen, Sir Alasdair«, fiel Thais ihr ins Wort, denn sie fürchtete, ihre Schwägerin könnte Dinge sagen, die besser unausgesprochen blieben. »Und du bist ein grober Klotz, Jamie MacKinnion! Was stehst du untätig herum, statt uns mit deiner jungen Frau bekannt zu machen?«

Jamie warf seiner jüngeren Schwester einen dankbaren Seitenblick zu. »Sheena, das ist meine Schwester Thais – und dies ihr Mann, Ranald Keith. Meine Schwester Daphne hast du schon kennengelernt.«

Sheenas Wangen röteten sich, und sie lächelte Daphne zögernd an. »Ich fürchte, als wir uns gestern trafen, war ich ein wenig durcheinander.«

»Du brauchst mir nichts zu erklären, Sheena«, versuchte Daphne die arme junge Frau zu beschwichtigen. »Ich kann mich kaum noch an meinen eigenen Hochzeitstag erinnern und weiß nur mehr, daß ich schrecklich aufgeregt war. So geht es wohl allen Mädchen.«

Thais nahm Sheenas Arm, führte sie zum Kamin und erklärte, sie müßten einander besser kennenlernen, während sich die Männer amüsierten. Daphne folgte den beiden, und Jamie schaute ihnen mißtrauisch nach. Was würde Sheena seinen Schwestern erzählen, wenn sie allein mit ihnen war?

Ranald beglückwünschte ihn zu seiner schönen jungen Frau, und dann traf ein halbes Dutzend Gregorys ein. Die nächste Stunde wurde dem Alkohol gewidmet, trotz der frühen Stunde, und Jamie war beschäftigt. Tante Lydia kam herunter und klagte über ihre quälenden Kopfschmerzen, eine Folge des vergangenen Abends. Sie setzte sich zu den Frauen am Kamin. Der Laird schaute alle paar Minuten zu ihnen hinüber, und bald sah er Sheena mit seinen Schwestern lachen. Ihre gute Laune brachte ihn in Wut. Wie konnte sie so sorglos über alles hinweggehen, was geschehen war?

Er mußte mit ihr reden und sie zur Vernunft bringen. Sie war seine Frau, daran änderten auch die Dinge nichts, die sich außerhalb des Schlosses ereigneten.

Die fröhliche Feier dauerte den ganzen Tag. Sheena unterhielt sich zu ihrer eigenen Verblüffung ausnehmend gut, gut vor allem während der Abwesenheit ihres Mannes. Er hatte die Halle verlassen, ohne einen Blick in ihre Richtung zu werfen, und kam einige Stunden später zurück, mit der gleichen finsteren Miene wie zuvor. Wie unzugänglich er war – wo sie doch so dringend mit ihm sprechen mußte … Seufzend zwang sie sich, ihn vorerst zu vergessen, und wandte ihre Aufmerksamkeit wieder ihren Gefährtinnen zu.

Sie mochte Jamies Schwestern ebenso wie Tante Lydia, zu der sie von Anfang an eine tiefe Zuneigung gefaßt hatte. Woran lag es nur, daß sie sich so stark zu diesen netten MacKinnion-Frauen hingezogen fühlte? Lydia war so warmherzig und einfühlsam, Daphne etwas zurückhaltender, aber liebenswürdig und verständnisvoll. Und Thais, nicht älter als sie selbst, erschien ihr so munter und lebensfroh. Sheena beneidete sie, vor allem um ihre Verwandten. An eine so liebevolle Familie war sie nicht gewöhnt. Sie hatte zwar die Liebe ihres Vaters und Nialls besessen, aber ihre Schwestern waren ihr stets mit kühler Ablehnung begegnet. Der Unterschied zwischen den MacKinnion-Schwestern und ihren eigenen war erschreckend und erfüllte ihr Herz mit einer schmerzlichen Sehnsucht. Kein Wunder, daß Jamie manchmal so zärtlich zu ihr war … Darin hatte er sich von Kindheit an geübt, im Zusammenleben mit diesen beiden reizenden Mädchen.

»Oh, mein Dobbin ist endlich da!« rief Daphne.

Sheena drehte sich zum Eingang um und sah einen großen, vierschrötigen Mann hereinkommen. Sein Haar leuchtete ebenso brandrot wie sein Bart und die buschigen Brauen. Fast sein ganzes Gesicht war beharrt. Sheena konnte ihre Überraschung nicht verhehlen. »Das ist dein Gemahl, Daphne?«

Ihre Schwägerin lächelte gutmütig. Sie hatte es schon oft genug erlebt, welchen Eindruck Dobbin auf seine Mitmenschen machte. »Nicht alle Frauen können sich mit hübschen Männern brüsten. Und meiner ist gar nicht so schlecht. Immerhin erspart er mir übertriebene Temperamentsausbrüche, und sein einziger Fehler ist die lächerliche Nachsicht, die er mit seinen Kusinen übt – vor allem mit dieser da. Sie muß draußen auf Dobbin gewartet haben, denn sie weiß zu gut, daß sie hier nur willkommen ist, wenn er sie begleitet.«

Sheena sah, daß Jessie Martin hinter ihm stehengeblieben war, und runzelte die Stirn. Sie hatte gehofft, diese Schlange nie wiedersehen zu müssen.

Und als hätte das nicht genügt, erschien nun auch Black Gawain, mit einem noch mißmutigeren Gesicht als Jamie, falls das überhaupt möglich war. Sein Anblick jagte einen Schauer über Sheenas Rücken. War er gekommen, um Schwierigkeiten zu machen? Seine Augen, die sie düster anstarrten, verhießen nichts Gutes.

Sheena verließ die drei Frauen am Kamin und eilte zu Jamie, ohne zu bedenken, daß sie mit einer Abfuhr rechnen mußte. Sie unterbrach sein Gespräch mit mehreren Freunden, zog ihn weg von den Tischen und neugierigen Lauschern. »Weißt du, daß Black Gawain hier ist?« stieß sie hervor und ignorierte seine ärgerlich gerunzelte Stirn.

»Tatsächlich?«

Seine beiläufige Antwort irritierte sie noch mehr. »Sind diese Gäste anläßlich unserer Hochzeit gekommen?«

»Allerdings.«

»Dann darf ich also nicht mitbestimmen, wer an der Feier teilnehmen darf und wer nicht?«

»Was für eine Heuchlerin du bist, Sheena!« entgegnete Jamie mit eisiger Stimme. »Wie du angedeutet hast, siehst du keinen Grund zum Feiern, also spielt es keine Rolle, wenn jemand hier ist, der deine Gefühle teilt.«

»Ich will ihn nicht hier haben. Und das spielt sehr wohl eine Rolle. Ich ertrage ihn einfach nicht, Jamie. Wenn er nicht wäre ...«

Sie zögerte, und er fragte: »Ja?«

Doch sie sagte ihm nicht, daß es anders zwischen ihnen stünde, wenn es keinen Gawain gäbe. Sie hätte die Nacht mit Jamie verbracht und glückselig in seinen Armen gelegen, statt sich die Augen aus dem Kopf zu weinen. Das wollte sie um nichts auf der Welt zugeben, und so antwortete sie: »Black Gawain hat meinen Vetter skrupellos niedergestochen. Glaubst du, Iain könnte den langen Heimritt überleben? Wahrscheinlich ist er schon tot.«

»Das wäre nur recht und billig, wenn man bedenkt, daß zwei von meinen Clansleuten schwer verwundet sind«, erwiderte Jamie, bevor ihm bewußt wurde, wie grausam diese Worte klangen.

Sheena schluckte krampfhaft. Das war nicht ihr Ehemann, den sie kannte – schlimmer noch, er war der Mann, den sie jahrelang fürchten gelernt hatte. Mühsam bekämpfte sie ihre Angst und fragte so demütig wie möglich: »Was wirst du tun, Jamie?«

Er hatte den ganzen Tag in trüber Stimmung verbracht, und nun ließ er sich nicht von ihrer plötzlichen Sanftmut beschwichtigen. Außerdem hatte er noch keine Entscheidung getroffen, aber das wollte er ihr nicht gestehen. »Was immer ich tun werde – du bist nach wie vor meine Frau. Falls du nicht begreifst, was das heißt, will ich dich aufklären. Ich beabsichtige nicht, mich von dir fernzuhalten, so wie in der letzten Nacht. Wir werden unser Zimmer teilen – und noch mehr. Habe ich mich deutlich genug ausgedrückt?«

Herausfordernd hob sie das Kinn. Wenn Jamie glaubte, er könnte ihr Befehle erteilen, nur weil er ihr Mann war, mußte er sich eines Besseren belehren lassen. »Ja, das hast du. Und jetzt wirst du *mir* zuhören. Du glaubst, du hättest ein Recht auf mich, doch da bin ich anderer Meinung. Ich wurde gegen meinen Willen mit dir verheiratet, doch in meinen Augen ist dieser Bund schon wieder gelöst. Erwarte nicht, daß ich dich jemals als meinen Mann ansehen werde, denn unsere Ehe ist eine Farce.«

Jamies Ärger war verflogen. Das einzige, was er jetzt empfand, war ein tiefer Schmerz, der ihm das Herz aus der Brust zu reißen drohte. Er hatte sie verloren, und er wußte, daß es vermutlich zu spät war, um das zu ändern. Und daran trug er allein die Schuld. »Sheena, ich …«

Sie wandte sich ab, unfähig, ihm noch länger zuzuhören. Was sie soeben gesagt hatte, erschreckte sie. Ihre Kehle war wie zugeschnürt. So hatte sie es nicht gemeint – nicht so endgültig ... Aber die Worte waren ausgesprochen und ließen sich nicht mehr zurücknehmen.

Sie schaute ihn wieder an, betrachtete sein blondes Haar, das sich im Nacken kräuselte, sein schmales, gutgeschnittenes Gesicht. Seine braunen Augen spiegelten unverhohlene Verzweiflung wider. Verrieten die ihren ebenso deutlich, was sie fühlte?

Sie verrieten sogar noch mehr, denn sie füllten sich mit Tränen, die sich nicht unterdrücken konnte. »Es tut mir leid, Jamie. Ich fürchte, wir waren beide viel zu verbohrt ...« Mehr brachte sie nicht über die Lippen. Ein Schluchzen erstickte ihre Stimme, hastig kehrte sie ihm den Rücken und floh zur Treppe.

35

Wenn Jamie seinen Gästen weiszumachen versucht hatte, daß alles zum Besten stünde, so war ihm das gründlich mißlungen. Sheena kam nicht mehr in die Halle zurück. Und die meisten hatten beobachtet, wie sie tränenüberströmt davongelaufen war.

Wie gern wäre er ihr gefolgt ... Doch er brachte es nicht über sich. Das verbot ihm sein Stolz, und wenn es um seinen Stolz ging, war Jamie sehr verletzlich. Daß sie ihren Streit in aller Öffentlichkeit ausgetragen hatten, lastete schwer auf seiner Seele.

Also mußte er wohl oder übel warten, bis er sich unbemerkt zurückziehen konnte. Trotz der späten Stunde saßen noch viele Gäste in der Halle. Die Gregorys und die Martins waren ungemein trinkfest und beabsichtigten vermutlich, bis zum Morgengrauen zu feiern. Schließlich stand Jamie auf, in der festen Überzeugung, daß er sich nun entfernen durfte, ohne unhöflich zu wirken. Er hatte zwar mehrere Krüge Bier geleert, aber mit Maßen getrunken, um bei klarem Verstand zu bleiben.

Er öffnete die Tür zu seinem Zimmer, wo ihn dichte, kalte

Dunkelheit empfing. Die Flammen im Kamin waren erloschen. Sheena lag nicht in seinem Bett. Nach wenigen Minuten hatte er ein neues Feuer entfacht. Aber der Raum war immer noch kalt. Und leer.

Seufzend setzte er sich auf den Bettrand. Sollte er sie suchen? Verdammt, hatte er das nötig? Es gab genug Mädchen, die sein Bett mit Freuden wärmen würden. Jessie hatte ihm bereits bedeutet, daß sie wieder zur Verfügung stünde. Sie hatte Black Gawain den ganzen Abend ignoriert und sich an ihren Vetter Dobbin gehalten, um so nahe an Jamie heranzukommen, wie es unter den Umständen möglich war. Er erinnerte sich noch gut an Jessies Körper, so weich und nachgiebig, sie würde ihn niemals über Gebühr ärgern und ihm stets ihre heiße Leidenschaft schenken ...

»Wen halte ich eigentlich zum Narren?« fragte Jamie laut, lauschte in die Stille des kalten Zimmers, dann sprang er auf und ging hinaus.

Er versuchte sein Glück in dem Turmzimmer, das Sheena vor der Hochzeit bewohnt hatte. Und da fand er sie, zusammengerollt auf dem schmalen Lager, in tiefen Schlaf versunken. Was bildete sie sich ein? So fest zu schlafen – und dabei so zufrieden auszusehen ... Dazu hatte sie kein Recht.

Jamie weckte sie nicht, schlug nur vorsichtig die Decke zurück und nahm sie auf die Arme. Sie protestierte mit einem leisen Stöhnen, schlief aber weiter und schmiegte sich an seine Schulter, während er sie in sein Zimmer trug, wohin sie gehörte.

Er legte sie auf sein Bett und trat zurück – bereit, den Kampf von neuem zu beginnen. Doch sie streckte sich nur, ohne die Augen zu öffnen. Jamie grinste. Sie machte es ihm sehr leicht. Bevor sie erwachte, würde sie ihm auf Gnade oder Ungnade ausgeliefert sein. Von diesem reizvollen Gedanken beflügelt, entledigte er sich rasch seiner Kleider.

Langsam schob er das dünne Wollhemd über ihre Beine nach oben, ließ seine Finger über ihre seidige Haut wandern und hielt inne, wann immer sie einen Laut von sich gab. Und wenn sie wieder still war, setzte er sein heimliches Werk fort, bewunderte ihre wohlgeformten Schenkel, so fest und doch so nachgiebig.

Als er das Hemd nicht mehr weiter hochziehen konnte, ohne sie im Schlaf zu stören, schlug er es behutsam über ihrer Taille nach oben und schenkte seine Aufmerksamkeit dem warmen Nest zwischen ihren Beinen. Er berührte sie ganz zart, mit aufreizenden Fingern.

Es dauerte lange, bis sie auf seine Liebkosungen zu reagieren begann, und dann glitten seine Finger mühelos über die zarte, feuchte Haut. Sie war bereit für ihn, aber er hielt sich noch zurück.

Während er neben ihr kniete, zerrte er das Hemd unter ihren Hüften hinauf. Sie erwachte immer noch nicht, und er legte sich zwischen ihre Beine.

Sheena war sofort hellwach. Bevor sie sich wehren konnte, zog er ihr das Hemd mit einem Ruck über den Kopf. Sein Kuß erstickte ihren Wutschrei. Vergeblich versuchte sie sich zur Seite zu drehen. Er hielt sie fest, erforschte mit seiner warmen Zunge ihren zitternden Mund, und seine pulsierende Männlichkeit glitt in ihren Körper.

Entsetzt spürte sie, wie mühelos er in sie eindrang, und was noch schlimmer war – ihr Körper hieß ihn willkommen, hob sich ihm entgegen.

Das darfst du nicht, befahl ihr eine innere Stimme. Du darfst dich nicht von ihm beherrschen lassen ...

Aber genau das tat er, mit vollendeter Meisterschaft. Sheenas Widerstand schmolz schnell dahin. Sie begehrte ihn, trotz allem. Ein heißes Verlangen besiegte ihre Bedenken, alles war unwichtig – alles außer der Leidenschaft, die sie ebenso entflammte wie Jamie.

Die Erlösung erschien ihr unerreichbar, ihre wilden Wünsche wurden immer unerträglicher. Jamie beschleunigte seine Bewegungen nicht, und sie glaubte den Verstand zu verlieren, während er sie mehrmals zum Gipfel emportrug und dann plötzlich innehielt. Ihr Körper sehnte sich verzweifelt nach der letzten Erfüllung. Stöhnend grub sie die Fingernägel in seinen Rücken, doch Jamie war fest entschlossen, die süßen Qualen zu verlängern.

Plötzlich hörte er auf, sie zu küssen. Sie öffnete die Augen, begegnete seinem Blick und erkannte, daß er ebenso litt wie sie.

Warum tat er ihr das an – und sich selbst? Sie mußte nicht lange auf die Erklärung warten. »Ich bin dein Mann.« Seine Stimme klang flehend und hatte gleichzeitig einen harten, entschiedenen Unterton. »Sag es!«

Sheena war zu verwirrt, um zu begreifen, was er da von ihr forderte, und sie sprach nur zu gern die Worte aus, die er hören wollte. »Du bist mein Mann.«

»Du wirst es nie wieder abstreiten.«

»Nie wieder.«

Da liebte er sie leidenschaftlicher denn je, und Sheena beantwortete den heftigen Ausbruch seiner Gefühle mit ebensolcher Glut. Sie hungerte, und er war ihre Nahrung, und sie konnte nie genug von ihm bekommen – niemals …

So bedauerlich sie es auch fand, daß Gedanken dieses unbeschreibliche Entzücken störten – es ließ sich nicht vermeiden, sobald die Glut erloschen war. Jamie lag neben ihr und hielt sie im Arm, streichelte sie mit sanften Fingern, als hätte die körperliche Vereinigung alle Probleme gelöst. Da konnte sie sich nicht mehr zurückhalten. »Du hast mich übervorteilt.«

»Ich habe nichts getan, was du nicht wolltest, meine Süße.«

»Da irrst du dich, Jamie. Ich weiß nicht, was dir die Macht gibt, ein solches Feuer in mir zu wecken. Aber jetzt empfinde ich ganz anders als vorhin. Du kannst meinen Willen nur für kurze Zeit lähmen. Jetzt ist er wieder stark und entschlossen. Nichts hat sich geändert.«

»Doch, mein Mädchen«, flüsterte Jamie dicht an ihrem Ohr. »Du hast gelernt, daß du mich nicht zurückweisen kannst, auch wenn du dich noch so sehr darum bemühst. Was immer die Zukunft bringt – dieses Verlangen wird uns aneinanderbinden. Und ich werde dich immer begehren, Sheena«, fügte er ernsthaft hinzu. Es klang beinahe wie eine Drohung. »Und du wirst immer wieder schwach werden – sosehr du auch dagegen ankämpfen magst.«

Es war wunderbar, in weichen Wolken gebadet zu werden, als flöge man hoch über der Wirklichkeit dieser Welt in einem geheimnisvollen Himmel. Dieses Gefühl erfaßte Sheena, als sie am späten Nachmittag an der Zinnenmauer entlangging. Während des ganzen Tages waren dicke Wolken aufgezogen, um das Schloß einzuhüllen. Manchmal mußte sie stehenbleiben, weil sie kaum noch die Hand vor den Augen sah, und jenseits der Mauern war überhaupt nichts zu sehen – nur im Hof, denn dort sammelten sich die Wolken nicht. Sie lagen darüber, wie eine Decke.

Sheena beobachtete, wie mehrere Gäste aufbrachen, vermutlich die letzten, mit Ausnahme der Martins, die noch einige Tage bleiben wollten. Jamie würde sich ärgern, denn er hatte seine Hochzeit über eine Woche lang feiern wollen. Doch die angespannte Atmosphäre im Schloß Kinnion hatte keine festliche Stimmung aufkommen lassen. Da sich Braut und Bräutigam so schlecht vertrugen, war das Unbehagen der Gäste zusehends gewachsen.

Sie wußte, daß es ihre Schuld war. An diesem Tag hatte Jamie eifrig versucht, eine fröhliche Stimmung zu verbreiten. Vielleicht freute er sich wirklich seines Lebens, nach seinem Sieg in der letzten Nacht. Aber Sheena war nicht bereit gewesen, vor den Gästen die glückliche Ehefrau zu spielen.

Sie weigerte sich zu glauben, daß sie Jamie immer begehren würde. Das war einfach absurd. Trotzdem hatte die vergangene Nacht gewisse Dinge bewiesen, und diese Tatsache bedrückte sie.

Natürlich haßte sie Jamie – oder doch nicht? Was sie empfand, kam ihr wie Haß vor. Und wenn es kein Haß war – was mochte es dann sein? Warum schmolz sie dahin, wann immer er sie berührte? Dafür fand sie keine Erklärung.

Sheena wünschte, sie könnte mit den Wolken davonfliegen und alles vergessen: ihre Heirat, Jamies eheliche Rechte – alles. Statt dessen würde sie in die Halle zurückkehren und eine weitere qualvolle Mahlzeit ertragen müssen. Und später? Wo

und Sheena hätte viel darum gegeben, hätte sie gewußt, was in ihm vorging. Doch sie hatte Jamies Worte nicht verstanden.

»Nimm dich in acht, Gawain«, fügte der Laird mit lauter Stimme hinzu. »Du tätest gut daran zu verschwinden – solange ich dich noch gehen lasse.«

Gawain erkannte, wie weise dieser Rat war, doch bevor er ihn befolgte, konnte er sich einen letzten Warnschuß nicht verkneifen. »Sie hat dich verhext, Jamie. Seit sie hier ist, siehst du die Dinge nicht mehr im richtigen Blickwinkel. Statt Vergeltung zu üben, läßt du dich von ihr beeinflussen. Sie hat dich verweichlicht, Mann! Eine andere Erklärung gibt es nicht.«

Jamie starrte ihm mit schmalen Augen nach. Er hatte sich mühsam beherrscht und diesen Angriff schweigend erduldet, weil er sich immer noch nicht sicher war, was die Ereignisse an seinem Hochzeitstag betraf. Nun war es an der Zeit, Stellung zu beziehen. Er durfte nicht mehr zögern, er mußte etwas unternehmen. Black Gawains Anklage hatte ihn tief getroffen, weil sie der Wahrheit nahe kam. Vielleicht hatte er sich in seinen Entscheidungen tatsächlich von Sheena beeinflussen lassen. Dafür gab es keine Entschuldigung, auch wenn es ihm nicht bewußt geworden war.

»Jamie?«

Er sah Sheena an, aber er ertrug die Angst in ihren Augen nicht. Außerdem brauchte er Luft zum Atmen, mußte Abstand von ihr gewinnen, um nachzudenken. Dazu war er unfähig, wenn sie Fragen stellte, die er nicht beantworten konnte. Ohne ein weiteres Wort verließ er die Halle.

Gegen Mitternacht betrat er sein Zimmer. Sie wartete auf ihn, um herauszufinden, was er beschlossen hatte. Das erkannte sie müheloser, als es ihr lieb war. Schweren Herzens beobachtete sie, wie er seine Waffen zusammensuchte, und sie wußte, gegen wen sie sich richten würden.

»Du hast dich also von ihm überzeugen lassen?« fragte sie mit halberstickter Stimme.

Jamie sah sie nicht an. »Ich habe lange genug gewartet. Nun ist es soweit.«

Sie fühlte sich wie eine lebende Leiche, abgesehen von dem brennenden Schmerz in ihrer Brust, der nicht weichen wollte. »Ich werde nicht mehr hier sein, wenn du zurückkommst.« Die Worte kamen ihr wie von selbst über die Lippen.

Er wandte sich zu ihr, mit kalten Augen. »Du wirst hier sein, Sheena, oder du wirst Gott anflehen, dich sterben zu lassen, wenn ich dich finde. Und ich werde dich finden!«

Ein Schrei blieb ihr in der Kehle stecken. Nun wagte er es auch noch, sie zu bedrohen. Ihre Lebensgeister erwachten wieder, und sie sprang empört von dem Stuhl auf, wo sie stundenlang gesessen und auf ihn gewartet hatte. »Ich wünschte, ich wäre jetzt schon tot – statt deine Frau zu sein!«

»Ich warne dich, Sheena …«

»Wovor?« fuhr sie ihn an. »Willst du mich umbringen? Lieber mich als meine Familie!«

Jamie kehrte ihr den Rücken. Er hatte nicht die Absicht, ihre Verwandten zu töten, wollte nur mit Dugald reden, war jedoch zu wütend, um ihr das zu verraten. »Ich lasse mich nicht mehr von dir um den Finger wickeln«, sagte er leise, mehr zu sich selbst als zu ihr.

Hilflos preßte Sheena die Hände an ihre Schläfen. »Was für ein Narr du bist, James MacKinnion! Ich bin das erstgeborene Kind meines Vaters. Du weißt, was er für mich empfindet. Wie kannst du dann glauben, er würde deinen Clan angreifen – während ich hier bin und dafür leiden müßte? Begreifst du das nicht?«

»Du hast nicht gelitten.«

»Das weiß er nicht. Und er würde nichts tun, was mich gefährden könnte. Siehst du das wirklich nicht ein?«

Wäre Sheena in Tränen der Verzweiflung ausgebrochen, hätte Jamie nachgegeben und sie beschwichtigt. Aber sie war zu zornig, um zu weinen, und er war zu verärgert, um sich einzugestehen, wie vernünftig ihre Argumente klangen. Trotzdem konnte er sie nicht so verlassen. Er riß sie an sich, und sein Kuß war ebenso leidenschaftlich wie seine Wut.

Dann hielt er sie auf Armeslänge von sich. »Ich werde erst einmal mit Dugald reden«, erklärte er kurz angebunden. »Darüber hinaus mache ich keine Versprechungen.«

Er nahm seine Waffen und ging aus dem Zimmer. Sheena sank kraftlos in den Sessel. Endlich kamen die Tränen. Ein heftiges Schluchzen schüttelte ihren Körper, und sie fühlte sich so einsam wie nie zuvor.

37

Nicht einmal Daphne konnte sie am nächsten Morgen aufheitern. Sie saß in der Halle vor dem großen Kamin, sah und hörte nicht, was ringsum geschah, sah nur die qualvollen Visionen, die an ihrem inneren Auge vorbeizogen, Bilder von blutigen, verstümmelten Gestalten.

Gegen Mittag drang eine Stimme zu ihr durch – eine Stimme, die sie verachtete. Jessie Martin saß ihr gegenüber und lächelte selbstgefällig.

Sheena hatte keinen Grund, diese Frau zu hassen. Sie war sogar voller Mitleid gewesen, als Jamie seine ehemalige Geliebte so grausam behandelt hatte. Trotzdem war ihr Jessie in tiefster Seele zuwider.

»Habt Ihr etwas gesagt?« fragte Sheena höflich.

»Ich habe Euch gefragt, ob Ihr Schloß Kinnion noch immer nicht verlassen wollt«, erwiderte Jessie.

»Warum sollte ich? Habe ich hier nicht alles, was ich mir wünschen kann – ein schönes Heim, einen begehrenswerten Ehemann?«

Jessies Augen verengten sich. »Ich hätte gedacht, Euer Fergusson-Stolz müßte Euch aus diesem Haus treiben, wo Ihr unwillkommen seid.«

»Wer will mich denn nicht hier haben?« fragte Sheena mit einem unschuldigen Lächeln. »Soviel ich weiß, legt Jamie großen Wert darauf, daß ich bleibe – sehr großen Wert.«

»Aber sonst niemand!« zischte Jessie. »Die Leute sprechen es nicht aus – aber sie denken es. Ihr habt Jamie verändert. Er ist nicht mehr der Mann, der er einmal war, und deshalb hassen Euch alle.«

»Lügnerin!«

»Sie sagt die Wahrheit, Sheena.«

Sie drehte sich um. Black Gawain stand hinter ihr. Das Gefühl, von den beiden in die Enge getrieben zu werden, war so stark, daß sie daran zu ersticken glaubte.

»Das stört Jamie vorerst nicht«, fuhr Gawain fort. »Noch ist er dem Reiz der Neuheit verfallen, den Ihr auf ihn ausübt. Aber wenn die Leidenschaft nachläßt, wird er Euch hassen für alles, was Ihr getan habt. Und dann könnte es zu spät sein. Seine Verwandten werden sich gegen ihn wenden. Nur Euretwegen. Und das ist es, was Ihr anstrebt, nicht wahr, Sheena Fergusson? Daß sein Herz hin und her gerissen wird – zwischen Euch und seinem Clan.«

Vergebens suchte Sheena nach einer Antwort, und die beiden warteten auch gar nicht darauf. Jessie stand auf und folgte Black Gawain, der sich abrupt abgewandt hatte und davoneilte.

Sheena blieb allein mit ihrem Zorn. Was für bösartige Lügen! Aber – hatten sie wirklich gelogen? Es schien ihr durchaus möglich, daß man sie in diesem Haus ablehnte. Immerhin war sie eine Fergusson, eine Feindin. Und wenn man bedachte, was seit ihrer Hochzeit geschehen war – hatte sie sich nicht die bittersten Vorwürfe gemacht, weil die alte Fehde ihretwegen neu entfacht wurde? Zweifellos gaben ihr auch die anderen die Schuld daran.

Sie saß noch ein paar Minuten wie betäubt vor dem Feuer, dann erhob sie sich langsam und ging in ihr Zimmer hinauf, wo sie ihr altes grünes Kleid anzog. Ohne Hast, fast wie eine Puppe, an deren Fäden ein Spielmann zog, traf sie ihre Vorbereitungen.

Im Hof angekommen, bat sie um ein Pferd, das man ihr unverzüglich übergab. Auch am Torhaus wurde sie nicht aufgehalten, der Wächter winkte ihr nur zu.

Wie mühelos ich fliehen konnte, dachte sie verwundert, während sie ihre Stute den Berg hinablenkte. Hätte sie das früher gewußt, wäre sie schon gestern davongeritten. Dann hätte Jamie keine Gelegenheit mehr gefunden, ihr seine Liebeskünste zu beweisen. Und sie hätte nicht erkennen müssen, daß weder

Zorn noch Kränkungen ihr Verlangen nach ihm minderten. Wäre ihr diese Erfahrung nur erspart geblieben!

Blindlings galoppierte sie dahin, in wirre Gedanken versunken, bis sie merkte, in welche Gefahr sie sich durch ihren Leichtsinn begab. Inmitten eines abgeernteten Feldes zügelte sie das Pferd, um sich zu orientieren, und blickte in das Gesicht eines Pächters.

»Ihr seht nicht gut aus, Mistreß«, meinte der Mann in ehrlicher Besorgnis.

»Ich fühle mich wohl – ganz bestimmt«, log Sheena.

»Ihr seid Sir Jamies neue Frau, nicht wahr?«

Warum sollte sie es leugnen? »Ja, das bin ich.«

Der Mann nickte. »Er wird bald zurückkommen. Sicher wollt Ihr ihm entgegenreiten.«

»Ich – ich …«

»Hört doch, Mistreß, Ihr seht wirklich schlecht aus. Kommt doch mit mir! Meine Frau Jannet gibt Euch was zu trinken.«

Sie erlaubte ihm, das Pferd zu einer kleinen Hütte zu führen. Er half ihr aus dem Sattel und bat sie hinein. In dem kleinen Raum war es dunkel, dicke Vorhänge verschlossen die Fenster. In der Mitte glühte ein Feuer. Als die Tür aus Weidengeflecht zufiel, wurde Sheena von angenehmer Wärme umfangen.

Jannet, eine kleine Frau mit roten Backen, stellte rasch die Schüssel beiseite, in der sie Gerstenkörner zermahlen hatte. »Oh, Sir Jamies Frau! Ich habe Euch bei der Hochzeit bewundert – aber ich dachte nicht, daß ich Euch so bald wiedersehen würde.«

»Es geht ihr nicht gut, Jannet«, erklärte der Pächter, »und deshalb könnte sie was von deinem Stärkungstrank vertragen.«

»Oh, das arme Ding!« rief die Frau mitfühlend. »Ein kräftiges Schluck wird Eure Lebensgeister wieder wecken, Mistreß. Kommt, setzt Euch ans Feuer! Kein Wunder, daß Euch übel ist – bei dieser Kälte!«

Sheena ließ sich auf einen Stuhl neben dem Feuer nieder und nahm dankbar einen Becher mit Wisky entgegen. Der Pächter und seine Frau standen lächelnd vor ihr. Das Zimmer, der einzige Raum in der Hütte, war spärlich eingerichtet, mit nur zwei

Stühlen und einem Tisch, einem Bettschrank, Mehlkisten und ein paar Geräten. Die Eheleute, beide in mittleren Jahren, schienen ein kümmerliches Dasein zu fristen und trotzdem glücklich zu sein.

Sie fragte sich, ob ihr die beiden so feindlich gesinnt waren, wie es Black Gawain von seinem ganzen Clan behauptet hatte. Sie wirkten keineswegs unfreundlich, aber vielleicht waren sie nur entfernte Verwandte von Hamish MacKinnion.

»Warum seid Ihr so nett zu mir?« fragte Sheena unvermittelt.

Der Mann blinzelte überrascht. »Warum sollen wir denn nicht nett sein?«

»Ich bin eine Fergusson!« stieß sie mit scharfer Stimme hervor. »Ihr braucht mir nicht vorzumachen, daß Ihr das nicht wüßtet!«

Er grinste. »Glaubt Ihr wirklich, ich mache Euch was vor?«

»Ihr müßt mich doch hassen – genauso wie die anderen.«

»Von den anderen weiß ich nichts. Ich weiß nur, daß ich jeden Menschen nach seinen eigenen Verdiensten beurteile. Warum sollte ich Euch übelnehmen, woher Ihr stammt! Jetzt seid Ihr sowieso eine MacKinnion. Ihr werdet dem Laird einen Sohn schenken, und der wird eines Tages unser Laird sein. Ihr seid eine von uns, Mistreß – oder zweifelt Ihr daran?«

Sheena bezweifelte es tatsächlich. Würde sie jemals anders darüber denken? Wohl kaum … Sie fühlte sich unendlich einsam, eine Ausgestoßene, die weder den MacKinnions noch den Fergussons angehörte. Und plötzlich wußte sie, daß sie nicht nach Hause zurückkehren konnte, solange die Fehde andauerte – nicht, wenn sie den Namen MacKinnion trug. Sie würde in ihrem Clan auf die gleiche Ablehnung stoßen wie hier inmitten der MacKinnions. Und wohin sollte sie sich jetzt wenden?

Jamie war eben erst von seinem Hengst gestiegen und hatte ihn dem Stallknecht übergeben, als Jessie Martin heranschlenderte und ihm den Weg versperrte. Er war nicht bereit, sich aufhalten zu lassen, und er hatte auch keine Lust, vor seinen Leuten ein Gespräch mit Jessie anzufangen. Da er ohne Rast nach Angusshire und zurück geritten war, wollte er nur noch schlafen.

Was für eine Zeitverschwendung war diese Reise gewesen ... Er wußte nicht genau, was er von der Unterredung mit Dugald erwartet hatte – jedenfalls mehr, als dabei herausgekommen war. Nach einem unfreundlichen Empfang von seiten der Fergussons hatte er einen Zornesausbruch des alten Laird über sich ergehen lassen und war dann unverrichteter Dinge wieder aufgebrochen. Er kannte Dugald nicht gut genug, um zu wissen, ob der Mann ein begabter Lügner war oder die Wahrheit sagte. Obwohl seine Wut durchaus echt gewirkt hatte, war es möglich, daß sie nur als Mittel zum Zweck dienen sollte.

Jamie zweifelte nicht an Dugalds Verbitterung. Anscheinend war Iain auf dem Heimweg gestorben, so wie Sheena es befürchtet hatte. Jamie hatte eine großzügige Regelung mit dem Laird von Fergusson getroffen, um ihn zu entschädigen – so wie er es bei allen tödlichen Unfällen zu handhaben pflegte. Doch das konnte weder Dugald noch dessen Vetter MacAfee besänftigen, der darauf bestanden hatte, an dem Gespräch teilzunehmen.

Jamie erinnerte sich, daß Niall höchst abfällig über MacAfee gesprochen und erklärt hatte, Sheena könne ihn nicht ausstehen. Und Jamie mochte diesen William MacAfee ebensowenig. Wäre dieser große, dürre Mann nicht zugegen gewesen, hätte er Dugald vielleicht geglaubt, der steif und fest behauptete, die Fergussons hätten das MacKinnion-Pachtgut in jener Nacht nicht überfallen. Aber als Jamie den Angriff erwähnte, spielte ein höchst verdächtiges, selbstzufriedenes Lächeln um Sir William MacAfees Lippen. Jamie wünschte, er hätte mit Niall sprechen können, doch der Junge ließ sich nicht blicken.

Eine Zusicherung, die Sheenas Ansicht bestätigte, durfte er allerdings mit nach Hause nehmen. Dugald versprach, daß er nichts unternehmen würde, solange sich seine Tochter in James MacKinnions Händen befand. Wahrheit – oder Lüge? Heilige Maria, wenn doch nur Verlaß darauf wäre! Hätte Jock doch bloß nicht geschworen, die Tartans der Angreifer wären grün, goldgelb und grau gewesen! Und zu allem Überfluß hatte er auch noch den Kriegsruf der Fergussons wiedererkannt.

Was er nun tun sollte, wußte Jamie ebenso wenig wie zuvor.

Und er freute sich keineswegs auf das Wiedersehen mit Sheena, der er nichts weiter sagen konnte, als daß er bis jetzt nichts unternommen hätte. Sie würde ihn nach seinen Plänen fragen, und darauf wußte er noch immer keine Antwort.

Und nun stand er Jessie Martin gegenüber, was ihm entschieden mißfiel. »Du scheinst dich wieder einmal sehr wohl in meinem Schloß zu fühlen«, bemerkte er kühl.

Sie zog einen niedlichen Schmollmund und trat einen Schritt näher. »Du willst mich doch nicht hinauswerfen – solange mein Vetter noch hier ist?«

»Ich weiß – du verschanzt dich hinter Dobbin. Sieh nur zu, daß du in derselben Sekunde abreist wie er.«

»Und wer soll dir Gesellschaft leisten, nachdem dich deine Frau so schroff zurückgewiesen hat?«

Jamie packte ihren Arm und schob sie von sich. »Eine Ehefrau kann ihren Mann nicht zurückweisen. Außerdem mischt du dich in Dinge ein, die dich nichts angehen.«

Jessie rieb sich gekränkt ihren schmerzenden Arm. »Ich glaube, da ist sie anderer Meinung. Eine Frau kann ihren Mann sehr wohl abblitzen lassen, wenn es ihr beliebt.«

Er zuckte mit den Schultern. »Sie wird schon zur Vernunft kommen, wenn sie sich an die Ehe gewöhnt hat.«

»Tatsächlich?« rief sie herausfordernd. »Wie sollte sie – wenn sie nicht einmal da ist?«

Jamie holte tief Atem. Die widersprüchlichsten Gefühle kämpften in seinem Herzen, bevor er sich abrupt abwandte und zur Halle ging. Er kam nicht weit. Jessies boshaftes Gelächter hielt ihn zurück.

»Du verschwendest nur deine Zeit, wenn du sie suchst, Jamie! Ich bin nicht die einzige, die deine kostbare Sheena davonreiten sah. Sie hat ihre Weigerung, dein Bett zu teilen, in aller Öffentlichkeit bekräftigt und allen erklärt, daß sie nichts mit dir zu tun haben will!«

Er drehte sich um, stürmte zum Stall zurück, und Jessie schrie ihm wütend nach: »Willst du sie immer noch haben? Hast du kein Ehrgefühl mehr? Keinen Stolz?«

Jamie ignorierte sie, und Jessie lief zornbebend in die andere

Richtung. Nun mußte sie Black Gawain ihren Mißerfolg gestehen. Jamie wollte seiner närrischen Sheena trotz allem nachreiten.

Was für ein unmöglicher, verstockter Mann! Begriff er denn nicht, daß die kleine Tiefländerin keine gute Ehefrau für ihn war? Sah er nicht, was Jessie ihm zu bieten hatte? Er war mit Blindheit geschlagen – und deshalb rannte er in sein Unglück.

Nun bereute sie, daß sie im Schloß Kinnion geblieben war und Black Gawain, diesen grobschlächtigen Liebhaber, so lange ertragen hatte, nur um in Jamies Nähe zu sein. Sie hatte nur ihre Zeit und ihr Talent verschwendet. Und Gawain mochte sie nicht einmal. Es war Sheena, die er seit ihrer Ankunft begehrt hatte – bis die Wahrheit über ihre Herkunft ans Licht gekommen war.

Sheena, immer nur Sheena! Jessie steigerte sich in hemmungslose Wut hinein, während sie durch das Schloß eilte, um Gawain zu suchen. Und die Leute, die ihr begegneten, machten einen weiten Bogen um sie.

38

Sheena wollte gerade ihr Pferd besteigen, um zum Schloß zurückzukehren, als Jamie in wildem Galopp heransprengte und große Mühe hatte, seinen Hengst in dem kleinen Hof zu zügeln. Der Pächter und seine Frau hatten die Hufschläge gehört und kamen aus der Hütte gelaufen. Stumm vor Schreck starrten sie in das wütende Gesicht ihres Lairds.

Auch Sheena brachte vor Angst kein Wort hervor. Sie hatte Jannet gestanden, daß sie das Hochland verlassen wollte, und diesen Plan hatte ihr die freundliche Frau geduldig ausgeredet. Das konnte Jamie natürlich nicht wissen, und er war auch nicht in der Stimmung, um sich Erklärungen anzuhören.

»Oh, hast du auf deinem Heimweg Rast gemacht?« rief er anklagend. »Das war sehr gut – denn dadurch habe ich dich gefunden, bevor du die Grenzen meiner Ländereien überqueren konntest.«

»Und für wen war das gut?« wagte Sheena zu fragen.

Seine Lippen verzerrten sich vor unbändigem Zorn. »Du hast meine Warnung mißachtet – und jetzt bist du auch noch unverschämt?«

»Jamie, ich ...«

»Du forderst mich heraus – du verspottest mich, und du glaubst, das würde ich hinnehmen, ohne mit der Wimper zu zucken?« schrie er unbeherrscht.

»Jamie!«

»Nein!«

Er lenkte sein Pferd zu ihr und umklammerte ihren Arm mit eisenharten Fingern. Ihr schmerzliches Stöhnen konnte seinen Zorn nicht mildern und verschaffte ihm auch keine Genugtuung. »Du mißbrauchst die Gefühle, die ich für dich hege, Sheena. Weil ich so nachsichtig zu dir war, bildest du dir ein, du dürftest tun und lassen, was dir gefällt. Und diesmal wird es dir nicht gelingen, mich mit irgendwelchen fadenscheinigen Entschuldigungen zu beschwichtigen.«

Mit aller Kraft riß sie sich los. »Dann will ich es auch gar nicht versuchen!« schrie sie zurück.

In Wirklichkeit hätte sie ihm gern erklärt, daß sie sich anders besonnen hatte und ihn nicht mehr verlassen wollte. Doch das hatte er ihr mit seinem Wutanfall unmöglich gemacht. Nun weigerte sie sich, klein beizugeben, weil sie in ihrem Stolz verletzt war.

»Ich gehe nicht mit dir zurück!« fuhr sie ihn an. »Mit so einem überheblichen, flegelhaften Kerl will ich nicht zusammenleben!«

Jamie ballte die Hände. Eine halbe Ewigkeit schien zu verstreichen, während er sie mit gerunzelter Stirn anstarrte. Sie spürte, wieviel Mühe es ihn kostete, die Beherrschung nicht vollends zu verlieren. Als er endlich sprach, war seine Stimme ganz ruhig – zu ruhig. »Ich bin nicht gekommen, um dich zurückzuholen, Sheena.«

Sie blinzelte verwirrt. »Ich verstehe nicht ...«

»Du bist meine Frau, daran hat sich nichts geändert. Aber ich will die Schande nicht mehr ertragen, die du mir antust. Jetzt hast du mich zum letztenmal beleidigt, Sheena. Ich möchte dich nicht mehr haben.« Er lächelte bitter. »Das müßte dich doch beglücken. *Ich* habe es jedenfalls nicht geschafft, dich glücklich zu machen, das weiß Gott.«

Ihr Herz krampfte sich schmerzhaft zusammen, Jamies Gesicht verschwamm vor ihren Augen. »Du – du läßt mich gehen?« flüsterte sie und glaubte, an diesen Worten zu ersticken.

»Nein, Sheena«, erwiderte er mit gepreßter Stimme. »Ich verbiete dir, meine Grenzen zu überqueren. Du bist jetzt eine MacKinnion und wirst auf dem Land der MacKinnions leben. Ich werde ein Haus für dich bauen lassen, dort wirst du wohnen – allein, so wie du es wünschst. Du kannst das Land bebauen oder auch nicht. Was immer du tust, ich werde dafür sorgen, daß du nicht verhungerst.«

»Jamie – das meinst du nicht ernst«, stammelte sie fassungslos.

»Ich hätte nie gedacht, daß ich jemals einen solchen Entschluß fassen würde. Aber du sagtest von Anfang an, daß du nichts mit mir zu tun haben möchtest. Und jetzt habe ich endlich gelernt, dir zu glauben.«

Verzweifelt bekämpfte Sheena ihre Tränen und ihren Zorn. Würde er es tatsächlich wagen, ihr das anzutun? »Du behältst mich als deine Frau – aber du verweigerst mir alles, was zu einer Ehe gehört? Glaubst du, daß du das kannst?«

»Ich weiß, daß ich es kann.«

»Nein! Das lasse ich mir nicht gefallen!« schrie sie. »Ich gehe zu meinem Vater zurück!«

»Du bleibst hier! Ich warne dich nur ein einziges Mal. Wenn du zu deinem Vater zurückkehrst, reiße ich seinen Turm ab, Stein für Stein – bis ich dich gefunden habe. Nimm dich vor mir in acht, Sheena MacKinnion, denn das ist wahrlich keine leere Drohung.«

Jamie hatte alles gesagt, was zu sagen war. Er griff nach den Zügeln ihrer Stute, zerrte sie mit sich und galoppierte davon.

Der blonde Glanz seiner Haare und der grüngelbe Tartan flossen ineinander, als sich Sheenas Augen mit Tränen füllten.

»Oh, Ihr braucht nicht zu weinen, meine Liebe.« Mitleidig legte ihr Jannet einen Arm um die Schultern und führte sie in die Hütte zurück. »Sir Jamie wird sich bald anders besinnen. Er hat nur so dahergeredet, weil er wütend ist. Das hat er vom alten Laird geerbt, der war genauso. Aber er wird sich bald beruhigen.«

Sheena schüttelte mutlos den Kopf. »In dieser Stimmung ist er schon, seit er mich zum erstenmal gesehen hat, und das ist wohl lange genug.«

»Hatte er einen Grund dazu?« fragte Jannet leise. Der heftige, gefühlsbetonte Streit zwischen den beiden hatte ihre Vermutung bestätigt.

Sheena gab keine Antwort. Unglücklich versuchte sie sich einzureden, daß ihr nur so schwer ums Herz war, weil Jamie die Macht besaß, ihre Heimkehr zu verhindern. Doch das war nicht die ganze Wahrheit, wie sie sehr wohl wußte.

Jannet versuchte, sie zu trösten und erklärte, die junge Mistreß müßte in der Hütte bleiben, bis Sir Jamie zur Vernunft käme. Sheena hörte ihr kaum zu. Ihre Gedanken kreisten immer nur um die unbegreifliche Tatsache, daß Jamie sie verlassen hatte. Er war einfach davongeritten ... Und sie wußte nicht einmal, was in Angusshire zwischen den beiden Clans geschehen war.

39

Sheena lag zusammengerollt am Feuer, in ihren Umhang und einen Tartan gewickelt, den Jannet ihr geliehen hatte. Draußen blies kein allzu heftiger Wind. Trotzdem wehte eine unangenehme Zugluft über den Boden, wo sie die Nacht verbrachte. Wenigstens würde sie nicht auf dem kalten, festgestampften Erdreich schlafen, sondern auf der hölzernen Falltür eines Lagerkellers.

Sie war überrascht gewesen, denn einen solchen Keller hatte sie noch in keiner Pachthütte gesehen. Roy, ihr Gastgeber, hatte erklärt, er hätte ihn für seine Frau ausgehoben. Jannet stammte aus dem Süden, wo man in den heißen Sommermonaten einen kühlen Platz für Milch, Butter und frisches Wild brauchte. Sie hatte Roy dazu überredet, diese Grube zu graben, bevor sie ihren ersten Sommer im Hochland erlebt hatte, der nicht so warm war wie in ihrer Heimat.

Sheena war froh, daß sie auf einer glatten Fläche liegen konnte, wenn sie auch keinen Schlaf fand.

Das Ehepaar war längst zu Bett gegangen und in tiefen Schlummer gesunken, nachdem Roy seine Schafe und Ziegen versorgt und Jannet das Mehl für den nächsten Tag gemahlen hatte.

Sie waren sehr nett zu ihr gewesen und hatten beteuert, Jamie wäre nicht so furchterregend wie es den Anschein hätte, und es würde sich alles zum Guten wenden.

Sheena wußte nicht, was die ersten Rauchwölkchen zu bedeuten hatten, die durch das Hüttendach hereindrangen. Verständnislos starrte sie nach oben. Unmöglich ... Trotzdem mußte sie glauben, was sie da sah, als züngelnde Flammen ein Loch in das Dachstroh fraßen.

Sollte sie fliehen? Das war ihr erster instinktiver Gedanke, der rasch verdrängt wurde, als sie sich an den Überfall auf Jocks und Hamishs Hütten erinnerte. Offensichtlich sollte sie nun Zeugin eines zweiten Überfalls werden. Wütend verfluchte sie die Bastarde, die sich auf lautlosen Sohlen herangeschlichen hatten, um Roy und seine Frau im Schlaf zu überraschen. Was für ehrlose, niederträchtige Menschen mußten das sein ...

Verzweifelt bemühte sie sich, ihre panische Angst zu bekämpfen. Das Loch im Dach wurde immer größer. Sie konnte nicht wagen, die Hütte zu verlassen und ihren Feinden in die Arme zu laufen – oder doch? Hatten sie das Feuer nur entzündet, um dann davonzureiten? Oder waren sie immer noch draußen?

Eine Fackel fiel durch das Dach herab. hastig erstickte sie die Flammen mit dem Tartan. Eine Fackel! Es war also tatsächlich ein Überfall. Mit einem gellenden Schrei fuhr Jannet aus dem Schlaf auf, wurde in die alptraumhafte Wirklichkeit gerissen. Sheena wandte den Kopf und sah, wie Roy zu seinen Waffen griff. Krampfhaft schluckte sie. Wollte der gute, freundliche Roy hinauslaufen und den Tod finden? Und wenn er nichts unternahm? Dann würden sie alle sterben ...

Sie sprang auf, lief zum Fenster und hoffte zu Gott, daß die Angreifer inzwischen verschwunden wären. Aber sie entdeckte im Feuerschein fünf berittene Männer. Reglos saßen sie auf ihren Pferden und warteten, bis die Hüttenbewohner bei lebendigem Leibe verbrennen würden.

Zuerst sah sie die Gesichter nur verschwommen, doch die Farben der Tartans waren deutlich zu erkennen. *Ihre eigenen Farben* ... Ihr Verstand wollte nicht wahrhaben, was ihre Augen erblickten. Und nun konnte sie auch die Gesichtszüge der Männer deutlich erkennen. Was für eine Närrin war sie gewesen! Sie hätte es längst wissen müssen. William! Das war William Jamesons Gesicht.

Ein Teil des Daches stürzte ein. Entsetzt schrie Sheena auf, als Roy die Tür öffnen wollte. Sie rannte zu ihm und zog ihn mit aller Kraft zurück. »Ihr dürft nicht hinauslaufen! Es sind zu viele! Und sie warten nur auf Euch!«

Mit sanfter Gewalt löste er ihre Finger von seinem Ärmel. »Geht weg von der Tür, Mistreß! Kriecht mit meiner Jannet unter das Bett! Ich halte diese Teufel zurück, bis wir Hilfe bekommen. Das Schloß ist nicht so weit entfernt.«

»Es sind fünf Mann!« stieß Sheena verzweifelt hervor. Wollte er das nicht begreifen? »Jannet – sagt ihm doch, daß er hierbleiben muß! Habt Ihr kein Wasser? Wir können gegen das Feuer ankämpfen.«

Jannet schleppte einen vollen Wassereimer heran. Sheenas Rock hatte bereits Flammen gefangen, und die Frau löschte hastig die winzigen Flämmchen. Sie wirkte erstaunlich ruhig, als sie sich zu ihrem Mann wandte. »Sie hat recht Roy. Bitte, setz dein Leben nicht aufs Spiel!«

»Wir haben nicht genug Wasser, Jannet.«

»Das weiß ich. Aber es gibt eine andere Möglichkeit. Wir haben unseren Lagerkeller, und darin können wir auch überleben, wenn du nicht hinausläufst und dich in Stücke hacken läßt. Tu, was ich dir sage, Mann!«

»Das Feuer wird uns erreichen«, wandte er ein. Trotzdem ließ er sich von seiner Frau zu der Falltür ziehen.

»Vielleicht«, stimmte sie zu und bemühte sich, Sheena und ihrem Mann zuliebe in ruhigem Ton zu sprechen. »Aber nicht so schnell wie hier oben. Mach die Falltür auf und steig hinunter!« befahl sie, während sie das restliche Wasser auf die Holzplanken goß. »Ihr auch, Mistreß! Rasch!«

Der Keller war winzig klein. Zwischen den Regalen an den Wänden fand nur eine Person Platz. Dafür war er sehr tief. Stufen aus festgestampfter Erde führten hinab. Roy ging als erster nach unten, Sheena folgte ihm, und Jannet kam zuletzt herein. Sie schloß die Falltür über sich, und die Endgültigkeit dieses dumpfen Geräusches jagte einen Schauer über Sheenas Rücken.

Dicht aneinandergedrängt warteten sie auf ihre Rettung. Roy preßte sich gegen das Regal an der hinteren Wand. Jannet kauerte auf der Treppe, und Sheena war zwischen den beiden eingepfercht. Sie konnten kaum atmen.

»Ich habe dir doch gesagt, du sollst einen größeren Keller graben«, scherzte Jannet, um ihren Gefährten die Angst ein wenig zu nehmen.

»Was hätte uns das genützt?« entgegnete Roy. »Wir sind so oder so in einem Grab gefangen.«

Das Feuer verzehrte die Hütte viel zu schnell. Sie hörten die Flammen knistern. Sheena konnte nicht glauben, daß der Rettungstrupp rechtzeitig eintreffen würde. Doch sie mußte es glauben.

Roys Erregung wuchs mit jeder Minute. Schließlich keuchte er: »Jetzt ist es genug, Jannet! Sie müssen längst davongeritten sein. Gehen wir hinauf!«

»Vielleicht sind sie weg, aber es brennt immer noch. Wir müssen warten, bis das Feuer erlischt oder zumindest nachläßt – sonst sind wir verloren.«

Dieser Plan scheiterte, denn ein Teil des Dachs stürzte auf die Falltür. Der laute Krach bewog Jannet, sich mit allen Kräften gegen das Holz zu stemmen. Die Mühe war vergebens, die Tür ließ sich nicht öffnen. Durch die Ritzen zwischen den Planken zuckten weißglühende Flammen. Den Rauch sahen sie nicht, doch sie rochen und schmeckten ihn, er stieg ihnen ätzend in die Augen, und sie konnten kaum noch atmen.

Wie lange würde das bißchen Wasser auf der Falltür das Feuer noch abhalten? Wann würden die Bretter herabsinken?

Sheena fragte sich, warum Jamie sie dieser Hölle ausgeliefert hatte. Und sie trauerte um Roy und Jannet, diese armen Seelen, die keine Schuld an der grausamen Fehde trugen.

Jamie galoppierte blindlings den Hang hinab. Er hatte es nicht glauben können, als er erfahren hatte, wessen Hütte brannte. Und er wollte es noch immer nicht wahrhaben, obwohl er es nun mit eigenen Augen sah. Das Feuer war schwächer geworden, aber die Flammen fraßen immer noch gierig an allem, was sie noch nicht verschlungen hatten. Er sprang vom Pferd und stürzte sich bedenkenlos in das lodernde Inferno, warf brennendes Holz beiseite und verbrannte sich die Hände. Ohne seine Schmerzen zu beachten, betete er inbrünstig darum, Sheena noch lebend anzutreffen – wider alle Vernunft, die ihm sagte, daß sie tot sein mußte.

»Vielleicht weißt du nun, was in mir vorging, als meine Schwester auf diese Art den Tod fand.« Gawains ruhige Stimme durchdrang seine dumpfe Verzweiflung.

»Sie ist nicht tot!« stieß er hervor. »Und wenn du mir nicht helfen willst, sie zu suchen, solltest du verschwinden!«

Gawain stolperte hinaus und prallte mit Colen zusammen, der soeben eingetroffen war. »Dein Bruder hat den Verstand verloren! Versuch ihn herauszuholen, bevor die Wände einstürzen! Dann wäre er verloren!«

Colen ignorierte Black Gawain. Er befahl den Männern, die er mitgebracht hatte, bei der Suche nach Sheena und den anderen zu helfen, und folgte ihnen in die brennende Hütte. Gawain schüttelte den Kopf und ging davon. Sosehr er Sheena auch haßte, diesen Tod hatte er ihr nicht gewünscht, nicht einmal, um seine Schwester zu rächen.

Jedes verkohlte Stück Holz wurde umgedreht. Jetzt suchte man nur noch nach Leichen, denn dieses gewaltige Feuer konnte niemand lebend überstanden haben. Jamie war fast von Sinnen. Aber der letzte Rest seiner Vernunft, der ihn noch nicht im Stich gelassen hatte, verlangte einen Beweis. Er würde erst an Sheenas Tod glauben, wenn kein Zweifel mehr möglich war.

Ein aufgeregter Schrei erklang, als die Falltür gefunden wurde, verkohlt, aber ansonsten unversehrt. Hastig schob Jamie die Männer beiseite und öffnete sie. Drei verkrümmte Gestalten kauerten darunter, mit Kleidern über den Gesichtern. Bewegungslos … Jamie konnte sich nicht rühren, konnte nicht atmen. Da hustete eine der Gestalten, und seine Lebensgeister erwachte von neuem. Er hob Jannet aus dem Keller und legte sie in Colens Arme, dann trug er Sheena aus der Hütte und überließ es den anderen, nach Roy zu sehen. Tränen rollten über seine Wangen, als er sie in der kühlen Luft auf den Boden legte. Niemand kam ihm in die Nähe. Und die Männer, die ihn beobachteten, wandten sich ab, als er neben seiner Frau niederkniete und sie zu schütteln begann, auf ihre Wangen schlug und abwechselnd Gebete und Flüche in die Nacht hinausschrie.

Das Feuer hat den Keller erreicht, war Sheenas erster Gedanke, nachdem sie das Bewußtsein wiedererlangt hatte, denn ihre Lungen schienen zu brennen. Plötzlich wurde sie von einem heftigen Husten geschüttelt und konnte kaum mehr atmen. Doch dann sog sie ein wenig kühle Luft ein, die wohltuend durch ihren rauhen Hals in die schmerzende Lunge drang.

Im nächsten Augenblick wurde sie von starken Armen umfangen und so fest gedrückt, daß ihr der Atem wieder ausging. Sie stemmte beide Hände gegen eine harte Brust, und die Umklammerung lockerte sich ein wenig.

Colen kam angelaufen, fast schwindlig vor Erleichterung. Er konnte sich nur zu gut vorstellen, was sein Bruder jetzt empfand. »Jannet und Roy sind am Leben«, teilte er Jamie mit, bevor er die schlechten Neuigkeiten erzählte. »Die Leute in der anderen Hütte konnten sich nicht gegen das Feuer wehren. Auch Sheena, Roy und Jannet wären jetzt tot, wenn sie sich nicht in diesem Keller versteckt hätten. Weißt du das?«

»Ja.«

»Was ist nur in dich gefahren?« fragte Colen vorwurfsvoll. »Wie konntest du Sheena schutzlos hier zurücklassen?«

Jamie warf ihm über Sheenas Kopf hinweg einen gequälten Blick zu. »Glaubst du, ich werde mir das jemals verzeihen? Ich war so wütend, und deshalb vergaß ich, einen Wachposten hierherzuschicken. Das ist natürlich keine Entschuldigung. Wegen meines verdammten Temperaments wäre sie beinahe gestorben.«

Colen schüttelte seufzend den Kopf. »Darf ich hoffen, daß du dein verdammtes Temperament beim nächsten Mal besser bezähmen wirst?«

»Ein nächstes Mal wird es nicht geben«, erwiderte Jamie tonlos.

»Wollen wir sofort losreiten? Sie können noch nicht weit gekommen sein.«

»Ja, wir brechen auf, sobald ich Sheena ins Schloß gebracht habe.«

Sheenas Gehör hatte keinen Schaden genommen. Ihre Freude über die Rettung in letzter Minute kämpfte mit ihrer Bitterkeit. Energisch schob sie Jamie von sich. »Du hast mich nicht gefragt, ob ich in dein Schloß zurückkehren will.« Ihre Stimme war nur ein heiseres Flüstern. Um ihren Mann nicht anschauen zu müssen, rieb sie sich die brennenden Augen.

»Nein, ich habe dich nicht gefragt und werde es auch nicht tun«, lautete seine Antwort, und sein Tonfall ließ keinen Widerspruch zu. »O Sheena, verzeih mir. Ich weiß, daß du mir die Schuld an all dem gibst, und ich will mich auch gar nicht davon reinwaschen. Merkst du denn nicht, wie leid es mir tut?«

»Doch – aber was hilft mir das?« Weinend schlug sie die Hände vors Gesicht. »Du hättest mich nicht hierlassen dürfen.«

Er nahm sie wieder in die Arme, und Colen zog sich diskret zurück. »Beruhige dich doch, Sheena.« Jamie wiegte sie sanft hin und her. »Glaubst du, ich hätte dich wirklich verlassen wollen? Und was ich heute abend sagte, war nicht so gemeint. Du hast mich gekränkt, verstehst du? Ich bin es nicht gewöhnt, daß sich andere Menschen in mein Leben einmischen. Aber das tust du. Du besitzt die unheimliche Macht, mich tief zu verletzen oder mir das höchste Glück zu schenken. Und wenn du mir weh tust, verliere ich die Beherrschung. Doch das wird von nun an nie mehr geschehen. Meine Süße, ich schwöre es dir – ich will dich nie wieder von mir stoßen.«

Er befürchtete, daß sie solche Worte nicht hören wollte. Hätte sie lieber gehört, daß er sie freigeben würde? Dazu könnte er sich niemals durchringen – nicht einmal, um wiedergutzumachen, was er ihr zugemutet hatte. Sheena war ein Teil von ihm, ob sie das zur Kenntnis nahm oder nicht, und er würde sie nicht gehen lassen.

Aber Jamies Sorge war grundlos. Ihr Kampfgeist war besiegt – von seinem Versprechen oder ihrer Erschöpfung. Sie schlang die Arme um seinen Hals, lehnte sich an ihn, und er atmete erleichtert auf.

»Ich bringe dich jetzt nach Hause, mein Mädchen, und gebe dich bis zu meiner Rückkehr in die Obhut meiner Tante«, sagte er sanft.

Er trug sie zu seinem Hengst und hielt sie eng umschlungen, während sie zum Schloß ritten. Verwundert fragte er sich, warum sie so beharrlich schwieg.

Sheena war sprachlos, weil er behauptete, sie hätte so große Macht über ihn. Macht? Natürlich hatte sie gewußt, wie leicht sie seinen Zorn erregen konnte. Aber daß es ihr gegeben war, ihn zu beglücken oder schwer zu kränken ... Stand er so sehr unter ihrem Einfluß? Wäre das möglich?

Im Schloßhof schwang er sich vom Pferd und hob sie herunter. Er wollte nicht lange bleiben und gleich davonreiten, bevor sie ihn anflehen würde, keine Rache für den Überfall zu nehmen. Und so winkte er einen Diener heran und beauftragte ihn, Tante Lydia zu holen. Seine Gefolgsmänner rannten herbei, bis an die Zähne bewaffnet, und bereiteten sich auf den Aufbruch vor.

Black Gawain blinzelte verblüfft, als er sah, daß Sheena noch am Leben war. Sie wartete, denn sie nahm an, daß Jamie sie in sein Zimmer bringen würde. Nachdem sie das Leben und Treiben ringsum eine Zeitlang beobachtet hatte, erkannte sie plötzlich, was ihr Mann plante. Er wollte die Angreifer verfolgen. Sie wurde blaß. Noch wußte er nicht, wer die Hütte angezündet hatte. Er machte immer noch ihren Vater verantwortlich.

»Jamie ...«

»Sei still, Sheena«, unterbrach er sie. »Begreife doch, daß ich diesmal keine andere Wahl habe! Du kannst mich nicht zurückhalten.«

»Das will ich gar nicht, Jamie.«

Er starrte sie mißtrauisch an. »Warum nicht? Deine Verwandten hatten keine Ahnung, daß du in der brennenden Hütte warst. Willst du ihnen trotzdem übelnehmen, was sie getan haben?«

»Das würde ich gewiß nicht tun – wenn meine Verwandten den Überfall begangen hätten. Aber es waren keine Fergussons. Ich habe sie gesehen, Jamie.«

Black Gawain mischte sich wütend ein. »Du wirst doch nicht auf sie hören? Sie würde dir die verrücktesten Dinge einreden, nur um ihre Familie zu retten.«

Sheena warf ihm einen verächtlichen Blick zu. »Ja, das würde ich – aber zufällig habe ich das nicht nötig, denn meine Leute sind unschuldig. Ich weiß ganz genau, wer die Hütte in Brand gesteckt hat, denn ich stand am Fenster, bevor uns das Feuer zwang, in den Keller hinabzusteigen. Diese Teufel trugen meine Tartanfarben – doch es waren keine Fergussons, sondern Jamesons. Sir William wartete vor der Tür, um alle abzuschlachten, die möglicherweise versucht hätten, dem Flammentod zu entkommen.«

Gawain lachte spöttisch. »Ihr werdet Euch einen anderen Sündenbock suchen müssen, Sheena. Jameson ist ein elender Feigling, das wird hier niemand bezweifeln. Er hätte es niemals gewagt, einen MacKinnion anzugreifen.«

»Und wie führt ein Feigling einen Angriff durch, wenn er sich dazu gezwungen fühlt?« entgegnete sie und sah voller Genugtuung, daß ihre Frage Black Gawain zu verwirren schien. »Ein Feigling würde grausam zuschlagen und dann die Flucht ergreifen – so wie es in diesem Fall geschehen ist. Meint Ihr nicht auch?«

»Und wer könnte uns beweisen, daß Euer Vater kein Feigling ist?« stieß Gawain hervor.

»Ich!» stieß sie empört hervor. »Wir haben Euch im Sommer angegriffen, nach Eurem Friedensbruch im Frühling. Und wir hatten viele Tote zu beklagen, weil wir den Kampf nicht scheuten. Und nun sagt mir – wurde bei diesen Überfällen eine einzige Hütte angezündet oder ein einziges Tier mutwillig getötet? Nein, weil mein Vater solche Methoden verabscheut!«

»Warum wurde dann ein Fergusson-Tartan gefunden?« beharrte Black Gawain. »Und warum hat man den Kriegsruf Eurer Sippschaft erkannt?«

»Ihr hört mir nicht zu, Mann!« schrie Sheena. »Ich sagte doch, daß Jameson meine Tartanfarben trug – nicht seine eigenen. Er wollte die Schuld einem anderen Clan zuschieben, und dafür hat er sich meinen ausgesucht. Auf diese Weise konnte er die MacKinnions im Lauf der letzten Monate mehrmals angreifen, ohne ein einziges Mal dafür büßen zu müssen. Heilige Maria, glaubt Ihr, ich wäre in den Keller einer brennenden Hütte gekrochen, wenn ich meine Leute vor der Tür gesehen hätte? Ihr haßt den falschen Clan für den Mord an Eurer Schwester, Black Gawain, und das ist die reine Wahrheit.«

»Aber – warum sollte Jameson so etwas getan haben?« stammelte Gawain.

»Wegen seiner Schwester Libby«, warf Jamie mit heiserer Stimme ein.

»Ja – genau deshalb!« Sheena seufzte erleichtert. Was für ein Glück, daß er richtig geraten hatte. »Er wußte, wie hart es dich treffen würde, als er mich in seinem Turm einsperrte, Jamie.«

»Er hat dich eingesperrt?«

Sie lächelte. »Du hast mich befreit – wenn du das auch nicht wußtest, als du mich damals zurückgeholt hast. Sir William mag dich auf den Tod nicht leiden. Er versuchte, mich zu vergewaltigen. Und als ihm das mißlungen war, tischte er dir gräßliche Lügen über mich auf. Er schrak vor nichts zurück, um dich zu verletzen – und das alles wegen seiner Schwester.«

»Warum hast du mir das nicht schon früher gesagt?«

»Du wolltest mir nicht glauben, daß er gelogen hat. Wie hätte ich dir den Rest der Geschichte erzählen können?«

Sie hatte recht, und er wußte nicht, was er darauf antworten sollte. Und so nahm er sie in die Arme und küßte sie liebevoll.

»Wirst du hier sein, wenn ich zurückkomme?«

»Ja, Jamie.«

Black Gawain rannte bereits zu seinem Pferd.

40

Black Gawain konnte es nicht erwarten, Rache an William Jameson zu üben, und ritt den anderen voraus. Jamie verstand die Gefühle seines Vetters, aber er wußte, daß der sichere Tod auf den Hitzkopf wartete, wenn er Jamesons Turm allein erreichte. Er versuchte ihn einzuholen und ließ Colen und die anderen weit hinter sich zurück. Fast hätte er Gawains Vorsprung wettgemacht, als sie den Fluß in der Nähe von Sir Williams Landgut durchquerten. Die beiden Männer sprengten hintereinander die Uferböschung hinauf und näherten sich einem Grenzbaum. Dort wurden sie von einem Armbrustschützen aufgehalten. Ein Pfeil durchbohrte Gawains Pferd, und es warf den Reiter ab, der den Hang hinabrollte, zum Fluß.

Jamies Hengst hätte ihn beinahe zertrampelt, während er an ihm vorbeisprengte. Bevor der Laird feststellen konnte, woher der Pfeil gekommen war, traf ihn selbst ein zweites Geschoß in die Brust. Er fiel aus dem Sattel, rutschte ein Stück über das Gras und blieb dann reglos liegen.

Der Mann, der auf einem Ast des Grenzbaums saß, sprang herab und ging zögernd auf die stille Gestalt zu, die Armbrust schußbereit in der Hand. Ein Teil der Angriffstruppe war eben erst zurückgekehrt, und der Mann war am Fluß postiert worden, um Wache zu halten – eine Vorsichtsmaßnahme, die niemand ernstgenommen hatte. Er selbst hatte sie für überflüssig gehalten. Die MacKinnions hatten niemals Verdacht geschöpft, und es war ihm als reine Zeitverschwendung erschienen, nach etwaigen Verfolgern Ausschau zu halten.

Und nun lag der große blonde Bursche höchstpersönlich vor

ihm, der Laird von MacKinnion, von *seinem* Pfeil zu Fall gebracht. Er rührte sich nicht, kein Atemzug bewegte die Brust. Der Schütze wagte es nicht, James MacKinnion zu berühren und sich zu vergewissern, daß kein Leben mehr in ihm war. Das tat seinem Triumph keinen Abbruch. Der Pfeil mußte sein Ziel gefunden und MacKinnions Herz durchdrungen haben, denn das Wams und der Tartan färbten sich rot.

Um den anderen, der halb im Wasser lag, brauchte er sich nicht zu kümmern. Jetzt wollte er seinem Laird so schnell wie möglich erzählen, wen er getötet hatte. Um völlig sicherzugehen, schoß er noch einen weiteren Pfeil in MacKinnions Brust, bevor er zum Turm rannte.

Niemand hielt es für nötig, Sheena zu wecken und schonend vorzubereiten. Jamie wurde ohne große Umstände in sein Zimmer gebracht, und so sah sie – noch im Halbschlaf – das viele Blut, während man ihn neben sie legte. Schreiend sprang sie vom Bett auf, schrie immer wieder und riß sich in den Haaren, bis Daphne zu ihr lief und sie kräftig schüttelte.

»Er ist nicht tot, Sheena! Hör doch auf mich! Er ist nicht tot!«

Sie versuchte, ihre Schwägerin vom Bett wegzuziehen, aber Sheena wehrte sich, starrte entsetzt auf das Blut, auf Jamies wachsbleiches Gesicht. »Aber ...«

»Er ist nur verwundet. Komm jetzt, damit sie ihn verarzten können. Du bist ihnen nur im Weg.«

Sheena riß sich zusammen. »Ich werde ihn pflegen.«

»In dieser Verfassung bist du nicht imstande ...«, begann Daphne einzuwenden.

»Ich habe gesagt, daß ich ihn pflegen werde«, fiel Sheena ihr mit harter Stimme ins Wort. »Er ist mein Mann.«

Daphne schwieg. In diesem Augenblick kam Tante Lydia ins Zimmer, und als sie Jamie sah, fing sie noch lauter zu schreien an als Sheena. Sie machte auf der Stelle kehrt und rannte wieder hinaus. Gellend hallten ihre Wehklagen von den Steinwänden des Flurs wider.

Sheena wandte sich zu ihrer Schwägerin. »Du hast es geschafft, mich zu beruhigen. Geh jetzt und beschwichtige auch deine Tante. Ich komme hier ganz sicher zurecht – wenn man mir ein wenig hilft.«

Und sie war tatsächlich Herrin der Lage. Trotz der Übelkeit, die immer wieder in ihrer Kehle aufstieg, trotz ihres Entsetzens gelang es ihr, unterstützt von einigen Dienerinnen, Jamie die Kleider auszuziehen, die Wunden zu waschen und zu verbinden. Die Pfeile waren bereits fachmännisch entfernt worden. Beim Anblick der einen Wunde fragte sich Sheena, warum Jamie noch lebte. Hatte die Pfeilspitze eine Rippe gestreift? Offensichtlich. Sie hatte das Herz nur um Haaresbreite verfehlt.

Er atmete immer noch, lebte immer noch – gerade noch ... Die beiden anderen Wunden befanden sich über Jamies Hüften, wo ihn der zweite Pfeil durchbohrt hatte.

Daphne kehrte zurück. Da die Schloßherrin ihre Fragen nicht beantwortete und da es nichts für sie zu tun gab, ging sie bald wieder und scheuchte auch die Dienerinnen hinaus.

Allein mit Jamie, legte sich Sheena neben ihn, ganz vorsichtig, damit sie das Bett nicht bewegte. Sie betrachtete sein Gesicht und strich behutsam über seine heiße Stirn. Seine Augen blieben geschlossen, sein Atem ging stoßweise. Sie berührte seine Lippen mit einer Fingerspitze, dann legte sie ihre Wange an seine Schulter. Von Gefühlen überwältigt, ließ sie ihren Tränen freien Lauf.

»Du wirst nicht sterben, MacKinnion. Hörst du mich?« Sie kniff ihn in den Arm und war plötzlich wütend, weil er ihr solche Angst machte. »Hörst du, Jamie? Du bist mein Mann. Und – ich brauche dich!« Wie von selbst rangen sich die Worte aus ihrer Kehle, und sie stieß schluchzend hervor: »Ich liebe dich, Jamie! Du darfst nicht sterben – du darfst nicht ...«

Erst viele Stunden später weinte sie sich in den Schlaf.

Im Morgengrauen saß sie auf einem Stuhl neben dem Bett und beobachtete Jamie. Von der glühenden Hitze seines Körpers war sie bald wieder erwacht. Während der restlichen Nacht hatte sie ihn mehrmals mit Quellwasser gewaschen. Nun fühlte er sich etwas kühler an.

»Du brauchst ihn nicht zu bemitleiden.«

Sheena drehte sich verblüfft um. Lydia war lautlos eingetreten und stand am Fußende des Bettes, in ihrem Nachthemd, über das sie einen wollenen Umhang geworfen hatte. Sie sah erschreckend aus mit ihren dunkel umschatteten Augen und dem ungekämmten Haar. Tante Lydia, die sonst immer so großen Wert auf ihr Äußeres legte ...

Ohne Sheena anzuschauen, wiederholte sie: »Du brauchst ihn nicht zu bemitleiden. Das verdient er nicht.«

»Aber – ich bemitleide ihn doch gar nicht«, stammelte die junge Schloßherrin verwirrt.

»Gut. Er hat es nämlich selbst getan.«

»Was?«

»Er hat sich selber umgebracht.«

»Wer?« rief Sheena, von plötzlichem Grauen erfaßt.

Lydia wies mit einem anklagenden Zeigefinger auf Jamie. »Mein Vater!«

»Was hast du denn?« fragte Sheena mit scharfer Stimme. »Kennst du deinen Neffen nicht mehr?«

»Neffen? Ich habe keinen Neffen. Mein Bruder hat keine Söhne. Vater würde ihn verprügeln, wenn es so wäre, denn dazu ist Robbi noch viel zu jung.« Lydia runzelte unsicher die Stirn. »Aber – Vater kann ich nicht mehr verprügeln. Er ist doch tot, oder? Ist Vater denn nicht tot?«

O Gott ...

»Wie alt bist du, Lydia?«

»Acht«, antwortete die alte Frau, die Augen immer noch unverwandt auf Jamie gerichtet.

Sheena umklammerte die Armstützen ihres Stuhls. Träumte oder wachte sie? Andererseits – Jamie hatte ihr erzählt, Lydia wäre nicht mehr ganz richtig im Kopf, seit sie als Kind Niall Fergussons Mord an ihren Eltern mit angesehen hätte.

»Warst du dabei, als dein Vater starb, Lydia?« fragte sie sanft und vorsichtig. »Erinnerst du dich daran?«

»Wie könnte ich das vergessen? Er hätte es nicht tun dürfen. Und Fergusson hätte nicht kommen sollen. Er war ein Narr, wenn er sich einbildete, er könnte sie haben.«

»Deine Mutter.«

Langsam rollte eine Träne über Lydias Wange. Anscheinend hatte sie die Frage nicht gehört, und sie sah so verzweifelt aus, daß es Sheena nicht übers Herz brachte, in sie zu dringen. Doch die alte Frau bedurfte ohnehin keiner Aufforderung, um weiterzusprechen.

»Fergusson war so ein hübscher Mann mit seinem dunkelroten Haar und den strahlend blauen Augen. Mein Onkel Donald war so wütend, als er ihn wegbrachte. Er hat ihm doch nichts angetan? Fergusson hat sich nichts zuschulden kommen lassen. Daß er sie liebte, war sein einziges Verbrechen.«

Wußte Lydia nicht, wie grausam ihr Onkel Donald den Laird von Fergusson getötet hatte – damals, vor vielen Jahren? Anscheinend hatte Sheenas Großvater Niall Lydias Mutter geliebt und war hierhergekommen, um sie zu sehen. Hatte sie ihm ein Stelldichein gewährt? Aber nach Jamies Aussage war Niall der Mörder seiner Großeltern. Wieso hatte jenes heimliche Treffen ein so furchtbares Ende gefunden? überlegte Sheena bestürzt.

Lydia schien ihre Gedanken zu lesen. »Meine Mutter sagte mir, daß sie abreisen würde. Ich wünschte, sie hätte es mir verschwiegen – denn dann wäre ich ihr nicht gefolgt. Aber sie wollte nicht, daß ich mir Sorgen machte, und sie versprach, mich bald in ihr neues Heim zu holen. Sie erklärte, sie würde ihn nach Frankreich begleiten. Auch er hätte eine Familie, die er verlassen müßte. Nachdem das alles geschehen wäre, könnten sie nicht mehr in Schottland bleiben. Ich weinte bitterlich. Doch das konnte sie nicht umstimmen – obwohl ich mit aller Macht versuchte, sie zurückzuhalten. Ich wußte, wie wütend mein Vater sein würde – und ich sollte recht behalten. Mitten im Hof trat er den beiden in den Weg. Es war eine helle Vollmondnacht, und ich sah von meinem Versteck aus, wie es geschah. Da standen sie und stritten. Vater war außer sich – und ganz anders als sonst. Ich glaube, er hat den Verstand verloren. Und dann – dann …«

Tränenüberströmt schloß Lydia die Augen. Sie kreuzte die Arme über der Brust und wiegte sich wimmernd hin und her, während sie in ihrem armen, wirren Geist noch einmal erlebte, was sie vor so vielen Jahren beobachtet hatte. Auch Sheena stellte sich die Szene vor, die sich damals abgespielt haben mußte. Der Ehemann war seiner Frau und ihrem Liebhaber entgegengetreten, von schmerzlichem Zorn verzehrt – wenn er sie geliebt hatte. Was es wirklich Liebe gewesen? Oder hatte er sie nur als seinen Besitz betrachtet, von dem er sich nicht trennen wollte? War nur sein Stolz verletzt worden?

Sie durfte Lydia nicht erlauben, das Ende der Geschichte zu erzählen. Die alte Frau war so unglücklich, und Sheena befürchtete, die bösen Erinnerungen könnte ihr einen ernsthaften Schaden zufügen.

Hastig stand sie auf und legte einen Arm um Lydias Schultern. »Ich bringe dich jetzt in dein Zimmer zurück.«

»O nein, ich kann nicht gehen. Ich muß hier warten. Mutter wird zurückkommen – nachdem er sie mit Fergusson ertappt hat. Ich will ihr sagen, daß sie sich nicht ängstigen soll. Vater liebt sie. Er wird ihr verzeihen.«

»Natürlich«, bestätigte Sheena, die nicht wußte, was sie sonst sagen sollte. »Aber du mußt dich jetzt ausruhen.«

»Nein!« Lydia stieß sie von sich, mit erstaunlich starken Händen. Ihr flackernder Blick irrte ziellos umher. »Er zieht sein Schwert – und da greift auch Fergusson zu seiner Waffe. Meine Mutter schreit auf, und sie kämpfen. Fergusson läßt sein Schwert fallen ... Mein Vater hebt es auf – wirft sein eigenes weg – hält Fergussons Waffe fest und starrt sie an ... Nun blickt er auf meine Mutter ... Nein! Er stürzt sich auf sie und ersticht sie. Fergusson kann ihn nicht daran hindern, und Vater schiebt ihn beiseite. Sie bricht zusammen ... O Gott, das Blut – überall Blut! Ich höre Vaters wilden Kriegsruf ... Aber Fergusson läuft nicht davon. Er schaut auf meine Mutter hinab – und Vater auch und ... Nein! Jetzt durchbohrt er mit der Klinge seine eigene Brust, zieht sie wieder heraus – und das Blut strömt hervor – so viel Blut! Das Schwert landet vor Fergussons Füßen, er sieht es nicht. Er muß doch fliehen ... Da kommt mein Onkel ...«

Sheena fühlte sich elend. Daß ein Kind das alles miterlebt hatte ...!

»Lydia, jetzt ist alles gut – es ist vorbei ...«

»Noch lange nicht ... Mein Onkel glaubt, Fergusson hätte die beiden ermordet. Ich sagte ihm die Wahrheit, aber er schlug mich und nannte mich eine Lügnerin. Er wird Fergusson doch nichts zuleide tun? Den anderen darf ich kein Wort verraten, denn sonst wird Mutter nicht zurückkommen. Ich muß hier auf sie warten ...«

Lydia schluchzte hemmungslos. Sheena führte sie hinaus und tröstete sie, wie eine Mutter ihr Kind. Würde die alte Frau jemals wieder sie selbst sein? Würde das Grauen jener Nacht sie nun für immer verfolgen, oder konnte sie wieder vergessen?

Sheena begleitete die bedauernswerte Geistesgestörte in deren Zimmer, brachte sie zu Bett und rief dann nach einem Dienstmädchen, das sich zu ihr setzen sollte. Lydia schien zwischen tiefer Verzweiflung und beglückenden Bildern aus einer fernen Vergangenheit zu schwanken, die nur sie sehen konnte. Die Schloßherrin verließ sie ungern, aber Jamie stand an erster Stelle. Und Colleen, die nun die Krankenwache übernahm, war eher eine Freundin als eine Dienstmagd, und eine vertrauenswürdige Beschützerin. Bei ihr würde die Patientin in guten Händen sein.

Auf dem Rückweg in das Zimmer, das Sheena mit Jamie teilte, beschäftigte Lydia immer noch ihre Gedanken. Und so dauerte es eine Weile, bis sie die drastische Veränderung bemerkte, die inzwischen eingetreten war. Er sah sie mit großen Augen an. Hatte er den Bericht seiner Tante gehört – von Anfang an oder nur den letzten Teil? Würde er nun nach Einzelheiten fragen, oder verstand er alles? Mit angehaltenem Atem und heftig klopfendem Herzen erwiderte sie seinen Blick, dann begann sie sich langsam zu entspannen. Offenbar wollte er nicht davon sprechen, noch nicht, und sie würde ebenfalls schweigen.

Unverwandt schauten sie sich an, und Sheena hatte das Gefühl, daß Jamie das gleiche dachte wie sie. Die entfesselten Leidenschaften eines einzelnen Mannes hatten verbissene Kämpfe entfacht, jahrelang hatten Haß und Mordlust regiert.

Und was am allertraurigsten war – die Wahrheit würde nun keinen Unterschied machen. Die Toten konnte nicht mehr erwachen, die Schlachten hatten stattgefunden, daran ließ sich nichts ändern. Es gab nichts, was das Grauen dieser Fehde mildern würde.

Sie hätte niemals beginnen dürfen – gleichgültig, wer die Schuld daran trug. Und nach siebenundvierzig Jahren war es an der Zeit, ein Ende herbeizuführen.

41

Unter Sheenas Obhut erholte sich Jamie erstaunlich schnell. Nachdem er erfahren hatte, daß sie ihn schon seit jener schlimmen Nacht pflegte, bestand er auch weiterhin auf ihrer Gesellschaft. Das störte sie natürlich nicht, und sie saß von morgens bis abends an seinem Bett, das er im Grunde gar nicht mehr hüten mußte, weil er längst genesen war.

Als sie eines Tages das Zimmer betrat, sah sie ihn zu ihrer Überraschung am Feuer stehen, vollständig angezogen.

»Du weißt sicher, daß eine neue Fehde begonnen hat – mit den Jamesons?« fragte er.

Sie nickte. Colen hatte ihr erzählt, was geschehen war. Man hatte Jamie und Black Gawain ins Schloß Kinnion zurückgebracht, und dann hatte Colen den Jameson-Turm angegriffen, ohne ihn stürmen zu können. Er hätte eine größere Streitkraft benötigt.

Zur allgemeinen Verblüffung beschloß Jamie, den Turm nicht einzunehmen. Sicher, Sir Williams feige Anschläge hatten einige Menschen das Leben gekostet, und dafür hätte er büßen müssen. Aber es widerstrebte Jamie, einen ganzen Clan zu vernichten. Der Feind war nun bekannt und würde auf die übliche Weise im Zaum gehalten werden, mit regelmäßigen Überfällen. Außerdem, war er jetzt ohnehin im Nachteil, weil er nicht mehr im Verborgenen operieren konnte

Black Gawain mißbilligte die Entscheidung des Lairds. Er

hatte seinen Alleingang in der Angriffsnacht mit einem gebrochenen Arm bezahlt und war eine Zeitlang kampfunfähig gewesen. Doch er hatte sich geschworen, Jameson zu töten. Zwischen Jamie und seinem Vetter war ein erbitterter Streit ausgebrochen. Schließlich hatte Gawain wutentbrannt das Schloß verlassen. Er war noch nicht zurückgekehrt.

»Du siehst doch ein, daß wir diese neue Fehde mit gutem Grund begonnen haben?« fragte Jamie seine Frau.

Sie lächelte ihn an. Anscheinend brauchte er ihre Einwilligung, und sie stimmte zu, weil sie wußte, daß er nichts von blutiger Rache hielt. »Die Schotten werden einander immer bekämpfen und berauben – gleichgültig, ob sie Freunde oder Feinde treffen«, erwiderte sie leichthin.

Er runzelte die Stirn, denn Dugald hatte ihm neulich ein paar kostbare Pferde entwendet, für die er nun Lösegeld verlangte – einen beträchtlichen Preis.

»Du findest es wohl komisch, daß mich dein Vater überrumpelt hat, was?«

»Er will sich nur für die Verluste entschädigen, die er in diesem Sommer erlitten hat, und das ist sein gutes Recht. Immerhin trägt er keine Schuld an eurem Friedensbruch.«

Jamie seufzte. »Du willst mich sicher begleiten, wenn ich ihm das Lösegeld bringe.«

Sheenas Augen leuchteten auf. »Darf ich?« fragte sie hoffnungsvoll.

Er zögerte nur kurz. »Ja – wenn du dafür sorgst, daß so was nie mehr vorkommt.«

»Das schaffe ich ganz bestimmt. Und Black Gawain? Gibst du jetzt zu, daß er Iain absichtlich niedergestochen hat?«

»Er hat das Land verlassen, Sheena. Diese Nachricht wurde mir soeben überbracht.«

Sie war nicht überrascht. »Vermutlich dachte er, du würdest ihn früher oder später für seine Missetat zur Rechenschaft ziehen.«

»Ja, das glaube ich auch. Übrigens, er hat dir etwas ausrichten lassen. Er bittet dich um Verzeihung – ›für alles‹. Was meint er damit?«

»Wir haben uns ein paarmal gezankt«, antwortete Sheena ausweichend und hielt es für überflüssig, Einzelheiten zu schildern. »Er haßte mich, als er erfuhr, wer ich bin, und das war zu erwarten. Immerhin mußte er damals glauben, daß meine Familie den Tod seiner Schwester auf dem Gewissen hat.«

Jamie gab sich mit dieser Erklärung zufrieden. »Willst du mich bitten, ihn suchen zu lassen?« fragte er unbehaglich. –

»Ich denke nicht. Er hat sich selber verbannt, und damit ist er hinreichend bestraft.«

»Wird dein Vater das auch so sehen?«

»Er ist ein gerechter Mann, Jamie, und wird mir wohl kaum widersprechen. Außerdem«, fügte sie lächelnd hinzu, »wird er sich unbändig über das Lösegeld freuen und gar nicht nach Black Gawain fragen.«

Jamie warf ihr einen vernichtenden Blick zu, brach aber wider Willen in lautes Gelächter aus.

Und dann entstand ein beklemmendes Schweigen. Seit Jamie so schwer verwundet worden war, hatten sie kein einziges Mal über ihre Ehe geprochen. Dazu war Sheena auch jetzt noch nicht bereit. Sie mußte sich erst an die verwirrende Tatsache gewöhnen, daß sie diesen Mann liebte. Damit hatte sie nie gerechnet, und es war trotzdem geschehen. Aber Jamie hatte nie von ähnlichen Gefühlen gesprochen und ihr nur gestanden, wie sehr er sie begehrte. Sheena wußte nur zu gut, daß sie sich damit auf die Dauer nicht zufriedengeben konnte.

Als Daphne hereinkam, lockerte sich die angespannte Atmosphäre ein wenig auf. Sie war überglücklich, ihren Bruder wieder auf den Beinen zu sehen und hänselte ihn: »Wie schön, daß dieser Riesenklotz von einem Mann nun doch nicht verwest ist!« Sie lachte über seine drohend gefurchte Stirn und fügte hinzu: »Nun habe ich keine Ausrede mehr, um noch länger zu bleiben. Ich werde mit Dobbin abreisen.«

»Schon so bald?« fragte Sheena.

»Weißt du, ich habe selber ein Schloß um das ich mich hin und wieder kümmern muß. Natürlich kann ich nicht behaupten, der Besuch auf Kinnion wäre uninteressant gewesen. Immerhin kommt es nicht alle Tage vor, daß mein Bruder eine Frau heiratet, mit der er nichts anzufangen weiß.«

Jamie wurde tatsächlich rot. Sheena und Daphne zwinkerten einander zu, worauf sich seine Wangen noch dunkler färbten. »Wann willst du uns verlassen, liebste Schwester?« fragte er betont eifrig.

»Heute. Übrigens nehmen wir Jessie mit, was dich sicher freuen wird. Ich glaube, sie hat deine Gastfreundschaft über Gebühr beansprucht.«

»Allerdings«, bestätigte Sheena.

Daphne lächelte sie an, dann wurde ihr Gesicht ernst. »Jamie, Tante Lydia hat mir gesagt, daß sie uns besuchen möchte. Wenn es dir nichts ausmacht, nehmen wir sie heute mit.«

Jamies Augen verengten sich. War seine Schwester wahnsinnig geworden? »Lydia – soll Schloß Kinnion verlassen? Sie war immer hier – in all den Jahren …«

»Ich weiß. Aber sie meinte, ich würde viel öfter Einladungen geben als du, und es wäre an der Zeit, daß sie neue Leute kennenlernt – und einen Ehemann findet.«

»Was?«

Daphne kicherte. »Kannst du dir vorstellen, daß unsere Tante in ihrem Alter den Hafen der Ehe ansteuern könnte? Nun, ich finde, sie dürfte nicht mehr lange damit warten. Es ist wirklich allerhöchste Zeit.«

»So was Verrücktes!« murmelte Jamie.

»Ich werde ihr einen passenden Mann beschaffen, wenn ich auch glaube, daß sie sehr gut allein zurechtkäme. In letzter Zeit strahlt sie eine erstaunliche innere Ruhe aus.«

Sheena wechselte einen verständnisvollen Blick mit ihrem Mann. Seine Tante wußte nichts mehr von ihrem Geständnis. Aber sie war seither merklich verändert. Anscheinend hatte sie – befreit von der quälenden Last jener Tragödie – ihren lange vermißten seelischen Frieden wiedergefunden; auch wenn sie die bösen Erinnerungen erneut verdrängte.

»Nun, ich habe nichts dagegen«, sagte Jamie. »Aber es wird seltsam sein – wenn sie nicht mehr da ist.«

»Sie wird dir nicht allzusehr fehlen«, versicherte Daphne

und sah Sheena lächelnd an. »Außerdem hast du eine Menge zu tun – nachdem du endlich aus den Federn gefunden hast. Ich wußte gar nicht, daß mein Bruder so ein Faulpelz ist.«

»Oh, es war sehr schön im Bett«, entgegnete Jamie in beiläufigem Ton, »Vor allem, seit ich diesen merkwürdigen Traum hatte.«

»Tatsächlich?« fragte Daphne neugierig.

»Ich träumte, meine Frau würde mir ihre Liebe gestehen. Vielleicht bin ich deshalb so lange liegengeblieben – weil ich hoffte, der Traum könnte sich wiederholen.«

Das Blut stieg in Sheenas Wangen, als Jamie ihren Blick festhielt. Hatte er wirklich gehört, was sie in jener Nacht gesagt hatte – trotz seines hohen Fiebers?

Daphne verdrehte die Augen. »Du brauchst mich nicht hinauszuwerfen, Jamie, ich weiß es immer, wenn ich unerwünscht bin. Paß gut auf dein kostbares Juwel auf!« ermahnte sie ihn mit erhobenem Zeigefinger, dann küßte sie ihren Bruder und ihre Schwägerin und eilte hinaus.

Unbehaglich senkte Sheena den Kopf, nachdem sich die Tür geschlossen hatte.

»Es war ein schöner Traum«, bemerkte Jamie.

»So?« Sie wußte nicht, was sie sonst entgegnen sollte.

Er biß sich auf die Lippen. Wollte sie ihm neue Schwierigkeiten machen? Wie konnte er sie fragen, was er wissen mußte, wenn sie seinem Blick auswich? Er hätte nicht so lange warten sollen.

Er machte nicht gern große Worte, und es fiel ihm schwer, über seine Gefühle zu reden. Was in seinem Herzen vorging, hatte er schon vor langer Zeit erkannt. Aber es war ihm unmöglich gewesen, das alles auszusprechen, wann immer sich eine Gelegenheit ergeben hatte. Jetzt durfte er nicht mehr warten. Er mußte sich Klarheit verschaffen.

»Kannst du mich lieben, Sheena?« So. Jetzt war es gesagt.

Sheena zögerte. Sollte sie ihm die Wahrheit verraten – daß sie ihn bereits liebte? Wie verletzlich würde sie sein, wenn er es wüßte … Dieses übermächtige Gefühl war ihr noch fremd, und es jagte ihr Angst ein. Statt einer Antwort stellte sie die gleiche Frage. »Kannst du mich lieben?«

Er ging zu ihr und nahm ihr Gesicht in beide Hände. Sein Kuß war zart und doch voller Liebe. Atemlos schmiegte sie sich an ihn. »Muß ich es in Worte fassen? Wäre das jemals nötig gewesen?«

»O ja!«

Jamie seufzte tief. »Heilige Maria! Also gut – ich liebe dich! Aber erwarte nicht von mir, daß ich es dir Tag für Tag von neuem schwöre ...« Er unterbrach sich nervös. »Und du?«

Sheena lächelte ihn strahlend an. »Ich liebe dich, Jamie – von ganzem Herzen.«

Da lachte er erleichtert auf und drückte sie fest an sich. »Oh, meine Süße, du ahnst nicht, wie glücklich du mich machst!«

»Eigentlich geht's mir auch nicht schlecht«, neckte sie ihn.

42

Sie saßen am Tisch des Lairds in der großen Halle von Tower Esk. Die Mahlzeit näherte sich dem Ende. Es war ein schöner Abend gewesen, und Sheena hatte mit Genugtuung beobachtet, wie gut sich ihr Vater und Jamie verstanden. Nun konnte sie es kaum erwarten, das Gästezimmer aufzusuchen, das sie mit ihrem Mann teilen sollte.

Am nächsten Morgen wollten sie abreisen. Sheena hatte Jamie während des Besuchs in Tower Esk nur selten zu Gesicht bekommen und war ein bißchen eifersüchtig auf ihre Verwandten. Seltsam – nachdem sie so lange unter schrecklichem Heimweh gelitten hatte, sehnte sie nun die Rückkehr in ihr neues Zuhause herbei.

Sie überlegte, ob dieses Gefühl jemals nachlassen würde – dieser brennende Wunsch, jeden Augenblick ihres Lebens mit ihm zu verbringen. Sie berührte sein nacktes Knie unter dem Kilt, und er grinste sie an, beugte sich zu ihr und flüsterte: »Ist dir klar, was du da anrichtest?«

»Natürlich.« Langsam wanderten ihre Finger über seinen Schenkel nach oben.

Jamie hielt ihre Hand fest und drückte sie, dann stand er unvermittelt auf, entschuldigte sich bei seinen Tischgefährten und führte Sheena aus der Halle.

Sobald sie aus dem Blickfeld der Leute verschwunden waren, rannten sie, lachend wie übermütige Kinder, in ihr Zimmer hinauf. Die Tür fiel hinter ihnen ins Schloß, und Jamie warf seine Frau ohne Umschweife auf das Bett. Die Leidenschaft, die sie miteinander teilten, war wild und zärtlich zugleich – und wie immer wundervoll.

»Wenn es nicht so kalt wäre, würde ich morgen mit dir zu deinem kleinen Teich gehen«, flüsterte Jamie zwischen zwei Küssen.

Sheena setzte sich abrupt auf. »Wer hat dir davon erzählt? Niall?«

»Nein. Dein Bruder hat mir eine Menge anvertraut, aber davon brauchte er mir nichts zu sagen. Ich habe dich selber dort gesehen, im Frühling.«

Sie schnappte nach Luft und wurde rot. »Du – du hast mich gesehen?«

»O ja – und es war ein zauberhafter Anblick. Zuerst dachte ich, du wärst gar nicht wirklich. Ich hielt dich für eine Nixe.«

»Aber – du hast mich gesehen …«

Belustigt angesichts ihrer Verwirrung küßte er ihre nackten Brüste. »Genauso, wie ich dich jetzt sehe. Es war ein hinreißendes Bild – wie du da in dem kleinen Teich gestanden hast – ein Bild, das mich nie mehr losließ. Weißt du jetzt, warum ich so überrascht war, als ich dich damals in Colens Zimmer fand? Ich hatte vergeblich nach dir gesucht – und auf einmal warst du da, bei meinem Bruder.«

»Du hast mich gesucht?«

Jamie nickte lächelnd. »Ich ritt noch oft zu diesem Teich und hoffte, dich wiederzusehen. Hast du dich nie gefragt, warum ich ganz allein war, als die Männer deines Vaters über mich herfielen?«

Sheena hob verblüfft die Brauen. »Dann bist du meinetwegen in Gefangenschaft geraten?«

»Allerdings.«

Sie überlegte eine Weile, dann erwiderte sie: »Geschieht dir ganz recht! Immerhin hast du mir nachspioniert.«

»Damit hätte ich mich nicht zufriedengegeben, wenn ich dir ein zweitesmal begegnet wäre – in jenem stillen Wäldchen ...«

Sie kicherte, denn sie konnte ihm niemals lange böse sein. Schon gar nicht, wenn er sie überall küßte, so wie jetzt. »Du bist ein Teufel, Jamie, aber daran habe ich nie gezweifelt. Ich wünschte, du hättest mich noch ein zweitesmal in meinem Teich angetroffen ... Dann hätte keiner von uns gewußt, wer der andere ist, und wir wären uns vielleicht schon viel früher in die Arme gesunken.«

»Oh, meine Süße, wie sehr ich dich liebe!« flüsterte er lächelnd.

»Ich dachte, du willst das nie mehr sagen.«

»Oh, ich sag's gern. Aber es ist mir noch lieber, wenn ich's dir zeigen kann. Darf ich's dir noch einmal zeigen?«

Glücklich schlang sie die Arme um seinen Hals. »Tu das, Jamie MacKinnion, sonst wäre ich tief enttäuscht.«

Johanna Lindsey
Meisterin des historischen Liebesromans

Heute ist Johanna Lindsey eine international anerkannte Bestsellerautorin. Zahlreiche Preise, darunter der ›Romantic Times Award‹, sind Zeichen ihres schriftstellerischen Talents. Dieses wurde, wie sie selbst sagt, ›zufällig‹ entdeckt: »Verheiratet und Mutter von zwei Kindern, hatte ich plötzlich das dringende Bedürfnis zu schreiben.« Innerhalb kurzer Zeit eroberte sie mit ihrem ersten Roman *Die gefangene Braut* die Bestsellerlisten Amerikas. Von ihrem für sie selbst überraschenden Erfolg beflügelt und unterstützt von einer täglich wachsenden Leserschar, schrieb sie weiter. »Ich weiß nicht, warum und wie mir alle diese Geschichten einfallen, aber es gibt für mich noch so viel zu erzählen, daß ich mich selbst nur noch schreiben sehe.«
Das Geheimnis ihres Erfolges ist Johanna Lindseys unnachahmliche Begabung, ihre Leser zu fesseln. Von ihrem Erzählstil bezaubert, läßt der Leser sich in die historische Welt ihrer Romane entführen.
»Es gibt für mich nichts Schöneres, als zu wissen, daß das, womit ich täglich meine Zeit verbringe – ich schreibe 10 bis 16 Stunden pro Tag – so vielen Menschen Freude macht.« Davon angespornt schreibt die nunmehr finanziell unabhängige Johanna Lindsey für ihre Leserschaft, der sie ›die wunderschönsten Jahre‹ ihres Lebens verdankt.

Verzeichnis lieferbarer Titel

(Stand September '97)

Fesseln der Leidenschaft (01/8347)
Die gefangene Braut (01/6831)
Gefangene der Leidenschaft
(01/8851)
Geheime Leidenschaft (01/7928)
Geheimnis des Verlangens (01/8660)
Das Geheimnis ihrer Liebe (01/6976)
Herzen in Flammen (01/7746)
Lodernde Leidenschaft (01/8081)
Sklavin des Herzens (01/8289)
Die Sprache des Herzens (01/10114)
Stürmisches Herz (01/7843)
Sturmwind der Zärtlichkeit (01/8465)
Ungestüm des Herzens (01/9452)
Wenn die Liebe erwacht (01/7672)
Wer die Sehnsucht nicht kennt
(01/10019)
Wild wie Deine Zärtlichkeit (01/8790)
Wild wie der Wind (01/6750 oder
10/21)
Wildes Herz (01/8165)
Wogen der Leidenschaft (01/9862)
Zärtlicher Sturm (01/6883)
Zorn und Zärtlichkeit (01/6641)

2 bzw. 3 Romane in einem Band:

Fesseln der Leidenschaft/Sturmwind
der Zärtlichkeit (23/115)
Die gefangene Braut/Das Geheimnis
ihrer Liebe/Zärtlicher Sturm (23/78)
Geheimnis des Verlangens/Wild wie
deine Zärtlichkeit (23/130)
Herzen in Flammen/Geheime
Leidenschaft (23/103)
Liebe unter heißer Sonne/Die
Sprache des Herzens/Sündige
Liebe (23/43)
Paradies der Leidenschaft/Wildes
Liebesglück (23/34)
Stürmisches Herz/Wenn die Liebe
erwacht (23/91)

*Die Bandnummern der Heyne-
Taschenbücher sind jeweils
in Klammern angegeben*

HEYNE BÜCHER

Johanna Lindsey

»Sie kennt die geheimsten Träume der Frauen...«
ROMANTIC TIMES

Fesselnde Liebesromane voller Abenteuer und Zärtlichkeit

Eine Auswahl:

Wenn die Liebe erwacht
01/7672

Herzen in Flammen
01/7746

Stürmisches Herz
01/7843

Geheime Leidenschaft
01/7928

Lodernde Leidenschaft
01/8081

Wildes Herz
01/8165

Sklavin des Herzens
01/8289

Fesseln der Leidenschaft
01/8347

Sturmwind der Zärtlichkeit
01/8465

Geheimnis des Verlangens
01/8660

Wild wie Deine Zärtlichkeit
01/8790

Gefangene der Leidenschaft
01/8851

Lodernde Träume
01/9145

Ungestüm des Herzens
01/9452

Rebellion des Herzens
01/9589

Halte mein Herz
01/9737

Wogen der Leidenschaft
01/9862

Wer die Sehnsucht nicht kennt
01/10019

Die Sprache des Herzens
01/10114

Heyne-Taschenbücher

HEYNE BÜCHER

Catherine Coulter

*Romane von tragischer
Sehnsucht und
der Magie der Liebe.*

04/184

Eine Auswahl:

Rivalen des Glücks
01/9965

Fluch der Liebe
01/10094

Karibische Nächte
04/129

**Im Schatten der
Mitternachtssonne**
04/135

Ein ehrbares Angebot
04/139

Jenseits der Liebe
04/145

Der Herr der Habichtsinsel
04/151

Der Herr vom Rabengipfel
04/152

Der Herr der Falkenschlucht
04/154

Stolz und Leidenschaft
04/159

Sehnsucht und Erfüllung
04/169

Dornenpfad
04/173

Der Stern der Rache
04/184

Heyne-Taschenbücher

HEYNE BÜCHER

Anita Mills

*»Historische
Liebesromane der
Superlative!«*

ROMANTIC TIMES

Liebende Herzen
01/9716

Brennende Sehnsucht
01/9923

Pfade der Liebe
01/10055

01/9923

Heyne-Taschenbücher

HEYNE BÜCHER

Kathryn Kramer

Abenteuer, Intrigen, romantische Leidenschaften. Mitreißende historische Liebesromane.

Wer die Liebe kennt
01/9403

Flamme der Begierde
01/9535

Die schöne Unbekannte
01/9794

01/9794

Heyne-Taschenbücher